N O R D S E E
Zuider Zee
Terschelling
Vlieland
Texel
Ameland
Borkum
Juist
Norderney
Rhein
Teutoburger W.
Lüneburger Heide
Elbe
Harz
Brocken
Thüringer Wald
Vogelsberg
Spessart
Odenwald
Hunsrück
Taunus
Westerwald
Ardennen
Lothringen
Schwarzwald
Schwäbische Rauhe Alb
Bodensee
Genfer See
Penninische A.
Berner Alpen
Bergamasker A.
Ortler A.
Cottische A.
Grajische Alpen
Savoyische Kalkalp.
Côte d'Or
Plateau de Langres
Forêt d'Othe
Nürnb.
Ulm
Metz
Nancy
Strassb.
Mainz
Köln
Bonn
Marne
Cantal

Rheinfahrt.

Von den Quellen des Rheins bis zum Meere.

Schilderungen

von

Karl Stieler, H. Wachenhusen, F. W. Hackländer.

Illustrirt von

R. Püttner, A. und O. Achenbach, A. Baur, C. F. Deiker, W. Diez, G. Franz, F. Keller, L. Knaus, L. Ritter, G. Schönleber, C. Scheuren, Th. Schütz, W. Simmler, B. Vautier, Th. Weber, R. Jordan, L. Willroider u. A.

Holzschnitte von A. Cloß.

EDITION libri rari

Verlag Th. Schäfer, Hannover

Dieses Werk erschien erstmalig 1875
im Verlag von A. Kröner, Stuttgart, und wurde von der Druckerei Gebrüder Kröner,
ebenfalls in Stuttgart, hergestellt

Das Original ist im Besitz der Bibliothek des Deutschen Museums, München,
und hat das Buchformat von 26,5 x 35 cm

ISBN 3-88746-046-4
Best.-Nr. 8110

Gesamtherstellung
primedia Th. Schäfer GmbH, Hannover

7/02/02

Inhaltsverzeichniß.

Seite

Einleitung, von Karl Stieler 9
Die Jugend des Rheins, von demselben 11
Am Bodensee, von demselben 33
Nach Basel, von demselben 55
Im Breisgau, von demselben 72
Vogesenland, von demselben 79
Straßburg, von demselben 92
Im Kloster von St. Odilien, von demselben 101
Schwarzwaldidyllen, von demselben 106
In Baden-Baden, von demselben 114
In der Pfalz, von demselben 121
Heidelberg, von demselben 129
Bergstraße und Odenwald, von demselben 143
Von Worms nach Mainz, von demselben 155
Das goldene Mainz, von Hans Wachenhusen 163
Biebrich, von demselben 175
Wiesbaden, von demselben 178
Ausflug in den Taunus, von demselben 186
Frankfurt und Homburg, von demselben 192
Im Rheingau, von demselben 202
Ausflug in's Nahethal, von demselben 228
Von Bingen bis Koblenz, von demselben 239
Blick in das Lahnthal, von demselben 279
Koblenz, von demselben 295
Die Mosel, von demselben 302
Von Koblenz nach Rheineck, von demselben 323
Durch's Felsenthor von Andernach, von demselben 337
Das Ahr-Gau, von demselben 347
Von Remagen nach Köln, von demselben 349
Das heilige Köln, von F. W. Hackländer 366
Nach Aachen, von demselben 386
Ueber Düsseldorf zur holländischen Grenze, von demselben 394
Holland, von demselben 417

Große Tondruckbilder.

	Nach Seite
Via mala, von R. Püttner	12
Die Reichenau, von G. Schönleber	39
Blick auf den Höhgau, von demselben	50
Rheinfall bei Schaffhausen, von R. Püttner	55
Lauffenburg, von G. Schönleber	60
Basel, von R. Püttner	71
Hauptportal des Straßburger Münsters, von L. Ritter	94
Schwarzwälder Dorfscene, von B. Vautier	107
Das alte Schloß Baden, von R. Püttner	112
Lichtenthaler Allee in Baden, von W. Diez	115
Der Dom in Speyer, von L. Ritter	122
Vom Heidelberger Schloß (Ottheinrichsbau), von demselben	127
Zerstörung von Heidelberg, von W. Diez	132
Herbstfeier am Neckar, von Th. Schütz	137
Der Rodensteiner, von G. Franz	146
„Siegfrid's Leiche wird über den Rhein geführt", von A. Baur	153
Mainz, von R. Püttner	168
„Auf einem Rheindampfer", von B. Vautier	205
Das letzte Ladfaß, von W. Simmler	210
Weinprobe, von B. Vautier	215
Wallfahrt nach dem Rochusberg, von W. Simmler	224
Oberstein an der Nahe, von R. Püttner	229
Sommerstall der Reitesel bei Aßmannshausen, von G. Franz	236
Rheinstein, von R. Püttner	239
Jagd im rheinischen Soonwald, von C. F. Deiker	242
Ruine der Wernerkapelle in Bacharach, von C. Scheuren	245
Bacharach, von R. Püttner	248
Caub und die Pfalz, von demselben	251
Blücher's Rheinübergang bei Caub, von W. Diez	254
Oberwesel, von R. Püttner	257
Die Lorelei, von F. Keller	260
Abend an der Lorelei, von O. Achenbach	263
Rheinfels, von R. Püttner	266
Boppard, von demselben	269
Eisgang auf dem Rhein, von W. Simmler	274
Ems, von R. Püttner	283
Dom zu Limburg, von demselben	292
Am Moselufer in Koblenz, von demselben	299
Blick auf Trier, von demselben	302
Heimkehrende Kreuzfahrer, von A. Baur	327
Abtei Laach, von R. Püttner	332
Bonn, von demselben	361
Blick auf Köln vom jenseitigen Ufer, von demselben	366
Ansicht von Köln, von L. Ritter	371
Kölner Carneval, von G. Franz	374
Inneres aus dem Kölner Dom, von L. Ritter	379
Der Dom zu Köln, von demselben	382
Dom in Aachen vom Fischmarkt aus, von Th. Weber	389
Marktplatz in Düsseldorf, von demselben	396
Gartenfest der Düsseldorfer Künstler, von W. Simmler	399
In einem niederrheinischen Hammer- und Walzwerk, von demselben	402
Markt in Duisburg, von Th. Weber	405
Lohengrin's Abschied, von A. Baur	408
Emmerich, von Th. Weber	411
Landschaft an der Maas, von L. Willroider	414
Rotterdam, von G. Schönleber	415
Trachten von der Insel Marken, Zuidersee, von R. Jordan	418
Strandwache, von R. Jordan	421
Strand bei Scheveningen, von G. Schönleber	424

Text-Illustrationen.

Seite

Rheinwaldgletscher, von R. Püttner 11
Zillis, von demselben 12
Dorf Hinterrhein, von demselben 14
Dorf Splügen, von demselben 15
Ortenstein, von demselben 16
Juvalta, von demselben 16
Thusis, von demselben 17
Toma-See, von demselben 17
Verlorenes Loch, von demselben 18
Rhäzüns, von demselben 19
Kapelle zu Trons, von demselben 20
Dissentis, von demselben 20
Parthie am Flimsersee, von G. Franz und R. Püttner 21
Hohen-Trüns, von R. Püttner 22
Brücke von Reichenau, von demselben 23
Stadtthor von Ilanz, von demselben 24
Episode aus dem Kampf der Bündtner bei Ems 1799, von W. Diez 25
Markt in Chur, von G. Franz 26
Promenade am Felsenthor bei Ragaz, von G. Franz . 27
Badhaus Pfäffers, von R. Püttner 28
Tamina, von demselben 28
Pfäffers, von demselben 29
Ragaz, von demselben 30
Vaduz, von demselben 31
Fähre über den Rhein bei Rüthi, von G. Franz . . . 32
Rheineck, von R. Püttner 32
Alt Bregenz, von G. Schönleber 33
Parthie aus Bregenz, von R. Püttner 34
Lindau, von demselben 36
Wappen der Stadt Lindau 36
Trachten vom Bregenzer Wald, von G. Franz . . . 37
Weg zum Gebhardsberg, von R. Püttner 38
Friedrichshafen, von demselben 41
Meersburg, von G. Schönleber 42
Constanz, von R. Püttner 43
Johannes Huß, von E. Hartmann 44
Huß auf dem Scheiterhaufen (nach einem alten Holzschnitt) 44
Am Hafen von Constanz, von G. Schönleber . . . 45
Wappen der Stadt Constanz 45
Kaufhaus (Concilshaus) in Constanz, von R. Püttner . 46
Nach dem Kampf auf der Rheinbrücke in Constanz, von W. Diez 47
Ignaz Freiherr von Wessenberg, von E. Hartmann . . 48
Insel Mainau, von G. Schönleber 49
Arenenberg, von G. Schönleber 49
Heidenlöcher bei Ueberlingen von R. Püttner 50
Stein am Rhein, von G. Schönleber 52
Konrad Wiederhold, von E. Hartmann 54
Hohentwiel, von R. Püttner 54
Parthie aus Schaffhausen, von demselben 55
Waldshut, von G. Schönleber 57
Salmenfang, von demselben 59
Säckingen, von demselben 60
Rheinfelden, von demselben 62
Domportal in Basel, von L. Ritter 63
Brunnen mit dem Bauerntanz in Basel, von demselben . 63
Erasmus von Rotterdam, von E. Hartmann 64
Statue des Munatius Plancus, von L. Ritter . . . 65
Rathhaus in Basel, von demselben 66
Hans Holbein, von E. Hartmann 67
Matth. Merian, von demselben 68
Spahlenthor in Basel, von L. Ritter 69
Wappen von Basel 71
Alt-Breisach, von R. Püttner 72
Beschießung von Neu-Breisach, von W. Diez 73
Sansculotten, von demselben 74
Aus Freiburg, von R. Püttner 75
Kaufhaus in Freiburg, von L. Ritter 76
Im Freiburger Dom, von demselben 77
Brunnen in Freiburg, von demselben 78
Berthold Schwarz, von demselben 78
Colmar, von R. Püttner 79
Das Pfisterhaus zu Colmar, von demselben 80
Vor dem Münster in Colmar, von demselben 80
Schenke im Vogesenland, von W. Diez 81
Drei Exen, von R. Püttner 82
Schwarzer See, von demselben 83
Weißer See, von demselben 84
Kaisersberg, von demselben 85

Seite
Schmiede in Rappoltsweiler, von R. Püttner . . . 86
Hohkönigsburg, von demselben 87
Blick auf St. Ulrich, von demselben 88
Auf dem Wege nach Dusenbach, von W. Diez . . . 89
Ruinen von Dusenbach, von R. Püttner 90
Blick auf Schlettstadt, von demselben 91
Vor dem Spitalthor zu Straßburg, von demselben . . 92
St. Thomaskirche in Straßburg, von demselben . . . 93
Straßburg — An der Ill, von demselben 94
Ferkelmarkt in Straßburg, von demselben 96
Straßburg — Haus aus dem 13. Jahrh., von demselben 98
Straßburg — Am Canal, von demselben 99
Wappen von Straßburg 100
Blick auf St. Odilien, von R. Püttner 101
Odilienquelle, von demselben 103
Odilienkapelle, von demselben 104
Schlußvignette (heidnische Kampfscene), von W. Diez . 105
Mummelsee, von R. Püttner 106
Parthie von den Büttensteiner Fällen, von demselben . 107
Ruinen des Klosters Allerheiligen, von demselben . . . 109
Schwarzwälder Bauer, von L. Knaus 110
Schwarzwälder Bauernmädchen, von demselben . . . 111
Seebach, von R. Püttner 112
Vor dem Kursaal in Baden, von demselben 114
Eingang zum Schloß Eberstein, von demselben . . . 118
Hof im Kloster Lichtenthal, von demselben 119
Villa in Lichtenthal, von demselben 120
Felsenland von Dahn, von demselben 121
Trifels, von demselben 122
Madenburg, von demselben 124
Kaiser Rudolf's Ritt nach Speyer, von A. Baur . . 125
Ansicht von Speyer, von R. Püttner 126
Wappen von Speyer 126
Straße in Speyer, von R. Püttner 127
Heidelberg, von demselben 129
Heidelberger Schloß — Der gesprengte Thurm, von demselben 130
Pilger auf den Schloßberg, von G. Franz 131
Vom Heidelberger Schloß (Friedrichsbau), von L. Ritter 132
Heidelberger Schloß — Blick in den Schloßhof, von R. Püttner 134
Heidelberger Schloß — Parthie vom Schloßhof, von demselben 135
Ausritt eines Heidelberger Corps, von G. Franz . . 136
Neckarsteinach, von R. Püttner 137
Bei Mannheim, von demselben 139
Bei Ludwigshafen, von demselben 140
Heidelberger Schloß — Das große Faß, von demselben 141
Allee im Schwetzinger Garten, von demselben 142
Apollotempel im Schwetzinger Garten, von demselben . 142
Zwingenberg und Melibocus, von R. Püttner . . . 143
Im Odenwald, von G. Franz 144
Schloß Heiligenberg, von demselben 145
Riesensäule im Odenwald, von R. Püttner 145
Mühle im Stettbacher Thal, von G. Franz 146
Schloß Schönberg, von demselben 146
Rathhaus und Schmiede in Seeheim, von demselben . 148
Gorrheimer Thal, von H. Metzener 149

Seite
Ladenburg, von R. Püttner 149
Parthie aus Weinheim, von demselben 150
Ruine von Schloß Auerbach, von G. Franz 151
Rheinthor in Bensheim, von demselben 151
Marktplatz in Darmstadt, von R. Püttner 152
Parthie aus dem Schloßpark zu Darmstadt, von demselben 153
Worms — Judenkirchhof, von demselben 155
Wappen von Worms 155
Worms — In den Weinbergen bei der Liebfrauenkirche, von R. Püttner 156
Markt in Worms, von demselben 157
Dom in Worms, von demselben 158
Lutherdenkmal in Worms, von G. Franz 159
Schwedenkapelle in Oppenheim, von demselben . . . 160
St. Katharinenkirche in Oppenheim, von demselben . . 160
Glockenthurm der Katharinenkirche in Oppenheim, von dems. 160
Weinberghüter bei Nierstein, von demselben 161
Mainz von der Wasserseite, von demselben 162
Mainz — Rheinufer im Winter, von demselben . . . 163
Wappen von Mainz 163
Mainz — Vor dem Dom, von G. Franz 164
„ Hof des germanischen Museums, von demselben 165
„ Marktbrunnen, von demselben 166
„ Kreuzgang in der Stephanskirche, von demselben 167
„ Schlittschuhlaufen in den Festungsgräben, von demselben 168
Mainzer Carnevalscene, von demselben 170
Mainzer Handlangerinnen, von demselben 171
Mainz — Festungsblockhaus, von demselben 172
Frauenlobs Begräbniß, von A. Baur 173
Gutenbergdenkmal in Mainz, von G. Franz 174
Schloß Bibrich, von demselben 175
Aus dem Schloßgarten zu Bibrich, von R. Püttner . 176
Rheinschnaken, von W. Simmler 177
Blick auf Wiesbaden vom Neroberge, von R. Püttner . 178
Abendconcert in Wiesbaden, von G. Franz 179
Promenade in Wiesbaden, von demselben 180
Wiesbaden — Fontaine im Kurgarten, von R. Püttner 181
„ Die griechische Kapelle, von demselben . . 182
Am Stahlbrunnen in Schwalbach, von G. Franz . . 183
Kurgäste bei Schlangenbad, von demselben 184
Schlangenbad, von demselben 185
Castel, von demselben 186
Blick auf die Hochheimer Berge, von demselben . . . 187
An der Trinkquelle in Soden, von demselben 188
Kastanienwald bei Cronberg, von demselben 189
Feste Königstein, von demselben 190
Ruinen von Eppstein, von demselben 191
Wappen von Frankfurt, von G. Bauernfeind . . . 192
Frankfurt — Straße am Römerberg, von R. Püttner 193
Frankfurt a. M. aus der Ferne, von demselben . . . 194
„ „ „ Eschenheimer Thor, von demselben . . 194
„ „ „ Der Römer, von demselben 194
„ „ „ Das Lutherhaus, von demselben . . 194
„ „ „ Regatta auf dem Main, von G. Franz 195

	Seite
Goethe's Portrait, von E. Hartmann	196
Frankfurt a. M — Goethehaus, von R. Püttner	196
„ „ „ Judengasse, von demselben	197
An der alten Mainbrücke in Sachsenhausen, von demselben	198
Blick auf Homburg, von demselben	199
Im Kurgarten zu Homburg, von demselben	200
Im Schloßpark zu Homburg, von demselben	201
Schlußvignette (Römische Trophäen) von G. Bauernfeind	201
Anfangsvignette (Bacchus), von W. Simmler	202
Walluf — Werft und Mühle, von G. Franz	203
„ Schifferkneipe, von demselben	204
In Rauenthal, von demselben	205
Eltville, von R. Püttner	207
Markobrunnen, von demselben	209
Abtei Eberbach, von demselben	210
Mittelheim, von demselben	212
Parthie aus Winkel, von demselben	214
Johannisberg, von demselben	215
Blick auf Geisenheim, von demselben	217
Rastende Weinbergarbeiter, von G. Franz	219
Auf dem Niederwald, von R. Püttner	220
Rüdesheim, von demselben	221
Lastesel in den Weinbergen, von G. Franz	222
Eine Nachenstation, von B. Vautier	223
Bingen von Burg Klopp aus, von R. Püttner	224
Auf dem Rochusfest, von G. Franz	226
Schlußvignette (Predigt a. d. Rochusfest), von demselben	227
Drususbrücke, von R. Püttner	228
Kreuznach — Kurhaus, von demselben	229
„ vom Hamburger Garten aus, von demselben	229
„ an der alten Nahebrücke, von demselben	229
Rheingrafenstein, von demselben	231
Boos von Waldeck, von A. Baur	232
Schloß und Dorf Ebernburg, von R. Püttner	233
Franz von Sickingen, von E. Hartmann	233
Rothenfels, von R. Püttner	234
Ulrich von Hutten, von E. Hartmann	234
Ruine des Klosters Disibodenberg, von R. Püttner	235
Blick auf Schloß Dhaun, von demselben	236
Straße in Monzingen, von demselben	238
Marktschiffe bei Bingerbrück, von G. Franz	239
Mäusethurm und Ehrenfels, von R. Püttner	241
Aßmannshausen, von demselben	242
Clemenskapelle und Falkenburg, von demselben	244
Sooneck, von R. Püttner	245
An der Wisper — Ruine Nollich, von demselben	247
Straße in Bacharach, von demselben	248
Wernerkapelle in Bacharach, von demselben	250
In der Pfalz, von demselben	251
Hausflur im Blücherthal, von G. Franz	253
Mühle im Blücherthal, von demselben	254
Liebfrauenkirche in Oberwesel u. Schönburg, von R. Püttner	256
Wernerkapelle in Oberwesel, von demselben	257
Lorelei, von demselben	259
St. Goarshausen mit Katze, von demselben	260
Wellmich mit Maus, von R. Püttner	262
Liebenstein und Sternberg, von demselben	263
Kloster Bornhofen und die feindlichen Brüder, von demselben	265
Kloster Camp, von demselben	266
Boppard, von demselben	268
Conrad Bayer von Boppard, von A. Baur	269
Schenke in Oberspay, von R. Püttner	271
Braubach mit Marksburg, von demselben	272
Kapelle bei Braubach, von demselben	273
Königsstuhl, von demselben	274
Schloß in Oberlahnstein, von demselben	276
Stolzenfels, von demselben	277
Capellen mit Burg Stolzenfels, von demselben	278
Lahneck, von demselben	279
Ufer bei Niederlahnstein, von demselben	280
Ems — Vier Thürme, von demselben	281
„ König Wilhelms-Felsenquellen, von demselben	281
„ K. Kurhaus, von demselben	281
„ Englische Kirche, von demselben	281
Dausenau, von demselben	282
Nassau — Stein's Wohnhaus, von demselben	283
Trümmer der Burg Stein, von demselben	285
Stein's Denkmal, von demselben	285
Burg Nassau, von demselben	285
Minister Stein, von E. Hartmann	285
Nassau, von R. Püttner	286
Langenau, von demselben	287
Balduinstein, von demselben	288
Schaumburg, von demselben	289
Parthie aus Diez, von demselben	290
Lahnufer bei Diez, von demselben	291
Straße in Limburg, von demselben	292
Konrad's Grabmal, von demselben	294
Koblenz von Pfaffendorf aus, von demselben	295
„ Moselbrücke, von demselben	296
„ Parthie aus der neuen Anlage, von G. Franz	297
Moselufer bei Koblenz, von R. Püttner	298
Koblenz — Castorkirche, von demselben	301
Ansicht von Trier, von Th. Weber	302
Trier — Porta nigra, von demselben	304
„ Das rothe Haus, von demselben	305
Igeler Säule, von demselben	306
Auf der hohen Eifel, von G. Franz	307
Ruine Gerolstein, von R. Püttner	308
Weinfelder Maar, von demselben	309
Pulver Maar, von demselben	310
Abend an der Mosel, von G. Franz	311
Auf der Marienburg, von R. Püttner	311
Parthie aus Bernkastel, von Th. Weber	312
„ „ Trarbach, von demselben	313
Beilstein, von demselben	314
Kapelle in den Weinbergen bei Beilstein, von R. Püttner	315
Drei Ansichten von Kochem, von Th. Weber	316–318
Parthie aus Karden, von demselben	319
Alken, von R. Püttner	320

Seite
Burg Eltz, von R. Püttner 321
Gondorf, von demselben 322
Ehrenbreitstein, von G. Franz 323
Mittelrheinischer Obst- und Fischmarkt, von demselben . 324
Wegführung eines Waarenzugs durch Raubritter, von W. Diez 326
Neuwied, von R. Püttner 327
Strand bei Andernach, von demselben 329
Thurm in Andernach, von G. Franz 331
Ruine der erzbischöflichen Burg Andernach, von R. Püttner 332
Burg Hammerstein bei Brohl, von demselben 334
Schloß Rheineck, von demselben 335
Am Laacher See, von demselben 336
Angriff auf ein Schiff durch Raubritter, von W. Diez 337
Linz, von R. Püttner 338
Am Ufer bei Remagen, von demselben 339
Apollinariskirche, von demselben 340
Auf dem Viktoriaberg, von demselben 341
Lohrsdorf, von Th. Weber 342
Ahrweiler — Walporzheimer Thor, von demselben . . 343
„ Gerichtshaus, von demselben 344
Rech, von demselben 345
Bei der bunten Kuh, von demselben 346
Altenahr, von demselben 347
Schlußvignette (zerstörte Raubburg), von G. Franz . . 348
Blick auf Nonnenwerth, von R. Püttner 349
Rolandseck und Nonnenwerth, von demselben 350
Drachenfels, von demselben 353
Sage vom Drachenfels, von A. Baur 354
Heisterbach, von R. Püttner 355
Wolfgang Müller von Königswinter, von E. Hartmann 356
Königswinter, von R. Püttner 357
Kapelle auf Godesberg, von demselben 358
Ruine auf Godesberg, von demselben 358
Eingang zur Ruine Godesberg, von demselben . . . 358
Bonn — Beethoven's Denkmal, von L. Ritter . . . 359
„ Arndt's Denkmal, von demselben 360
„ Allee nach Poppelsdorf, von R. Püttner . 361
„ Kirche auf dem Kreuzberg, von demselben . . 363
An der Sieg, von demselben 364
Seite
Abtei Siegburg, von R. Püttner 365
Köln aus der Ferne, von demselben 366
Wappen von Köln 366
Deutz, von R. Püttner 368
Köln — Am Thürmchen, von Th. Weber 369
„ St. Gereonskirche, von demselben 370
„ Rathhaus, von L. Ritter 371
Am Hafen in Köln, von R. Püttner 373
Köln — Apostelkirche, von demselben 377
„ Gürzenich, von Th. Weber 378
„ St. Peterskirche, von R. Püttner 382
Bürgermeister Gryn von Köln, von A. Baur . . . 384
Flora in Köln, von G. Franz 385
Anfangsvignette, von W. Simmler 386
Aachen. Hof des Kornhauses, von Th. Weber . . . 387
Pontthor in Aachen, von demselben 391
Der Schmied von Aachen, von A. Baur 392
Wappen von Aachen 393
Neuß, von Th. Weber 394
Alter Gottesacker in Crefeld, von demselben 395
Neuß — Oberthor mit Drusustburm, von demselben . 396
Düsseldorf, von demselben 398
„ Alter Jacobi'scher Garten, von demselben . 399
Elberfeld, von demselben 401
Ruine der Pfalz Kaiserswerth, von demselben 402
Stiftskirche in Kaiserswerth, von demselben 404
Rheinbrücke bei Hochfeld, von demselben 405
Berliner Thor in Wesel, von demselben 407
Willibrod's Kirche in Wesel, von demselben 408
Cleve — Schloßthor mit Schwanenthurm, von demselben 410
Schloß in Cleve, von demselben 411
Der alte Rhein bei Cleve, von demselben 413
Wahrschaukahn, von W. Simmler 414
Stromaufwärts, von G. Franz 417
Landschaft bei Arnheim, von H. Baisch 418
De Groote Kerk in Arnheim, von Th. Weber . . . 421
De Groote Kerk in Rotterdam, von demselben . . . 423
Bauernhof in der Gegend von Rotterdam, von H. Baisch 424
Auf den Dünen, von demselben 426
Schlußvignette, von G. Franz 427

Rheinfahrt.

Bis in die Dämmerzeit der Schöpfung, da sich Land und Wasser schieden, reicht der geheime Zauber der großen weltbeherrschenden Ströme zurück. Die Gipfel der Berge sind stumm; eisige Ruhe wohnt in den Höhen; aber in der Fluth mit ihrem lauten Rauschen liegt der ewige Wechsel der Gestalt und die ewige Kraft der Bewegung. Und Bewegung ist ja doch das uralte Geheimniß alles Seins. Es war ein weltgeschichtlicher Augenblick, als der Mensch zum ersten Mal die stürmende Woge unterwarf und die Ströme zwang, seine Kraft und seine Gedanken hinauszutragen in's Weite. Sie waren die uralten Grenzen der Völker und ihr Bett war heilig; in ihren Tiefen wohnten die Götter und das Schicksal der Menschen ward ausgekämpft an ihren Ufern. So sind die Ströme gleichsam die Grundlinien der Weltgeschichte geworden und die Führer für jeden großen Helden; der Weise aber, der tiefer blickt, sieht in ihnen das Bild des Lebens, wie es aus enger Jugend sich zur breiten Thatkraft emporringt, um dann doch wieder aufzugehen im Meere der Allgesammtheit. Er sieht in ihnen das Bild der brausenden Leidenschaft und der tausend Klippen, die unsern Weg geleiten zwischen Anfang und Ende.

Ein liebeleeres Menschenleben
Ist wie ein Quell versiegt im Sand,
Weil er den Weg zum Meer nicht fand,
Nach dem die Quellen alle streben.

Das bedeuten die großen Ströme für das Herz und für die Geschicke der Menschheit.

Uralt und am größten unter den Großen aber steht der Rhein in der Geschichte, der Strom der Germanen, dieser Urquell nordischer Kultur! Was liegt nicht in dem einen Worte, das schon vor zwei Jahrtausenden ein Losungswort der Völker war, als durch seine Fluth die Legionen Cäsars und die Rosse Attila's gezogen! Und wieder waren Hunderte von Jahren vergangen; geleitet vom jubelnden Volk zog der deutsche König Konrad den Rhein hinab nach Mainz zur Krönung — welch' gewaltiges Bild! Und eben so reich wie die Geschichte wuchs die Sage an den Ufern des Rheins empor; wie sich der Epheu um die alten Burgen rankt, so umrankten immergrüne Mythen den Grundstein wirklicher Begebenheit, und aus den tönenden Wogen stiegen tönende Lieder! Am Rheine stand das Schloß der Nibelungen, am Rheine saß die Loreley und sang, und welch' blühend Land liegt am Rheine, von den schneeigen Alpen bis hinunter in's Meer!

Hier lagen die mächtigsten Städte des alten Reichs, hier die mächtigsten Sitze geistlicher Fürstenpracht, die mit vollen Händen vergeudete und erwarb. Weithin wollten beide ihre Herrlichkeit verkünden, sie bauten Münster und Dome, und wenn der Wanderer des Abends seine Straße zog, dann sah er meilenweit den schlanken Thurm und jubelnd rief er den Genossen: Straßburg, Straßburg! Und aus dem Morgennebel sahen die Schiffer, die über Nacht den Rhein hinunterfuhren, eine dunkle Masse steigen, auch ein Schiff, doch mit steinernen Flanken und steinernen Masten — den Dom von Köln.

Wahrhaftig, wer fühlt nicht den Reichthum, der in dem Worte liegt „der Rhein", den Reichthum an Natur und Kunst, an Geschichte und Sage, an altem und neuem Leben! Und doch ist dies nicht Alles: die letzte innerste Bedeutung, die der Rhein für das Herz und die Geschichte unseres Volkes hat, liegt noch unendlich tiefer. Denn wie nach der Sage der Schatz der Nibelungen in seinen Fluthen begraben lag, um ihn vor räuberischer Hand zu sichern, so lag in den Tiefen des Rheins der ganze Schatz, der letzte Hort des deutschen Bewußtseins und ward dort aufbewahrt durch die Jahrhunderte der Noth, bis eine bessere Zeit ihn heben sollte. Selbst in den Tagen der tiefsten Schmach, da man verachtend auf deutsche Hände und deutsche Waffen sah, war doch der Rhein gleichsam das ideale Wort, in das sich alle Sehnsucht und aller Glaube an das Vaterland geflüchtet. Bei den Wogen des Rheins beschwor der alte edle Arndt sein Volk, dem Rheine galt jenes andere zorndurchglühte Wort:

„Sie sollen ihn nicht haben!"

Dort hatte sich der deutsche Geist zur letzten Wacht und Wehr gestellt, als er in seiner eigenen Heimath gleichsam geächtet war, und als die Stunde kam, als der furchtbare Schlachtruf vom Westen herüberklang, da war es die — „Wacht am Rhein", die lebendig wurde wie auf einen Zauberschlag im Wort, im Sang, in allen Herzen. Wer hat uns das gelehrt, wer hat dies Lied mit einem Mal zum Lied der deutschen Heere und des deutschen Volkes gemacht? Kein König konnte dies gebieten und kein Dichter konnte das erzwingen, es war das alte halb verlorene Gefühl, das mit Sturmesmacht hervorbrach, das Gefühl, daß für Sein und Nichtsein unseres Volkes „der Rhein" die Losung ist.

Und so grüß' ich dich denn, heiliger Strom, dem wir mit freudig vereinter Kraft dies Denkmal weihen, dem wir nun folgen von seiner stillen Quelle bis an's rauschende Meer. Der Weg ist weit und das Werk ist schwer, aber zwei Mächte stehen uns helfend zur Seite, das ist die Schönheit, in deren Mitte wir weilen, und die Liebe zum Vaterland. Sie mögen der Arbeit die Weihe geben.

Doch auch der Leser mag diese Weihe theilen! Ihr Alle, die ihr in stiller Stunde am trauten Herd über diese Zeilen fliegt, o denkt an das bange Pochen, das im Herzen von Millionen bebte in jenen schwülen Tagen, als die ersten Regimenter dem Rhein entgegenzogen, bis die erste Siegeskunde über den Rhein zurückkam. O denkt daran, wie wir gewacht, geweint, gebetet! Dann werdet ihr's ganz begreifen, was der Rhein für unser Volk, für unser Herz bedeutet, warum wir ihm unbewußt den Namen „Vater" geben. Vater Rhein, sei gegrüßt!

* * *

Rheinwaldgletscher.

Die Jugend des Rheines.

Horch, wie das rieselt und rauscht in der eisigen Wildniß, die uns umgibt! Wir sind emporgestiegen durch's Thal, am letzten Haus, am letzten Baum vorbei, daß man sich klammernd festhält auf dem engen Pfade — aber nun ist das Ziel erreicht und in thronender Majestät liegt der Rheinwaldgletscher vor uns.

Das Auge staunt — der Athem stockt, so ungeheuer stürzt diese weiße Riesenmauer vor unseren Blicken ab; die Wolken, die langsam über den Gipfel ziehen, erhöhen noch die Kraft der Massen und der Farbe. Mitten drinnen aber in der Gletscherwand, hoch über dem Boden ist ein schmaler Spalt und dort bricht weiß und schäumend ein dünner Strahl hervor

Billis.

und stürzt sich jauchzend herab auf die Erde. Das ist der Rhein. Nun hat er das warme Licht erblickt, das nie in die Tiefe des Gletschers dringt, nun hat er den heiligen Boden der Mutter Erde berührt und auf diesem Boden will er nun bleiben und wandern viel hundert Meilen weit, bis er aus dem Schooß der Berge zurücksinkt in den Schooß des Meeres.

Wie bekannt, wird der Rhein aus zwei Armen gebildet, dem Vorder- und Hinterrhein, die sich bei Reichenau verbinden. Den dritten kleineren Arm, der vom Lukmanier kommt und schon bei Dissentis mündet, hat man als Mittelrhein bezeichnet. Während der Lauf des letztgenannten ohne sonderliche Bedeutung ist, bieten die beiden ersteren ein Bild, das uns landschaftlich und historisch in gleicher Weise fesselt, wenn wir jeden der beiden Flüsse nun von seiner Quelle bis an den Punkt begleiten, wo sie sich jubelnd in die Arme stürzen.

Wir beginnen zunächst mit dem Hinterrhein, ihm gehört die Quelle an, vor der wir stehen. — Welche Größe, welche Heldenzukunft wird hier geboren, welches Leben hängt an diesem silbernen Faden! Er hat sich losgerissen mit aller Gewalt, der junge Rhein, aus seiner einsamen Heimath, er will weiter, weiter — hinaus in die Welt und finster schweigend sieht der riesige Berg ihm nach — dem Liebling, der ihm entronnen. Wie eine offene Wunde in der Brust, aus der das Leben quillt, klafft der Spalt in der Gletscherwand.

Das Räthsel der Geburt, der Schmerz des Scheidens und die Wonne der Freiheit: hier sind sie verkörpert auf dieser einsamen Scholle.

Fast ebenso wunderbar wie der Ursprung ist übrigens der Lauf des Hinterrheins; sein Weg ist vielleicht der wildeste, der jemals aus den Bergen zu Thale wies. Wer kennt ihn nicht, den finsteren Namen Via mala? Und unter der Via mala braust der Rhein.

Drunten in Holland, wo er breit und majestätisch in's Meer strömt, fragt man bei jungen Männern, wenn sie ein Amt erstreben oder um ein Mädchen freien: Hat er sich ausgetobt? Und nur wenn diese Frage bejaht wird,

Via mala. Von R. Püttner.

Dorf Hinterrhein.

erblickt man darin die Bürgschaft eines ernsten thatkräftigen Lebens. Aehnlich ergeht es dem Rhein; der ungeheuren thatenreichen Arbeit, die er für die Kultur der Menschheit vollbringt, geht eine stürmischwilde Jugend vorher — es ist kein Wandern mehr, es ist ein Toben, wie er herunterjagt durch die Schluchten Graubündtens — — er tobt sich aus!

Schon am Beginne seines Laufes, kaum eine halbe Stunde von der Quelle entfernt, tritt der Kampf der jungen Fluthen mit dem alten Berggestein in schauerlicher Weise zu Tag; der Fluß stürzt jählings in einen Abgrund hinunter, der von gähnender Tiefe ist, die Felsen bedecken ihn, er ist dem Blick entschwunden, er ist begraben, er erstickt. Fast sieht es sich an, als wollten die Felsen ihn von Neuem gefangen nehmen, nachdem er kaum entronnen; man hört es, wie er um seine Freiheit, um sein Leben ringt, donnernd hallt das Brausen empor. Aber siegreich schlägt er sich durch, und wie der junge Herakles die beiden Schlangen erwürgte, so überwindet der Rhein schon in der Wiege die beiden Mächte, die sein Dasein gefährden — Eis und Fels. Seine Kindheit verräth den einstigen Riesen, aber selbst die Namen, die seinen Ursprung begleiten, haben eine mystische Größe, denn die Alpenmatte, die der Quelle des Hinterrheins gegenüberliegt, heißt das „Paradies“ und der Schlund, in den er hinunterstürzt, die „Hölle“. Zwischen beiden hindurch erobert er sich die Welt.

Die erste hochgelegene Thalstufe, die der Hinterrhein durchmißt, wird das Rheinwaldthal geheißen; das erste Dorf, das uns begegnet, trägt den Namen des jungen Stromes. Trotz der hohen und rauhen Lage umgeben uns doch die herrlichsten Wälder, Tannen und Lärchen; die Bewohner aber stammen aus den Zeiten Barbarossa's, der das Thal mit Deutschen besiedelte, um den alten Heerweg über die Alpen zu hüten. Aber noch viel weiter zurück lassen sich menschliche Spuren verfolgen, denn unter weggespülter Erde fand man allerlei uraltes Hausgeräth und auf einer Stelle, die noch vielfach gezeigt wird, soll selbst ein römischer Tempel gestanden haben. Kurzum, man glaubt, daß die Gletscher im Rheinwaldthal im Lauf der Jahrhunderte bedeutend gewachsen sind, und daß das Klima früher viel milder war als jetzt; so findet man z. B. noch allerlei Nester von Vögeln, die seit Menschengedenken dort nicht mehr nisten. Schwalbe und Elster zogen für immer fort, nur der Sperber, grau wie die Felsen, an denen er horstet, kreist mit regungslosem Fittich hoch über uns, nur der Steinröthel pickt und lockt und huscht scheu von dannen, wenn

Dorf Splügen.

er des Menschen gewahr wird. Aus dieser Einsamkeit treten wir heraus auf die nächstniedrige Thalstufe, in's Schamserthal, durch das die weltberühmte Splügenstraße von Chur nach Chiavenna führt. Sie stammt aus dem Jahre 1822, der berühmteste Punkt derselben aber ist die Felsenschlucht, die von Andeer bis nach Rongella reicht. Hier wird das drohende Wort zur Wahrheit: Via mala!

Die Kräfte der Natur, die vor Jahrtausenden hier thätig waren, um eine gähnende Kluft in die geschlossene Felsenmauer zu reißen, erfüllen uns noch heute mit Gedanken des Grauens. Zweitausend Fuß hoch steigen senkrecht die steinernen Wände auf und senkrecht stürzen sie vom Weg hinab zur Tiefe; der Zwischenraum aber ist so schmal, daß man wähnt, man könnte die Felsen mit den Händen greifen. Stundenlang zieht sich dieser klaffende Riß dahin, der quer durch den ungeheuren Gebirgsstock geht und den einzigen Pfad wies für die Menschen, die hüben und drüben wohnten; hier muß der Rhein hindurch zu Thale, hier muß die Straße durch. Eng lugt der Himmel herunter, rasend zwängt sich die Fluth zusammen, wo war noch Raum für den Schritt des Menschen? Vier Jahrhunderte haben an der Lösung dieser Frage sich abgemüht mit immer wachsender Kraft, mit immer wachsendem Erfolge; man sprengte die Felsen und überbrückte die Fluth, und wo Lawinen drohten, da wurden festgemauerte Gallerien erbaut, unter denen jetzt die hoch geladene Post mit klingelndem Viergespann dahinjagt. Die eine gähnende Kluft ist sichtbar, aber welch' unermeßliche unsichtbare Kluft liegt zwischen damals und heute! Damals ward der ganze Verkehr fast nur von Saumpferden besorgt, deren oft vierhundert in einer Woche durch das Dorf Splügen kamen; dann erst baute

Ortenstein.

man kleine Wagen mit breiten niedrigen Rädern, aber mehr als einer von ihnen zerbrach das schwache Geländer und stürzte in die endlose Tiefe.

Fieberhaft regt sich die Phantasie auf diesem dunklen Wege und unwillkürlich schenkt man selbst den finsteren Mythen Glauben, die denselben umgeben. Nicht selten haben sie indeß ihren historischen Grund in den furchtbaren Kämpfen, womit die Graubündtner ehmals ihre Unabhängigkeit erstritten. Zeugen davon sind jene Burgtrümmer, die noch jetzt von den Bergen hernieder schauen.

Erst bei der Rongellaschlucht, wenn wir an Zillis vorüber sind, naht sich das Ende der Via mala. Der Tunnel, den man hier durcheilt, heißt „das verlorene Loch"; dann sieht man hinab auf Thusis, das lachend im Thale liegt, vom Heinzenberg überragt. Es ist abermals eine neue, tiefer gelegene Staffel des Weges, die wir erreichen, sobald wir durch das ungeheure Thor der Via mala hinausgetreten, denn der ganze Lauf des Hinterrheins stellt ja gleichsam eine kolossale Felsterrasse dar mit drei riesigen Stufen: Rheinwald-, Schamser- und Domletschgerthal.

Durch dies letztere zieht sich der Weg von Thusis abwärts, auch er ist reich an malerischer Schönheit und bedeutsam in geschichtlicher Beziehung. Denn eben hier drängen sich vor Allem jene trotzigen Kastelle zusammen, welche die geistliche und weltliche Macht zu Häupten des gedrückten Volkes erbaute. Hier tobte am wildesten der Kampf um jenes Mein und Dein, unter dem nicht blos die Habe, sondern die Freiheit der Unterthanen verstanden war. Denn wohl an zwanzig Burgen krönen die Höhen des lieblichen Thales, darunter manche, in deren Trümmern die Geschichte eines Jahrtausends ruht. So ward das Kloster Katzis, das hoch auf dem Berge steht, schon 680 gegründet durch eine Gräfin von Realta, der die Sage den Bischof von Chur zum Gatten gab. Realta selbst führt seinen Ursprung bis in das sechste Jahrhundert vor Christus zurück, indem man den Tuskerfürsten Rhätus als Erbauer nennt. Wie trotzig lauten all diese Namen, dies Ortenstein und Juvalta, und nun vollends Rhäzüns, das auf steilen Felsen emporsteigt, wo sich rauschend die Wogen brechen! Das war lange Zeit das verhaßteste Bollwerk gegen die Freiheit des Volkes. Denn die Herren von Rhäzüns, die durch Kaiser Sigmund in den Grafenstand erhoben wurden, gehörten der „schwarzen Liga" an, welche der Adel dem „grauen Bund" gegenüberstellte. Lange Zeit währte die Fehde zwischen beiden, bis bei einem verwegenen Einbruch in das Schamserthal der Bund der Herren unterlag; dann trat das Volksgericht zusammen und verurtheilte den jungen Grafen von Rhäzüns zum Tode. Schon war der Tag der Hinrichtung bestimmt, schon hielt der Henker das breite Schwert bereit, da trat der alte Diener des Hauses vor das versammelte Volk und erbat sich das Wort. Gar manche der

Juvalta.

Thusis.

Ahnen des jungen Herren — so sprach er zu den Männern des grauen Bundes — seien dennoch milde und menschenfreundliche Gebieter gewesen und hätten gern in fröhlicher Gemeinschaft mit dem Volke einen fröhlichen Trunk gethan. Daß dies auch jetzt geschehe, sei die letzte Gunst, um welche der Gefangene bitte. Dann wurden die schweren Humpen und die steinernen Krüge geholt mit dem Veltliner; man that sich tapfer Bescheid und als die Laune am besten war, da begann der alte Diener auf's Neue zu sprechen und bat, man möge doch seinem jungen Herrn das Leben schenken, dann wolle er gern zum grauen Bunde treten und die Freiheit des Volkes schirmen. Seine Bitte fand Gehör und der Gebieter von Rhäzüns hielt Wort. — So lautet die sagenhafte Kunde, die uns schon angesichts der

Toma-See.

Verlorenes Loch.

Bärenburg und hier von neuem entgegentritt; die gewaltige Bergwelt aber, die ihr zum Schauplatz dient, erhöht den Reiz der Begebenheit. — Aber auch durch die Landschaft, die uns umgibt, geht mehr und mehr jetzt ein milder Zug. Noch schauen die Ferner hochragend herab und dunkler Tannenwald bedeckt die Berge, allein im Thale weht schon jene warme Luft, in der die herrlichsten Früchte reifen, die Felder sind schwer vom goldenen Segen und wohlhäbige blanke Häuser stehen rings auf den grünen Matten.

Der Gegensatz, wenn man aus den Schluchten der Via mala herunterkommt, ist wahrhaft ergreifend; es ist ein Gefühl der Erlösung, das uns übermannt. Dort die enge grausige Einsamkeit, finstere Farben und kahles Gestein, eine Welt, in welcher Groll und Düsterheit herrscht, und hier der ruhige gesegnete Pfad, ohne Wildheit doch erhaben, und ohne sich in's Kleine zu verlieren doch reich an lieblicher Einzelnheit. Mitten dahin durch diese Matten aber fließt kühn und mächtig der Rhein, den wir begleiten.

Rhäzüns.

Noch ist er ein Bergstrom im vollen Sinne des Wortes; kein Schiffer dürfte es wagen ihn zu befahren, aber sein Bett ist breiter geworden und über der jugendlichen Kraft liegt schon eine gewisse Ruhe und Reife. Er hat die Zeit des Kampfes überwunden, die keinem bedeutenden Dasein erspart bleibt, jene Zeit voll Sturm und Drang, wo alle Lebensgeister in rasendem Strudel kreisen. Und ganz dasselbe, was diese Sturm- und Drangperiode im Leben großer Männer bedeutet, das ist im Laufe unseres jugendlichen Stromes die Via mala. Sie stellt den Höhepunkt dar, wo es gilt, sich mit übermenschlicher Arbeit aus allen Hindernissen emporzuringen — aber nun ist der Kampf überwunden, nun ist die Zukunft geebnet. Das ist der tiefere psychologische Grund, warum wir mit einer Art von Ergriffenheit vor diesem Bilde stehen.

Der Weg, den der Hinterrhein von seiner Quelle bis zur Vereinigung bei Reichenau zurücklegt, beträgt nicht mehr als etwa fünfzehn Stunden, die Höhe aber von der er gleichzeitig herniedereilt, über die drei ungeheuren Thälerstufen mit ihrem Schluchtenthor, mißt nahezu viertausend Fuß. Diese Ziffern in ihrem Zusammenhalt geben das beste Bild, wie gewaltsam und stürmisch die Jugend des großen Stromes ist, welch' ungeheure Kräfte hier wirken.

Minder schaurig, aber doch auch von großartiger Erhabenheit ist der Ursprung und der Lauf des Vorderrheins, den wir nunmehr betrachten. — Wieder ist tiefe Einsamkeit um uns, weit verstreut liegt graues Geröll und spärlich keimt der Rasen zwischen den mächtigen Steinkolossen — kein Menschentritt, kein Lebenslaut, kein Sonnenstrahl! Nur wenn man weit zurückgelehnt emporschaut, sieht man das tiefe Blau in ferner Höhe, nur das Wort, das wir selber sprechen, hallt zurück von den Felsen.

Und doch entspringt aus dieser tiefen leblosen Stille ein Leben, das an Größe keinem andern vergleichbar ist; wir hören es leise rauschen und dies Rauschen ist der Wiegengesang des Rheines. Wieder stehen wir hier an seiner Quelle. Das Land, in dem wir weilen, ist Graubündten, der wildeste Kanton der Schweiz, wo heute noch der Adler horstet und der Bär durch die Schluchten zieht, wir sind mitten drinnen in jenem ungeheuren Felsgebirg, über das der Gotthard gebietet. Ewig verschneit ragen hier die Gletscher empor, Crispalt und Badus und in der Ferne die Furka — es ist die uralte Wasserscheide zwischen der stürmischen ernsten Nordsee und dem lachenden Mittelmeer; es ist eine jener wunderbaren Werkstätten, wo die Natur in keuscher Einsamkeit ihre mächtigsten Gedanken zeugt.

Kapelle zu Trons.

Drei Bäche bilden den Ursprung des Vorderrheins; der eine kommt steil vom Felsen herab, der zweite hält sich schüchtern auf dem Grunde, und aus der undurchdringlichen Tiefe des Gesteins bahnt sich der dritte den Weg. Das schmale Becken, wo sie zuerst zusammentreffen, heißt der Toma-See. Seine Länge beträgt kaum mehr als vierhundert und seine Breite kaum zweihundert Schritt, auch die Tiefe ist gering, aber in wunderbarer Farbenpracht hebt sich der dunkle Spiegel von den Felsen ab, aus deren Ritzen nur hier und dort eine Alpenblume hervorlugt, in deren Schluchten noch träufelnd der Schnee liegt.

Es ist die erste stille Rast, der erste Augenblick der Sammlung für die Wasser des Vorderrheins, dann geht es rauschend hinab über die felsigen Berge nach Chiamunt und Selva, bis in Dissentis der Mittelrhein hinzutritt. Das Dörflein selber liegt tief im Thal, von der Kapelle, die droben im Grünen steht, klingt das Abendgeläut herunter, fremdartig sieht uns der Bauer an, den wir nach einem Fußsteig befragen. Die Sprache, in der er uns Bescheid ertheilt, ist romanisch und nur Bruchstücke davon sind uns verständlich; ein herber rauher Zug, dem aber nicht die Treue fehlt, steht im Antlitz dieser einsamen Menschen. Erst wenn wir dann drunten sitzen im kleinen Kreise der Osteria beim rothen Veltliner, lassen wir uns erzählen, was Alles in grauen Zeiten sich hier zugetragen.

Denn nicht immer war Dissentis so einsam wie heute. Noch ein Jahrhundert lang, nachdem man Attila, die große Gottesgeißel, zu Grab getragen, hausten versprengte Schaaren aus seinem Nomadenheer in dieser Gegend, bis sich die Rhätier gegen sie verschworen und sie bis auf den letzten Mann vernichteten. Auf den Hügeln aber, die das Dorf umgaben, bauten sich die Jünger des h. Benedikt eine Stätte, die sie über tausend Jahre bewohnten,

Dissentis.

Parthie am Flimsersee.

geborgen im Frieden der Berge, weit entlegen vom Strom der Zeit und der Geschichte. Dann aber kam die Zeit zu ihnen: die wilden Soldaten der französischen Republik mit der flatternden Trikolore, und brannten Dorf und Kloster nieder.

Obwohl uns der Rhein auf dem Pfade, der nun von Dissentis nach Ilanz führt, nicht immer zur Seite geht, so bleibt er doch unser Führer; denn wo wir ihn auch nicht sehen, weil Tannenwald und Felsgestein ihn deckt, da hören wir gleichwohl das nahe Brausen, womit er sich schäumend die Wege bahnt. Kleine Dörfer, oft nur mit wenigen verwitterten Häusern, begegnen uns; hier rauscht ein Bergbach von den Höhen, dort dröhnen die Hämmer eines Eisenwerkes durch die einsame Waldestiefe. Ein Fischer mit seinen Netzen zieht vorbei; er geht dem Fang der Forellen nach, die hier nicht selten über zwanzig Pfund schwer sind, und zeigt uns den Weg in's Thal hinein, das sich bei Sumwix öffnet.

Unmittelbar vor Trons, eh' wir die Dorfgasse betreten, steht der Strunk eines alten, weitberühmten Baumes — es war einst ein Ahornstamm mit rauschendem Geäst, — dort versammelten sich vor mehr als vierhundert Jahren die Stifter des grauen Bundes, der dem Lande den Namen gab. Seinem Andenken ist die kleine Kapelle geweiht, die daneben emporragt. Was an Urkunden und Verträgen aus jener Zeit noch übrig ist, liegt im alten Rathhaus zu Ilanz verwahrt; so heißt die erste Stadt am Ufer des Rheins.

Schon hat der Weg ein gut Theil seiner alten Rauhheit verloren, er zieht über breite grüne Matten hin, die mit dichten Erlenbäumen bedeckt sind, und selbst die Dörflein abseits am Wege haben etwas lieblich Trautes, das zum Verweilen lockt. Das kleine Dorf, das in der Nähe der sog. Waldhäuser steht, wo die Straße einen weiten Bogen zur Linken macht, heißt Flims; überall rauscht es von Bächen, die dem Rheine entgegenziehen, mit lichtgrüner Fluth liegt der Flimsersee vor uns, ein sonniges Idyll, wo der Hirt am Ufer seine Heerde weidet und sich träumend niederstreckt in's volle Gras. Der Fluß aber liegt weit ab zur Rechten; man hört wohl sein Rauschen, das über die Wipfel des Waldes herüberkommt, aber man sieht ihn nicht; ab und zu steigt eine bewaldete Insel aus der Fluth, ab und zu schaut von den Höhen die Ruine eines zerfallenen Kastells.

Hohen-Trüns.

Mehr als einmal begegnen uns auch hier diese Zeugen einer grausamen, frohnbeladenen Zeit; unter ihnen ragt Hohentrüns hervor, das bis in die Tage der Merowinger hinaufreicht. Tief unter dem Schlosse, fast schüchtern an den Berghang gelehnt, liegt das Dorf, und nun beginnt sich die Landschaft von neuem zu wandeln; sie zieht ihre breiten Wäldermassen wieder dicht heran an das Ufer des Stromes und hüllt sich in dunklere Farben. Es ist nicht mehr der weite offene Thalgrund, durch den wir bei Ilanz wandern, von Nuß- und Ahornbäumen beschattet, sondern schwarzer Fichtenwald umfängt uns, und durch die Seitenthäler, die sich zur Rechten und Linken öffnen, geht jener zerklüftete Zug der Hochgebirge. Aber selbst die Wogen theilen diesen Zug, auch sie rauschen mit neuer Kraft, mit neuem Ungestüm dahin, als ginge es einem langersehnten Ziel entgegen, als ahnten sie ein nahes Wiedersehen. Schon mischt sich in das lichte durchsichtige Grün, das dem Vorderrhein eigen ist, ein fremdes tieferregtes Element mit dunkleren Fluthen. So führt sie der Hinterrhein mit sich; wir sind der Mündungsstelle desselben nahe und weit hinauf in den anderen Arm reicht der Rückschlag jener Gewässer. Das Brausen wächst, aus dem Grün der Gärten schaut ein Schloß mit stolzen Zinnen. Dann geht es hinab auf die Brücken von Reichenau; die erste, mit Holz gedeckt, daß Tritt und Räder dröhnend hallen, führt noch über den Vorderrhein, die zweite aber liegt tiefer unten, wo schon die beiden Ströme zusammenstießen. Denn hier ist ja die Stätte ihrer ersten Begegnung, hier ist es, wo sie mit brausendem Jubel sich in die Arme stürzen, der eine lichtgrün und helle, denn sein Weg war heiter, der andere mit dunkler Fluth, denn sein Pfad war kampfvoll und stürmisch. Sein Pfad war die Via mala. Nun aber ist's vollbracht; es sind zwei Brüder, die nach langer Trennung sich endlich begegnen und sich erkennen; nun wollen sie vereint durch's Leben zieh'n — von nun an hat die Weltgeschichte nur einen Rhein!

Die Herrscher in Reichenau waren einst die Bischöfe von Chur; von ihnen ward das alte Schloß erbaut, das dann den Herren von Planta zu eigen ward. Wenn man den prächtigen dichtbewachsenen Garten besucht, so

Brücke von Reichenau.

steht man der rauschenden Vereinigung beider Rheinarme gegenüber. Die Mauern des Schlosses aber boten gar manch berühmtem Gaste ein Obdach, denn in dem Collegium, das sich dort befand, wurden Schüler gebildet wie Benjamin Constant, und unter den Lehrern fand sich selbst ein gekröntes Haupt, der spätere Bürgerkönig Louis Philipp. Es war seltsam mit seiner Berufung ergangen: Herr Chabaud nämlich, den der Direktor der Anstalt zuerst gewonnen, blieb unversehens aus, und so nahm denn der junge Flüchtling dessen Amt und Namen an, nachdem er ein strenges Examen glücklich bestanden. Die Fächer, die er vertrat, waren Geschichte und Geographie, Mathematik und französische Sprache, sein Jahrgehalt betrug nur vierzehnhundert Franken. Aber so arm dies Leben schien, es war doch ein Paradies neben der Hölle Frankreich; denn dort war der König vor wenigen Monden auf das Schaffot gestiegen, und im Schlosse zu Versailles, wo er einst nur Sklaven sich beugen sah, hielt jetzt der freche Jakobiner die Wacht.

Allein der Brand von 1789 blieb nicht auf den Herd beschränkt, der ihn erzeugte. Selbst in die stillen einsamen Thäler der Schweiz fiel sein Widerschein, selbst dort empfand man die Zuckungen von jenem Todeskampf, womit das vorige Jahrhundert von uns schied. Es hatte sich erschöpft in Schwelgerei und Despotismus, nun faßte es noch einmal all' seine müde Lebenskraft zusammen zu einer letzten That, zu einer neuen Erlösung des Menschengeschlechts. Aber die That war bald zur Unthat geworden, und nicht der Weltfriede, den man ersehnt, sondern der Weltkrieg war die Frucht der Revolution. Es war eine furchtbare Zeit. Von Blut überströmt verhauchte das Jahrhundert, und selbst am Ufer des jungen Rheins, wo der Pfad kaum für das tastende Saumthier genügte, rangen sich jetzt Armeen durch, fremde Armeen, die weder Weg noch Sprache kannten. Unter Suwarow, dem wilden Liebling der Kosaken, standen die Russen, Masséna führte die Soldaten der Republik mit flatternder Trikolore unter den Klängen der Marseillaise — „Allons enfants de la patrie“ — und ihm stand mit den buntgewürfelten Völkern Oesterreichs Erzherzog Karl gegenüber. Elijen und Slava, Zivio und Evviva scholl es hier aus rauher Kehle, wenn der Führer an den gedrängten Reihen vorüberritt. Welches Gewühl, welche Todesverachtung, welche Kriegswuth der Zeit, die auf diesem halsbrecherischen Boden die Völker von halb Europa zum Kampfe zusammenführte! Oft ging es nimmer weiter, wenn Wind und Wetter sich verbündeten, und auf den verwilderten Gesichtern der Soldaten stand drohend der Aufruhr.

Bei Martinsloch verweigerten die Russen den Gehorsam, es schien unmöglich, durch die schauerlichen Massen von Eis und Schnee hindurchzudringen. Als Suwarow, der mit dem Prinzen Constantin sich in der Nachhut befand, die düstere Kunde erhielt, da ritt er eilends vor an die Spitze der Truppen. Man dachte, er werde die Meuterer nach

Stadtthor von Ilanz.

Hunderten niederschießen, statt dessen befahl er nur — finster und kurz — ein tiefes Grab in den Schnee zu schaufeln. Stumm gehorchten die alten Soldaten, und als die Grube gehöhlt war, da riß er sich die Kleider vom Leib und herrschte sie an in seiner rauhen Art: „Werft mich hinab, verscharrt mich hier, ihr wollt nicht mehr meine Kinder sein und ich bin nicht mehr euer Vater! Was soll ich thun als sterben?"

Das wirkte wie ein unsichtbarer Schlag auf die alten Garden, mit wildem Jubel umgaben sie ihren General, und schwuren ihm treu zu folgen, wohin er sie führen möge! Aber auch den Bewohnern des Landes selbst zuckte es manchmal in Herz und Faust, und gerade an Ems, das wir bald hinter Reichenau berühren, knüpft sich die Erinnerung an eine seltene Heldenthat. Der Luciensteig, der als das eigentliche Bollwerk der Bündtner betrachtet wird, war im März 1799 von Masséna genommen worden und die Erbitterung hierüber wuchs durch den Uebermuth der Sieger. Lawinenartig zog der Aufruhr durch das ganze Thal des Vorderrheins, bis es in Ems zum offenen Kampfe kam. Dort hatten die Franzosen ihr Geschütz in festen Stellungen verschanzt, und fast tollkühn schien das Wagniß, sie anzugreifen. Allein wovor der Muth der Männer zurückschrak, das vollendete ein Weib. Anna Maria Bühler, ein Mädchen von einundzwanzig Jahren, trat an die Spitze der Stürmenden und eroberte das erste Geschütz. Mit herkulischer Kraft fiel sie den Rossen in die Zügel und schlug mit dem Knüttel den jungen Offizier vom Pferd, der die Batterie kommandirte. Dies Beispiel wirkte; fast die gesammte Artillerie der Franzosen wurde vernichtet.

So steht schon am Beginn des Rheines jenes finstere Wort, das dann immer mächtiger wird, je weiter sein Lauf in die breite Ebene hinabführt: der Krieg. Ja, man könnte fast an das Märchen denken, wie die guten Feen einst das neugeborene Königskind umringten und ihm ihre Gaben in die Wiege legten; aber auch die eine böse Fee war erschienen und legte ihre Verwünschung hinzu. So entfaltet sich der Lauf des Rheines zu hundertfachem Segen, zu Größe und Ruhm, aber auch der eine böse Wunsch, den ihm die Eris in die Wiege legte, ward hundertmal zur That: das ist der Krieg. — Er sollte es frühe lernen, der junge Rhein, was Kampf um's Dasein heißt.

Bald hinter Ems kommt Chur, die Hauptstadt des Kantons Graubündten, und selber eine graue verwitterte Bergstadt. Uralte romanische Thürme mit räthselhaften Namen, eine Kirche, die mehr als tausend Jahre steht, enge Gassen, über deren steiniges Pflaster die schwere Post rollt, und darüber der himmelhohe Kalanda, — das ist das Bild, vor dem wir stehen. Fast allerwärts dringen uns wälsche Laute an's Ohr, denn hier ist der Mittelpunkt, wo alle Wege Graubündtens zusammentreffen, hier ist der Sammelpunkt des ganzen ungeheuren Verkehrs, der über den Splügen und Bernhardin nach Süden führt.

Auch die Geschichte der Stadt ist grau, wie ihre Mauern, die zur Römerzeit den Namen Curia Rhätorum trugen. Hier schlug der Kaiser Constantin seine Winterquartiere auf, die zur Erweiterung der Stadt den ersten

Episode aus dem Kampf der Bündtner bei Ems. 1799.

Anlaß gaben, hier pflanzte schon im Jahre 451 das Christenthum sein Kreuz. Der Hof des Bischofs ist hoch gelegen und bildet mit dem Dom und den dazu gehörigen Gebäuden beinahe das Bild einer trotzigen Veste. Der Stadttheil, welcher dies geistliche Fort umgibt, wird jetzt noch überwiegend von Katholiken bewohnt. In der unteren Stadt, die reich ist an origineller Architektur, an steilen Giebeln und dunklen Gewölben, drängt sich das thätige mühsame Leben zusammen und die Häuserzeile zieht sich weit in's Thal hinein, aus dem der Plessurfluß dem Rhein entgegenrauscht. Die Bevölkerung aber, die noch vor zwei Jahrhunderten ausschließlich aus Romanen bestand und ihre Stadt nicht Chur, sondern Quera nannte, ist jetzt fast völlig germanisirt und verdient den Ruf ehrenfester Thatkraft, wenn sich auch die Herbheit des Landes bisweilen im Charakter des Volkes spiegelt. Denn anders gestaltet sich ein Charakter aus, der seine Fähigkeiten in freiem ungetrübtem Wirken entwickeln durfte, und anders jener, der sich nur qualvoll hindurchrang aus aller Bedrückung der Zeiten. Dies aber war das Loos Graubündtens! Auch hinter Chur begegnen uns noch wie bisher die Zeugen jener Zeit, lauter Burgen, deren steinerne Namen schon die Härte und den Trotz bekunden, der da oben daheim war. — Krottenstein, Haldenstein, Liechtenstein, sie schauen auf uns herunter, dieweil

Markt in Chur.

wir still dem Pfad im Thale folgen, hier eines Liedes, dort einer schönen Maid gedenkend, die einst von diesen Söllern sah. Unverhofft aber stehen wir mit einmal wieder mitten im Hochleben der Gegenwart; die Jahreszeit mit ihrer blauen Sommerluft und ihrem duftigen Grün ist zur Saison verwandelt, die uns mit rauschender Seide und geschäftigem Lärm umdrängt. Wir sind im Badeleben von Ragaz, das sich in den letzten Jahrzehnten zu europäischem Rufe erhob.

Die heiße Quelle, die bei Pfäffers entspringt und in eisernen Röhren fast eine halbe Meile weit bis nach Ragaz geleitet wird, ward etwa um die Mitte des dreizehnten Jahrhunderts durch einen Jäger gefunden und gehörte dem berühmten Benediktinerstift, das hoch auf dem Berg thront, einer der mächtigsten und ältesten Abteien des Reiches. Lange Zeit war die Quelle nur von kleinen gebrechlichen Hütten umgeben, wie uns die Badestuben des Mittelalters geschildert werden, und von allen Seiten drängten sich die Siechen zur Heilung heran, bis die Aebte vor hundertfünfzig Jahren ein neues Gebäude errichteten, im weitspurigen Stile, wie er der Zeit und vor Allem den Klöstern eigen war.

Promenade am Felsenthor bei Ragaz.

Jetzt, wo die gesammte Anstalt Eigenthum des Staates ist, stehen riesige Paläste hier mit allem Prunk moderner Luxusbäder, und der Rheumatismus aller Nationen fährt im Rollstuhl über die Promenade.

Zu dem äußeren Comfort aber tritt eine Schönheit der Natur hinzu, die wohl auch im Stillen ihre Heilkraft übt. Hier mit dunklem Walde bedeckt und dort mit zerklüfteten Felsen blickt der Fläscherberg herab in's Thal, das der Rhein in rauschender Hast durchzieht und über den Felsen glänzt silberhell der schneeige Gipfel des Falknis. Jener tiefe Schnitt, über den die Straße nach Bregenz emporzieht, mit starkem Bollwerk gegen die kaiserliche Grenze bewehrt, ist der St. Luciensteig; die beiden Burgen, deren Trümmer aus dem Gestrüppe herunterwinken, sind Freudenberg und Nidberg. Besonders die letztere ist reich an Sagen, unter denen eine durch ihren dunklen Zauber und die Leidenschaft hervorragt, die in ihr zum Ausdruck kommt. Weit und breit war der Ritter von Nidberg gefürchtet, seine Thürme galten für unersteiglich und seine Kraft für unbezwingbar, so oft es auch der Feind versuchte, ihn zu belagern. Doch, was der Tapferkeit nicht gelang, das gelang dem Verrath eines Weibes, das betrogene Liebe zur Rache trieb. Sie kannte sein Gemach gar wohl und seinen tiefen Schlummer, den sie oft getheilt, und auf verborgenen Pfaden führte sie den Feind über den steilen Schloßberg empor, bis sie den Zinnen gegenüber standen. Da sah man in's offene Gemach, wo der Unbezwingliche ruhte, durch's Fenster zog die laue Luft und das volle Mondenlicht fiel über die geschlossenen Lider und die athmende Brust. Kaum sind es fünfzig Schritte bis dort hinüber, aber keine Brücke und keine Hand reicht über den klaffenden Abgrund, der die Beiden trennt, den Schläfer und seinen Feind. Doch der Pfeil ist geflügelt, ihm ist der Abgrund nicht zu tief und der Weg nicht zu weit! „Leg' den Pfeil auf den Bogen, ziel' sicher", raunte das zürnende Weib dem Feinde in's Ohr. Und scheu trat der an den Rand des Felsens, so gewaltig war die Gestalt des Schläfers, aber nur ein Augenblick — dann schwirrt das

Badhaus Pfäffers.

sausende Geschoß durch's Fenster! Es hatte ihn mitten in's Herz getroffen, und schlafend war der Ritter in den Tod gefahren. Entsetzt floh der Mörder von dannen, das Weib aber stand noch lange und weidete sich an seiner Wunde! — —

Wenn uns Ragaz bei aller Großartigkeit doch immer noch einen lieblichen Eindruck macht, so haben wir nur mehr die Größe in ihrer wildesten Form, sobald wir Pfäffers überschreiten. Hier hat sich die Tamina, die bei Ragaz in den Rhein stürzt, den Weg gebahnt durch eine schauerliche Schlucht, hier, nicht draußen in der lachenden Landschaft, liegt das Geheimniß der alten heilsamen Quelle.

Tamina.

Dunkle Felsenwände, die zu beiden Seiten senkrecht emporsteigen und selbst in Sommertagen etwas unsäglich Trübes haben, zwängen den rauschenden Bergstrom ein, peinlich enge zieht sich zur Linken der schmale Weg, überhängend, ausgespült von den rastlosen Fluthen. Nach dreiviertel Stunden etwa erreicht man das Badehaus, das die Klosterherren hier aufgeführt, ein langgestrecktes düsteres Gebäude, in dessen Gänge nur spärlich die Sonne fällt. Für mehr als dreihundert Gäste ist hier Obdach geschaffen, und ehe Ragaz sich als Kurort entwickelt hatte und die Quelle von Pfäffers an sich zog, war hier das einzige Asyl der Fremden.

Aber noch haben wir das Schrecklichste nicht gesehen, noch immer schaut uns der Himmel an mit blauem Blick, und bei aller Enge ist es doch noch die freie Natur, durch die wir ziehen. Hinter dem Badhaus aber, wo der Weg noch etwa fünfhundert Schritte weiter führt, geht es mitten hinein in's Innerste, in die grausigen Eingeweide des Felsens; die Schlucht wird zum Schlunde, und selbst wenn draußen die Julisonne glüht, ist es hier feucht und dunkel. Ueberall sind wir von dem zerrissenen Gestein umgeben, das uns Zermalmung drohend naherückt; bänglich geht man den hölzernen Steg entlang, bis plötzlich ein dampfender Dunst uns entgegenströmt. Jetzt drängen sich mit unheimlicher Gewalt die schaffenden Geister dieser Wildniß an uns heran; man meint fast, der Dampf, der hier zischt, müßte ersticken und tödten, wenn man in seinen Bannkreis tritt!

Pfäffers.

Aber nicht Verderben, sondern Segen steigt aus dieser dunklen Tiefe — hier liegt die Quelle, der Tausende ihr Heil verdanken. Fürwahr, es ist wunderbar genug: nicht auf heiterem sonnigem Grunde haben die tiefsten schaffenden Kräfte der Natur ihren Sitz, sondern durch Abgrund und Finsterniß, im übermenschlichen Kampfe ringt sich das Beste zum Licht hindurch. Wer dächte dabei nicht unwillkürlich auch an die großen Geister der Menschheit! — Einer von ihnen steht unserem Andenken hier besonders nah' und sein Name soll noch dankend genannt sein, bevor wir von dieser Scholle scheiden — es ist Schelling, der in Ragaz begraben liegt. Sein Denkmal, das auf dem dortigen Kirchhof steht, ward von dem Bayernkönig Max II. errichtet, der sich gerne den Schüler dieses edlen Meisters nannte.

Wenn wir nun nach Norden weiterziehen, so erreichen wir bald (bei Sargans) die Stelle, wo in vorhistorischer Zeit ein Wendepunkt des Rheines lag. Denn wie manche Geologen behaupten, führte der Lauf des Flusses zuerst nicht in den Bodensee, sondern er wandte sich links nach Wallenstadt und Zürich, wo ihm mindere Hindernisse im Wege lagen. Es gründet sich diese Meinung auf zahlreiche Spuren, welche noch jetzt in den Felsen das alte Flußbett erkennen lassen und heute noch ist die Wasserscheide zwischen Bodensee und Zürichersee so niedrig, daß man unschwer an solche Vermuthung glaubt. Wie uns die Chroniken berichten, war in der furchtbaren Ueberschwemmung von 1618 das Flußniveau des Rheines bereits so hoch gestiegen, daß man fast zum zweiten Mal seinen Ausbruch nach dem Wallenstädtersee hin befürchtete.

Das ganze Thal, welches wir nun durchwandern bis hinaus an das ungeheure Becken des Bodensee's, heißt im eigentlichen Sinne das Rheinthal; an die Herren aber, die dort geboten, erinnert uns stolz Schloß Werdenberg. Hoch, wie ein Geierhorst hängt die Burg in den Felsen, wo einst die alten Grafen saßen, streitbar und beutelustig, wie es im Blut der Montfort lag, von denen sie stammen. Jetzt freilich schlafen sie lange schon in steinernen

Ragaz.

Särgen, aber damals flog ihr Fähnlein lustig um die Zinnen, das schwarze über Werdenberg; das weiße bei Sargans, das rothe in Vorarlberg und Schwaben. Wie seltsam fügt es sich doch, daß in den Farben des mächtigsten Geschlechtes, das am Ufer des jungen Rheines saß, die Fahne eingeschlossen liegt, die nach einem halben Jahrtausend den Strom befreite und jetzt von allen Dampfern weht, die über den Rhein zum Meere ziehen!

Eins aber hat das große neue Reich vergessen, es fällt uns ein, dieweil wir eben mit dem Fuße daran rühren, das ist das Ländchen Liechtenstein. Ein halb Jahrhundert lang war es der Benjamin des seligen deutschen Bundes, und nun ist dieser Gute todt und Niemand nahm sich der blühenden Waise an! Kampflos stehen die fünfundfünfzig Soldaten, reichlos leben die treuen Unterthanen unter dem Schloßberg von Vaduz, mit wenig Sorgen und wenig Steuern, indeß ihr Landesvater auf seinen Gütern in Oesterreich weilt. „Vallis dulcis" — das ist die duftige Wurzel, aus der der Name Vaduz entspringt.

Bald sind auch wir in Oesterreich; man merkt schon die Symptome, denn schwarzgelb winken die Pfähle, vor denen der murrende Mauthmann steht, mit der Virginia im Munde und den papiernen Gulden in der Tasche.

Vaduz.

Wer ist der Herr dort im Talar, den das Volk auf der Straße so ehrerbietig grüßt? Ein feines aristokratisches Antlitz lugt unter seinem schwarzen breitkrämpigen Hut hervor — es ist ein Jesuitenpater aus Feldkirch. — Immer breiter wird nun das Thal, je näher wir dem Bodensee entgegenkommen, die Berge treten merklich zurück und an die Stelle wilder Schönheit, die sich wider den Anbau sträubt, tritt eine verschwenderische Fruchtbarkeit. Es ist nicht unwahrscheinlich, was Strabo erzählt, daß zu seiner Zeit das gesammte Rheinthal mit Sümpfen bedeckt war, zwischen denen der Strom in tiefem Bette dahinzog. Dem schlammigen Grunde, der auf Thal und Hügeln davon zurückblieb, soll der Boden seine Fruchtbarkeit verdanken. Schon im Jahre 918 wurden die ersten Reben im Rheinthal gepflanzt und die einzelnen Flecken, die sich weitverstreut im Thale bildeten, gehören zu den schönsten und größten, die der Süden deutscher Zunge besitzt. Zwar drangen Feuer- und Wassernoth, endloser Krieg und Zwist verwüstend in diesen vollen Segen ein, aber sie konnten nur das Geschaffene, nicht die schaffende Kraft vernichten, die der Natur hier eigen ist. Mit voller, ja mit verschwenderischer Hand gab sie willig ihre Gaben hin, mit schwerer Aehrenlast waren die Felder im Thal bedeckt und an allen Hügeln rankte der Wein empor: er war fast werthlos geworden durch seine Fülle. Der Tag der Lese ward vom Gemeinderath bestimmt und ebenso der Preis, der sich zu Anfang unseres Jahrhunderts noch auf sieben Kreuzer für die Maß beschränkte, denn das Erträgniß war unerschöpflich und die Nähe des Rheines machte es fast unmöglich, Keller zu graben, die frei von Wasser blieben. So mußte ein großer Theil der ganzen Ernte nach auswärts verbracht werden, vor Allem nach dem Grenzlande Appenzell, das die Produkte seiner Viehzucht dagegen in Tausch gab. Hin und her zogen die Fähren über den Strom und schon in früher Zeit gewannen die Märkte, die nach kaiserlichen Privilegien im Rheinthal gehalten wurden, einen glänzenden Verkehr. Kein anderes Schiff fuhr stolzer über die blauen Flächen des Bodensee's, als das große „Marktschiff" von Rheineck, auf keinen anderen Fang waren die „Jagdschiffe", die mit feindlichen Truppen den See durchkreuzten, eifriger bedacht.

Es war natürlich, daß so viel Reichthum und Blüthe auch den Muth und das Selbstgefühl der Bürger stärkte, und fürwahr sie bedurften dieses Muthes. Denn bald galt es, sich gegen einen Landvogt zur Wehr zu setzen, der das Volk grausam bedrückte, bald gegen die übermüthigen Nachbarn, die im Bunde mit fremder Macht über die Grenze brachen; dann kam die Reformation mit ihren gewaltigen Wogen, die brandend bis in die entlegensten Thäler schlugen. Im Rheinthal aber ward mitten im Winter des Jahres 1528 das Volk berufen, auf daß ein Jeglicher sich erkläre, zu welcher Religion er stehen wolle, die Sturmglocken wurden gezogen und unter ihrem Geläute hielt die neue Lehre siegreichen Einzug. — Noch heftiger ward indessen der Kampf, als der Streit der Geister zum Streite der Waffen ward, und mit voller Gluth loderte der dreißigjährige Krieg auch in den Gauen des Rheinthals

Fähre über den Rhein bei Rüthi.

empor. Nicht nur die Kaiserlichen, selbst die eigenen Landsleute fielen die Evangelischen an, unbegraben lagen rings umher die Leichen, die der Rhein an's Ufer trieb, und die Hunde, die vor Hunger daran nagten, wurden toll. Wie furchtbar die Hungersnoth und mit ihr Wucher und Theurung gestiegen waren, zeigen die Zahlen: der Dukaten galt damals sieben Gulden, und das Viertel Korn ward mit fünfeinhalb Gulden bezahlt. Auch unter den Kämpfen des achtzehnten Jahrhunderts hatte das Rheinthal schwer zu leiden und es währte lange, bis jene stillen gesegneten Tage wiederkehrten, deren Zeuge jetzt der Rheinstrom ist.

Die letzte große Burg, die gebieterisch am Ausgang des Thals stand, war Rheineck, eine Veste, um deren Besitz schon zur Zeit der Stauffen der Bischof von Constanz und der Abt von St. Gallen stritten. Jetzt ist von den beiden Kastellen das eine dem Boden gleich gemacht und auf dem Hügel, wo es gestanden, blüht fröhlich die Rebe; von dem anderen schauen nur mehr die Trümmer zu Thal. Unten am Rheine aber, der hier erst für größere Schiffe fahrbar wird, liegt fest und wohlgebaut das kleine Städtlein mit seinem stolzen Kaufhaus, denn der Handel ist lebhaft, vor allem mit Langholz, das in Flößen von Chur herunterkommt. Schon ahnt man die nahe Mündung in den Niederungen, zu denen das Ufer sich verflacht, von dichtem Schilfe umhüllt, und nur eine kurze Meile noch, dann ist der edelste der deutschen Ströme unserem Blick entschwunden, und in blauer leuchtender Fläche liegt der Bodensee vor uns. Jahrtausende alt ist die sturmgewaltige Geschichte seiner Entstehung, aber mit dem Glanze ewiger Jugend grüßt uns sein lachender Spiegel!

Rheineck.

Alt-Bregenz.

Am Bodensee.

Wir stehen am Ufer des größten und vielleicht des schönsten See's, den unser deutsches Land besitzt. Schneeumsäumt ragen die Schweizer Berge herüber; hier der gewaltige Säntis, dort die Kurfirstenkette mit ihren zerklüfteten Gipfeln; heitere Städte stehen am Ufer, und über die blaue Fläche trägt der Wind das Morgenläuten. Welche Farbenpracht, welch' wonnige, seekühle Luft! Draußen am Strand, wo die Barke abstößt, ist die Fluth wie ein Smaragd, durch den die Sonne scheint, dann wird sie tief und immer tiefer, ein unergründliches Blau beginnt und der starke Nordwind faßt die Wogen, daß das Segel flattert und der Schaum die Flanken netzt. Ha, wie das rauscht und fliegt, — nur fest die Hand an's Steuer, denn unter uns liegt eine grauenhafte Tiefe!

Kein anderer von allen deutschen Seen bietet diese unermeßliche Skala von Tönen dar, vom holden Wogensang bis zum brausenden Sturmgeheul, und diese Skala von Farben, vom rosigen Dämmerlicht bis zur finsteren Wetternacht. Eine wundersame Schönheit und eine furchtbare Kraft, wie sie nur die Natur und nicht der Mensch vereinigt, sind verbunden in diesen Fluthen, und darin liegt gewiß die unbewußte Macht, die der Bodensee, die alle großen Seen auf uns üben. Auch sie, wie der Schooß der Berge sind eine geheimnißvolle Werkstatt der Natur, in

Parthie aus Bregenz.

die kein menschliches Auge dringt, holder Segen und wüste Verheerung wird dort gezeugt, aber das Walten beider ist unserer Macht entrückt. Schon manchmal stieg der See bei spiegelglatter Fluth fast einen Fuß hoch über das Ufer und ging plötzlich wieder zurück, oft drängen sich riesige Wassermassen in den schmalen nördlichen Arm zusammen, bis der Föhn über die Berge bricht und die strömenden Fluthen zurückwirft in das breite offene Becken. In allen Tiefen wird alsdann die Fluth erregt, kein Schiff ist mehr sicher vor den rasenden Wogen und selbst die stärksten Dampfer wagen es kaum, den Hafen zu verlassen! So herrscht der heiße Wind, der im Lenz und im Herbst über die Berge kommt, bis es Winter wird, bis der Frost die Wogen mit seinem eisigen Hauche bannt, daß sie stille stehen und wie eingeschläfert erstarren. O, wie schaurig ist es dann in wilder Dezembernacht, wenn die gefangene Fluth an ihren Kerker pocht und ihn sprengt, daß mit brüllendem Schall das Eis von einem Ufer zum andern birst! Der Untersee gefriert alljährlich, die ganze Fläche aber schließt sich so selten, daß die betreffenden Jahre noch jetzt historisch sind. Der Merkwürdigkeit zu liebe ward 1695 ein großes Schützenfest auf dem Eise gehalten, das gar fröhlich verlief; die schaurige Seite hat uns Gustav Schwab in seiner bekannten Ballade gezeichnet. Wer denkt nicht an den Reiter, der ahnungslos über die stundenlange verschneite Fläche jagt — und diese Fläche ist der Bodensee! Von der wirklichen Größe desselben und von dem Spielraum aber, den er den Elementen bietet, geben schließlich doch nur die Ziffern ein Bild, und so mögen auch sie hier am Platze sein. Man muß bedenken, daß sein Umkreis sechsundzwanzig Meilen und seine Länge fast vierzehn Stunden mißt. Nimmt man hiezu die gewaltige Tiefe, so fühlt man gleichsam die kolossalen Wassermassen, die dieses Riesenbecken umschließt — es handelt sich um Millionen, um Milliarden unserer Fassungskraft.

Mitten hindurch durch diese Wassermassen aber strömt unsichtbar der Rhein. Die Natur hat ihn noch einmal zu sich genommen in ihr stilles verborgenes Heiligthum, wie eine Mutter ihren wilden Knaben an sich nimmt in die stille Kammer, und wenn er dann heraustritt, ernst und bewegt, dann ist sein Wesen gewandelt für alle Zeit. — Eine solche Stunde stiller Einkehr liegt hier — der Bodensee ist gleichsam das geheimnißvolle Gemach, wo dieser Wandel seines inneren Wesens sich vollzieht, denn von nun an, so wie er den See verlassen hat, gehört der Rhein dem großen thatenreichen Leben; hinter ihm liegt die Wildheit und die Gefahr der Jugend!

Unsichtbar ist er geworden, aber wenn wir auch seine Fluth nicht sehen, wir fühlen sie doch, wie sie drunten pulst und strömt, und wie man es bei den Menschen gewahrt, daß sie edles Blut in den Adern tragen, so merkt man es hier, daß Rheinfluth durch die Wasser des See's geht. Goldgrün und sonnenhell ist die Farbe der Ufer, wie sie die alten Sagen dem Rheine geben, und bei wellenloser Fluth fühlt man draußen jene leise getragene Bewegung: das ist der Herzschlag des großen Stromes, der da in der Tiefe hindurchzieht.

Schon früh hat der Zauber, den diese Scholle besitzt, auch die Menschen gelockt; mit dem Schwert in der Faust drangen sie vor in die Wildniß und bauten ihre Städte an's Ufer, immer der Starke dem Stärkeren erliegend. Und noch jetzt, wie zur Erinnerung der hundertfältigen Werbung, stoßen die Grenzen der Länder hier zusammen, Oesterreich und Bayern, Württemberg und Baden, und mit dem Löwenantheil die freie Schweiz. Es ist ein Edelstein, der zu werthvoll schien, als daß ihn ein einziges Reich besitzen sollte; fünf Länder mit dunklem Walde und goldener Saat bilden die Fassung für dies schimmernde Juwel.

Die ersten, welche kamen und mit den alten Rhätiern um die Herrschaft rangen, waren die Legionen von Rom; die erste Stadt, die das Ufer schmückte, war Bregenz. Schon Strabo und Plinius kannten sie unter dem Namen Brigantium, nach dem auch der See bezeichnet ward; der Ausdruck Bodensee oder Bodmansee stammt aus späterer Zeit. Ergreifend schön in ihrer kraftvollen Einfachheit ist die Schilderung, die uns ein römischer Autor vom Bodensee im vierten Jahrhundert macht; riesige Wälder reichten damals noch herab bis an's Ufer und auf den Fluthen dampften die Nebel; mühsam bahnte die Axt den ersten Weg am Strande hin. Durch die „träge Ruhe des See's" aber (sagt der Erzähler dann) zieht mit reißender Gewalt und „schäumenden Wirbeln" ein Fluß, der sein eilendes Wasser unvermischt bis zum Ausgang bewahrt. Alles wild und wüste — doch stark und geborgen stand in der herrlichsten Bucht des See's das alte Kastell von Brigantium und eine blühende Stadt erwuchs unter seinem Schutze.

Allein die Blüthe währte nicht lang; andere Stämme kamen und wurden wieder von anderen zertreten, bis endlich aus Irland die ersten Glaubensboten herüberzogen und mildere Sitten brachten. Es waren St. Gallus und Columban; auch sie faßten zuerst in dem südöstlichen Theil des Landes Fuß, da wo jetzt die Städte Bregenz und Lindau stehen; hier lag der Schlüssel für die Kultur des gesammten Gebietes.

So wollen denn auch wir an dieser Stätte beginnen, zunächst mit Lindau, dessen Jugendbild uns noch heute aus dem schönen Namen entgegenschaut. Jetzt, wo der allmächtige Verkehr sich überall eiserne Pfade baut und festen Boden schafft, wo die Natur ihn nicht geschaffen, jetzt merken wir es kaum mehr, daß Lindau mitten auf einer Insel liegt, denn brausend trägt uns der Schnellzug bis in das Herz der Stadt. Damals aber, als unsere Ahnen ihr den holden Namen gaben, da war das grüne Eiland noch rings umspült von der blauen Fluth und keine Brücke führte vom Festland hinüber auf die sonnige Au, durch deren alte Linden der Wind zog.

Kirche und Kloster, die zur Zeit der Karolinger entstanden, waren die ersten Bauten von deutscher Hand, und zu ihren Füßen siedelten sich bald die Grundholden an in reicher Zahl. Schon lange, ehe Rudolf von Habsburg den Thron bestieg, war die Stadt zur freien Reichsstadt erhoben worden, und da ihre Lage vorzüglich war, kam Handel und Verkehr zu ungewohnter Blüthe. Mit den mächtigsten Städten des Reichs, ja selbst mit dem deutschen Hause in Venedig stand sie in reger Beziehung, und dieselbe Rührigkeit bewährte sich auf geistigem Gebiet, als der erste Ruf der großen Reformation erklang.

Erst der dreißigjährige Krieg ward ein Wendepunkt für die Geschicke der Stadt; um sich der Fehde zu erwehren, ward sie befestigt und mit starken Außenwerken umgeben, allein das Alles schärfte nur den Trotz der

Lindau.

Wappen der Stadt Lindau.

Feinde. Tausende von Geschossen warf der zornige Wrangel in die belagerte Stadt, die von den Kaiserlichen vertheidigt wurde, und wenn er auch unverrichteter Dinge abzog, vom Hohne der Bürger begleitet, so war doch der eigene Wohlstand derselben für Jahrhunderte unterwühlt. Die Zeit, wo nahe an dreißig Städte und über vierzehn hundert Wagen auf jedem Wochenmarkte zu Lindau erschienen (wie Achilles Gasser uns stolz berichtet), war für immer dahin, mit dem Reichthum schwand auch die Bevölkerung, und dringende Hilfe that Noth, als die Stadt 1806 an Bayern fiel.

So ward denn auch bald alles Mögliche zur Hebung derselben gethan, Straßen und Anlagen wurden gebaut, und in den Rahmen der alterthümlichen malerischen Bastionen, die zum Theil noch erhalten sind, fügte sich rasch das bewegliche Bild moderner Entwicklung. Der Schwerpunkt der letzteren ruht naturgemäß in der Bahn, die auf einem ungeheuren Damm vom Festland nach der Insel führt, und im Hafen, der nun der schönste am ganzen See geworden ist. Weithin, wenn man auf blauen Wellen der Stadt entgegenfährt, sieht man die beiden Wahrzeichen derselben ragen, den prächtigen Leuchtthurm mit seinem gezackten Gipfel und den alten Löwen der Wittelsbacher, der auf thurmhohem Piedestal gebieterisch seine Umschau hält. Nicht weit davon steht das Denkmal des Fürsten, welchem Lindau vor Allem seine Blüthe dankt, des edlen Max.

Am meisten von Allem aber hob sich der Seeverkehr, dem nunmehr fünfundzwanzig Dampfer zu Gebote stehen, darunter ein Trajektschiff, das ganze Bahnzüge nach der Schweizerseite führt. Das erste Dampfboot wurde, wie bekannt, schon im Jahre 1824 erbaut und zwar von dem Amerikaner Church; es trug den Namen des Königs Wilhelm von Württemberg, der seine Erbauung veranlaßt hatte, und blieb bis 1847 in Dienst. Aber auch früher schon gab es Fahrzeuge auf dem Bodensee, die zur Verbringung wahrhaft kolossaler Lasten geeignet waren und häufig zwei- bis dreitausend Centner luden; ein Riesensegel von sechshundert Ellen trug sie langsam hinüber nach Constanz.

Wie für die Schifffahrt, so war auch für den Fischfang Lindau Jahrhunderte lang der Mittelpunkt. Die Bürger der Stadt „übten den Zunftzwang“ und auf den Fischertagen, die sie alljährlich beriefen, ward dann vereinbart, wie und wann man dieses ergiebigen Rechtes pflegen solle. Denn der See war reich an den kostbarsten Felchen und Lachsforellen, und jetzt noch fängt man im Frühjahr zu Tausenden den sogenannten „Gangfisch“, der in Massen durch ganz Deutschland versendet wird. — All' diese Privilegien hat Lindau längst verloren, freilich im Eintausch von Vortheilen, die ihm unendlich werthvoller sind; die Fischerei ist dermals nahezu freigegeben und mit rühmenswerther Liberalität gönnt man den Gästen des schönen See's ihr Vergnügen. Niemand erhebt eine Klage, und die einzigen, die sich dabei beschweren könnten, die Fische — sind stumm.

So fühlen wir denn allerwärts den Wandel der neuen schaffenden Zeit, aber dennoch ist auch aus jenen waldgrünen Tagen, da nur die Barke der Alemannen vom Festland hinüberstieß, noch mancherlei Spur erhalten. Die sogenannte „Heidenmauer" gilt als Bruchstück des riesigen Wachtthurms, den Tiberius einst hier errichtet, die Peterskirche, die zur Stunde als Getreidelager dient, ist ein Denkmal der Karolingerzeit und das Rathhaus zeigt uns den schönen Stil der alten Reichsstadt. Noch heute ist das Wappen der Stadt eine Linde im weißen Feld, und der schönste Punkt in der Nachbarschaft, der Lindenhof, wahrt schon in seinem Namen den grünenden Ursprung.

Die Nachbarstadt von Lindau ist Bregenz, und ob auch der Grenzstein zweier mächtiger Reiche sie trennt, so sind die beiden doch durch die Natur, die anders theilt als der Mensch, verbunden. Wenn Lindau als Inselstadt erscheint, so ist Bregenz eine Golfstadt im vollsten Sinne des Wortes, und wenn man die eine bisweilen mit Venedig verglich, so hat man die andere das deutsche Genua und Neapel genannt. Wir wollen nicht mit dem Vergleiche rechten, sondern geben uns rückhaltslos der Freude hin, die dieses herrliche Stück Land in jeder offenen Seele weckt, wir halten uns nicht an erdachte Bilder, denn vor uns liegt das herrlichste Bild der Wirklichkeit.

Trachten vom Bregenzer Wald.

Sichelförmig biegt sich das blaue milde Ufer des See's ein und in leicht ansteigenden Terrassen zieht sich die Stadt bergan, überragt vom hohen Pfänders und vom Gebhardsberg mit seinem schimmernden Kirchlein. Alte Wälder mit Buchen- und Tannenschlag liegen ringsum, wenn auch die Axt, die heutzutage nicht mehr lichtet, sondern verheert, gar manche Lücke schlug. — Bergstadt und Seestadt sind hier vereint. Der älteste Theil ist jener, der oben auf einem Hügel liegt, welcher mäßig nach drei Seiten abfällt. Dort stand, allem Vermuthen nach, das römische Kastell, auch der Umkreis des alten damaligen Stadtbezirks ist durch zahlreiche Forschungen und Funde festgestellt. Grabfelder und zierliche Böden aus Mosaik, Statuen und Geschmeide und allerlei verrostete Münzen mit dem Bild der Cäsaren kamen nach tausendjährigem Verlorensein wieder an's Licht, der Fuß der Hunnen hatte sie in den Grund getreten und die Erde hat sie gehütet. Wie an der Riviera der älteste Theil der dortigen Städte möglichst in's Land hineinrückt und sich auf den Berghängen zusammendrängt, während die neuen Stadttheile der Küste dem Verkehr entgegenstreben, so geschah es auch hier; das moderne rührige Bregenz steht unten am Hafen und an der Bahn. Es ist der schlagende Beleg, wie auch die bauliche Entwicklung der historischen Entwicklung folgt, denn früher war die Losung der Städte Schutz und jetzt ist ihre Losung Verkehr; ihr erster Anbau mußte nach jenem Punkte suchen, der als der sicherste erschien, ihr heutiger Ausbau aber sucht jene Richtung, die am zugänglichsten erscheint.

Die Schönheit freilich findet dabei nicht immer ihr Theil: da kommen nüchterne Kasernen und riesige Lagerhäuser, und nicht selten sinkt die Architektur aus dem Bereiche der Kunst zum Rechenexempel herab. So und so viele Quadratschuh — so viele Kammern — so viel Miethe, darin gipfelt nicht selten aller Genius der heutigen Baukunst.

Auch am Ufer von Bregenz ist man vor solchen Reflexionen nicht sicher, aber es sind doch immer nur Einzelheiten, die uns stören; im Ganzen wird man nicht leicht ein Städtlein finden, das uns so lieb und freundlich entgegenlacht, denn der größte Bauherr, der den Grundplan gezeichnet, war die Natur; ihren Linien fuhr die Menschenhand nur bedächtig nach. — Die Bevölkerung der Stadt ist klein, und bekommt dadurch einen etwas offiziellen Anflug, daß sich alle möglichen Würdenträger hier zusammen finden, denn wir sind ja in der Hauptstadt von Vorarlberg. Aber auch andere Würdenträger, deren Ansehen nicht auf kaiserlichen Dekreten ruht, ließen sich hier nieder, wie ja der Bodensee von jeher eine besondere Anziehung auf unsre Dichter geübt hat. Wie schön hat Gustav Schwab ihn besungen, wie gerne kommt Hermann Lingg, der düstergroße Lyriker, hieher! In Radolfszell lebt Victor Scheffel, der glückliche Meister des Ekkehart, und in Bregenz schreibt Alfred Meißner berühmte Romane. Wie wächst doch der Reiz eines Landes und der Zauber der Wanderschaft, wenn wir unsere Rast am gastlichen Herde bedeutender Menschen genießen; auch das ist Sonnenschein auf der Reise!

Weg zum Gebhardsberg.

Bregenz ist der Endpunkt des langen blauen Obersee's; nur wenn die Luft von schneidender Klarheit ist, sieht man in weiter Ferne noch den Münsterthurm von Constanz schimmern. Er ist das Ziel, dem uns der Dampfer nun auf langer Fahrt entgegenführt, aber zu beiden Seiten, am deutschen, wie am schweizer Strand, winkt uns zuvor noch manch' willkommener Halt und manch' lachende, trauliche Stätte.

Drüben am linken Ufer sind Rorschach und Romanshorn die Mittelpunkte des Verkehrs geworden, zwischen beiden aber liegt auf einer schmalen Landzunge das seltsame Städtlein Arbon. Es war einer der auserlesenen Punkte am See, die schon von den Römern befestigt wurden, und der Führer ihrer Kohorten wohnte dort im gewaltigen Kastell. Weit in den See hinaus war ein Hafen gebaut, dessen riesige Quadern noch jetzt auf dem Grunde sichtbar werden, wenn die Sonne durch den stillen Spiegel scheint. Der alte Name aber, der noch aus der heutigen Bezeichnung hindurchklingt, war Arbor felix (zum seligen Baum). Als die Römer vernichtet oder vertrieben waren, zogen die Lehenträger deutscher Fürsten in die Burg, und in ihrem Kreise hielt noch der junge Konradin seine Rast, ehe er den todgeweihten Weg nach Welschland nahm. Welch' wunderbare tragisch-schöne Gestalt, wie er mit blauem Blick und goldenem Gelock vor unserem Gedächtniß steht am Scheideweg zwischen seliger Jugend und schwerer Mannespflicht, am Wendepunkt zwischen deutscher Herrlichkeit und deutscher Schmach! Wie gerne pflog er des Minnesangs, er, in dessen Adern das edle heiße Blut der Staufen floß, wie oft mochte sein Lied vom Schloß zu Arbon herüberhallen über die blaue Fluth!

„Den Geist bekümmert um den Norden,
Das Herz dem Süden zugesehnt.“ (H. Lingg.)

Unter dem Beile sank sein goldenes Haupt, und wie eines der großen Schmerzensworte, die ungesühnt in der Geschichte stehen, klingt noch heute der Name Konradin!

Das Dörflein mit der Kirche, das wir drüben glänzen sehen, Arbon fast gegenüber, heißt Wasserburg. Die Kirche ist weit vorgeschoben an's Ufer und noch weiter das Pfarrhaus, an dessen oberstes Stockwerk die Wellen schlagen, wenn der See besonders stürmisch ist. Doch um so herrlicher hat es der geistliche Herr an sonnigen Tagen, da wölben grüne hochgewachsene Bäume ihr schattiges Dach über seinen Garten; daneben an der Lände tummelt sich fröhliches Volk in reger Geschäftigkeit, er aber wandelt beschaulich auf und nieder und fühlt sich auf seinem Grunde so sicher und stolz, wie es nur je seine Nachbarn gethan, die Grafen von Montfort.

Auch das ist ein Name von altem ehernen Klang; denn ihnen war viele Jahrhunderte das trotzige Schloß zu eigen, das bei Langenargen steil in den See ragt, anfangs auf einer Insel, die später durch Dämme mit dem Festland verbunden ward. Kein Geschlecht war mächtiger im Gebiete des Rheinthals und des Bodensee's und keine Burg war stattlicher, als die ihre; selbst in den Ruinen trotzte noch die alte Majestät. Jetzt freilich ist das Alles verschwunden, um einem neuen künstlichen Baue Raum zu geben, den sich die Herrscher von Schwabenland errichtet. Viele Tausende hat das neue Montfort verschlungen, aber die alten, fluthumspülten Mauern wollen die Last der Gegenwart nicht tragen, die man ihnen aufgedrungen und immer wieder hört man davon erzählen, daß hier und dort die Pfeiler wanken.

Der eigentliche Sommersitz des württembergischen Hofes aber ist das nur wenige Stunden entlegene Friedrichshafen mit stattlichem Landungsplatz, den der Leuchtthurm überragt, und breitem Quai, auf dem sich das schwäbische Leben rührig und redselig tummelt. Soeben wird ein Bahnzug auf das riesige Trajektschiff geladen, das nach Romanshorn hinüberfährt, der Dampfer „Maximilian“ liegt mit rauchendem Schlot vor uns und übernimmt die Passagiere, die mit dem Schiff von Constanz kommen. Welches Gewühl von Menschen und Waaren! Die Lokomotive des Zuges pfeift, die Glocke des Schiffes schallt; halt — da will auch noch ein „Herrle“ mit; halt — eh' ihr die Brücke wegzieht!

Nun ist er athemlos aber glücklich an Bord, das Schiff stößt ab und in wenigen Minuten trägt uns wieder der offene blaue Spiegel. Jetzt erst zeigt sich das Schloß in seiner vollen, prächtigen Lage, mit langen Fensterreihen und breiten Terrassen, hohe Linden beschatten den Eingang und in duftigen Blumenbeeten breitet sich weithin der Garten aus, indeß der Wind mit der Flagge spielt, die droben vom Giebel weht.

Nicht immer trug die reizende Stadt den Namen, der ihr heute zu eigen ist; ein Friedrichshafen gibt es erst in unserem Jahrhundert, nachdem das alte Kloster Hofen aufgelöst und mit der Reichsstadt Buchhorn zu einem Ganzen vereinigt ward. Schon zur Zeit der Karolinger war Buchhorn eine Thingstätte, wo man öffentliche Verhandlungen pflog; die Herren aber, die dort saßen, hießen Grafen vom Linzgau.

„Das glänzt wie Meersburg,“ sagten noch vor hundert Jahren die Leute; so hell und stolz blinkten die Fenster dieser Burg, der wir nun nahen, herunter auf den See. Ihr zu Füßen liegt das kleine Städtlein gleichen Namens, das seine Gründung bis auf König Dagobert zurückführt. Hier war es, wo einst die Kirchenfürsten von Constanz den goldenen Sommer verträumten, wenn Friede im Land war, und sich mit ihren Reichthümern verschanzten, wenn es Fehde gab. Schon an sich, durch seine steile Lage und seine alterthümliche Färbung, erscheint uns Meersburg als ein festes wehrhaftes Städtlein, aber das meiste zu diesem Eindruck thun natürlich die beiden Schlösser,

Die Reichenau. Von G. Schönleber.

Friedrichshafen.

die das Häuserwerk überragen. Zwischen ihnen zieht sich eine klaffende Schlucht hin, die Bischof Nicolaus durch Hunderte von Bergleuten sprengen ließ, um seine Burg noch fester zu machen; überall auf den Höhen wächst herrlicher Wein und in der Ferne blicken die verschneiten Gipfel herüber vom Berner Oberland. Welfen und Staufen waren Herren der Burg, der Bauer und der Schwede pochte an ihr Thor und drohte sie der Erde gleich zu machen, wie das eine Botschaft zeigt, die noch heute in Meersburg verwahrt wird. Es ist ein vergilbter Zettel, an allen vier Ecken angebrannt und auf den schrieb der Oberst vom Horn'schen Regiment, daß es der Stadt nicht besser ergehen solle, daß auch sie an allen vier Ecken angezündet würde, so sie sich nicht ergeben wolle. Aber Meersburg ergab sich nicht.

Zu Beginn unseres Jahrhunderts sah es auch hier gar öde und traurig aus; werthlos und ungeehrt standen die Mauern der alten Burg, das Bisthum war aufgehoben und seine Güter säcularisirt, und das Städtlein selbst war in badische Hand gekommen. Es war eine Zeit, die zwar mit Recht, aber doch auch mit Härte gar manch' Bestehendes zerbrach. Schier stand dem alten Schloß der Abbruch nahe, hätte nicht zur rechten Zeit einer der edelsten deutschen Männer es zu seiner Heimstätte erkoren. Freiherr von Laßberg, dessen Denkmal jetzt den kleinen Friedhof schmückt, ward der Gebieter dieser Räume; in den Sälen, wo einst die Bibliothek der Bischöfe stand, breitete er seine geistigen Schätze aus, Handschriften aus aller Zeit, und im Erker, wo sein großer Lehnstuhl stand, saß er selber und sonnte sich im Glanz der deutschen Sonne.

Schon die Geschichte von Meersburg weist uns nahe genug nach Constanz hin, aber auch der Weg ist nicht mehr weit, der uns in das Bereich der alten stolzen Bischofsstadt hinüberträgt. Constanz bildet gewissermaßen den Schlußstein des Obersee's, dort theilt sich das ungeheure Becken in zwei schlankere Arme, von denen der eine nach der Stadt Ueberlingen genannt ist, während der andere als Untersee (oder Zellersee) bezeichnet wird. Auf diesen Armen ruhen die beiden wunderbar schönen Inseln Mainau und Reichenau, an denen wir landen wollen, sobald wir die Wanderung durch Constanz beendet.

Freilich erging es der Stadt nicht anders, als Lindau und so vielen Städten des alten Reiches; ihre Bevölkerungszahl und ihre Bedeutung für das Ganze ging in kolossaler Weise zurück, und an die Stelle der historischen Mission trat der Beruf, für einen engen bescheideneren Kreis den Mittelpunkt zu bilden.

Mit solchem Maßstabe muß jetzt ihr Wesen und ihr Verdienst gemessen werden, dann aber läßt sich getrost behaupten, daß Constanz in vorderster Reihe steht. Seine zehntausend Bewohner holen an geistiger Freiheit nach, was seine vierzigtausend versäumten; denn so zahlreich war die Bevölkerung während des gerühmten Concils, das seine Thaten mit dem Tod des großen Huß, statt mit der Reinigung der geistlichen Sitten krönte.

Meersburg.

Die Gründung der Stadt reicht weit zurück, bis auf die Alemannenkämpfe des Kaisers Constantius; der kolossale Unterbau des damaligen Kastells ward noch zur Zeit des dreißigjährigen Krieges gefunden, als die Schweden dort ihre Schanzen gruben. Schon frühe begann ihre Blüthe und damit ihre historische Bedeutung für das ungeheure Reich, denn fast alle deutschen Fürsten bis auf die Staufen herab zogen durch ihr Thor und lohnten ihre Gastfreundschaft mit reichen Ehren. Als Karl der Große nach Rom zog, um dort die Kaiserkrone zu holen, hielt er mit Hildegard in Constanz Rast, und nicht selten begingen die deutschen Könige hier das Weihnachtsfest oder die Ostern. Glänzende Fürstentage wurden gehalten, an denen die Großen des Reiches sich um ihr Haupt versammelten. In Constanz war es, wo die Gesandten von Mailand vor Barbarossa traten, wo er die goldenen Schlüssel empfing, die ihm die italienischen Städte als Zeichen der Unterwerfung gesendet.

Aber all die Pracht, die man dabei zur Schau trug, verschwindet neben jenem Schauspiel sinnlicher und sündiger Prachtentfaltung, das unter dem Namen eines heiligen Conciles zu Constanz bekannt ist.

Es war im Jahre 1414; der wilde Geist des Uebermuthes, der Trägheit und Sittenlosigkeit war verwüstend in den großen Bau der römischen Kirche eingedrungen. In den Klöstern sang man Minnelieder und jeder Streit mit den geistlichen Nachbarn wurde mit der Faust auf offener Straße ausgekämpft. An der Spitze dieses wilden Treibens aber standen drei Gegenpäpste, die sich wechselseitig befehdeten: Johann XXIII., Benedikt XIII. und Gregor XII.; niemand wußte mehr, wer Herr und Diener sei, doch wer am meisten litt, das waren jene, die es redlich mit ihrem Glauben meinten.

Constanz.

Um solchen Uebelstand zu bessern und die Kirche an Haupt und Gliedern zu reformiren, ward das Concil zu Constanz berufen und so ward unsere kleine Stadt vier Jahre lang der Mittelpunkt der europäischen Geschichte. Mit reizender Lebendigkeit erzählt uns Ulrich von Reichenthal, ein Zeitgenosse jener Tage, den Aufzug der Fürsten und Prälaten, wie „allgemach viele Herolden und Pfeifer kamen", und allerlei Knechte, um eine Herberge auszurüsten. „Die bestellten Futter und Stroh, und schlugen ihrer Herren Wappen an die Häuser und Thüren."

Schon um Mitte August kam der Kardinal von Ostia an, der als Erzkanzler der hl. Kirche mit den Vorbereitungen betraut war; mehr als achtzig Pferde standen in seinem Gefolge. In voller Rüstung, vom Kopfe bis zum Fuß geharnischt, ritt der Erzbischof von Mainz herein; von Grafen umgeben, mit einundzwanzig gerüsteten Wagen und mehr als fünfhundert Pferden der Markgraf Friedrich von Meißen.

Immer mehr füllte sich die Stadt, verblüfft sahen die guten Bürger drein, denn selbst aus dem Morgenland und aus dem fernsten Norden kamen die Abgesandten; man wußte nicht, was aus all' der Pracht noch werden sollte.

Erst im späten Herbst, als es in den Alpen schon zu schneien begann, erschien auch der Papst (Johannes). Der Schlitten, der ihn über den Arlberg herüberbrachte, warf um und wäre fast im Schnee versunken, bevor er glücklich nach Thurgau herunterkam. Dort empfing ihn mit allen Ehren der Herzog Friedrich von Oesterreich, der ihn mit seinen Reisigen nach Constanz geleitete, wo der feierliche Einzug statthaben sollte. Vor dem Thronhimmel, unter dem er ritt, im weißen päpstlichen Ornate, schritt ein Pferd, das „eine Schelle um den Hals" und das hl. Sakrament auf dem Rücken trug; vier Rathsherrn hielten den Baldachin und zu Tausend und aber Tausenden strömte das jubelnde Volk herbei. Nur Einer fehlte noch, das war der Kaiser Sigismund; aber endlich am Weihnachtstage erschien auch er, an der Seite seiner Gemahlin, und von zahllosem Gefolge umgeben. Immer mehr wuchs der Zuzug der Fremden, die man nach einer mäßigen Schätzung auf achtzigtausend bezifferte; zur Zeit des höchsten

Andrangs sollen es hundertfünfzigtausend Menschen gewesen sein, die über dreißigtausend Pferde verfügten. Alle Schaulust, alle Erwerbssucht Europa's strömte hier zusammen, Constanz war der Mittelpunkt des fürstlichen Hochlebens geworden, und mehr als tausend fahrende Frauen dienten zur Ergötzung der würdigen Prälaten. — Wie aber stand es mit den großen Pflichten, zu deren Erfüllung die Versammlung berufen war, und mit den Reformen, deren die Christenheit so dringend bedurfte? Was bedeutete das Concil von Constanz für die Entwicklung unserer vaterländischen Geschichte und für das Heil der Menschheit? Nichts und weniger als nichts! Denn wenn man diese Frage stellt, dann sinkt mit einem Mal der Prunk, den man dort entfaltete, in Schutt und Schmach zusammen; nicht eine Ehrenthat, sondern eine Unthat steht dann vor unseren Blicken.

Zwar hatte man es mit Mühe dahingebracht, daß die drei bestrittenen Päpste ihrer Würde entsagten, um einem vierten das Feld zu räumen, aber gar bald darauf brach Papst Johann seinen feierlichen Eid, entfloh vom Concile und wollte von Italien aus seine Herrschaft auf's Neue befestigen. Allein die Verhandlungen, die das Concil unterdessen über seinen Lebenswandel pflog, gaben ein so schauerliches Bild des Lasters, daß er feierlich abgesetzt und Kardinal Colonna an seiner Stelle erwählt ward.

Huß auf dem Scheiterhaufen.
(Nach einem alten Holzschnitt.)

— Bald jedoch folgte diesem düsteren Bilde ein zweites, das an Grausamkeit seines Gleichen sucht. Viel leichter, als der eigenen Verkommenheit entgegenzutreten, war es natürlich, die Ketzer zu verdammen, und in diesem Rächeramt erblickte nunmehr das Concil seine wesentlichste Pflicht. Der Anhang, den die Lehre des Johannes Huß in Böhmen gefunden, hatte längst den Haß der Römer erweckt, und so ward denn der berühmte Lehrer von Prag nach Constanz berufen, um sich dort vor der Versammlung zu vertheidigen. Mit aller Zuversicht hatte ihm Sigismund freies Geleit und den Schutz seines Lebens versprochen, aber wie zuerst der Papst, so brach jetzt auch der Kaiser sein Wort; man hatte ihn rasch zu überreden gewußt, daß man „Ketzern" gegenüber ja nicht zur Treue verpflichtet sei. — Die Hinrichtung des großen unerschütterlichen Mannes, der mit stoischer Ruhe den Scheiterhaufen bestieg, ist ein ergreifendes Bild, das man nicht schildern kann ohne zornige Beschämung. Unter furchtbaren Flüchen riß man ihm erst die geistlichen Kleider ab, die langen Haare wurden ihm geschoren und eine rostige Kette um den Hals gehangen, auf's Haupt aber gab man ihm spöttisch eine Krone, mit Teufeln bemalt, wie dies ein alter, wahrscheinlich gleichzeitiger Holzschnitt, welcher als Flugblatt gedruckt wurde, und von welchem wir unsern Lesern eine getreue Copie in verkleinertem Maßstabe geben, in naiver Weise veranschaulicht. Huß stellte sich nicht zur Gegenwehr und flehte nicht um Gnade, aber auf dem ganzen Wege betete er laut, daß Gott seinen Feinden vergeben möge, und

Am Hafen von Constanz.

Wappen der Stadt Constanz.

noch in den Flammen pries er den Herrn und sang, bis der Rauch seine Stimme erstickte und die zusammenbrechende Gestalt mitleidig verhüllte. — So starb der „Ketzer", — die Kirche aber, deren Wesen in der Liebe des Nächsten ruht, hatte eine neue Blutschuld auf sich geladen. Für die wichtigste Aufgabe, die man sich gestellt, für die Reinigung an Haupt und Gliedern, war nichts erwirkt, die Lösung dieser Pflicht sollte nach öffentlichem Beschluß einer „späteren" Versammlung überwiesen werden. Nicht ohne ein Gefühl der Hoffnungslosigkeit ging man nach vollen vier Jahren auseinander, aber selbst den Abzug deckte noch Schmach; denn so tief war Kaiser Sigismund verschuldet, daß die Bürger ihn nicht reisen ließen, ehe er ihnen sein ganzes Gepäck als Pfand zurückließ. Jahre lang blieb dasselbe in Gewahrsam der Stadt, und als man endlich die Kisten erbrach, weil jede Hoffnung auf deren Einlösung schwand, da fand man statt der silbernen Tafelgeräthe — Steine. — Das war der Verlauf und das Ende des großen „heiligen" Conciles zu Constanz: ein Kaiser und ein Papst, die Verräther an ihrem eigenen Worte wurden, eine Ueberfluthung der Stadt mit fahrenden Dirnen und uneinbringlichen Schulden und zu dem Allem der Scheiterhaufen des Johannes Huß! Fürwahr, ein Brandgeruch zieht noch heute durch diese Erinnerungen.

Kehren wir nun aus der Geschichte in die Gegenwart zurück, so findet man auch in der jetzigen Erscheinung der Stadt noch mancherlei, was an jene Zeiten gemahnt. Vor Allem ist das Kaufhaus bemerkenswerth, in welchem damals das Conclave gehalten wurde; ein kolossaler Bau, der dicht am Wasser steht; der untere Theil ist gemauert, der obere von bräunlichem verwittertem Holze, so daß es fast den Eindruck einer riesigen Scheune macht. An den vier Ecken des Daches aber zeigt sich ein kleiner, erkerartiger Vorsprung, der dem an und für sich etwas schwerfälligen Bau ein originelles Ansehen gibt. Hier im ersten Stockwerk ist der sogenannte „Conciliumssaal", ein ungeheurer, aber ziemlich niedriger Raum, dessen Decke von Säulen getragen wird und der jetzt ganz mit hellem Holze vertäfelt ist. Die Fresken, welche die Wände schmücken, stellen die wichtigsten Momente aus der Geschichte von Constanz dar; sie sind zum Theile noch im Werden begriffen und auf den hohen Gerüsten, die zur Rechten und Linken erbaut sind, steht emsig pinselnd der Maler. Wie bekannt, sind beide Künstler, die mit der Ausführung derselben betraut wurden, aus München, der eine von ihnen ist Ph. Schwörer, welchem die alte Isarstadt gar manches treffliche Wandgemälde verdankt, der andere Friedrich Pecht, der aus einer Constanzer Familie stammt.

Unter den Kirchen der Stadt ragt historisch und architektonisch der Dom hervor, der in der Mitte des elften Jahrhunderts begonnen ward. Freilich kam mancherlei Zuthat im Laufe der Zeit, um den romanischen Stil, in welchem die Kirche anfangs gedacht war, zu gothisiren, auch ein furchtbarer Brand, bei dem die sämmtlichen Glocken schmolzen, griff verwüstend ein, allein troß alledem ist das Münster noch immer die stattlichste Kirche am ganzen See.

Kaufhaus (Concilshaus) in Constanz.

Durch den Bischofssitz, der seit 553 in Constanz bestand, war die Stadt reich geworden und durch eine Reihe bedeutender Männer, die hier gewirkt, fügte sie zum Reichthum auch noch den Ruhm. — Die Bevölkerung der Stadt ist jetzt überwiegend katholisch, aber nur das Schwert hat sie dem alten Glauben zurückgeführt. Denn die Eindrücke, welche aus den Tagen jener großen Versammlung übrig blieben, gingen so tief, daß die Bürger der Reformation mit offenen Armen entgegeneilten und der Bischof bereits voll Grimm die Stadt verließ. Immer entschiedener trat die lutherische Gesinnung zu Tage und da die Stadt sogar das Interim zurückwies, das ihr Karl V. auferlegt, so kam es zum offenen Kampfe. Es war eine jener Fehden, in denen das Selbstgefühl der Bürgerschaft mit verzweifeltem Muthe der fürstlichen Uebermacht entgegentrat. Auf der Rheinbrücke stießen die Soldaten der Stadt mit dem spanischen Fußvolk zusammen, das der Kaiser wider sie gesandt und nach mörderischem Gemetzel behielten sie wirklich die Oberhand.

Freilich war es ein Pyrrhussieg, der hier gewonnen wurde, denn der Kaiser lohnte den Heldenmuth seiner Feinde mit der Acht und nahm die Stadt, die bisher freie Reichsstadt gewesen, in's Eigenthum der österreichischen Lande. Alle Protestanten mußten sich flüchten, ihre Güter wurden eingezogen — der Glaube war gerettet.

Noch einmal hatte Constanz schwer unter der Noth des Krieges zu leiden, als die Schweden vor seinen Thoren lagen; dreimal stürmte Feldmarschall Horn gegen die Mauern der Stadt, bis ihn die furchtbare Gegenwehr der Bewohner zum Abzug zwang.

Nach dem Kampf auf der Rheinbrücke in Constanz.

Dann erst kamen stillere Zeiten, Handel und Gewerbe begannen langsam wieder emporzublühen und die Natur trug unverkümmert ihre goldenen Schätze, aber ein Wandel war doch für alle Zeit und unabänderlich vollzogen. Aus der mächtigen freien Reichsstadt war eine stille schlichte Provinzstadt geworden, und nur eines gemahnte noch an die große Vergangenheit: ein Zug zur Freiheit, den die Stadt auf jede Weise bethätigte und den sie vor Allem jetzt auf kirchlichem Gebiete bekundet. Auch manche edle Hand kam ihrem Streben fördernd zu Hilfe; wer dächte hier nicht mit Dank an Kaiser Joseph II. und an den großen Wessenberg, welcher als Bischof von Constanz durch seine edle Humanität, seine Pflege von Kunst und Wissenschaft sich ein unvergängliches Denkmal setzte? Und so scheiden wir doch mit einem wohlthuenden Gefühle.

Was uns jetzt noch zu betrachten erübrigt, das sind die beiden großen Inseln, die ebenso wie Lindau schon in frühester Zeit als „Auen" bezeichnet wurden, die eine nach ihrem Reichthum, die andere nach holder Maienlust: Mainau und Reichenau. — Lange Zeit gehörten die beiden zusammen, Mainau war nur ein Nebengut der großen Abtei im Untersee, bis die Aebte es als Lehen vergabten; erst aus zweiter Hand kam es dann an den deutschen Orden, der die herrliche Commende bis 1806 besaß. Mit mächtigen Flügeln stand das breite fürstliche Ordenshaus auf dem hohen Plateau der Insel, eine Mischung zwischen Burg und Kloster; in den langen Gängen und den prächtigen Sälen hingen die Wappenschilder der hohen Comthure, und in der Ordenskapelle des Hauses klang die geweihte Glocke. Weithin über den See scholl ihr friedvoller Klang, drüben glänzte der Säntis und in verschwommener Ferne das alte Bregenz.

Die Fremden aber, welche die Insel besuchten, fanden in der Meierei und der Herberge, die damit verbunden war, gastlichen Unterstand. Aber auch später noch, nachdem die Commende längst im Anprall der Zeit gefallen war, bildete doch der Nimbus des Ordens und seiner adeligen Herren noch immer das eigentliche Gepräge der Insel und der alte gutmüthige Wirth saß stundenlange bei seinen Gästen und erzählte ihnen von den geharnischten Rittern von Hiltpolt und Werner Hundbiß, der das Eiland wider die schwedischen Schiffe vertheidigte — als wäre er selber dabei gewesen. Erst jetzt, seid die badische Herrscherfamilie ihren Sommersitz hier aufgeschlagen, sind jene vergangenen Bilder im Glanz der Gegenwart erblichen.

Bei den Dörfern, die am Ende des Ueberlingersees stehen, finden sich dunkle Höhlen, die man die „Heidenlöcher" nennt. Es sind enge, in den Felsen gehauene Kammern und Viele meinen, daß sie nach Art der Katakomben den ersten Christen zum Schutze dienten, Andere halten sie für römische Gräber aus der Zeit der Kämpfe mit den Allemannen.

Ignaz Freiherr von Wessenberg.

Völlig anders als Mainau ist das Bild, das die Nachbarinsel Reichenau im Untersee vor uns erschließt; ihr Umfang ist bedeutend größer und ihre Geschichte viel älter, keine Scholle Land ringsum war ihr an Ruhm und Reichthum überlegen. Unter den zahllosen Klöstern, die das frühe Mittelalter schuf, war Reichenau vom Glücke förmlich auserlesen; vier Erzherzoge und nahe an zwanzig Grafen waren seine Lehensmänner, und wie Karl V. sich gerühmt, daß in seinem Reich die Sonne nicht untergehe, so rühmte sich der Abt von Reichenau, daß er allnächtlich auf eigenem Boden schlafe, wenn er nach Rom zum Papste ziehe. Er war Fürst des heiligen römischen Reiches, und Kaiser und Fürsten saßen bei ihm zu Gast, die edelsten Ritter aus den Nachbargauen dienten ihm als Truchseß und Mundschenk, wenn er mit seinen Gästen zur Tafel schritt. Aber nicht nur den Genuß der Sinne, auch die Genüsse feiner geistiger Kraft pflegten sie in Reichenau, und die Mönche waren stolz darauf, daß im ganzen Süden des Reichs keine Stätte stand, die der ihren an Bildung gleichkam. Von allen Seiten sandten die Großen ihre Söhne und mehr als achtzig Bischofssitze wurden mit den Schülern der Abtei besetzt.

Allein das Glück war zu verschwenderisch gewesen, um dauerhaft zu sein; schon unter den Staufen kam der Wendepunkt und mit reißender Gewalt brach der Verfall herein. Statt edle Gedankenarbeit zu üben, zogen die Mönche nach Ulm zur Fastnacht, wo sie mit den Frauen tanzten und spielten, so daß der Abt alle Güter, die er dort besaß, verkaufte, um ihnen die Stadt zu verschließen. Eine Hube nach der andern ging dahin, um die Schulden zu decken, und bald war die Rente des Klosters, die einst an fünfzigtausend Gulden betragen, auf drei Mark Silber herabgesunken. Mit jeder Stunde wuchs die Verwilderung, ja es gab einen Augenblick, da das gesammte Kapitel nicht mehr des Schreibens mächtig war, und mit eigener Hand riß der Abt fünf arglosen Fischerleuten die Augen aus, weil sie Unterthanen der Stadt Constanz waren, mit der er in Fehde lag.

Schon lange hatten die Bischöfe der Nachbarstadt deßhalb den Plan gefaßt, die Reichenau an sich zu ziehen; nun schien die Stunde gekommen, wo ihnen die reife Frucht von selber in den Schooß fiel. Gegen eine kleine

Mainau.

Summe fand sich der Abt bereit, den Verrath zu üben; er lieferte selber das Kloster an Constanz aus und damit waren seine Würfel für alle Zeiten gefallen (1540).

Das sind die Gedanken und Erinnerungen, deren man nicht ledig wird, wenn man über die breite herrliche Insel wandert. Es ist uns seltsam dabei zu Muthe; noch steht die alte Kirche mit einem Thurme aus Hatto's Zeiten; wir schreiten durch das geschnitzte Portal an den grauen Pfeilern hin, an Gräbern vorbei, auf deren steinerner Decke Krummstab und Inful prangt, aber wehmüthig düster scheint das gebrochene Licht, das uns umfängt. Es ist ein Zug der Ohnmacht, der durch diese Stätte geht, und wie der stumme Träger derselben blickt uns das Kaisergrab Karls des Dicken an, der entthront und entehrt hier starb.

In der Sakristei, wo die eisernen Riegel knarren, liegen die Schätze und Heiligthümer der Abtei verwahrt: Evangelienbücher auf zierlichem Pergament, Monstranzen und Kelche, kostbare Gewänder und elfenbeinerne Schnitzereien. Auch ein riesiger „Smaragd" im Gewichte von mehr als zwanzig Pfund liegt dort, der freilich in unseren Augen nicht mehr ist, als grünes Glas.

Unbewußt athmen wir auf, wenn wir wieder heraustreten aus diesen dämmerhaften, geistig verarmten Räumen in die freie Natur, die allein noch den Namen verdient der — reichen Au. Fruchtschwere Bäume und sonniges Weinland umgeben uns, aus den grünen Wiesen lugen drei Dörfer hervor, Ober-, Mittel- und Unterzell, am Uferrand glänzt die Ruine der alten Scopula-Burg, auf der sich die Mönche in drohender Zeit verschanzten. Und das Alles überströmt vom warmen Sommerduft, das Alles umspült von blauer Fluth! Ueberall steigen am Strande weißblinkende Städtlein und Dörfer auf: Iznang und Horn, Steckborn gen Süden und gen Norden Sankt Radolfs Zelle. Nun aber ändert sich mälig die Gegend; ein eigenartiger Kampf zwischen Wasser und Land beginnt, immer mächtiger drängt

Arenenberg.

Heidenlöcher bei Ueberlingen.

sich der Seegrund gegen den seichten Spiegel, es rüstet sich der Rhein zum Austritt. Schon nach Reichenau hinüber ist der Weg durch den See so flach, daß man zur hohen Sommerzeit fast trocken hindurchkommt.

Es ist Schweizerland, das wir jetzt betreten, das mächtige Schloß, das wir da drüben sehen, wo der Rhein aus dem Obersee in den Untersee hinabströmt, heißt Gottlieben. Melancholisch und grau schauen die kantigen Thürme drein, von denen der Dichter mit Recht behauptet, daß sie der Unmuth erbaute und daß sie nur traurige Gäste gesehen. Grollend zog sich der Bischof von Constanz hieher zurück vor dem Hasse des großen Staufenkaisers Friedrich II.; hier lag Johannes Huß gefangen, ehe sie ihn auf den Scheiterhaufen führten; hier hielt man den ruchlosen Papst Johann in Verwahr, als er sich während eines Ringelstechens in Botenkleider warf und vom Concile floh.

Ja selbst die letzte Hand, die zur Wiederherstellung und zum Schmucke des alten Schlosses thätig ward, war ohne Segen, es war die Hand des dritten Bonaparte, Louis Napoleon, der den Bau in gothischem Stile renoviren wollte. Wie bekannt, wohnte er in dem nahen Arenenberg, das die Königin Hortense von einer Patrizierfamilie erworben und durch reizende Anlagen verschönert hatte; von hier aus ging er nach Paris als Präsident der Republik, der bald genug der zweite Dezember folgte. Er hatte den stillen beschaulichen Landsitz vertauscht mit den Tuilerien und fast zwei Jahrzehnte lang folgte Europa bange seinen verschleierten Worten — er hatte die Schlachten von Sebastopol und Magenta geplant — einsam und vergessen lag das kleine Arenenberg. — Nun ist es wieder bewohnt, der Park ist den Fremden verschlossen, aber drinnen auf den feinbekiesten schattigen Wegen, wo einst die Mutter des Prinzen ging, wandelt jetzt eine schwarze Frau mit bekümmerten Mienen — die Wittwe des Kaisers. Arenenberg ist der Ausgangspunkt und der Schlußpunkt für diesen circulus vitiosus, den die Weltgeschichte das zweite Kaiserreich benennt.

Immer schmaler wird nun der See, schon krümmt sich das enge Becken, wie der Lauf eines Stromes, der den Hindernissen auszuweichen sucht, schon tritt das Wasser des Rheines deutlich hervor aus dem Wasser des See's.

Blick auf den Höhgau. Von G. Schönleber.

Stein am Rhein.

Der Ort, wo die Lösung vollzogen ist, wo der große Strom wieder frei und eigen herrscht, heißt Stein am Rhein, ein Städtlein, das sich merovingischer Abkunft rühmt. Es hatte Mauer und Graben und war eifersüchtig auf seine Freiheit bedacht, denn hoch zu Häupten saßen die Herren von Klingen und mancher streitbare Feind lag in der Nachbarschaft bereit. Hatte sich doch der eigene Bürgermeister eines Tags mit den Burgherren des Höhgau verschworen, ihnen die Stadt in die Hände zu spielen. Ein nächtlicher Ueberfall fand statt, aber die Bürger erwehrten sich mit ungeahnter Kraft des Feindes und stürzten den Verräther in einem Sacke in den Rhein. — Ohne Zweifel zählt der Höhgau, den wir eben genannt, zu den wichtigsten Strichen im ganzen Gebiete des Bodensee's; sein Name aber, der schon zu Zeiten Karl Martell's erscheint, will die zahlreichen Felsenkegel bedeuten, die wie erratische Blöcke Flur und Wald überragen. Welch' geheimnißvolle Gewalt hat sie aus dem Schooß der Erde emporgeschleudert oder aus unermeßlichen Höhen herabgewälzt? Feuer und Wasser sind hier thätig gewesen und auf den trotzenden Kuppen bauten die Menschen ihr Haus und krönten mit ihrer Kraft die Kraft der Elemente. Mehr als vierzig Burgen standen ehedem im Höhgau und die ältesten Geschlechter des Reiches waren hier daheim; das schönste Bild deutscher Vergangenheit, das je geschaffen ward, in dem sich herbe Kraft und süße Minne so seltsam mischt, ist in den Rahmen dieser Landschaft gefaßt: Ekkehard! — Hier war sein Thurmgemach; auf Hohentwiel, wo man hinabsieht über den weiten blauen Bodensee, wohnte Hadwig, die gelehrte Herzogin von Schwaben. Wie eine hohe Warte, die der Gau gegen Strom und See hinausgestellt, liegt jetzt die prächtige Ruine auf dem Felsen, nahe dahinter, und noch steiler, die Ruine Hohenkrähen. Welche Erinnerungen birgt dieser Fels! Es ist ein Denkstein der Erdgeschichte und der Geschichte unseres Volks.

Ziemlich am Fuße des Hohentwiel liegt das Städtchen Singen und die zahlreichen römischen Alterthümer, die man dort gefunden hat, lassen errathen, daß schon die Legionen des Tiberius sich diesen prächtigen Waffenplatz ersahen. In dem Meierhof, der am Aufstieg zur Burg gelegen ist, schließt sich den Fremden ein Führer an, der schweigsam mit klirrendem Schlüsselbund vorangeht, an der alten Linde und an der steilen Felswand vorüber, durch deren graues Gestein bisweilen röthliche Adern ziehn. In einer Viertelstunde haben wir die eigentliche Veste erreicht; zertrümmerte Bastionen, Graben und Wall umgeben uns, und wenn auch Alles zerfallen ist, so spricht uns doch überall noch jetzt ein Zug der Stärke an, den weder die Zeit noch der Feind zerstören konnte. Freilich hat auch mancher von ihr viel Leid erfahren, denn unter den zahlreichen Zwecken, denen die mächtige Veste im Lauf der Zeiten diente, war einer, der gar düster klingt. Sie war der Kerker, in welchem Männer wie der edle Moser schmachteten, den mancher mit grauen Haaren verließ, der einstens goldenes Gelock hineingetragen.

In der Mitte des sechszehnten Jahrhunderts kam Hohentwiel an Württemberg, dem es noch heute als Enclave in badischem Gebiet zu eigen ist. Hoch schlugen die Wogen des dreißigjährigen Krieges an seine Mauern, aber der tapfere Wiederhold, dem der Schutz des Platzes anheimgegeben war, blieb unerschütterlich und erlag weder dem Eisen noch dem Gold der Feinde. Er hat die Inschrift verdient, die ehedem vor dem zersprengten Hauptportal des „vösten Haußes" eingemeißelt war:

Der Feind hat's fünfmal zwar geschreckt,
Doch hat der Herr zum Schutz erweckt
Den Wiederhold, der fünfzehen Jahr'
Dasselb' beschützt in Feindts Gefahr.

Freilich war nicht immer ein Wiederhold Gebieter auf dem Hohentwiel, und so unbezwinglich die Veste schien, so schlug doch auch ihr die Stunde. In dem Abgrund von Schmach und Noth, der an der Wende unseres Jahrhunderts steht, der Reiche und Dynastien begrub, versank auch der Stern des Hohentwiel. Wer hat ihn zerstört? Dieselbe Hand, die damals durch ganz Europa die Zerstörung trug, die Soldaten Bonaparte's, die zwanzigtausend Mann stark im Höhgau lagen. Unter Widerspruch eines einzigen Lieutenants hatte das Offizierscorps der Besatzung capitulirt, die Bedingungen aber, welche an die Uebergabe geknüpft waren, blieben durch einen Handstreich der Franzosen vereitelt. Fast ein halbes Jahr dauerte die Schleifung und Sprengung der Festungswerke; nicht nur in die Bauten, sondern in den Felsen selber wurden Minen gelegt, aber es waren doch nur Splitter, die man dem trotzigen Sitze der schönen Hadwig abgewann. Fünfhundert Bewohner der benachbarten Dörfer waren dabei zum Frohndienst aufgeboten.

Das ist die letzte schwere Erinnerung, die den Twiel umgibt, aber es soll nicht der letzte Eindruck sein, mit dem wir scheiden. Sie konnten das Mauerwerk zu Boden reißen und die würdigen Bilder in den steinernen Hallen, aber ein Bild war unantastbar und unvergänglich, es war den Händen der Zerstörer ebenso wenig erreichbar, als es die entzückte Schilderung erreicht. Blickt hinaus in die goldene Weite und in die blaue Tiefe, dann liegt es vor Euch im hellen Morgenduft, dies herrliche Bild: — eine Bergeskette, die vom Montblanc bis an den Ortler reicht, ein Land, das die Fülle seines Segens kaum tragen kann. Die Perle aber, das funkelnde Juwel, das uns aus dieser offenen Schatzkammer der Natur entgegenblinkt, das ist der blaue leuchtende See, über dessen lange Fläche unser Auge schweift. — In uralter Zeit, weiter zurück, als das Dasein und der Gedanke der Menschen reicht, war auch der Höhgau ein Bestandtheil dieser Fluth. Man gräbt noch jetzt aus dem kiesigen Boden bisweilen Zähne aus, die fast einen Zoll in der Länge haben und von riesigen Fischen stammen, wie sie das riesige Wasser barg. Dann aber trat die Fluth langsam zurück, Zoll um Zoll mit der Erde ringend, bis sie ihre Grenzen in dem tiefen Becken fand, das heute lachend vor uns liegt, als friedliches Denkmal sturmvoller Gestaltung. Welch' ungeheurer Horizont, welche Wärme in diesen Farben, welcher Vollklang in diesen Tönen, wenn alle Glocken zu Abend läuten!

Konrad Wiederhold.

Nun neigt sich der flammende Ball zum Untergang; wie der Widerschein eines riesigen Feuers schimmert es über die Fluth, dann zieht das graue Gewölk seinen Schleier über den Rand der glühenden Scheibe, immer mehr, immer mehr von ihr verhüllend. Das Gold wird zum Purpur und der Purpur wird violett — nun ist der letzte schmale Sonnenstreif hinabgesunken und mit herber Frische kommt der Abendwind. Wie mag das mächtige Segel fliegen, das noch in weiter Ferne auf der Fluth schwimmt, aber bald ist auch das Segel verschwunden in dem ungeheuren Weben der Dämmerung.

Das Schiff mit seinen Mannen gehört dem Abte der Reichenau, auf dem Hohentwiel aber steht Hadewig „in des Fensters Wölbung und lernt, was ihr vorgeschrieben ist, leise und laut; bis zu Ekkehard's Saal klingt ihr einförmig Hersagen: amo — amas — amat." —

Hohentwiel.

Parthie aus Schaffhausen.

Nach Basel.

Ein tiefer Wandel liegt hinter uns — der Rhein hat den Bodensee verlassen und ist wieder hervorgetreten zur vollen Freiheit — ruhiger, kräftiger und größer. Noch hat er den raschen urwüchsigen Zug der Jugend, aber einer Jugend, die schon mächtig bewußt der Zukunft entgegenstrebt, statt im Strudel der Gegenwart zu verbrausen. Dies ist der Charakter seines Laufes von Stein bis Basel; nur einmal noch, nicht ferne von seinem Austritt, kommt ein gewaltiger Augenblick des Kampfes, ein Durchbruch der alten Leidenschaft. Es ist der Rheinfall bei Schaffhausen, vor dem wir stehen, eine riesige Felsenbank, die über dreihundert Fuß breit quer durch den Strom zieht; ihre Höhe mißt fünfundachtzig Fuß und war ehedem, wie die aus dem Strudel ragenden Säulen bekunden, noch größer. Hier hat sich die Natur verschanzt, um dem herrlichen Strome den Weg zu wehren, hier muß der Rhein hinab; es ist ein Sprung auf Leben und Tod, aber jubelnd schallt es aus der wirbelnden Tiefe: ich hab's gewagt — und jubelnd jagen die befreiten Wogen nun weiter durch Wald und Flur.

Man besucht den Rheinfall am besten von Neuhausen, da uns hier das Bild des prächtigen Kataraktes im Rahmen grüner Wälder dicht gegenüber liegt. Wie ein Palast mit prunkender Façade steht am rechten Ufer der Schweizerhof; auf den weitvorspringenden Terrassen des Hauses tummelt sich die elegante Welt, und die hohen Fenster blinken weithin in der Sonne. Wer kürzen will, kann auf einer steilen Gartentreppe bis hinunter an's

Rheinfall bei Schaffhausen. Von R. Püttner.

Waldshut.

Ufer steigen, der bequemere Weg aber führt zierlich bekiest in schlanken Windungen durch den Park. Die Wucht der herunterstürzenden Wassermassen hat einen kleinen Hafen ausgespült, wo die blaugrüne Fluth krystallhell wogt, hier nimmt uns die Barke auf, die kämpfend an's andere Ufer steuert.

Auch drüben ist die Höhe steil, zerklüftet steigen die Felsen empor, von feuchtem Staub genetzt, mit grünem Gestrüpp überwachsen, das sich in alle Ritzen klammert. Auf der Höhe aber thront mit zackigen Giebeln und Zinnen Schloß Lauffen, das mit seinen weitverzweigten Gebäuden an die alten Burgen mahnt.

Furchtbar schön entfaltet sich das herrliche Bild; vor unseren Augen gebiert und verbraucht sich die rastlose Kraft, wir sehen gleichsam hinein in's Innerste der gigantischen Arbeit, die hier gethan wird. Alle Sinne sind in Athem gehalten, Berge von Schaum werden wirbelnd empor- und wieder hinabgeschleudert, bis sie in Myriaden von Stäubchen zersplittern.

Fürwahr, es ist ein Kampf, und wie Helden, die unerschütterlich das Kampfgewühl überragen, so stehen die letzten jener Felsenpfeiler im Strudel, die von der steinernen Phalanx noch übrig sind. Tag und Nacht, Winter und Sommer, seit Jahren und Jahrhunderten stürmt unbändige Fluth wider sie; schon ist ihr Fuß unterwühlt, schon sind mehrere ihrer Gefährten in die schäumende Tiefe gesunken. Wie viele Generationen wird noch ihr eigenes Dasein währen?

Aber wenn's auch ein Kampf ist, ein gigantischer Kampf, so fehlt ihm doch alles Düstere; es ist kein Bild der Zerstörung, sondern ein Bild des Sieges. Jauchzend, funkelnd stürzt sich die Fluth herab, daß man Stunden weit durch die Vollmondnacht ihr Brausen hört, und am Morgen blitzt die Sonne durch das stäubende Silber, daß der Widerschein in allen Farben des Regenbogens strahlt.

Wenn man zur Zeit der hohen Saison kommt, dann gibt es indeß noch andere Bilder hier, dann findet sich ein Publikum aus allen Ländern der Erde ein und macht mitunter das Sprichwort wahr, daß vom Erhabenen bis zum Lächerlichen nur ein Schritt ist. Ohnmächtig lehnt die Baronin in der sicheren Barke und beseufzt ihr Loos, daß sie nun im Rheinfall versinken solle, ein Franzose beschwert sich, daß der Katarakt seit 1870 an Schönheit bedeutend nachgelassen, und daß er auch jenen „parfum de l'électricité“ vermisse, den Delrieu in seinem Rheinbuch rühmt. Er spricht mit lauter Stimme „pour dominer le bruit du cataracte,“ er spricht für Zwei, und so ist's kein Wunder, wenn sein Nachbar, der bleiche Angelsachse unerbittlich schweigt. „Le touriste est une créature machinale,“ sprach der Franzose wieder, seinen Delrieu citirend „il a besoin d'un dada“. Er hatte Recht, aber nirgends wirkt dieser Mechanismus des Reisens peinlicher, als wo man wirklich einer großen ergreifenden Naturerscheinung gegenübersteht. Man möchte unwillkürlich Begeisterung oder Entzücken in den Mienen der Menschen lesen, mit denen man die Wonne eines solchen Anblickes theilt und statt dessen findet man — wie oft! — einen Mangel an Ergriffenheit, daß man sich mitten im lautesten Getümmel allein fühlt. Der Eine mäkelt am Rheinfall, daß er zu blendend, der Andere daß er zu lärmend sei, der Dritte liest unverwandt in seinem Handbuch das betreffende Kapitel und durchstreicht dann die Ueberschrift wie man eine lästige Verpflichtung aus dem Schuldbuch tilgt. Ist es denn gar so schwer, zu — genießen?

Zu den unvermeidlichen Staffagen, denen man am Rheinfall begegnet, gehört natürlich auch ein Feldstuhl, auf dem eine junge Lady mit dem Skizzenbuche sitzt. Unter dem Vorwand, einen Blick in das Bild zu werfen, blicken die Fremden, die vorübergehen, auf das schöne eiferglühende Gesicht, dessen Zeichnung auch unendlich gelungener scheint, als die des Rheinfalls. Die strenge Mutter aber, die auf dem Rasen daneben sitzt, hat nichts dagegen und unterbricht durch keinen strafenden Augenwink die dauerhafteste Bewunderung; sie ist weit weg von hier, am Ganges statt am Rheine. Denn in den „Daily News“, die ihr seidenes Kleid bedecken, ist die indische Spalte aufgeschlagen, und Indien ist das wichtigste Land der Erde, weil ihr Sohn Charlie dort auf dem Dampfer schwimmt.

In der Regel wird der Rheinfall und Schaffhausen als eine geographische Einheit betrachtet, allein das ist keineswegs der Fall, beide liegen fast eine Stunde weit auseinander. Nachdem wir den Rheinfall genugsam betrachtet, wenden wir nun unseren Blick zurück nach dem schmucken alterthümlichen Städtlein, dessen Giebeldächer und Erker gastliche Herberge versprechen. Schaffhausen selber ist nur klein und zieht sich langgestreckt am Ufer des Rheines hin; aber die Bauart sowohl, wie der ganze Eindruck der Stadt zeigt uns die bürgerliche Selbständigkeit in hoher Entwicklung. Mit undurchdringlichen Mauern trotzt das alte Kastell, der Munoth, von der Höhe, ehrwürdig und grau ragen die Thürme des Münsters empor, dessen Glocke bekanntlich die Inschrift trägt, die Schiller seinem unvergleichlichen Gedicht vorangestellt: „Vivos voco, Mortuos plango, Fulgura frango“. Die Industrie Schaffhausens genießt bedeutenden Ruf und sein commercieller Verkehr gewinnt auf doppelte Weise durch die mächtige Wasserkraft, die zur Verfügung steht und durch die Hemmung, die der Rheinfall der Schifffahrt auferlegt. So hat die altersgraue Stadt der Macht, die sie in früherer Zeit als „Schlüssel von Schwaben“ besaß, auch die moderne Macht des Reichthums hinzugefügt, aber derselbe Gemeinsinn, der sie damals beseelte, besteht noch heute und adelt den Besitz. Die großartigsten Anstalten, welche die Stadt zu öffentlichem Nutzen besitzt, sind aus der Freigebigkeit einzelner Bürger hervorgegangen, und immer von Neuem werden solche Mittel gewährt. Wie die Sage geht, standen in ältester Zeit nur einige Schifferhütten an der Stätte wo jetzt Schaffhausen liegt und selbst der Name wird häufig darauf zurückgeführt; aber schon im zwölften Jahrhundert erhielt der bescheidene Ort die Rechte und Ehren einer Stadt. Manche Fehde war den Gräben und Wällen beschieden, mit denen die Bürger ihre Heimath umgaben, und auch andere Heimsuchung aller Art blieb ihnen nicht erspart. Mehr als viertausend Menschen erlagen in einem Jahre der Pest; Wasser und Feuer wetteiferten in der Verwüstung der schönen Stadt, und der Krieg, der an der Wende unseres Jahrhunderts alle Waffen in der Schweiz zusammenführte, raubte ihr zuletzt noch eine ihrer merkwürdigsten Zierden. Es war die alte Brücke über den Rhein, der hier bereits eine Breite von mehr als dreihundert Fuß hat; ohne Pfeiler schwang sie sich von einem Ufer an's andere; denn das einzige in der Mitte

Salmenfang.

stehende Joch stammte von einem früheren Bau und war unbenützt geblieben. Selbst die berühmte geistvolle Madame Roland widmet dem seltsamen Bau in ihren Schweizerbriefen die höchste Bewunderung; diejenigen aber, die im Frühling 1799 den Feuerbrand in die Brücke warfen und sie bis auf den Grund zerstörten, waren die Landsleute der Madame Roland.

Es währt nicht lange, so sind wir im Gebiet der sogenannten vier Waldstädte, die Jahrhunderte lang dem Hause Habsburg zu eigen waren. Die erste von ihnen heißt noch heute Waldshut, wie sie vor tausend Jahren custodia silvae hieß, denn damals stand in der tannengrünen Wildniß nur ein einsames Forsthaus.

Unfern davon strömt die Aar in den Rhein, ein wilder Bergstrom, der fast siebentausend Fuß hoch von der Grimsel herunterkommt, und in seiner reißenden Fluth alle Wasserschätze aus dem Berner Oberlande sammelt, um sie huldigend dem Rhein zu übergeben.

Auch die Landschaft, durch die wir nun ziehen, entspricht dem Namen, den die vier Städte tragen; es überwiegt der Wald. Zu beiden Seiten stehen hohe Buchen, und einsam, fast verborgen zieht der Strom unter ihren Wipfeln dahin. Seine Fluth ist blau wie der Himmel und so klar, daß der Sonnenstrahl bis hinab auf die Kiesel des Grundes dringt; nur ein rauchender Meiler, nur ein Floß, das hinuntertreibt, mahnt an die zwingende Menschenhand. Allmälig erst werden die Ufer wieder breiter, das Buchholz lichtet sich und grüne Felder säumen den Strand; dort stehen die Schnitter und bringen fröhlich die Ernte ein.

Das ist die Lauffenburg. Der Wechsel der Landschaft ist überraschend, eine scharfe Wendung des Stromes, welche die Fluth zur höchsten Kraftentfaltung zwingt, liegt uns plötzlich vor Augen, eng und schroff rücken die Felsentrümmer zusammen, zwischen denen der Strom sich mühsam seinen Weg bahnt. Kreisend und sprühend windet die Fluth sich um die tiefgewurzelten Blöcke; der weiße Schaum spritzt an den Zinken empor, und manche sind schon

Säckingen.

so ausgespült, daß man wähnt, sie brächen jede Stunde zusammen. Es ist eine letzte Erinnerung an die einstige stürmische Jugend, es ist ein schwacher Nachhall jenes großen Wagestücks, das der Rhein bei Schaffhausen vollbrachte. Und solcher Nachhall tritt selbst im Namen zu Tage, indem man auch diese Stromschnelle den „Lauffen" heißt. Wenn die Schiffe noch weiter wollen, so werden sie bei günstigem Wasserstande an Seilen hinabgelassen; nur selten wagt es einer, die lebensgefährliche Fahrt zu versuchen, wie der junge Lord Montague, der am selben Tage im Strome versank, da sein Ahnenschloß im fernen England ein Raub der Flammen wurde.

Aber selbst ohne diese Erinnerung, die unvertilgbar im Gedächtniß der Bewohner haftet, hat Lauffenburg einen düsteren, fast unheimlichen Charakter; wie herausgewachsen aus den zerklüfteten Felsen sehen die verwitterten Häuser aus, die hoch und schmal das Ufer krönen. Die Stirnseite ist dem Strom und seinen Unbilden abgewandt und auf der Rückseite zieren nur wenige Fenster die graue Wand; ein enger Fußsteig führt aus manchem Hinterpförtchen herab über die Riffe des Ufers.

So baut sich das Städtlein auf — in der Tiefe der graue brausende Strudel, über den Felsen die grauen Häuser, und über ihnen der grüne waldestiefe Hügel, von dessen Gipfel die Mauern einer Burg herniederragen. Aber die Burg ist längst zerfallen und menschenleer, nur der unbeugsame Thurm steht noch in alter Herrlichkeit, kein bunter Wimpel weht von seiner Höhe, sondern nur eine mächtige Föhre hat sich seit hundert Jahren in seinen Zinnen festgenistet und ist das grünende Symbol vergangener Herrlichkeit. Mit leisem Rauschen zieht der Wind durch ihre Wipfel.

Eine schmale, halb mit Holz gedeckte Brücke verbindet die beiden Städtlein Groß- und Klein-Lauffenburg und das Schweizerland mit dem deutschen Reiche. Unten am Strande aber auf dem glattgespülten Kies hängt allerlei Fischerzeug und feines Netzwerk an den Pflöcken; denn eben hier ist eine der wichtigsten Stellen für den Fang der Salmen, die vom Niederrhein bis in die Schweiz hinaufgehen. An einzelnen Stellen, wo das Wasser seicht und sonnig ist, schwillt die Zahl der jungen Fische bisweilen so massenhaft an, daß sie die Oberfläche verdunkeln; sie

Lauffenburg. Von G. Schönleber.

Rheinfelden.

bilden den wichtigsten Erwerbszweig dieser ganzen Strecke. Daneben aber hört man aus der Tiefe des Waldes die eisernen Hämmer klingen und die langen aufgeschichteten Stämme am Ufer zeigen, daß auch die Flößerei und der Handel mit Holz in Blüthe steht.

Bald haben wir die letzten der vier Waldstädte erreicht — Säckingen und Rheinfelden. Die erstere, die zu den ältesten Städten der Gegend zählt, ist geistlichen Ursprungs und ward von einem der Glaubensboten gegründet, die zu Beginn des sechsten Jahrhunderts aus Irland herüber kamen. „Jusqu'à ce temps Satan avait exclusivement régné sur le grand-duché de Bade," meint einer der französischen Chronisten, den wir schon oben citirt, erst der heilige Fridolin entwaffnete den heidnischen Brauch und die Künste des Teufels. Das Kastell, das er wider ihn erbaute, war ein mächtiges Klosterstift, welches bald mit der geistigen Macht auch weltliche Herrschaft gewann, und von Vielen für das älteste Kloster gehalten wird, das überhaupt auf deutscher Erde erstand. Längst ist der fürstliche Glanz, den es besaß, verklungen, viel über tausend Jahre schläft Fridolin in seinem Reliquienschrein, und vielleicht wüßten von den vierzig Millionen im Reiche nur wenige etwas von Säckingen, hätte nicht der bekannte „Trompeter" seinen Ruhm in alle Welt geblasen.

Das Gepräge, das uns das jetzige Städtlein zeigt, ist ganz das Bild der kleinen badischen Amtsstadt; da hämmert das fleißige Gewerbe und durch die Straßen rollt der verstaubte Wagen des Reisenden.

Die letzte der vier Waldstädte, die wir begegnen, liegt wieder auf schweizerischem Grund, es ist Rheinfelden; alte verwitterte Mauern mit Thürmen und Thoren, eine lange holzgedeckte Brücke und im Strom jener wilde kreisende Strudel, den man den „Höllenhacken" nennt. Zwei Störche fliegen lustig über die Dächer weg und der kleine Junge, der ihnen mit offenem Munde nachsieht, ob sie ihm wohl ein Brüderlein bringen, erwidert stoisch auf jede Frage: „I waiß nit".

Und doch gäbe es gar mancherlei zu wissen in dem kleinen Rheinfelden, für den, der weilen könnte; denn auf dem Felsen, der mitten im Strome steht, wie ein natürlicher Pfeiler der Brücke, stand einst die gefürchtetste Grafenburg. Der Name der Burg war Stein und mancher wilde Kampf tobte um ihre Mauern, eh' sie die Eidgenossen niederrissen; manch' bange Sorge lag auf dem Herzen der Bürger, die da in dem alten Rathhaus tagten.

Domportal in Basel.

Die Kaiserlichen und der Schwede, die Schweizer und die Horden Ludwig XIV. begehrten Einlaß vor diesem Thor, da galt es wohl, sich der Freiheit zu wehren.

„Wohin des Wegs?“ rief ich den Schiffern zu, die eben an der Lände ihr Floß beluden. „Nach Basel“ war die Antwort, die sie mit rauher Stimme gaben. Auf viele Stunden weit ist dies die Loosung für allen Verkehr: „Nach Basel“ eilt der Strom, „nach Basel“ gravitiren alle möglichen Interessen, es ist die erste große, wahrhaft mächtige Stadt am Rhein!

Bald landen wir vor ihren Mauern; in der Ferne glänzen mit dunklen Kuppen der Schwarzwald, der Jura und die Vogesen und in dem breiten Thal, das sie umschließen, liegt reich an goldener Saat und grünen Reben das flache Land. Hier nimmt der Rhein seine letzte entscheidende Wendung — nach Norden, dem großen Reich entgegen, dem von nun an all' seine Pracht und sein Ruhm gehört. Schon der erste Eindruck, den Basel macht, wenn man es so zu beiden Seiten des Stromes liegen sieht, ist ungemein prägnant und entschieden. Natur und Geschichte, nicht blos der Zufall und die Zahlen haben es zu einer Stadt gemacht; es mußte werden, was es geworden ist.

Brunnen mit dem Bauerntanz in Basel.

Wenn jede Entwicklung aus natürlicher eigenartiger Kraft schon etwas Fesselndes besitzt, so steigert sich der Reiz dieses Eindrucks durch das alterthümliche historische Gepräge, das dieser Entwicklung zum Rahmen dient. Denn die Blüthe Basels stammt aus früher Zeit; nicht nur die Macht der Gegenwart, sondern die Kraft der Jahrhunderte spricht uns daraus an, wie ja auch in der Bürgerschaft noch jetzt die alten Geschlechter blühen, die vor vier- und fünfhundert Jahren hier das Wort geführt. Ganze Reihen von prächtigen Villen sind in den äußeren Theilen hinzugebaut, Alles was der moderne Geist erschaffen, hat sich allmälig eingefügt in den Charakter der Stadt, aber die inneren Theile sind noch heute, wie sie ehemals waren und durch das Wesen der Leute geht ein altbürgerlicher Zug, der fest auf seine Freiheit hält. — Hat doch schon der alte Fischart ein lautes Lob gesungen auf die „holdselige Stadt“ am Rhein!

Und der Rhein war in der That die große Lebensader, aus der die Stadt ihre Kraft und ihren glänzenden Aufschwung gewann, er war es, der die Tausende von fremden Gästen und fremden Schätzen durch Basel führte. Schon im sechszehnten Jahrhundert, als die langen Karavanen der Kaufherren noch mühevoll den Heerweg zogen, war ein regelmäßiger Schiffsverkehr zwischen Basel und Straßburg begründet; schon 1417 begann die Pflasterung der Straßen, und der Bronnen waren so viele, daß Aeneas Sylvius berichtet, wer sie zählen wollte, müßte die Häuser zählen. Kurzum, die alte Rheinstadt war stolz auf ihren Namen, in dem ja eine königliche Wurzel verborgen liegt; ihr kühnes Streben wollte wetteifern mit jeder Stadt, in der die Fürsten ihren Thron gebaut, der Basilisk, ihr Wappenthier, war weit hinab am Rheine mehr gefürchtet und geehrt, als mancher Leu und Aar.

Erasmus von Rotterdam.

Den hohen strategischen Werth, den die Lage Basels für die Herrschaft am Oberrhein bot, hatten schon die Römer erkannt, als sie ihre Colonie bei Augst (Augusta Rauracorum) begründeten, das gleichsam als die Mutter der heutigen Stadt betrachtet werden darf. Von hier aus suchten die Kaiser Constantius und Julian die Jugendkraft der Alemannen niederzuhalten, als man mit schwülem Bangen fühlte, wie die Völkermassen Europa's langsam in Fluß geriethen, um mit elementarer Gewalt über die Länder Roms hereinzufluthen und das müde Alterthum vom Boden hinwegzuspülen.

Ohnmächtig war jeder Widerstand gegen solche Gewalten, und wie andere Städte, so fiel auch die römische Basileia in jene ungeheure Erbschaft, die der Barbar den Händen des sterbenden Römers entwand. Goldlockige Alemannen herrschten hier und weit umher im Elsaß, bis die Franken kamen und von Neuem der Wettbewerb um die Macht begann. Burgund und Deutschland, der Bischof und das Bürgerthum, in dem sich schon zu Barbarossa's Zeiten verschiedene Geschlechter hervorgethan, rivalisirten ohne Unterlaß und so oft der Sturm der Zeiten über Europa dahinfuhr, trug auch die mächtige Stadt an der Wende des Rheines ihr Theil daran. — Im Münster zu Basel hatte Bernhard von Clairvaux, der glühende Mönch, zum Kreuzzug gepredigt, Alexander III. warf den Bannstrahl in die Stadt, weil dieselbe treulich zum Kaiser stand; die Bürger Basels aber warfen den päpstlichen Legaten, der das Interdikt verkündete, hinunter in den Rhein. Bürgerzwist aller Art entflammte die Parteien, furchtbar wüthete das Erdbeben von 1356; noch furchtbarer die Pest von 1348. Aber der vorwiegend auf praktische Ziele gerichtete Charakter des Volkes überwand alle diese Gefahr.

Es ist uns leid, daß wir an dieser Stelle nicht ausführlicher auf die Geschichte von Basel eingehen können, denn sie stellt in ihrer festen, selbstständigen Geschlossenheit, in dem Reichthum ihrer geistigen und politischen Beziehungen fürwahr eines der fesselndsten Städtebilder dar. — Schon Varnhagen von Ense, der einen der historischen Stoffe Basels novellistisch behandelt hat, betont dies mit kräftigen Worten; immer wieder ragen die mächtigsten deutschen Kaisergestalten aus diesem lebensvollen Bilde hervor, die Einen mit dem Kriegsschwert umgürtet, die Andern im prunkenden Festgewand, Sachsen und Franken, hier die Staufen und dort der zürnende Graf von Habsburg.

Wie es in vielen Reichsstädten der Fall war, so bildete auch hier das Bisthum den Kern der frühesten Entwicklung, unter seinen starken Schutz begaben sich die Freien, die von draußen hereingesiedelt; immer mehr wuchs der Besitz von Land und Leuten, und so kann man wohl für die Jugendepoche der Stadt behaupten, daß die Bischöfe ihre eigentlichen Gebieter waren. Die Macht derselben ward noch gehoben, indem sie selbst oft aus mächtigen Häusern stammten und in der Regel auf Seite des Kaisers standen. Als Freund und Vertrauter war Haito dem großen Karl ergeben und Adalbero Kaiser Heinrich II.; mit unerschütterlicher Treue und der ganzen Kraft jener fehdelustigen Zeit stand Burchard von Hasenburg zu Heinrich IV., der das Leid von Canossa auf Deutschland lud! An der Seite des Staufen Konrad III. zog Bischof Ortlieb in's heilige Land, an der Seite Rudolf's von Habsburg focht Bischof Heinrich auf dem Ganserfeld gegen den mächtigen Ottokar! Lange Zeit war Rudolf ein erbitterter Feind der Stadt gewesen und hatte mit Feuer und Schwert ihre Pforten heimgesucht, erst seine Wahl zum König, die „die schreckliche, die kaiserlose Zeit“ beschloß, brachte den Frieden mit Basel. Nun hatten sich die Gemüther gewandelt; die Thore, welche die Stadt dem Grafen trotzig verschloß, that sie dem König willig auf, zwischen den beiden hadernden Parteien (Sterner und Psitticher) kam es zum Ausgleich und mit doppelter Gunst sühnte nun Rudolf so manch' vergangenes Leid.

Statue des Munatius Plancus.

Nicht ohne harten Kampf und nur mit Aufgebot aller Jugendkraft rang sich das bürgerliche Element neben dieser geistlichen Macht empor, aber endlich kam auch für seinen Sieg die Stunde. Wenn man für die erste Epoche mit gewissem Rechte sagen kann: Basel gehört dem Bischof, so kann man in dieser zweiten Epoche sagen: Basel gehört dem Bürgerthum. In schweren Prüfungen aller Art, daheim und im Felde, mußte die Stadt diese Selbstständigkeit bewähren und härten, aber in gleicher Weise stieg auch ihre Bedeutung für die allgemeine Geschichte. In der Schlacht von St. Jakob, die man „das schweizerische Thermopylä“ genannt hat, wehte ihr Banner, das Concil, welches von 1431—1448 tagte, und bei welchem Papst Felix V. aus dem Conclave hervorging, richtete die Blicke der Welt auf Basel. Es war die Zeit der freien Reichsstadt, und das war unleugbar ihre höchste Blüthezeit, alle Kräfte, die in ihr lagen, im geistigen, wie im physischen Sinne, waren in lebendiger Regung und sogar an den Schwierigkeiten, die es zu bestehen galt, konnte nur ihr Selbstbewußtsein wachsen.

Aus dem weiten Rahmen politischer Beziehungen, die Basel als freie Stadt des großen deutschen Reiches hatte, trat es allmälig in ein engeres und festeres Gefüge hinein, in die Fühlung mit den Eidgenossen. Der förmliche und feierliche Vollzug dieses Schrittes erfolgte im Juli 1501, allein obwohl die Jugend in den Straßen sang: „Hie Schweizerboden“, so blieb sich doch die Stadt ihrer deutschen Bildung stets bewußt, und das Gefühl der geistigen Gemeinschaft fand einen erneuten Hebel in der wissenschaftlichen Blüthe. — So war aus der Bischofsstadt und der deutschen Reichsstadt die Schweizerstadt hervorgegangen, und Basel war damit in eine neue dritte Epoche eingetreten, in jene Gestaltung, die uns in die moderne Geschichte hinüberleitet, und auf der trotz aller Kämpfe und Sorgen, die dazwischen lagen, die bedeutsame Gegenwart der Stadt basirt.

Der erste Weg wenn wir jetzt durch Basel gehen, führt wohl an's Münster empor, das hoch gelegen ist, auf einem der beiden Hügel, wo sich die älteste Niederlassung befand. Von dem allerfrühesten Bau ist freilich nichts mehr vorhanden; von dem zweiten (der vielfach auf Heinrich den Heiligen zurückgeführt wird, während ihn Andere erst an das Ende des zwölften Jahrhunderts verlegen) besteht noch der Chor und der Kern des Schiffes, alles Uebrige ward durch jenes furchtbare Erdbeben zerstört, das Meilen weit Burgen und Kirchen zertrümmerte. Bald aber wurde das Münster auf den kräftigen Antrieb des Bischofes Senno von Münsingen dem Kulte wieder geöffnet, die bauliche Vollendung aber zog sich bis in das sechszehnte Jahrhundert hinein und erzeugte jene kunstreiche Verknüpfung verschiedener Stile, die sicherlich auch ihren Reiz hat.*) So ist der Dom ein Bau geworden, der auch in seiner heutigen Gestalt noch auf jeden unbefangenen Beschauer mächtige Wirkung übt. Auf bäumenden Rossen stehen neben dem Hauptportal die beiden Gestalten St. Georg und Martinus, dann Kaiser Heinrich, und die Kaiserin Kunigunde; aber auch die nördliche Langseite hat ihr eigenes Thor, die sogenannte St. Galluspforte, die reich an sinnvollen Bildern ist.

Rathhaus in Basel.

Der Eindruck im Innern ist noch bedeutender als ihn die Außenseite gewährt; hell und hoch ist der Bau und ungehemmt schweift das Auge durch den langen Raum, den eine prächtige Orgel abschließt. Sie und die Kanzel, die zierlich wie ein Blumenkelch emporsteigt, gehören zu den Merkwürdigkeiten des Domes; auch an Grabmälern aller Zeiten sind die Seitenschiffe reich und manche davon sind geradezu ein Denkmal ganzer Epochen. Denn wem schwebte nicht die ganze Blüthe der deutschen Kaisermacht und der freien Reichsstadt vor, wenn er an dem Grabmal steht, wo Rudolph von Habsburg seine Gattin zur Ruhe trug! Wer dächte nicht an den glänzenden Aufschwung edler Wissenschaft, wenn er dort auf dem Steine liest: Erasmus von Rotterdam! In seine Zeit fällt der Höhepunkt, den Basel in geistiger Beziehung erreicht hat; alle Gebiete der Forschung fanden ihre bedeutenden Vertreter an der jungen Hochschule der Stadt, daneben nahm die Buchdruckerkunst einen Aufschwung, dem man in kurzer Frist dreihundert der gediegensten Werke verdankte. Kein Neid verkümmerte das gemeinsame Streben: „Du würdest schwören (schreibt Erasmus an einen Freund), daß Alle nur ein Herz und eine Seele hätten." —

*) Der Verfasser verdankt diese Details, sowie manch' andere Anregung der freundschaftlichen Mittheilung des in Basel lebenden, hochverehrten Herrn Dr. G'sell-Fels.

Was Erasmus für die Wissenschaft, das ward Hans Holbein für die Kunst in Basel; eine große Anzahl seiner herrlichen Bilder und Zeichnungen sind im dortigen Museum versammelt, und mit Recht ist dasselbe neben dem Münster der bedeutendste Schatz der Stadt.

Sein Ursprung reicht keineswegs weit zurück, erst 1849 ward es eingeweiht, auf dem Boden des früheren Augustinerklosters und mit dem Zwecke, Alles was zum Studium der Künste und Wissenschaften dient, „in würdigen Räumen aufzunehmen". Es würde den Rahmen dieser Darstellung weit überschreiten, wenn wir die Aufzählung oder gar die kunstgeschichtliche Würdigung der Schätze versuchen wollten, die hier vereinigt sind; dies Amt ist längst von besserer Hand besorgt. Nur soviel sei hier gesagt: ein Jeder, der Holbein studieren will, kann Basel nicht entbehren, und die Stadt selbst zählt unter ihren Bürgern einen seiner berühmtesten Kenner.

Allein nicht blos in den gelehrten Räumen des Museums, auch auf offener Straße begegnet uns die Spur dieses großen Meisters: der Brunnen mit dem Bauerntanz, der nach Holbein's Zeichnung gearbeitet sein soll, sprudelt noch heute lustig fort, und wenn auch Wind und Wetter die Farbe tilgt, so weiß man noch immer die Häuser zu zeigen, die Holbein's Pinsel einst mit Wandgemälden schmückte. Wäre er nicht schon 1526 nach England fortgezogen, so hätte Basel vielleicht eine Malerschule von europäischem Ruf erhalten.

Hans Holbein.

Zu Ende des sechszehnten Jahrhunderts wurde in Basel ein Mann geboren, welcher auf anderem Gebiete ebenfalls eine europäische Berühmtheit genannt werden muß. Wir meinen Matth. Merian, den Illustrator, Kupferstecher und Verleger, welcher in einer Reihe heute noch geschätzter Werke den gebildeten Lesern seiner Zeit die Anschauung von Ländern und Städten in ähnlicher Weise vermittelte, wie wir es heute in diesen Blättern versuchen. Und wie viel andere wären zu nennen, die sich gemeinnützig hervorgethan, allein wir müßten Bände statt Seiten zur Verfügung haben. — Unter den Architekturen aus älterer Zeit verdient das Rathhaus Erwähnung, mit der Statue des Munatius Plancus, nicht minder verschiedene Thore, die ja so häufig zu den schönsten Bauwerken gehören, welche alte Städte besitzen. Der Grund hiefür liegt nahe genug, denn der Begriff des Thores ist mehr als eine blos räumliche Schranke, es ist der tiefe principielle Scheidepunkt zwischen dem herrschenden Bürger und dem dienenden Bauer, der außerhalb der Stadt auf flachem Lande wohnt.

Das ganze politische Kraftgefühl der Städte verkörpert sich gleichsam demonstrativ in ihren Thoren. Und dies Gefühl hat sicherlich auch steigernd auf die künstlerische Kraft gewirkt, denn gerade die Begabtesten mochten es am meisten fühlen, daß solch' ein Werk neben der praktischen noch eine tiefe ideale Bedeutung habe und deßhalb fügten sie dem trotzigen Gestein so manch schwungvollen Schmuck hinzu, der über den trockenen Zweck hinausging.

Das schönste unter den Thoren Basels ist ohne Zweifel das Spahlenthor. Ein spitzer Helm mit bunten Ziegeln deckt den mittleren kantigen Thurm, an dem drei Heiligenbilder prangen, die man lange Zeit im ganzen Sundgau verehrte, die beiden Seitenthürme aber sind rund und umschließen mächtig das gezackte Pförtlein, das den eigentlichen Durchlaß gewährt. Der Verkehr freilich ist naturgemäß in den rheinwärts gelegenen Quartieren am regsten und er wird immer lebendiger, je mehr wir uns der langen Brücke nähern, welche die beiden Theile der Stadt (Groß- und Kleinbasel) verbindet.

So haben wir denn versucht, in kurzen Zügen das Bild von Basel zu zeichnen, aber wahrhaft staunenswerth ist der Umschwung, den dies Bild in den letzten Jahren erfuhr. Nach allen Seiten ward die Physiognomie der Stadt dadurch beeinflußt; überall gewahren wir das Streben, den Ideen der Gegenwart unumschränkte Herrschaft zu schaffen, überall empfinden wir, daß auch Basel eingetreten in den großen Wettkampf der Zeit.

Es hatte lange genug gedauert; jeder Fortschritt, selbst in äußeren Dingen, mußte erobert werden. Noch im Jahre 1829, als Hannover schon Gas besaß, brannte hier nicht eine einzige Laterne; noch vor dreißig Jahren schien es ein Ding der Unmöglichkeit, daß Basel jemals „einen sogenannten Quai" besitzen werde, wie ihn andere Städte haben, „die an Flüssen liegen". — Und jetzt werden alljährlich Millionen für gemeinnützige Zwecke hingegeben, eine Kunsthalle und ein Musiksaal, ein neues Theater werden gebaut und dazu zwei Schulpaläste, deren jeder eine halbe Million bedarf. Am meisten aber macht sich dieser Umschwung in Frage des Unterrichtes geltend, denn hier liegt ja das große Problem der Gegenwart und der Schlüssel zur Zukunft. Mit Verblüffung ließ ich mir sagen, daß es in Basel Lehrer gibt, die Millionäre sind.

Matth. Merian.

„Sie meinen wohl einzelne Professoren, die an Ihrer Hochschule wirken," sprach ich zu dem gelehrten Freunde, der mir dies betheuert.

„Doch nicht, ich meine Lehrer im Allgemeinen; denn es kann ja nicht jeder Professor sein! Der Stand an sich, auf welcher Schule er auch wirkt, ist bei uns so angesehen, daß sich Niemand zu reich oder zu vornehm dafür dünkt."

Unter solchen Umständen hat sich denn auch der alte Gegensatz wohlthätig gemildert, der zwischen geistigem und materiellem Besitz besteht; das Einvernehmen, in dem die reichen Kaufherrn und Patrizier mit den Gelehrten stehen, ist jetzt so herzlich und unerkünstelt, als man es nur irgend wünschen mag. — So hat sich denn der Charakter der Bürgerschaft nach allen Seiten hin zu seinen Gunsten gewandelt; noch immer ist freilich der Reichthum ein wichtiges und dominirendes Element in Basel, aber dem Bewußtsein des Besitzes hat sich längst das Bewußtsein beigesellt, daß der wahre Werth gewogen, nicht gezählt werden muß.

Viele der angesehensten jungen Kaufherrn machen bereits gediegene akademische Studien und man setzt einen Stolz darein, mehr durch gemeinnützige Thaten, als durch persönlichen Prunk hervorzuragen.

Ueberhaupt herrscht im häuslichen Leben meist eine strenge bürgerliche Einfachheit, und nur dann, wenn öffentliche Feste kommen oder sonst ein wichtiger Anlaß, tritt eine glänzende Repräsentation zu Tage. So ward während der Zeit, die ich in der freundlichen Rheinstadt verbrachte, ein großes Rennen auf der Schützenmatt gehalten und da strömt freilich alle Welt, vom Bettler bis zum Millionär hinaus auf den Festplatz. Das war die rechte Gelegenheit, um das Volk in Masse und das Baslerleben in reichster Entfaltung zu sehen — zudem war's Sonntag Nachmittag und ohne Wolke lag der blaue Himmel über uns. — Schon um Eins begann das bunte Gewühl, Wagen an Wagen flog über die Straße, die durch's Spahlenthor hinaus führt, auf die breiten Wiesen, wo sonst die Miliz ihre Uebungen abhält. Das Geschirr der Pferde war mit seidenen Bändern geziert, die im Winde wehten, dann kamen große vierspännige Leiterwagen, mit Tannenreisig geschmückt und überfüllt mit Soldaten in dunkler Uniform, es war ein Dutzend guter Freunde, die sich zusammengethan und in froher Laune jubilirten. Endlich nahte auch mit klingendem Spiele die Musik. Alle Trottoirs aber waren übersät mit fröhlichem Fußvolk, man ging noch in heller Seide, denn die Luft war sommerlich mild und die schönen Frauen lächelten so gewinnend, als wäre es ihr eigener Ehrentag. Ueber die weichen Matten hin, wo die Räder geräuschlos rollen, treten wir in die Rennbahn ein, verfolgt von Zettelträgern, die das Programm verkaufen. Neben dem Steeple-chase, das dort verzeichnet stand und wahrhaft glänzend durchgeführt wurde, bot vor allem ein Armeereiten Interesse, zu dem sich die eidgenössische Kavallerie auf ihren Dienstpferden einfand. Es waren meistens Söhne der alten städtischen Geschlechter, geborene Millionäre, die hier auf den feinsten Raçepferden, aber in derber Uniform vorüberflogen, denn nur Soldaten und Unteroffiziere waren zugelassen. Natürlich war fast jeder der betheiligten Herren in ganz Basel bekannt und ward in diesem wichtigen Augenblick gleichsam als Sohn der ganzen Stadt betrachtet. Der Jubel, mit dem die Bürgerschaft den kleinsten Vorsprung begrüßte, den einer der ihrigen über Zürich oder Schaffhausen erkämpfte, die Popularität der Betheiligten hatte selbst für den Fremden etwas Sympathisches. Es war jener „Lokalpatriotismus", den man eben nur in freien Städten kennt, ein Bürgerstolz, der sich unbefangen Ausdruck gab.

Spahlenthor in Basel.

Viel interessanter aber als das Schauspiel bleiben doch immer die Zuschauer selbst, deren Elite sich im inneren Rund der Rennbahn befand. Weithin waren hier die prächtigsten Equipagen aufgestellt, Wagen an Wagen, der alte Herr mit dem weißen Bart und dem feinen Profile spricht theilnahmsvoll mit einem Geschäftsfreund, der eben herangetreten, die schönen Töchter aber stehen auf den dunkelblauen Kissen und blicken mit dem Opernglas voll Spannung auf die Bahn. Nußbraun fallen die langen Zöpfe über die graue Seide des Kleides, ein kecker Bersaglierihut nickt vom Haupte und um den Hals blinkt ein Kettlein mit köstlichen Steinen. O, wie sie lachen und lächeln, wenn immer wieder ein schmucker Reiter vorüberfliegt.

Endlich ist der letzte Fanfarenstoß vor der Tribüne verklungen, man rüstet sich zur Heimkehr und in endloser Reihe verlassen die Equipagen den Platz, denn nach dem Rennen ist Corso auf dem Aeschengraben. Zu beiden Seiten bildet das Publikum Spalier. Dort kommt mit gravitätischem Schritt und mit gepuderten Lakaien der Galawagen eines reichen Spaniers, der in Basel lebt (das ja selbst einen Schwedenkönig zum Bürger hatte), ein reizender Viererzug mit Apfelschimmeln folgt; dann naht im Jokeykostüm auf elegantem Gig der Sieger im Herrenreiten. Und

Basel. Von R. Püttner.

jetzt, jetzt kommt der alte Herr mit seinem Täubchen in grauer Seide; den Schluß aber bildet eine muntere Cavalcade, zu der sich sämmtliche Reiter vereinigt haben. Im kurzen Galopp, mit kurzem Gruß geht es von dannen.

Es mochte ungefähr sechs Uhr Abends sein; um diese Stunde ist alltäglich die große Tafel in dem alten weitberühmten Hotel zu den drei Königen. Das Haus, das dicht am Rheine liegt, führt seinen Namen auf die Zeit zurück, als Kaiser Konrad II. und sein Sohn Heinrich mit Rudolf von Burgund zusammentrafen; damals sollen die drei Fürsten hier ihre Einkehr genommen haben.

Wie anders freilich mag es damals hier gewesen sein, als jetzt, wo uns strahlende Kerzen und ein Prunksaal entgegenblinken, in dem sich die Gäste aus allen Ländern Europa's zusammenfinden! Alle möglichen Kuriositäten und Alterthümer schmücken die Wand und ein hohes drawing-room mit schweren Damastvorhängen und Spiegeln nimmt die vornehmen Fremden nach beendeter Tafel auf. Mit weißer Cravate und feierlichen Mienen sitzt der clergyman in der Ecke und unterhält seine Damen vom schönen Wetter, das morgen zu erwarten steht; er wüßte gerne, was es Neues auf Erden gibt und auch die Times liegt dicht an seiner Seite, aber bekanntlich ist heute Sonntag und die Ausläufer des Sonntags muß man ja in geweihter offizieller Langeweile verklingen lassen.

Da haben wir es doch besser als gottlose Germanen — wir sitzen draußen auf der breiten Terrasse im Kreise fröhlicher Genossen und plaudern von den großen Tagen, die uns einig gemacht. Funkelnd glänzen zu Häupten die Sterne und rauschend zieht unten der Rhein vorbei, der alte Bannerträger des deutschen Gedankens. Nimm unsere Grüße in die Heimath mit, herrlicher Strom!

Im Breisgau.

Einsam und majestätisch, aber ohne Begebenheit, die unsere Gedanken ablenkt, verfolgt der Rhein von Basel ab seinen Weg nach Norden. Die Veste Hüningen, dies trotzige Ausfallthor, das Vauban seinem König baute, ist längst geschleift und so kann unser Auge, unbeirrt durch stürmische Erinnerungen, ganz dem Gepräge der Landschaft folgen. Sie ist mehr stilvoll als schön, und obwohl fast monoton, hat sie doch etwas Fesselndes; überall stehen Altwasser, tief und grün; feuchte Weiden und hohes Schilf bedecken die Ufer, zu beiden Seiten der breiten Ebene aber ziehen blaue Höhenzüge dahin. Wir sind in Mitte zwischen Schwarzwald und Vogesen.

Der erstere reicht tief nach Süden herunter; schon als wir an den Waldstädten vorüberfuhren, kamen uns seine Wasser entgegen; zwanzig Meilen weit von Säckingen bis Pforzheim streichen seine Höhen. Aber auch die Breite ist bedeutend und tiefe Thäler ziehen sich aus seiner tannengrünen Einsamkeit hinaus zur Ebene des Rheines, auf den dunklen Bergen liegen schmucke Dörfer und Gehöfte. Da pickt in den traulichen Stuben die braune geschnitzte Uhr, und im fernen Walde hämmert die Axt und wirft die uralten Stämme nieder, die dann der Rhein hinunter nach Holland trägt.

Wie viel Poesie umgibt diese Wirklichkeit, im bloßen Namen schon liegt ein geheimer Zauber, den kein anderes Gebirge mit dem „Schwarzwald" theilt. Um seine Quellen spielt heute noch Elf und Nixe, wer denkt nicht der wehmüthig schönen Lieder, in denen das Heimweh der Wanderer klingt, die vom Schwarzwald „mit seinen Tannen" scheiden. Wie hat es uns grauend überrieselt, wenn wir in Kindertagen das alte Märchen lasen von dem langen gespenstigen Manne, der alles Herzensglück um schnödes Gold verkaufte und in der Nacht die riesigsten Stämme brach wie dürres Rohr. Jedes Schiff, das auch nur einen Balken von seinem Holze trug, ging rettungslos zu Grunde; man nannte ihn den Holländer Michel, die Geschichte aber heißt „Das kalte Herz". Das Alles hat nur der Schwarzwald.

Die blaue Kette aber, die auf der anderen Seite des Rheines hinzieht, sind die Vogesen, der alte Wasgauwald, der reicht von Zabern bis herunter gegen Mülhausen, mit hohen Buchen und Föhren, und auf den zerklüfteten Felsen stehen verwitterte Burgen wie ein Adlerhorst. Noch ihre Trümmer erzählen uns von dem Glanze jener Geschlechter, die einst hier hausten; denn der Schwarzwald war immer mehr ein Land des Bauers, der Wasgau ein Land des Adels. In seinen einsamen Thälern aber klingt nicht nur die Axt, sondern eiserne Hämmer schmieden das Erz, das dort die Schachte bergen, und der blaue Rauch zieht sich langsam empor zu der verwaisten Herrenburg. Jene langgezogenen Plateau's, wie sie auf den Höhen des Schwarzwaldes so häufig sind, treten in den Vogesen viel seltener zu Tage, und obwohl die Berge mehr durch den Eindruck wuchtiger Massen, als durch feingegliederte Formen wirken, so sind sie doch weit vielgestaltiger, als im Schwarzwald; drei- und vierfach überragen sich oft die Kuppen, wie Riesengestalten, von denen sich eine auf die Schultern der andern lehnt.

Das ist der Rahmen, in dessen Mitte unser Bild sich nun entfaltet — die ernste, breite Ebene des Rheines. Die erste Stadt, die unsere Schritte hemmt und unsere Blicke wieder vom Ganzen auf das Einzelne zurückführt, ist Breisach. Man nannte sie einst das „Ruhekissen des heiligen römischen Reiches", denn Breisach galt als der Schlüssel von Deutschland, und schien so stark befestigt, daß man sich sicher vor dem Erbfeind wähnte. Freilich war's nur ein Wahn, wie so mancherlei im heiligen römischen Reiche, denn der deutschen Veste war die welsche gegenübergestellt, und dem alten Breisach das neue; kein Krieg zwischen beiden Ländern verging, aus dem die Stadt nicht blutige Wunden davontrug. Am schlimmsten aber war es im Jahre 1793, damals, als jene mordberauschten barfüßigen Soldaten das müde Reich überflutheten, das vor dem Sturmgesang der Marseillaise in allen Fugen bebte; und noch jetzt hat die Stadt sich nicht von jener fürchterlichen Zerstörung erholt, die sie damals erfuhr. Aber dennoch war's nicht die letzte Noth, auch 1870 in der kalten Novembernacht flogen die sausenden Granaten hier über den Rhein, sechs Tage lang währte das gegenseitige Feuer, bis sich die französische Veste Neubreisach ergab.

Die Landschaft, in welcher die beiden Städte liegen, ist wie gesagt ohne Anmuth, viel eher hat sie etwas Melancholisch-ernstes, Getragenes. Da die beiden Höhenzüge Vogesen und Schwarzwald weit auseinanderliegen, so wirkt das in Mitte liegende Land als ungeheure Fläche mit weitem mächtigen Horizont, der Himmel war trüb und über dem Strome hin, dessen graue Wogen vom langen Regen schwollen, zog neues finsteres Gewölk. — Ueber dem stehenden Gewässer, das sich neben dem Strome hält, durch starke Dämme geschieden, stiegen zwei Reiher auf; die breite prächtige Straße, die in's Elsaß hinüberführt, sah heute gar einsam aus, und selbst der gelbe Postwagen, der an uns vorüberfuhr, war leer. Der Postillon, der ihn führte, trug wie die Andern seine blaue

Beschießung von Neubreisach. 1870.

Sansculotten. 1793.

Blouse, nur um den Arm war eine Binde geschlungen mit dem kaiserlichen Adler; unablässig knallte er mit der langen Peitsche, die er nur dann zwischen die Knice nahm, wenn seine kleine Pfeife neues Feuer brauchte.

So war eine seltsame Einsamkeit auf Feld und Straße; ein feuchtes Grau füllte die Luft, das war der rechte Hintergrund für die verwitterte braune Stadt, die nunmehr dicht vor unsern Augen liegt.

Hoch und steil fällt der Fels gegen das Ufer des Rheines ab, auf dessen Rücken Altbreisach sich hinzieht, weit über die dunklen Ziegeldächer, über Mauern und Wälle hinweg ragt das zackige Münster; das ganze Bild der Stadt ist durch seine Formen bedingt, so dominirend und charakteristisch wirkt dieser Bau. Der Heilige aber, dem es gewidmet ist, heißt St. Stephan, einer der großen Märtyrer, der den Verfolgern muthig die Stirne bot, ob er gleich ihren steinernen Geschoßen erlag, und fürwahr das stolze Gotteshaus ist seines hohen Schützers würdig. Auch ihm war ein Martyrium beschieden, hier auf der Warte des deutschen Reiches, so oft die welschen Verfolger kamen, aber muthig und treu hielt es den feindlichen Geschoßen Stand und trug den Namen St. Stephans in Ehren.

Die Häuser der Stadt sind klein und bescheiden, bis weit in die Mauer herab reicht ihr Ziegeldach, die offenen Lauben schirmend, die hier und dort das obere Stockwerk schmücken. Sie liegen zu Füßen des Berges, eines dicht an das andere gelehnt, wie eine kleine Schaar, die im Gefühl der nahen Bedrängniß sich um den stärkeren Führer sammelt. — Nun ist ihm nach jahrhundertlanger Noth auch diese Sorge genommen, es steht nicht ferner vor den Feuerschlünden des Feindes; auch drüben am andern Ufer strömt deutsche Fluth, liegt deutsches Land. Denn wenn wir im sachten Schritt die lange Schiffbrücke zurückgelegt, dann guckt uns am Wachthaus ein frohes rothbackiges Pommerngesicht entgegen und ruft: „Juten Morjen!“ Er schmaucht gemüthlich seine Pfeife und trägt auf dem Haupt die

Aus Freiburg.

glänzende Pickelhaube; das ist der beste Blitzableiter für die Gewitter, von denen das alte Breisach einstmals bedroht war. „Juten Morjen!“

Wir können nicht von Breisach weiterziehen, ohne noch einen Ausflug landeinwärts zu versuchen, denn ganz nahe von hier liegt eine der lieblichsten süddeutschen Städte. Wir meinen Freiburg im Breisgau.

Nach kurzer Fahrt erreichen wir die Hügelketten des Schwarzwaldes, die sich in sanften langen Linien zu Thale neigen; es ist die Stelle, wo die Dreisam aus den Bergen in die Ebene heraustritt, dort hatten die alten Zähringer ihr Schloß erbaut. An die duftigen Höhen gelehnt, dehnt sich die Stadt zu seinen Füßen aus. Schon sind die alterthümlichen grauen Dächer fast überboten von der Unzahl schmucker Villen, die aus den Gärten lugen; aber hoch über Alles hinweg, selbst die Bergeslinien noch überschauend, blickt das Münster mit seinen riesigen Massen. Nicht hell wie anderwärts, sondern dunkel, fast grauviolett hebt sich der zierlich durchbrochene Thurm vom Hintergrund, immer näher, immer gigantischer treten seine Formen hervor, bald sind wir an Ort und Stelle. — Wie aus der Ferne unser erster Blick dem Münster gehört, so soll ihm auch der erste Gang gehören, wenn wir nun das Ziel erreicht, denn es zählt ja zu jenen Wunderwerken, die nicht schwinden, sondern wachsen, wenn man ihnen nahe kommt. Für die Kunstgeschichte ist der Dom zu Freiburg schon deßhalb von unberechenbarem Werth, weil er die einzige deutsche Kirche ist, die uns das Mittelalter fertig überwies, obschon die spätere Zeit manch' überflüssige Zuthat darein gab.

Durch die enorme Höhe und auch durch die Stellung des Thurmes, der unmittelbar über dem Hauptportale emporsteigt, erscheint das Schiff der Kirche weit niedriger und kürzer, als es wirklich ist; allein diese Täuschung schwindet, sobald wir das Innere betreten. Urplötzlich, mit gewaltiger Majestät scheint Alles zu wachsen, hoch empor steigen die grauen Säulen und der Blick kann kaum mit einmal die Weite messen von der Pforte bis zum Chor. Dort steht der gothische Hochaltar mit seinen beiden mächtigen Flügeln, die Gemälde von altdeutscher Hand besitzen; zu beiden Seiten sieht man in langer Reihe die herrlichen geschnitzten Stühle der Domherren. — Ueberall in den großen Domen sind die Seitenschiffe, die das Mittelschiff begleiten, mehr oder minder ein Dominium der Todten; hier stehen an den Wänden die steinernen Sarkophage und die steinernen Rittergestalten, die sich um des Kapitels Blüthe gar sonderlich verdient gemacht, indem sie es mit reichen Gütern belehnten oder mit starkem Schwerte beschirmten. Auch

Kaufhaus in Freiburg.

das Münster in Freiburg hatte seine Freunde und seine Fürsten, auf die es stolz war; in zierlichen Hieroglyphen wird ihr Ruhm dem Fremdling verkündet, all' die kleinen Kapellen, die den Umgang des Chores schmücken, sind solchen Erinnerungen geweiht. Die eine gehört der Universität und trägt die Grabsteine der großen Gelehrten, die dort gewirkt; das berühmte Altarblatt, das von Hans Holbein stammt, zeigt uns die Weisen aus Morgenland, die demuthsvoll an der Krippe des Kindes beten. In einer anderen finden wir kostbare Schnitzereien, und wundersam bricht das Licht durch die bunten vierhundertjährigen Fenster; das byzantinische Kruzifix, vom schwersten Silber getrieben, hat ein Ritter aus den Kreuzzügen hiehergebracht und der heiligen Stätte gewidmet. Denn damals schon standen diese Mauern und in dem werdenden Baue stand Bernhard von Clairvaux und rief mit flammender Gewalt die Christenheit zu den Waffen.

Sieben Jahrhunderte sind seitdem verrauscht und andere Gedanken sind es, denen jetzt der Schlachtruf der Menschheit gilt, und doch, wenn wir zur dämmernden Abendzeit in den mächtigen Hallen weilen, wenn der letzte Strahl durch die spitzen Fenster fällt, da ist es, als regten sich noch die steinernen Bilder, als wäre noch ein Hauch zurückgeblieben von dem glühenden Odem des begeisterten Mönches — und weß Geistes Kind wir auch seien, wir fühlen unbewußt: auch das war eine große Zeit. — Es war noch die Jugendzeit des Christenthums, das in der Fülle seiner Heldenkraft nach einer welthistorischen That begehrte, es war der ideale Zug seiner Lehre, dem alle diese Schwerter folgten, und nicht der düstere Fanatismus, der fünf Jahrhunderte später die Welt im Schutte eines dreißigjährigen Krieges begrub! — Auch auf sein Elend haben diese stummen Steine herabgesehen. — Der Platz, darauf das Münster steht, ist geräumig und schön, vor Allem ziert ihn das alterthümliche Kaufhaus, das dem Südportale fast direkt

Im Freiburger Dom.

gegenübersteht. Es ist von glührothem Sandstein erbaut, und nur von mäßiger Höhe, aber die offenen Bogenhallen und die niedlichen Erker mit ihren Schilden, der schmucke Balkon und die breiten giebelartigen Fenster geben ihm ein höchst lebendiges, originelles Gepräge. Die Statuen, welche zwischen den einzelnen Fenstern stehen, sind ziemlich aus der Zeit des Baues selbst, es sind die Bilder von Kaiser Max dem letzten Ritter, und Karl V., in dessen Reich die Sonne nicht unterging, dazwischen Philipp I. und König Ferdinand. — Auch in den einzelnen Straßen, durch die wir schlendern, findet sich noch mancherlei Anklang an jene Zeit, da Habsburg im Breisgau herrschte; manch' alterthümlicher Giebel steigt lustig neben den flachen Dächern moderner Häuser auf und die Brunnen in der Kaiserstraße murmeln noch jetzt die alte Weise, die sie einst den Fürsten aus dem „Erzhaus" in's Ohr geraunt, wenn sie zum Turnier durch die Straßen ritten. — Nur der Sinn der Bürgerschaft hat sich seit jener Zeit von Grund aus gewandelt;

nicht mehr die Traditionen der hundertjährigen kaiserlichen Herrschaft sind heute in Kraft, sondern der Zauber der Freiheit, der schon im Namen der Stadt liegt, ward auch im Herzen der Stadt lebendig, und unversehens wurde Freiburg zu einer der mächtigsten und aufgeklärtesten Städte Süddeutschlands. Mit diesem geistigen Fortschritt ging die äußere Entwicklung Hand in Hand, in rapider Weise wuchs die Bevölkerung und die Ausdehnung der Stadt, und wer jetzt von dem berühmten Schloßberg herunterschaut, der ahnte es kaum, daß dies dieselbe hohe Schule sei, wo er vielleicht vor vierzig Jahren zu Füßen von Rotteck und Welcker saß. — Eine lange Allee, mit Edelkastanien bestellt, führt uns endlich vor's Thor, zur Rechten und Linken sind stattliche Häuser im Stile moderner Villen, im sorglichen Garten springt die Fontäne und hinter den Spiegelscheiben zeigt sich ein Gesicht mit seinen englischen Zügen, denn eine ganze Colonie von vornehmen Fremden ließ sich hier am Fuße des Schwarzwaldes nieder. Und wieder rauscht es, ein Brunnen aus röthlichem Sandstein mit breitem Becken steht dort, und auf dem Pfeiler, der aus dem Wasser ragt, steht in steinernem Bilde ein Mönch, in der Rechten die Bibel, die linke Hand sinnend an das Kinn gelehnt; ein schwüler Gedanke ruht in den gewölbten schattigen Brauen. — Wer mag es sein? Sein Name ist Berthold Schwarz, und der Gedanke, das Danaergeschenk, das er der Menschheit hinterlassen, war das Pulver! Wie tief erschrocken fuhr er selbst in stiller Klause auf, als unversehens der erste Knall aus dem Mörser klang — seitdem sind Städte in Schutt gesunken und Heeressäulen wurden niedergestreckt; kaum eine Hand voll Pulver reicht, um die Kraft des kühnsten Leibes zu brechen, und die Kraft des edelsten Geistes! — Halb erstaunt, halb bekümmert sinnt der steinerne Mönch — wie viele Gedanken hat sein Gedanke zerstört!

Brunnen in Freiburg.

Colmar.

Vogesenland.

Nur kurze Zeit ist verflossen, da trennte der Rhein, der unter den Mauern von Breisach dahinströmt, zwei große Völker, zwei herrliche Länder, zwei gewaltige Feinde. Es war die uralte Kluft, die zwischen der deutschen und der welschen Macht besteht, und der Rhein war gleichsam der tiefe Schnitt, der sie sichtbar scheiden sollte. Zweihundert Jahre lang, seit Ludwig XIV. hier gewüthet, hatte der Rhein das Amt — zu trennen. Jetzt, wo die alte Gemeinschaft zwischen Mutter- und Tochterland wieder gefunden ist, jetzt soll er seine einigende Kraft entfalten, und mehr als Menschenhand muß der Rhein uns helfen zur Verständigung der Stämme, die sich fremd geworden. Ueber seine Brücken hin zieht ja der strebsame Verkehr, der den Reichthum mehrt und die Vorurtheile mindert, und wenn je einer es als alter Zeuge ihnen sagen darf, dann muß der Rhein es den neugewonnenen Stämmen entgegenrauschen: Ihr seid aus deutschem Blute!

So ziehen wir denn wohlgemuth in's schöne Reichsland hinüber. — Der Gau, durch den wir wandern, ist das Oberelsaß und ward in alter Zeit, da die Söhne der Karolinger ihr Erbe theilten, Sundgau geheißen.

Schon von ferne sahen wir die breite Straße, die über den Rhein nach Colmar führt, nun aber ist sie unser eigener Weg geworden, der zwischen hohen Pappelreihen dahinzieht. Bald kommt das neue Breisach in Sicht mit seinen öden Gräben, welche die Festung umgeben, weit vorgeschoben ragt das Fort Mortier über das flache Land, jetzt rasseln wir unter dem Thore durch. Frisch in den Sandstein gemeißelt prangt der Adler des Reiches und darunter steht in prunklosen Lettern: „Deutsch 1870“.

Während die Post dort hält und in gemächlicher Weise ihres Amtes waltet, haben wir Zeit, uns das bescheidene Städtlein zu besehen. Es ist klein und anspruchslos, obgleich es sein Grand Café besitzt, wie auf dem Schild da drüben zu lesen steht, die Häuser sind meist nur ein Stockwerk hoch und zwischen den Pflastersteinen sproßt fröhlich das Gras. Was willst du faire? rief eine Nachbarin der Andern zu, die es eilig zu haben schien, denn Eile ist eine Ausnahme im kleinen Breisach. — So blieb mir immer noch Zeit genug, mein Forschen auf ein Glas Landwein zu erstrecken, und der beste Ort hiefür schien das „Hôtel de la Rose“, das dem Postamt dicht

Das Pfisterhaus in Colmar.

zur Seite lag. Kein Fremdling war sichtbar in dem kleinen behaglichen Speisesaal, auf dem Tische stand ein duftiger Blumenstrauß, nur das Gesumme der Fliegen unterbrach die Stille. Am Fenster aber saß ein junges bildschönes Kind und las in einer Sammlung von Legenden; wortlos trug sie mir die begehrte Flasche auf und versenkte sich wieder in ihre heiligen Sagen. Schon beim ersten Versuche hatte sie mich schüchtern bedeutet, daß sie leider kein Deutsch verstehe, und da der Klügere nachgibt, versuchte ich's eben in welscher Zunge. Die spröde Stille war gar zu peinlich. — „C'est l'hôtel de la rose (hub ich behutsam an) n'est ce pas, mademoiselle?“ — „Oui monsieur!“ war die knappe Antwort. — „Où est la rose?“ fuhr ich fort. Sie sah mir verblüfft in's Angesicht mit ihren großen braunen Augen, sie wußte sichtlich nicht, was mit der Frage gemeint sei und wollte es doch gerne wissen.

Vor dem Münster zu Colmar.

„C'est vous, sans doute,“ fuhr ich mit Lachen weiter, und bot ihr mit leiser Verneigung das Glas zum Trunke dar. — Jetzt aber ward's der Kleinen zu bunt, sie meinte wohl, ich wollte ihrer spotten, und mit allerliebster Entrüstung sah sie mich an und sprach gekränkt: „Ah non, monsieur, ce ne pas l'usage chez nous en France.“ Da merkte ich freilich, wo ihre Herzenswunde lag, und statt auf die Berichtigung des geographischen Fehlers einzugehen, der da so zufällig entschlüpfte, fand ich es viel gerathener, mich nach dem Befinden des Heiligen zu erkundigen, von dem sie eben las. — Das war schon eher genehm, gar bald kam das Gespräch in Fluß und wandte sich schließlich vom Himmelreich wieder der Erde zu; in weniger als zehn Minuten hatte ich die ganze Lebensgeschichte der Kleinen vernommen, die freilich nur vom Jahre Eins bis Fünfzehn reichte. Zum Schlusse prophezeite ich ihr aus vollster Ueberzeugung, daß sie ganz sicher auch noch eines Tages heilig gesprochen wurde.

Da hörte man draußen die Peitsche knallen, der Postillon stieg auf, wir mußten schleunigen Abschied nehmen. Sie aber sprang lachend bei Seite und indem sie mir die schönste Blume aus dem Strauße bot, verneigte sie sich schelmisch: „Monsieur, voilà la rose!“

Die Straße, die nun nach Colmar führt, geht schnurgerade durch's Gehölz, man sieht fast eine halbe Stunde weit den Weg vor sich liegen. Mitunter ist es nur niedriges Gestrüpp, das zu beiden Seiten wuchert, dann aber

Schenke im Vogesenland.

kommen grüne Föhren mit schlankem Stamm und endlich wieder Wiesen und Weideland. Das letzte Futter wird dort eingeheut, unter dem alten Nußbaum am Wege halten die Schnitter ihr Mahl, ein kleines Dorf winkt uns entgegen. Fast überall sind die Häuser hell getüncht, so daß sie mit ihren steilen Dächern gar lebenslustig in die Welt sehen, die Schenke aber ist durch einen großen Stern gezeichnet und hat den Ehrenplatz im Orte. Fuhrleute in blauer Blouse, deren Wagen vor dem Thore hält, sind dort in lärmendem Gespräch versammelt, es geht gar heiß und fröhlich her, allein nur kurz währt der Aufenthalt für jeden Einzelnen. Rasch einen Schoppen her, der leicht hinunter strömt, rasch ein paar Worte in den Streit hinein, der eben im Werden ist, und dann geht's wieder weiter mit den vier Rappen, bis der Nächste kommt in diesen Taubenschlag.

Man fährt etwa zwei Stunden von Breisach nach Colmar, dann rollen wir mit lautem Gerassel durch die Straßen der alten Stadt. Alle Augenblicke geht's um eine Ecke, alle Häuser haben Giebel und Erker, und auf den Gassen bleiben die schlendernden Jungen stehen und schauen uns nach. Das ist ein schlimmes Zeichen, wenn die Jungen nichts Besseres zu schauen haben!

Und in der That ist Colmar, so malerisch sein Anblick erscheint und so reich seine historischen Erinnerungen sind, eine stille Stadt geworden, sie macht den Eindruck, als sei sie stehen geblieben aus einer andern Zeit. Auch sie besaß dereinst ihre Blüthe; aber dieselbe ist mehr denn sechs Jahrhunderte von uns entfernt, sie fällt in jene glänzende Epoche der großen Staufen, da Friedrich II. deutscher Kaiser war und die alten Mauern, die einst nur eine fränkische Hofmark gewesen, zur kaiserlichen Stadt erhoben wurden.

Das haben die Bürger auch niemals vergessen, sie wollten nicht nur „kaiserlich" heißen, sie wollten es auch sein, und mit unerschütterlichem Muth standen sie selbst in schlimmer Zeit zum Reiche. Colmar ist eine Stadt der Treue, wie es nur jemals eine in deutschen Landen gab; trotzig verwehrte es Karl dem Kühnen Einlaß, als er mit dem Schwerte sein erkauftes Recht erzwingen wollte, und mit einer Energie, die an Verzweiflung grenzte, sträubte es sich wider die Einverleibung in Frankreich, als Ludwig XIV. Elsaß an sich riß.

Drei Exen.

Aber auch im geistigen Kampfe, auch für Kunst und Wissenschaft trug es sein Banner hoch. Männer, deren Gedenken noch heut in Ehren steht, gehörten ihm damals als Bürger an.

Erst die Annexion war nach beiden Seiten ein Wendepunkt, denn mit der politischen Kraft geht häufig auch die geistige Kraft zur Neige — aus der deutschen Reichsstadt war eine französische Provinzialstadt geworden und der „große König" schien zu wähnen, daß man in unterjochten Ländern wohl die Größe nach der Härte mißt. Mit tiefem Unmuth empfand man die Verfolgungen, die bald genug über die Reformirten kamen, und selbst von französischer Seite gab man zu, daß die Versöhnung Colmars mit seinem Geschicke dadurch fast um ein Jahrhundert verzögert ward. Allein was kümmerte das den Allmächtigen in Versailles — er hatte für alle Fragen nur eine Antwort: „tel est notre plaisir!"

So kümmerte denn die Stadt dahin, der „souveräne Gerichtshof", den man ihr verliehen, war nur ein trauriger Ersatz für den Nimbus der alten Freiheit und mit tiefem Spott erinnert Voltaire daran, daß man in

Schwarzer See.

Colmar einst die Werke des großen Bayle auf offenem Markt verbrannt hat. Auch der stolze Corse dachte nicht besser über die Stadt, denn obwohl sie dem französischen Heere zwei seiner tüchtigsten Führer gab, Bruat und Rapp, lohnte er's ihr doch nur mit tiefer Verachtung. Sein Urtheil war erbarmungslos: „Colmar est un trou."

Das freilich, was einen deutschen Pilger noch heutzutage an der Stadt erbaut, ist weit entlegen vom Geschmacke der Cäsaren. Wer jetzt durch die Gassen geht und an den Häusern emporblickt, der glaubt sich noch mitten drinnen in altdeutscher Zeit; das Kaufhaus mit seinem schlanken Thürmchen und der zierlich durchbrochenen steinernen Gallerie, die unter dem Dache hinläuft, das Pfisterhaus und viele andere mehr sind Baudenkmale, wie man sie in Nürnberg und Augsburg nicht schöner findet. Ja, selbst der Polizei, die doch auf Niemands Wohlgefallen Anspruch macht, ist hier ein Zug von Anmuth beigegeben, denn an der häßlichen Façade prangt ein Balkon von wunderbarer Feinheit. Wir brauchen uns nur umzuwenden, so stehen wir dem Münster gegenüber, das Meister Humbert erbaute; sein Denkmal steht unter dem östlichen Portale. Obwohl das Aeußere einen gewissen Zug von Herbheit trägt, macht doch das Ganze einen imponirenden harmonischen Eindruck, und so einfach das Innere erscheint, es fehlt ihm nicht an erhabener Weihe.

Weißer See.

Besonders schön und ruhig wirkt der breite Chor mit altem dunkelbraunem Getäfel, das sich flügelartig zur Rechten und Linken ausdehnt und so auch den Seitenschiffen einen ernsten Abschluß gibt. Die geschnitzte Thüre aber, die in die Sakristei führt, birgt einen der edelsten Schätze altdeutscher Kunst, die Madonna im Rosenhag, die Martin Schön der Stadt hinterließ.

Langsam und ungestört konnt' ich den Umgang durch die weiten Hallen pflegen, nur hier und dort stand ein Blinder in der Ecke und sprach mich murmelnd um ein Almosen an, ein paar Kinder wisperten kichernd zusammen, ein altes Mütterlein saß eingenickt im Kirchenstuhl. Vor jedem Sitze stand auf blankem Messingschild der Name des Besitzers, dem er eigen war, an der Ecke der ersten Bank las ich: Mr. le maire. Ich sah die Namenreihe durch, denn sie konnte ja gleichsam den Maßstab geben, wie weit noch ein deutscher Nachklang lebte, und siehe da, der lebte noch in ganz erstaunlicher Menge. Zwar hatte mancher ehrsame Bürger sich unterdeß mit einem accent grave oder aigu gewaffnet, aber die ungeheure Mehrzahl der Namen lief noch ganz in deutsche Endsilben aus, da wimmelt' es nur so von biederen —müller —hauser und —bauer.

Auf der östlichen Seite, nicht weit vom Portale führt eine schmale Wendeltreppe in's Thürmerstüblein empor. Als ich hineintrat nach leisem Pochen, da klang mir heller Finkenschlag entgegen, und mit den Finken um die Wette pfeifend saß der Wächter auf seinem Drehstuhl und hämmerte derbe Sohlen. Er hieß den Fremdling willkommen und auf die fröhlichen Rangen weisend, die auf dem Boden kollerten, schien er mir zu bedeuten, daß die vom Glockenschall und frischer Luft da droben wohl nimmer satt würden, wenn nicht die Finkenbrut und die derben Sohlen bisweilen zu Hilfe kämen. Zwei seiner schönsten Vöglein aber waren stumm, „die pfife nit (sprach er gleichsam entschuldigend), weil se de Fadre (Federn) changire".

Dann stand er auf und führte mich hinaus in's Freie auf die schwindelnde Brüstung des Thurmes, bis die ungeheure Ferne vor uns lag. In blauem Morgenglanz ragt die Vogesenkette da drüben empor, im Thale schim-

Kaisersberg.

mernde Dörfer und auf den Höhen manch' stattliche Burg; da aber, wo der Horizont schon fast im Duft verschwimmt, ragen ferne Thürme auf: das sind die Mauern von Schlettstadt. Sie weisen uns den ferneren Weg.

Bevor wir indeß nach Norden ziehen, dem Laufe des Rheines folgend, bietet die nächste Umgegend noch manchen Reiz, den wir nicht vergessen möchten. Hier wird zum ersten Male das alte elsässische Sprichwort wahr, das sich brüstet:

Drei Schlösser auf einem Berg,
Drei Kirchen auf einem Kirchhof,
Drei Städte in einem Thal,
Ist das ganz Elsaß überall.

Die Ziffer bleibt uns treu, denn bald erblicken wir unfern von Egisheim auf waldiger Höh' drei Thürme, die fast in einer Linie zu stehen scheinen und den seltsamen Namen führen: „Drei Exen". In Wahrheit aber stehen sie schräg hinter einander, es sind die Thürme ein und derselben Burg, und jeder von ihnen führt seinen besonderen Namen, aus dem uns noch der Nachklang uralter Zeit entgegenhallt — Weckmund, Wahlenburg und Dagsburg.

Schmiede in Rappoltsweiler.

Unter den verschiedenen Schlössern, die sich rühmen, daß auf ihnen Papst Leo IX. das Licht der Welt erblickt, steht auch Egisheim, denn es war ehedem wohl solcher Söhne werth, aber schon frühe wurden die herrlichen Mauern zur Ruine verwandelt; die Fehde, in der's geschah, hat ein Müller von Mülhausen heraufbeschworen.

Von Colmar aus wird auch am besten jenes prächtige Seenpaar besucht, das den landschaftlichen Höhepunkt der Vogesenkette darstellt; der Weg dahin führt über das Städtlein Kaisersberg. Kaisersberg? Das klingt uns ja bekannt in's Ohr und hat fast einen gelehrten Zug an sich, denn seinen Namen hat sich der große Prediger Johannes Geiler beigelegt, der hier seine Jugend verbrachte. Der heutige Werth des Städtleins ruht freilich weder in gewaltigen Geistern, noch in irgend welcher Merkwürdigkeit, sondern nur in jener reizenden Echtheit, in jener malerischen Originalität, die es dem Fremden lustig entgegenbringt. Es ist sich strebsamer Gegenwart und ruhmvoller Vergangenheit bewußt, an die wir überall in Wort und Bild erinnert werden; am Rathhaus, am Brunnen, ja selbst am Kirchhof steht ein alter sinnvoller Reim, derb und gemüthvoll, fröhlich und traurig, wie's eben dem Anlaß ziemt. Dem Kaiser, dem es schon durch seinen Namen zu eigen ist, hielt es strenge Treue, und im Bund der zehn Städte war seine Stimme geachtet, wie sein Rath bewährt.

Immer tiefer geht's nun hinein in's grüne Dunkel der Vogesen; wir haben Orbey hinter uns gelassen und ziehen auf den waldigen Kämmen bergan, bald einem schmalen Holzweg folgend, bald durch wucherndes Haidekraut

Hohkönigsburg.

— es ist duftige stumme Waldeinsamkeit, die uns umgibt. Allein nicht lange, so beginnt die Landschaft mehr und mehr zu verwildern, graues Geröll liegt zerstreut umher, kurzes kümmerndes Alpengras bedeckt den Boden und weithin sichtbar überragen einzelne verwitterte Tannen den Grat.

Wir schreiten weiter durch die Einsamkeit, da öffnet sich plötzlich ein neues Bild — zwischen kahlen bleichen Felsen, die fast senkrecht in die Höhe steigen, liegt regungslos die Fluth und spiegelt die kahlen Massen wider. Das ist der weiße See, ein Ueberrest aus jenen eisigen Jahrtausenden, die einst dies Land bedeckt.

Nur ein breiter wuchtiger Felsrücken trennt seinen tiefen Kessel von einem zweiten nicht minder tief gelegenen Becken, wo wieder stille Fluthen ruhen. Es ist natürlich, daß der Charakter der beiden wenig verschieden ist, aber er war es einst, als noch die finsteren urwaldstarken Tannen die Ufer des Einen bekränzten. Damals war der „schwarze See" eine Wahrheit. Auch hier drang die Axt mit ihrer Verwüstung ein und raubte das grüne Gehölz, daß nur die unnahbaren Felsen übrig blieben. Der Abfall derselben gegen die Ufer ist übrigens minder steil und die Formen der Berge sind minder grotesk, aber dennoch fühlen wir uns immer noch in echter rauher Bergeswelt. Nur am Ausfluß des See's werden wir ungern gemahnt, daß die rastlose Menschenlist selbst in diese Einsamkeit emporgestiegen, denn die Schleuse, die den Abzug des Wassers regelt, dient den Fabriken drunten im Thal; sie locken die klare krystallhelle Bergfluth hinab in ihre brausende Werkstatt, und wenn sie fröhlich hinunterrauscht, ist sie mit einem Mal gefangen und wird von zackigen Rädern gemartert.

Das niedliche Städtchen, das uns auf dem Wege von Colmar bis Schlettstadt begegnet, wohl eines der fröhlichsten im ganzen Elsaß, heißt Rappoltsweiler, Ribeauvillé in welscher Zunge. Hier hielten die Pfeiferkönige ihren Tag, die dichten schattigen Bäume der Umgebung sind zu sorglicher Anlage verwandelt und auf den Hügeln, an denen die Rebe hinanzieht, ragen die Schlösser der alten Gebieter. Je wilder die Zeit war, je höher schlugen die trotzigen Ritter ihren Wohnsitz auf, und erst dann, als die Menschen versöhnlicher geworden und die Gegensätze milder, rückten sie langsam herab in die Dörfer und Städte — so war es hier wie allerorten. Das oberste der drei Schlösser, die unser Städtlein überragen, hieß Rappoltstein, es zählt zu den ältesten Burgen im ganzen Elsaß und war der Stammsitz eines weitberühmten Geschlechtes; aber schon zur Zeit der Staufen siedelten sie sich tiefer an, und dem zweiten Schlosse folgte bald ein drittes, das bereits im Stile der Renaissance gehalten, und nach dem heiligen Ulrich benannt war.

Die mittlere der beiden Ruinen aber trägt den Namen Girsberg und war das Lehen eines gleichnamigen Geschlechtes.

Blick auf St. Ulrich.

Auch wenn wir der Straße folgen, die von Rappoltsweiler nach Markirch führt, begegnet uns noch einmal ein altes ehrwürdiges Gemäuer, das steigt in einem grünen Seitenthal auf grauem Fels empor, aber auch nur mehr Trümmer schauen davon in's Land. Dereinst, da noch die hohen Bogenfenster glänzten, stand hier eine altberühmte Abtei mit Namen Dusenbach, und drei Kapellen waren ihr unterthan, zu denen pilgerte viel fröhliches Volk, denn unsere liebe Frau, der sie gewidmet waren, war ja die Schutzpatronin all' der Spielleut' und Pfeifer, die im lustigen Elsaß des Weges zogen. Jetzt ist es stille geworden und einsam rauscht der Dusenbach über bemoostes Gestein, einsam rauscht's in den Zweigen der alten Bäume, deren grüner Laubgang einst zum Klosterthor geleitet.

Wir halten gern eine Weile still und gedenken Jener, die hier gewandelt; aber sie und ihre beschauliche Heimath sind vergessen, je näher wir nun dem großen Meisterstücke treten, das uns von steiler Kuppe entgegengrüßt. Das ist Hohkönigsburg, die herrlichste von allen Burgen im Elsaß.

Auch sie liegt freilich in Trümmern, aber ihre Ruinen haben sich schöner und vollständiger erhalten, als alle andern, so daß man noch heute leicht das Bild ergänzen kann, das einst diese riesigen Räume boten in den Tagen ihrer Herrlichkeit.

Der Weg führt mäßig steil empor und an einem schmucken Försterhause vorüber, dann sehen wir zwei ungeheure Thürme und die röthlichen Mauern, die einst manch' trautes Gemach und manchen stolzen Saal umschlossen. Einer der letzteren ist noch so ziemlich erhalten, ja selbst die Stiegen, die in alter Zeit empor zur Warte des Thurmes führten, erscheinen noch heute gangbar und dröhnend hallt unser Schritt unter dem großen „Löwenthor".

Auf dem Wege nach Dusenbach.

Aber wie mancher kühne Schritt ist hier verhallt, bevor die Kinder der Gegenwart „mit neugierklugen Augen" kamen, wie viele edle Geschlechter haben hier strenge Herrschaft und heitere Gastfreiheit geübt! Die Herren von Rathsamhausen und die Grafen von Oettingen, die Sickingen und die Fugger nannten die Burg ihr eigen; manch' fröhlichen Schmaus hielt der Bischof von Straßburg in ihren Mauern, und manchen Nebeltag standen die wüsten Wegelagerer hier auf der Wacht, um den Zug der Kaufherren, die gen Basel hinunter fuhren, jählings zu überfallen. Aber sie Alle, Gute und Böse, Besiegte und Sieger, sind längst begraben und in den verwitterten Quadern sprießt junges Tannicht und zitternde Birken. — Das Eigenthum der Burg und die Sorge für die altehrwürdigen Reste fiel jetzt der Kommune Schlettstadt zu und sie waltet ihres Amtes mit dankenswerther Treue. Hohkönigsburg ist ihr Stolz und ihr Juwel.

Der Eindruck, welchen Schlettstadt selbst dem Wanderer macht, bleibt freilich noch weit hinter dem von Colmar zurück, die nächste Umgebung ist flach, die Gassen sind leer, der Raum scheint werthlos und ungenutzt; das große Wort in Schlettstadt führen die Kanonen. Unwillkürlich fühlt man auch hier den Druck, der auf allen Festungsstädten lastet, und die Entwicklung einer freien sorglosen Blüthe hemmt. — Wenn man der Stadt von jener Seite entgegengeht, wo jetzt der Bahnhof liegt, nimmt man fast nichts als ein paar kahle Thürme wahr, die über die Dächer ragen; erst wenn wir das Innere betreten, löst sich das Häusergewirr in seine Theile und zeigt uns manche reizende Einzelheit. Da ist das alte ehrwürdige Münster, dessen ganze Bauart fest in sich geschlossen ist, als wüßte es, daß es an kriegsbedrohter Stelle steht; niedlich und schmuck ragt der Uhrthurm empor, an den Häusern finden sich mitunter holzgebräunte Altanen, von hohen Dächern überragt, aber das Ganze kommt doch selten über den Eindruck bescheidener Stille hinaus.

Um auch des Leibes Rechte zu wahren, nahm ich nun meinen Weg zum Wirthe. Die beiden Herbergen von Rang, die es vormals in Schlettstadt gab, der „Bock“ und der „Adler“, sind jetzt verbunden (was freilich für den Adler eine schlimme Mesalliance ist), allein bei mäßigem Anspruch fühlt man sich unter seinen Fittigen ganz behaglich geborgen. Unter den Gästen, die Schlettstadt in seinen Mauern sah, steht übrigens manch stolzer Name aus alter Zeit; hier hat schon der große Kaiser Karl im Jahre 775 sein Weihnachtsfest gefeiert, und wie Colmar, war es bis zum Raub durch Frankreich eine der treuesten Städte des Reiches.

Ruinen von Dusenbach.

Und selbst in schweren Opfern hat sich diese Treue bethätigt, denn wiederholt wurde die Stadt, die seit 1216 kaiserlich geworden war, durch den Bischof von Straßburg belagert; unter dem Staufen Friedrich II. und unter Ludwig dem Bayer lagen dessen Söldner vor den Mauern, um die Stadt zu züchtigen, daß sie es mit dem Kaiser wider Rom hielt. In dem Bunde, den die zehn elsäßischen Städte geschlossen hatten, nahm Schlettstadt eine hervorragende Stelle ein und auch von anderer Seite war sein Bündniß gesucht und seine Fehde gefürchtet. Freilich lasten auch die Schatten jener rauhen räuberischen Zeit mitunter schwer auf seiner Geschichte; mit unerhörter Grausamkeit nahmen die Bürger Theil an der Judenverfolgung im sechszehnten Jahrhundert, und in den Unruhen, die das Vorspiel des großen Bauernkrieges waren, gewinnt Schlettstadt eine hervorragende Rolle. Denn einer seiner ehemaligen Bürgermeister war es, der an die Spitze der wilden Schaaren trat, die unter dem Zeichen des Bundschuh's an „Ritter und Pfaffen“ den Krieg erklärten, um dem Bauernstande Freiheit und Besitz zu erobern. Aber dies Ziel der Menschlichkeit, das ein späteres Jahrhundert auf friedlichem Wege erreichen sollte, ward damals mit unmenschlicher Gewalt erstrebt und deßhalb von vorneherein vereitelt; fast unter den Mauern von Schlettstadt fiel die letzte Entscheidung. — Der Schwerpunkt seiner Bedeutung jedoch, die im Mittelalter weit über die Grenzen des Reiches hinausging, lag nicht in der

Wehrkraft, sondern in den geistigen Waffen, die man dort schmiedete, denn Schlettstadt hatte im fünfzehnten Jahrhundert eine hohe Schule, an welcher Lehrer von europäischem Rufe wirkten und Schüler aus allen Ländern Europa's zusammenströmten.

Ihre Zahl belief sich gar oft auf viele Hunderte; damals ward jene glänzende Bibliothek gegründet, über welche die Stadt verfügt, sonst aber hat die Wissenschaft nur wenige Spuren hinterlassen. Vielleicht wird ihr Leben wieder reger, wenn die Entfestigung, die bereits zur Thatsache wird, vollzogen ist.

Als schon die Dämmerung hereingebrochen, macht' ich noch einen letzten stillen Abendgang durch die Straßen der Stadt. Erst hinter der Münsterkirche ward es wieder lebendig; ein leerer Wagen, der dort stand, ward von tummelnden Knaben als Bühne benützt und auf den steinernen Stufen des Hauses saß das kleine weibliche Auditorium. Man führte Fragmente aus der Angot auf und mit tollen Harlekinssprüngen trällerte der eine der Jungen die verstümmelte Strophe:

„Vaut pas la peine, vaut pas la peine,
De changer le gouvernement.“

Kinder soll man ihrer Lust nicht stören, aber bis die Knaben zu Männern und die kleinen Mägdlein zu Müttern geworden sind, denken sie vielleicht von selber anders. Vielleicht finden sie dann, als freie Bürger des großen deutschen Reiches, daß es doch der Mühe werth war — „de changer le gouvernement.“

Blick auf Schlettstadt.

Vor dem Spitalthor zu Straßburg.

Straßburg.

Wer einen Menschen von Grund aus kennen will, der muß ihn im reichen Wechsel der Gegensätze suchen; auf der Höhe, wo die Sonne des Glücks sein Wesen entfaltet und steigert, und in der Tiefe seiner Bedrängniß, wenn die nackte Noth mit seiner Kraft auch seine Schwächen bloßlegt. Doch, was vom einzelnen Menschen gilt, das gilt nicht minder von der Gesammtheit, von den großen Städten; auch ihr innerstes Wesen tritt uns nur entgegen aus jenem Spiegel zahlloser Wechselfälle — den wir Geschichte nennen.

Dreimal hab' ich Straßburg, die „wunderschöne", vielumsungene Stadt, gesehen, jedesmal in grundverschiedener Lage, in einer Stufenleiter, die fürwahr vom höchsten Nimbus bis zum tiefsten Elend reicht.

Das erste Mal, es sind jetzt fast acht Jahre, da stand sie noch im glänzenden Gefolge jener Königin Paris. Unheimlich schön, wie eine Kleopatra, die alle Welt durch ihren Geist und ihre Sünden fesselt, so stand Paris damals unter den Städten des Erdballs da, sie hatte die Cäsaren Europa's an ihren Hof entboten; die große Weltausstellung von 1867 war eröffnet worden. Alle Städte der Provinz umgaben huldigend die dämonische Herrscherin, wie vornehme Frauen eine Königin umringen, und in ihrem Kreise stand auch das schöne Straßburg, die holde deutsche Maid, die einst daheim gefeiert war um ihres Zaubers willen und ihres edlen Stammes. Sie aber wollte nimmermehr an die Heimath gemahnt sein, ihr einziges Streben war, sich mit dem fremden Schmuck zu schmücken, und Glanz von jenem Glanz zu borgen. — Das war das alte französische Straßburg, wie es Ludwig XIV. einstmals begründet und Napoleon III. verloren hat; ein Stich ging jedem Deutschen damals durch die Seele, wenn er der schönen Tochter seines Vaterlandes in's Auge sah. — Welch anderes Bild war es das zweite Mal, als ich wiederkam! Da lag Krieg über dem Lande und mit verzweifelter Kraft rangen sie hüben und drüben um den Sieg. Allnächtlich war der Himmel roth und rauchende Flammen, in deren Mitte das heilige Münster stand, zuckten empor; verlassen von Frankreich, abgeschnitten von Paris lag Straßburg hinter seinen Wällen am Rhein und trotzte. Aber Stück um Stück bröckelte von den zerschossenen Mauern, Hunger und Seuche kam und händeringend stand die schöne Maid und schluchzte, sie war verwittwet und verwaist, sie wollte sich nicht ergeben und konnte sich doch nimmer retten! Drüben im deutschen Lager aber sangen sie ihr den Willkommgruß:

„Du standest im Wittwenschleier
Betrübt und ungeehrt,
Nun kommt ein alter Freier
Und wirbt um dich mit dem Schwert.“

Seitdem sind wieder vier Jahre in's Land gezogen, die Tage der Noth vergingen, da kam ich abermals in die alte Stadt am Rheine, in's neue deutschgewordene Straßburg. Wohl sah man noch die Spuren mancher Wunde und mancher Schatten überflog die hohe Stirn, der noch an schweres Leid gemahnte, aber im Ganzen ging doch ein Gefühl beruhigter Versöhnung und neuer freudiger Lebenskraft durch das Herz der Stadt. Dießmal war es das Bild einer schönen Frau, die nach sturmvoller Trennung wieder in ihr heimathlich Haus und zur alten Treue zurückkehrt, die nun mit stillem Walten sich wieder wohnlich zurecht zu finden sucht in den Stätten ihrer Pflicht. Freilich zuckt noch gar oft ein Mahnen der fremden unglückseligen Liebe durch ihr Herz, aber auch die alten eigenen Jugendgedanken beginnen sich wieder zu regen. So stolz, so freudig, wie's ihr vor der Trennung zu Muthe war, wird wohl ihr Leben nie mehr wieder, aber sie kann doch an die Versöhnung und an den Segen einer neuen Zukunft glauben! — Dieß ist der Eindruck, den das heutige Straßburg auf unbefangene Augen macht; mehr als in jeder anderen Stadt des Elsaß fühlt man die zahlreichen Berührungspunkte durch, die dem deutschen Wesen hier verblieben sind, unwillkürlich drängt sich der Gedanke an die blühende Entwicklung auf, der das neue Straßburg nach allen Seiten hin entgegengeht. Nicht blos für den politischen Verstand, sondern auch für den, der mit idealem Blick in die Dinge schaut, wird Straßburg als das Herz der neuen Lande erscheinen und wie im unbewußten Gefühl dafür hat keine von allen neugewonnenen Städten so viele Freunde und so tiefe Sympathien im Reich. Dieß zeigte sich nicht erst jetzt, sondern schon während des Krieges; mit pochendem Herzschlag folgte ganz Deutschland seiner Bedrängniß und seiner heldenmüthigen Gegenwehr, wie eine Erlösung kam die Kunde über den Rhein, daß die Belagerung zu Ende, daß Straßburg wieder unser sei.

St. Thomaskirche in Straßburg.

Deine Würfel sind gefallen,
Deine Zinnen brach der Sturm,
Deutsches Wort durchjauchzt die Hallen,
Deutsche Fahnen weh'n vom Thurm.

Ach, es lag uns schwer am Herzen,
Hätten dich so gern gefreit
Ohne Wundmal, ohne Schmerzen
Mit dem Kranz der deutschen Maid!

Aber nun wir dich gefunden
Erst nach langem, hartem Strauß,
Sind uns heilig deine Wunden,
Heilig sei dir unser Haus.

Sei, beschirmt von unserm Schilde,
Deiner Jugend eingedenk!
Deutsche Freiheit, deutsche Milde
Sei dein erstes Gastgeschenk!

(K. St.)

Straßburg. An der Ill.

Es kann nicht im Bereiche dieser Schilderungen liegen und wir vermeiden es aus einem naheliegenden Gefühl, bei unserer Wanderung am schönen Rhein viel auf die Kämpfe der jüngsten Zeit zurückzugreifen, denn es ist ja ein Bild des Friedens, das wir zeichnen möchten. Doch wenn es irgendwo berechtigt, ja unvermeidlich scheint, von diesem Grundsatz abzugehen, dann ist dieß eben hier der Fall. Denn der Name Straßburg, der ganze Eindruck, den dieß Wort auf deutsche Herzen übt, ist so untrennbar verknüpft mit den großen Sturmestagen, die uns die Stadt von Neuem gewonnen haben, daß es geradehin zur Unwahrheit würde, ihr Bild ganz vom Hintergrunde jener Ereignisse loszulösen und Straßburg so zu schildern, als hätte es kein 1870 gegeben.

Und so lassen wir denn einige Erinnerungen aus jenen Zeiten folgen, wie sie sich damals unter'm Donner der Geschütze uns unauslöschlich eingeprägt; sie sind gewissermaßen der Tribut, den wir den Leidenstagen und dem Heldenmuthe von Straßburg zollen, als es noch feindlich uns gegenüberstand.

Es war zu Ende September — das Bombardement, das seit mehreren Stunden schwieg, beginnt auf's Neue, denn der Abend ist nicht mehr fern.

Als es völlig dunkel geworden, nahmen wir einen Wagen und fuhren hinaus an die Batterien. Die Nacht war kalt, das Steingeröll der zerrissenen Straße knirschte unter den Hufen der Pferde — dann und wann bäumten

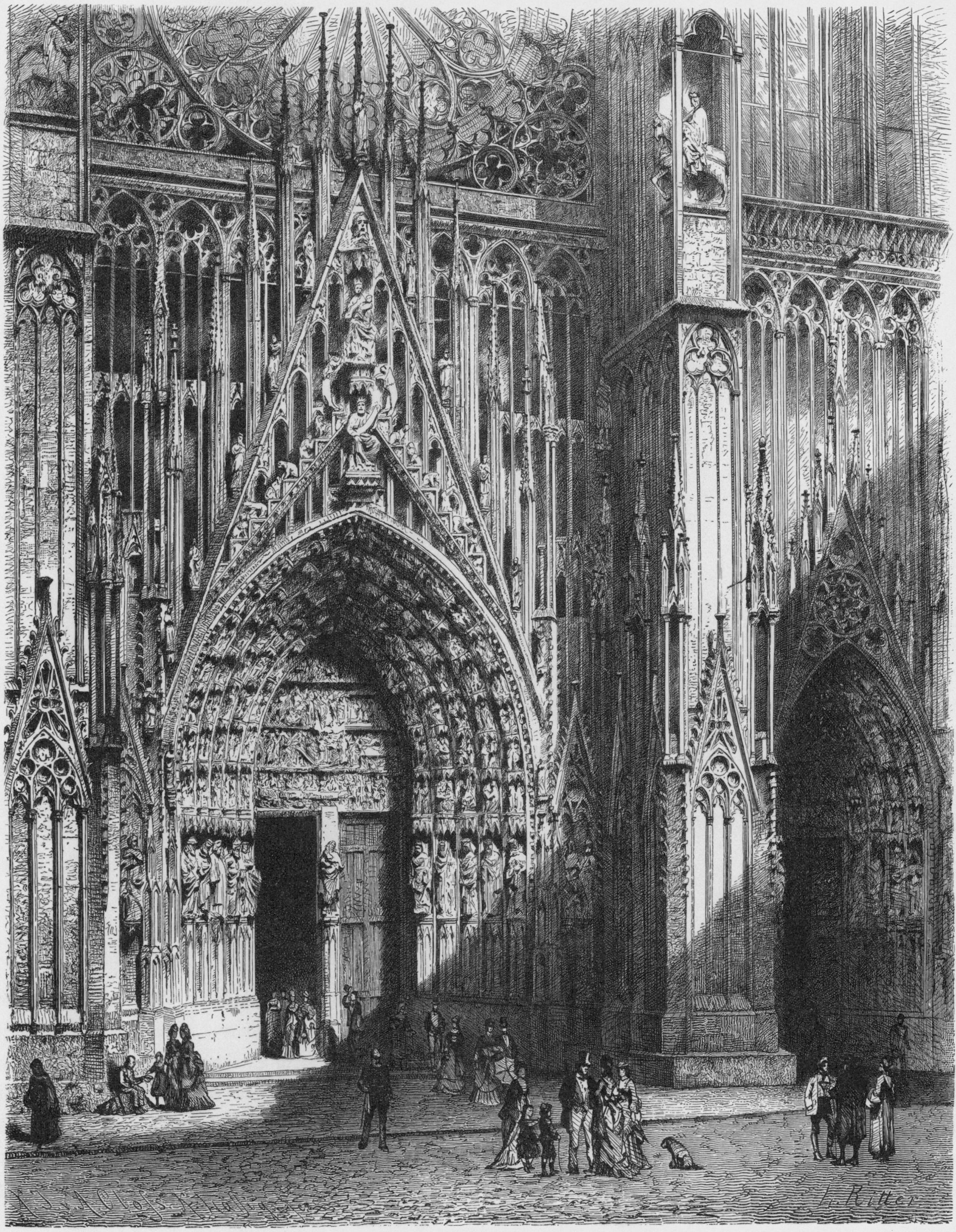

Hauptportal des Straßburger Münsters. Von L. Ritter.

Ferkelmarkt in Straßburg.

sie sich auf, wenn eine Salve zu ungestüm verhallte, dann und wann kamen wir durch kleine Dörfer, wo die Leute am Dachfenster standen und lauschten. Zwischen Feld und Wald ging es dahin, einzelne dunkle Gestalten kamen vorüber, doch immer heller und breiter ward der Feuerschein über dem Rhein. In Straßburg brennt es, Straßburg war unsere Fackel auf dem dunklen Weg. Als das Feuer noch heftiger ward, weigerte sich der Kutscher weiter zu fahren; wir stiegen ab und gingen zu Fuße den Feldweg entlang, bis uns ein weites Gebäude den Weg vertrat. Es war eine Ziegelei mit ausgebreitetem Gehöfte, von da bis hinüber in die Stadt war in gerader Linie kaum mehr als eine halbe Stunde.

Wie wunderbar ward uns zu Muthe, als wir nun mitten drinnen im vollen wilden Feuer standen! Schon den ganzen Tag war die Kanonade heftig gewesen, nun war sie beinahe wüthend. Nicht blos die Kraft, sondern der Ingrimm der Feinde blitzte in jedem Schuß empor, ein wilder Hader lag in den donnernden Tönen, wir fühlten die ganze Leidenschaft, die mit dem Krieg entfesselt wird! Wir standen da mit dem Sekundenzeiger in der Hand und zählten die Schüsse, die in den Minuten fielen, sie waren gleichsam des Krieges fürchterlicher Pulsschlag, und wie das Fieber des Kranken sich gegen Abend mehrt, so ward dieser Puls immer wilder, je tiefer es in die Nacht hineinging! Eine Kugel um die andere sauste gegen die Festung, eine um die andere kam herab auf die deutschen Batterien. Man konnte ihren Weg in der Luft verfolgen, den stundenlangen Weg, den sie in wenigen Sekunden zurücklegten, weithin hörte man das zornige Zischen in der lautlosen gewölbten Sternennacht.

Dieß ist das Bild, wie wir es damals erlebten, in jener großen bangen Zeit, wie es noch heute fast unlösbar ist von der Erinnerung an den Namen Straßburg. Allein — wie unendlich hat es sich doch schon heute gewandelt, welcher Stein fällt uns vom Herzen, wenn wir nach diesen Erinnerungen das heutige Straßburg betreten!

Da ist es eine Auferstehung, deren Zeuge wir werden; der schnelle Schritt der Zeit, den wir so oft beklagen, hat hier auch seine Heilkraft und seinen Segen geübt, denn das Unglaubliche geschah in diesen kurzen fünf Jahren.

Schon der erste Rundgang durch die Straßen der Stadt, der ja so häufig für den bleibenden Eindruck bestimmend ist, weckt uns unleugbar ein sympathisches Gefühl: hier imponirt uns die Großartigkeit, dort heimelt uns die Traulichkeit der Straßen an. So bleiben wir gleichmäßig frei von dem erdrückenden Gefühl der Großstadt, wie von der Beengung der kleinen Provinzstadt, und eben das gibt dem Aufenthalte in Straßburg seinen eigenen Reiz — es ist eine Stadt, in der sich der Fremde nicht lange fremd fühlt. Dieß aber gilt vor Allem von dem, der aus Deutschland über den Rhein kommt; denn trotz allem Widerstand, der sich im Herzen des Elsaß regt, läßt sich das deutsche Wesen der Stadt nicht verleugnen. Ueberall sind noch Erinnerungen lebendig, die der Strom zweier Jahrhunderte nicht überspült, überall, wo wir mit dem Volke selbst in Beziehung treten, steht uns noch deutsche Art gegenüber. Aber auch in den neuen geistigen Kreisen, die durch die Verwaltung und vor Allem durch Errichtung der Universität nach Straßburg geführt worden sind, ist der deutsche Gast so liebenswürdig empfangen, daß er sich im besten Sinne daheim fühlt. So stört uns kaum mehr ein Mißton, wenn wir uns nun auf den Weg begeben, um die schöne Stadt mit Weile zu durchwandern und ihre Schätze und Merkwürdigkeiten zu mustern.

Der edelste dieser Schätze aber, der Stolz und das Wunder von Straßburg ist sein Münster, das ist ein Bau, dessen stumme Steine beredter sind, als jedes Wort. Schon die Wucht der ungeheuren Massen wirkt überwältigend auf den Blick, aber zu welcher Anmuth und Zartheit sind diese Massen entwickelt, wie leicht wird der schwere Stein in diesem Gefüge, welche Riesenkraft hat der Geist hier über das Stoffliche gewonnen. Allein noch mehr als das Münster selbst steht uns vor Augen, wenn wir auf diesen Prachtbau blicken, wir müssen ihn betrachten im Zusammenhange jener Zeit, aus der er emporstieg; welche Blüthe mußte eine Epoche besitzen, die solche Früchte reifte, welches Machtbewußtsein eine Stadt, die ihrem Glauben solche Tempel schuf!

Das ist die gewaltige geistige Atmosphäre, die uns hier umgibt, zwar unsichtbar, aber doch gar fühlbar für den lauschenden Sinn!

Die Geschichte des großen Baues ist langwierig und buntgestaltet; sie stellt beinahe die Arbeit eines halben Jahrtausends dar. Die ersten Anfänge einer christlichen Kirche in Straßburg stammen noch aus Chlodwigs Zeit, allein sie wurden mit allem Schmucke, den die Karolinger hinzugefügt, ein Raub der Flammen und aus dem Nichts rief Bischof Werner sein Werk hervor, als er im Jahre 1015 den Grund zum jetzigen Münster legte. Er selber war aus dem edlen Hause der Grafen von Habsburg, die Namen derer aber, die seinem Gedanken ihre schaffende Hand geliehen, sind versunken im riesigen Strom der Zeit und erst im dritten Jahrhundert nach der Gründung tritt uns das Bild jenes Meisters entgegen, dessen Gedenken nun mit dem Münster von Straßburg unlöslich verknüpft ist. Erwin von Steinbach — wem geht das Herz nicht auf bei all' dem Glanze, der um diesen Namen fließt! Wie vor dem Sonnenblick das reiche Gezweig eines Baumes emporsteigt, so wuchs vor seinem leuchtenden Geiste und unter seiner schaffenden Hand der herrliche Bau empor, der ihm nicht blos zum Grabmal, sondern zum unsterblichen Denkmal werden sollte.

Wie bekannt, ist von den beiden Thürmen nur der eine ausgebaut, zwischen dessen luftig-schlanken Gliedern eine schwindelnde Treppe emporführt. Die Stätte, wo der andere Thurm hinzugesetzt werden sollte, läuft in eine Plattform aus, die den Wächtern zur Wohnung dient. Mehr als fünfzigmal fuhr der Blitz hier nieder, ein furchtbares Erdbeben, bei dem das angesammelte Regenwasser mannshoch aus den Behältern emporsprang, bedrohte den Bau, die rasenden Wogen der Revolution und die Granaten feindlicher Heere stürmten wider ihn ein, aber unerschütterlich und unbewegt steht das alte Heiligthum im Sturm der Zeiten und machtlos war alle Leidenschaft vor seiner Majestät.

Wie der Blick von da droben viele Meilen und Meilen weit reicht, so reichen die Erinnerungen dieser Stätte über viel hundert Jahre und Geschlechter hin; der Münsterthurm ist wie ein steinernes Buch, in das die Gäste aus allen Theilen der Welt ihre Chiffre gezeichnet, Fürsten und Bettler, europäische Größen und wieder Andere, die namenlos trotz ihres Namens sind, wie sie eben der große Wanderstrom durcheinander wirft: Voltaire, Herder, Montalembert, Goethe — Baumann Meier, Schulze.

Straßburg. Haus aus dem dreizehnten Jahrhundert.

Nicht nur das Papier, auch der Stein ist geduldig; und unbekümmert, wer ihnen Obdach gibt, lassen sich die Schwalben bald auf dem und bald auf jenem Pfeiler nieder, sie fragen nicht, zu wessen Gedenken ihr zwitschernder Sang gilt. — Die Münsterschwalben — das Wort klingt arglos heute und doch hatte es einst gar einen schlimmen Nebensinn, in jener Zeit, da Straßburg noch das zügellose Leben theilte, wie's in den alten Reichsstädten daheim war. Ueberall lagerten damals schöne fahrende Frauen und selbst auf dem Münsterthurme hatten sie sich ihr Nest gebaut, bis sie ein hoch gestrenger Rath vertrieb. Das Volk aber nannte sie lachend die — „Münsterschwalben". — Fast in allen Theilen der Stadt, ob wir nun hinaus vor's Thor gehn, oder uns in's Gewirr der Gassen verlieren, tritt das Münster wieder dominirend hervor; mit schwindelnder Höhe ragt sein Thurm über die Dächer hin und die Physiognomie der einzelnen großen Plätze wird geradezu dadurch bestimmt. An solchen ist Straßburg überreich und nicht selten ziert ein schönes Denkmal die Mitte; die Gebäude aber, die ihnen zur Umrahmung dienen, haben meist eine erhöhte öffentliche Bedeutung, und wo dieß nicht der Fall ist, da ragen sie wenigstens durch ihr Alter oder ihren malerischen Reiz hervor. Dieß gibt z. B. dem Ferkelmarkt, der wahrlich nicht zu den berühmten Quartieren von Straßburg zählt, sein originelles Gepräge, dieß macht den Platz am Münster selbst so reizend. Dort steht mit hohem Giebel und braunem Gebälk das sog. „Alte Haus", ein Bau aus dem dreizehnten Jahrhundert und wohl die reizendste Ecke, die eine deutsche Stadt besitzt. Die Straße, durch die wir weiter gehen, führt auf den Gutenbergplatz hinab. Von grünen Bäumen umringt und mitten im Gewühle des Marktes steht dort ein steinerner Sockel und auf dem Sockel steht eine eherne Gestalt, ein Mann mit wallendem Bart und hochgewölbter Stirne, der hält in den Händen ein Blatt voll zierlicher Lettern. Ein Blatt? O, es ist mehr, es ist die größte Errungenschaft des Menschengeschlechtes, es ist der Siegesbrief über die Finsterniß, den er in Händen hält!

Hier in Straßburg ist's ja gewesen, wo Johannes Gutenberg dereinst die Buchdruckerkunst erfand, fast zwanzig Jahre lang weilte er als Bürger in Straßburg und was auch anderwärts geschah, in seinen Mauern ist der Gedanke dieser großen That erstanden! — So stellt der Gutenbergplatz gleichsam das Symbol jener geistigen Kraft dar, die das Mittelalter in seinen großen freien Städten besaß!

Wenn die ältere deutsche Zeit von Straßburg in eminentem Sinne einen bürgerlichen Charakter trug, so dominirte während der französischen Epoche naturgemäß das militärische Element und jene anspruchsvolle intriguante Politik, die auf dem Parket von Versailles ihre Schule fand. Dann erst kam die Allmacht des ersten

Straßburg. Am Canal.

Bonaparte. All' diese Perioden sind auch in der äußeren Erscheinung von Straßburg mehr oder minder verkörpert und schon die Namen versetzen uns in diese französische Welt, wenn wir über den Broglieplatz oder den Paradeplatz gehen, wo das Denkmal des General Kleber steht.

Der vornehmste, der geselligste von allen Plätzen indessen ist ohne Zweifel der Broglieplatz (Bröhl heißt er in der Mundart des Volkes), denn dort steht die vornehme Mairie, dort sind die großen Café's im französischen Stil und unter den Bäumen, mit welchen der Platz geschmückt ist, wandelt Alles, was zur eleganten Welt gehört.

Grundverschieden freilich von den Gebieten der Stadt, die wir bisher durchwandert, sind jene alten engeren Theile, wo die Gewerbe hämmern und die ärmeren Klassen wohnen, dort hat sich noch das Winkelwerk der alten Reichsstadt erhalten mit all' dem originellen Eigensinn, den die Bauherrn jener Zeit besaßen.

Solche Häuser gibt es in Menge am Illkanal, das ganze Gerberviertel, in dessen Nähe der alte „Rebstock" steht, gehört zum malerischsten Wirrwarr, den eine Stadt nur bieten kann, und man verliert sich fast in diesem reichen architektonischen Detail von Giebeln und Fenstern, von Lauben und Bogen. Selbst an einfachen Häusern findet man häufig Thüren mit zierlichem Eisenbeschläg, die Treppen sind breit und aus massivem Eichenholz geschnitzt, und unverhofft gibt es selbst in den engsten Straßen die prächtigsten Häuser. Auch das ist ein Ueberrest der Reichsstadtzeit, es ist eine Erscheinung, die uns ja gleichermaßen in Augsburg oder Nürnberg begegnet.

So zeigt uns die Architektur der Stadt ein dreifaches Element, Paläste im Stil der Renaissance- und Rococozeit, Wohnhäuser im Geiste der alten reichsstädtischen Blüthe und daneben jene Menge moderner stilloser Bauten, die aus der Erde stiegen zum Ersatz für das, was 1870 in die Erde sank. Mit einem Worte, überall ist der Gegensatz zwischen Altem und Neuem, zwischen Werdendem und Vergangenem, Alles strebt und kämpft bewußt oder unbewußt nach dem Ausgleich zwischen diesen widerstrebenden Elementen. Und das in einer Stadt, die schon räumlich genommen zu den größten am Rheine zählt, in der eine Bevölkerung von neunzigtausend Seelen fluthet — wer fühlte nicht, daß unwillkürlich dort die Pulse stärker pochen, daß eine gewisse Erregung durch dieß Leben geht, die sich dem Fremden unversehens mittheilt! — Draußen im Lande ist es unendlich stiller und friedlicher und wenn es immer seinen holden Reiz hat, aus der Stadt zu flüchten in die Einsamkeit der Berge, so thut das alemannische Idyll, in welches wir nunmehr treten, uns doppelt wohl nach dieser kämpfenden Stadt! Wie aber lautet sein Name — wo wenden unsere Schritte hin? Die Idylle von Straßburg ist der Odilienberg!

Blick auf St. Odilien.

Im Kloster von St. Odilien.

Wir sind hinausgefahren gegen Barr und nun liegt ein hoher, langgestreckter Berg mit dunklem Wald vor uns; das weiße Gebäu, das da herunterschaut zwischen den uralten Trümmern der Heidenmauer ist das Kloster von St. Odilien! Schon der Weg hinauf ist fast ergreifend schön in seinem Wechsel; da kommt zuerst das kleine Dörflein Ottrott mit seiner langen Häuserzeile, dort machen wir die letzte Rast. Ein Bursch in blauer Blouse trommelt durch die Straßen und kündigt an, daß morgen versteigert wird, überall lugen blonde Köpfe durch's Fenster und auch im Wirthshaus beim Schoppen gibt's heute kein anderes Gespräch.

Bald hinter dem Dorfe aber geht's in den Wald hinein und einer der fröhlichen Jungen, die sich auf der Gasse tummeln, bietet sich flugs zum Führer an. Noch wenige Minuten führt der Pfad auf schmalem Raine durch's Kornfeld hin, dann vertieft er sich in den Wald, ein Hohlweg nimmt uns auf und leise zieht das grüne Rauschen uns zu Häupten dahin. Zwischen den wuchernden Brombeerranken steht hier und dort ein morscher Gedenkstein für Einen, der bei der harten Arbeit verunglückt ist; ein müdes Mütterlein, das Reisigbündel auf der Schulter, kam uns entgegen und bot uns frommen Gruß, sonst pickt nur der Kreuzschnabel im grünen Dickicht; ringsum ist die Welt verloren in einsamer Schönheit.

Da öffnet sich mit einmal eine Lichtung und aus dem Rahmen des Waldes schaut hoch oben das Kloster herab, fast liegt es uns dicht gegenüber, aber in ungeheurem Bogen zieht sich noch der Weg auf der Höhe des Grates hin. Wir erreichen die ersten Ueberreste der Heidenmauer, die wie eine verwitterte Erbschaft der Jahrtausende auf uns gekommen; über die riesigen Quadern zieht sich der Epheu klammernd empor, als wollte er das graue Heiligthum vor der Neugier unserer Zeit behüten. Allein die Zeit hat einen scharfen Blick, und rastlos forschend drang derselbe vor, um das Geheimniß zu lüften, das diesen wundersamen Bau umgibt. Das letzte Wort ist freilich auch heute noch nicht gesprochen, aber dennoch ist man schon weit über das Gebiet der bloßen Vermuthung hinausgetreten. — Diese ging anfangs davon aus, daß die ungeheure Mauer, deren Ausdehnung drei bis vier Stunden mißt, von keltischem Ursprung sei und daß es ihr Zweck war, die heilige Wohnstatt der Götter von den Wohnstätten der Sterblichen zu trennen. Wer kennt nicht jenen blutig-gewaltvollen Cult, der sich in scheuer Waldeinsamkeit vollzog? Berghöhen waren seine Altäre, dort ward auf steinernem Block das Opfer geschlachtet, dort feierten sie mit wildem Glanz ihre Feste. Das war denn auch der erste Gedanke, der beim Anblick dieser ummauerten Höhen dem Forscher aufstieg — dann erst ging man um eine Stufe herunter, aus der Götterwelt in den Kreis der Menschen und fand, daß sie zu eigenem Schutz und Trutz sich dies Bollwerk erbaut. Mehr als einmal tauchen ja auf der Höhe der Vogesen jene „Mauereinschlüsse“ auf, in deren geräumigen Bannkreis ganze Stämme sich flüchteten, wenn der Feind das Land überzog. — Mit dieser Meinung aber ward auch ein neuer Anhaltspunkt für die Abstammung der Erbauer gegeben: man wies auf die Römer hin, denn in ihrer Hand lag ja die Herrschaft über die Völkerstämme, die es zu schützen galt. So hat sich denn die Ansicht entwickelt, daß die Entstehung des ganzen riesigen Werkes sammt dem Castelle, das damit verbunden war, wohl in's dritte oder vierte Jahrhundert zu verlegen sei, vielleicht auf Kaiser Valentinian, der bekanntlich die ganze Linie des Rheines bis Holland befestigte.

Der Umgang um die Mauer, der mehrere Stunden in Anspruch nimmt, läßt noch deutlich die Bauart erkennen: um die Steine fest aneinander zu fügen, hatte man Eichenpfähle benützt; das aber, was für den Anblick am fesselndsten ist und dem Ganzen erst dies Gepräge wilder Ursprünglichkeit verleiht, ist die geschickte Verbindung, womit die Mauer zwischen die Felsen gefügt ist, die sich auf der Höhe hinziehen und dem Bau gleichsam seine Grundlinien vorschrieben.

Wir kamen höher und höher, heraus aus dem Wald in's Freie; zwischen flachen, abgespülten Steinen, die das Plateau bedecken, wuchert blühendes Heidekraut, noch einmal eine grüne Matte — dann wölben die Bäume ihr Dach und wir treten über die Schwelle des alten heiligen Odilienklosters.

Wie viele Wonnen, wie viele Schmerzen barg dies Dach im Laufe eines Jahrtausends! Es war auf seiner Felsenspitze nicht nur eine hohe Warte im Land, die weit hinaussah, sondern eine hohe Warte der Zeit, die drunten ihren Weg vorüberzog! Hier saß Barbarossa zu Gaste, hier dichtete die Aebtissin Herrad ihr geistliches „Wonnegärtlein“! Mehr als einmal freilich wurden die alten Mauern zur Ruine, aber immer wieder stiegen sie aus dem Schutt empor und heute noch sind sie das liebste Wanderziel nicht nur für alle frommen Seelen im Land, sondern auch für alle Jene, denen die Schönheit der Natur und der Zauber großer Erinnerungen in's Herz greift. Beides ist hier oben daheim und neben Beidem eine liebevolle Gastfreundschaft, deren sich Keiner ohne Dank erinnert, der sie je genoß.

Als wir den Klosterhof durchschritten mit seinen alten Linden, da stand die Oberin unter der Thür. Alt und Jung, die Gäste und die Genossen des Hauses, nannten sie „Mutter“, und in der That, sie war des schönen Namens werth — immer sorglich, immer milde, und so freundlich wie ihr eigenes Wesen waren die Räume, über die sie gebot!

In dem einfachen Speisesaal, ja selbst in den Gängen, überall stand ein frischer Strauß von Feldblumen auf dem Tische; auch das Gärtlein an dem schmalen Abhang, wo der Fels zu Thale fällt, war sorgsam gehalten. Ungebunden und zwanglos spielten die Kinder der Familien, die hier ihren schönen Sommer verbrachten, in den geräumigen Hallen; drinnen am Tisch in der Stube saßen zwei Fremde beim Schach, man ging und kam und allenthalben fand man freundlichen Gruß.

Es hat mich überrascht, wie überwiegend das deutsche, vor allem das norddeutsche Element unter den Gästen vertreten war, aber auch Franzosen kamen ab und zu in Menge und einmal flog sogar ein ganzer Schwarm von zwanzig Köpfen durch die aufgerissene Thür. „Bon jour, ma soeur, nous avons faim, nous avons soif, nous sommes enormément fatigués.“ — Wir alle waren erstaunt über diese dramatische Art, sich Abendbrod und Liegerstatt zu bestellen, die Frau Mutter aber lächelte milde, und geräuschlos war in einer Stunde Alles herbeigeschafft. — Das eigentliche Heiligthum auf dem Odilienberg ist die Kapelle, die den Namen der erlauchten Schutzpatronin des Klosters trägt; der Quell, dessen heilsames Wasser für Augenleiden gebraucht wird, ist einige hundert Fuß tiefer gelegen.

Odilienquelle.

Auch der, dem die Innigkeit längst fremd geworden, die vor Jahrhunderten solche Mythen und solche Stätten der Andacht schuf, wird nicht ohne leise Bewegung die kleine Kapelle betreten, die mehr das Trauliche, als das Erhabene zum Ausdruck bringt. — Da sind keine Hallen, wo der Sturm einer begeisterten Rede viele Tausende fortreißt, sondern das ist wie ein Wohngemach der Seele, wo nur das eigene Herz, wo das Ich in stiller Versenkung seiner bewußt wird und verzückt in den Himmel schaut, ungestört durch viele Nachbarn. Ungestört von jener Größe, die verschüchtert, kann man hier beten; es ist ein echtes Kirchlein für Frauen, deren Frömmigkeit ja viel weniger im großen heiligen Gemeingefühl, als in subjektiver Empfindung ruht! — Ganz anders aber wird es uns zu Muth, wenn wir nun hinaustreten aus dem friedlichen Bannkreis der Klostermauern in die Wildniß des Berges, immer weiter fort, über das felsige Plateau, bis hinaus an den Wachtstein, dessen Felsentrümmer fast überhängend sich thürmen.

Dort halten wir nun an und lagern uns und schauen in's Land hinab, in den uralten Wasgau, der sich drunten vor unseren Augen hinzieht: dunkle Wälder, goldene Wellen von kornschwerem Feld und dazwischen die alten Dörfer und Städte, bis der Horizont in blauen Streifen verschwimmt. Dort ragt in riesiger Höhe ein Thurm empor, das ist das Münster von Straßburg. — Dann kehrt der Blick aus der Ferne zurück auf unsere eigene nächste Umgebung, auf das Plateau, worauf wir stehen — da liegen zu Füßen zertrümmerte Ruinen, in Schlangenwindung

Odilienkapelle.

zieht sich der Pfad hinab durch das Gestrüpp; all' diese ausgespülten Blöcke, sie sehen aus, wie riesige verlassene Altäre — es weht eine heidnische Luft um uns! — Welch' wundersamer Gegensatz — nach dieser milden Schöpfung der Menschenhand solche Wildniß, wo man noch die alten schaffenden Elemente zu fühlen wähnt! Der Wind beginnt zu rauschen, sinnend verfolgt das Auge die lange zerbröckelte Spur der Heidenmauer, die hier wieder dicht an uns herantritt, ein Weih mit ungeheurem Fittich kreist darüber und läßt sich langsam herab auf die Gipfel der Wälder. Und keine Menschenseele ringsum! — Da weht uns unwillkürlich der Geist vergangener Zeiten an, denn wo liegen die beiden großen Mächte, die einst um den Besitz der Erde rangen, so nahe nebeneinander, wie hier: das verlöschende Heidenthum und jener neue Christenglaube, der überall im deutschen Land sein Schwert schwang und seine Klöster baute! Drunten am Weg stand eine knorrige Eiche; da fiel das hünenhafte Lied mir ein, das jene Zeit uns schildert:

Der letzte der dem Kampf entrann,
Das war ein wunder Skalde,
Der sprach: O tragt mich sterbenden Mann,
Zum kühlen grünen Walde.

Im kühlen Waldgrund möcht' ich ruh'n,
An Wodans letzter Eiche
Möcht' ich den letzten Athem thun,
Dorthin legt meine Leiche!

Er sprach's — da kam das Heergesind
Siegreicher Christenboten,
Sie tauften ihn, sein Blick war blind,
Sie tauften einen Todten . . . (Herm. Lingg.)

Das allein sind die Gestalten, die in diese große, echt historische Landschaft taugen und sie wuchsen gleichsam empor — lebendig vor meinem träumenden Blick — da klang mit einmal ein feines, weiches Läuten herüber — es war das Abendgebet im Kloster von St. Odilien. Dort knieten die Nonnen im Chor und beteten leise — Ave Maria — „Friede sei mit Euch" — aber welche Ströme von Blut hat dies Wort gekostet! —

Im kühlen Waldgrund möcht' ich ruh'n,
An Wodans letzter Eiche
Möcht' ich den letzten Athem thun,
Dorthin legt meine Leiche!

Mummelsee.

Schwarzwaldidyllen.

Es ist eine holde, stille Wanderschaft, die wir beginnen; in langer blauer Kette liegen die mächtigsten Gipfel des Schwarzwaldes vor uns, und in ihren Schatten liegen die schönen Ziele unseres Weges. Die tiefe Mulde, durch welche die Straße hinzieht, wo die Acher zwischen rauhem Gestein dem Rheine entgegenquillt, heißt das Kappelerthal; wir sind von Wiesen umgeben, die den Fuß der grünen Waldhänge säumen. Das ist der Boden, auf welchem Hebel's alemannische Gedichte und Auerbach's Dorfgeschichten zum Leben werden in ihrer gemüth-voll-herben Kraft. Auch die alte malerische Tracht, ohne die man sich ein echtes Volksleben kaum denken kann, steht hier noch in voller Blüthe; unter dem langen schwarzen Männerrock blickt die rothe Weste stattlich hervor und unter dem breitkrämpigen Hut schauen uns zwei blaue treuherzige Augen an.

Die Dörfer sind stattlich und groß, und wo wir eintreten in eines der blanken Häuser, kommt uns eine schlichte, aber herzliche Gastfreundschaft entgegen. Auf dem Tisch liegen etliche Zeitungen; über Alles, was eben in der Welt geschieht, ist der Bauer bereit und fähig, Antwort zu ertheilen. Wir gehen mit ihm durch Stall und Scheuer, von seinen Ahnen und Kindern erzählt er uns, und wenn wir nun schließlich fragen, wem wir so viele Gunst verdanken, dann sagt er stolz: „Ich heiße Michel Köbel V." — Bei Gott, Karl V. kann nicht zufriedener mit seinem Namen gewesen sein, als es Köbel V. ist!

Ein kurzer Weg bringt uns endlich vor's Wirthshaus, das ja der kulturgeschichtliche Mittelpunkt in jedem Dorfe ist. Fast alle Wirthshäuser im badischen Schwarzwald und auch draußen in der Ebene des Rheines tragen noch die uralten Wahrzeichen, den Löwen oder den Adler, den Rappen oder den Schwan, und das Porträt dieser stolzen Patrone prangt auch statt aller Inschrift über der Thüre. — Der Wirth, der uns dort empfängt, trägt selbst die Sachen in die Stube, wo wir zahlreiche Gäste und viel Bequemlichkeit finden. Die Wände sind tapeziert, und neben den großen Männern von 1870 finden wir nicht selten ein Bild von Schiller oder Goethe; von der Decke aber hängt unvermeidlich das Fuhrmannszeichen. Denn das muß auch seine Ehre haben — der Fuhrmann ist ja nun doch einmal das verkörperte Symbol, daß es vorwärts geht.

Die Gäste, die am Wirthstisch saßen, waren zwar alle von gar bescheidenem Rang, aber doch von kerngesundem, gediegenem Verstand; es waren Holzarbeiter und Bauern, der Steuereinnehmer und der Gemeindediener, der Nachtwächter und andere lokale Würdenträger. Auf ihre Einladung nahm ich am Tische Platz und hörte, daß sie eben eine amtliche Verfügung kritisirten; die Art, wie dieß geschah, der feine Blick, womit sie die Schwächen derselben betonten, hatte wirklich etwas Ueberraschendes. Im Uebrigen bilden die großen Begebenheiten der letzten Jahre noch immer den Hauptstoff alles öffentlichen Gesprächs, und ihr oblagen denn auch die beiden Fuhrleute, die abseits von unserem Tische saßen, jeder im blauen Kittel, die Peitsche in der Hand. Sie stritten heftig über die Befestigungen an der Mosel und der Maas, und da sich keiner vom andern überzeugen ließ, so verlangten sie vom Wirth eine — Karte. Der aber war flugs mit drei bis vier verschiedenen Blättern zur Hand. Wenn man gewohnt ist, in unseren Alpen oder auf der bayerischen Hochebene sein Seidel zu vertilgen, so wird man nicht umhin können, über das Thema all' dieser Gespräche höchlich verblüfft zu sein. Wenigstens habe ich dort noch niemals einen Nachtwächter auf legislativen Skrupeln ertappt und wenn die Fuhrleute von der „Maaß“ sprachen, so geschah dies

Parthie von den Büttensteiner Fällen.

Schwarzwälder Dorfscene. Von B. Vautier.

Ruinen des Klosters Allerheiligen.

in einem ganz anderen Sinne. — Aehnlich wie wir es hier in allgemeinen Zügen beschrieben, sieht's auch in dem großen stattlichen Dorfe Ottenhöfen aus, das mitten in unserem Thale liegt. Zu ihm gehört auch der Weiler Seebach, an sich wohl ohne Belang, aber berühmt durch die Ruinen von Bosenstein, die ihn überragen, und durch die Mythe, die sich daran knüpft. Die Mythe heißt „das Edelfrauengrab".

Um den Fluch zu büßen, den ein hungerndes Weib ihr nachgerufen, hatte die Frau eines Ritters von Bosenstein sieben Knaben auf einmal geboren, und da ihr Ehegemahl in der Ferne stand, so hieß sie die Magd, die ihrer wartete, den Ueberschuß des Segens vernichten; die mußte sechs der Knaben in's Wasser tragen. Der Vater aber, der eben des Weges kam, als die grause That geschehen sollte, rettete die Kleinen; in stiller Waldeinsamkeit, ohne daß die Mutter es ahnte, wurden sie erzogen, und erst als sie stolze, herrliche Ritter waren, lud sie der Vater zu Gaste auf seine Burg. Es war ein glänzendes Fest und bei dem Feste stellte der Burgherr die Frage, was einer Mutter wohl widerfahren solle, die ihre Kinder selber dem Tode geweiht? „Die soll lebendig vermauert werden," rief die Edelfrau vom Bosenstein mit erheuchelter Entrüstung; sie wußte nicht, daß sie sich selber das Urtheil sprach. Der Ritter sprang zürnend auf und kündete ihr das Verhängniß; vom Feste schleppte man sie weg, hinab in's Thal, aus dem der Bach vom Felsen rauscht; dort sieht man im Gestein eine tiefe Höhle, wie von Menschenhänden gemeißelt: das ist das Edelfrauengrab.

Der Pfad, den wir nun betreten, führt uns immer tiefer in den Wald. Von der breiten Straße, die in gewaltigem Bogen dahinzieht, führt hier und dort ein steiler Fußsteig empor durch's Dickicht; wie eine grüne Fluth, die sich in dunklen Wogen wellt, liegen drunten die Wäldermassen mit ihren Wipfeln. Welch' tiefe Ruhe, welch' geweihte Stille, nur das leise Rauschen des Waldes strömt vorüber! — An solcher Stätte liegt das alte ehrwürdige Kloster von Allerheiligen, — kein Kloster mehr, sondern nur die Trümmer eines solchen; denn öde stehen die verwitterten Pfeiler und verschüttet liegt seit langen Jahren der Kreuzgang mit seinen spitzen Bogen. Aber selbst in den Trümmern liegt noch ein Rhythmus und eine Schönheit, die uns in solcher Umgebung wunderbar ergreift; es ist ein Stimmungsbild von seltener poetischer Kraft — eine steinerne Elegie. — Die Geschichte des Klosters ist alt und bedeutend, seine Gründung reicht in die Zeit zurück, da der große Barbarossa in den Fluthen des Calycadnus versank, damals gab Uta von Schauenburg den Prämonstratenser-Mönchen ihre reiche Habe und es währte nicht lange, so war das Stift das mächtigste in weiter Runde. Im siebenzehnten Jahrhundert ward es auch zur Abtei erhoben und erhielt trotz mancherlei Ungemach seinen alten Ruhm, bis es im Jahre 1802 das Schicksal aller übrigen Klöster theilte und der Säcularisation verfiel.

Schwarzwälder Bauer.

Allein noch ein schlimmeres Ende als dies war ihm beschieden, denn nur kurze Zeit darnach schlug ein Blitzstrahl vom Himmel und warf die hellen Flammen in's Dach. Es war gerade am Stiftungstag, wo einst die feierlichen Glocken den Stolz der herrlichen Abtei verkündet, diesmal aber läuteten sie Sturm und riefen verzweifelt um Hülfe; doch alle Hülfe war umsonst. Bald lagen die herrlichen Gebäude, die das Kloster umgaben, in Schutt, nur überragt von den geschwärzten steinernen Pfeilern der Kirche, und wie ein Grab verlorener Herrlichkeit liegt jetzt die schöne Ruine im Tannengrün. Man glaubt das memento mori noch zu hören, das ehemals hier gesungen ward!

Wir gehen am alten Klostergarten vorbei, in den rauschenden Linden spielt der Wind, immer enger wird das Thal, durch das wir schreiten. Mit einmal geht es jäh in die Tiefe, das Thal ist zur Schlucht geworden, zerklüftet, stufenweise senkt sich das Gestein und drüber hin stürmt die Fluth — tosend wird sie des trotzigen Pfades Meister.

Das sind die Büttensteinerfälle, dies prächtige Waldesbild, dessen Schönheit Jahrhunderte lang einsam und ungesehen hier verrauschte, wie's ja so vieler Schönheit beschieden ist. Erst die spähenden Blicke der Gegenwart haben auch sie an's Licht gezogen, ein sorglicher Pfad führt jetzt den Wanderer vorüber an den sieben Fällen, bis wir durch's Lierbachthal nach Oppenau herunterkommen.

Aber noch ein anderer Glanzpunkt des Schwarzwalds liegt uns nahe auf dieser Wanderschaft, wenn wir von Ottenhöfen aus die Straße nehmen, die auf die Hornisgrinde emporführt. Dort liegt der Mummelsee, jene gespenstig-schöne Fluth, die der schaffende Aberglaube des Volkes mit hundert schwebenden Nixen bevölkerte, ein schwarzer, melancholischer Spiegel, von Tannenwäldern umrahmt, durch die der Wind kaum hörbar säuselt. Hier war's, wo einst ein schöner junger Hirt mit einem der „Mümele" sein Spiel trieb; sie saßen beisammen im weichen Moose und sangen und küßten, er hatte noch nie sein Lebenlang solch' schönes Frauenbild gesehen, aber auch er selber war der schönste Knabe weit in der Runde, mit hellem Lockenhaar und Wangen wie Milch und Blut. Kein glücklicheres Liebespaar hatte der Schwarzwald je getragen; nur um eines bat sie ihn: wenn sie auch einmal nicht an's Ufer käme, dann mög' er doch nimmermehr nach ihr rufen, sonst wär's ihrer Beider Verderben. Zwei Tage lang hielt er die Mahnung aus, dann aber trieb's ihn mit Gewalt zum Strande, wo die Seerosen durchsichtig aus der Tiefe steigen — dort rief er sehnsuchtsvoll den Namen seiner Liebsten. Er rief — er lauschte — da aber kam es schwarz über die Berge her, das Wasser des Sees begann zu toben, und von unwiderstehlichem Grausen getrieben floh der junge Hirt in's Dickicht von Wald und Felsen; kein menschlich Auge sah ihn wieder! — Auch die nächste Umgebung des Sees stimmt ganz zu den düstern Mythen, die ihn umgeben; am südlichen Rande, wo der rauschende Seebach sich aus der bangen Wildniß davonstiehlt, um in's fröhliche Thal hinabzueilen, steht eine rauhe steinerne Hütte; sie ist nicht bewohnt und ihren kahlen Räumen fehlt jener Zauber, den der Odem und das Dasein der Menschen in die Wände haucht, sie ist nur ein Obdach für den irren Wanderer, den die Stürme schrecken, Niemand und Allen zum Eigenthum!

Schwarzwälder Bauernmädchen.

Und noch wilder wird's, wenn wir höher steigen auf dem zackigen Fußpfad; da ist auch keine Hütte mehr, sondern nur die überhängende Felsenwand schützt uns vor Sturm und Regen, nur an den Tannen weist uns ein verwitterter Zeiger den Weg, von dem man hinabsieht auf den dunklen See. Schon die Alten fühlten mit feinem

Seebach.

Sinn das Wunder heraus, das in diesen Tiefen ruht, und nannten ihn lacus mirabilis. — Auf dem Gipfel der Hornisgrinde, den wir nun erreichen, ist es unheimlich öde, der scharfe Wind streicht über das Plateau, auf dem das kurze Haidekraut und braune Schilfgras wuchert, denn der Boden ist sumpfig und arm. Ein kantiger Thurm, an dem wir vergeblich die Pforte suchen, zeigt uns hinaus in's Land nach allen vier Seiten des Windes, und da liegt nun die schöne Welt bis zur unermeßlichen Ferne. Vom Höhgau am Bodensee bis in den Taunus reicht der Blick, vom Gebiete der Donauquellen schauen wir weit hinüber über die Ebene des Rheines bis in die Gipfel der Vogesen. Und das Alles ist unser, ist deutsches Land!

Das alte Schloß Baden. Von R. Püttner.

Vor dem Kursaal in Baden.

In Baden=Baden.

Nicht der Ruhm, aber doch die Kenntniß von Baden=Baden stammt aus uralten Zeiten, denn wie allerwärts, so hatten auch hier die Römer schon sich der heißen Quellen bemächtigt und machten sie zum Mittelpunkte einer Stadt, die man Civitas Aurelia Aquensis nannte. Als sie aus dem Schutte, den die Völkerwanderung über Europa ausgebreitet, wieder langsam emporstieg, warb wohl gar Mancher um ihren Besitz: Aebte und Ritter stritten sich darüber heiß, bis sie der alte Barbarossa endlich an Markgraf Hermann zu Lehen gab. Unter seinem Geschlecht war der Stadt reiche Blüthe beschieden, denn dem alten Schlosse, das hoch auf dem Berge stand, wurde bald ein neuer Prachtbau hinzugefügt, der fast bis in's fröhliche Treiben der Bürger herabstieg und erst den Flammen der französischen Raubsoldaten erlag. Nach langem Verfalle ward das Schloß wieder aufgerichtet und dient jetzt als Sommerresidenz des regierenden Hauses. Eine prächtige Straße mit breitem Wall führt aus der Stadt empor und alte rauschende Bäume umgeben die äußere Mauer. Während der alte Bau, der 1689 verbrannte, architektonisch so bedeutend war, daß man ihn oft dem Heidelberger Schloß verglich, ist die jetzige Erscheinung schlicht und bescheiden; fast all' die Gemächer zielen mehr auf wohnliches Behagen, als auf fürstlichen Prunk.

An die älteste Zeit, die einst hier oben trotzte, mahnen nur noch jene räthselhaften Verließe, die sich dunkel und weit unter dem Schlosse dahinziehen und deren eigentliche Bedeutung noch heute nicht ermittelt ist. Mit flackerndem Lichte steigt der Führer hinab und tastend folgen wir ihm durch labyrinthische Gänge; hier knarrt eine Kerkerthür und dort ein eiserner Riegel, und wenn wir's uns näher besehen, so ist die Thür aus einer einzigen Steinplatte geformt, der Riegel aber mißt zehn Fuß und läuft von einem Gemache zum anderen. Lange Zeit war es die allgemeine Meinung, daß man hier vor einer Stätte des alten Vehmgerichtes stehe, und wenn dieselbe auch der historischen Berechtigung entbehrt, so ist doch das Grauen des ersten Eindrucks so tief, daß man begreift, wie sie entstand. Welch' fürchterliche, unbarmherzige Zeit, die Hammer und Meißel schwang, um ihren Feinden solches Obdach zu bauen! Was ist Gefangenschaft in unseren Tagen neben dieser Kerkernacht!

Viel höher, fast eine Stunde weit über der Stadt selbst steht das alte Schloß — herrliche Ruinen, die Jahrhunderte lang im tiefen Waldesgrün verborgen lagen, eh' die Wißbegier der Menschen wieder den Pfad zu ihrer Höhe fand. Jetzt ist Alles sorglich und glatt geebnet, denn mit den Menschen kam auch der Luxus von Baden-Baden hieher. Aber die riesigen Felsenmassen, die in wilder Schroffheit sich hinter dem Schlosse emporzieh'n, lassen uns ahnen, wie es ehedem hier war, als noch Hermann und Bernhard, Jakob und Christoph auf Hohenbaden hausten. Von hier winkt uns ein wunderbarer Blick in's Weite, man schaut hinunter auf die Stadt, die sich im grünen Thale hinzieht, zu beiden Seiten an Hügel gelehnt; bald lacht uns helles Wiesenland entgegen, bald waldige Höhen, und fröhlich mit klaren Wellen rauscht im Thale der Fluß. Es ist fürwahr ein kleines Paradies, in das wir schauen. — Noch eine andere Burg begegnet uns, wenn wir von Hohenbaden weiter ziehen — die steht auf steiler Felsenkuppe und war dereinst das Schloß der Grafen von Eberstein. Sie selber sind längst erloschen in Noth und Dunkelheit, aber um ihre trotzigen Mauern spinnt noch die Sage ihre Ranken, und wenn auch kein kühner Ritter mehr, so kam doch noch manchmal ein lauschender Dichter bei ihnen zu Gast. Die schöne Ballade, die Uhland den Grafen von Eberstein gesungen, ist in Aller Gedächtniß.

Wir aber sagen nun der alten Zeit Lebewohl und steigen herab aus dem einsamen Waldesgrün in's bunte Treiben der Gegenwart, das da drunten im Thale herrscht.

Den Anstoß zur jüngsten modernen Entwicklung Badens, die sich zunächst an französische Normen anschloß (bis das Jahr 1870 diese Traditionen brach), gaben die zahllosen Flüchtlinge, die vor den Schrecken der großen Revolution über die Grenze flohen und vom Bodensee bis Coblenz hin die deutschen Städte bevölkerten. Seitdem hat sich die Zahl der Fremden in rapider Steigerung vermehrt, denn wenn sie zu Beginn der zwanziger Jahre noch kaum fünftausend betrug, so sind es gegenwärtig sechzigtausend im Jahr. Die Anstalten aber, die zum Vergnügen dieser gastlichen Lawine getroffen wurden, haben einen Grad der Vollkommenheit erreicht, daß die Bewohner mit Recht ihr Bad als das erste der Welt bezeichnen.

Freilich ist dies weniger im hygienischen Sinne als im Sinne vornehmer Geselligkeit gemeint: die Krankheit, wogegen Baden-Baden am meisten helfen soll, ist Langeweile. Denn jener alte Ruf, der durch die ganze Menschheit geht und immer wieder von tausend Lippen aufgenommen ward, wenn er auf tausenden erstarb, der Ruf nach Lust und Pracht, nach Glanz und Freude, er fand auch hier seinen stürmischen Widerhall. Rastlos trugen geschäftige Hände alle Güter der Erde zusammen, der Kaufmann seine Schätze und der Gärtner seine Blumen, der Goldschmied köstliches Geschmeide und der Künstler seine Kunst. — — An der brechenden Tafel braust die Musik, über die grüne Halde fliegen die Rosse und knallen die Schüsse, goldlockige Sirenen umdrängen den Quell, der einst in tiefer Waldesstille lag, unermüdlich schallt und dröhnt es, singt und klingt es: Genießet, lebt, vergeudet! Doch weil all' dieser Genuß nur Sättigung, nicht Glück schafft, so kam noch einer herbei, der hielt eine glänzende Kugel in seiner Hand und sprach: Hier ist das leibhaftige, verkörperte Glück — versucht es! Dann ließ er die Kugel rollen, Tausende von glühenden Augen folgten ihr, Tausende an klingendem Golde rollten ihr nach bei jedem Wurf, und immer auf's

Lichtenthaler Allee in Baden. Von W. Diez.

Neue wiederholte der hagere Croupier sein eintöniges: Messieurs, faites votre jeu — le jeu est fait, rien ne va plus! — So ist Baden-Baden zu dem geworden, was es ist, und wenn auch das öffentliche Spiel schon seit zwei Jahren beseitigt ward — etwas vom Fieber jener Zeit, von jener Jagd nach dem Glück ist doch noch heute zurückgeblieben. — Es wäre natürlich ungerecht, wollte man darin etwa das Wesen des lieblichen Badeorts erblicken, denn Tausende leben dort in schlichtem alltäglichen Bürgerfleiß, Tausende freuen sich nur mit unbefangenem Sinn der Schönheit, welche die Natur vor ihnen ausgebreitet. Aber ebenso sicher ist es, daß Tausende nur kommen, um ihr müdes Leben durch diese Fülle glänzender Erregung hindurchzuschleppen! Sie fühlen nichts von der kühlen Waldluft, sie ahnen nichts von der Idylle, die ein trauliches Heim hier bietet; sie suchen das Fieber, das hier pocht, sie brauchen die Erregung, die hier zittert, sie breiten hier ihren ganzen Reichthum aus, um ihre ganze Armuth zu verhüllen. Und nur von ihnen haben wir hier gesprochen — nicht die harmlosen Gäste, die aus allen Theilen der Welt hier zusammenströmen, sollen damit getroffen sein, sondern nur jene geistige und gesellige Gemeinschaft, die in jedem europäischen Luxusbad mehr oder weniger zu Tage tritt und ihre eigene blasirte Physiognomie hat. Für sie ist Baden-Baden ein anderes Wort, für sie freilich ist der Wegfall des Spieles und der französischen Elemente der schwerste Verlust.

In sanitärer Beziehung hat das Badeleben unserer Stadt keinen eigentlichen Mittelpunkt, denn die Anstalten zum Gebrauche der heißen Quellen, die vom Schloßberg herunterkommen, sind fast in jedem der größeren Gasthöfe selbständig getroffen. Dagegen ist ein prächtiger, palastartiger Bau im Werden, welcher der terrassenförmigen Lage des Bodens folgt und bis hinauf an den Marktplatz reicht, mit Thürmen und Portalen geschmückt. Das ist das neue Dampfbad. — Nicht weit davon geht ein Stollen tief in den Berg hinein, durch eine schwere eichene Thür von außen geschlossen, als ging' es in einen Kerker hinab; aus dem großen Reservoir, das hier im Freien liegt, steigt sachte der Dampf empor, denn das krystallhelle, tiefe Wasser ist heiß und die verschiedenen Quellen haben eine Temperatur von 36—54° Reaumur.

Wenn es demnach jedem Einzelnen überlassen bleibt, seiner Gesundheit nachzugehen, wo er sie finden mag, so sind die geselligen Freuden um so entschiedener centralisirt; ihr Mittelpunkt ist und bleibt jene grüne, herrliche Anlage, in der das Conversationshaus steht. Hoch überragt von prächtigen Bäumen, umringt von duftigen Beeten, dehnt sich zuerst die lange Trinkhalle hin, mit hohem offenem Säulengang, der mit Bildern aus den lieblichsten Schwarzwaldsagen geschmückt ist. Da tanzen die Nixen vom Mummelsee, der Kaiser Otto liegt vor Eberstein, das seine Mannen vergeblich belagern, und an den rauschenden Wasserfällen bei Allerheiligen wacht das Zigeunerweib auf ihren Schätzen. Das sind die Gestalten, die mit luftigem Reigen oder gewappnetem Fuß über diese Stätte zogen, als noch der wunderthätige Quell, zu dem jetzt Hunderttausende pilgern, ein stilles Waldgeheimniß war, um das nur die hohen Tannen und die stummen Felsen wußten!.

So muthet's uns an, aber nur wenige Schritte, dann ist der Wandel eines Jahrtausends erfüllt; wir sind aus dem Bannkreis flüsternder Sage in den Kreis eines rauschenden, jauchzenden Lebens zurückgekehrt, wir stehen an jener Stelle, wo seine Pulse am lautesten pochen.

Aus dem Kiosk, der dem Conversationshaus dicht gegenüber liegt, klingt schmetternd die Musik und mit langer seidener Schleppe wandelt die Gräfin hier auf und nieder, huldvoll dem Fürsten entgegennickend, der ihr den Arm bot. Welche Laune der Menschen in dieser Fülle der Gewänder, welche Laune der Natur in dieser Fülle der Gestalten, die von der wahrsten Vornehmheit bis zur Armensündermiene hinabreicht! — — —

Dichter und dichter wird das Gewühl, rasselnde Equipagen fliegen heran, schon ist es so dämmerig, daß man die großen sechsarmigen Kandelaber entzündet; ein glänzendes Feuerwerk steht für den Abend in Aussicht. Da die Sommerluft mild und lau ist, so stehen die weiten Flügelthüren der Säle offen und eine feenhafte Pracht strömt uns von drinnen entgegen. Auch dort wandelt und wogt es, auch dort sind jene rauschenden Schleppen und jene

Eingang zur Burg Eberstein.

überströmenden Laute des Lebens, nur in einem Gemache ist es stille und stumm, daß man beinahe den Athem der Menschen hört, die dort über den großen Blättern des Erdballs brüten. Es ist der Lesesaal, im reichsten Renaissancestyl ausgeschmückt, aber auch seine Gäste lockt allmälig der sprühende Feuerregen hinaus, schon zeigt sich das alte Schloß in bengalischen Flammen, Tausende von Raketen krachen, von allen Seiten jubelt man dem prächtigen Schauspiel entgegen.

Es wird Mitternacht, bevor das Leben auf dem Kurplatz sich lichtet, dann verschließt der Juwelier, der während der Saison aus dem Palais royal hieherkam, seine Ebenholzschreine, und die blonden Nachtfalter, die mit neugierigem Blick die funkelnden Steine umflattert, huschen langsam von dannen; Baden-Baden geht zur Ruhe. — Wer freilich hinter die Fenster lugte, der könnte bis zum hellen Morgen noch gar manches Bild sturmvollen Lebens erlauschen, aber zum Glück ist vor den Fenstern dichtes Damastgehäng und der „hinkende Teufel" existirt (wie jeder Teufel) nur in der Phantasie. So ist es denn stille in den Häusern und Straßen und nur die rauschende Oos zieht murmelnd durch die Stadt unter den grauen eisernen Brücken hin. — —

Hof im Kloster Lichtenthal.

Am belebtesten wird die Saison natürlich, wenn im Herbste die Zeit der großen Rennen kommt, die zu den bedeutendsten auf dem Continente gehören, obwohl der Versuch derselben erst in den fünfziger Jahren gemacht ward. Nicht selten wurden in der letzten Zeit hundert bis zweihundert Pferde hiezu angemeldet, von denen freilich nur die Hälfte über die Bahn geht, die Preise aber erreichen einen Gesammtwerth von nahezu hunderttausend Mark. Unter ihren Spendern ist auch der deutsche Kaiser vertreten, der den Badener Rennen seine besondere Huld erzeigt. Die Bahn liegt etwa zwei Stunden von der Stadt entfernt, in der Ebene des Rheines, vor dem Dörflein Iffezheim, und so ward „Iffezheim" das Glänzendste, was das glänzende Baden zu bieten hat.

Auch das Taubenschießen, jener grausame Sport, dessen Pflege in Deutschland uns nicht sonderlich ruhmvoll scheint, wird auf der gleichen Bahn betrieben; die Zahl lebendiger Tauben, die man alljährlich zu diesem Zwecke „verbraucht", beträgt viele Tausende.

Aber der eigentliche und schönste Zauber, den das Leben in Baden-Baden bietet, liegt doch nicht hier in dem glänzenden Gewühl, den müssen wir in jenen wundervollen abgelegenen Villen suchen, die sich die Lichtenthaler Allee entlang am Ufer des Flusses hinziehn. Mit reizender Sorgfalt sind die Gärten angelegt; die jedes Haus umgeben; für einen einzigen werden oft mehr als tausend Fuhren der besten Walderde herbeigeschafft und mehr als fünfzehnhundert der kostbarsten Pflanzen dienen mitunter, um ein winziges Beet zu füllen. Wenn es dann Abend wird, sieht man schlanke Frauengestalten über die feinbekiesten Wege ziehen, ein Buch in der Hand oder Arm in Arm vertraulich plaudernd, indeß aus dem offenen Fenster droben ein Mendelssohn'sches Lied herunterklingt. Schon ist es spät geworden, am zierlichen eisernen Gitterthor stehen zwei Kinder mit einem riesigen Bernhardinerhund, der sie mit seinen großen klugen Augen hütet, denn die schöne blonde Schwester, die sie begleitet, hat ihres Amtes schier vergessen. Sie wandelt mit ihren eigenen Gedanken zwischen den duftigen Hecken hin, mit weißer Hand die Häupter der Blumen streifend, und begleitet mit leisem Sang das Lied, das von droben herunterschallt:

— — — — — — — — —
Das gäb' ich den lustigen Winden,
Die trügen es lustig fort.

So ist denn keine Stelle auf weiter Erde schön genug, daß es nicht Menschen gäbe, die sich fort aus ihrem Zauber sehnten!

Villa in Lichtenthal.

Felsenland von Dahn.

In der Pfalz.

Es ist ein sonniges Bild, das vor uns auftaucht, wenn wir den Boden der Pfalz betreten; beweglich drängt sich das Leben an uns heran, es ist ein Puls, der rascher geht, als in den übrigen Landen deutscher Erde. Alle Rede ist laut und heftig; in der Arbeit wie im Genießen tritt eine gewisse Energie hervor, die uns Theilnahme abzwingt; das Geheimniß des Volkscharakters liegt in der Wurzel der Reben, die über Berg und Thal hier blühen, die selbst das ärmste Haus umranken.

Gar häufig ist ein Stück Land, das sich so nützlich und so genützt erweist, nicht eben schön, sondern es trägt jenes Gepräge, das mühevoller Fleiß dem Lande aufprägt; aber dennoch gibt es in der Pfalz Gebiete, wo die Menschenhand nie eingriff in die schönen kühnen Formen, welche die Hand der Natur erschuf, wo zu den Vorzügen des Volkes auch noch der Zauber landschaftlicher Schönheit tritt. Und eben in jene Gebiete der Pfalz führt unser Weg.

Es ist das Felsenland von Dahn, wo lange Wellen von dunklem Tannenwald sich dahinziehen, mit rothem zerklüftetem Sandstein vermengt; es sind jene wundersamen Gauen, wo von steilen Bergeskuppen Burgtrümmer zu Thale schauen, in deren Mauern einst des Reiches Wohl und Wehe bedacht ward.

Aus dem kleinen Städtlein Bergzabern führt uns der gelbe Wagen, der hochgeladen vor dem Posthaus steht, bergan; immer noch steigt der Weg, zwischen dichten Föhren geht es dahin und an alten Mühlen vorüber; hier und da ein einsames Feldkreuz, das am Wege steht; hier und da ein müder Wagen, der uns entgegen kommt. — Aber trotz der stillen Landschaft fühlt man den regen Verkehr, der in den Menschen und ihren Gedanken waltet, und so klein jedes Oertlein ist, so rührig tummelt sich das Volk; jedes Kind weiß Bescheid, wenn wir fragen, wo der Weg emporführt nach dem steilen Felsen, den man den „Jungfernsprung" benennt. In der Wirthshausstube aber, wo sich des Abends die Honoratioren beim Schoppen sammeln, ist jeder Gast willkommen und die niedliche Sauberkeit des Gemaches, die Beredtsamkeit seiner Bewohner muthet uns wohlthätig an. — Der nächste Morgen führt uns empor auf zwei gewaltige Burgen, die ein langer dunkler Höhenzug verbindet, auf den Trifels und die Madenburg. Nur wilde Trümmer sind noch von beiden erhalten, aber Trümmer, die uns die ganze Pracht vergangener Zeiten künden. — Besonders ist der Trifels an solchen Erinnerungen reich — das ist nicht blos eine Fürstenburg, das ist ein Kaiserschloß in seinem ganzen Glanze. Die Menschen freilich haben es fast vergessen da drunten in ihrem kleinen täglichen Gewühl, aber die große ewige Natur hat schirmend ihre Hände auf dies Heiligthum gelegt; ein Buchwald mit sonnigen Wipfeln, unter denen stille der Pfad dahinzieht, führt empor zur Burg und droben liegt unermeßlich die Welt vor uns, mit ihren Fluren und Strömen, mit ihren Städten und Thürmen. — Hier saß, in schmerzlichen Groll versunken, einst Kaiser Heinrich IV., als die deutschen Fürsten sich von ihm losgesagt, wenn er nicht binnen sechs Monden den Bannfluch löste; hier trug ein stiller Zug die köstlichen Kleinodien des Reiches empor, die Jahre lang in diesen Mauern ruhten.

Trifels.

Und jetzt — nur öde Trümmer, in denen kein Fürst mehr wohnt, vor denen kein Sang mehr hallt! Kein Gold füllt ihre Räume als das goldene Licht, das der Abendschein um diese Mauern breitet. Lachende Kinder spielen, wo Fürsten einst ihre Thränen geweint und nur der Buchenwald mit seinen rauschenden Wipfeln steht noch hoch und stolz, Vogelsang hallt aus den Zweigen und dunkles Moos wächst an den Stämmen empor — aber die Kaiserburg, der alte Trifels, ist stumm für alle Zeiten.

Die heutige Hauptstadt der Pfalz, wenn man in der Provinz von einer Hauptstadt sprechen darf, ist Speyer. Es ist freilich weder durch seine Größe, noch durch äußeren Glanz zu solcher Rolle berufen, doch um so bedeutender ist seine Vergangenheit; es zählt in eminenter Weise zu den historischen Städten des Reiches. Auch seine Entwicklung begann (wie bei allen rheinischen Städten) schon frühe, die ersten Befestigungen reichen zurück in die Römerzeit; unter den fränkischen Königen hielt schon ein Bischof hier seinen Hof und zweihundert Jahre später hatten die karolingischen Kaiser es zum Lieblingssitze erkoren. Mehr als jede andere deutsche Stadt ist Speyer von nun ab mit den Traditionen

Der Dom in Speyer. Von L. Ritter.

Madenburg.

des Kaiserreiches verknüpft; es war nur eine zeitweilige Wohnstatt, aber es war die ewige Ruhestatt jener Weltgebieter. Nicht nur, wenn ihr Herz nach glanzvollen Festen verlangte, nach einem Wiedersehen all' der Vasallen beim Reichstag, war ihr Blick auf Speyer gerichtet, auch wenn ihr großes Herze müde ward und sein Ende fühlte, dann suchte ihr Blick denselben Weg — Speyer war der Todesgedanke der deutschen Kaiser. „Gebt mir mein Roß," sprach Kaiser Rudolf, müd und gebeugt von der Last seines gewaltigen Lebens, und dann zog er gen Speyer hin, um dort zu sterben an der Schwelle seines Grabes.

Wo aber war dies Grab? Mit riesigen Mauern und Thürmen steigt schon aus weiter Ferne ein Bau empor; das ist der Dom, den Konrad II. als Grabstätte für sich und seine Nachfolger zu bauen begann, der von seinem Sohne und seinem Enkel, Heinrich II. und Heinrich III. vollendet wurde. Und eine ganze Reihe deutscher Kaiser und Kaiserinnen wurden nach ihnen noch in dieser Kaisergruft bestattet: der mit Gregor's Bannfluch beladene Heinrich IV., Heinrich V., Philipp von Schwaben, Rudolf von Habsburg, die Gegenkaiser Adolf von Nassau und Albrecht I. von Oesterreich, die Kaiserinnen Gisela, Konrad's II. Gemahlin, Bertha, Heinrich's IV. Gemahlin, und Barbarossa's Gemahlin und Tochter, Beatrix und Agnes. So kam zu dem Glanze, den das volk- und ruhmreiche Leben der Stadt besaß, noch jene feierliche Würde, die sechs Jahrhunderte lang von keiner fremden Hand entweiht ward; aber auch ihre Stunde schlug.

Wieder ist es dies flammende fluchbeladene Jahr, das seine Ziffer allen Gauen der schönen Pfalz so unbarmherzig eingebrannt, dies 1689, dem die alte Reichsstadt zum Opfer fiel. Sie hatte schwer gelitten im dreißigjährigen

Kaiser Rudolf's Ritt nach Speyer.

Krieg, aber bei aller Noth ward doch ihr Dasein gerettet, selbst die Verwilderung jener Tage hatte noch einen Rest von Ehrfurcht übrig für das Grab und für den heiligen Kaisernamen. Erst dem Räuberheere des „großen" Louis war es vorbehalten, auch diesen Rest zu tilgen und sich mit jener Schmach zu bedecken, vor welcher Landsknecht und Schwede zurückgebebt. Sie waren es, die Soldaten des großen Königs, die unter der Führung von Louvois, Montclar und Melac die geheiligten Gräber im Dom zu Speyer erbrachen und mit den Häuptern der deutschen Kaiser vor allem Volk ein — Kegelspiel begannen.

Dann aber brannten sie Speyer an allen Ecken an; sie wollten ein anderes Grab für jenes einzige bieten, das sie verwüstet und so machten sie die Stadt selber zum Grabe und das Land, das sie umgab, zur Wüste. Kein Stein blieb auf dem anderen stehen; nur der Dom allein widerstand der Zerstörungswuth und wenn man auch allen Schmuck von seinen Mauern riß, die Mauern selber blieben unerschütterlich. Die französische Revolution brachte neue Leiden: der geheiligte Bau diente den Soldaten der Republik zum Magazine, in dessen festen Hallen all' der Bedarf gelagert war, den der Krieg unablässig verschlang; wo einst zur Orgel das Tedeum klang, da hallte jetzt aus wilden Kehlen die Marseillaise. Ja, fast stand es nahe, daß der ganze prächtige Tempel um einige tausend Franken zum Abbruch versteigert worden wäre! Es faßt uns ein eigenthümlicher Schrecken an, wenn wir hören, wie oft das Leben der größten Geister an einem Faden hing; es schauert uns vor dem Gedanken an das Unersetzliche eines solchen Verlustes und so ergeht es uns hier, im Anblick dieses Wunderwerkes, das unersetzlich ist für die deutsche Kunst. Den Dom von Speyer sein eigen genannt und ihn dann nach all' den weltgeschichtlichen Stürmen um schnöden Kaufpreis verloren zu haben — das wäre nimmermehr zu verschmerzen für das deutsche Volk!

Die Neugestaltung des Domes in seinem heutigen Glanze ist unbestritten das Verdienst der bayrischen Könige, vor Allem Ludwig I., der alle Künste vereinigte, um die Restauration so glänzend als möglich durchzuführen. Von außen freilich, wenn wir der Hauptfaçade entgegengehen, wird man der ungeheuren Massen kaum gewahr, man sieht die Theile nicht, die rückwärts liegen, und dazu kommt von allen Seiten die frische Spur der Gegenwart. Dies mag im Anfang störend wirken, denn Alter und Würde sind ja fast unlösliche Begriffe, man kann sich die großen weltbekannten Dome kaum denken ohne jenes verwitterte säculare Colorit.

Ansicht von Speyer.

Wappen von Speyer.

Auch das Innere (mit Schraudolph's schönen Fresken geziert) gibt dem gewaltigen Eindruck, den der Stil an sich und das edle Verhältniß der Formen macht, diesen leisen Zusatz moderner Arbeit. Fast scheint es zweifelhaft, ob das deutlich wird, was wir meinen, ob es nicht etwa wie eine Verneinung der hohen architektonischen Schönheit erscheint, denn wahrlich, nichts läge uns ferner. Aber besser, als die gewandteste Erklärung es könnte, hat ein Fremdling in seiner unbeholfenen Sprache das ausgedrückt, was wir meinen: ein Engelländer, der mit zurückgelehntem Kopf an Wand und Decke umhersah.

„Der Dom von Speyer gefällt mich am Besten von allen in die Welt, er ist viel besser als Straßburg, Mailand und Cologne.“

„Wirklich?“ erwiderte ich betroffen, „und was gibt ihm in Ihren Augen diesen entschiedenen Vorrang?“

„Oh, er ist so reinlich, er ist die reinlichste Dom in die ganze Welt.“ — So sprach mein Begleiter; er ahnte selbst die Wahrheit nicht, die in seinen Worten lag. — Dann stiegen wir hinab in die dunkle Gruft und wieder empor zum Lichte, durch all' die einzelnen Kapellen ging unser Weg; die letzte derselben war der heiligen Afra geweiht. Hier hielten wir stille, hier ist die Stätte, wo man einst den Leichnam Kaiser Heinrich IV. niederlegte, als er im Bann gestorben war und der Priestertrotz sich weigerte, ihn in die Gruft seiner Ahnen hinab zu senken; fünf Jahre stand der Sarg des Mannes, der einst im Schloß zu Canossa um Gnade flehte, vor der Ruhestatt seiner Väter: noch die Leiche sollte das Schicksal theilen, das der Lebende erfuhr. Das sind die unsichtbaren Schatten, die aus alter Zeit auf diese hohen heiligen Mauern fallen, wenn in froher Sonntagsstunde der Priesterchor mit Weihrauch und Kerzen hier vorüber zieht — und diese Schatten hat keine glänzende Farbe übertüncht, sie sind das finstere Erbtheil dieser Stätte! Heinrich IV. und sein Canossa ist ein ewiges Wundmal in den Erinnerungen des deutschen Volkes — es ist der ewige Schatten über dem Kaiserdom zu Speyer!

Straße in Speyer.

Vom Heidelberger Schloß (Ottheinrichsbau). Von L. Ritter.

Heidelberg.

Nicht nur unter den Menschen, auch unter den Städten gibt es Ideale; glückliche Gestalten, welche die Lieblinge Aller sind, und zu ihnen zählt das schöne Heidelberg. Heiter und hell zieht es sich längs des Flusses hin; feinblaue Töne beschatten die Berge, die uns umgeben, überall rauschende Wellen, würzige Luft und fröhliche Menschen. Dieß Gepräge, in dem sich geistiges Schaffen und heiterer Genuß unablässig durchdringt, ist jetzt so tief mit dem Namen der Stadt verknüpft, daß wir uns kaum mehr denken können, durch welche

Schmach und Schmerzen sie gegangen ist, eh' solche Tage ihr beschieden waren. — Schon zur Römerzeit wurden die Höhen über dem Neckar befestigt, dann trugen sie die Burg, welche die Bischöfe von Worms hier bauten. Es waren rauhe, einsame Zinnen, die bald der, bald jener Ritter zu Lehen empfing, bis endlich der Staufe Konrad die kleine Stadt begründete, die Stadt der Pfalzgrafen bei Rhein. Ihre Anfänge waren mühevoll und hart; alle Elemente hatten sich wider sie verschworen, und dennoch war ihre Lebenskraft unverwüstlich; aus der Asche, die sie verzehrt, aus den Fluthen, die sie bedeckt, stieg sie mit neuem Glanze empor — und waffnete sich mit jener Waffe, die allein das Mißgeschick überwindet: mit geistiger Kraft.

Die hohe Schule zu Heidelberg, die 1386 vom Pfalzgrafen Ruprecht begründet ward, zählt zu den frühesten unseres Vaterlandes und gab alsbald der ganzen Stadt ein eigenartiges Gepräge. Nicht nur der Glanz eines fürstlichen Hofes, nicht nur die unerreichte Schönheit der Umgebung war nunmehr ihr Stolz, sondern im Vollgefühle geistiger Bedeutung erhob sie das Haupt — sie war die Minerva geworden unter all' den Städten, die die breite Ebene zu beiden Seiten des Rheines schmücken. In ihrem Herzen pochte der große Gedanke, der einst das Losungswort für die Jahrhunderte werden sollte: Wissen ist Macht. Und fürwahr, eine mächtige, freudige Zeit begann; siegreich hatte der Churfürst Friedrich all' seine Gegner übermannt, im hohen Schlosse sah man die edelsten Gäste und auf der hohen Schule die edelsten Männer der Zeit; Ruhm und Reichthum, Schönheit und Frohsinn, Alles hatte sich zum Schmuck dieses Lebens verbunden. Heidelberg war die Perle der deutschen Städte geworden und leuchtend stand es unter dem Banner der Gedankenfreiheit. — Allein nur eine kurze Weile, so ward dieß Banner zur Kriegsstandarte und dreißig Jahre lang ward um dasselbe gekämpft, um jeden Preis wollte man es den Deutschen aus den Händen winden.

Heidelberger Schloß. Der gesprengte Thurm.

Eine andere Zeit begann: die Geister schieden sich, die Heere traten sich gegenüber, der größte, schauerlichste Krieg, den je die Welt gesehen, war entflammt. Nun ging auch das Glück und der Friede der schönen Grafenstadt zur Neige. Zuerst kam der düstere Tilly vor ihre Mauern, ein Mönch im Soldatengewand. Unerbittlich sandte er seine Boten in jede Stadt, vor die er zog, und forderte die Unterwerfung; wenn sie sich dessen weigerte, so hatte er Feuer und Schwert. Auch Heidelberg erfuhr solche Mahnung, es ward belagert, erstürmt, verbrannt, die geistigen Schätze aber, die herrliche Palatinische Bibliothek, schenkte Tilly und Churfürst Max dem heiligen Vater, der diese Perlen deutscher Geistesarbeit hinwegnahm in seinen stolzen Vatikan. Nach Tilly kamen die Schweden und nach den Schweden wieder die Kaiserlichen, jeder von Rache glühend; Feuer und Schwert war die Losung der Zeit.

Aber das schlimmste von allem Leid, das über die Stadt erging, kam aus den Händen jenes Wütherichs, der sich den allerchristlichsten König nannte und der den Rhein nicht blos erobert und verwüstet, sondern der ihn geschändet hat!

Pilger auf den Schloßberg.

Wir wollen wahrlich nicht bestehende Gegensätze schärfen und ehren die Tapferkeit auch am Feinde, aber trotz alledem — an die Raubzüge Ludwig des XIV. kann kein Deutscher denken, ohne daß ihm der Zorn in die Wangen schießt. Und Frankreich fühlt das selbst. Es wird ein Jahrtausend vergehen, sagt Victor Hugo in seinen Briefen vom Rhein, bevor man in Deutschland dieß vergessen wird; „der Pfälzer-Krieg ist der Schandfleck auf dem Namen Turenne.“ Aber Turenne war nur einer, es gab noch Melac, es gab de Lorges, Männer, die die Geschichte nicht nennen kann, ohne daß sich der Fluch von Tausenden an ihre Fersen heftet! Armes Heidelberg! was es in jenen Jahren von 1674—1693 erlitten, das erlitt keine andere deutsche Stadt — verkohlte Blätter mit Blut beschrieben, mit dem Bild von Ruinen, das ist ihre Geschichte in jenen Tagen.

Der Wunderbau des Schlosses zerbricht, mit Pulver wurde gesprengt, was die Kugeln nicht zertrümmert hatten, Henker und Söldner schlugen das alte stolze Wappen von Wittelsbach entzwei, man riß die Särge auf und streute den Staub der Fürsten in die Lüfte. Es war kein Jammer mehr, es war Verzweiflung, die alle Gemüther durchwühlte! Im Uebermaß der geschehenen Schmach fordert der Churfürst den Marschall zum Zweikampf, aber der Marschall dankt und die Flammen züngeln weiter durch unser deutsches Land! Unterdessen ist Paris mit Freudenfeuern beleuchtet, der König läßt in Notredame ein Tedeum singen, um die Einnahme der Stadt zu feiern, und im Kreise geistlicher Würdenträger und frömmelnder Maitressen dankt er Gott für seinen Segen! Das arme Land am Rheine lag verwüstet, verblutet, verloren unter diesem — Segen, unter dieser Größe des großen Louis Quatorze!

Das folgende Jahrhundert ging trotz der weltgeschichtlichen Kriege, die es erfüllten, still und müde an Heidelberg vorbei; immer noch widerfuhr der Stadt viel Ungemach, aber es war, wie bei Menschen, die das Schwerste, das Unsägliche erlitten und die nun stumpf über sich ergehen lassen, was weiter kommt. Ihre Blüthe, ihr Glanz war gebrochen, sie war kein Preis mehr für den Ehrgeiz des Kampfes und kein Boden mehr für den ehernen Schritt der Geschichte. —

Erst mit dem Beginne unserer Zeit erwachte die Stadt aus jener tiefen Erschöpfung, aus der Ohnmacht, in der sie gelegen, ihre Züge gewannen neuen Lebenszauber, die Kraft, in der sie sich verjüngte, war wieder — die

Vom Heidelberger Schloß. (Friedrichsbau.)

deutsche Wissenschaft. „Und neues Leben blüht aus den Ruinen" — wenn je dieser große Trost der Weltgeschichte wahr geworden, dann hat er sich hier erfüllt; dieselbe Stadt, die allen Greuel der Verwüstung gesehen, ward eine Pflanzstätte, deren schaffender Segen sich über ganz Europa verbreitete, die größten wissenschaftlichen Thaten fanden hier ihre Wiege, die größten Namen der Wissenschaft ihre Heimath. Und so kam langsam wieder jener helle, heitere Zug in's Antlitz der Stadt, mit dem wir diese Zeilen eingeleitet, weil er heutzutage den ersten Eindruck geradezu beherrscht. Die heutige Stadt lacht uns entgegen, wie ein Mensch, der niemals eine schwere Stunde erlitt, und doch wissen wir, durch welche Schmerzen diese Schönheit hindurch gegangen. Nicht nur der Himmel, auch die Erde und die Weltgeschichte hat ihre Märtyrer, und unter diesen stillen Duldern steht Heidelberg.

Es ist seltsames Ding, wenn man jenes geheimnißvolle Etwas, welches das Wesen einer Stadt ausmacht, zergliedern und sich selber fragen will, was uns denn eigentlich an dieselbe fesselt. Heidelberg selber hat nichts, was man im täglichen Sinne „Sehenswürdigkeiten" nennt, die Zahl seiner Bewohner ist mäßig, und das Leben einfach ohne zerstreuende Vergnügung. Aber mehr als tausend Paläste mit all' ihren Schätzen zieht dieß verwaiste Schloß mit seinen Trümmern uns an, man kommt nicht fort aus diesem Labyrinth, wo alle Pfade mit wilden Veilchen und alle Mauern mit großen Erinnerungen erfüllt sind. Und die duftenden Wälder ringsum mit ihren verworrenen Pfaden, auf welche die Sonne grünes Gefunkel streut, wer kann sich ihrem Duft, ihrer Frische, dem lockenden Geheimniß entziehen, das zwitschernd von allen Bäumen herunterklingt? Da liegt in kühlem Schatten ein kleiner Teich, wo die rauschenden Bäche ruhen, bevor sie thalabwärts strömen; Wolfsbrunnen nennt man die Stätte, denn hier ward die Wahrsagerin Jetta, die auf dem nahen Bühel wohnte, von einem Wolfe zerrissen; dort liegt das Teufelsloch und drüben der Königsstuhl, und wo der Wald sich aufthut, sehen wir hier herab auf die langgestreckten wundersamen Ruinen!

Zerstörung von Heidelberg. Von W. Diez.

Heidelberger Schloß. Blick in den Schloßhof.

Und dann aus der grünen Wildniß zurück in die Stadt und ihr fröhliches Leben, wo sich der ganze Glanz geistiger Bedeutung und sorgloser Jugend zusammenfindet — wir fragen wieder, wer kann sich all' diesem Zauber entziehen?

Freilich ist auch hier manches anders geworden in den jüngsten Jahren, als damals, da Vater Vangerow noch in ungebeugter Majestät den Pandekten-Thron beherrschte, da Schlosser's Haus noch seine gastlichen Pforten aufschloß, und der ehrwürdige Gervinus ohne Kummer in die Zukunft sah. Das waren „unsere Zeiten", und beim Zeus, sie waren schön!

Steigen wir nun mit Muße an's Schloß empor, denn das ist doch immer der erste Gang für den Fremdling. Unzähligemal haben Wort und Stift sich versucht, um diese Perle deutscher Schönheit nachzubilden, und wieviel Gedanken voll Poesie wurden vor diesem Anblick wach, die nie einen Ausdruck fanden, die durch die Seele gingen, wie ein Stern, der vom Himmel in's Tiefe sinkt! So mögen Tausende hier gestanden sein, und immer noch, immer neu regt dieser Zauber an. Es ist ein wunderbares Geschick: die eigene Kraft dieser Mauern ist längst gebrochen, aber die Kraft, die sie auf die Gemüther üben, wuchs immer mehr, die konnte kein Zerstörer verwüsten. — Wie bekannt, ist das Schloß zu Heidelberg kein Werk, das aus einer Hand und aus einer Zeit hervorging, sondern es ist ein ganzes Geviert von Palästen, in das die Gedanken dreier Jahrhunderte und das Machtgefühl langer Generationen eingeschlossen sind; es war für sich eine kleine Stadt von Schlössern und Thürmen, von Sälen und Gärten; es war ein Gegenbild der alten römischen Kaiserpaläste, nur in deutschem Geiste, in deutscher Landschaft.

15

Heidelberger Schloß. Parthie vom Schloßhof.

Und fürwahr auch hier haben kaiserliche Hände gewaltet — und der Adler des Reichs stand über dem Portale, aber freilich keine Kaiser von jenem vollen, weichlich-wilden Klang, wie Nero und Galba, wie Heliogabalus und Caracalla, sondern eisenharte Gestalten, mit knorrig-herben Namen. Kaiser Ruprecht war der Erbauer des Flügels, der uns zuerst entgegentritt, wenn wir über Brücken und Thor hinweg den Schloßhof betreten.

Der Bau, der noch heute nach ihm benannt wird, ist übrigens keineswegs der älteste Theil des Schlosses, denn dieser stammt von Rudolph her und war schon um hundert Jahre früher vollendet; in seinen Ruinen liegen die ältesten und düstersten Mythen.

Wir gehen weiter und kommen vor eine Halle, wo der Brunnen des Schlosses steht; auch die vier granitnen Säulen hier sind ein Erbstück deutscher Kaisermacht, sie standen einst zu Ingelheim, in der Pfalz des großen Karl.

Jeder einzelne von den Palästen, an denen wir vorübergehen, hat seine eigene Geschichte, seine Schönheit und Sage, aber der herrlichste von allen ist doch jener, der nach Otto Heinrich genannt wird. Hier stehen wir vor einem der glänzendsten Meisterwerke, das die beginnende Renaissance jemals geschaffen. Auch er trägt die Wunden jener furchtbaren Kriegszeit, auch er ist Ruine geworden, aber welch' unwiderstehliche Schönheit spricht noch aus den verstümmelten, aus den erstorbenen Gliedern! Wahrlich Tausende von Prunkpalästen der Gegenwart wiegen nicht diesen einen auf, diesen Torso eines Palastes! Man sagt, Michelangelo habe den Entwurf geschaffen und wenn auch diese Meinung der geschichtlichen Gründe entbehrt — daß sie entstehen konnte, ist das vollendetste Zeugniß für die Schönheit des Werkes.

Ausritt eines Heidelberger Corps.

— Es war die Zeit, wo die entschlafenen Kräfte des Alterthums wieder langsam lebendig wurden und alles künstlerische Schaffen durchdrangen; neben der Bibel zog man die griechischen Klassiker hervor, neben der Jugendkraft der Reformation stieg die Erinnerung an die alte unzerstörbare Schönheit der Antike auf; die Fürsten begannen sich als Olympier zu fühlen und machten die Olympier zu Genossen ihres Hauses. Dieser ganze Gedankengang, dieß Streben der Zeit prägt sich gewissermaßen aus in der Façade dieses herrlichen Palastes, sie ist gleichsam der versteinerte Spiegel jener glänzenden Tage. In den offenen Nischen steht die Gestalt des Herakles neben David, hier die christlichen Tugenden, dort die entthronten und nun wieder neu belebten Götter: Jupiter und Saturn, Ares und Aphrodite. Regungslos und unerschütterlich boten all' diese Bilder dem Schicksal die Stirn in jenen schrecklichen Flammentagen des Krieges — bald sank die Hand eines Helden, bald die Krone eines Königs, bald die Brust einer Göttin in Staub — Alles von Stein; — aber es liegt eine Seele in diesen zertrümmerten Steinen, daß wir noch heut den Schmerz ihrer Wunden nachempfinden. Und jetzt? Jetzt rankt der Epheu empor und deckt mitleidig mit grüner Hülle die gebrochenen Glieder und die gebrochenen Herzen. — Wozu ward all' diese Herrlichkeit geschaffen? — — Zur Zerstörung!! — — Wer waren die Meister, die diese wunderbaren Mauern erbaut? — Ihr Name verscholl, Niemand nennt diese Schönheit mehr sein eigen! Nur der Wind rauscht durch die offenen Thore und das Grün blüht in den Ritzen, mit schwankem Flügel huscht die Schwalbe um's Fenstersims und droben lugen die Sterne herab in's offene Dach.

Wehmüthig stille ist das Dasein, das jetzt diese Mauern führen — leidlos und thatenlos, Alles ist hier Vergangenheit! Und die Menschen der Gegenwart gehen daran vorbei — Hunderte ohne Verstehen, bis einer kommt, der seine forschenden Blicke zurücklenkt in das Gewesene, der Andacht fühlt vor diesem Leide. Dann aber beleben sich die alten rothen Mauern vor seinem Blick; ein geheimnißvolles Treiben beginnt; man hört den ehernen Tritt der Fürsten schallen und das holde Lachen der schönen Frauen. — — — — — — — — — — — — — — — —

Wahrhaftig, es gäbe kein Ende, wollte man all' die Gestalten wiedererwecken und alle die Schatten an's Licht ziehen, deren Name noch in diesen Räumen lebt! Jeder Winkel ist voll von Bildern, von den Königsgestalten auf der

Neckarsteinach.

Zinne bis herab zur Zwergengestalt, die im Keller kauert, um das große Faß zu hüten. Auch das ist ja eine der Merkwürdigkeiten von Heidelberg, die keiner zu betrachten versäumt und zu der mancher mit mehr Erhebung emporblickt, als zur zertrümmerten Pracht der Fürsten. Zweimalhundertsechsunddreißigtausend Flaschen — es ist ein überschwemmender Gedanke — aber auch das Faß ist leer, auch das Faß ist nur mehr ein Fragment aus jener Zeit, da die Fürsten mit ihren Massen prunkten, nachdem ihnen der feine, geistige Reiz des Besitzes verloren gegangen war! Nicht schöner, nur größer sollte es der Küfer bauen, als das alte, mit reicher Ornamentik geschmückte Faß im Jahre 1751 in Stücke ging und durch das gegenwärtige ersetzt ward.

Der kleine Zwerg, dessen hölzernes Bild neben dem großen Fasse steht, war einstmals Hofnarr im Schloß zu Heidelberg, etwa zur selben Zeit, da der Preußenkönig mit seinen riesigen Grenadieren spielte; jeden Tag hatte er einen Freitrunk von fünfzehn Flaschen und an der greisenhaften Verzerrung dieser Kindergestalt, an den Possen des weinerglühten Schalkes ergötzte sich die müde, übersatte Zeit. „Pauvres princes d'une époque décrépite, occupés de nains et de géants et oubliant les hommes!" — Victor Hugo hat Recht!

Was gab es damals nicht Alles in Heidelberg zur „Beschäftigung"! Löwenzwinger und Orangengärten, glänzende Bachanale und blutigen Kampf, Alles, Alles, und übrig von Allem ist nichts mehr — nichts! Eine Ruine, mit grünem Epheu bedeckt, steht uns gegenüber, es sind nicht die Trümmer eines Schlosses, es sind die Trümmer einer Zeit.

Drunten aber, zu Füßen dieser steinernen Elegie rauscht das Leben der bunten Studentenstadt voll fröhlichen Klangs, voll fröhlicher Farben. Die Zeit, da Heidelberg den Pfalzgrafen bei Rhein gehörte, ist längst vorbei, denn jetzt gehört es den Studenten; nicht mehr das Schloß, sondern die hohe Schule ist heutzutage der Mittelpunkt für seinen Glanz und seine Bedeutung. In der politischen Geschichte hat Heidelberg seine Mission vollendet, in der Geistesgeschichte Europa's liegt jetzt sein Beruf.

Und so erübrigt es denn, noch in kurzen Zügen das frohe, bewegliche Bild der Studentenstadt zu zeichnen, mit Allem, was da aus- und einging „in unserem akademischen Taubenschlage". Steht's mir ja doch wie heute vor

Herbstfeier am Neckar. Von Th. Schütz.

Bei Mannheim.

der Seele, der Abschied von Hause, wie die Banknoten sorglich gezählt auf dem Tische lagen und der Reisepaß und all' die guten Lehren, dann die lange Fahrt mit ihren wechselnden Gestalten und das klopfende Herz, als der Schaffner auf das Trittbrett stieg: „Meine Herren, die Billeten nach Heidelberg!"

Nicht ohne ein Gefühl der Ehrfurcht stieg ich an diesem Sitze der Musen aus. Es bleibt doch immer ein interessanter Gang, wenn der Fremdling nun den ersten Weg vom Bahnhof in die Stadt macht; unser Geist ist ein unbeschriebenes Blatt in solcher Stunde, auf das sich mit skizzenhafter Geschwindigkeit die ersten Eindrücke fixiren, die dann erst langsam berichtigt und vervollständigt werden. Ueberall in den Straßen herrscht rheinisches Leben. Man sieht Leute, die gewohnt sind, ihre Angelegenheiten unter der offenen Thür zu verhandeln, Mädchen mit flinkem Schritt und lebendigen Augen, Buben, die sich balgend vorüberdrängen; „Krischer" in blauen Blousen bevölkern die Ecken, und Fiaker mit kanonengestiefelten Studenten rasseln vorbei. Dann und wann eine Gestalt, von der man sieht: das muß ein Professor sein.

Wenn man Heidelberg mit anderen süddeutschen Orten, vor Allem mit München vergleicht, dann kann man erstaunen, daß sich zwei Städte geographisch so nahe und culturgeschichtlich so ferne stehen, denn der Gegensatz zwischen dem alten bayerischen und dem rheinisch-pfälzischen Wesen liegt mindestens dreimal so weit auseinander, als diese beiden Länder des Reiches.

Wer am Bahnhof in Heidelberg einen Packträger miethet, der könnte meinen, daß die Packträger dort sehr ästhetisch und alle auf die Universität gegangen sind; sie sprechen von Bunsen und von dem seligen Vangerow wie von ihren guten Freunden. So drängt sich allmälig nach dem generellen Eindruck der specielle Charakter der Stadt an der Oberfläche, der natürlich ganz im Universitätsleben wurzelt. Er bekundet sich nicht blos in der Popularität der Heidelberger Berühmtheiten und in der Verehrung, welche die Packträger für „ihre" Professoren haben, sondern in hundert und tausend kleinen Einzelnheiten. Er liegt vor den Schaufenstern der Läden, wo bunte Mützen und Bänder prangen, in den Buchhandlungen, in den Kneipen, in dem Molossus, der gravitätisch hinter dem Saxoborussen trabt. — Was die Studenten von Heidelberg betrifft, so zerfallen sie wie allerwärts in solche, die es sind, und in

Bei Ludwigshafen.

solche, die es heißen; aber der Gegensatz tritt hier schärfer hervor, als in großen Städten, wo der Ausprägung des studentischen Elementes die Fülle fremder Elemente im Weg steht. Zu jenen, die nur Studenten heißen, gehören die, welche ihre Zelte im Kaffeehaus aufschlagen, die öfter mit dem Pedell, als mit dem Professor in Berührung kommen und auf die Dressur ihres großen Hundes mehr Zeit verwenden, als auf ihre eigene.

Aber selbst für solche, die es redlich mit der Arbeit meinen, ist die Versuchung groß, denn wohl wenige Hochschulen bieten der frohen Lebenslust ein glänzenderes Feld. Mehr als irgendwo ist in Heidelberg das echte deutsche Studentenleben entwickelt und mehr als irgendwo lockt die schöne Umgebung hier, an hellen Sommertagen hinauszufliegen in's Freie. Vor allem sind es die beiden Städtchen Neckargemünd und Neckarsteinach, die der Wanderfahrt als Ziele winken; da liegen drunten im Fluß belebte Kähne, da perlt der Wein und von den Felsen herab schauen die Burgen mit trotzigen Erinnerungen. Obwohl viel kleiner und anspruchsloser, zeigt doch das Neckarthal vielleicht am meisten innere Verwandtschaft mit dem rheinischen Leben, und der Puls, der durch dies Leben geht, ist Frohsinn. Wer kennt nicht, gleich einer schönen Sage, jene Feste, wie sie im goldenen Herbst am Neckarufer gefeiert werden, wenn auf allen Hügeln die Trauben schwellen und die Feuer blinken, wenn man auf eigenem Boden und von eigenen Reben die Ernte hält!

Auch Mannheim ist ein beliebtes Wanderziel für den Studiosus in Heidelberg, vor Allem wenn er jene Bretter liebt, die die Welt bedeuten; in langen Karawanen kommen dann die Neugierigen gezogen, so oft eine Novität auf dem Zettel prangt, viele Meilen rheinaufwärts und abwärts erschallt von solchem Ereigniß die Kunde. — Doch auch was ernste Arbeit heißt, was rastloses Schaffen leistet, mag der leichtgemuthe Studio hier lernen; denn dem Erfolg der Arbeit allein dankt Mannheim den Rang, den es unter den deutschen Städten einnimmt, der Geist der Arbeit war es, der das nahe Ludwigshafen binnen wenigen Jahrzehnten aus dem Boden herausgezaubert!

Doch wer mag an so ernste Dinge denken, so lange noch die bunte Mütze das sorgenfreie Haupt bedeckt. Wer ausfliegt, muß leichten Sinnes sein, die Zeit der Sorgen kommt schon von selber! Dann heißt es schaffen und nicht mehr genießen, immer näher rückt die schwüle Stunde des Examens; jene Stunde, wo man Brückengeld zahlen muß auf dem dornigen Wege der Wissenschaft! Leicht macht man eigentlich ein Examen nur, so lange man noch recht jung ist; denn nur da hat man die Courage, sich kurzweg zu blamiren; später merkt man, daß der alte Sokrates recht hat mit seiner

Nichtswisserei, und das erregt complicirte Gefühle. Ach, es war mir so complicirt zu Muthe, als ich die ersten Examensvisiten machte! Hier und dort zog ich die Klingel, hier und dort ging die schöne Tochter des Hauses über den Gang und stillestehend warf sie einen mitleidigen Blick auf das geschmückte Opferthier — sie kannte diese Gestalten! — — Das sind Studententage in Heidelberg.

Heidelberger Schloß. Das große Faß.

Heidelberg selbst ist fast ein blühender Garten, aber wem das noch nicht Genüge schafft, wer zur Natur auch noch die Kunst begehrt, dem steht nicht fern von hier ein zweiter Garten offen, dessen Ruf durch ganz Europa reicht. Wir halten in Schwetzingen. — Vom Städtlein selber ist wenig zu sagen: es war vor Zeiten nur der unterthänige Annex zum fürstlichen Sommerpalast und heute ist es eben ein kleiner behäbiger Amtssitz, so laut und lebendig, wie es nun einmal im Pfälzer Blute liegt, und doch so still, wie's für ein Städtlein mit viertausend Seelen unvermeidlich scheint.

Die Hauptsache aber ist, daß von all' den zahllosen Fremden, die hierher kommen, ja doch Niemand nach dem Städtlein fragt, für sie alle ist das nur der Durchgangspunkt zum Schloß, zum Garten.

Schön, in jenem freien, zwanglosen Sinne, wie die Natur ihr Schönstes bildet, ist freilich der Anblick, den wir hier gewinnen, nicht; ja sein Werth beruht geradezu auf dem Gegentheil, d. h. auf einer eingebildeten Schönheit, auf der genauen historischen Ausprägung dessen, was zu einer bestimmten Zeit als schön gegolten. — Diese Zeit aber, von der wir sprechen, ist verkörpert in den Namen der letzten Bourbonen. Die Könige der Maintenon, der Pompadour, der Dubarry wurden das Vorbild für den Geschmack aller Fürsten; nach der gebietenden Form, die in Versailles erstand, wuchsen allenthalben die Schlösser der Großen empor. Doch nicht nur der Stein allein, der ja stumm und fühllos ist, auch die lebendige blühende Natur, die sich sträubt wider jede Gewalt von Menschenhand, ist diesem Zwang erlegen; zu den Schlössern kamen die Gärten im Stile Louis Quatorze, und ein solcher Garten liegt hier. Ein weites Gebiet von fast zweihundert Morgen ist durch seine Anlage bedeckt. Wenn man die blendendweißen

Flügel des Baues erreicht und unter dem Bogenthor durch's eiserne Gitter hindurchblickt, liegt eine Fläche vor uns, auf der keine Scholle sich über die andere hebt, die unabsehbar sich verjüngt mit ihren langen grünen Lindengängen, mit ihren rauschenden Fontainen und ihren verwitterten Statuen.

Wir treten ein und schreiten langsam weiter auf den bekiesten Wegen — da sind in großem Rund gewaltige flache Blumenbeete; Tausende von duftigen Knospen zusammengedrängt auf einer Scholle, und dennoch wirkt das Ganze nur wie ein kleiner bunter Strauß auf einer riesigen Tafel. Ueber die Fluth der Bassins steigen Delphine und Drachen empor, bald aus feuchtem Gestein, bald aus dunkelfarbigem Erz, und auf dem Rücken derselben strecken sich übermüthige Amoretten. Dann verzweigt sich der Pfad nach beiden Seiten in's Grüne, rechts und links thun dichte Laubgänge sich auf; an den hohen Bäumen, die noch wild gewachsen sind, schlingt sich der Epheu empor — es ist fast etwas Geheimnißvolles, Weltentlegenes in diesen tiefen grünen Schatten. Und auch die steinernen Bilder, die uns dort begegnen, theilen diesen Zug und gewinnen eine mystische Bedeutung. Da schaut vom hohen Felsen herab der alte Pan, in der felsigen Grotte träufelt und rauscht es, durch die Tannenzweige geht ein Flüstern, fast möchte man meinen, man müßte den Laut der Syrinx hören, die er bläst, und die Gestalt erblicken, die er mit seinem Flötenklange lockt — es ist eine Nymphe, kaum dem Marmorbad entstiegen, das nasse Haar mit den Händen windend, die jetzt auf einmal vor uns steht.

Allee im Schwetzinger Garten.

Unerschöpflich an solchen Bildern ist unser Weg durch Park und Garten. Tempel und „Ruinen" begegnen uns, künstliche Brücken und Seen — Alles, Alles ist da und nur Eines fehlt: die Menschen, die dereinst an solchem Prunk ihre Freude hatten, die Zeit, die diesen Prunk begreift. All' diese Denkmale von Stein, diese Blumen, dieser Rasen — sie sehen aus, als ständen sie auf einem großen, riesig ausgemessenen Grabe und darunter schliefe ein hingegangenes Jahrhundert!

Apollotempel im Schwetzinger Garten.

Zwingenberg und Melibocus.

Bergstraße und Odenwald.

Das Land, das sich von Heidelberg bis gegen Darmstadt zieht, deckt meilenweit ein tiefer Wald, dessen Name noch heute ein Geheimniß für den Forscher ist, unter dessen hohen Kronen das lauschende Reh dahinzieht, in dessen Felsgemäuer so manche alte Herrlichkeit versank. Es ist nichts Gewaltiges, was die Formen dieser Landschaft hebt, es ist kein Schauplatz weltbewegender Thaten, vor dem wir stehen — aber es ist eine Lieblingsstätte unseres deutschen Volkes. Ein schlanker Bursch geht grüßend an uns vorbei, die Mädchen, die unter der Hausthür sitzen, tragen die schwarze Haube über den blonden Zöpfen und unvermerkt klingt uns die alte Weise an:

Es steht ein Baum im Odenwald,
Der hat viel grüne Aest,
Da bin ich wohl viel tausendmal
Mit meinem Schatz gewest.

Ja es ist der Odenwald, durch den wir wandern, mehr als vierzig Meilen deckt sein Gebiet, das im Süden vom Neckar begrenzt wird und westlich in einer langen scharfgezogenen Linie gegen die breite Ebene des Rheines abfällt. Seit uralten Zeiten zog hier die Heerstraße hin, Platea montana war sie einst geheißen, wir aber finden hier jenen grünen herrlichen Landstrich, den man die „Bergstraße" nennt. Zur Rechten und Linken treten uns reizende Städtlein und schmucke Dörfer entgegen voll origineller Bauart, die Luft ist milde und fruchtbar blüht das Land; doch über dieser Fülle des Bodens und über der Rührigkeit des Volkes liegt noch ein anderes Etwas, das unsagbar ist — ein Zauber der Poesie. Selbst die Bahn, die hart am Abhang des Waldes hinläuft, hat diesen Zauber nicht ganz zu zerstören vermocht, es ist noch immer der alte Odenwald mit seinen grünen Wipfeln, mit seinen kräftigen Gestalten und seinem wehmüthig-schönen Liede.

So mögen uns die Zweifel gleichgültig sein, ob die Stätte ihren Namen trägt von der stillen Oede, die in grauen Zeiten einst über diesen Wäldern lag oder ob es gar der alte Odin ist, dessen Erinnerung sich noch in diesem Wort verborgen hält; wir suchen nur das Grün, das jetzt unter diesen Wipfeln dämmert und die Schönheit, die uns von diesen Höhen entgegenlacht.

Im Odenwald.

Am berühmtesten unter ihnen ist ein Gipfel mit seltsam klingendem Namen, er heißt Melibocus. Durch hohen Buchenwald führt der Weg hinan, ein mächtiger Thurm mit offener Zinne blickt uns entgegen, und unter seinem Schatten schauen wir hinaus in's Land, das unermeßlich sich entfaltet. Dicht zu Füßen liegen Flecken und Dörfer zwischen rauschenden Wipfeln, Alsbach, das alte Städtchen Zwingenberg u. a. m., dann kommen waldige Hügel, die sich in langen Wellen über das Land erstrecken, der heitre Taunus, der rauhe Spessart; ferne dunkelt der Schwarzwald herüber und noch weiter, schon verschwimmend im Horizont, die blauen Vogesen. Zwischen ihnen aber liegt hehr und breit die Ebene des Rheines, aus der sich mächtig die alten Städte erheben mit ihren Thürmen und Domen — jene Zaubernamen der deutschen Geschichte: Speyer, Worms und das goldene Mainz! So ruhen wir hier im Schattengrün und lassen die Bilder deutscher Vergangenheit vorüberziehen von den wilden Chatten, die einst auf diesen Höhen weilten, bis an die Tage, da das deutsche Heer dort über die fernen Vogesen zog!

Vom Melibocus führt ein malerischer Weg nach dem Felsberg hinüber; ein einsames Forsthaus öffnet uns seine gastlichen Pforten und wenn wir dort eine kurze Rast gehalten, machen wir uns auf zum — „Felsenmeere“. Schon der Pfad, den wir verfolgen, längst ehe das Ziel uns selber sichtbar wird, hat etwas mythisch-geheimnißvolles, das an die alten heidnischen Zeiten mahnt, denn überall im Walde ist verwittertes Gestein, mit feuchtem Moos überzogen; nur hier und dort blickt das Blau durch die hohen Buchen; die Natur allein übt hier ihr Walten. Da aber liegt mit einem Mal ein riesiger Quaderblock vor uns — so formt nicht die Natur ihre Gestalten; hier haben Menschenhände geschaffen, vor mehr als tausend Jahren; doch das Geheimniß, welches Volk und welche Zeit es gewesen, das ist heute noch ungelöst. Wir gehen weiter, noch tiefer hinein in den Wald — da zögert mit einem Mal auf's neue der Schritt — denn vor uns liegt, fast in das Erdreich gewachsen, eine riesenhafte Säule. Auch sie ward hier an Ort und Stelle aus dem Felsgestein geformt, der offene Wald war die Werkstatt, in der sie entstand, aber wer ist ihr Meister gewesen, und welches ihr Ziel? War sie für einen der alten heidnischen Götter bestimmt, die so bald dem Christenschwert erlagen, oder für den Palast eines römischen Präfekten, oder ließ sie der große Karl sich rüsten für seine Pfalz zu Ingelheim?

Schloß Heiligenberg.

Wer kann es sagen! — Die Kräfte derer, die sie schufen, ermatteten am Werke, sie wurden weggescheucht von einer neuen Zeit, die andere Herrscher und andere Altäre brachte und so ließen sie die riesenschwere Säule unvollendet zurück, an ihrer ersten Stätte — im Wald. Der Wald aber breitete stille sein schützendes Dach über sie und die Zeit den Schleier schützender Vergessenheit, bis das neue Geschlecht sie fand und nun mit seinen Fragen vor den schweigenden Stein trat.

Nicht weit davon entfernt ist dann das „Felsenmeer“, ein ungeheures Blachfeld mitten im Walde, das ganz mit verwittertem Gestein übersät scheint: Alles Trümmer, deren Entstehung noch ebenso räthselhaft ist, als ihr An-

Riesensäule im Odenwald.

blick. Wie mag in finsteren Zeiten der Geist des Volkes diese Stätten bevölkert haben, in jenen Zeiten, da noch auf all' den Schlössern hier der trotzige Ritter saß und drunten in den Dörfern der frohnende Bauer!

Wie stets der Wald, so ist auch der Odenwald überreich an Sagen, als Grundton aber zieht gleichsam durch all' diese Mythen das wilde Heer. Nicht weit vom Felsberg selbst, den wir eben betreten, liegt der Schnellert und Burg Rodenstein, am Fuße des ersteren aber stand ein uralter Bauernhof und der Besitzer, der dort hauste, kannte alle die düsteren Geheimnisse des Berges. Mehr als einmal (erzählte er) hat er in windstiller Nacht den stampfenden Hufschlag, die bellenden Hunde und den Schall des Hifthorns vernommen, daß die Lüfte dröhnten; der Weg aber, den dies „Nachtgejaid" nahm, führte hinüber nach Rodenstein und immer war es ein Zeichen von nahem Krieg, so oft man dasselbe gewahrte. Deßhalb wurden noch am Ende des vorigen Jahrhunderts sorgsame Vernehmungen gepflogen, so oft die Holzhauer oder Jäger dergleichen zu berichten wußten.

Mühle im Stettbacher Thal.

Die Burg, die auf dem Gipfel des Schnellert stand, war anders gebaut als die übrigen, sie stellte ein Sechseck dar, an dem jede Seite sechzig Fuß maß, dann kam eine starke Mauer, ein tiefer Graben und noch einmal ein steinerner Wall. Aber die Wälle sind seit Jahrhunderten zerfallen und die Brunnen verschüttet und in den Trümmern wohnten drei Schwestern, durch Verwünschung dorthin gebannt. Sie waren gehütet von einem schwarzen Hunde, unter dessen Gestalt sich der wilde Jäger verbarg! — Oft flehten sie um Erlösung, und eines Tages erschien die schönste einem jungen Gesellen und verkündete ihm, sie werde als Schlange wiederkommen und ihn dreimal küssen; ihre Minne und ihre Schätze seien sein, wenn er sich muthig und standhaft zeige. Doch als nun am anderen Tag die schillernde Schlange ihm entgegen kam und sich züngelnd erhob und ihn mit dichten Ringen umwand, da zagte sein Herz, bebend fuhr er zurück und seinen Lippen entwand sich ein Schrei — Herr Jesus, hilf! Die Schlange verschwand, aber auch Gold und Minne war verloren für ewige Zeit. — So klingt die Sage durch den Odenwald. — Von anderen Burgen der Umgebung sind Schönberg und Heiligenberg bemerkenswerth, in historischer Beziehung aber gebührt unzweifelhaft dem Schloß zu Auerbach der erste Rang. Noch in den Ruinen des kolossalen Baues liegt etwas von jener gewaltigen Kraft, die ehedem hier herrschte, denn Feuer und Schwert haben es nicht ver-

Schloß Schönberg.

Der Rodensteiner. Von G. Franz.

mocht, diese riesigen Thürme und Zinnen völlig zu vernichten. Der Ursprung der Burg führt uns zurück bis in die Zeiten der Karolinger und stolze Könige waren ihre Gebieter, ehe es der geistlichen Macht gelang, sich in den Besitz des herrlichen Schlosses zu setzen. Es war die gefürstete Abtei zu Lorsch, eine der ältesten im ganzen Reiche, die zunächst ihr Banner auf diese Zinnen pflanzte, dann kam der Erzbischof von Mainz, des Reiches Kanzler und Kurfürst und später erst die kleineren Grafen. Wie oft schlugen die Wogen des Kampfes an diese Mauern! Aber die Veste hielt sich tapfer und treu, bis sie Verrath den Söldnerscharen Ludwig XIV. überlieferte. Der Mann, der das herrliche Schloß zur Ruine machte, war Marschall Turenne, der Führer jener räuberischen Kriege, deren Wunden das Rheinland noch heute nicht verschmerzt hat, und eine dieser Wunden liegt hier. —

Steigen wir nun von den Höhen hinab in's Thal, so tritt an die Stelle der einsamen Waldestiefen bald ein rühriges munteres Treiben; das rheinische Element, obwohl noch ziemlich entlegen, übt doch schon seinen Rückschlag auf die Denkart und das ganze Naturell der Bewohner. Jedermann, mit dem wir in's Plaudern kommen, gibt uns freundlich und heiter Bescheid; hier klingt uns das Rauschen eines Mühlbachs entgegen und lustig gehen die Räder, das kleine Haus ist an die Felswand gelehnt und senkrecht steigt der blaue Rauch empor. Wahrhaftig, das ist ein Volkslied, das lebendig geworden und plötzlich vor uns steht!

Rathhaus und Schmiede in Seeheim.

An der Mündung des Stettbacher Thales, dicht unter dem Heiligenberg, liegt Jugenheim, ein lachendes Dörflein, dessen Namen aber weit bekannt ist, selbst bis zum Ural und zur Wolga, denn das lachende Dörflein im Odenwald ist ja der Lieblingssitz des gewaltigen Czaren. Dies zog gar bald viel andere Fremde nach und so stiegen zwischen dem grünen Buchenwald schmucke Villen empor, Weg und Steg wird sorgsam gepflegt, und die ganze Entwicklung zielt darauf ab, auch Jugenheim in die Reihe beliebter Kurorte einzufügen. Es dient diesem Zweck sogar ein eigener Verein, der in liebenswürdiger Weise bedacht ist, sich fremden Gästen gefällig zu erzeigen. — So sind es fast nur Idyllen, die uns der Odenwald bisher geboten, doch möchten wir auch der reizenden Städtlein nicht vergessen, die längs der Bergstraße liegen. Freilich stehen auch sie bisweilen der Idylle nahe genug und wahrlich nicht zu ihrem Schaden! Das erste derselben, das wir auf dem Wege von Heidelberg nach Darmstadt begegnen, ist das uralte Ladenburg, das Lupodunum der Römer, welche hier eine ihrer bedeutendsten Niederlassungen am Oberrhein gründeten. Zeugniß davon geben noch heute die Trümmer eines römischen Bades und andere Baureste aus der Römerzeit. Nicht minder wichtig war die Bedeutung Ladenburgs im Mittelalter, wo es als Hauptstadt des nach ihm genannten Lobdengaus Anfangs im Besitz der fränkischen Könige, später in dem der Bischöfe von Worms stand. In ihrem Namen hielten die Grafen des Lobdengaus auf dem noch heute so

Gorxheimer Thal.

genannten Stahlbühel, die sogenannten Gedinge oder öffentlichen Gerichte. Im zwölften Jahrhundert hatten die Wormser Bischöfe, durch Empörung der Bürger aus der Bischofsstadt vertrieben, hier sogar ihren Wohnsitz genommen und hielten ein glänzendes Hoflager. An den Palast seiner früheren Schirmherrn, der fränkischen Könige, erinnert noch

Ladenburg.

heute die Saalgasse, denn der Königspalast wurde hier wie überall der Saal genannt. Die jedenfalls sehr alte Kirche enthält Grabdenkmäler der Freiherren Metternich und Sickingen. Eine noch bestehende von den Freiherrn von Sickingen gemachte Stiftung soll folgenden Ursprung haben: Ein Fräulein dieses Geschlechts, so erzählt die Sage, hatte sich einstmals in dem nahe liegenden Walde verirrt und war erst spät in der Nacht durch den Schall der Thurmglocke der St. Galluskirche nach Hause geleitet worden. Die dankbare Familie machte deßhalb die Stiftung, daß für alle Zeiten allnächtlich um elf Uhr die Glocke geläutet und in jeder Woche aus einem Malter Korn Brod gebacken und an die Armen vertheilt werden solle. Der gleichen Sage begegnen wir übrigens noch an anderen Orten. Die Thürme der angeblich von König Dagobert gestifteten St. Galluskirche sind schon aus weiter Entfernung sichtbar. In der Geschichte Ladenburgs, die reich an Stürmen ist, gewahren wir überall die Spuren von Lorsch, jener mehrgenannten mächtigen Abtei, die gleichsam der große Magnet für allen Besitz der Gegend ward. Spanier, Franzosen und Schweden lagen im dreißigjährigen Krieg vor diesen Thoren. Jetzt ist es friedlicher geworden im Land und ungestört blühen im Lenz die duftenden Bäume, deren köstliche Frucht in ganz Deutschland berühmt ist. Eine kurze Strecke weiter, und Weinheim lacht uns entgegen.

Parthie aus Weinheim.

„Wer bequem im Waggon sitzen blieb,“ sagt Karl Simrock in seinem ‚Malerischen und romantischen Rheinland‘, — „der darf sich nicht rühmen, die Bergstraße gesehen zu haben. Er muß mit eigenem Wagen gefahren und wenigstens bei Weinheim ausgestiegen sein, um die alte Windeck zu besuchen. Ueber dem säulengetragenen Marstall, neben dem schlanken Thurm stehend, muß er in das von der Weschnitz durchrauschte Birkenauer, in das saftige Gorxheimer Thal hinabgeblickt, und auf die lichtblauen Fernen des Odenwaldes, die sich rechts und links erschließen, den sehnsüchtigen Blick geheftet haben. An der hessischen Grenze bei Unterlaudenbach, das den berühmtesten aller Bergsträßer Weine gewinnt, muß er sich vorwärts und rückwärts umgeschaut haben, denn hier, wo das Gebirge einen halben Bogen beschreibt, zeigt sich der Oelberg bei Schrießheim, zwischen Weinheim und Heidelberg, in den schönsten Formen, und der König der Bergstraße, der Melibocus, erscheint nirgend in so hehrer Majestät. Bei Heppenheim muß er entweder die Ruine Starkenburg, von der die ganze Provinz den Namen hat, oder das nahe Lorsch besucht haben, dem nicht nur die Bergstraße, sondern alles Land weit umher Kultur und die ältesten historischen Nachrichten verdankt. Von der Geschichte des Landes sollte er auch einige Kapitel durchblättert und wenigstens so viel erfahren haben, daß die Starkenburg von den Mönchen und Vasallen von Lorsch erbaut worden ist, um ihren Abt Ulrich im Besitz der reichen Abtei zu schützen, welche Kaiser Heinrich IV. an seinen Liebling, den Erzbischof Adelbert von Bremen vergabt hatte; daß das früh gestiftete Lorsch auch früh ausartete, so daß sich Papst und Kaiser schon im dreizehnten Jahrhundert gemüßigt sahen, es dem Erzstifte Mainz zur Reformation der Klosterzucht zu übergeben, ja es ihm, als diese nichts half, völlig einzuverleiben, wodurch aber Mainz mit der Pfalz in Krieg gerieth. Zu Auerbach muß er wenigstens einen Versuch gemacht haben, die Wiesenjungfrau zu erlösen, denn wer kann denn wissen, ob die Wiege, darin er geschaukelt ist, nicht aus Zweigen des Baumes geflochten war, an dem ihre Erlösung hing, und wenn er sie versäumte, so müßte die Wiesenjungfrau abermals harren und warten, bis auf der Wiese ein Kirschenbaum wüchse, und aus des Kirschenbaums Holz eine Wiege gemacht würde. Nur das Kind, das in der Wiege zuerst gewiegt worden, kann sie dereinst erlösen. Bei Zwingenberg mußte er gar auf den Melibocus, ja auf den weithin flimmernden Thurm, der seinen Gipfel ziert und den höchsten Standpunkt des Gebirges gewährt. Hier däuchte er sich dann König des Odenwaldes und des unermeßlichen Rheinlands zu seinen Füßen."

Ruine von Schloß Auerbach.

An der Bergstraße endigt Alles auf —bach und —heim und so kommen wir denn über Heppenheim nach Bensheim, das uns mit allem Guten willkommen heißt. Viele der schönsten Architekturen sind freilich seit dem furchtbaren Brand von 1822 zerstört, aber immer noch finden wir Thürme und Giebel, Erker und Thore, die sich mit den originellsten Bauten im Schwarzwald messen. Auch Bensheim ist mit den Traditionen der alten Abtei von Lorsch auf's engste verknüpft, die kaum eine Stunde von hier entfernt liegt — dort in der kleinen bunten Kapelle fand Ludwig der Deutsche und sein Sohn die ewige Ruhe und Papst Leo IX breitete segnend die Hände aus über ihr Grab, das dem Volke heilig war, trotz aller Unbill der Zeiten. Rastlos wob Poesie und Sage um diese Stätte ihre goldenen Fäden, die sich bis in die Dichtung der Nibelungen verschlingen; denn hieher nach Lorsch bringt Chriemhild die Leiche des edlen Sigfried und düster klagen die Verse des großen Liedes, wie „der kühne Held in langem Sarge" vor dem Münster lag. —

Rheinthor in Bensheim.

Marktplatz in Darmstadt.

Wir wandern weiter — über das alterthümliche Zwingenberg, über Seeheim, Eberstadt nach Bessungen. — Bei Bessungen verlassen wir den Wald, der bisher zu unserer Rechten lag und die berühmte Straße, die mit herrlichen Fruchtbäumen bebaut, von Heidelberg hierherführt. Auch die großen Erinnerungen, die uns bisher begleitet, erbleichen, das Land wird flacher und der Gedankenkreis, der uns umgibt, modern. Nicht mehr auf grünen Kuppen und zerfallenen Burgen ruht jetzt unser Blick, sondern im bunten geräuschvollen Leben der Gegenwart, wir sind in der Residenz der schönen Hessenlande — in Darmstadt.

Derselbe Gegensatz, der uns beinahe in allen Städten vor Augen tritt, die überhaupt eine moderne Entwicklung haben, zeigt sich auch hier: Das Innere, der Kern der Stadt, ist noch im alten Styl gebaut, der alle Häuser und Gassen so enge als möglich zusammenzog; die Neustadt aber, die überall vor Wall und Thor hinausdrängt, heischt gewaltige Dimensionen, hier sind die Straßen breit und gerade, die Häuser hoch und prunkend, der Geist der Gegenwart führt die Herrschaft.

Nur in wenigen Städten ist dies Princip großartiger Erweiterung älter als einige Jahrzehnte. Der Fürst, dem Darmstadt sie zu danken hat, war Großherzog Ludwig I. Mit Recht steht deßhalb sein Denkmal inmitten jener neuen Schöpfung, und der Pietät, die dies Monument errichtet, lieh die Kunst ihre Weihe, denn das Standbild, das auf einer riesenhaften Säule thront, stammt von keinem Geringeren, als von Schwanthalers Meisterhand.

Der Palast, wo die Großherzoge von Darmstadt residiren, heißt das Schloß — ein weiter Bau, den schon die alten Landgrafen von Hessen begannen und den dann jedes folgende Jahrhundert nach eigenem Geist erweiterte. Der bedeutendste Theil ist ohne Zweifel jener Anbau, welcher aus den ersten Decennien des vorigen Jahrhunderts stammt und von französischen Händen vollendet ward; seine glänzende Façade blickt auf den Markt hinab und sein Inneres birgt die edelsten Schätze an Kunst und Wissenschaft, welche das Land besitzt. Die Bedeutung der Gemäldegallerie, der Alterthümer und der übrigen Sammlungen ist bekannt und auch das Theater, das jetzt dem Wiederaufbau entgegengeht und das der regierende Großherzog nach dem Beispiele seiner Vorgänger mit Liebe pflegt, genießt in ganz Deutschland einen ehrenvollen Ruf — kurzum die kleine Residenz versteht es trefflich, den Fremden, den die schöne Natur in ihre Nähe zog, auch geistig festzuhalten. Wir wissen ja, wie das der beste Grundstein deutscher Bildung ist, daß sie nicht nur einen einzigen, sondern so zahlreiche Mittelpunkte fand und an diesen Gedanken fühlen wir uns in Darmstadt freudig erinnert!

Parthie aus dem Schloßpark zu Darmstadt.

Siegfrieds Leiche wird über den Rhein geführt. Von A. Baur.

Worms. Judenkirchhof.

Von Worms nach Mainz.

Wappen von Worms.

Der ganze Weg, den wir zuletzt gegangen, führt am rechten Ufer des Rheins entlang und der grüne Wald war so lockend, daß er uns tief in's Dickicht seiner Wipfel und Sagen zog. Ist's doch zum letztenmal, daß solche Wipfel den Lauf des großen Stromes begleiten!

Nun aber kehren wir zurück an seine Ufer, in die breite Ebene, die er durchströmt, als großer Träger tausendjähriger Blüthe. Naturgemäß überwiegt hier wieder das städtische Element und die erste jener altberühmten Städte des Reichs, die uns das linke Ufer zeigt, ist Worms.

Worms ist nicht schön im alltäglichen Sinne, der an lockende Farben und lockende Formen denkt; aber es gibt noch eine andere Schönheit, die ernst und getragen auf sich selber ruht und es fast verschmäht, daß sie sich jedem flüchtigen Blick zu erkennen gäbe. Das ist die Schönheit, wie sie den alten Stätten des Gerauer Landes, wie sie der Umgebung des uralten Worms zu eigen ist.

Die Landschaft ist flach und die Farben sind gedämpft, zwischen den fetten niederen Fluren zieht der Rhein mit ruhiger Gewalt dahin. Wucherndes Weidengebüsch steht zu beiden Seiten des Ufers, in denen stilles Altwasser sich festsetzt, von breiten Sandbänken zertheilt, auf die nur dann und wann der Reiher niederstößt. Weithin ist der Horizont geöffnet und gönnt den Wolken ihr freies Spiel; vom grauen Himmel heben sich die Thürme des Doms in ferner Majestät. Erst wenn man den langen feinen Linien mit forschendem Sinne folgt, wird man die innere

Worms. In den Weinbergen bei der Liebfrauenkirche.

Bedeutung und das historische Gepräge dieser Landschaft empfinden. Der Geist, der in ihr lebt, ist von ruhiger, thatkräftiger Gewalt, von jener stylvollen epischen Breite, welche geschichtliche und große Gestalten zur Ergänzung, zur Staffage fordert.

Hier in dem uralten versunkenen Camba war es, wo einst die deutschen Fürsten zur Königswahl zusammentraten, und wo der Zwist der beiden Konrade geschlichtet ward.

„Und wie nun harrend all die Menge stand
Und sich des Volkes Brausen so gelegt,
Daß man des Rheines stillen Zug vernahm,
Da sah man plötzlich, wie die beiden Herrn
Einander herzlich faßten bei der Hand
Und sich begegneten im Bruderkuß.
Da ward es klar, sie hegten keinen Neid,
Und jeder stand dem andern gern zurück.“

So schildert Uhland in seinem „Herzog Ernst von Schwaben“ die Königswahl des Jahres 1024, und als die Eintracht endlich den Sieg errungen, da wallte das Gefolge der Fürsten und das jubelnde Volk nach Mainz hinab zur Krönung. —

All das sind Bilder, die längst verschollen sind, aber die Landschaft, der Boden, der sie einst getragen, lebt, und wer tiefer in ihre Züge blickt, für den erwachen sie wieder, der hört das Brausen des Volkes noch heute und sieht die Hünengestalt des mächtigen Königs, der Allen über die Schulter ragt. Diese Macht der geschichtlichen

Markt in Worms.

Erinnerung, dies unsichtbare Weiterleben historischer Gestalten in einem bestimmten Raume, das ist das Zeichen der historischen Landschaft. — Man kann in Worms wohl ungerührt an dem vorübergehen, was ist, aber keiner wird sich mächtig eindringender Gedanken erwehren über das, was war. Hier ist ja die Scholle, wo einst der große Cäsar stand, wo Attila, der düstere Held der Verwüstung, seine Rosse über den Rhein trieb, wo das alte Märchen vom Rosengarten blüht. Und der Streit der beiden Königinnen, Brunhild und Chriemhilde, vor dem Dom zu Worms ist er entbrannt, über dem Dom zu Worms stieg jene düstere Wolke empor, deren Blitz uns ewig leuchtet in dem gewaltigen Lied der Nibelungen.

Noch jetzt ist dieser Dom das mächtigste von allen Denkmalen der Stadt, es ist einer jener herrlichen steinernen Riesen, wie sie die Kirche am Rhein entlang als Wächter ihrer Weltmacht aufgestellt. Durch den ganzen Bau mit seinen runden Thürmen und Zinnen geht ein Zug von wehrhafter Kraft, gleichsam geharnischt tritt uns der majestätische Bau entgegen. — Der ganze Styl ist romanisch; es ist die Grundform einer römischen Basilika, aber bereichert mit allem Schmuck, den eine schöpferische überquellende Zeit besaß; nirgends ist die große Einheit des Ganzen durch einen Widerspruch, durch kleinliche Zersplitterung zerstört. „In den ersten Jahren des Jahrtausends erbaut," sagt Simrock, „ist es eins der ältesten und schönsten Denkmäler des Rundbogenstyls. Von dem östlichen Chor und der nördlichen Langseite blicken scheußliche Larven, grimmige Thiergestalten auf uns herab, gleichsam Ausgeburten des finsteren Heidenthums, welche die christliche Kirche des elften Jahrhunderts noch nicht alle auszuscheiden und zu bewältigen gewußt hatte. Der westliche Chor zeigt etwas spätere Formen und Uebergänge in den Spitzbogen. Man erklärt dieß durch die im fünfzehnten Jahrhundert nothwendig gewordene Wiederherstellung des einen westlichen Thurmes. Allein schwerlich lag ein westlicher Chor im Plane des ersten Baumeisters. Hier, dem östlichen Chor gegenüber, mußte sich nach einem durchgreifenden Gesetze ursprünglich der Haupteingang befinden. Das jetzige schon ganz gothische Hauptportal an der Südseite kann erst drei Jahrhunderte später angefügt worden sein." So mächtig, wie die Zeit, die sie erschuf, schauen uns diese rauhen Mauern an und der Eindruck schwächt sich nicht ab, wenn wir gedämpften Schrittes in die heiligen Hallen treten. Da sind die steinernen Gräber der alten geistlichen Fürsten von Worms und über den Altären Bilder mit goldenem Grund, in der einen Kapelle der mächtige Taufstein, in der anderen die Ruhestatt von königlichen Frauen. Es ist ein Meisterwerk, in dessen stillem Bannkreis wir stehen, das sagt uns unser Fühlen auf jedem Schritt, es ist historische Luft, die uns umweht. Wie viele für das Schicksal Deutschlands wichtige Concilien, Mai-Versammlungen und Reichstage wurden im Bereich dieser Mauern gehalten! Im Jahr 772 ward hier der Krieg gegen die Sachsen beschlossen, 1122 kam hier auf einem Reichstag ein Vertrag zwischen Kaiser Heinrich V. und Papst Calixtus II. wegen Belehnung der Bischöfe mit Scepter, Ring und Stab zu Stande. Im Jahre 1495 wurde unter Maximilian I. ein weiterer Reichstag abgehalten, auf welchem das Faustrecht in Deutschland abgeschafft und der Landfrieden eingeführt wurde.

Worms. Dom.

Dann kommt jener denkwürdigste Reichstag zu Worms, wo vor den Mauern des alten heiligen Domes ein kühner feuriger Mann stand und durch den Erdball jene riesige Kluft riß, die zwei Weltalter trennt, die jene beiden geistigen Hemisphären schuf, in welche die Welt heute getheilt ist. „Hier steh' ich, ich kann nicht anders, Gott helfe mir."

Freilich — jene Tage, da Worms ein Mittelpunkt altgeschichtlicher Ereignisse war, da die Würdenträger Karl V. und alle Fürsten in die uralte Reichsstadt zogen, sind längst vorbei; der Zeit des Glanzes folgte eine tiefe,

Lutherdenkmal in Worms.

kummervolle Erniedrigung. Schon der dreißigjährige Krieg suchte sie mit schwerer Verwüstung heim, in den Raubkriegen Ludwig XIV. aber ward sie nicht blos verwüstet, sondern vernichtet! Nachdem zwei Regimenter des Feindes lange genug in ihren Mauern gelegen, ward der Bürgerschaft erklärt, daß es der Wille des „allerchristlichsten" Königs sei, Worms bis auf die letzte Mauer niederzubrennen; nur eine kurze Frist ward zum Abzug gewährt, und dann — schlug die mordende Flamme zum Himmel. Es war ein gigantischer Kampf zwischen den beiden großen Elementen; die Erde und das Gestein, es wollte nicht weichen, und die rastlose Flamme, sie wollte nicht erlöschen, bevor sie das letzte Haus vertilgt. Und damals war Worms noch volkreich und mächtig, wie es alten Kaiserstädten ziemt; eine doppelte Mauer lief um die Stadt, sie hatte sieben Thore und der Rheinthurm war so fest, daß man dreißig Minen legen mußte, um ihn endlich niederzuwerfen. Stück um Stück sank die alte Herrlichkeit in Asche und während sie draußen die Hände rangen, ward die Stadt der Erde gleich, aus der sie erstanden!

Alles war todt, Alles versengt und stumm, nur die Mauern des Domes standen noch in dieser verbrannten Wüste. Alles menschliche Gut war zerstört, nur Gott allein hatte sein Haus gerettet!

Man baute wieder; die Mauern sind ja ersetzlich, aber der große Geist, die große Vergangenheit, die mit den Mauern untergeht, die kann kein künftiges Geschlecht wieder zum Leben erwecken. Eine stille dumpfe Zeit begann; in den Gassen wuchs das Gras und gedrückt und müde wuchs das neue Geschlecht heran. Kaum ein Drittel dessen, was sie einst gewesen, maß jetzt die Bevölkerung; sie lebte von großen Erinnerungen, nicht vom Glauben an eine große Zukunft.

Lange Zeit währte dieß inhaltslose abgestorbene Sein; noch um die Mitte des vorigen Jahrhunderts erzählt ein Chronist von den vielen „verödeten Plätzen und Wüsten", die im Inneren der Stadt zu finden seien, noch 1840 nennt Victor Hugo Worms „une ville qui meurt", und schildert mit düsterer Beredtsamkeit den Eindruck der Agonie, den er empfangen.

Erst jetzt in unseren Tagen hat sich allmälig dieß Leben wieder belebt; es sind nicht die alten Mächte, die aus langem Schlummer wieder aufgewacht, sondern der Geist der Gegenwart, moderne Ideen waren es, die ihren Kreislauf durch die alten versteinerten Glieder ergoßen, Tausende von geschäftigen Armen füllen die großen Fabriken, Tausende von Lastwagen fliegen über die Schienen, den Rhein hinauf und hinunter bis Holland.

Schwedenkapelle in Oppenheim.

St. Katherinenkirche in Oppenheim.

Wir treten in ein stattliches Haus am Lindenplatz; grünes Weinlaub umrankt die Pforte und drinnen waltet jene holde Gastlichkeit, die ja in aller Welt das glänzende Vorrecht des Rheines ist. Alles ist wohnlich und stattlich hier, nach altem Patricierbrauch; breit und behaglich sitzt der Vater am Tisch und erzählt uns von alten Zeiten; ihm kommt das gutmüthige Lächeln, das da und dort über sein Antlitz fliegt, von Herzen. Noch mit demselben Behagen, wie er's vor fünfundzwanzig Jahren empfand, schaut er nach seiner lieben immer heiteren Hausfrau, tausend Erinnerungen wachen auf vor dem jungen Gaste und in den grünen Römern glänzt der goldene Wein, der um Worms und dort allein daheim ist. Im Hintergrund aber, still geschäftig den Tisch versorgend, waltet das liebliche Töchterlein; klug wie die Else im Märchen und minnig, wie nur je ein Kind der alten schönen Reichsstadt gewesen. Auf Alles weiß sie Bescheid und bleibt doch immer bescheiden; über dem lachenden Antlitz ist braunes Haar geflochten; wie eine kleine Fee, die unbewußt und unbefangen ihr Walten übt, führt sie das schöne Amt des Hauses; wie eine leise Erinnerung an die alten glänzenden Tage ging es mir hier durch's Herz — Wonnegau nannten sie damals das herrliche Gebiet der Reichsstadt Worms. — — —

In mehr als einer Beziehung erscheint uns Worms als die erste größere Stadt am Rheine, die das eigentlich rheinische Leben zeigt, das sich nun bis Cöln immer steigend entwickelt. Und so fehlt denn in diesem Leben auch nicht jener holde Zug, den Frauenschönheit in dasselbe hinein trägt: die ganze Liebenswürdigkeit, die ganze Unbefangenheit tritt uns hier entgegen, es ist eine eigene Welt der Sitten, der Gedanken, ja selbst der Namen. Und in allen Herzen pocht rheinisches Blut. — Nur mit freudigem Dank gedenk' ich der gastlichen Tage in Worms, in der alten mächtigen Reichsstadt von ehedem, in der stiller gewordenen Stadt von heute!

Glockenthurm der Katherinenkirche in Oppenheim.

Von Worms bis Mainz tritt keine größere Stadt uns mehr entgegen, doch um so blühender und reicher ist das Land — es ist beherrscht von blühenden Reben und jenem Frohsinn, der an der Rebe emporrankt. Das ist das Bild, in das wir schauen, wenn wir so auf blauem Strom hinuntergleiten; wir ruhen aus inmitten dieser lachenden Natur von all' dem Ernst, den der Mensch in die Mauern der Städte bannt, von all' den Kämpfen, deren düstere Erinnerung den Rhein zum Strom der Weltgeschichte macht.

Erst in Oppenheim halten wir an, erst hier treten der Beschaulichkeit wieder die Zeugen sturmvoller Tage entgegen. Ueber die Rebgelände hinweg blickt kühn und gebieterisch eine Burg, die vor Zeiten wohl manchen Kaiser in ihren Gemächern und manchen Feind an ihren Mauern sah, denn sie war eine Veste des Reichs und des stolzen Namens würdig, der sie als „Krone des Landes" bezeichnet. Noch viel älter, als sie selbst ist das Städtlein, das zu ihren Füßen sich hinzieht und auf den Trümmern einer römischen Niederlassung gegründet ward. Obwohl nur unscheinbar und bescheiden, besaß es doch eine der herrlichsten Kirchen, die die Gothik jemals in Deutschland erschuf, und es gehörte der ganze Vandalismus dazu, wie ihn die Pfälzerkriege besaßen, um auch dies Meisterwerk den Flammen preiszugeben. Mehr als die Hälfte der berühmten Katharinenkirche ward damals zerstört, aber auch der verstümmelte Rest (die Restauration der Kirche ist übrigens im Werk) bleibt noch in seltenem Maße fesselnd: es ist nicht nur ein Denkmal des Glaubens, sondern die ganze Größe vergangener Zeiten und Geschlechter ist versenkt in dies Gestein. Das fühlen wir tief, wenn wir in stiller Wanderung die großen Namen lesen, die auf all diesen Gräbern stehen, es sind nicht Namen, die nur dem einzelnen, sondern die der Geschichte zu eigen sind. Draußen auf dem stillen Friedhof aber, der die Kirche umgibt, ruhen Tausend und Tausende, deren Namen und Schicksal keiner mehr kennt. Nach alter Sitte ist dort ein Beinhaus errichtet, in dem die Schädel, die man aus der Erde grub, gesammelt werden! Welch' seltsames Grauen befällt uns vor solchem Bild, wenn wir durch's Gitter auf dieß gebleichte Gebein hinstarren, wenn die Gedanken sich plötzlich vor uns beleben, die einst hinter diesen Stirnen pochten — ungesagt, unerfüllt, ewig verloren! Selbst hier gewahren wir die Spur des Krieges, der mehr als einmal das frohe Städtlein heimgesucht, denn gar manches der verbleichten Häupter ist um die Schläfe zersplittert und trägt die Spur der Kugel — wer mag ihm den Tod gesendet haben? Ein schwedischer Reiter, der im dreißigjährigen Krieg hier vor der Stadt gelegen, ein Söldner der französischen Heere, die Turenne an den Rhein geführt, ein Spanier aus den baskischen Bergen? — Doch wer denkt heute an solch vergeßnes Leid! Auf den Hügeln, die einst das Blut der Kämpfenden getränkt, blüht jetzt die Rebe, und leuchtend glüht der Wein im grünen „klingenden Glase". Hier ist es ja, wo uns zuerst der Name

Weinberghüter bei Nierstein.

„Rheinwein“ entgegentritt, denn alles was weiter oben liegt, gehört zwar nicht auf der Landkarte, aber auf der Weinkarte zur Pfalz. Der „Niersteiner“, und der von Laub- und Bodenheim haben weit und breit einen wohlverdienten Ruf und mit ihnen füllen wir den Becher bis zum Rande, indeß uns das Schiff hinunterträgt über die blaue Fluth nach Mainz. Schon ragt der Dom über die breiten Dächer, schon ist's, als hörten wir fernen Glockenklang, da liegt sie vor uns, die alte Königsstadt am Rhein! Und so füllt uns noch einmal den Becher mit goldenem Trunk zum Gruße für das „goldene Mainz“!

Mainz von der Wasserseite.

Mainz. Rheinufer im Winter.

Das goldne Mainz.

Wappen von Mainz.

Trete jetzt mit mir ein, Leser, durch das eigentliche Thor von „des deutschen Reichs Pfaffengasse", durch Mainz, das „goldne". Ich führe dich bis nach Köln, dem „heiligen", durch die schönsten Ufer, mit welchen Gott den mächtigsten der deutschen Ströme gesegnet.

Einst lag sie weiter oben auf der sanft ansteigenden Höhe, die bedeutsame, von der Geschichte so heimgesuchte und dennoch unverwüstliche Stadt. Sie ist im Laufe der Zeiten hinabgesunken zum Strom-Ufer; gesunken freilich auch von ihrer einst klassischen Ursprungs-Höhe, da die Römer hier ihre steinerne Brücke schlugen, ein Joch für unsere wilden deutschen Väter; auch von ihrer kirchlichen Höhe jener Zeit, da die Bischöfe den Krummstab in einen weltlichen Zepter verwandelten; — aber sie ist trotzdem die „goldne" geblieben, wenn auch Macht und Reichthum unter tausend Drangsalen verloren gegangen. — Mainz ist goldner Laune geblieben, und wo der Reisende auf der majestätischen Silberfläche bis zu ihrer Einengung am Mäusethurm, stromauf und ab, das romantische Thal befährt, er begegnet den Mainzern, des Vater Rhein lustigsten und vergnüglichsten Kindern. — Ist auch die Lage von Mainz keine der schönsten, sie ist eine der freiesten und anmuthigsten. Weithin schweift das Auge von der Höhe des Käftrich oder der „Anlagen" (zu deren Füßen

Mainz. Vor dem Dom.

die herrliche Eisenbahnbrücke) über den Mainfluß, über den in wechselnden Tönen sich hinziehenden Gebirgsrücken des Odenwaldes und des Taunus. Luftig und duftig winken herüber die Höhe von Hochheim und ihre Rebgelände über den Zusammenfluß des Main mit dem Rhein; in massiven Umrissen ragt die rothe große Backstein-Kaserne, die jetzige preußische Unteroffiziersschule von Biberich, von dem hohen jenseitigen Ufer. Immer mobil schwimmen die kleinen Lokal-Dampfer hinüber und herüber, vorbei an der Au, der lauschigen Insel; keuchend bewegen sich die Schleppdampfer der Rheinschifffahrts-Gesellschaften an der Spitze einer ganzen Flotille durch die glänzende Spiegelfläche; gleich sagenhaften majestätischen Schwänen ziehen die Schnelldampfer nach dem Styl der schwimmenden Missisippi-Paläste hin und her, und träge schleppt sich das Rheinfloß zwischen der dampfenden Eile mit Hunderten von Köpfen besetzter Passagier-Schiffe.

Drüben aber, aufsteigend, das Wasserthal aus neblicher Ferne oder vom Sonnenthron des allbeleuchtenden Strahlengestirns beherrschend, in duftigen Horizont-Conturen blicken herüber die Platte, das Jagdschloß des Herzogs von Nassau, der weiße Tempel des Neroberges, ein großer Waldpilz, die leuchtenden goldenen, bekreuzten Kuppeln des einsam zwischen dem Berggrün hervorragenden Stückchen Byzanz, der griechischen Kapelle.

Und weiter stromab, immer in launenhaftem, geklüftetem und doch in weichen Nuancen wechselndem Steingetön, endlich sich hinziehend, hoch über die Wasserfläche, über die Terrassen von Rüdesheim vorspringend, der Niederwald, gleichsam das Thor einer Rheinbucht schließend, um dem Reisenden dahinter ein neues Panorama zu öffnen. Und ist die Sonne ihm hold, so sieht der Beobachtende von der Mainzer Höhe ein Stückchen Perlschnur des Rheingau,

Mainz. Hof des Germanischen Museums.

hingestreut in das weinduftende kleine Eden, in welchem es der liebe Gott so unendlich gut mit den Menschen gemeint, daß er dicht neben der Rebe die Selters-Quelle dem Boden entspringen ließ.

Da drüben, ja da singt Alles: „Ehre sei Gott in der Höhe!“ die Kreuze und Cruzifixe zwischen den Rebengärten, die saftige goldene Traube, die schwellende Edel-Kastanie, die zwischen dem dunklen Grün hingestreuten Villen und Landhäuser, die den Fuß in dem glitzernden Strom badenden Städtchen und endlich des Menschen fröhlich und dankbar Gemüth!

Aber so schön es hier ist, die Geschichte hat arg gehaust hier im Rheinthal, zumal auf dem linken Ufer, und Mainz namentlich hat ihre Hand gefühlt. Sein Ursprung verliert sich in's Kindisch-sagenhafte. In Trier, so heißt es, war vierzehnhundert Jahre vor Christo ein Zauberer Namens Nequam, den die Trier'schen davon jagten, weil er ihnen zu viel boshaften Hocuspocus trieb. Nequam schwor, ihnen zum Aerger eine andere Stadt zu bauen. Er kam an den Platz, wo Mainz jetzt steht, und ließ durch Zauber eine Stadt erstehen.

Nach anderer Sage schiebt man einem nach der Zerstörung von Troja flüchtigen Trojaner Namens Moguntius die Erbauung der Stadt zu, und das gäbe wenigstens für den Namen der Stadt einen Anhalt, der aber auch nicht viel werth ist. Die greifbare Geschichte beginnt erst mit der hier gestandenen befestigten Römer-Niederlassung, und doch ist es unmöglich, daß an einer so überaus günstigen Lage, am Zusammenfluß zweier so bedeutender Flüsse nicht schon vorher eine deutsche Niederlassung gestanden haben sollte, von der freilich keine geschichtliche Spur zu finden.

Die beiden großen Epochen von Mainz waren die Römer- und die Bischofszeit, und von beiden sprechen noch die steinernen Ueberlieferungen. Die älteste derselben erzählt uns, daß Agrippina im Jahr 38 vor Christo ein festes Winterlager an dem Ort Moguntiacum errichten ließ. Als Curator civium romanorum mog. wird Cajus Sertorius genannt. Als wirklicher Befestiger des Platzes tritt Cajus Drusus auf, der auch das Castrum auf der andern Seite, heute Castel, erbaute und eine Steinbrücke über den Rhein schuf, um seine Legionen bequemer in das Herz der in ihren Wäldern hausenden deutschen Stämme führen zu können. An ihn erinnert noch heute der „Eichelstein“ über den „Anlagen“, ehemals sicher ein Prachtbau, den ihm seine Legionen errichteten, heute eine Ruine, wie die Wasserleitung, die er herstellte, und die noch jetzt im Rhein vorhandenen Steinpfeiler der alten Römerbrücke, auf denen die Schiffsmühlen ankern. — Unschätzbar ist jedenfalls die Kultur gewesen, welche die Römer in's Land trugen;

Mainz. Marktbrunnen.

sie auch brachten durch die zweiundzwanzigste Legion, von Jerusalem zurückkehrend, mit dem Bischof Crescentius das Christenthum in's Land, beides ein Gegenstand des Hasses unserer Vorväter, die das Aufblühen der Stadt wieder vernichteten, als Rando sie überfiel und schonungslos die Römer sammt der Christengemeinde niedermetzelte. Wieder aufgebaut, ward Mainz abermals am Sylvestertage 406 von den Vandalen und ihren Verbündeten überfallen und total niedergebrannt. Attila zerstörte es nochmals 451 und erst nach Vertreibung der Römer 622 unter Theodobert und Dagobert begann man den gründlichen Aufbau wieder.

Mainz ward der Sitz des ostfränkischen Herzogthums, indeß erst unter Karl dem Großen, als dieser in Nieder-Ingelheim seine Pfalz erbaute, den Weinbau einführte und der Apostel Bonifazius Erzbischof von Mainz wurde, gewann Mainz wieder an Bedeutung, zugleich für ganz Deutschland, bis 893 Kaiser Arnulf die Stadt eroberte.

Von da ab aber, wo die Bischöfe, die frommen Diener der Kirche, sich zu Rathgebern der deutschen Kaiser, zu weltlichen Herrschern emporschwangen, begann eine endlose Periode von Zwistigkeiten, die hier zu erzählen eine Unmöglichkeit sein würde. Das Mönchsthum übernahm die Rolle christlicher und unchristlicher Landsknechte für die

Bischofsmütze, die Klöster überschwemmten das Land. Die Kirche dominirte unter dem Schutz des Papstes. Ein Mann wie Bischof Hatto mußte durch die ihm boshaft angedichteten Gräuel der Welt im Mäusethurm eine der schnödesten Ueberlieferungen geben; selbst Erzbischof Willigis, der Wagner-Sohn, wohl der edelste von allen, hatte den Ehrgeiz, sich zum Kurfürsten ernennen zu lassen und nahm doch in das Stadtwappen das bekannte Rad auf, demüthig

Mainz. Kreuzgang in der Stephanskirche.

damit seine Herkunft bekennend. — Unter Willigis entstanden der Dom, die Liebfrauenkirche und unter ihm auch herrschte endlich Eintracht mit der Bürgerschaft, die freilich schon unter seinem Nachfolger wieder zernichtet wurde. Heinrich IV., der Büßer in Canossa, setzte der Gewalt der Bischöfe ein Ziel, indem er die von diesen stets bestrittenen und befehdeten Privilegien der Bürger schützte, bis 1104 der Reichstag von Mainz ihn seines Thrones verlustig erklärte. — Unter dem Erzbischof Ruthard, und wahrscheinlich unter seinem Schutz, brach in Mainz die Verfolgung und

Mainz. Schlittschuhlaufen in den Festungsgräben.

Niedermetzelung der Juden aus, deren Reichthum seit lange Aergerniß gab. Die Pfandhäuser in den Händen italienischer Juden (daher noch heute der Name „Lombard") machten großartige Geschäfte, italienisch-jüdische Bankhäuser trieben ärgerlichen Luxus — daher die durch das Bischofsthum leicht provozirte Rache des Volks. Der Bischof selbst theilte sich mit den Räubern in die Beute und mußte dies durch siebenjährige Verbannung in einem Thüringer Kloster büßen.

Es würde wie gesagt zu weit führen, hier die ganze erzbischöfliche Reihenfolge mit all' ihrem Segen und dem Fluch aufzuführen, den Arnold erntete, als die empörten Bürger, die er nur „Hunde" nannte, sein Haus plünderten, ihn ermordeten und scheußlich verstümmelten. Die Sittenlosigkeit in Volk und Geistlichkeit hatte inzwischen einen bedenklichen Grad erreicht. Friedrich II. selbst hetzte die Mainzer gegen ihren Erzbischof Siegfried III.; sie verjagten diesen; Siegfried sammelte ein Heer und belagerte Mainz, das vor Hunger die Thore öffnen mußte. Aus Rache überfielen ihn die Mainzer eines Nachts im Schlaf im Schloß zu Eltville und trotzten ihm mit dem Messer auf der Brust wieder einen neuen Freiheitsbrief ab, den er unterschrieb, um sein Leben zu retten. Abermals in Bann gethan, machten die Mainzer kurzen Prozeß mit demselben, jagten die Geistlichen zur Stadt hinaus und behalfen sich ohne Religion dermaßen, daß mehrere Jahre hindurch kein Gottesdienst abgehalten wurde. Erst unter Matthias herrschte wieder Freundschaft mit dem Erzbischof, der jedoch trotzdem an Gift gestorben. Der Ehrgeiz und die Raufboldsnatur waren das Unglück der Bischöfe, die lieber Krieg führten, Händel suchten, anstatt sich um das geistige Wohl der Bevölkerung zu kümmern.

Mainz. Von R. Püttner.

Mainzer Carnevalscene.

Im Jahre 1254 gründete der Bürger Walpoden von Mainz den rheinischen Städtebund, der es wieder mit einer anderen Landplage, dem Raubritterthum, zu thun hatte. Als Mittelpunkt der Rheinstädte erhielt Mainz den schmeichelnden Beinamen „das goldne". Im Jahr 1492 nahm Adolf von Nassau die Stadt durch Verrath; er plünderte sie und nahm ihr die städtischen Freiheiten wieder ab; 1552 fiel es in Albrecht von Brandenburgs Hände, der arg hier wüthete. Dann kamen die Schweden unter Gustav Adolf, welcher die Klöster der geflohenen Geistlichen brandschatzte. Später, 1644, ward die Stadt von den Franzosen besetzt, und 1648 von diesen nach dem westphälischen Frieden wieder verlassen; sie kehrten um 1792 wieder unter Custine, dem Mainz durch Verrath und Feigheit überliefert ward. Die Preußen unter Kalkreuth nahmen es im Jahre 1793 wieder. Ein Jahr darauf schloßen wiederum die Franzosen die Festung ein, die wiederum durch den über den Rhein gehenden österreichischen Marschall Clerfayt zurückerobert ward. Durch den Frieden von Lüneville kam Mainz an Frankreich und blieb französisch bis zum Sturz Napoleons. Der Wiener Congreß übergab die Stadt, deren Befestigungen durch all' die letzten Kriegsschicksale sehr an Bedeutung gewonnen, dem Großherzog von Hessen, unter dem es als Bundesfestung verblieb, bis 1866 der deutsche Bund selbst das Zeitliche gesegnet. — Das ist in großen Sprüngen die Geschichte der alten Kurstadt — seit grauer Zeit ein fortwährender Kampf mit eindringenden Eroberern und Brandschatzern, ein fortwährender Krawall mit der geistlich-politischen Hoheit.

Von dem Geiste jener alten, drangsalvollen Krummstabs-Zeit ist in der Bevölkerung nichts übrig geblieben; dahingegen hat der Geist Frankreichs seinen Schatten lange innerhalb der Mauern von Mainz zurückgelassen. Französisches Regiment, französische Façon, die Leichtfertigkeit der in dem benachbarten Coblenz so lange etablirten französischen Emigration mit ihrer ganzen Sittenlosigkeit hinterließ auch in Mainz viel leichtes Blut. Französisches Wesen und französischer Chic wollten lange nicht verwehen und verwischen und der letztere ist auch heute den graziösen Mainzerinnen noch nicht ganz abhanden gekommen. — Man sollte nicht glauben, daß in Mainz einmal Jahre lang kein Gottesdienst gehalten worden, wenn man heute dem Festgepränge glänzender Prozessionen in den Straßen begegnet. Morgen freilich begegnet uns in denselben Straßen Prinz Carneval mit dem glänzenden Gefolge seiner Narren.

Bei einer Geschichte wie der oben angedeuteten ist Mainz nothwendig reich an Alterthümern, namentlich römischen Ursprungs, doch hat auch aus späterer Zeit viel Interessantes die Zerstörungswuth all' der Heimsuchungen überlebt, die über die Stadt hereinbrachen. Das stolze Werk des edelsten der Bischöfe, Willigis, der Dom, begonnen um das Jahr 978, ist sechsmal vom Feuer verwüstet oder angegriffen worden; in Kriegsnöthen sah er die wilden Schaaren in sein Inneres hereinbrechen, namentlich 1813 die der Franzosen. Im Jahre 1009 total abgebrannt, stand er 1024 wieder so fertig da, daß Kaiser Konrad II. hier gekrönt werden konnte. 1024, 1137 und 1191 wüthete abermals die Flamme in ihm; Gustav Adolf sollte sogar befohlen haben, ihn in die Luft zu sprengen; 1793, als das Bombardement die Stadt in Brand setzte, litt auch der Dom und 1813 ward er französisches Fourage-Magazin. Die neuere Zeit hat das ihrige gethan, die Kirche vollständig zu restauriren und auszubauen.

Mainzer Handlangerinnen.

Es liegt nicht in meiner Aufgabe, hier fremdenführend zu erzählen; ich verweise vielmehr meine Leser in allen Details auf Heyl's im bibliographischen Institut erschienenes Buch „die Rheinlande". Nur der zahlreichen Grabmäler und Denksteine in diesem Dom sei erwähnt und namentlich der Marmortafel mit der Jahreszahl 794 gleich am Eingange. Sie war ohne Zweifel die Grabdecke der schönen Fastrana, Karl's des Großen so schwärmerisch geliebter Gattin, an die sich die Sage von dem kostbaren Zauberring an ihrem Finger knüpft, der den Kaiser nicht von ihrer Leiche lassen wollte, bis er ihn abzog, zu sich steckte und die Unvergeßliche in dem St. Albanstifte bei Mainz begraben ließ. Der Zauber aber, so berichtet die Sage, wirkte fort und bannte ihn an die Stätte, da er ihn in den Wassergraben seiner Pfalz bei Nieder-Ingelheim geworfen. St. Alban ist verwüstet und auch der obige Stein keineswegs der echte, ursprüngliche. Von besonderem Interesse ist die Memorie, der Kapitel-Saal mit der Kapelle des heiligen Aegidius, ihr gegenüber der steinerne Bischofssitz mit zwei Reihen von Domherren-Plätzen. Hinter dieser Halle der Kreuzgang, der Klostergarten; unter den Monumenten ein modernes Denkmal des Minnesängers Grafen Heinrich von Meißen, genannt Heinrich Frauenlob. Mainzer Frauen widmeten es, von Schwanthaler gemeißelt, wie auch die Inschrift sagt, im Jahre 1842 dem frommen Sänger. Auch die Stephanskirche läßt man durch Willigis 990 gegründet sein. Drinnen ist das Grabmal des frommen Mannes mit seinem Schädel und seinem Meßgewand. — Die Stadt Mainz, der es schon lange zu eng im Herzen war, ist eben im Begriff, durch Erweiterung ihrer Festungswerke äußerlich eine freiere Physiognomie auch nach der Landseite einzunehmen. Sie soll in Zukunft ein ungeheures militärisches Depôt werden und bei dieser Gelegenheit schafft man sich auch in den Rhein hinein ein breiteres Vorland an dem Ufer, das an den Landungsplätzen bisher durchaus nichts Einladendes zeigte. Während unsere übrigen westlichen Festungen geographisch und somit auch strategisch in eine andere Linie gedrängt wurden durch die Eroberung von Metz und Straßburg, ist die militärische Bedeutung von Mainz nicht geändert, nur in ihrer größeren Bestimmung noch erhöht worden. In seiner Umringung wird durch die großartigen Arbeiten, die eben im Werk, Alles ein neues Gepräge erhalten.

Mainz. Festungsblockhaus.

Im Laufe des Krieges war Mainz eines der hauptsächlichsten Depôts der französischen Gefangenen, deren großartiges Lager einen herrlichen Anblick bot; ebenso war Mainz damals der Einschiffungspunkt der Truppen- und Proviant-Transporte. Die Alles nivellirende und öconomisirende Zeit hat auch hier wenig Charakteristisches übrig gelassen. Das Leben und Treiben in Mainz ist ein überaus reges, geschäftlich blühendes; seine Originale aber sind nur auf dem Grunde zu suchen. Der Künstler hat einige davon aufgesammelt in den scherzweise „Rheinadel“ genannten dienstfertigen Handlangerinnen aus jener Sphäre, in welcher sich auch der „meenzer“ Dialekt noch unverfälscht erhalten.

Groß ist der Verkehr zu jeder Jahreszeit am Rheinufer und über die Schiffsbrücke nach Castel, die an schönen Sommer-Abenden ein Rendezvous der so lebenslustigen Mainzer Welt bildet. Einen andern Rendezvous-Ort bilden die schönen Anlagen, die namentlich zur Zeit, da Mainz noch Bundesfestung, durch das abwechselnde Spiel der preußischen und österreichischen Militär-Kapellen eine große Anziehungskraft übten. Im Winter zieht die Eisdecke in den Festungsgräben das ganze jugendliche, leichtfüßige Mainz zum Vergnügen des Schlittschuhlaufens heran.

Frauenlobs Begräbniß.

Scheiden wir von Mainz nach einem flüchtigen Blick auf einzelne interessante Punkte innerhalb desselben. Die Citadelle hat nur historische Bedeutung, weil in ihr der Eichelstein, in dessen Bauwerk man Steine der ersten hier aufgetretenen römischen Legion fand. Daß einst von Mainz der Welt ein neues Licht aufging, davon redet die Bronze-Statue Gutenbergs, von Thorwaldsen modellirt. Ihre Inschrift besagt, daß dem Johann Gensfleisch zum Gutenberg seine Mitbürger aus Beiträgen von ganz Europa dieses Denkmal errichtet. Gutenberg entstammte bekanntlich einer Mainzer Patrizier-Familie. Alle Welt weiß, was sie seiner Erfindung zu danken hat, aber das Jahr und das Haus seiner Geburt weiß Niemand mit Dank zu bezeichnen. Das kurfürstliche Schloß auf dem Paradeplatz ist neueren Datums, von 1627—78 erbaut. Im Jahre 1792 war es Residenz des Kurfürsten, in der Revolutionszeit der Sammelplatz der Mainzer Klubbisten. Ebenso der bischöfliche Palast, vom Jahre 1666 datirend. In seiner Nähe sinnt Ida Hahn-Hahn im englischen Fräulein-Kloster über die Eitelkeiten der Welt und ihre eigenen Thorheiten nach. Auf dem Schillerplatz steht zunächst das Denkmal des Unsterblichen. Von dem Brunnen auf dem Platz, 1760 errichtet, sagt man, die Marmorsäule entstamme dem Palast Karls des Großen in Ingelheim. Erwähnenswerth ist noch das dem Schloß gegenüber liegende deutsche Haus, erbaut 1716, früher das Deutschordenshaus, gegenwärtig zeitweise Residenz des Großherzogs.

Das Fremdenleben, ein sehr bedeutendes zur Sommerzeit, drängt sich unten am Ufer, in der Rheinstraße zusammen. Hier steht Hôtel an Hôtel mit der Front gegen die zwischen das Rheinufer und die Gasse recht unfreundlich hinein gezwängte Eisenbahn, deren Kohlen- und Wagenschuppen, deren Qualm und Lärm hinter einem geschwärzten Geländer das Ufer verdüstern. Den ganzen Tag ruft uns hier die Abfahrtsglocke der Eisenbahn, das Geläute der Dampfer zu, daß gar keine Zeit mehr zu versäumen. — Das Hin- und Hermanövriren der Maschinen, das Rangiren der Wagen läßt dem Reisenden immer nur einige glückliche Momente, über die Schienenstränge hinweg die Landebrücken zu erreichen. Benutzen wir einen dieser Augenblicke, um den kleinen „Adolf“ zu besteigen, den Lokal-Dampfer, der uns, Millionen glitzernde Diamanten aus dem Rhein herauf schaufelnd, zwischen den grünen, in den Fluß hingewürfelten Inseln nach Biebrich, hinüber zum Nassauer Land, einer der schönsten Perlen im deutschen Reiche, trägt.

Gutenbergdenkmal in Mainz.

Schloß Biebrich.

Biebrich.

Frei und licht, in rothem Sandsteinton, erhebt sich am rechten Ufer des Rheins das Schloß von Biebrich, heute noch Eigenthum eines Fürsten, der das schönste Ländchen Deutschlands beherrschte, der diese Krone, das Diadem des ganzen Rheinlandes, in einer bangen, entscheidenden Stunde auf eine falsche Nummer setzte und sie verlor, wie so Mancher sein Alles an dem verhängnißvollen Glückstisch verloren, der unter seinen Augen die Leidenschaft um sich sammelte.

Es ist eins der schönsten Schlösser durch seine wunderbare Lage. Zu seinen Füßen zieht sich eine schattige Allee unmittelbar am Ufer des Stromes dahin, ähnlich der Villa Reale von Neapel, umlungert fortwährend durch die Lazzari des Uferverkehrs, die sogenannten Rheinschnaken, die hier der Ankunft des Dampfers harren, um ihre Dienste den Passagieren feil zu bieten. Hinter dem Schloß erheben sich in der Fernsicht die waldigen Höhen des Odenwald und Taunus, eine Kette bildend, eine grüne Umwandung des zu ihren Füßen liegenden Thals, sich stromabwärts plötzlich abstumpfend, gleichsam vor der Rheinfluth erschreckend und fast senkrecht in steilen Terrassen Bingen gegenüber zum Ufer hinabsteigend.

Weithin schweift das Auge aus den Fenstern, vom flachen Dache des Schlosses, hinaus in das herrliche Rheingau, von dessen Höhe über die düstren Ruinen von Rüdesheim und alle die weinberühmten Städtchen der Johannisberg herüber winkt, während jenseits des Ufers in dunkelblauer Ferne sich die Wolken über dem Wasgau-Gebirge zu ballen scheinen. Es ist ein wundervolles Bild: die beiderseitigen Ufer sich scheinbar schließend unter dem Niederwald; hüben die schräg sich herabsenkenden Weingärten mit ihren Häuschen, die Villen, die schattigen Parks, die das Ufer gürten, — und drüben die Burg Klopp, die Rochus-Kapelle, von ihrer Höhe das Thal beherrschend, das alte Ingelheim des großen Frankenkaisers, Ehrenfels und der heimliche Mäusethurm; dazwischen in den Strom gestreut die herrlichen grünen Eilande, an denen die geschäftigen Dampfer dahin brausen, um hinter dem hohen Rüdesheimer Gestein zu verschwinden. — Und drüben wieder die Thürme von Mainz und der von Hochheim, dazwischen in leichtem Bogen die Eisenbahnbrücke, die schießschartigen Kasematten von Castel und endlich das bunte bewegliche Leben an beiden Ufern, das Ein- und Ausladen der dickbauchigen holländischen Handelsschiffe, der Rheinkähne, die hoch emporragenden, minaretartigen Schlote der Fabriken, die ihren Qualm in ganzen Wolken in den blauen Aether hinein senden. — Kaum gibt's ein anmuthigeres, heitreres Bild, als diese Stätte dem Auge gewährt, obgleich dem Schlosse gegenüber die Ufer doch so nüchtern und monoton. Es ist die Fernsicht nach allen Seiten, die Wunderwirkung des goldigen Stromspiegels mit den waldbegrünten Höhen, die poetische Gewalt der beweglichen Wassermassen, die sonnige Poesie, die über dem Ganzen liegt, endlich das Nimmerruhen, das stets pulsirende Leben, das die Gewerbthätigkeit im Verein mit der zerstreuungslustigen Reisewelt hier zu unterhalten pflegt.

Aus dem Schloßgarten zu Biebrich.

Es unterliegt keinem Zweifel, daß Biebrich seinen Namen dem früher sicher hier in Menge vorgekommenen Bibergeschlechte verdankt, das für seinen Bau an der gegenüber liegenden Rhein-Insel eine vortheilhafte Stätte gefunden haben mag. Noch heute sind Beweise genug vorhanden, wie zahlreich dieses Thier einst im Rhein gewesen. Sinnlose Nachstellung, namentlich aber die immer zunehmende Ansiedlung am Ufer hat den Biber seit Anfang des vorigen Jahrhunderts schon decimirt und verscheucht und heute ist dem Ort nur der Name übrig geblieben.

Das im Renaissancestyl erbaute Schloß wurde um 1706 durch Georg August von Nassau vollendet. Die Sandstein-Figuren, übrigens ziemlich werthlos, welche das Dach garniren, tragen eine ziemlich klägliche Miene, denn sie wurden im Jahre 1793 bei der Belagerung von Mainz arg mitgenommen, als die Franzosen ihre Geschütze auf die Peters-Au pflanzten. Einer der größten und schönsten Parks, von riesigen Bäumen bewachsen, zieht sich hinter dem Schloß an dem Städtchen Biebrich bis nach Mosbach hin. Herzog Adolf von Nassau widmete ihm die größte Sorgfalt bis sein Land an Preußen fiel, das er in der allerletzten Stunde noch hätte retten können, da ihm selbst nach der Schlacht von Königgrätz noch die Wahl gestellt wurde. Er entschied sich für Oesterreich, vielleicht weniger nach eigenem Impuls, als dem der blindesten Rathgeber. Die ihm darnach auferlegte Verpflichtung, im Park, seinem Privat-Eigenthum, eine öffentliche Passage zu erhalten, mancherlei Mißbrauch dieser Verfügung, erlahmten das Interesse des fern weilenden Fürsten für seinen Liebling. Er verkaufte das herrliche Palmenhaus an die Stadt Frankfurt, die mit dieser seltenen Orangerie ihren Palmengarten herstellte. Der Park ist wohl heute noch schön, denn unverwüstlich sind seine schattigen Bäume, aber der einstige Flor ist dahin seit auf dem Schlosse die glänzende Hofhaltung fehlt.

Tief hinten im Park liegt die Ruine der alten Biburg, auch Moosburg genannt. Sie steht auf andern Trümmern, die schon um 992 ein Castel bildeten. Ihre Geschichte ist dunkel und ergeht sich nur in Vermuthungen. Die Steinbilder am Eingang stammen von Grabmälern der Grafen Katzenellenbogen, aus der Abtei Eberbach. Der Bildhauer E. Hopfgarten hatte früher im Innern dieser Burg sein Atelier aufgeschlagen und meißelte hier im Auftrage des Herzogs den Sarkophag für die griechische Kapelle in Wiesbaden. Hopfgarten starb 1856. Einzelne seiner Schöpfungen, die in diesem Atelier noch aufbewahrt wurden, darunter das Modell einer Loreley, sind zu Ende 1874 von seinen Erben verkauft und hinausgeschafft worden.

Seit der Ort Biebrich seine Bedeutung als Residenz des Herzogs von Nassau verloren, ging auch die gewerbliche Bedeutung des mit der Gemeinde Moosbach vereinten Städtchens zurück. Der Staat legte zwar eine Unteroffiziersschule in die vom Herzog erbaute Kaserne, aber der Hofstaat fehlt. Das gegenüber liegende Mainz saugt das Geschäftsleben an sich und die kleinstaatliche Nachbarschafts-Eifersucht, die einst in einer stillen Nacht den beabsichtigten Biebricher Hafenbau durch Versenkung einer auch von Heine besungenen ganzen Flotte mit Steinen zu vereiteln suchte, existirt noch heute.

Rheinschnaken.

Blick auf Wiesbaden vom Neroberge.

Wiesbaden.

Landeinwärts, vorüber am Moosbacher Bahnhof, führt der Weg sanft ansteigend und von schattiger Doppel-Allee flankirt, zur Adolfs-Höhe. Links ein bezaubernder Blick auf die Inseln und einen Theil des Rheingau, rechts ein anderer, fast ebenso fesselnder auf Mainz-Castel und die Bergkette; vor uns der Taunuszug, von dessen Plateau das Jagdschloß die „Platte" und die Kapelle aus dem Waldeinschnitt herunterwinken, während lauschig zur Linken das Chausseehaus, die Försterei an dem Waldwege nach Schlangenbad in dem ansteigenden Gehölz sich abzeichnet und rechts wieder auf dem Hügelrücken die Bierstädter Warte das ganze Rheinthal beherrscht.

Schon vor Moosbach beginnen die Landhäuser, die Vorposten der sorgenlosen Gesellschaft, die sich jenseits der Höhe in dem schönsten der rheinischen Thäler, in der „Stadt der Müssiggänger", in Wiesbaden die behaglichste Ruhe gesucht. In fruchtreichem Grün dehnen sich zu beiden Seiten die Triften, durchschnitten von der Taunus- und der Nassauischen Staatsbahn. In wenigen Minuten ist das Plateau erreicht und zu unsern Füßen liegt das kleine Paradies, einst die Residenz der Herzoge von Nassau, das Mekka aller Derer, die zu seinen warmen Quellen wallfahrten, — das deutsche Nizza, geschützt vor markverzehrenden Nordostwinden, der Sammelpunkt aller Derjenigen, die das Gewühl der großen Städte fliehend, unter der rheinischen Sonne, im mildesten Klima, beschaulich ihr Dasein verbringen wollen. — In der That ist kaum ein Ort so vom Himmel begünstigt wie dieser. Auf und an den Abhängen des

Abendconcert in Wiesbaden.

rings von Waldhöhen umschlossenen Thales, hingewürfelt zwischen üppigen Garten-Anlagen und Parks, umringen die Landhäuser die enge, immer von den Dünsten der Heilquelle heiß durchathmete Stadt, die aus dem eigentlichen „Kochbrunnen", den isländischen Geisern gleich, eine dicke Wolke zum Himmel aufwirbelt. Alles, was das Auge von hier oben umfaßt, erzählt von Wohlhabenheit, von Reichthum, von Gemüthlichkeit. Kaum wagt es hie und da ein Schlot sich zwischen die Villen zu drängen und die unzähligen mit goldnem Knopf gezierten Flaggenstangen auf den Dächern erzählen von der Bereitwilligkeit, mit welcher die Landhausbesitzer jede Gelegenheit eines patriotischen Festtags benutzen, obgleich hier in diesem nach der modernsten Façon zugeschnittenen Idyll eigentlich alle Tage Sonntag ist.

Schon bis zur Adolfs-Höhe hinauf hat die Bauwuth der letzten glücklichen Jahre die Landhäuser errichtet. Sie führen uns die Adolfs-Allee hinab in die sauberste und eleganteste aller deutschen Städte, die, vor vierzig Jahren kaum mehr als ein Dorf, es in Gutem und Bösem zu einer Einwohnerschaft von mehr als vierzigtausend gebracht. In Gutem und Bösem sage ich, denn ihre ursprünglichen Luxus-Anlagen verdankt sie wie Baden der Spielbank, und erst als diese durch Parlamentsbeschluß aufgehoben, wagten es die Familien, die in der Geschäftswelt nichts oder nichts mehr zu thun hatten, in ganzen Zügen ihren Wohnsitz hier zu suchen. Was also der Spielteufel begonnen, das führte ein guter Geist zu Ende und kaum sahen die Wiesbadener, daß sie mit diesem noch besser fuhren als mit jenem, da begann die Haus- und Terrain-Spekulation. Die Weltkurstadt ward eine Miniatur-Weltstadt, ihre Gesellschaft ein Extract aller Nationen, eine neutrale Niederlassung der fashionablen Elemente aller Welttheile, an welcher jede Zunge, jede Münze gilt.

Auch Wiesbadens Geschichte, um die sich die hier bunt zusammen gewürfelte Gesellschaft sehr wenig kümmert, beginnt mit den Römern, mit dem alten Mattiacum, zu dessen Erbauung wohl bereits damals die heißen Quellen Anlaß gaben. Schon Plinius spricht von ihm und die Reste, welche auf dem Heidenberg und dem Römerberg gefunden wurden, datiren, wie man annimmt, von der vierzehnten Legion, die später von der zweiundzwanzigsten abgelöst wurde. Der Name Wisibad, Wisibadun, erscheint in Verträgen um 843. Das rheinische Raubritterthum hat auch an diesem Ort arg gehaust und ihn einmal vollständig verwüstet. 1815 ward Wiesbaden die Hauptstadt des Herzogthums Nassau. 1866 ward es durch eine einrückende preußische Landwehr-Compagnie besetzt, die keinen Widerstand fand, und seitdem ist es Sitz einer preußischen Regierung.

Promenade in Wiesbaden.

Das Herz der Stadt bildet natürlich das Kurhaus mit seinen prachtvollen Anlagen. Großstädtisch ist die Auffahrt von den Bahnhöfen durch die Wilhelmsstraße, auf der einen Seite gesäumt durch die hochstämmige Platanen-Allee und den „warmer Damm" genannten Theil des Kurgartens, dessen schöne Wiesen-Anlagen mit dem Teich und dem zweiten Musikzelt zwischen den Stämmen der Platanen hervorschimmern. Mit dem Theaterplatz vereinigt sich der Vorgarten des Kurhauses, reich und künstlerisch mit Teppichpflanzen geschmückt, zwischen denen sich die Abends glänzend beleuchteten Cascaden erheben. Rechts und links wiederum eine der mächtigsten Platanen-Alleen, welche die elegante Kurwelt in den eigentlichen Garten hinter dem Gesellschaftshause führen. Dieser Allee gegenüber zwei Reihen des schönsten Rothdorns und dahinter, wieder auf beiden Seiten, die Colonnaden mit ihren Verkaufsläden.

Dieser Platz bietet namentlich am Nachmittag und Abend ein buntes und bewegliches Bild, wenn der Beginn der Concerte Alles hinter das Kurhaus unter die schattigen rothen Kastanien ruft. Dicht gedrängt sitzt dort dann die Gesellschaft unter den Bäumen, lustwandelt sie am Ufer des Weihers, auf welchem die weiße Schwanen-Flottille ihre Kreise zieht, vielfach gestört durch die buntbewimpelten Gondeln, die mit mehr Behaglichkeit als Raum sich auf dem stillen Spiegel wiegen.

Von wunderbarem Effekt ist dieses reizende Plätzchen, wenn Abends während des Concertes der Weiher bengalisch beleuchtet und der Springbrunnen seine Wassersäule hoch über die Kronen der Bäume aufsteigen läßt — und bengalisches Licht wird in Wiesbaden viel verbraucht; mit ihm, mit Feuerwerk und Musik erhält Ferd. Hey'l, der rastlose Kur-Direktor, seine Gesellschaft in Kurzweil und steter Circulation.

Imponirend und reich decorirt sind die Säle des Kurhauses, der große Reunions-Saal mit den kleineren Conversations- und den Restaurations-Räumen. Einst klimperten auf der linken Seite des Hauses in vier dieser Salons die Gold- und Silberstücke, rauschten die Bankbillets auf dem verhängnißvollen grünen Tuch; das nervöse „rouge gagne et la couleur" und das helltönende Einschlagen der Roulette-Kugel machten viel banges oder freudiges Herzklopfen; aber das ist längst vorbei! Niemand denkt mehr daran und auch das galante Ungeziefer, das sich um die Spielbank zu sammeln pflegte, zieht jetzt nach Saxon und Monaco. Wiesbaden ist eine ursolide Stadt geworden.

Wiesbaden. Fontaine im Kurgarten.

Ich gestehe, Unrecht gehabt zu haben, als ich früher an anderer Stelle behauptete, der Spielteufel werde wie der Mauerschwamm nicht aus der Stadt zu vertilgen sein und selbst wenn dereinst, was Gott verhüte, Wiesbaden durch ein Erdbeben verschlungen sein sollte, werde man wie aus den Wellen der Ostsee die Glocken des untergegangenen Vineta, hier aus der Tiefe ächzend, das „faites le jeu!“ heraufdringen hören.

Die Wiesbadner Kur-Anlagen ziehen sich in beträchtlichem Umfang bis gegen Dorf und Ruine Sonnenberg und zur Dietenmühle, der vielbesuchten Kaltwasser-Heilanstalt; zu beiden Seiten die von Landhäusern besetzte Sonnenberger- und die Parkstraße. Von überwältigendem Reiz sind diese Anlagen vermöge ihrer Laubschattirung namentlich im Frühjahr, wie denn überhaupt die vor scharfen Winden geschützte Thallage des Ortes die empfindsamste Vegetation hier in Ueppigkeit gedeihen läßt. Namentlich das häufige Vorkommen der Bignonia Catalpa, des Trompetenbaums mit seinen kandelaberförmigen weißen Blüthen verleiht den Garten-Anlagen einen eigenthümlichen Reiz und reich ist in allen Landhaus-Quartieren der Blumenflor der Privatgärten.

Die Wilhelmsstraße aufwärts, vorüber am Kurhaus- und Theaterplatz, betritt man mit der Taunusstraße die sogenannte Trinkhalle. Rechts derselben, zu Anfang der Sonnenberger Straße, erhebt sich auf dem Höhenzuge der „schönen Aussicht“ das Paulinen-Palais, Eigenthum des Herzogs, ehedem von der Herzogin Wittwe bewohnt. Es krönt einen ziemlich steil abfallenden mit Park und Rosenflor bedeckten Hügelrücken und ist 1841—43 angeblich im Alhambra-Stil erbaut. Gradaus führt uns der Weg also in die eiserne Trinkhalle, eine verfehlte Constraktion, die vor den Launen des Wetters schützen soll, aber Schnee und Regen ungehinderten Spielraum gewährt.

Wiesbaden. Die griechische Kapelle.

Am Ende der Trinkhalle führt rechts hinauf die Straße zu dem einen eigenen Stadttheil bildenden Geisberg mit der landwirthschaftlichen Akademie und zahlreichen Villen. In gerader Richtung an die Halle schließt sich eine schattige Linden-Allee, an diese die schon mit Landhäusern besetzte Elisabethenstraße, die nach wenigen Schritten die Mündung zu dem reizenden idyllischen Nerothal bildet. Hier in diesem Thal tritt uns schon der mächtige Wald entgegen, hoch „aufgebaut dort oben“ auf dem Neroberg, auf dessen von Winzerhäuschen besäetem Abhang rechts der edle Neroberger wächst, dem die immer weiter vordringende Landhaus-Front schon den kostbaren Boden streitig zu machen sucht.

Von der sich über diesen Berg ziehenden Kapellenstraße blicken luftige, sich in den Wald drängende Villen in das freundliche Thal herab. Es ist der Weg zur griechischen Kapelle, zu der sich auch aus dem Thal ein Steig zwischen den Wein- und Hopfengärten hinaufschlängelt. Seltsam, aber das Thal selbst bei trübem Wetter wie eine Sonne bestrahlend, wirkt dieses im Kreuz errichtete byzantinische Gebäude mit seinen fünf echt vergoldeten, durch Ketten mit den Doppelkreuzen verbundenen Kuppeln. Es ist von hellem Sandstein errichtet und seit 1855 vollendet, gewidmet von dem frommen Andenken des Herzogs Adolf von Nassau seiner früh heimgegangenen Gattin, der Großfürstin Elisabeth Michailowna als Mausoleum. — Weiter bergauf durch den kräftigen und eng bestandenen Buchenwald geht der Weg zum Plateau des Neroberges. Hier steht das Belvedere, ein Tempel, mit prachtvollem Blick über den Rhein, über Biebrich, Mainz, Darmstadt und die Gebirgskette. Herrliche Wege und Promenaden führen durch diesen sich Meilen weit ausdehnenden Wald. Höher und freier, den Neroberg beherrschend, liegt das Jagdschloß „die Platte“, fünfhundert Meter über dem Meere, und weit umfassend ist von hier oben der Blick auf das Rheinthal.

Die Wiesbadener Quelle, die erste und älteste Herzkammer der Stadt, speist etwa ein Dutzend Badehäuser mit vierhundert Bädern. Die Trink-Kur geschieht am Morgen in der Halle und deren nächster Umgebung, die schon

Am Stahlbrunnen in Schwalbach.

frühzeitig durch ein Musikchor geweckt wird. Darnach legt sich die Kurgesellschaft in ihre Badewannen und tiefe Stille herrscht auf den Promenaden in den Vormittagsstunden, nur unterbrochen durch die mit ihren Bonnen spielenden Kinder und die melancholischen Rollstühle derjenigen Kurgäste, die schon frühzeitig den Badewannen entronnen.

Auch im Kurgarten ist's am Vormittage still und friedlich. Am Teich füttern die Kinder die Schwäne, die ihnen schwerfällig watschelnd auf das Ufer entgegen kommen. In den Gebüschen sitzen einzelne Kurgäste, ihre Romane lesend; unter den schattigen Kastanien lehnen die Kellner, träge die Serviette auf den Knieen, schlaftrunken an den Baumstämmen und nur einzelne Gruppen der Schachspieler sitzen grübelnd um die Tische.

Den Morgen nimmt wie überall die Kur in Anspruch, der Nachmittag, der Abend gehören dem Genuß, der Zerstreuung, die der Bedürftige hundertfach nicht nur in den Concerten und Festlichkeiten des Kurgartens, sondern auch in den Ausflügen in die reizende Umgebung findet.

Die beliebtesten Partien der Wiesbadener Kurgäste sind die nach Schlangenbad, weil der Weg ununterbrochen durch den Schatten des dichten Buchenwaldes führt, und die nach Schwalbach, zwei zwischen Wald und Wiesen auf kühler Thalsohle gelegene Badeorte, in welchen vorzugsweise das mehr dem Nervenleiden ausgesetzte weibliche Geschlecht

Kurgäste bei Schlangenbad.

seine Heilung sucht. Schlangenbad namentlich war vor etwa zehn Jahren noch eine kleine Frauen-Republik, in welchem schon das vorübergehende Erscheinen der Ehemänner zum Besuch ihrer Gattinnen nicht ohne eine gewisse Sensation geschehen konnte. Eine andere Zeit gab es in Schlangenbad, die freilich noch weiter zurück datirt, da pflegte der kleine Kessel während der immer nur kurzen Saison in die eigens zu diesem Zweck hergestellten und verschönerten Bauten eine ziemlich leichtlebige Gesellschaft beiderlei Geschlechts zu versammeln. Die höhere Geistlichkeit und eine Anzahl von Stiftsdamen betrachteten Schlangenbad wie ihre Domäne. Um dieselbe Zeit auch beherbergte der kleine Ort den edlen Ritter Prinz Eugen (1708) als Badegast.

Die sehr einfache Geschichte Schlangenbads erzählt, daß seine Quellen kurz nach ihrer Entdeckung einem Wormser Doktor für zwei Ohm Wein verkauft wurden. Aus dem Besitz Nassau's, dem es seit 1816 gehörte, ging Schlangenbad in den Preußens über.

Seinen Namen verdankt der Ort ohne allen Zweifel dem in den Waldungen hier so häufigen Vorkommen der Aesculap-Schlange, die von den Knaben vielfach eingefangen und den Gästen gezeigt werden. Einer der reizendsten und nächsten Ausflüge ist die Höhe von Georgenborn, über welche der Weg von Wiesbaden führt. Sie bietet dem Auge ein überraschendes Rheinpanorama mit großer Fernsicht nach Frankfurt hin und die Umgegend von Worms, ein Vorzug, der denn auch einige Naturschwärmer schon veranlaßt hat, sich dort oben in schönen, das weite Rheinthal beherrschenden Villen anzusiedeln. Der angenehmste Punkt in Schlangenbad selbst ist die Gallerie des Nassauischen Hofes, von der man über die kleine plätschernde Fontaine hinweg das Thal beherrscht, links der terrassenförmig ansteigende Kurgarten, in welchem eine sehr bescheidene Kapelle ihre Concerte Nachmittags aufführt, auch wohl eine Gauklerbande ihre Purzelbäume schlägt und den Gästen es in einem Programm schwarz auf weiß gedruckt in die Hand gibt, daß das „akarische Spiele“ seien, wie ich das vor zwei Jahren zu lesen Gelegenheit hatte. Vor uns liegt die stets von den elegantesten Toiletten belebte Promenade, hinter und neben uns führen in den Fels gehauene Stiegen zu den poetischen Waldplätzchen, die in wirklich genialer Weise überall in den Laubgängen und an den klaren Quellen hergestellt sind und den nervösen Gästen idyllische Ruhepunkte gewähren. Eine heilige Stille lagert stets über Wald und Thal, nur unterbrochen allenfalls durch eine lustig auf Eseln daher trottende Gesellschaft, oder die Ankunft einiger Fiaker aus Wiesbaden mit übermüthigen Touristen, deren gute Laune die Weihe unterbricht, welche hier über all' den verstimmten Nerven ruht.

So trostlos, wie es hier ist, wenn der Schnee das ganze Thal deckt und Alles im Winterschlaf liegt, so wonnig ist's, wenn der Lenz die Quellen des Waldes wieder entfesselt, die Wiesenthäler mit jungen Blüthen übersäet, die Buchen und Eichen mit frischem Laube schmückt und der fliegenden Sänger lustige Melodien ertönen. Aber keiner von all' Denen, die alljährlich hieher ziehen, sieht es, denn die Luft ist scharf und duldet im Frühling nur den Gesunden; ja selbst wenn offiziell im hohen Sommer die Kur eröffnet ist, bricht wohl zuweilen unter den ersten Gästen ein sauve qui peut aus, dem nur die Unerschrockensten widerstehen.

Einen ähnlichen, freilich umfassenderen Heilberuf hat das benachbarte Langen-Schwalbach oder schlechtweg Schwalbach. Seine Stahlquellen und seine von diesen geschwängerte Luft rufen die der Blutkräftigung Bedürftigen herbei und erinnert Schlangenbads Kurgesellschaft wohl hin und wieder an den Ausspruch jenes französischen Schriftstellers, der da meinte, wenn man einen Dienstmann engagire, der all' Das ertragen solle, was eine nervenschwache Dame in einer einzigen Wintersaison auszustehen habe, er würde der Last erliegen.

Der Ort selbst liegt gestreckt in einem Wiesenthal und tritt in der Geschichte zum ersten Mal 1352 als Dorf Swalborn auf. Zu den historischen Notabilitäten, die hier die Kur gebrauchten, gehört Tilly, der 1628 hier gewesen sein soll, und neuerdings die Ex-Kaiserin Eugenie, die 1864 erschien und in dem Logirhause, jetzt „Villa Eugenie", abstieg. — Interessante Punkte der Umgebung sind die Burgen Schwalbach mit ihrer Warte, Adolfseck, durch den dreißigjährigen Krieg in Trümmer gelegt, einst der Wohnort der Geliebten des Kaisers Adolf; Hohenstein auf hohem Gestein und Hohlenfels auf einem Kalkfelsen gelegen.

Schlangenbad.

Castel.

Ausflug in den Taunus.

Es führt kein andrer Weg — also wieder zurück, vorüber an Mosbach, nach Castel. — Unfreundlich empfangen uns die Lokomotiv-Schuppen unmittelbar am Rheinufer, die Schießscharten der Befestigungswerke schielen verdrießlich herüber, während wir an der Häuser- und Hôtelfront des Vorwerks entlang in die Bahnhalle einfahren. Ein guter Theil der Passagiere stürzt sich aus den Coupé's, um über den Platz zur Dampffähre zu eilen, zwischen unfreundlichen Baracken und Gerüsten hindurch, wie sie der unerbittliche Verwüster aller Romantik, der Festungsbau, einmal haben will.

Und weiter geht der Zug, wieder rechts an Wällen, Kasematten, Festungsgräben und einem sumpfigen Bruchland vorüber, am Main entlang. Die Festung liegt hinter uns. Die Rebhügel von Hochheim mit ihrer weit ausschauenden Kirche und ihrer Schaumwein-Fabrik erscheinen vor uns, ihre Weingärten bis über die Bahn hinaus an das Mainufer hinab senkend. Es ist edles Kraut, das da oben auf den gelben, scheinbar so sandigen Höhen wächst, namentlich auf jenem Stück da unter der Kirche, der Hochheimer Dom-Dechanei. Feurig geht's durch die Glieder und Mancher hat sich mit dem edlen Geist schon erzürnt, um ihm immer wieder Freund zu werden.

Dort steht auch ein Denkmal, unscheinbar freilich, doch muß es seine Bedeutung haben. Der englischen Königin Victoria ist's gewidmet — warum? Die Inschrift könnte lauten: dem durstigen Old-England der dankbare „Sparkling Hok“, der Hochheimer Champagner, der eigens für den harten britischen Gaumen bereitet wird und von hier in Millionen Flaschen über den Kanal wandert.

Immer deutlicher treten uns die majestätischen Conturen des Taunus entgegen. Drüben links liegt das bescheidene Kurhaus von Weilbach, seiner idyllischen Ruhe, selbst zur Kurzeit, wegen auch wohl Lange-Weilbach genannt, bekannt durch seine Schwefel- und eine neu entdeckte Natron-Lithion-Quelle.

Blick auf die Hochheimer Berge.

Kurz vor Frankfurt, an der Station Höchst, laden die Condukteure zum Aussteigen nach Soden, während ein Schwarm von Kindern die Coupé's mit einem lärmenden „Bubeschenkel! Bubeschenkel!" (einem ortsüblichen Backwerk) blockirt, aus welchem eine thätige Phantasie sich allenfalls die berufene Form heraus construirt. Ein Häuflein Passagiere, entweder mit bleichen Gesichtern, auf denen die Sehnsucht nach der Heilquelle Sodens geschrieben steht, oder mit unternehmenden reisigen Mienen, dicken Plaids in handfesten Riemen, nagelschuhigem Trittwerk und solidem Gebirgsstock, folgt dem Ruf der Schaffner, während die Uebrigen, sich der „Bubeschenkel" erwehrend, ihren Gedanken über das Schloß von Höchst nachhängen, dessen Erbauer ein Frankfurter Patrizier und Tabaksfabrikant, Bolongaro, und dessen Beruf sich auch heute nicht über den eines Fabriklokals erhoben.

Folgen wir den Touristen. In einer Stunde ist Soden erreicht und mit ihm die südliche Sohle des Taunus. Ein barmherziges, mildes Klima, geschmackvolle Anlagen, die Chlornatrium, Kohlensäure und Eisen haltende Quelle, ein rettender Born für allerhand Gebreste, ziehen jährlich eine große Anzahl Leidender hieher. Mit stillem Sehnen blicken sie den Bergfahrern nach, die von hier aus die übliche Tour zu Fuß, zu Pferd oder Esel über Cronthal, Cronberg, Falkenstein und Pfaffenstein nach Königstein und hier übernachtend über den Fuchstanz auf den noch zwei Stunden beanspruchenden großen Feldberg aufnehmen, um von da hinab über den Altkönig in Oberursel die Homburger Hochebene zu erreichen.

Der Taunus, von dichten Waldungen beschattet, zwischen dem Rhein, dem Main und der Lahn sich etwa achtundzwanzig Stunden lang hinziehend und südwestlich als Rheingau-Gebirge verlaufend, die eigentliche Grenze zwischen Nord- und Süddeutschland, ist das Pflegekind des Frankfurter Taunus-Klubs, der regelmäßig seine Feste an den interessantesten Punkten begeht. Sein höchster Punkt ist der Feldberg, achthundertachtzig Meter über dem Meer, von

An der Trinkquelle in Soden.

welchem aus sich im Umkreis von einhundertfünfzig Stunden ein herrliches Panorama bietet. Sein Metallgehalt hat allerdings in früheren Zeiten, wie die s. g. „Goldgrube" bei Homburg noch zeigt, die Spekulation zum Bergwerksbetrieb verleitet, doch war derselbe nicht ergiebig genug. Nur Braunkohle und Thon sind häufiger und erst in der Lahn-Gegend danken die Eisen- und Braunsteinlager der dort sehr eifrigen Ausbeutung. Desto reicher ist der Gebirgszug an Mineral-Quellen. Seinen Namen erhielt er von den Römern, die ihn mons taunus nannten; auf die übrigen Ableitungen sich einzulassen dürfte hier überflüssig sein.

Als die ersten Bewohner des Taunus erscheinen die keltischen Stämme, zwischen Rhein und Main die Helvetier, dann die Ubier und Katten und endlich die das Gebirge von den Römern befreienden Alemannen und Franken im fünften Jahrhundert nach Christi. Wie kriegerisch es auf den Höhen zur Römerzeit zuging, davon sprechen noch heute die Ring- oder Heidenmauern der Plateaux, deren Ab- und Zugänge die sogenannten Rennwege bildeten, während in dem Pfahlgraben noch heute die Grenze des römischen Gebietes erkennbar. Im Mittelalter, das die altdeutschen Gauen verwischte, theilten sich die Rittergeschlechter, namentlich die von Eppstein, Nüringen, Falkenstein, Münzenberg und die Erzbischöfe von Mainz in den Boden, bis im Wechsel der Zeiten der Taunus (mit Ausnahme von Homburg und der Wetterau) in nassauischen, endlich 1866 in preußischen Besitz überging.

Bergauf führt uns der Weg über Cronthal, einen reizenden kleinen Badeort mit grünen Wiesenmatten, nach Cronberg, dessen tapfre Bevölkerung, unterstützt von einem Fähnlein pfälzischer Reiter, einst den Frankfurtern ein siegreiches Treffen lieferte; nach dem Schloß der Ritter von Cronberg, von dem nicht mehr übrig geblieben als

Kastanienwald bei Cronberg.

einige Grabsteine. Weiter bergan liegt die Burg Falkenstein auf bewaldetem Felsgestein. Irmengard, eine Tochter jenes mit dem Domherrn F. zu Mainz 1683 untergegangenen Geschlechts, wandelt der Volkssage nach noch heute zwischen den düstren Mauern. Sie hat das für die heutige so verstandesnüchterne Zeit undankbare Bedürfniß, zu suchen, wo sie unglücklich Liebende beschützen könne, was auf ihre eignen Lebensschicksale ein melancholisches Licht wirft. Auch Heinrich von Ofterdingen, der Minnesänger, greift hier oben noch nächtlich in seine Harfe, am Ufer des Liederbachs zum Rhein hinab wandelnd, während droben innerhalb des riesigen düstren Felskegels, des Altkönig, ein graues Bergmännchen sitzt, das die Schätze bewacht und den immer wachsenden Bart um eine Haspel windet.

Auf der Höhe des Altkönig erheben sich noch heute die Hünenringe, die Teufelsmauer, zwei massenhafte Wälle aus rohen Felsstücken lose zusammengefügt, deren äußerer zweitausend Schritt im Umfange. Drei Eingänge führen in diesen Felsenkreis, wahrscheinlich ein Werk unsrer deutschen Vorfahren, denn hier stand einst der Königsstuhl der Gaugerichte; hier thronten der Sage nach Ariovist und Rando, der Alemannen-Sohn. Der König des Taunus ist der Feldberg, in ungeheurer Fernsicht Alles um sich her beherrschend bis zum thüringischen Inselsberg, dem Hunsrück und dem Wasgau. Von hier aus überschaute Königin Brunhilde, erwachend um Sonnenaufgang, ihr schönes Reich und der Volksmund nannte deßhalb die nördlich steil abfallende Seite das „Brunhildenbett“. Auf der Spitze des Feldbergs ließ die Sage Hermann den Cherusker die deutschen Helden zum Bundesschwur gegen das römische Joch zusammen rufen. Das 1860 vollendete Feldbergshaus bewirthet alljährlich die am ersten Sonntag des Juli-Mondes sich hier sammelnden Turner-Vereine des Main- und Rheingau.

Mächtig erhebt sich auf ihrem Felsenhügel die Feste Königstein, zu Füßen ihres Thrones die gleichnamige Stadt, der Sammel- und Anzugspunkt aller Taunusreisenden und namentlich der Frankfurter Gesellschaft. Die Grafen von Nüringen werden hier zuerst genannt, dann kamen die Münzenberg und endlich die Falkensteiner und Stolberger, denen Mainz es entriß. Auch über Königstein ging die Geschichte mit manchen Schrecken dahin, bis es endlich im Jahre 1793 mit seinen düstern Mauern zum Gefängniß der Mainzer Klubisten dienen mußte. Das Interesse für die Unterhaltung dieses herrlichen Punktes ist um so höher, als der Königstein durch seine vorzügliche Luft ein besuchter klimatischer Kurort geworden, zu dessen baulicher Verherrlichung die Herzogin Adelheid von Nassau durch Errichtung eines großartig angelegten Landsitzes das Ihrige beigetragen. Es mag wohl ein wehmüthiger Anblick für die herzogliche Familie sein, von dort oben auf das verlorene schöne Land zu blicken, aber sie erscheint alljährlich dort zur Sommerfrische und nur allmälig lockern sich ja die Bande der Heimathssehnsucht.

Feste Königstein.

Vom Rossert, den Jeder ersteigt, der den Feldberg scheut, ist nichts zu erzählen als von einer riesigen imponirenden Felsengruppe, der man ihrer Unheimlichkeit wegen den Namen das Teufelsschloß gegeben. Ein herrlicher Blick von hier auf Königstein, Falkenstein und die Ruinen, die an das mächtigste, wenigstens in der Geschichte bedeutendste Rittergeschlecht des Taunus erinnern, an die Eppsteiner, deren sturmfreie, durch steile Abgründe und massive Wälle gefeite Burg wohl allen Stürmen, aber nicht dem einzigen unermüdlichen Feinde, der Zeit, zu widerstehen vermochte! Trümmer ragen jetzt oberhalb der kleinen gleichnamigen Stadt auf dem Felsen, von Epheu, Wegebreit, Schlehen und Brombeerranken umstrickt, zwischen den Bergwänden empor; zersplitterte Thürme und eine verwitterte Schloßkapelle sind die Ueberreste des einstigen Grafentrotzes, der vier Jahrhunderte hindurch die Umgegend unter dem Daumen hielt, mit den Grafen von Nassau die erbittertste Fehde führte und endlich aussterbend die Herrschaft an die Grafen von Stolberg abgeben mußte, von denen sie auf

Kur-Mainz überging. Das Volk knüpft an die Eppsteiner manch' blutige Erinnerung. In dem Thorgewölbe der Burg hing einst als Wauwau in schweren Ketten ein kolossales Gerippe, das eines Riesen, so glaubte man damals; im Wiesbadner Museum hängt es jetzt als das eines vorsündfluthlichen Thieres. Von einem andern Riesen erzählt die Sage angesichts des Staufen, des großen und kleinen Mannstein, zweier Felsen, aus denen die Phantasie, in entsprechender Entfernung betrachtet, zwei Menschengestalten heraus construiren kann. Der eine von ihnen ist ein Ritter von Falkenstein, der mit dem Riesen um seine ihm von diesem geraubte Braut kämpfte.

Ruinen von Eppstein.

Frankfurt und Homburg.

Aus der sagendurchwebten, waldbegrünten Felsenromantik treten wir in die Wahlstätte des heiligen römischen Reichs deutscher Nation. Einst wurden hier, in der freien Reichsstadt Frankfurt, auf Grund des hohenstaufen'schen Privilegs und der goldnen Bulle Karl's IV., die mächtigen Herrscher gekrönt, deren Bildnisse im Kaisersaal des Rathhauses, des Römer, hangen, und die Gesalbten zeigten sich vom Altan herab, umgeben von den Kurfürsten, dem im Festrausch jubelnden Volke. Die Zeiten gingen mit schwerem oder leichtem Tritt über die Krönungsstadt dahin; sie verlor ihre Sonderrechte und errang sie wieder, bis endlich nach dem Wiener Kongreß 1816 der deutsche Bundestag sie zu seinem Sitz wählte und Zopf und Puder groß- und kleinstaatlicher Diplomatie sich in ihren Gassen brüstete.

Die Revolution von 1848 brachte einen neuen Morgen über Frankfurt, den aber die alte Staatsuhr nicht gut heißen wollte — einen stürmischen, blutigen Morgen, der böse Wetter heraufrief. In der Paulskirche tagte die Nationalversammlung, die im Kampf mit den von unten aufgewühlten dunklen Elementen zwei ihrer illustren Mitglieder, den Fürsten Felix von Lichnowsky und H. von Auerswald verlor. 1863 lud der Kaiser von Oesterreich vergeblich seinen Fürstencongreß hieher und so kam das Ende vom Liede: 1866. General Vogel von Falkenstein besetzte Frankfurt mit seiner Main-Armee und damit ward es in Preußen einverleibt. Die politische Bedeutung der einstigen freien Stadt durch ihre geschichtlichen Prärogative wie durch ihre geographische Lage ging mit der Centralisation der deutschen Reichsinteressen in der norddeutschen Kaiserstadt verloren, und Diejenigen, welche der ersteren noch das Wort für Erhaltung des alten historischen Privilegs redeten, mußten den maßgebenden Umständen sich fügen. — Noch eine andre Sonne ging im Jahre 1749 über Frankfurt auf durch Goethe's Geburt. Auch Ludwig Börne nannte Frankfurt seine Vaterstadt. Poesie und schöngeistiges Leben entwickelte sich in Frankfurt durch Clemens Brentano, Bettina von Arnim, Fr. M. von Klinger und Andere, die Wissenschaften durch A. von Feuerbach, Savigny, J. G. Schlosser und eine Reihe verwandter Geister. Die überaus begünstigte Lage der freien Reichsstadt war den fortdauernden und im Boden lebenskräftiger wurzelnden materiellen Interessen viel mehr förderlich als den rein geistigen; es ward das Emporium des südwestdeutschen Handels, seine Börse ward eine Macht schon zur Zeit, da die Taubenposten noch die Course von Paris und Frankfurt gen Norden trugen und die geldhungrigen Börsen-Jobber in Berlin an dem Schweiß des vor einem großen Bankhause haltenden Kurierpferdes rochen, ob die Course hoch oder niedrig in Frankfurt.

Der Name der Stadt ward mit denen Rothschild's, Bethmann's und Anderer unzertrennlich und selbst heute, nachdem Berlin eine Zeit lang, im Rausch der Milliarden taumelnd, Frankfurt das Börsenszepter entwunden, hat es den Anschein, als trete das letztere wieder in seine alten Rechte.

Die ältesten Denkmäler sind der Römer mit seinem Kaisersaal und der goldnen Bulle und dem freien Platz, dem Römerberg, auf welchem einst die Turniere gehalten wurden; die alte Mainbrücke mit der den Reichsapfel tragenden Statue Karl's des Großen, die freilich aus neuer Zeit stammt und jenem biedren Sachsenhäuser den Einfall gab, das sei gewiß der Mann, „der de Aeppelwei erfunne", ein Getränk, das namentlich in Frankfurt sehr beliebt.

Der vergoldete „Gickel", der Hahn auf seiner eisernen Stange, hat seine abenteuerliche Bedeutung. Dem Teufel behagte der Bau der Brücke nicht; er verlangte wenigstens vom Baumeister das erste lebende Wesen, das über die Brücke gehen werde. Und wie es immer eine Genugthuung der Volkssage ist, wenn sie den Teufel überlisten kann, so geschah es auch hier. Man jagte einen magren Hahn über

Frankfurt. Straße am Römerberg.

Frankfurt a. M.
Eschenheimer Thor.

Der Römer.

Das Lutherhaus.

die Brücke und dem Teufel zum Spott ward das arme Thier als goldener Gickel verewigt.

Als ersten Gründer des Frankfurter Domes nennt man Pipin, den Vater Karl's des Großen. Der Bau ward erst 1512 vollendet. Ein großer Brand verwüstete 1867 einen Theil des Thurms und der Kirche selbst. Ihr zunächst im Alter stehen die Sankt Leonhardskirche, die Liebfrauenkirche und die Nicolaikirche. Die berühmte Paulskirche wurde erst 1782 erbaut. — Dem Fremden fällt bei seiner Promenade in Frankfurt zuerst das Gutenberg-, das Goethe- und das Schillerdenkmal in die Augen. Er sucht nothwendig das Goethehaus mit seiner Marmortafel, das Lutherhaus, aus welchem der Reformator auf seiner Fahrt nach Worms zum Volke gesprochen haben soll, das Bethmann-Museum mit Dannecker's unvergleichlicher Ariadne, das Städel'sche Kunst-Institut, das Stammhaus der Rothschild's am Eingange der Judengasse, das Grab der „Frau Rath", Goethe's Mutter, auf dem alten Friedhof, den Eschenheimer Thurm, das letzte Ueberbleibsel der gefallenen alten Befestigung, das Theatergebäude, die Börse, den zoologischen Garten und endlich den herrlichen Palmengarten mit seinem seltenen Blatt- und Blumenflor.

Eine eigene Welt im Volke bildet der auf dem linken Main-Ufer liegende Theil Sachsenhausen, eigentlich nur interessant durch das dort stehende Deutsch-Ordenshaus; ebenso die Bornheimer Haide, auf welcher Lichnowsky

Frankfurt a. M. Regatta auf dem Main.

ermordet wurde. Die neueste Zeit hat, wie überall in den größern Städten, auch in Frankfurt einen Neu-Bau geschaffen, welcher, wenn erst beendet, der Stadt eine neue Physiognomie geben wird. Privat-Spekulation und Aktien-Gesellschaften haben auch hier über ihre Kräfte und über die Gesetze einer zeit- und vernunftgemäßen Entwickelung geleistet; indeß die Zeit gleicht Alles aus und was der Gegenwart vielleicht ein Opfer, ist der Zukunft ein Gewinn.

Die Frankfurter sind immer ein lustiges, bewegliches Völkchen gewesen. Ihre Stadt ist zu allen Jahreszeiten, namentlich aber im Sommer ein Kreuzungs- und unvermeidlicher Durchzugspunkt der Fremden; in der Hauptader derselben, der „Zeil", pulsirt es stets lebendig. Der Main mit seiner klaren Fluth gibt den Frankfurter Vereinen Gelegenheit zu lustigem Wassersport, zu Regatten und Schifferstechen; das „Wäldchen", in welchem die jährlichen Frühlingsfeste gehalten werden, der Taunus, die Bergstraße, die benachbarten Badeorte sehen die vergnügsame Bevölkerung an Sonntagen in ganzen Zügen kommen und namentlich Homburg, das, auf einer Hochebene gelegen, in einer halben Stunde erreichbar, ist des Frankfurters Lieblings-Ausflug und Villeggiatur.

Zwei Dynastien sind im Laufe weniger Jahre an diesem vielbesuchten Kurort zu Grunde gegangen, die eine von Gottes, die andere von Teufels Gnaden: die eine aussterbend mit dem letzten Landgrafen von Hessen-Homburg, welcher der preußischen Kriegspolitik das Prävenire spielte und schon im März 1866 das Zeitliche gesegnete, um die Regierung bis wiederum 1866 an Darmstadt zu übergeben; die andere, die nach dem launenhaften Gesetzbuch der vier Könige regierte und vergeblich die Fäuste ballend ihre Rateaux und Spielkarten einpackte, als das Parlament ihre Verbannung dekretirte. Das war die Dynastie des Spielpächters Blanc, der hier den eigentlichen Landgrafen spielte und in dessen Wappen eine seit den dreißiger Jahren datirende Tradition die Devise geschrieben hatte: „Ici ne gagne ni rouge ni noir, mais toujours Blanc."

„Vor der Höhe" wollte Landgraf Ferdinand Heinrich Friedrich seine Residenz offiziell genannt wissen, die irreguläre Bevölkerung derselben nannte sie „sur l'abyme". Im Grunde war's gleichgültig; die erstere Bezeichnung aber hat sich erhalten. Einst war der Hof von Homburg um Goethe's Zeit der Sammelpunkt interessanter Geister.

Goethe's „Lila“ war die landgräfliche Hofdame Frl. von Ziegler; zu den Gelehrten am Hofe gehörten von Sinclair, Jung-Stilling, Lavater, die wenigstens viel hier verkehrten. Auch der unglückliche Dichter Hölderlin lebte hier nach der Trennung von seiner geliebten Diotima. Die französische Revolution verjagte eine Anzahl Waldenser hierher, deren Nachkommen noch in der Umgegend leben. Schlimmere Flüchtlinge und Gäste verdankte Homburg der Schließung der pariser Spielhöllen im Jahre 1837 und der Säuberung des Palais Royal von jenem Ungeziefer. Benazet an der Spitze gingen die Spielpächter über die Grenze; ihre Offerten fanden bei mehreren westdeutschen Fürsten williges Ohr und so wurden denn Roulette und trente et quarante in Deutschland etablirt. — Benazet und später sein Neffe Dupressoir schalteten in Baden-Baden, Blanc in Homburg nach Gutdünken; beide verstanden es, die fleur der Gesellschaft und leider auch der „canaille“ an ihre Spieltische zu locken, indem sie die pariser Feuilletonisten mit Liebenswürdigkeiten und Geschenken überluden, ihnen Equipagen und Goldrollen zur Disposition stellten, wohl berechnend, daß letztere schon am selben Abend wieder in ihrer Kasse lagen. Solider ging's in Wiesbaden und Ems zu, deren vereinigte Unternehmung wenigstens einer Kontrole unterlag, soweit mit dem Teufel überhaupt Buch zu führen ist.

Goethehaus in Frankfurt.

Die Lokalitäten des Kurhauses sind glänzend hergestellt und sahen durch alle Jahreszeiten eine sehr kosmopolitische Gesellschaft, da hier das ganze Jahr hindurch gespielt wurde. Heute sind sie bei der so kurzen Saison, wie sie die klimatische Lage bedingt, den größten Theil des Jahres verödet. Von großartigem Effekt ist die Terrasse des Kurhauses, glasüberdacht, mit einem wirklich paradiesischen Blick auf die zu ihren Füßen liegenden Gartenanlagen, die, zu beiden Seiten von Land- und Logierhäusern begrenzt, im Hintergrunde von Waldesgrün gekrönt werden. Von seltener Schönheit sind die die Estrade unter der Terrasse schmückenden Orangenbäume. Das Theater ist elegant; die Darmstädter Gesellschaft gibt darin Vorstellungen, abwechselnd mit anderen während der Saison. Das früher landgräfliche, jetzt für gelegentlichen Besuch der preußischen Königsfamilie hergerichtete Schloß liegt vom Park umgrünt auf einem Hügel. Zahlreiche Villen und Häuser bilden das Buen Retiro vornehmer Familien. Die Umgebung Homburgs, eine Hochebene, im Halbkreis von den schönsten Waldungen mit herrlichen Promenaden und Erholungsstätten gekrönt, ist eine überaus anziehende, die

Frankfurt a. M. Judengasse.

Luft ist rein und kräftigend, von Gebirg und Wald stets frisch und klar erhalten. Die Mineralquellen sowohl wie klimatische Vorzüge führten Homburg auch nach Aufhebung des Spiels den Besuch eines sehr aristokratischen Publikums zu, dessen Luxus in Equipagen und Dienerschaft die höhere Staffel der Gesellschaft kennzeichnet.

Vor dem Jahre 1872, dem Todesjahr der Spielbank, war's freilich schwer auf diese Kennzeichen zu geben. Abenteuerlichkeit und Sittenlosigkeit versteckten sich hier mehr als in anderen Badeorten, wo ja auch die Gesellschaft gern

An der alten Mainbrücke in Sachsenhausen.

mit falscher Nase erscheint, unter oft die innere Fäulniß deckendem und ihre sociale Unbedeutendheit erdrückendem Luxus. Dann brachte das genannte Jahr wieder ein anderes „Cachet", die Parvenus der Börse, über Nacht aufgeschossene Goldpilze, die natürlich nicht ohne Lakaien und ohne Carrossen auftreten konnten. Sie verpufften beim ersten Unglücksschlag, der auf sie herabfiel, und kamen nicht wieder. So reinigten die verschiedenen Gewitter die Homburger Gesellschaft.

Die Stadt selbst ist von geringem Umfang mit etwa achttausendfünfhundert Einwohnern, deren Gewerbs- und Geschäftsthätigkeit hauptsächlich den Fremden zugewendet. Vom Bahnhof betritt man über die Brücke die Hauptader des Ortes, die Louisenstraße, in der sich Hôtel an Hôtel reiht, während die übrigen, reizend von Gärten durchwachsen, meist im Landhausstyl die hier ansäßigen oder zur Kur eintreffenden Fremden beherbergen. Originell

Blick auf Homburg.

sind die ersten Tage, wenn nach langem Winterschlaf bei Eröffnung der Saison die ersten Gäste eintreffen, die ersten Fiaker, Sensation erregend, mit Koffern und Schachteln beladen die Louisenstraße herauf rollen. Man zählt sie noch nach einzelnen Köpfen; das Musikchor, das den ganzen Winter hindurch einer kleinen, gewählten Gesellschaft gespielt, sitzt bereits im Musikzelt und faßt neuen Muth, sobald es wieder fremde Gesichter sieht, die ihm nicht als Ansäßige oder als regelmäßige und flüchtige Frankfurter Passagiere bekannt sind. Alles athmet wieder auf; ein Hôtel füllt sich langsam nach dem anderen, bis endlich die haute saison herannaht und die Kur ihre ganze üppige Blüthe entfaltet.

Von den zahlreichen interessanten Punkten der Umgegend sei hier das Städtchen Oberursel mit seiner im fünfzehnten Jahrhundert erbauten gothischen Kirche erwähnt. Auch diese Stätte hatte einst ihre geistige Bedeutung, denn hier ward bereits 1462 die Buchdruckerkunst geübt. Nicod. Frischlin's 1590 hier errichtete Buchdruckerei hat literar-historische Bedeutung. Auch in der Umgegend von Homburg stoßen wir auf bedeutende römische Ueberlieferungen, auf eine der bedeutendsten am Rhein und Main sogar, auf die sogenannte Saalburg. Schon bei Heddernheim wurden 1830 herrliche Funde gemacht, die Grundmauern eines Mithras-Tempels, dessen gut erhaltenes Relief im Wiesbadener Museum. Vielfach vereinzelte andere Reste jener Zeit kamen zu Tage und zeugen von dem Aufenthalt der römischen Legionen hier herum; eine deutlich erkennbare römische Heerstraße führt indeß ziemlich direkt auf die Ruinen des einstigen Römer-Castells, die Saalburg, in der man längst ein kleines Pompeji hätte bloßlegen können, wenn das allgemeine Interesse für die nothdürftigsten Mittel gesorgt hätte. — Unvollkommen, wie die Ausgrabungen unter solchen Umständen und nur nach und nach von einem eigens ad hoc gegründeten Verein geschehen konnten, sind

Im Kurgarten zu Homburg.

doch schon über zwanzig Morgen Flächenraum dieses Castells gewonnen; die umschließenden Mauern desselben, Wall und Gräben liegen zum großen Theil offen; vier Thore mit viereckigen Thürmen, hinter denselben das einstige Castell umgebende Bauten sind leidlich erhalten, unter den ersteren die porta praetoria und die porta decumana. Ein Prätorium von einhundertdreiundfünfzig Fuß Länge und einhundertzweiunddreißig Fuß Breite, Brunnen, Badegemächer, Mosaiken und andere Fußböden, Kellereien begegnen uns als halbe Trümmer, an denen hier und da noch der Bewurf der Mauern erhalten. Urnen und Krüge fand man auf dem Platze, an welchem die Leichen verbrannt wurden. Waffen und Münzen sind vielfach ausgegraben worden, darunter eine Urne mit fünfhundertfünfzig silbernen Münzen. Interessant ist namentlich das Gräberhaus, das neuerer Zeit zur Beherbergung der offengelegten Gräber auf einem der alten Fundamente errichtet wurde, während vor zwei Jahren der Grundstein zu einem wirklichen Columbarium gelegt ward. Von Interesse ist endlich auch der einige hundert Schritt entfernte Pfahlgraben. — Man nimmt an, daß N. C. Drusus dieses Castell im Jahre 10 vor Christo erbaut hat, und daß es nach Zerstörung von Seiten der Germanen im Jahre 15 von seinem Sohn Germanicus wiederhergestellt wurde. Indeß dürften wohl weitere Ausgrabungen hierüber definitiven Aufschluß geben; die bisherigen

Im Schloßpark zu Homburg.

bestätigen nur den Aufenthalt der achten und zweiundzwanzigsten Legion an diesem Platz. Erst in jüngster Zeit haben der Saalburg-Verein und andere Stimmen das allgemeine Interesse und den Staat um Hülfe zur gänzlichen Bloßlegung dieser festen Römerstätte angerufen, und ihnen sich anzuschließen mögen diese Zeilen bestimmt sein.

Im Rheingau.

An den Rhein, an den Rhein, zieh' nicht an den Rhein,
Mein Sohn, ich rathe Dir gut;
Da geht Dir das Leben zu lieblich ein,
Da blüht Dir zu freudig der Muth!

Im Strome da lauschet die Nix' aus dem Grund und hast Du ihr Lächeln geseh'n,
Und sang Dir die Lurlei mit bleichem Mund, mein Sohn, so ist es gescheh'n!
Dich bezaubert der Laut, Dich bethört der Schein, Entzücken faßt Dich und Graus.
Nun singst Du nur immer: am Rhein, am Rhein, und kehrst nicht wieder nach Haus.

Ja, am Rhein, am Rhein! singt jubelnd das Herz bei der Einfahrt in die herrliche Strombucht, die — im Hintergrunde überragt und geschlossen durch die grünen, im Sonnennebel und Silberduft vertönenden Höhen des Binger- und des Niederwaldes — sich vor uns ausbreitet wie ein blanker mit Inseln überstreuter See, der seine Fluthen am Ufer des gesegnetsten und schönsten deutschen Gaues dahin wälzt! In seinen Wellen blitzt der Glanz der Sonne mit tausend Lichtern, an seinen Gestaden küßt ihr Strahl Flora's liebste Kinder und die frischen, rosigen Mädchengesichter auf den Balkonen, in den schattigen Lauben, die scherzend dem mit schäumendem Bug vorüber ziehenden

Wallnf. Werft und Mühle.

Salon-Dampfer mit ihren Tüchern winken; und droben, in sanft ansteigenden Linien bewacht und zeitigt das „Auge des Lichts" die goldblutigen Rebengelände, jene von Gott so reich begnadeten Hügel, von denen das Evangelium der Freude, des Frohsinns alljährlich in Millionen der redseligsten Apostel ausgeht!

Wie eine Perlschnur reicht am rechten Gestade ein Städtchen dem andern die Hand, weindurchduftet, von Gärten und Villen durchwachsen, von Kirchen, Kapellen und weithin leuchtenden Wingertshäuschen gekrönt, während die ernsten, vom Wetter erprobten, sandsteinernen Heiligen segnend auf die Gärten herabblicken wie der heilige Januarius am Strande des Golfs von Neapel. Lachenden Anblicks baden die Rheingau-Städtchen den Fuß in den klaren Fluthen; frohe Menschen lustwandeln am Ufer. In den lauschigen, vom Weinbau umgrünten Sommerhäuschen blinkt der Römer mit dem flüssigen Gold in der Hand des Zechers, dem das Gesumme der ihn umschwirrenden Bienen erzählt, wie süß schon wieder die Traube schwelle, während von den Söllern der mit Gerank und Gestrüpp gepanzerten, trutzigen Burggemäuer die Sage von den Humpen und Bechern unserer Vorfahren berichtet, denn der Wein sei seit der Zeit „des großen Keyser Carlen" schon an die tausend Jahre alt und noch eines Jeden Freude gewesen, der ihn zu trinken verstehe.

Es ist eine bunte und lustige Gesellschaft auf dem Dampfer, der uns in die herrliche Rheinbucht führt; auf jedem Gesichte lesen wir des Dichters Wort: „Wem Gott will rechte Gunst erweisen, den schickt er in die weite Welt," und fürwahr, wär's nicht seit lange mein Heimland hier herum, weil meine Wiege drüben an der schönen Mosel gestanden, ich würde es jedesmal rufen! Ich habe es stets als eine solche Gunst betrachtet, in fünfzehnjährigem Reiseleben mir die Stätten erschließen zu können, wo Gottes große, allmächtige Natur am schönsten, aber ich wüßte keine herrlichere zu finden als diese! Ich sah und sehe sie mit derselben nie erblassenden Freude, mag ich den Wingertsmann bei schwerer und rastloser Arbeit finden, die ihm der Herbst nicht immer dankt; mag ich diese Gelände sehen, wenn das blonde „Geschein“ über den erst halb geöffneten dunklen Blättern herausragt; mag ich durch die Wingerte steigen, wenn die Traube schwillt oder der Herbstnebel ihre Schale verdünnt; — es ist immer dasselbe Hochgefühl inmitten einer biederen und frohen Bevölkerung, wenn auch ihr Blut zuweilen ein wenig heißer und wilder kocht als nothwendig, wie es schon in den großen Vorzeiten des Rheingauer „Gebücks“ der Fall gewesen, als man noch die Keule, den Morgenstern und die Schleuder hier schwang.

Aber freilich, auch der Schatten fehlt hier in dem sonnigen Thal nicht, und manchen rechtschaffenen, fleißigen Wingertsmann hab' ich schon seine heißen Thränen weinen gesehen, wenn trotz all' dem Schutz, den die Berge vor den Nordostwinden gewähren, in einer einzigen Frühlingsnacht der Frost das ganze Geschein verzehrt, das so üppig ihm die reichste Ernte verheißen; wenn schwarz und welk, im Keim vernichtet, an den so sorgsam gepflegten Stöcken herabhängt, was so unzähligen Gemüthern ein Born des Frohsinns hätte werden sollen. —

Walluf. Schifferkneipe.

Es ist Nachmittag. Die Sonne neigt sich langsam gen Westen und wirft ihre Strahlen schräger auf den Rhein, die Ufer, die Villen, die Winzerhäuschen, die Schlösser und Burgen überglänzend, in den waldgrünen Bergen, auf dem grauen Schieferboden der Gärten und den in der Ferne im Duft verschwindenden Hügeln die weichsten Tinten hinzaubernd.

Drüben am linken Ufer dampft eben der Eisenbahnzug vor dem Dorfe Budenheim, hinter der Rhein- oder Rettbergs-Au vorüber. Rechts liegt Schierstein, die Außenschwelle des Rheingau, von fruchtreichen Wein- und Obstgärten umgeben. Die Gebäude, welche die Hügel landeinwärts krönen, sind der Nürnberger Hof, auf dessen Abhängen der gleichnamige Wein gedeiht, im Jahre 1814 eine von Goethe bevorzugte Stätte, daneben der Sommerberger Hof und zu seinen Füßen der Hof Armada. — Das linke Ufer ist noch interesselos und nüchtern, dahingegen entwickelt sich vor uns auf dem rechten ein Panorama, das mit jeder Minute neue Bilder entrollt. Nieder-Walluf, an der Waldava, einem Bach, der ehedem die Grenze des „Gebücks“ bildete, jener einst bis Lorch reichenden mit Gräben geschützten Vertheidigungslinie, durch welche die Rheingauer Burgen, Städte und Dörfer sich gegen äußere Angriffe zu schützen suchten. Denn der Rheingauer erhielt sich seine Unabhängigkeit, er ward Niemanden hörig und selbst die Rittergeschlechter wußten sich klüglich mit ihm auf gutem Fuße zu erhalten. Traulich zur Ruhe und Beschaulichkeit ladend, streckt sich das Städtchen unterhalb seiner Rebhügel unmittelbar am Ufer, an dem sich die gastlichen, stets besuchten und schattigen Gärten des Bürgermeisters und der des Fürsten Wittgenstein entlang ziehen. Einen echt mittelalterlichen Anblick gewährt die Stadt. Wie eng der Raum, auf der kleinen Werft ist's immer lebendig und ebenso in der kleinen Schiffskneipe mit ihrer barocken Physiognomie. Der Strand ist an

Sommer-Nachmittagen stets mit wassersüchtigen, rheinfahrtlustigen Gästen bedeckt, die im Nachen die vorüberziehenden oder an der Brücke landenden Dampfer umschaukeln, während in den schattigen Laubgängen der Gärten der Bürgermeister Hofmann selbst den „Wallufer“ servirt.

Dort oben im Hintergrunde, über Walluf hinweg, wo die Berge winken und die Spitzen der Kirchen so heimlich zwischen dem Laub herausschauen, liegt Rauenthal, so genannt weil es oben auf dem Berge steht. Seine Weingelände ziehen sich gegen den Rhein hinab, die ganze Gluth der Sonne empfangend, die uns jene kostbare Traube zeitigt, die sich in der letzten Pariser Ausstellung zur Königin des Rheins krönen ließ, ohne freilich von den anderen stolzen Herren, dem Fürst-Abt von Johannisberg, dem Junker von Rüdesheim, dem Ritter vom Stein und dem Dom-Dechanten von Hochheim anerkannt zu sein. So Mancher pilgert seitdem nach Rauenthal, um die kritische Frage zu lösen. Er steigt hinauf auf das herrliche Plateau der schönen Aussicht und schaut über den wundervollen Gau, über das Land jenseits des Rheins, über die Nahe und weit bis zum Wasgau hinaus; er setzt sich in dem Dorf in den traulichen Garten des Nassauer Hof und läßt sich vom „Besten“ geben, den er mit blanken zwei Thalern und darüber an der Quelle bezahlt. Und mag er noch so tief den Hut vor der neu gesalbten Königin ziehen, an den Rhein zurückgekehrt, trinkt er Brüderschaft mit dem Edlen von Rüdesheim und der Fürst-Abt von Johannisberg bekehrt ihn im Handumwenden, ganz abgesehen von den übrigen feuerköpfigen Vasallen, die ihre seit Karl dem Großen datirenden tausendjährigen Rechte vertheidigen. —

In Rauenthal.

Vorüber geht's auf schäumender Fluth; höher und gedrängter werden die Weinberge, denn wir sind seit Walluf im eigentlichen Gau. Vor uns liegt links die Eltviller-Au mit ihren Meierhöfen im Schweizerstyl; rechts vor der Stadt ziehen sich bereits die herrlichsten Parkanlagen mit wohnlichen Schlößchen und Lusthäusern dahin, das Gut Julienheim und Schloß Rheinberg, früher auch Christoffelsburg genannt nach dem Heiligenbilde in seinem Thurm, bis vor einigen Jahren Eigenthum des Grafen Grünne, jetzt öffentlicher Garten. — Von den Römern will man den Namen des Ortes, aus „alta villa“ ableiten; die Zeit soll „Eltville“ daraus gemacht haben; aber vergebens sucht man nach einer Spur. Viel eher hat Bodmann Recht, der den Namen von „Alter Weiler“ ableitet. Der Ursprung der Stadt ist jedenfalls schon in der Frankenzeit zu suchen. Aus kleinen Anfängen ward sie der Hauptort des mainzischen Rheingau, ein Lieblingssitz und Zufluchtsort der Erzbischöfe, wenn ihnen in Mainz das Pflaster zu heiß ward und die Mainzer einmal wieder die Fäuste ballten, weßhalb der grimme Balduin von Luxemburg ihnen zum Trotz 1330 die Burg errichtete und Ludwig IV., der Befestigung wegen, dem Ort die Rechte einer Stadt verlieh. Burg und ein Theil der Mauern haben sich erhalten, auch der Wartthurm, obgleich die Schweden und die Franzosen die erstere arg verwüstet. Eine Chronik erzählt, daß Günther von Schwarzburg hier vergiftet worden; richtiger ist wohl, daß er das zerstörende Gift im Leibe hatte, als er hier den Frieden mit seinem Gegner Karl IV. unterzeichnete, da er sein Ende kommen sah. Eltville ward ein bevorzugter Wallfahrtsort,

Auf einem Rheindampfer. Von B. Vautier.

Eltville.

als 1402 die wunderthätige Hostie von Gladbach hieher gebracht ward. Das brachte die Stadt in hohen Flor, denn man leistete dazumal im Wall- und Bußfahren noch Erkleckliches mehr als heute. Die Kirche Eltville's, im Styl des vierzehnten Jahrhunderts, enthält das Grabmal der Agnes von Hoppenstein, der Gattin des Vicedoms Friedrich von Stockheim.

Einen Glanzpunkt seiner Geschichte verdankt der Ort dem Schüler Gutenbergs, Heinrich Bechtermünz (auch Bechtelmünze), der mit seinem Bruder Nicolas und mit Wigand Spieß von Ortenberg hier um Mitte des fünfzehnten Jahrhunderts eine Buchdruckerei errichtete, von deren Leistungen noch einige Exemplare aufbewahrt werden. Simrock spricht sogar die Vermuthung aus, daß Gutenberg sich hier vor seinem Ende bei seinen Verwandten niedergelassen, doch ist darüber nichts bekannt. Auf dem Friedhof findet man nur das ganz verwahrlosete Grab eines dieser Verwandten, eines Jakob von Sorgenloch. —

Heut ist Eltville ein durch die Villen und Parkanlagen der Reichen bevorzugter Ort; ein Landhaus schließt sich mit seinen Gärten an das andere zu einer prachtvollen Uferkette. Das Gasthauswesen hat sich in hohem Grade entwickelt durch die Omnibus-Verbindung Eltville's mit Schlangenbad und Schwalbach und figurirt auch kein Eltviller Wein in der Liste der bevorzugten des Rheingau, Eltville hat seine Schaumwein-Fabrik, die im In- und Auslande dem Champagner eine nachdrückliche Concurrenz bietet.

Vor uns erhebt sich wie ein dunkler schattiger Punkt aus dem goldglitzernden Wasserspiegel die Insel Rheinau; rechts am Ufer von Erbach ragen aus der Landhaus-Kette die spitzen Thürme der gothischen Kirche in die blaue Luft, umgeben von Pfarr- und Schulhaus und einem Gärtchen. Die Wohlthäterin und Schutzpatronin des Ortes, die Prinzessin Marianne der Niederlande, die hier in ihrem Schloß Reinhardshausen residirt, ließ sie erbauen und übergab sie 1866 der Gemeinde. Ihr Schloß beherbergt eine interessante Sammlung von Gemälden und Münzen, die dem Publikum an gewissen Tagen geöffnet ist. Zu derselben Gemarkung gehört der Markobrunner, verschwimmend unter den übrigen Weinbergen umher, denn vergebens sucht man ein monumentales Zeichen, das uns an dieser so weinberühmten Stätte, dem Strahlenberg, ein willkommenes Halt zuriefe. Nur ein rother Brunnen von Sandstein erhebt sich an der Landstraße, vom Volke der „Marktbrunnen" genannt, vielleicht aber mehr eine Grenzmarke vorstellend, denn die Weinfelder hier theilten und theilen sich in die Hände von Klöstern, Stiften und Privaten.

Auch der gefeierte Steinberger wächst hier in gleicher Bescheidenheit auf einer leichten, von einer Mauer umgebenen Abdachung. Der Reisende sucht vergeblich den „Rosengarten". Ich gönne ihm ein Glas von dem feurigen „goldenen Becher", aber Gott behüte ihn vor all' dem, was den stolzen Namen des Steinbergers tragend, unmöglich auf diesem kaum achtzig Morgen großen Felde gewachsen sein kann! Nicht besser geht's dem Gräfenberger drüben, edel, wenn auch nicht mit dem Steinberger zu vergleichen!

Eben taucht das Dorf Kiedrich und mehr landeinwärts die Ruine Scharfenstein mit ihrem runden Thurm auf; mit ihr der Eichberg, die seit 1843 bestehende Irrenanstalt. Es häuft sich hier an dieser Stätte des Historisch-Denkwürdigen ein immenser Stoff, denn von drüben schaut auch Nieder-Ingelheim herüber und über uns ragt schon der Johannisberg uns entgegen. Reden wir zunächst von Kiedrich und dem Scharfenstein, von dem längst vermoderten Löwentrotz der mächtigsten rheingauischen Ritter-Familie, reich an Burgen mit ihren verschiedenen Geschlechts-Abzweigungen, die alle mit den Grafen selber zu Grunde gegangen. Kiedrich erscheint schon etwa um's zehnte Jahrhundert unter dem Namen Chedercho, während Scharfenstein auf dem rechten Rheinufer wohl als die älteste der Burgen zu bezeichnen ist. Sie war entschieden eine der größten, wenn sie, wie die Ueberlieferungen besagen, die ganze weitläufige Ganerbenschaft beherbergte, deren gemeinsame Interessen ein Zusammenhalten bedingten. Die Familie der Scharfensteiner muß auch eine der reichsten und deßhalb mächtigsten gewesen sein, da sie notorisch die meisten Burgen und Lehen besaß.

Wie es scheint, begannen die Scharfensteiner mit dem Aussterben derer von Kiedrich, oder diese verwandelten sich in die Burggrafen von Scharfenstein, als sie vom Erzbischof in Mainz mit dieser Burg belehnt wurden, dessen treueste Dienstmannen sie waren oder wurden. Die Chroniken nennen uns als verschiedene Zweige dieses Geschlechts die Grünen, die Braunen, die Schwarzen, die Gennen, die Eselwecke, die mit den Steinen und die Crazze von Scharfenstein. Ihre Hauptburg scheint namentlich von den Erzbischöfen als Zufluchtsort für schlimme Tage bestimmt gewesen zu sein und unter ihrem Schutz ging's oft hoch in den Scharfensteiner Hallen her, bis 1301 Albrecht von Oesterreich vor ihnen erschien, um sie zu belagern. Nach dreitägigem vergeblichen Sturm zog er wieder ab. Auch der „Löwe von Luxemburg", der tapfere Erzbischof Balduin von Trier, der besser mit dem Schwert als mit dem Kreuz Bescheid wußte, holte sich stumpfe Zähne vor Scharfenstein. Nicht besser ging's Albrecht dem Brandenburger und erst als die Schweden mit ihren Feldschlangen kamen, brachen die trotzigen Mauern vor einem Feinde zusammen, auf den sie nicht berechnet waren, vor dem Schießpulver. Was die Schweden übrig ließen, verwüsteten Melac's französische Mordbrenner und so ist denn von dem gewaltigen Scharfenstein nur eine Ruine noch vorhanden.

Den Hattenheimer kennt Jeder, der eine Weinkarte gelesen. Man schreibt den Ort von Hatto II. her, der ihn erbaute. Der Ort selbst ist nur ein unbedeutendes Glied der Kette, in der sich am Ufer ein Ring in den andern fügt. Wichtiger ist uns landeinwärts die Abtei Eberbach in ihrem von Waldhöhen halb umschlossenen, idyllischen, grünen Thal und der goldige Wein, der Steinberger Kabinet, den sie in ihren dunklen Kellern birgt. Sie kannte eine große und schöne Zeit, bis sie über so viel Wandlungen hinweg eine Herberge der Geisteskranken, die später den Eichberg bezogen, und dann zum Gefängniß ward. Ueber ihr liegt die Hallgarter Zange, mit dem Oertchen Hallgarten, an dessen Abhängen der gleichnamige Wein gedeiht. Ein deutscher Mann liegt hier begraben, Adam von Itzstein, „ein muthig Herz", wie der Denkstein sagt, „müde von den Jugendkämpfen deutscher Freiheit", und hier auf seinem Besitzthum ward von ihm, umgeben von seinen Freunden, das deutsche Parlament geplant.

Markobrunnen.

Als der heilige Bernhard von Clairvaux an der Seite Adalberts von Mainz hier die Stätte für ein Ordenshaus suchte, kam ein Eber aus dem Dickicht und wühlte mit seinem Hauer die Linie auf, die der Heilige für das Kloster bestimmte. Der Eber wälzte auch die Fundamentsteine für den Grundbau herbei, die Engel trugen die kleineren Mauersteine herzu und so ward denn die fromme Stiftung unter ausnahmsweisen, sehr günstigen, aber dazumal, wie es scheint, nicht so ungewöhnlichen Umständen im Jahre 1116 vollendet.

Erzbischof Adalbert rief nun die Augustiner Mönche in's Kloster, dessen Orden mehrmals wechselte, denn es scheint in großem Undank gegen die Engelein zu Anfang etwas wüst hergegangen zu sein, bis es besser ward. Die Mönche verlegten sich zeitig auf den Weinbau; sie waren es, die den schönsten Markobrunner im Keller hatten und den Steinberger anrodeten, und weltberühmt ward das mehr als vierhundert Ohm haltende große Faß im Klosterkeller von Eberbach, in das die ganze Ernte des Steinbergers gegossen wurde, wenn sie darin Platz hatte. Im Bauernkrieg 1525 aber waren die aufständischen Rheingauer nicht so dumm; sie soffen den armen Mönchen das große Faß bis auf den Boden aus und verwüsteten das Innere des Klosters. Die fleißigen Mönche besserten den Schaden aus und arbeiteten unverdrossen, bis Albrecht von Brandenburg mit nicht geringerem Durst über die Abtei herfiel. Die guten Tage derselben waren vorüber. Im Jahre 1803 wurde die Abtei aufgehoben und die Güter zu den Domänen geschlagen, deren edelste Weine das Kloster seitdem in seinen Kellern birgt. Das ehemalige Refektorium, jetzt das Kelterhaus, datirt aus dem zwölften Jahrhundert und erinnert mit seinen Säulen und Kapitälen noch heute an die weinkundigen und betriebsamen Mönche, denen die Rebenkultur so großen Dank schuldet, kluge Geschäftsleute, die es meisterhaft verstanden, sich von allen Kaisern und Fürsten freien Zoll auf dem Rhein für ihre Fässer zu erwirken, bis der Drangsal des Krieges all' den

Abtei Eberbach.

Segen zunichte machte. — Sehenswerth sind die Reste noch heute: die Kirche, von 1156, mit ihren Denkmälern; der Kabinetskeller mit dem echten Rheingold und den die Phantasie berauschenden Namen der Steinberger, der Markobrunner, der Rüdesheimer, der Gräfenberger und Hattenheimer! Und eins der wichtigsten Momente im rheingauer Leben ist noch heute die jährliche Versteigerung derjenigen Weine, die nicht kabinetswürdig. Wer da kommt, ob Kaufliebhaber oder Tourist, ihm wird ein „Weinmahl“ gereicht und selbst von dem Edelsten wird ihm gastfrei zum Schluß eine Probe gespendet, die Eberbach's Keller und seine Gastfreiheit preist.

Sprecht dem Rheingauer oder seinem Nachbar von einer Weinprobe und sein Herz wird lachen, mag sie ihm auch nicht in Eberbach, in Hochheim oder sonst an einer der schönsten Quellen winken, mag sie beim Bauern, beim Weinbergsbesitzer, bei den Schloßverwaltungen oder beim reichen Weinhändler geschehen, der uns an die dreißig Sorten vorsetzt; die Weinprobe ist dem Rheinländer eine Herzens-, ich möchte sagen eine Glaubenssache, bei der er mit seiner

Das letzte Ladfaß. Von W. Simmler.

Mittelheim.

ganzen Sammlung und Andacht zugegen ist. Und was und wie viel wird geprobt am Rhein, beim Gastfreund, bei den zahllosen Versteigerungen, überhaupt so oft es angenehm oder nothwendig ist, in des Bechers goldne Tiefe zu blicken.

Johannisberg! Der Stolz, der König des Rheingau! Das Schloß auf weinumkränzter Höhe, auf seinem Sockel das Mumm'sche Schloß, zu seinen Füßen lang und gleichsam zusammengehörig Oestrich, Winkel und Mittelheim, rechts über dem letzteren das Schloß Vollraths, zur Linken der neu ausgebaute Hansenkopf, jetzt Johannisburg genannt. Und drüben auf dem linken Ufer, jenseits der lichtübergossenen Auen liegt noch Nieder-Ingelheim, vor tausend Jahren die Seele des heiligen römischen Reichs, Karl des Großen schöne Pfalz, in welche der mächtige Kaiser die Fürsten dieses seines Reiches in die mit den Kunstschätzen einer ganzen Welt geschmückten Hallen zusammen berief, von wo des Kaisers Gnade und Zorn über das Schicksal ganzer Nationen, über Europa entschied und wo sein eigenes Vaterherz doch die schwersten aller Prüfungen erdulden sollte.

Verblaßt ist die Glorie, welche einst die mächtigste Kaiserkrone von Ingelheim ausstrahlte, wo vielleicht auch die Wiege des edelsten Mannes stand; zertrümmert, vermodert sind die Säulen, die einst den herrlichsten, imposantesten Palast trugen, bis auf die letzten Spuren zerbröckelt und verwest ist all' der Glanz, und nur auf einem einzigen Bruchstück hinfälligen Sandsteins erzählt uns eine Stimme aus dem dreißigjährigen Kriege, daß die Hundert-Säulenpracht, welche einst den „Saal" zierte (so heißt noch heute die Stätte, an welcher die Pfalz gestanden) durch den Kaiser Karl von Ravenna hieher geschafft worden. Besser wär's, es erzählten uns andere versteinerte Geister hier aus jener großen, längst verschwundenen Zeit, deren Zeugen die Rohheit der Jahrhunderte verwüstete, denn Ingelheims Palast war nächst dem von Aachen die herrlichste der Kaiser-Pfalzen, von welcher aus der große Karl das schönste aller deutschen Stromthäler und das Paradies der jenseitigen Ufer überblickte.

Von Ingelheim aus machte Kaiser Karl seine Jagdzüge, auf deren einem er sein geliebtes Kind in einem Hofe des Odenwaldes wiederfand, seine Emma, die er einst in den Armen seines vertrauten Geheimschreiber Eginhard überraschte, zur Nachtzeit mit ihm trauen ließ und mit ihm fortschickte, um beider Schuld in Vergessenheit zu begraben. Emma starb bald nach diesem Wiedersehen aus Schmerz über den Verlust ihres Kindes; Eginhard folgte ihr und Karl sah nie den Odenwald wieder.

Von Ingelheim sorgte er für den Anbau und die Pflege der Reben, die allerdings schon die Römer mit der Edelkastanie hieher gebracht, und für den Obstbau. Hier soll er 788 den Reichstag versammelt haben, auf welchem der Herzog Thassilo von Baiern seiner Würde entsetzt ward. Hieher floh der Dänenkönig Harald 826 mit seiner Gattin und seinen Getreuen und ließ sich zu Sankt Alban taufen. Hier empfing Karl die prunkvollen Gesandtschaften, deren Ankunft durch die glänzendsten Feste gefeiert ward. In Ingelheim war's, wo Ernst von Schwaben in Kirchenbann und Reichsacht gethan ward, wo Heinrich V. den Reichstag versammelte, um seinen mit dem päpstlichen Bann belegten Vater, Heinrich IV., der Krone verlustig zu erklären und ihn in Bingen gefangen zu nehmen. Der Palast zerfiel, Friedrich I. stellte ihn wieder her und weilte mit Vorliebe in ihm. Abermals verwüstet, baute ihn Karl IV. im Jahre 1354 wieder auf, freilich um ihn an die Kurpfalz zu verpfänden. Die Mainzer steckten ihn in Brand während des Krieges zwischen Friedrich dem Siegreichen mit dem Erzbischof Adolf von Mainz. Die Spanier und Schweden gaben ihm den Rest und 1689 kühlten die Franzosen noch ihr Müthchen an der öden Ruine, so daß nichts von dem einstigen Prachtbau übrig geblieben als die Reste einiger in der Umgegend zerstreuten Säulen.

Kein Odem von dem Geist einer so großen Vorzeit weht mehr über die Gärten, denen wir Ingelheims dunklen Rebensaft verdanken und der Reisende würde vergebens seine Spur suchen. Von Oestrich-Winkels Ufer aber schaut er freudig bewegt die majestätische Höhe, den Vorberg der „Rabenköpfe" hinan, deren berühmte Traubengelände sanftwellig, die Lieblinge der Sonne, sich wie ein Teppich herabsenken, gekrönt von dem Kloster-Schloß Johannisberg und den ihn umgebenden Schloßgebäuden. Hier unten in Winkel lebte von 850—56 in dem grauen Hause der Erzbischof Hrabanus Maurus, der bei all' seiner Gelehrsamkeit das alte römische Weinlager wieder hergestellt haben soll. Hier weilte Goethe im Hause seiner Freunde, der Familie Brentano, das noch Erinnerungen an ihn vorweist. Hier schrieb Bettina ihre Briefe an ihn und hier am Ufer suchte Karoline von Günderode 1806 den Tod in den Wellen des Rheins. In seinem traulich zwischen Reben und Obstbäumen versteckten Hause weilt hier Sommers Robert von Hornstein, der Komponist so manchen vielgesungenen, anmuthigen Liedes, das zum ersten Male von jener Gartenterrasse über den Rhein hin erklang. — Kein Auge blickte noch von hier hinauf zur Höhe des Johannisberg, ohne daß diese den Wanderer hinaufgezogen hätte, mag auch die Geschichte dieser Stätte nicht so reich wie die Ingelheims sein, denn sie bietet uns in der Hauptsache nur ihrem frommen Nachbar Eberbach gegenüber das Gleichniß von den faulen und den fleißigen Mönchen.

Ueberwältigend ist die Ausschau von hier oben bis über Mainz hinweg, zum Donnersberg, zu den Spitzen der Eifel und namentlich über das gewaltige Strombette mit seinen üppigen grünen „Auen". Es ist eine alte Erfahrung: wo die Gegend am schönsten, da steht ein Kloster oder ein Wirthshaus, gewöhnlich beides, und nur das von Camaldoli bei Neapel möcht' ich mit der Schönheit Johannisbergs vergleichen. Vielleicht dankte man nach Karl dem Großen dem Bischof Hrabanus die erste Pflege der göttlichen Johannisberg-Rebe, denn die Höhe hieß zu Anfang der Bischofsberg. Nach der bekannten Judenhetze erbaute der Erzbischof Ruthard auf demselben ein Kloster, das er dem Täufer Johannes widmete, vielleicht zur Sühne für all' das Morden unter den Kindern Israels, und dem Abt von Sankt Alban unterstellte. Der Erzbischof Adalbert übergab auch Eberbach dem Johannisberg wegen der liederlichen Wirthschaft der ersten Mönche in jenem Kloster, und seltsam genug sollte sich im Laufe der Zeiten das Blatt doch so wenden, daß gerade Eberbach ein Muster des Fleißes wurde. Johannisberg ward damit unabhängig von Sankt Alban und eine freie Benediktiner-Abtei, in welcher die Mönche alsbald nichts Besseres zu thun hatten als dem Humpen zuzusprechen und ihre Bäuche zu mästen, während in Eberbach Ehrsamkeit und Fleiß

Parthie aus Winkel.

etwas vor sich brachten. Die Schulden der Abtei Johannisberg häuften sich; selbst das Auffinden einer Anzahl von Reliquien, die man ausstellte, füllte die leeren Säckel nicht mehr; der Skandal ward so lautbar, daß Erzbischof Dietrich eine Untersuchung des Klosters befahl, die Mönche hinaus jagte, die nicht Buße gelobten, und andere vom Sankt Jakobsberge hineinschickte. Durst und Plünderungssucht führten die aufständischen Bauern auch auf den Johannisberg; die Fässer der Mönche wurden geleert, die Abtei verwüstet. Der Rest des mühselig wieder aufgerichteten Wohlstandes war dahin und man mußte von den Ländereien verkaufen.

Noch waren nicht dreißig Jahre in's Land gegangen, als auch Albrecht von Brandenburg mit seiner wilden Schaar den Johannisberg brandschatzte. Die Mönche wurden verhöhnt, gemißhandelt, hinausgejagt, der Wein ausgesoffen, die Kirche geplündert und das Kloster in Brand gesteckt. Die Lanzknechte zogen wieder ab, das Kloster aber war eine Ruine. Der Abt Val. Horn war nicht der Mann, mit seiner Faulheit das Unglück wieder gut zu machen. Seinem Schmerbauch zu Liebe verkaufte er abermals Güter und verpfändete die geringen Einkünfte, bis Erzbischof Daniel von Mainz, um den Benediktinern das Kloster wieder zu retten, den Abt sammt den Mönchen davon jagte. Daniel übernahm selbst die Verwaltung, verzehrte aber auch selbst die Einkünfte. Da kamen die Schweden und ließen das Kloster in Trümmern zurück.

Johannisberg.

Die Noth war größer als je. Da fand sich Hubert von Bleymann, der die Güter und Einkünfte gegen einen Pfandschilling von dreißigtausend Gulden übernahm. Als er starb, zahlte die Abtei Fulda den Pfandschilling und erhielt dafür 1716 den Johannisberg als Eigenthum. Aber auch dazumal scheint's nach altem Brauch im Kloster wieder lustig hergegangen zu sein. Alexander Kaufmann singt uns in seinem bekannten Gedicht, wie der wackere Abt von Fulda nach Johannisberg kam, um zu sehen, ob nicht der Glaube, sondern die Rebe florire, und als er sich mit den Mönchen zu Tische gesetzt, ausrief:

„Doch halt, bevor wir zechen
Nehmt eu'r Brevier, ihr Herrn, ein kurz Gebet zu sprechen." —
„Brevier —?" — „Ja, das Brevier!" — Sie möchten schier versinken,
Sie suchen, suchen. — „Laßt's! beginnen wir zu trinken!
Die Flaschen her! Weiß Gott, das heiß' ich doch vergeßlich,
Daß ich den Stöpfelzug daheim ließ — es ist häßlich!" —
„Den Stöpfelzug?" — Im Nu fährt's da in alle Taschen,
Und gibt's im Augenblick Korkzieher mehr als Flaschen.

Fürst-Abt Adalbert errichtete inzwischen auf den Ruinen ein Schloß neben der noch erhaltenen Kirche. 1803 ging die Abtei an Wilhelm von Oranien über. Napoleon schenkte es seinem Marschall Kellermann in einem Augenblick guter Laune, als dieser beim Anschauen rief: Oh que c'est beau! — „Willst Du's?" fragte Napoleon. „Gut, so nimm es!" Im Jahre 1815 kam es in Oesterreichs Besitz, während Friedrich Wilhelm III. das schöne Schloß gern für seinen Blücher gehabt hätte. Als unter den Alliirten die Frage entstand, wem man es schenken solle, schlug Kaiser Alexander vor, es dem wackren Stein zu geben. Der aber soll gerufen haben: Ich danke dafür,

Weinprobe. Von B. Vautier.

Majestät; der Hehler ist immer so gut wie der Stehler! So gab man es Metternich als Lehen, der sich die gegen sechzig Morgen des unvergleichlichsten Weinlandes mit gegen tausend Morgen Wald- und Ackerland gut hat bekommen lassen.

Wo einst die Mönche den Herrn einen guten Mann sein ließen und den edelsten der Weine aus großen Humpen tranken, so daß kein Segen in die ganze gottselige oder gottlose Wirthschaft kommen konnte, da wird jetzt fein säuberlich Buch geführt über Ernten und Erträge, die einst zu Ehren des Bacchus leichtsinnig verkauft oder verpfändet wurden, und die fürstliche Verwaltung spendet dem Fremden gegen Erlegung von drei bis vierzehn Gulden die Flasche von ihrer Crescenz.

Und mit diesem Trunk, mit einer Ausschau über das herrliche Panorama mag's denn der Fremde immerhin bewenden lassen. Das Innere des Schlosses bietet nichts besonders Interessantes, und in der Kapelle verdient nur Erwähnung das Grabmal des 1836 verstorbenen rheinischen Historikers Niklas Vogt, das „sein Freund und dankbarer Schüler", der Fürst von Metternich ihm setzen ließ. Sein Herz ruht nach eigenem Wunsch in dem Quarzfelsen im Rhein bei Bingen, in einer silbernen Kapsel. Ein kleines Kreuz von Eisen bezeichnet die Stätte. Auf dem Kirchenplatz steht eine Statue Johannes des Täufers.

Das ganze schöne Besitzthum ist gegenwärtig in Händen Richards von Metternich, des ehemaligen österreichischen Gesandten in Paris, der mit seiner Gattin hier wohl seinen Sommeraufenthalt nimmt. Unchristlich klingt es, dem, der soeben im Schloß den feurigen Achtundsechziger getrunken, von der Kaltwasser-Anstalt zu reden, die da unten im Dorfe liegt; indeß, es hat schon so Mancher wie jener alte Ritter wegen zu vielem „est, est!" ein Bedürfniß nach einer solchen gefunden und so sei auch ihrer erwähnt.

Von dem Nachbarn Geisenheim lohnt es kaum Historisches zu erzählen. Seine freundliche Lage, die bedeutende Rheinbreite, die das Städtchen schmückenden Villen, im Ostende die Häuser der Grafen Ingelheim und Schönborn, nach der Rüdesheimer Seite im Westende die Villen der Familie Lade und Brentano, die Villa Mon-Repos mit ihren herrlichen Obstgärten, die neuen schönen Anlagen des erst kürzlich gegründeten pomologischen Instituts, unter Leitung des Gen. Consul Lade, geben dem Ort ein liebliches Gepräge. Ich wette, der Reisende, wenn er irgend ein wenig weinkundig, erkennt die Stadt an den hohen Doppelthürmen, denen er schon auf den Etiquetten begegnet ist. Das Rittergeschlecht derer von Geisenheim erstarb schon im vierzehnten Jahrhundert. In dem sogenannten Schönborn'schen Hause wohnte der Kurfürst Johann Philipp gleiches Namens und soll hier der Westphälische Friedensvertrag entworfen worden sein. Es ist nicht sicher, darauf nachzureden. Die edelsten Trauben wachsen hier auf dem röthlich gefärbten, etwas zurückliegenden Rothenberg und dem Kosackenberg. Eine Stunde von Geisenheim im Wiesengrund liegt der Wallfahrtsort Kloster Marienthal, dessen Mönche schon 1468 mit Gutenberg'schen

Blick auf Geisenheim.

Lettern eine Druckerei anlegten; kaum soweit entfernt das Kloster Noth Gottes, dessen Gnadenbild in Rüdesheims Kirche zu suchen ist.

Mehr als bis zu diesem Punkt drängt sich dem Rheinfahrer stromab der Gedanke auf, er befinde sich in einem der romantischsten Seen, denn näher treten uns die hohen von Wein und Wald bewachsenen Ufer, höher steigen vor uns auf der Binger- und der Niederwald mit ihrem Nebelsaum in den Kronen; grotesker erheben sich die Felsterrassen von Rüdesheim. Näher tritt uns auch das linke Ufer mit der hoch gelegenen Rochus-Kapelle und der Burg Klopp, der Stadt Bingen, und aus dem Laubschatten, vom Wasser umspült, taucht tief unten auf seinem Inselchen der Mäusethurm hervor, dessen rothes Fähnlein uns so seltsam entgegen flattert. Die Bahnzüge, dicht am Ufer entlang laufend, wirbeln ihre weißen Wölkchen links über die Villa Landy, rechts über die Thürme von Rüdesheim, sich wie weiße Fäden in dem Rebgelände verlierend.

Der hat kein Herz in der Brust, dem's hier nicht drinnen freudig pocht, an dieser herrlichen Stätte, wo Land und Wasser die schönste Poesie zusammen dichten, wo Sage und Geschichte so sinnend an ihren unvergänglichen Blättern geschrieben, die Natur ihrem Schöpfer ein dankbar Hallelujah singt und selbst die goldenen Sonnenstrahlen duften, weil sie die Blume des kostbarsten Weines aufsaugen! Hier sieht selbst die nüchternste Phantasie die weinumkränzten Recken vor sich, wie sie Schrödter uns in seinem „Triumphzug des König Wein" gemalt:

„Umgeben von Reben mit schilfenem Kranz kommt Rhein,
Ihm schreitet zur Seite mit heiterem Tanz der Main,
Und der Dritte mit sittigem Schritte ist ganz von Stein,
Und der Main und der Stein sind die ersten Minister vom Rhein!"

Vorüber an der Häuserfront von Rüdesheim, das lang hingestreckt am Fuße seiner Weinberge liegt, abgeschlossen vor uns durch die hohen Stein-Terrassen des „Rüdesheimer Berges", vorüber an dem alten Thurm und dem rothen Steinklumpen braust das Schiff, uns überflügelnd saust der Bahnzug unmittelbar vor den Häusern mit ihren Sommerlauben dahin. Die Eisenbahn hat sich hier als nothwendiges Uebel mitten in die Romantik der Ufer hineingedrängt, sie mit ihrem Kohlenruß und ihrem Qualm übergießend. Aber sie bringt unablässiges Leben und während der Zug vor den Lauben der zahlreichen Gasthäuser dahin schnaubt, winken uns wehende Taschentücher aus den schattigen Rebendächern herüber; ein lustiger Zecher erhebt sich aus der Laube, den Römer in erhobener Hand, ein Evoe! dem durstigen Reisenden rufend, dem die Sonnengluth des August-Mondes selbst unter dem Schiffszelt den Gaumen verdorrt, der sehnsüchtig auf die Glücklichen da drüben hinüber schaut.

Da steht am Ufer, gegen das nördliche Ende der Stadt der Klumpen von Stein, unförmlich, ein Riesenwürfel, offenbar Torso eines großartigen Bau's, und doch in keiner Weise den Zwecken und Sitten der Zeit entsprechend, der dieser unbeholfene, verdrießliche Koloß seine Entdeckung dankte. Mauerwerk von ungeheurer Dicke, aus welchem glotzäugig tief liegende Fenster herausschauen, mit eisernen Söllern versehen, düster winklich, scheinbar gespalten, ein Doppelbau, der von Außen eins zu sein scheint; mit Gestrüpp auf seinem flachen zerbröckelten Scheitel bedeckt, das melancholisch sich herüber neigt, unheimlich und dennoch die Kennzeichen einer modernen Wohnlichkeit an und in sich tragend — so schaut das finstere Gebäude den Fremden an, der sich vergeblich den Kopf über die einstige Bedeutung dieses Giganten zerbricht und noch weniger den Gedanken einer behaglichen Ansiedlung zu fassen vermag.

Und viel Andere haben sich schon den Kopf darüber zerbrochen. Ein römisches Castell soll's gewesen sein, von den Alemannen verwüstet, von Karl dem Großen wieder hergestellt. Möglich ist nur, daß es ein kaiserlicher Hofbau gewesen. Wie wär's, wenn man sich eine Landsknechtskaserne daraus construirte? Später ward diese Burg ein Sitz der Familie von Rüdesheim, die mit diesem belehnt worden. Sie ging auf die Brömser von Rüdesheim

Rastende Weinbergarbeiter.

über, daher denn der Name Brömserburg, auch Niederburg genannt. Eine Gräfin von Ingelheim hatte die originelle Idee, die Burg innen mit eleganter Einrichtung zu versehen, und ihr dankt das alte Gemäuer den modischen Aufputz durch Blumen- und Rankenwerk.

Weiter oben in der Stadt fallen uns die Thürme der Boosenburg auf, eine Schöpfung der Familie von Rüdesheim; später 1474 gelangte sie durch Heirath in Besitz des Boos von Waldeck, daher ihr Name. Der Brömserhof noch weiter oben ist jetzt zum Armenhaus gemacht; er stammt aus dem fünfzehnten Jahrhundert und ist ohne weiteres Interesse.

Mahomed sagte: „Durch Wasser lebt Alles" — in Rüdesheim lebt Alles vom und durch den Wein, mit welchem die Natur es so überschwenglich gesegnet; den künstlichen besorgt die große Champagner-Fabrik von Dietrich und Ewald. Einst war dieser glückliche Punkt der Erde bekannt als die „schönste Perle im Kurhut von Mainz", heute gehört sie, aufgelöst im Faß zu fließendem Gold, der ganzen Welt, auch einer Welt von Glücklichen, nämlich derer, denen es beschieden ist, sie unverfälscht genießen zu dürfen. So weit der Blick landeinwärts reicht, Alles was da in leichten, sanften Wellenlinien zum Horizont ansteigt, ist Weinberg; edler aber als Alles, ist der steil aufragende Berg. Herrlich ist der Blick von hier oben auf das Rheinthal, hinüber über das jenseitige Ufer; schöner und majestätischer aber ist er gerade von drüben, von der Rochuskapelle, der uns des Rheinaau's unzählbare Schätze erschließt.

Ganz Rüdesheim ist natürlich mit enormen Kellereien unterminirt; man lebt hier mehr unter als auf der Erde und ich darf nicht sagen, daß es da drunten in diesen Katakomben nicht schön sei. Ich habe manch' wohlige und mehr oder minder selige Stunde in dieser Unterwelt verlebt, unter Anderem wenn mein alter Freund August Reuter, der Jüngling von mehr als siebzig Lenzen, mich in sein Goldbergwerk da drunten führte, wenn der Glanz unzähliger Lichter von dem Rücken aller der dickbauchigen schwarzen Gnomen die berauschende Atmosphäre durchbrach und alle die Geister den Mund aufthaten und in der schönsten aller Sprachen redeten, die wie Honig über die Zunge und wie Engelswort in die Herzen geht. —

Auf dem Niederwald.

Wie hellgrüne Goldbronce lagert heute der Sonnenschein auf dem Rüdesheimer Gelände, in welchem die Rebe zu „kochen" begonnen. Ich erinnere mich eines nicht fernen Novembertages, als ich dort oben unter dem Wingertsvolk stand, denn die Weinlese war am Tage vorher begonnen und die Zugänge der Weingärten waren von dem Reisig befreit, die sie Jedem verschlossen.

Seit vierzehn Tagen hatten wir damals keine Sonne gesehen, seit ebenso lange ballten, wirbelten und wiegten sich die Nebel über dem weiten Stromthal. Des Rheines jenseitige Ufer waren im Dunst und Duft kaum erkennbar. Ein Nebelbild lag vor uns wie am Strande des offenen Meeres und war's, als seien die Auen da unten eitel Sandbänke, als müßten die Robben sich aus dem Meerwasser erheben und sich auf die trockenen Flächen strecken, die des Flusses niederer Wasserstand vor uns breitete. Dumpfer und gewaltiger tönten sich die Höhen in dem grauen Chaos ab; nur dann und wann lichtete flüchtig eine grämliche Brise den Schleier und die Rochus-Kapelle, Burg Klopp und der Niederwald schoben sich verstohlen durch den beweglichen Vorhang.

Keine Sonne mehr, nicht einmal die kalte Wintersonne! Die Nacht des Nordkap über dem Rhein, und dennoch helle Luft in Aller Augen, aller Herzen, soweit die Rebengestade sich auf- und abwellen. Böllerschüsse, Freudenfeuer, Gelächter, Tausende von freudigen Gesichtern, die, auf den nebelumflorten Weinbergen hin und her sich bewegend, die kostbare Ernte einheimsen, so kostbar, so strotzend, so nektarsüß und zart, wie sie die kühnste Hoffnung des Weinbauers und der schmachtende Gaumen des Trinkers nach so viel Mißjahren kaum zu träumen gewagt!

Je mehr Nebel draußen, desto heller ist's drinnen im Herzen des Wingertsmann; wenn der Stock voll Trauben hängt und wenn die Sonne sie im hohen Sommer mit Zucker gefüllt, bringt ihm der Nebel die Edelfäule, die köstliche Auslese; ja selbst wenn der Schnee sich auf die Berge lagert, der Leser pickt sie mit der Gabel auf im eifrigen Kampf mit den geflügelten Dieben. Die Edelfäule ist ihm Alles, seit nach der einen Version durch Vergeßlichkeit des Abts von Fulda die Erlaubniß zur Lese auf dem Johannisberg zu spät gegeben, nach der anderen im Jahre elf durch die Kriegsverhältnisse die Ernte dort zu spät geschah, das Haus Mumm die ganze, wie man glaubte, verdorbene Ernte für ein Spottgeld kaufte und gerade die verwelkten, halb vertrockneten Beeren die herrlichsten Weine gaben. Scheint's doch fast, als sei man am Rhein erst dadurch hinter ein Geheimniß gekommen, das schon die Pharaonen kannten, das noch heute selbst die weinbauenden Christen, die Griechen und Armenier, im Orient in Anwendung bringen, indem sie die Rebe am heißen Boden hinkriechen und die Beere auf dem Boden bis zur Fäulniß liegen lassen!

Rüdesheim.

Zum dritten November also war in Rüdesheim die Lese angesagt, für den Fall, daß auf den Beeren kein allzu schwerer Nebel sitze, denn auf jeder haftet ja dann ein Wassertropfen, und lassen's die Producenten und Händler an diesem auch leider nicht fehlen, die Traube soll rein in die Kelter kommen und nachher mag Jeder thun was er verantworten kann. So mancher Berg freilich war schon rings herum in der Gemarkung abgelesen, aber die Interessen gebieten den großen Besitzern gemeinsames Handeln, und so ist denn das Oeffnen der Weinberge ein solidarischer Akt, ein Freudenakt, wenn nicht wie in den letzten Jahren so Mancher verdrossen sich kaum der Mühe unterzog, die paar Eimer noch lesen zu lassen.

Und mit welcher Sehnsucht wird in guten Jahren auf diesen Moment gewartet! Die Bottiche, die Legel, die Kelterpressen werden gereinigt, Alles wird zur Aufnahme des Mostes bereit gehalten, damit der Inhalt der Legel, nachdem er im Weinberg selbst mit den Mostkolben zerquetscht, auf den Rücken der rastlos auf- und abwandernden Träger oder auf Karren in großen Fässern in's Kelterhaus geschafft werden kann; denn der Most will nicht bis zum nächsten Morgen warten, und ist's auch eine anstrengende Nachtarbeit, Alles rührt freudig die kräftigen Arme, und die Tage der Lese hindurch ist kaum Einer im Hause zu finden, der seine gesunden Glieder der Arbeit nicht widmete.

In ganzen Schaaren, truppweise in die kleinen Bottiche füllend, mit Jubel die von ihrer Last auf den Boden gezogenen Trauben vom Stock lösend, überwacht vom Aufseher, damit nicht allzu viel in die lüsternen Mäuler wandre, bewegen sich die Gruppen im Lesen und Nachlesen auf den Bergen. Die Trauben werden aus den Bottichen in die Legel geschüttet, mit einer schnellen gewandten Doppelbewegung zerquetscht; der Arbeiter ladet sie auf den Rücken und wandert in's Kelterhaus, oder der Karren steht bereit und langsam bewegt er sich den Pfad hinab bis der Letzte zur Kelter geschafft wird, der umkränzt, umjubelt von dem Wingertsvolk die Kelter erreicht.

Natürlich wird von dem Aufseher oder Verwalter Alles sorgsam notirt, damit man weiß, wie viel geerntet worden. Das geht legelweise, und wie unscheinbar das Gefäß auch aussieht, das ein Träger bequem an zwei

Riemen auf dem Rücken davonträgt, es hält doch immer eine Viertel-Ohm Wein und man denke sich die Ohm edlen Rheingauers, eines Johannisberger, Steinberger oder Rüdesheimer, von dem die Flasche unter Brüdern ihre zwei bis acht Thaler werth ist! Nur die zur Lese geladenen Freunde haben das Gastrecht, durch den vielleicht nassen, vom Regen oder Nebel durchfeuchteten Lettenboden zu steigen (die Wingertsleute haben ja das Recht ihm das Schuhzeug zu reinigen), sich die kleine Rießling-, die Orleans-Traube zu pflücken, so weit ihr Appetit reicht. Und das Opfer ist für den Besitzer so groß nicht, wenn die Gäste die einzelnen Beeren bescheiden in den Mund führen, während freilich der geübte rheingauer Lesegast, bei sich denkend: wann ich judiziren soll, so will ich auch das Maul recht voll! seine Ausbeute oft ganz ergiebig macht, indem er die Trauben sammt dem kostbaren Edelfaul durch den Mund zieht. Ist's doch selbst Sitte, diejenigen Trauben, die man als Gast nicht ganz verspeist, wieder in die Stöcke zu hängen, damit sie nicht zertreten werden und verloren gehen!

Ein Jubel war's heuer! Schwer, in Klumpen hingen die Trauben an den niederen Stöcken (die freilich diesmal der Hitze wegen wenig Holz getrieben) auf dem schiefer-glänzenden Boden, blinden Wachsperlen gleich, braungelb, perlmutterschillernd die Edelfäule; der köstlichste Zuckersaft quoll aus den Beeren, einen Trank verheißend, der dem Achtundsechsziger nichts nachgiebt. Aber bis Das was heute Most, über ein Weniges Federweiß ist, bis Das als klarer Wein auf unseren Tafeln steht, bis es uns wieder in den Reblauben sammelt und der Rheingauer mit der Zunge schnalzend rufen kann „a Wainche!" — bis dahin fließt noch viel Wasser den Rhein hinab und ich fürchte, leider auch daneben in die Keller, denn die Mißjahre haben die Producenten die Chemie gelehrt und sie wollen doch ihre Kenntnisse nicht umsonst erworben haben!

Lastesel in den Weinbergen.

Wohl ist's mir und Allen am Rhein frisch im Gedächtniß, wie viele edle Zecher damals der Siebenundfünfziger durch Schlagfluß dahin raffte, wie jener unvergleichliche Saft süß wie Meth, lieblich wie Nektar, so sanft und schmeichelnd über die Zunge floß, um selbst den vernünftigsten, besonnensten Menschen plötzlich und im Handumdrehen ganz in das — Gegentheil zu verwandeln, ehe er im Stande war, umschmeichelt von der würzigen Blume die unter weniger verlockenden Umständen kaum erkennbare Grenze zwischen dem Genug und dem Zuviel zu unterscheiden.

Mir sagte einmal ein weiser Araber, der mich auf meiner letzten Nilreise begleitete, als ich ihm den Verdacht aussprach, daß meine arabischen Diener mir über den unten in der Barke liegenden Wein gingen: „Herr," sagte er, „daß Ihr Christen trinkt, finde ich gerechtfertigt, denn Ihr trinkt nur so viel Euch gut ist. Hätte aber der Prophet den Arabern nicht den Wein verboten, es wüchse auf der ganzen Erde nicht so viel, den sie nicht trinken würden!" — Abdul-Wachad-Bey, mein Begleiter, hatte, wie man sieht, eine sehr schmeichelhafte Meinung von uns. Wenn er aber sähe, was ein sonst ganz rechtschaffener Christ am Rhein schon von dem

Eine Nachenstation.

Most und dem Federweißen die Kehle hinabgießt, er würde seinen Tarbusch schütteln und rufen: „Herr, Euer Prophet hat in seinen Geboten doch eins vergessen, vielleicht weil er wußte, daß auch Ihr es nicht halten würdet!“

Die Dampffähre unterhalb der „Rheinhalle“ trägt uns von Rüdesheim über den Fluß. Zu unserer Rechten liegt das „eiserne Thor“ des Rheines. Jene Wirbel und Strudel sind die Stromschnellen des Binger Lochs, nicht so schlimm mehr wie ihr Ruf und doch noch immer den Schiffern gefährlich. Sie schließen gleichsam die herrliche Rheinbucht und damit den Rheingau. Selbst die Ufer gewinnen von da ab einen neuen und anderen Charakter. Ehrenfels und der Rheinstein blicken von ihren Felsen aus dem Buschwerk auf uns herüber und dort weht das Fähnchen des Mäusethurms, mit dem rachsüchtige Mönche dem armen Bischof Hatto für alle Ewigkeit eine böse Nachrede angehängt, die ihm kein Regen mehr abgewaschen.

Auch vor uns, drüben zwischen der Burg Klopp und der schloßartigen Villa, öffnet sich ein anderes Thor. Wie der Rhein den Taunus und Hunsrück durchbrach, hat sich das Nahebett zwischen die Berge gegraben, die Scheide zwischen Ober- und Niederrhein, die Grenze zwischen Preußen und Hessen bezeichnend. Man will behaupten, dieses Bett habe einst zur Römerzeit weiter oben gelegen; ebenso wenig ist man darüber klar, ob das alte Bingium der Römer auf dem linken oder rechten Ufer der Nahe gestanden. Jedenfalls ist die gegenwärtige Lage kaum schöner zu

Bingen von Burg Klopp aus.

denken. Bietet Bingen den Rheingauern keinen so herrlichen Anblick, so entschädigt dieses sich dafür doppelt am Rheingau, namentlich durch die unbeschreiblich schöne Ausschau von dem über der Stadt sich erhebenden Scharlachberg mit seinen Weingärten und von der Kapelle.

Wer das alte Castell Bingen erbaut, das erzählen die steinernen Ueberlieferungen noch heute: die Drusus-Brücke, das Drusus-Thor, der gleichnamige Brunnen. Der Ort hat sich früh an Prüfungen gewöhnen müssen. Die erste Brücke wurde schon in dem Kampf mit den Trevirern im Jahre 70 zerstört, 368 nach Christo wieder gebaut. Seit 1254 gehörte Bingen zum rheinischen Städtebund. Albrecht von Oesterreich belagerte es 1301, plünderte die reiche Kaufherrnschaft, namentlich die lombardischen Juden auf's gründlichste und ließ einen bluttriefenden Schutthaufen zurück. Jener nächtliche Sturm heißt noch heute „die Nacht von Bingen". Kurfürst Philipp belagerte die Stadt 1495; die Schweden eroberten sie 1632, im Jahre 1689 ward sie von den Franzosen zerstört und 1793 durch die Preußen beschossen.

Wallfahrt nach dem Rochusberg. Von W. Simmler.

Auf dem Rochusfest.

Ein interessantes altes Gemäuer, mächtig von Eindruck, triefend von historischen Erinnerungen, ist die Burg Klopp. Ohne Zweifel hatte Drusus zum Schutz der Nahebrücke und zur Beherrschung der Römerstraße hier ein Castell errichtet. Als Burg Klopp erscheint sie 1282 in der Geschichte; in ihr und nicht in Böckelheim geschah der Verrath Heinrichs V. an seinem ahnungslos nach Ingelheim zur Reichsversammlung ziehenden Vater. Diesem Reue heuchelnd und unter dem Schein, sich mit ihm auszusöhnen, kam der Sohn ihm entgegen, mit dem Versprechen, auch zwischen dem Papste und dem in Bann Erklärten eine Versöhnung zu erwirken. Heinrich IV. wies alle Warnungen seiner Freunde zurück, er achtete nicht darauf, daß des Sohnes Anhänger um diesen immer zahlreicher wurden. Vor Bingen angelangt ließ er sich sogar überreden, auf der Burg zu verweilen, bis der Sohn sich mit dem Erzbischof von Mainz verständigt. Arglos ritt Heinrich IV. in die Burg hinauf, nur von wenig Getreuen begleitet. Kaum im Burghof, hob sich die Zugbrücke hinter ihm und des Sohnes hier versteckte Anhänger umringten den Kaiser, ihn als Gefangenen erklärend. Gleichzeitig gab man von der Burg das Signal zum Ueberfall der vom Kaiser in Bingen zurückgelassenen Begleiter. Am selben Abend erschien vor dem Kaiser sein Todfeind Markgraf Wigbert von Meißen, mit dem Schwert in der Hand, die Abdankung zu Gunsten seines Sohnes und die Herausgabe der Reichskleinodien fordernd. Heinrich wies ihn mit majestätischer Würde zurück. Da traten ihm auch die Erzbischöfe von Mainz, Köln und Worms entgegen und die frommen Herren, ermuthigt durch den Markgrafen, rissen ihm die Zeichen seiner Würde vom Leibe. Machtlos wie er war, ward er nach Ingelheim geschleppt und dort gezwungen, mit Thränen in den Augen seine Abdankung zu unterschreiben. Heinrich, nach Klopp zurück gebracht, entfloh von dort nach der Burg Hammerstein bei Andernach. Er starb vor Gram und der Haß verweigerte ihm sogar die Bestattung in geweihter Erde.

Von Bingen bergauf führt ein kurzer Weg zu der über der Villa Landy (jetzt Braun) sich erhebenden Rochuskapelle, dem Punkte, der das ganze jenseitige Rheingau-Ufer mit all' seinen Schätzen, die Rheinpfalz und das Nahethal vor uns ausbreitet. Und wieder: wo es am schönsten ist, steht ein Kloster und ein Wirthshaus, sei's auch nur eine Kapelle! In der Mitte des siebzehnten Jahrhunderts erbaut, ward sie 1795 von den Franzosen verwüstet, die sie als Pferdestall benutzten. Nach der östlichen Seite ist an der Außenmauer eine Kanzel angebracht, denn alljährlich am Sonntag nach dem 16. August (dem Tage der Wiederherstellung der Kapelle) feiert hier das Volk das Fest des Schutzheiligen der Traube, das Rochus-Fest; die Höhe bedeckt sich mit einem Lager von Zelten, in denen Erfrischungen geboten werden. Von weit und breit, vom Gau, von der Pfalz und der Nahe, gerufen von dem Geläute der Glocken aller Ortschaften, eilt das Volk zum Fest. Prozessionen ziehen auf den Straßen den Berg hinan, die Nachen tragen sie über den Rhein, alle mit Musikchören, mit Bändern und Fahnen, mit kirchlichen Emblemen, singend und betend, und der Tag bis in die sinkende Nacht sieht auf dem Berge, lagernd und lachend, in den Gebüschen kichernd und küssend, trinkend und singend, eine Gesellschaft, in der die ganze Ungebundenheit und Ausgelassenheit des Rheingauers die schönsten Blüthen treibt und der „Binger Bleistift", der Stopfenzieher, in rastloser Thätigkeit ist. Wenig kommt's darauf an, wenn nach der Predigt von der Kanzel erst die Festfreude sich entfaltet hat und der Scharlachberger die Herzen erwärmt, die Köpfe erhitzt, ob der Heilige seine Schuldigkeit gethan und er die Traube hat gedeihen lassen; das Rochus-Fest muß gefeiert werden und bleibt trotz all' der Zeiten Mißlichkeit eine der geräuschvollsten Volksfreuden am lustigen Rhein.

„Horch, wie den Strom das Läuten überklingt!
Hell singend kommt die Wallerschaar gezogen,
Im leichten Kahn, der mit dem Schaume ringt,
Von blüh'ndem Kranz und weh'ndem Band umflogen;
Auf morschem Erker zagend lauscht das Reh,
Vom Ringeltanz in's Dickicht schlüpft die Fee —
Das ist der deutsche Rhein, das ist sein Wogen!"

Drusnsbrücke.

Ausflug in's Nahethal.

Mit Bingen verlassen wir den Rheingau. Hinter uns bleiben die grotesken steinernen Gaumale, uns entgegen rauscht die oben im Birkenfeld'schen, bei Seelbach im Walde Hommerich entspringende Nahe durch die lachenden Kreuznach umschließenden Fluren, um sich unterhalb des Scharlachbergs in den Rhein zu ergießen. — Herrschte hier im burgenreichen Nahegebiet schon im Mittelalter der größte Wechsel des Besitzes, von dem uns alle die steinernen Riesentrümmer erzählen und in welchen sich mit Recht und Unrecht, durch Faust oder Brief die hohe Geistlichkeit von Mainz, Worms, Trier und Köln, die Pfalzgrafen, die Grafen von Sponheim und die Wild- und Rheingrafen theilten, so ward dieser Wirrwar noch größer unter der langen Franzosenzeit, und selbst heute stolpern wir über die Grenzen von viererlei Herren: Preußen, Oldenburg, Bayern und Hessen-Darmstadt, deren Gebiete auf dem rechten Ufer sogar sechsmal wechseln, ohne daß uns ein Grenzstein sagte, vor welchem Herrn wir eben den Hut zu ziehen haben.

Rechts von uns erhebt sich der Hunsrück, allmälig in Hardt, Soon- und Idarwald sich verwandelnd. Wie die Landschaft wechselt auch der Charakter des Volkes; anstatt des heißblütigen, leichten Rheingauers begegnet uns eine ernste, besonnene, stillfleißige Bevölkerung, deren Charakter und Thätigkeit wechselnd wie der des Bodens oder Gesteins, die ihr Nahrung gibt. Auch sie baut und trinkt ihren Wein, voran den edlen Scharlachberger, den Kauzenberger, Monzinger, den Ebernburger, den Laubenheimer und Rosenheimer, und ihre Rebe ist eben so alt wie die der stolzen Nachbarn drüben, denn sie datirt ihn schon vom Kaiser Probus, aber je weiter hinauf in's Nahethal, desto schroffer wird der Charakter desselben, starr und steinern, bis es sich endlich in das große schwarze Dintenfaß, das Saarbrückener Kohlenbecken, wieder hinab versenkt.

Von Bingerbrück führt uns der Bahnzug, zur Linken die Drusussbrücke und der Scharlachberg, rechts die Ruine, der Thurm Trutzbingen, der einst den pfälzischen Handel beschützte, nach dem Badeort Kreuznach. Seinen Namen soll es dem auf einer Tafel aufgepflanzten Kreuz der ersten christlichen Missionäre verdanken:

„Da kamen sie zur Insel gepilgert durch den Wald:
Bekehrt durch's Kreuz, bekehrt zum Kreuz ward Jung und Alt.
Und eine Stadt erhob sich, wo einst die Hütte stand:
Vom nahen Kreuz der Insel ward Kreuznach sie genannt."

Kreuznach vom Hamburger Garten aus.

An der alten Nahebrücke.

Auch hier hat der römische Feldherr in dem alten Crucenacum oder dem fränkischen Crucinaha seine Spuren hinterlassen. Auch dieser Ort besaß einst seine Pfalz, die von den Normannen zerstört worden. Nach mehrfachem Wechsel kam Kreuznach unter den Gaugrafen von Sponheim, dann an Kurpfalz, 1815 endlich an Preußen. Ueber die Nahe geschlagene Brücken verbinden die beiden Stadttheile, unter denen die alte steinerne Nahebrücke mit ihren acht Jochen die einzig interessante. Unter den Soolquellen ist auf der Badeinsel die Elisabethenquelle (Jod und Brom), einem der von hier sich erhebenden Porphyrfelsen entspringend, zu nennen. Nach Liebig enthalten die Kreuznacher Wasser Chlornatrium, Kalcium, Magnesia, Jod und Brom. Das Kurhaus ward 1840 erbaut. — Die Lage Kreuznachs ist überaus schön. Der bekannte „Maler Müller", in Kreuznach geboren, widmet seiner Vaterstadt den folgenden begeisterten Hymnus: „O daß ich so lange von dir geschwiegen, du meine geliebte theure Vaterstadt! wo ich geboren ward, zuerst das Leben, des Seins erstes Gefühl einsog! Wie herrlich schwebst du mir Flüchtling immer noch vor der Seele, rufst oft mich zurück aus dem Gedränge lärmender Welt, verfolgst liebreich mich bis an die prachtvollen Male, bis in die Prunkzimmer der Großen, warst freundlich mein Tröster in öden selbst peinigenden Stunden, wo das Herz leck wird, alle Freude, alle Liebe zum Leben versiegt. Da träufelst du Balsam in die Wunde, gießest neue Wonne, neues Leben in mein zerschlagenes Gebein, gewährst meinem Herzen neue Freuden. Wann sehe ich dich wieder, Theure, Theure! —

„Ja, vorzüglich vom Himmel geliebt bist du, schöne Vaterstadt, gesegnet vor tausend andern Städten! Freude und Ueberfluß wohnen bei dir, du bist auf Liebe gegründet. Der Bauherr, der den ersten Eckstein zu deinem Thore gelegt, war ein Günstling des Himmels; ihn jagt nicht Vaterfluch, ihn drückten nicht Wittwenklagen, und Waisenthränen verfolgten ihn nicht. Denn geöffnet von Gott war ihm das Auge zu schauen der Lieblichkeit Heimath, zu

Oberstein an der Nahe. Von R. Püttner.

ruhen am Herzen der Schönheit. — Vorzüglich geliebt vom Himmel bist du, schöne Vaterstadt! Verrath befleckt nicht deine Mauern, Treue und Redlichkeit sitzen dir zur Seite, du lehnst dich lächelnd über sie hin und aus deinen ernährenden Brüsten springen Ströme auf deine Kinder herab. Fremde ehren dich, deine Söhne tragen dich in Gedanken, wo du sie auch hinsendest über Land und Meer!

„Kreuznach! Geburtsort! Wie selig bist du! Dir nach hebt sich im Fluge meine Seele, ich sehe dich, vor mir stehst du jetzt in deiner Feste! Deine bewachsenen Thürme, verfallene Mauern steigen neu vor mir empor; ich höre das Rauschen deines dich theilenden Stroms, das Wehen deiner Winde vom Berge herüber. O süße Luft! Ach Wolkenstürmer! Kühner Rheingrafenstein! Ihr Wellen der Nah! Gesänge des Hardtwalds!“

Rheingrafenstein.

Die Umgebung hat des Historisch-Anziehenden genug, den Schloß- oder Kauzenberg mit einer herrlichen Aussicht auf das Nahethal, eine Ruine nur noch der alten Sponheim'schen Burg, der Löwe auf dem Gewölbe verewigt das Andenken an den heldenmüthigen Metzger von Kreuznach, Michel Mort, der in der Schlacht von Sprendlingen seinem Herrn, dem Grafen Sponheim, das Leben rettete und selbst den Tod fand. „Bei der Theilung der Brüder Johann und Simon von Sponheim“ — so erzählt Simrock — „ward Kreuznach Hauptstadt der dem letztern zugefallenen vordern Grafschaft. Simon's Sohn Johann I., auch der Lahme genannt, weil er an einem Schenkel hinkte, wollte seinen Bruder Heinrich an der väterlichen Erbschaft verkürzen. Im Unmuthe darüber verkaufte dieser zwei Drittheile seines Schlosses Böckelheim dem Erzbischof Werner von Mainz. Johann wollte sich diesen ohne seine Einwilligung abgeschlossenen Kauf nicht gefallen lassen und dieß veranlaßte die mehrerwähnte Fehde zwischen Mainz und Sponheim, welche die Schlacht bei Sprendlingen 1279 zum Nachtheil des letztern entschied. Johann, durch seinen hinkenden Fuß an der Flucht behindert, wäre gefangen worden, wenn Michel Mort, ein Metzger von Kreuznach, ihm nicht mit Aufopferung des eigenen Lebens zum Entrinnen Zeit und Gelegenheit erkämpft hätte. Bis auf die letzten Zeiten erfreute sich die Metzgerzunft der Freiheiten, welche Johannes Dankbarkeit ihnen verliehen hatte.“ Auf starrem Felsen liegt über dem Städtchen Stromberg die gleichnamige Burg, erbaut etwa um das Jahr 1050 von einem Grafen Stromberg, später zu Mainz geschlagen, bis die französischen Horden 1689 Stadt und Burg niederbrannten. Stromberg gegenüber liegt Burg Goldenfels, auf den Trümmern der alten errichtet; abseits von der Burg das Denkmal für den preußischen Lieutenant von Gauvain, der sich hier 1793 heldenmüthig mit einer handvoll Leute gegen die Franzosen gewehrt. Eine herrliche Aussicht bietet die sogenannte Gans mit dem Weg zum Rheingrafenstein,

Boos von Waldeck.

auf welchem die Rheingrafen nach ihrer Austreibung aus dem Rheingau hausten, eine Ruine, noch majestätisch als Trümmer, auf steil ansteigendem Porphyrfelsen mit bewundernswerther Kühnheit angelegt wie ein steinerner Adlerhorst. Die stolze Feste ward, so heißt es, schon im achten Jahrhundert erbaut, doch spricht die Geschichte erst zu Anfang des zweiten Jahrtausend von den Rheingrafen, und wenige Jahrhunderte später von ihrer Macht, ihrem Besitz. Johann I. von Mainz, verbündet mit den Grafen Dhaun und Sponheim eroberten die Burg um 1328 und selbstverständlich fiel später auch sie den französischen Mordbrennern zum Opfer. Der spanische Herzog von Osuna oder seine Gattin erwarb die Burg und den dazu gehörigen Grundbesitz als Eigenthum. An den Rheingrafenstein knüpft sich eine von Pfarrius dichterisch behandelte Sage, nach welcher Ritter Boos von Waldeck in Folge einer Wette mit dem Rheingrafen einen Kurierstiefel voll Wein auf einen Zug geleert und dadurch das Dorf Hüffelsheim gewonnen habe. Daher die durstige Tradition vom „guten Stiefel", den Einer vertragen kann.

Von weit höherem Interesse ist uns die Ebernburg, des vom Kaiser in Acht erklärten Franz von Sickingen „Herberge der Gerechtigkeit", die trotzige Feste, auf welcher er Ulrich von Hutten, Oecolampadius, Bucer und Melanchton als seine Gäste hegte und schützte, unbeugsam und unerschütterlich gegen Kaiser Karl und alle die Anfeindungen seiner Großen. Die Ebernburg war der Hort des Gedankens, der Glaubens- und Gewissensfreiheit, bis der Unerschütterliche, belagert in seiner Burg Landstuhl, nach vergeblichem Kampf mit den überlegenen Gegnern, dem Kurfürsten Erzbischof von Trier, den Pfalzgrafen Ludwig und Philipp, aus schweren Brandwunden blutend, zur Unterhandlung mit ihnen gezwungen war und noch vor Abschluß des Friedens am 7. Mai 1523 seinen Wunden erlag. Wie man annimmt, ward die Burg von seinen Feinden zerstört. Wiederhergestellt verblieb sie noch den Sickingen, deren letzter Sproß erst 1836 im Dorfe Saurthal bei Lorch im tiefsten Elend starb und dort von einem Freunde vaterländischer Geschichte als einzigem Theilnehmenden begraben ward. — Selbstverständlich ist die Ebernburg für alle Reisenden ein besonderer Anziehungspunkt. Im Jahre 1689 von den Franzosen zerstört, zeigt uns das

Schloß und Dorf Ebernburg.

Burgwirthshaus neben seinen Bildern und Statuen im Speisesaal noch allerlei Ausgrabungen meist späteren Datums, in seiner Mauer u. A. einen Stein mit der Inschrift:

„Doch begehr ich niemals Uebels zu than,
Zur Noth wird mir der Herr beistan.“

Am Fuße der Ebernburg liegt das Dörfchen Ebernburg, welches in einem über dem Thore eingemauerten steinernen Eber eine Erklärung für den Namen von Dorf und Burg zu geben scheint. Der Sage nach wurden einst beide „von einem übermächtigen Heere belagert, und der Hunger hätte sie zur Uebergabe gezwungen, wenn dem Burgherrn nicht zur rechten Zeit eine Kriegslist eingefallen wäre. Ein mächtiger Eber, der Hungernden letzte Hoffnung und Zuversicht, ward im Angesichte des Feindes hervorgeführt und zum Schlachten niedergeworfen; zum Schein doch nur: er kam lebendig wieder in seinen Stall, um zur Wiederholung des Spiels aber- und abermals hervorgeholt zu werden. Da verzweifelte zuletzt der getäuschte Feind, die Feste auszuhungern, hob die Belagerung auf und zog ab.“

Franz von Sickingen.

Von der Ebernburg hinüber zu dem reizend gelegenen Münster am Stein sind nur wenige Minuten.

Rothenfels.

Es ist das ein Liebling der Nahe-Touristen, leider zu beschränkt im Raum zur Uebung größerer Gastlichkeit. Die Gradirwerke Münsters und der Besuch der Badegäste und Reisenden ernährt ein Häuflein von etwa fünfhundert Einwohnern. Zwischen den Einsenkungen des Lemberg erhebt sich die Ruine Montfort, ein Steinklumpen, der noch heute in schlechtem Geruch bei der Bevölkerung steht. Einst war er ein verrufenes Raubritternest, zu denen gehörend, deren Besitzer Rudolf von Habsburg an den Galgen hängte. Später nistete sich hier ein anderer Schnapphahn ein, der an der Nahe seine Heimath hatte, der berüchtigte Schinderhannes, von dem hier herum die Leute noch viel und gerne singen und sagen. Noch andere Punkte drängen sich hier in dieser launenhaften und rothen Felsengegend zusammen, darunter Rothenfels mit herrlicher Aussicht von seiner schroffen Felsenwand, unter welcher sich die Eisenbahn dahinwindet.

Ulrich von Hutten.

Wir ziehen inzwischen nach der Ruine des Schlosses Böckelheim, von dem wenig mehr übrig geblieben und an das die Geschichte wohl mit Unrecht die Erinnerung knüpft, daß hier der von seinem Sohn verrathene Heinrich IV. gefangen gehalten worden. Viel wahrscheinlicher ist, daß dies, wie erwähnt, in der Burg Klopp geschehen. Wie Alles, so wurde auch diese Stätte von den Franzosen zerstört. Unsere Nachbarn, denen im letzten Kriege einige Pendulen abhanden kamen oder zertrümmert wurden, haben hier auf Schritt und Tritt grandiose Denkmäler ihrer Brutalität hinterlassen, die ewig von ihnen reden. Die Trümmer des Schlosses umgiebt das Dorf Schloß-Böckelheim. In Abtei und Burg Sponheim lebte einst der Abt und Historiker Johann von Trittenheim, J. Trithemius; das Benediktiner-Kloster erstand, von Eberhard von Sponheim errichtet, um 1100 und enthielt eine berühmte Bibliothek. Sehr zerfallen, ward die Kirche in romanischem Stil wieder restaurirt und in geschmacklosester Weise innen dekorirt. Dicht dabei liegt die Ruine des Sponheim'schen Schlosses, dem auch die Franzosen den Rest gegeben. — Von Sobernheim ist die schöne alte Kirche erwähnenswerth; ganz in seiner Nähe schlängelt sich die kleine Glan in die

Kloster Disibodenberg.

Nahe. Von Staudernheim erreichen wir das berühmte Kloster Disibodenberg auf waldigem Gipfel. Wenig ist an der Stätte übrig geblieben, auf welcher Disibod, Bischof von Erin, nach Deutschland gekommen, um das Christenthum zu verbreiten, um 590 seinen Altar errichtete. Karl Martell nahm das Kloster arg mit; des Heiligen Gebeine wurden erst 745 nach Wiederherstellung des Klosters unter dem Altar der Hochkirche bestattet. Erzbischof Willigis machte die Verwüstungen wieder gut, die während Jahrhunderten das Kriegsvolk hier angerichtet, bis 1112 Ruthard von Mainz Kirche und Kloster ganz neu erbaute. Aber es blieb kein Friede für die fromme Stätte. Siegfried III. von Mainz und der Wildgraf von Kirburg verwüsteten das wiederhergestellte Kloster und die Mönche zogen arm wie die Kirchenmäuse davon. Noch einmal zogen Cistercienser hinein, im Jahre 1470 jedoch ward es wiederum arg mitgenommen und 1504 von Philipp V. von der Pfalz nochmals geplündert. Der Glaube vermag viel, die Cistercienser kehrten noch einmal zurück. Gustav Adolf jagte sie wieder davon und so hat denn der Sturm so wüster Zeiten nur spärliche Reste zurückgelassen.

Aufwärts führt uns die Bahn über das seines guten aber stark köpfenden Weines wegen auch von Goethe besprochene Monzingen zur Grenze des romantischen mittleren Nahethals, an die schrofferen und wilderen Partien des oberen. Wir sind in Kirn, einem Ort voll fleißiger Leute, einst die Residenz der Linie Salm-Kirburg, deren Letzter in Paris 1794 der Guillotine zum Opfer fiel. Die über der Stadt liegende Kirburg ward von den Franzosen gesprengt. Was jetzt schloßartig da oben steht, ist Neubau. Interessanter ist das Schloß Dhaun, eine gute Stunde entfernt, eine majestätische Ruine auf hohem Berge, einst der Sitz der Wildgrafen von Dhaun. Das Schloß litt bedeutend unter den Fehden seiner Herren, bis 1729 der Rheingraf Karl es wieder restaurirte. Das sonderbare

Blick auf Schloß Dhaun.

Basrelief im ehemaligen Rittersaal knüpft sich an eine Sage, nach welcher ein Affe einst ein Kind aus dem Schloß geraubt, das man im Walde wieder fand, wie der Affe es pflegte und ihm eben einen Apfel reichte. „Dem Affen setzten sie in Stein ein Mal, das heut noch währt," singt Simrock.

Eine Anzahl andrer umher liegender Schlösser und Burgen, die in den Fehden des Mittelalters ihre Rolle gespielt, blickt uns von den Höhen und Bergen entgegen; wir eilen indeß zwischen großartigen Felspartien, immer steigend, über den „Gefallenen Fels" zum Endpunkt unsres Ausflugs in's Nahethal, der Krone desselben, dem durch seine eigenthümliche Lage geognostisch und monumental so interessanten Oberstein, an der Stätte, wo der Idarbach, dem gleichnamigen Walde entfließend, sich mit der Nahe verbindet.

Oberstein gehört zu der oldenburgischen Enklave. Auf seinem sogenannten Oberen Stein liegt die alte Burg, die unter ihr auf einer Felsstufe erbaute Kirche beherrschend. Die neue Burg ganz in der Nähe der andern ward etwa hundert Jahre später, 1194 errichtet, beide aber sind Ruinen, wenn auch die letztere mit freundlichen, modernen Anlagen umgeben ist. Einen ganz originellen Eindruck macht die Lage der Kirche über dem wegen seiner Achatschleifereien bekannten Städtchen. Auf der Frontseite des hohen Melaphyrfelsens, zum Bahnhof gewendet, steht sie da, jedem Reisenden die Frage aufdrängend, warum dies fromme Gebäude gerade dort hingestellt worden? Und die Sage antwortet darauf mit einer wirklich düsteren und einer tragikomischen Version. Weyrich von Dhaun stürzte hier seinen jüngeren Bruder Emich von dem Felsen hinab. Darüber ist man einig, auch daß ihm, nach Rom gewallfahrtet, die Sühne auferlegt ward, an der Stätte mit eigenen Händen eine Kirche zu erbauen. Die Einen sagen

Sommerstall der Reitesel bei Aßmannshausen. Von G. Franz.

nun: das geschah aus Eifersucht; die Andern behaupten, ein schlechter Scherz habe den Jüngern das Leben gekostet, er habe dem Bruder, der keine Katzen leiden konnte, einen Kater in seinen großen Ritterstiefel gesteckt und im Jähzorn habe der Gefoppte den Bruder vom Felsen hinabgestoßen. Der Leser suche sich aus beiden Lesarten die heraus, die ihm am besten gefällt.

In Oberstein gipfelt sich die Romantik des Nahethals. Endloses wäre noch zu erzählen über alle die Burgen, in welchen die Wild- und Raugrafen, die Schmidtburg, Kirburg, Dhaun und die später daraus hervorgegangenen Grumbach, Neukirburg, Salm und Salm-Salm hausten. Immer aufwärts führt die Bahn uns jetzt von Oberstein nach Neunkirchen, von welchem aus der Blick das ganze Saarbrückener Kohlenbecken beherrscht, in diesem den Exerzierplatz Saarbrückens hoch über der Stadt, auf welche am 27. Juli die ersten französischen Granaten fielen, als Frossard uns dahinauf seine ersten eisernen Grüße sandte; ferner die denkwürdigen Spicherer Höhen, welche so todesmuthig die Unsren am 6. August erklommen, und auf deren steilem Abhang heute die Denkmäler für die Helden sich bis auf die Forbacher Chaussée und das Ehrenthal hinabsenken; endlich die Stelle, an welcher Napoleon III. selbst am 2. August bei dem Ueberfall Saarbrückens das Kommando führte, an seiner Seite der kugelnsammelnde Sohn, dem ein launiger norddeutscher Patriot hier den „Lulu-Stein" errichtete.

Straße in Monzingen.

Marktschiffe bei Bingerbrück.

Von Bingen bis Koblenz.

Es hat noch Niemand die Frage entschieden, welche Strecke des Rheines die schönste: ob die, welche wir verlassen, ob die vor uns liegende, mit ihren Windungen hundert und zehn Kilometer lange Felsenschlucht, die sich von Bingen bis Rheineck nahe dem Siebengebirge in meist grandiosen Gestaltungen der Natur, durchsäet von steinernen Ueberlieferungen der Vorzeit, dahinzieht. Die Poesie, die Romantik der Natur haben keine Gesetze, aber sie haben einen unversöhnlichen Feind in dem Materialismus unserer Zeit, der Jahre lang auch den Rheingau durch das Projekt der Stromregulirung bedrohte. Der Rhein, der mächtige, in seinem Bette Jahrtausende unbelästigte Strom, sollte eine kunstgerechte, geradlinige Wasserstraße werden! — Was Poesie, was Romantik, was Rebenluft und Segen! Was Ueberschwemmungsgefahr in Fällen, wo es dem Strom in dem ihm aufgezwungenen Bette zu eng werden konnte! Die Lastschiffe, alle die dickbauchigen Holländer, die Flotillen mit ihrem schwarzen Kohlen-Eingeweide schrieen um ein tieferes Fahrwasser! Ob durch das hinter künstlicher Eindämmung sich langsam sammelnde Vorland und seine Ausdünstungen die lachenden Ufer durch Fieber gefährdet wurden, ob die Rebe an den Abdachungen den Reflex der Sonne auf den Fluthen verlor — der Rhein sollte disciplinirt, regulirt werden! Viel Sorg und Müh hat's die Rheingauer gekostet, der Rebe ihre Gluth, dem Strom seine Poesie zu

Rheinstein. Von R. Püttner.

erhalten, den gouvernementalen Correctionsgedanken zu besiegen, und Freude herrschte im ganzen Gau, als kürzlich der Alp einer so bedrohlichen Zukunft von ihm genommen ward.

Mäusethurm und Ehrenfels.

Wir schiffen uns inzwischen in Bingen wieder ein, um über die Stromschnellen des bekannten „Binger Lochs", zwischen dem Mäusethurm und der rechts aus den Weinbergen hervorragenden Burg Ehrenfels uns ein neues Panorama zu öffnen.

„Hört, wie die Kornmäuse pipen!" die durch „Gottes Verhängniß" den unbarmherzigen Bischof Hatto bei lebendigem Leibe gefressen! So erzählt der Rheinische Antiquarius, und doch ist eher möglich, daß jener Bischof hier die Mäuse, als daß sie ihn gefressen! Nicht er hat den Thurm erbaut, sondern Willigis, des Wagners Sohn. Niemand hat dem armen Hatto bei seinen Lebzeiten was Schlimmes nachreden können, aber die Mönche, denen er auf die Finger geklopft, haben ihm die Sage angehängt, er habe, als während einer Theuerung die armen Leute ihn um Brod angefleht, deren eine Anzahl in eine Scheuer bringen, diese anzünden, die Unglücklichen verbrennen lassen und schadenfroh bei ihrem Jammer gerufen: „Hört, wie die Kornmäuse pipen!" Seitdem habe er sich vor den Mäusen nicht mehr retten können und selbst in diesen Thurm seien sie ihm nachgeschwommen, um ihn aufzufressen. — Die ganze Lage des Thurms beweist uns indeß, daß er nur dahin gestellt wurde, um den Rhein, schnöder Zölle wegen, absperren zu können. So hieß er entweder Mauthsthurm, oder nach den auf ihm angebrachten Geschützen „Muserie". Auch die ganze Sage mausert sich nach und nach und von dem alten Märchen will Niemand mehr wissen.

Als ich zum ersten Mal von hier aus über die Felsbrücke des Binger Lochs fuhr, war's mir gerade so wie dazumal, als ich in einem türkischen „Kaïk" durch das eiserne Thor ging. Die Strudel sind übrigens heute nicht mehr so gewaltig; ein kleiner Denkstein links erinnert daran, daß man schon 1832 begann, die Felsen zu sprengen.

Aßmannshausen.

Ueber uns rechts in der Wasserschlucht hebt sich der Niederwald mit der Klippe und dem Rosselthurm, vor uns in der Ferne die Burg Rheinstein und die Clemens-Kapelle. Wir legen bei Aßmannshausen an, wo Esel, Pferde und Führer unser warten, um uns auf die Höhen des Niederwalds zu bringen, von dem herab demnächst das Germania-Denkmal, ein Erinnerungszeichen für Deutschlands Siege, über die deutschen Gauen bis zu den Vogesen hinaus blicken soll, wo die ersten großen Schlachten von 1870 geschlagen wurden, eine ewige Nemesis, ein Denkmal der Genugthuung für die Brand- und Mordzüge, mit welchen Frankreich unter dem allerchristlichsten König die Gauen hier verwüstet.

Auch in Aßmannshausen wie drüben in Ingelheim tritt der Mohr unter den Rheintrauben, der bekannte dunkle Wein, auf, von dessen Anpflanzung die Urkunden aus dem Jahre 1108 uns erzählen. Schon zu Ende des siebzehnten Jahrhunderts errichtete der Mainzer Erzbischof hier ein Bad. Die Ueberschwemmung verwischte die Quelle, die schon die Römer gekannt; man fand sie erst 1864 wieder und will nun neue Bäder einrichten.

Zum Niederwald hinauf, an dem mit Reben bepflanzten Hellenberg, dann an dem Heiligen-Häuschen vorüber führt der Reitweg, den auch der rüstige Fußgänger nicht zu scheuen braucht, in Windungen zum Jagdschloß, auf das Plateau, das einen herrlichen Rundblick auf das Rheinthal bietet. Hier sammeln sich zum Pfingstfest nach echt rheinischer Sitte Tausende und Abertausende aus allen Gauen umher. Das Fest der Maien muß der lebenslustige Rheinländer einmal im Walde begehen. Schon um Tagesanbruch, ja wohl schon am Abend vorher, zieht er mit Weib und Kind unter den Klängen eines Musikchors in den Wald und nichts jagt ihn wieder hinaus, ehe die Sonne untergegangen; der Niederwald aber bringt aus dem Rhein- und Nahegau um das Pfingstfest wohl an die fünf- bis achttausend vergnügter Menschen zusammen, die mit Laub bekränzt sich in den schönen schattigen Partien umher tummeln, und wenn die Nacht nicht allzu rauh, auch wohl diese dort oben verbringen, um sich am andern Morgen die Mühe des Wiederhinaufsteigens zu ersparen.

Vom Jagdschloß führt der Weg zur Zauberhöhle, einem dunklen Mauergang mit dem Ausguck eines Panorama, dann hinauf zur Rossel, deren thurmartiger Steinhaufen von Winzern ruinenartig zusammen getragen wurde. Von hier oben, dem schönsten Höhepunkte, sieht der Reisende all die romantischen Punkte vor sich liegen, die er bereits

Jagd im rheinischen Soonwald. Von C. F. Deiker.

Clemenskapelle und Falkenburg.

durchlaufen, und zu denen ich ihn noch zu führen im Begriffe bin. Eine andere Ausschau, minder umfassend, ist die Adolfshöhe; von da geht's zur Eremitage, zum Tempel — und immer wieder dasselbe herrliche Panorama, das schon die Dichter zu unzähligen Versen begeistert.

Auf der Abdachung gegen Rüdesheim liegt die Stelle, welche das Comité für das National-Denkmal in Uebereinstimmung mit den betheiligten Künstlern als die für Aufstellung desselben geeignetste bezeichnet, und hier an „Voglers Ruh'" soll sich das kolossale Siegesmal erheben, zu dessen Füßen das Rheinland sicher unter Betheiligung der Tausende, welche der Sommer hieher sendet, alljährlich ein Nationalfest begehen wird, würdig der Thaten, welche die Stätte verherrlicht. — Nach Rüdesheim über die Brömser Höhe führt der Weg abwärts durch die Weinberge; wir aber kehren zurück, zunächst über den Strom nach dem Kleinod der Uferburgen, dem Rheinstein, der so keck auf dem Grauwackenfelsen zwischen das Grün des Bergabhanges dahin gebaut, von Epheu umrankt eine so kokette Miene macht, als habe er nie das Wasser zu seinen Füßen getrübt, als sei er niemals von dem rächenden Städtebund zerstört worden. Und doch, wie wenig auch über seine Vorzeit bekannt, ist es doch notorisch, daß er von Philipp von Hohenfels wieder aufgebaut, eine der Raubburgen gewesen, deren ritterliche Wegelagerer und Strauchräuber Rudolf an die Bäume aufknüpfen ließ, ja daß der Kaiser gerade von hier aus den Befehl ergehen ließ, die Ritter vom Stegreif, die alle seine Bemühungen für Erhaltung des Landfriedens verspotteten, an derselben Stelle aufzuhängen, wo man sie ergreife. Die Burgen Reichenstein, Sooneck, Heimburg, Rheinberg u. A. wurden gestürmt und das Gericht vollzogen; nur der schlaue Herr vom Rheinstein kam davon, weil er dem Kaiser willig seine Thore geöffnet. Damals hieß die Burg Vautz- oder Vogtsberg, danach Königstein; heute steht seit 1825 Neu-Rheinstein auf den Trümmern jenes Raubnestes, errichtet vom Prinzen Friedrich von Preußen, der in der Kapelle seine Ruhestätte wählte, und gegenwärtig den Söhnen desselben, dem Prinzen Alexander und Georg gehörend. Das Museum der Burg enthält interessante Gemälde und andre Kunstgegenstände. Wenige Minuten bergab führen uns in die Clemenskapelle, von den Familien der durch Rudolf von Habsburg an dieser Stätte aufgeknüpften Ritter hier errichtet, so erzählen uns wenigstens die Chroniken.

Der Nachbar der Kapelle ist die Falkenburg oder Reichenstein, einst zerstört durch den Städtebund, nach Wiederaufrichtung geschleift durch Rudolf von Habsburg bei Gelegenheit jenes Halsgerichts. Stromab hinter Reichenstein liegt am Ufer das Dorf Trechtlingshausen, auch Dreieckshausen, Dreidingshausen, Trechdingshausen genannt, einst Gaumal des Trachgau's. Dahinter erhebt sich auf schroffen und steilen Felszacken wiederum eine jener gestraften Raubburgen, ihren Namen dem die reichsten und romantischsten Jagdgehege enthaltenden Soonwalde entlehnend, der hier zum Thal abfällt. Eber und Wolf hausen noch in jenen dichten Waldungen, deren Jagdgründe reiche Beute geben. Kann ich auch selbst nichts von ihnen erzählen, denn nach mancherlei abenteuerlichen Jagdzügen im hohen Norden wie Süden, in den Schneefeldern von Norwegen und Finnland und den afrikanischen Steppen will sich die Feder nicht mit dem Mordgewehr vertragen, so lasse ich den Künstler hier reden. Er bringt eine selbst erlebte Jagdscene aus dem Soonwald: zwei Hirsche im Kampfe begriffen, währenddessen sein Begleiter, ein Oberförster jener Gegend, den stärkeren erlegt.

Sooneck.

Die letzten Besitzer von Sooneck, die Grafen von Waldeck, starben im 16. Jahrhundert aus, inzwischen war aber ein Hauptheil der Burg, der Thurm, so erhalten geblieben, daß ein Wiederaufbau sich lohnte. Gegenwärtig ist sie im Besitz des Kaisers von Deutschland und des Prinzen Karl von Preußen. Ueber dem Dorf Niederheimbach, dessen Mauern noch zu der alten Burgbefestigung dienten, erhebt sich

Ruine der Wernerkapelle in Bacharach. Von C. Scheuren.

An der Wisper. Ruine Nollich.

der massive Thurm des Schlosses Heimburg, ehedem wahrscheinlich ein Römer-Kastell, später eine Grenzwehr des Nahegaus. Ihr Gast soll 1632 Gustav Adolf gewesen sein. Die Franzosen haben auch sie nicht stehen lassen können.

Schweifen wir wieder hinüber zum rechten Ufer, und dem alten Laureacum, heute Lorch, einem Lieblingsplätzchen mittelrheinischer Touristen. Bis zum Dorf Lorchhausen reichte die Grenze des Rheingau, das „Gebück", der rheinischen Ritterschaft aber war der sehr betriebsame Ort ein geistiger Centralpunkt, denn hier stand die Hochschule für die mittelalterliche Junkerschaft, und die noch heute zum Theil gut erhaltenen adelichen Burghäuser, bei deren Betreten uns noch aus jeder Ecke der Geist des Feudalismus entgegen schaut, wie z. B. das Hilgenhaus und das des Herrn von Hausen, erinnern an die schönen Tage, die Lorch einst gesehen.

Die über dem Flecken sich erhebende Ruine der Burg Nollich oder Nollingen, an der Wisper-Mündung, gehörte einst den Edlen von Lorch. Man steigt über die „Teufelsleiter" zu ihr hinauf, die indeß für Leben und Seligkeit des Reisenden keine Gefahr bietet. Es knüpft sich eben nur eine Sage an diesen Burgweg, den ein junger Ritter einst zu Pferde hinauf gemacht haben soll, um sich seine Braut zu holen, eine Sage, die sich am Rhein mehrmals wiederholt. Hilgen von Lorchs, des Sarazenen-Bekämpfers und des Sickingers Waffengefährten Grabstein ist noch in der Kirche zu finden. Der Lorcher Wein ist gut; man trinkt ihn gern in den lauschigen Gärten, deren idyllische Ruhe freilich das Vorbeischnauben der Lokomotiven oft unterbricht. Verrufen aber ist der Wisperwind, der aus dem hinter dem Orte beginnenden gleichnamigen Thale bläst. In den Rebenthälern liegt auch Sickingens Sauerburg, unter deren Schatten, wie schon erwähnt, auf dem Sauerburger Hof der letzte Sickingen 1836 in tiefstem Elend verenden sollte.

Das fortwährende Rechts und Links nöthigt uns zur Zickzack-Fahrt. Von drüben blickt die Ruine der Burg Fürstenberg herüber, tief am Ufer das Dorf Rheindiebach. Hier betritt unser Fuß ein neues historisches Gebiet.

Fürstenberg war 1243 kölnisches Lehen, ebenso die stolze Burg Stahleck, oberhalb des Städtchens Bacharach, und die Thäler Manubach, Diebach und Steeg, mit ihren das „Stählchen“ producirenden Weinbergen. Hier hauste der Markgraf Hermann von Katzenellenbogen-Stahleck, der seiner ewigen Fehden wegen von Friedrich dem Rothbart in seiner Ehre schwer gestraft, im Kloster starb, wonach die Pfalz an seinen Bruder Konrad überging. Auf der Burg Stahleck ward einst die Versöhnung der Guelfen und Ghibellinen vollzogen. Melac verwüstete auch sie und heute ist die Ruine Eigenthum der Königin Wittwe von Preußen.

Bacharach, das unterhalb der Burg mit seinen mittelalterlichen Thürmen sich unmittelbar am Rhein hinziehende freundliche Städtchen, rühmt sich eines sehr erhabenen Pathen, der kein anderer als Gott Bacchus ist, von dem es

Straße in Bacharach.

seinen Namen herleitet. Man soll nicht darauf nachsagen; vielleicht ist indeß was Wahres daran, daß drüben im Rhein an der Insel Wörth, und zwar auf dem noch heute bei niedrigem Wasserstand sichtbaren „Altarstein“ oder Aelterstein zur Römerzeit die heidnischen Bewohner der Gegend ihren Göttern und namentlich dem römischen Weingott Bacchus ihre Opfer gebracht. Wenn nun aber der Volksmund singt:

„Zu Würzburg auf dem Steine,
Zu Hochheim an dem Maine,
Zu Bacharach am Rheine,
Da sind die besten Weine,“

so ist damit, obgleich die hier wachsenden Trauben nicht zu verachten, doch wohl mehr die großartige Wein-Niederlage des einst so betriebsamen Kloster Eberbach gemeint. Bacharach war ehemals der Hauptstapelplatz der edelsten Rheinweine.

Bacharach. Von R. Püttner.

Wernerkapelle in Bacharach.

Aus dem ganzen Rheingau wurden dieselben nach Bacharach gebracht, dort in größere Schiffe verladen und nach Cöln versandt, von wo aus sie dann als „Bacharacher Weine" in den Handel kamen und eine Weltberühmtheit erlangten. — Interessanter als all das ist die schöne Wernerkapelle, ein mit seinen reinen Formen an den Kölner Dom erinnerndes Baudenkmal, wahrscheinlich aus dem 14. Jahrhundert, und ebenso wahrscheinlich niemals vollendet. Die Sage behauptet, der heilige Werner sei hier als Knabe von Juden zu Tode gemartert und dann in's Wasser geworfen worden; der Rhein aber habe die Leiche stromauf nach Bacharach zurückgetragen.

An dem submarinen Felslager der Insel Wörth und ihrer Fortsetzung, dem Wilden Gefährt vorüber führen uns der Weg und die Geschichte auf die inmitten des Rheines sich erhebende Pfalz, die nach Beschreibung des Strombogens plötzlich vor uns liegt. Die Inselfeste bietet von außen nichts Interessantes als eben ihre deutlich erkennbare

Schiffsform und ihre eigenthümliche Lage. Offenbar ist sie nur als Schröpfkopf dahingestellt, um keinen Schiffer mit dem Zoll entwischen zu lassen, und daß hier arg geprellt worden, darüber beklagte sich schon eine päpstliche Bulle gegen Ludwig den Baier. Wer heute vorüber fährt, weiß nicht, was er aus dem seltsamen, viel gethürmten, auf Schieferfelsen und rothen Sandsteinquadern errichteten, mit dem pfälzischen Löwen im Schilde verzierten Eisbrecher zu machen habe. Aller Vermuthung nach entstand dieser Steinklumpen im 14. Jahrhundert, und nur weil er den geschichtlichen Verwüstern, von denen hier auf jeder Seite die Rede ist, zu unbequem gelegen, mag er verschont geblieben sein. Einmal hatten sich die Spanier doch darin festgesetzt, Landgraf Wilhelm von Hessen räucherte sie hinaus.

Einer sagenhaften Ueberlieferung zufolge hätten die Pfalzgräfinnen hier ihre Niederkunft halten müssen, damit die Geburt überwacht werden könne. Glaublicher ist, daß der Pfalzgrafenstein die Stätte war, die zur Versöhnung der Guelfen und Ghibellinen Veranlassung ward, als Heinrich von Braunschweig, der Lange genannt, des Pfalzgrafen Konrad Töchterlein Agnes, die schöne Nichte Kaiser Rothbarts, heimlich in seine Netze gefangen. Die Mutter kannte den stillen Bund der Beiden; dem Pfalzgrafen hinterbrachten Spione die Nachricht davon; er verbannte Beide, Mutter und Tochter, auf die Wasserburg und stellte ihnen einen Wächter. Aber dieser ward bestochen; Heinrich schlich sich sammt einem Priester in die Burg, der ihnen den Segen der Kirche gab. Als es schließlich dem Pfalzgrafen zu öde und langweilig auf Stahleck ward, trieb es ihn hinüber zu seinem Kinde, das er bleich und traurig fand. Die Mutter bekannte, was geschehen; der Pfalzgraf tobte sich aus, nachdem er das Ehezeugniß des Priesters gelesen, und schließlich blieb ihm nichts übrig, als ebenfalls Ja und Amen zu sagen. Schön Agnes hielt also ihr Wochenbette in der Pfalz und daran knüpfte die Sage die Verpflichtung für alle Pfalzgräfinnen.

In der Pfalz.

Wichtig sind uns auf beiden Seiten des steinernen Schiffes die Ufer. Da steht auf dem linken ein Denkmal, das Jedem sagt, der es nicht weiß, daß hier an dieser Stelle in der Neujahrsnacht 1813—14 Feldmarschall Blücher mit dem ersten preußischen Armeecorps und den Russen unter Langeron über den Rhein gegangen. General von Hühnerbein war der erste, der am Morgen des Jahresanbruchs auf dem so lange vom Feind occupirten deutschen Boden des linken Ufers stand, dann folgte der alte Blücher mit seinem Stab, um die Feinde drüben vor sich her zu jagen. Uebrigens war Caub schon früher der Uebergangspunkt eines preußischen Corps, als Friedrich Wilhelm II. sein Heer hier auf das andere Ufer führte, um dasselbe der Revolution entgegen zu stellen.

Das Städtchen Caub und das Blücherthal wird überragt von der Ruine Gutenfels, die ebenfalls einst Gustav Adolf beherbergte und noch heute mit ihren riesigen Mauern und den romanischen Fenstern von ihrer

Caub und die Pfalz. Von R. Püttner.

einstigen Stärke, aber auch von mannichfachen Stürmen redet. Man zeigt auch noch gern das Fenster, an welchem der Schwedenkönig gesessen und in's Thal hinab geschaut haben soll. Das Städtchen Caub trat schon frühzeitig als Villula Cuba auf; indeß hat's mit der Römerabkunft wohl wenig auf sich. Der Name Cupa oder Kube hat mehr Grund nach der Sage, daß der Heidenbekehrer Theonest in einer Weinkufe anstatt eines Kahns den Rhein herabgeschwommen kam und bei Caub an's Ufer getrieben wurde. Hier machte er sich ein Dach auf seine Kufe, wohnte darin à la Diogenes und begann den Fischern zu predigen, womit er besseren Erfolg hatte, als der heilige

Hausflur im Blücherthal.

Antonius, der zu den Fischen redete. Ein Heiliger, der in einer Weinkufe wohnt, mußte nothwendig auch an den Weinbau denken, und das that er, um die heidnischen Fischer an das Urbarmachen des Bodens zu gewöhnen. Der Name Caub hatte im 12. Jahrhundert schon einen bösen Klang in den Ohren aller Rheinschiffer, der erwähnten Zollpresse wegen.

Eine dankbare Erwerbsquelle ist dem Orte der Schieferbergbau geworden, aber was die hart zwischen Fels und Ufer gezwängte kleine Gemeinde ernährte, das schwebte seit Jahren wie ein Verhängniß über ihr — die Gefahr eines Bergrutsches. Ihr Hülferuf fand Gehör im Abgeordnetenhause; durch Mauerwerk suchte man die Schiefermasse zu stützen, aber gerade zur selben Zeit, wo in Berlin der amtliche Bericht einlief, die getroffenen Schutzmaßregeln seien genügend, jede Gefahr abzuwenden, setzten die anhaltenden feuchten Niederschläge im März 1876 den Schieferberg in Bewegung; er ging über Nacht zu Thal und verschüttete eine Reihe von Häusern mit ihren unglücklichen Bewohnern. Die traurige Katastrophe ist noch in frischem Gedächtniß.

Eins nach dem andern gibt uns der Rhein in seinen launenhaften Windungen, immer mit neuen Ueberraschungen, seine Schätze heraus. Schroff, den Blick abschneidend, thürmen sich die Schieferfelsen an den Ufern, um vor einem Wasserbecken wieder zurück zu treten, und vom Sonnengolde überglänzt schaut uns von ihrer Höhe die Schönburg mit ihren riesigen Thürmen entgegen, einer der herrlichsten Punkte des Rheines, von entzückender Wirkung, das Städtchen Oberwesel mit seinem Gemäuer beherrschend, das einst bessere Zeiten gekannt, während grau und halbdunkel sich die Lichter in den Schluchten zur Seite vertönen, von denen die „enge Hölle“ uns auf ihren Abhängen die schönsten Reben erzieht. Auf dieser majestätischen Burg wohnten einst die Grafen von Schönburg, jenes Heldengeschlecht, dessen Angehörige uns später als Grafen von Schönburg, Schönberg, Schomberg und Schomburg begegnen. Wo vor ihnen die Grafen des Trachgaus herrschten, traten sie in deren Rechte als Burggrafen und Gebieter zugleich der unter ihnen liegenden Stadt, bis Kaiser Friedrich II. das Burggrafenrecht kaufte und Oberwesel zur freien Reichsstadt erklärte. Heinrich VII. fand indeß darin kein Hinderniß, die Stadt an den Löwen Balduin von Trier zu verpfänden, der seinerseits den wohl begründeten Widerstand der freien Bürger mit eiserner Faust zu bändigen verstand. Erst seinem Nachfolger verdankten sie wenigstens einen kleinen Theil ihrer früheren Rechte.

Mühle im Blücherthal.

Noch heute sprechen die Ueberbleibsel aus dem Mittelalter von einer schöneren Zeit, darunter namentlich die Liebfrauenkirche, mit ihrem rothen Sandstein weit hinaus leuchtend am Fuße der Burghöhe, edel, einfach im Aeußeren, aber mit schönem Hochaltar und ausgezeichneten Holzschnitzarbeiten der Chorstühle und Thüren. Balduin von Trier ist ihr Erbauer. Der Beachtung werth sind auch die auf der Stadtmauer gelegene Wernerkapelle, die Martinskirche, der Ochsenthurm, Alles von alterthümlichem Gepräge. Hier auf der Schönburg ward auch Graf Friedrich Hermann von Schönburg oder Schomburg 1615 geboren, der, anfangs in holländischen Diensten, sich in Frankreich den Marschallstab verdiente. Nach Aufhebung des Edikts von Nantes flüchtete auch er als Protestant zum Kurfürsten von Brandenburg, der ihn zum Gouverneur und Generalissimus, dann zum Staatsminister ernannte. Indeß wie die Heimath ward ihm auch das kleine Preußen zu eng; er landete mit Wilhelm von Oranien in England und schlug die Stuarts, bis er in Irland in der Schlacht am Boyne den Heldentod fand. Als Marschall von Frankreich, Pair von England und Grande von Portugal ward seine Leiche in der Westminster-Abtei beigesetzt. Die Schönburg ward ein Opfer erst der Schweden und dann der Franzosen, die sie als Ruine hinter sich ließen, als ein Schandmal des „roi soleil“, angesichts dessen stolzer Reiterstatue und derer seiner steinernen theatralischen Helden im Schlosse von Versailles das selbst heute noch aus den Schrecken des dreißigjährigen Krieges sich wieder erholende Deutschland

Blücher's Rheinübergang bei Caub. Von W. Diez.

Liebfrauenkirche in Oberwesel und Schönburg.

seinen Kaiser krönte. — Der Roßstein streckt rechts vor uns seine grauen Massen in den Rhein, vom Tunnel durchgraben, uns die sieben Jungfrauen, die Klippen noch bergend, die sieben spröden Schwestern von Schönburg —

„Sie trieben immer mit Liebe Spott,
Die Felsenherzen, das rächte Gott.
Hier sind sie versunken dafür im Rhein,
In Fels verwandelt und harten Stein.“

Wieder beschreibt der Strom einen Bogen. Düster, massig steigen zu beiden Seiten die Felsen um uns herauf; wie eine graue Wand hebt es sich vor uns. Wir kommen an eine von der Poesie geweihte Stätte, der ossianischen sollte man glauben, wenn im Herbst die Nebel ihre wüsten Massen zu riesigen Knäueln ballen, Strom und Felsen mit undurchdringlichen Schleiern überlagern und wie ein feuerschnaubender Berggeist die Lokomotive aus dem schwarzen Felsenthor unmittelbar am Ufer zu unsrer Rechten heraus rast.

Wernerkapelle in Oberwesel.

Brentano war's, der das in den Rhein vorspringende, sich nach oben zu abrundende Gestein der Poesie übergab: „Der Felsen ist so jähe, so steil ist seine Wand", doch liegt er weit ab von „Bacharach am Rheine" und keine Ahnung hatte der Dichter, daß man den geheiligten Sagenstein so schnöde durchbohren werde, weil er sich der Geschäftswelt in den Weg gedrängt. Die Lorelei ist's, der Hexenstein!

— — — — „Es ist die Lorelei.
Da droben thront sie auf des Felsen Spitze,
Strählt in den Rhein ihr goldnes Lockenhaar,
Und Geisterchöre tönen wunderbar
Im Rebenlaub an ihrem Herrscherſitze.
Doch wie der Strahl durch trüber Wolken Ritze,
So dringt hindurch der Wunderton der Fei."

Oberwesel. Von R. Püttner.

Lorelei.

Wohl hundert und aberhundert Mal singt's tagtäglich in den Herzen der an dem Felsen Vorüberfahrenden „ich weiß nicht, was soll es bedeuten" und mit heimlichem Schauder blickt manch blaues oder dunkles Auge hinauf an der gräulichen Felsenwand nach der „schönsten Jungfrau". Aber die Sage da droben und die Klage tief unten im Wassergrund, sie schweigen, und nur wer Abends hier vorbeifährt, wenn drunten die Wellen geschwätzig an den Stein schlagen, wenn der Mondenschimmer so geisterbleich auf dem Felsen lagert, dem ist's wohl, als müsse die gottvergessene Lore da droben erscheinen, umwallt vom goldnen Haar auf ihn herabschauen und singen:

— — „Da gehet
Ein Schifflein auf dem Rhein,
Der in dem Schifflein stehet,
Der soll mein Liebster sein!"

Doch beruhige dich, empfindsames Herz! Die Dichter haben gut singen, die Prosa aber will auch ihr Recht haben, und die behauptet, mit der Zauberin sei's nichts, und wenn die Wellen am Ende Schiffer und Kahn verschlingen, so sei das Schuld des „wilden Gefährtes", der Schnellen und Strudel; die Lore aber habe da droben nie gehaust, der Fels sei „Lei" geheißen, wie man hier zu Lande im Volksmund den Schiefer nennen hört, und das „Lure", aus dem man Lore gemacht, bedeute allerdings entweder „lauern", wie Simrock meint, eben der gefähr-

St. Goarshausen mit Katze.

lichen Klippen wegen, oder aber „lauter“, nämlich lauter Schiefer, dem man hier überall begegnet. Unrecht wär's, dem Rhein seine schönste Legende nehmen zu wollen; lassen wir's also bei der unglücklichen Lore, die ihren Liebsten sucht und in deren Armen doch „Jeder muß verderben, der ihr in's Auge sieht“.

Uebrigens gibt es phantasiereiche Leute, die an dem Felsen die Profilmaske Napoleon's I. heraus construiren können, und der einzige Ton, mit welchem er die Frage des Reisenden beantwortet, ist ein vortreffliches Echo. Reeller ist der noch immer hier leidlich lohnende Salmenfang, „die Waag“ genannt, einst so reich an Ausbeute, daß sich die Dienstboten in St. Goar und St. Goarshausen bedangen, nicht öfter als dreimal in der Woche Salm essen zu müssen.

Ueber die „Bank“ hinweg, eine einst der Schifffahrt so bedrohliche, klippenreiche Stelle, treten uns rechts und links hart am Ufersaum die beiden Städte mit ihrem unverkennbar rheinischen Charakter entgegen: St. Goar links, genannt nach dem einsiedlerischen Nachbarn der Lorelei, dem 611 gestorbenen Heiligen, dem Heidenbekehrer, dessen Wunderthätigkeit so groß war, daß er, dieserhalb vor den Bischof von Trier gerufen, seinen Mantel an einem Sonnenstrahl aufhängte und den Zweifler dadurch strafte, daß er, von diesem aufgefordert, den Namen eines von der Straße aufgegriffenen Kindes anzugeben, das letztere ausrufen ließ: mein Vater ist der Bischof Rusticus! Der Heilige muß ein lustiger Kauz gewesen sein und das gab ihm eine ungewöhnliche Popularität. Seine Felsenzelle war stets belagert von Wallfahrern. An Stelle derselben trat eine kleine Abtei nach seinem Tode, und selbst da noch wirkte die Wunderkraft des seltenen Mannes. Karl der Große hatte der Stiftung ein großes Faß geschenkt, das im Keller stets gefüllt erhalten werden mußte. Als nun aber eines Tages der Kellermeister vergessen hatte, das Spundloch zu schließen, befahl der Geist des Heiligen einer Kellerspinne, sich eiligst an's Werk zu machen und ein Gewebe vor den Spund zu ziehen, so dicht, daß kein Tropfen heraus konnte.

Der Humor des guten Alten scheint sich auch auf die Stadt übertragen zu haben und wirkte derselbe durch Jahrhunderte fort. Noch heute zeigt man ein Halseisen als eine Erinnerung an das „Hänseln“, eine aus Karl's des Großen Zeit stammende Ceremonie, darin bestehend, daß jeder zum ersten Mal nach St. Goar kommende Fremde

Die Lorelei. Von F. Keller.

Wellmich mit Maus.

an dieses Eisen gelegt wurde, um ihm die Frage vorzulegen, ob er mit Wein oder Wasser noch einmal getauft werden wolle. Geizige wählten das Wasser und man goß ihnen einen Eimer davon über den Kopf, Andere den Wein und man reichte ihnen einen gefüllten Pokal und setzte ihnen eine Krone auf.

Ueber diese Ceremonie ward ein Matrikelbuch geführt, in welchem die Namen Karl's des Großen, Franz von Sickingen's, Göz von Berlichingen's u. A. verzeichnet sind, die sich also auch dieser unverbrüchlich beobachteten Sitte gefügt. Die katholische Kirche des Ortes enthält ein altes Steinbild dieses Heiligen, die evangelische eine Krypta, in welcher einst die Gebeine St. Goar's aufbewahrt gewesen.

Der sich über der Stadt erhebende Rheinfels diente einst als Schützer der Stadt; er ist eine der größten Ruinen am Strom, von Diether III. von Katzenellenbogen im 13. Jahrhundert auf dem Platz einer alten Burg errichtet. Der Rheinfels ward 1797 zerstört und gehört jetzt dem Könige von Preußen.

Wenig zu erzählen ist von dem rechts gegenüber liegenden St. Goarshausen, interessanter ist dafür die das Städtchen überragende Burg Neu-Katzenellenbogen, schlechthin die „Katz“ genannt. Sie steht historisch in Correspondenz mit der tiefer über dem Dorfe Wellmich gelegenen Ruine Deurenberg, auch Kunoberg, Petereck und Thurmberg, im Volksmunde nur „Maus“ genannt. Graf Johann III. gab ihr diesen Namen, als er dem Erzbischof Kuno von Falkenstein, dem Erbauer, seinen Gruß melden und ihm sagen ließ, er möge seine Maus hüten, damit sie nicht einmal von seiner Katz gefressen werde, und so heißen sie denn heute noch Katz und Maus.

Die Grafen von Katzenellenbogen waren einst eine auch von Walther von der Vogelweide besungene mächtige Familie, die von der Rheinschifffahrt hohe Zölle zu erheben verstand. In Wellmich sollen die Eingeweide des oben erwähnten Prälaten liegen. Von St. Goarshausen ist's eine lohnende Partie für den Reisenden in das felsenreiche

Liebenstein und Sternberg.

Schweizerthal 'mit dem aus diesem fließenden Hasebach und der über das Thal hervorragenden Ruine Reichenberg, ebenfalls einer Katzenellenbogen'schen Burg, und zu dem von M. v. Gagern restaurirten kleinen Wartthurm. Reichenberg ist ohne Zweifel eine der originellsten deutschen Burgruinen. Ursprünglich in maurischem Styl erbaut, mit zierlichem Säulenwerk, hohen eigenthümlich construirten Thürmen, wurde sie in der Zollfehde 1302 vom Kaiser Albrecht zerstört. Noch heute sind die ziemlich erhaltenen Reste mit den zwei Stockwerke bildenden über einander stehenden Säulen, dem Schloßportal mit dem Hof und der imposanten Schloßkapelle ein überraschender Anblick, der einen Abstecher in das Schweizerthal sehr lohnend macht, und die gegenwärtige Besitzerin ist bemüht, mit großen Kosten die Burg in ihrem ursprünglichen Styl wieder restauriren zu lassen.

Hinter Wellmich biegt der Rhein wieder stark gen Westen. Rechts liegt am Fuße des Felsen das Dörfchen Ehrenthal mit seinen Blei-, Kupfer- und Silberwerken, links ragen zwei spitze Schieferfelsen, deren höchster das „Prinzenköpfchen", über den Rhein; im Thal die Silberschmelze. An der kleinen einsamen Felseninsel vorüber das Dachschiefer produzirende Dorf Hirzenach. Abermals biegt der Dampfer um einen Felsenvorsprung. Rechts vor uns Nieder-Kestert, am Eingang in das Thal das isolirte Wirthshaus Rheinberg. Und wieder steigen rechts auf hohen Felsenspitzen zwei Ruinen vor uns auf: Liebenstein und Sternberg, zu ihren Füßen das Kloster Bornhofen. „Die

Abend an der Lorelei.

Nach einem Aquarell von Oswald Achenbach gezeichnet von G. Franz.

Kloster Bornhofen und die feindlichen Brüder.

Brüder“ nennt das Volk die beiden so trotzig dastehenden, von der Sage mit blutigem Schein umdichteten Ruinen. Heine, Wolfg. Müller u. A. haben die Burgen besungen, Bulwer hat die Sage in seinen Pilgern des Rheins benutzt, die Sage nämlich von den beiden Brüdern, die innig auf den Burgen beisammen lebten, sich zum Unglück aber in ein und dasselbe Fräulein verliebten und Beide, von Eifersucht gehetzt, im Bruderkampf fielen, weßhalb man noch heute unten im Thal um Mitternacht das Klirren ihrer Schwerter hören will. Das Fräulein aber (von dessen Namen die Sage nichts weiß) gründete das Kloster Bornhofen zu Füßen der Burgen und entsagte der Welt, um in demselben zu sterben. Eine andere Version erzählt Simrock: „Die beiden Brüder sollten mit ihrer blinden Schwester die Erbschaft theilen; sie machten sich jedoch ihre Blindheit zu Nutz und betrogen sie. Das Geld wurde nämlich mit Scheffeln gemessen und jedesmal, wenn es für die Schwester war, kehrten sie den Scheffel um und belegten ihn nur obenhin mit Goldstücken, und die Blinde, der man ihn zu betasten gab, hielt ihn für voll. So kam sie zu kurz; aber mit dem Gelde der Betrogenen war Gottes Segen, die Brüder hingegen geriethen in Zwist und das Ihrige war wie gewonnen, so zerronnen. Als das Gut verthan war, versöhnten sie sich zwar, es blühte aber auch ihrer Freundschaft kein Glück. Einst bestellten sie sich frühmorgens zu einer Jagd und wer zuerst erwachte, sollte den Anderen wecken. Da nun der Eine früher aufwachte und den Laden in der anderen Burg noch verschlossen sah, schoß er, den Bruder zu wecken, mit einem Pfeile dagegen. In demselben Augenblick öffnet ihn Jener und empfängt das tödtliche Geschoß im Herzen. Der unvorsätzliche Brudermörder entwanderte zum heiligen Grabe, wo er starb, und beider Brüder Erbe kam an Fremde.“ Nach anderen Ueberlieferungen war Bornhofen ursprünglich eine Reichsburg; ein wunderthätiges Marienbild ward dem Ort zu reicher Einnahmsquelle durch fleißiges Wallfahren, das noch heute den Bewohnern Gelegenheit zu frommer Erwerbsthätigkeit gibt.

Lichter wird's jetzt im Strombett, das sich weitet und den Felsencharakter seiner Ufer mit sanfteren Abhängen und Triften wechselt. Wir erreichen rechts das Dorf Camp, das seinen Namen von dem einstigen römischen Lager

Kloster Camp.

ableitet, und an Sehenswürdigkeiten nur die Kirche und den Klosterhof bietet. Danach links das alterthümliche, echt rheinische Städtchen Boppard, dessen romanische Kirche, ein werthvolles Denkmal des zwölften Jahrhunderts, uns schon aus der Ferne entgegen blickt. Es ist das alte Baudobriga der Römer, deren Epoche zahlreiche Erinnerungen, darunter Steine der dreizehnten Legion, zurückgelassen. Zur Zeit der Franken stand an dieser Stätte ein Königshof, in welchem ein Gaugraf wohnte; später zum Städtebund gehörig, freie Reichsstadt, ward es von Balduin, Bischof von Trier, genommen und der dreißigjährige Krieg machte auch den Resten seiner einstigen Größe ein Ende. Die Stadt, in welcher einst große Reichsversammlungen gehalten wurden, glänzt heute nur noch durch ihr mittelalterliches

Rheinfels. Von R. Püttner.

Boppard.

Gepräge, die feudale Bauart der spitzgiebeligen Häuser und ihre reizende Lage am Ufer des Rhein. Zu ihrem geschäftlichen Flor trägt das ehemalige Benediktiner=Frauenkloster St. Marienberg, eine adliche Stiftung, jetzt eine vielbesuchte Kaltwasser=Heilanstalt, sehr wesentlich bei. Von Interesse ist die Pfarrkirche mit ihrem Portal, ihren Doppelthürmen, Arkadenfenstern und der gedeckten Verbindungsbrücke. Ebenso die Severinskirche, in gothischem Styl erbaut, mit antiken, geschnitzten Chorstühlen, einem Doppelschiff und verschiedenen Steindenkmälern.

Die Bayer von Boppard waren ein altes, angesehenes rheinisches Geschlecht. Die Ballade singt uns von dem Ritter Konrad Bayer von Boppard, der seine Braut treulos verlassen, worauf ihm diese in Rittertracht mit geschlossenem Visir entgegentritt, sich für den Bruder der Verlassenen ausgiebt und den Treulosen zur Rechenschaft fordert.

„Warum, o wilder Ungetreuer,
Verließest du Maria, sprich!
Sie war dir doch vor Allen theuer,
Sie liebte doch vor Allen dich.
Steh, Konrad, steh! Auf Tod und Leben
Sollst du im Kampf mir Antwort geben,
Erhebe rasch dein treulos Schwert!"

Wer bist du? fragt Konrad. — Ich bin der Bruder deiner Braut, von Palästina zurückgekehrt! — Der Kampf beginnt, des Jünglings Arm erlahmt, er sinkt zu Tod getroffen. Konrad nimmt ihm den Helm vom Haupt —

Weh ihm! Er sieht zwei Augen brechen,
Die liebend einst auf ihm geruht,
Er hört zwei Lippen „Konrad" sprechen,
Die einst geblüht in Rosengluth.
Maria hat sein Schwert erschlagen,
So rächt sie ihren Schmerz und Klagen
Durch raschen Tod von seiner Hand.

Konrad Bayer von Boppard.

Da nimmt er all' sein Gut und Habe,
Um seiner Reu genug zu thun,
Und über dem geliebten Grabe,
Wo ihre theuren Glieder ruh'n,
Läßt er ein Kloster herrlich bauen,
Wie keins am Rheinstrom mehr zu schauen,
Und nennt es Sankt Marienberg.

Doch ruhelos flieht er von dannen,
Als Templer zieht er mit dem Heer,
Nichts kann den wilden Schmerz verbannen,
Der ihn begleitet über's Meer.
Doch endlich, endlich schlägt die Stunde,
Wo die willkomm'ne Todeswunde
Sein lang gequältes Herz empfängt.

So besingt die Sage Adelheid von Stolterfoth, welche überhaupt fast sämmtliche Rheinsagen in einem längeren Cyklus von mehr oder minder gelungenen Romanzen und Balladen verherrlicht hat. Historisch ist, daß ein Ritter Konrad Bayer von Boppard bei der Belagerung von Ptolemais sich durch Tapferkeit ausgezeichnet und das Banner des Templerordens trug. —

Wieder an einer Biegung des Rheins liegt das Dorf Filzen mit seinem Mühlbad, ebenfalls einer Wasserheilanstalt, seiner Kirche und einzelnen originellen alten Häusern; dann Oberspay mit seiner restaurirten Kirche; den

Boppard. Von R. Püttner.

Schenke in Oberspay.

Ort beherrschend das Schloß Liebeneck ohne Geschichte, eine neuere Schöpfung. Der Rhein macht hier eine Bucht und strömt dann wieder nördlich, vorüber rechts an dem in einer Schlucht gelegenen Dinkholder-Brunnen, links an den Orten Ober- und Niederspay nach Braubach, über welchem sich auf groteskem, imposantem Felskegel die Marksburg oder Marxburg erhebt, noch heute als Festung erhalten und zu Nassau's Zeiten als Staatsgefängniß benutzt. Auf dem Wege zur Festung hinauf, deren Inneres außer den schwedischen und französischen Geschützen und einer Folterkammer nichts Erwähnenswerthes bietet, die Kapelle und der Kirchhof der Stadt. Ihren Namen erhielt die Burg von dem durch einen der Katzenellenbogen'schen Grafen 1437 errichteten Markusthurm. Der dreißigjährige Krieg zerstörte auch diese Feste, die von Johann dem Streitbaren 1644 wieder hergestellt ward.

Braubach schräg gegenüber liegt Rhense, dessen alte feste Mauern und Thurm dem Jahre 1370 entstammen; dahinter von Obstbäumen umschattet, kaum bemerkbar vom Strom aus, aber desto denkwürdiger der Königsstuhl, auf Karl IV. Befehl errichtet und Schauplatz der Wahl- und Reichsversammlungen, in welchen Heinrich VII., Karl IV. und Pfalzgraf Ruprecht III. gewählt wurden. Es war der mächtige, einflußreiche Balduin von Trier, welcher, wie Bodmann meint, Mainz das Recht, auf seinem Territorium deutsche Könige wählen zu lassen, aus den Händen wand, und zum ersten Mal in Rhense die Wahl seines Bruders, Heinrich VII. durchsetzte. Rhense, allen vier Kurfürsten, deren Besitzungen hier zusammenstießen, leicht erreichbar, war doch für Trier ein ganz besonders bequemer und günstiger Wahlort. Aber erst später, 1376, befahl Karl IV., der hier gewählt worden war, den Einwohnern von Rhense, gegen Verleihung der Zollfreiheit, „hier ein Gestühle zu machen und das allewege zu bewahren und zu halten ewiglich.“ Das Gestühle wurde nun, wie Winkelmann berichtet, „von Quadersteinen in der Ründe gebaut mit sieben Schwibbogen, stand auf neun steinernen Säulen, deren eine in der Mitte, war sonst ganz offen und darüber gewölbet; hinauf stieg man achtzehn Staffeln, die Ründe betrug etwa vierzig Ellen im Umkreis, die Höhe acht, und sieben Um-

Braubach mit Marksburg.

sitze waren für die sieben Kurfürsten gemacht, und wenn man in die Trompete stieß, hat jeder der vier rheinischen Kurfürsten auf seinem Schlosse (Mainz auf Lahneck, Trier auf Stolzenfels, Köln in Rhense, Pfalz auf Marksburg bei Braubach) es hören können.“ Freilich mag's wohl ohne die Trompeten von Jericho kaum möglich gewesen sein, dies Signal bis zu den Schlössern von Stolzenfels, Lahneck und Marksburg hinaus zu senden, indeß soll damit wohl nur angedeutet sein, wie hellhörig die frommen Herren waren, wenn es galt, ihre weltliche Macht zu üben. Den Franzosen stand natürlich dieses alte Denkmal im Wege, sie zerstörten es, und von dem gegenwärtigen in altem Styl wieder aufgerichteten Königsstuhl ist nur das Fundament noch das alte.

„Was schiert mich Reich und Kaiserprunk
Mit all den bösen Plagen,
Will mir viel besser doch ein Trunk
In Ruhe hier behagen!“
So sprach der Kaiser Wenzeslaus
Und trank den vollen Humpen aus
Beim Königsstuhl zu Rhense.

Dem guten Wenzel ist das freilich schlecht bekommen; die vier Erzbischöfe, die schon lange einen Zahn auf ihn hatten, thaten sich zusammen, um ihn abzusetzen.

Gerade gegenüber vor Oberlahnstein liegt am Ufer, ebenfalls zwischen Fruchtbäumen versteckt, die Wenzels- oder St. Marienkapelle, und dort eben war's, wo die Thronentsetzung des faulen Wenzeslaus zu Gunsten des Pfalzgrafen Ruprecht geschah. —

Zwei stolze Bergriesen erheben sich jetzt links und rechts vor uns — Stolzenfels am grünen Felsabhange, Lahneck, weit hinaus ragend, eine sturmfreie alte Burg auf hohem First; zu den Füßen von Stolzenfels das Oertchen Capellen, zu denen Lahnecks das alte, aber Dank dem schon sprichwörtlich gewordenen alljährlichen Brandunglück, mit

Kapelle bei Braubach.

welchem die Bewohner heimgesucht werden, immer mehr verjüngte Oberlahnstein, der Kreuzungspunkt der Eisenbahnen, deren Stränge wie Fangnetze hier hart zwischen Stadt und Ufer dahin laufen. Mit diesem Kennzeichen der neueren Zeit kontrastiren in eigenthümlicher Weise die guterhaltenen alten Befestigungen. „Wenn die Marksburg" — meint Simrock — „als die einzige noch bewohnte (alte) Burg des Rheinthals aufgeführt wird, so sollte man Oberlahnstein die einzige Stadt nennen, deren alte Befestigung noch völlig unversehrt ist. Die Mauern und Thürme, die sie im Viereck umschließen, sind ganz dieselben, die wir auf Merians Bilde erblicken. Wer sich die alte Befestigung veranschaulichen will, versäume nicht, Oberlahnstein und Braubach zu besuchen. Lahnstein hat auch an seinem oberen Ende noch eine Burg, die älter ist als Lahneck."

Lahneck mit seiner fast uneinnehmbaren Felsenlage war in bedrohlichen Zeiten der Schutzhort der vor ihr im Stromthal liegenden Stadt, in der die alte schon 978 erwähnte Kirche, das ehemalige kurmainzische Schloß, anno 1394 erbaut, und die freilich immer mehr modernisirten Thürme und Mauern an die Zeit erinnern, da die hohen geistlichen Herren von Mainz, Pfalz, Trier und Köln hier ihre Gewalt zu konzentriren pflegten, um des Reichs Geschicke zu diktiren.

Ebenso ist dieser Punkt, wo sich die Lahn mit dem Rhein verbindet, gewissermaßen als Schlußstein der Raub- und Zollstraße zu betrachten, in welcher die ritterlichen Geschlechter, den Handel brandschatzend und erdrückend, ihre

Königsstuhl. Blick auf Oberlahnstein.

Wegelagerei betrieben, nur zeitweise geschreckt durch Rudolf von Habsburgs Ausspruch: „Sie sind keine Ritter, sondern elende Räuber und Diebe. Wahre Ritterschaft hält Treu und Glauben. Wer die Ehre bricht, soll auch nicht einmal den Tod des Schwertes sterben," — wonach er sie an die Bäume hängen ließ.

„Es ist immerhin möglich," — meint Wolfgang Müller — „daß dies Ritterthum zuerst aus anständigen Leuten bestand, die aber später bei der allgemeinen Verwilderung der Zeiten dem überhandnehmenden Drange des Raubes fröhnten, den sie durch ungesetzliche Zölle und selbst durch wahrhaftige Strauchdieberei ausübten, wobei ihnen dann die unnahbaren festen Lagen ihrer Felsennester trefflich zu Statten kamen. Wie viel besser stand es doch in den breiten und ebenen Flußthälern, die wir bereits durchwandert haben! Dort blühten Handel und Gewerbe unter guter Regel und Ordnung. Ueberall fanden wir große und reiche Städte, während hier nur Städtchen aufkommen konnten, die merkwürdiger Weise auch vorzugsweise am linken Ufer gediehen, wahrscheinlich weil hier Mainz, Trier und Köln ein strengeres Regiment führten. Wie viel größer sind die Herrschaften von Basel bis Frankfurt und Mainz, von Nürnberg und Bamberg bis Würzburg! Selbst im Nahethal entwickelten sich größere Dynasten. Nicht anders verhielt es sich in den weitern Gebreiten der Lahn."

Schloß Lahneck, heute im Besitz eines Privatmannes, soll der Sage nach von den Tempelherren, den Historikern zufolge aber vom Erzbischof Gerhard von Mainz gegen das Ende des dreizehnten Jahrhunderts erbaut worden sein; die Franzosen verwüsteten es 1688, bei vollständiger Wiederaufrichtung gab man ihm seine alte Gestalt wieder und die Zeit wird erst das Ihrige zu thun haben, um ihm auch den alten Stempel wieder aufzuprägen. Eine Eisenbahnbrücke, über die Lahnmündung gehend, verbindet die beiden Orte Ober- und Niederlahnstein mit der ebenfalls durch die Franzosen verwüsteten Johanniskirche, die später renovirt wurde. An diese interessante Kirche, welche an der Spitze des durch Rhein und Lahn gebildeten Winkels steht, knüpft sich eine Sage, wornach die Glocken derselben einmal von

Eisgang auf dem Rhein. Von W. Simmler.

Schloß in Oberlahnstein.

selbst zu läuten angefangen hätten. Interessant ist bei ihr die Stätte, wo der russische General St. Priest am 1. Januar 1814 über den Rhein ging. In der Nähe von Niederlahnstein soll der Sage nach einst die jetzt an der Mosel zwischen Graach und Zeltingen gelegene Klosterstiftung Machern gewesen sein. „Wenn man die reizende Markung von Horchheim zurückgelegt hat, die ersten Häuser von Lahnstein vor sich erblickt, ist noch ein Bächlein zu überschreiten. An dem verwitterten Heiligenstock, der das Bächlein begrenzt, geht in heiligen Nächten, auch wohl in den Zeiten der Lahnsteiner Kirmeß, eine Nonne auf und ab; sie ist reich gekleidet, ernst, doch mild, denn sie betet mehrentheils aus einem Buche, das sie geöffnet vor sich trägt. Schon Manchen hat sie erschreckt, obgleich sie Keinen belästigt und sogar grüßet; aber wenn sie sich zeigt, so geht es den Bach hinauf, in der Schlucht, toll zu: da hört man Gekreisch und wilde Lust, wüste Lieder und dazwischen die süßen Töne des Salve regina, dann und wann rollt auch ein feuriges Rad dem Bache zu. In dieser Schlucht soll das Kloster Machern bestanden haben."

Schräg gegenüber der Lahnmündung liegt Stolzenfels, heute eines der schönsten im mittelalterlichen Styl wieder aufgebauten Schlösser. Es theilte Lahnecks, seines Nachbarn, trauriges Schicksal während der französischen Mordbrennerei. Arnold von Isenberg, Erzbischof von Trier, erbaute Stolzenfels zu seiner Residenz. Die Braut Friedrichs II. von Hohenstaufen, Isabella, die Schwester Heinrich III. von England, soll auf Stolzenfels eingekehrt und festlich bewirthet

Blick auf Stolzenfels.

worden sein. Der Chronist, welcher das wichtige Ereigniß meldet, erzählt uns auch das Menu der damaligen Festtafel (Rheinsalmen, Rehbock und Oberweseler) und versichert zum Schluß: Sie aßen gut, tranken noch besser und die königliche Jungfrau tanzte viel. — Später sollen hier der Erzbischof Werner von Trier und sein Nachfolger Johann von Baden Alchymie und Schatzgräberei getrieben haben. 1689 wurde Stolzenfels von den Franzosen zerstört. Die Stadt Koblenz, deren Eigenthum die Ruine 1802 wurde, schenkte sie dem spätern König Friedrich Wilhelm IV. Sie ward nach Schinkels Plänen mit Benutzung der noch vorhandenen Mauern in altem, edlem Style von 1836 bis 1842 wieder hergestellt, auch im Innern schön und stylgemäß eingerichtet und ist jetzt im Besitz des Kaisers Wilhelm. „Es gewährt in der That eine reine und hohe Freude“ — so schreibt der treffliche Schilderer rheinischen Landes und rheinischen Lebens, Wolfgang Müller von Königswinter — „die Burg im köstlichen altdeutschen Style mit erneuerten Zinnen, Thoren und Fenstern von dem begrünten Gipfel in das schöne Rheinthal blicken zu sehen. Ein stattliches und erfreuliches Bild zeigt sich besonders, wenn der Morgenstrahl auf ihren hohen Scheiben blitzt und glänzt. Mit Bequemlichkeit steigt man den breiten Fahrweg hinauf, der über Brücken und Gräben bis in den Schloßhof leitet. Und mit welchem Geschmack sind die Gemächer ausgestattet! Jede Dekoration versetzt uns in die verschollenen Tage, aus denen auch manche Kunstgegenstände hier ausgestellt sind. Und doch bleiben diese Eindrücke sicher zurück hinter denjenigen, welche eine reiche üppige Natur über das ganze Land hingestreut hat. Welch' köstliche Blicke trifft man

Inneres von Stolzenfels.

Capellen mit Burg Stolzenfels.

hier in Berg und Thal, mag man durch die Fenster herausschauen oder auf den Thürmen und Terrassen umherwandeln! Es gibt wenig schönere Aussichten den Rhein entlang. Besonders an klaren Abenden ist diese Stelle unvergleichlich, wenn die rothen Gluthen das gegenseitige Ufer und zumal den mächtigen Ehrenbreitstein, Lahneck und die Marksburg mit ihrem Golde überströmen, während sich auf das Flußthal und den silbernen Strom, der noch hie und da von großen und kleinen Booten befahren wird, ein tiefer stiller Frieden senkt. Wie wehen solche Momente ergreifend und zauberisch durch die Seele, liebliche Bilder und lustige Klänge voll lauter Poesie weckend!"

Vor uns rheinabwärts liegt die Insel Oberwörth mit dem 1143 errichteten adelichen Frauenkloster Magdalenenwörth, darüber rechts weiter hinab die Pfaffendorfer Höhe, links die Karthause mit dem Fort Konstantin, und da rechts aus der Nebelferne ragt uns der steinerne Koloß entgegen, der Ehrenbreitstein, dessen von Eisen strotzendes Gesicht uns so jäh herausreißt aus jener sagengrauen Zeit, deren zerbröckelnde Gedenkmäler wir eben durchlaufen, aus einer Zeit, da man sich noch so plump mit Hellebarde, Morgenstern und Schleuder die Schädel einschlug und die kleinen Berg- und Wald-Dynasten wie die Geier von ihren Zinnen hinab in's Stromthal lugten, ob nicht ein Wein- oder Waarenzug komme, den man buschkleppernd überfallen könne, bis die Feldschlangen der heranziehenden Schweden ihnen bewiesen, daß ihre Raubnester kaum einige Schuß Pulver werth seien.

Dort, wo die Fahne hoch oben auf steil ansteigendem Felsen, über den weit auf das Thal hinaus blinkenden, unersteigbaren Mauern und Wällen in blauer Luft flattert, der Rhein das eiserne Joch der Brücke trägt und die Mosel sich ihm schwesterlich vereint, dort liegt Koblenz, auch ein Demant in der Krone des Rheinlands, aber leider zu schwer gefaßt, als daß sein Glanz zur vollen Geltung käme!

Lahneck.

Blick in das Lahnthal.

Von einem der anmuthigsten Thäler, das sie soeben durchlaufen, erzählt uns die unterhalb des steilen Lahneck in den Rhein sich mischende Lahn, von dem Liebling Goethe's, demselben Thal, in dessen Schooß die Gebeine des edelsten deutschen Mannes ruhen, in dessen dunklen Schachten viel kostbares Erz geborgen — vom Lahnthal, an welchem der Reisende gewöhnlich so gleichgültig vorüber fährt, weil er das stolze Koblenz vor sich liegen sieht. —

Erst zu Anfang der sechziger Jahre erschloß die Fertigstellung der Eisenbahn dem Touristen das romantische Lahngau, das bis dahin in idyllischer Abgeschiedenheit sich selbst überlassen war. Heilungsbedürfniß oder Zerstreuungslust führte den Reisenden höchstens bis Ems, von wo aus ihn nur die nächsten Punkte der Umgebung lockten; von des Lahnthals übrigen Naturschätzen wußte man wenig. Allerdings hörte die Welt, daß schon 1848 der Palatin von Ungarn, Erzherzog Stephan, sich nach Schaumburg in ein stilles Thal zurückgezogen. Die Patrioten wußten auch, daß dasselbe die Wiege und das Grab des edlen Freiherrn vom Stein berge; aber doch in neuester Zeit erst gewann die Touristenwelt Interesse für dieses rheinische Seitenthal, als die Reise-Literatur das Bedürfniß fühlte, derselben neue Wege und Wunder zu erschließen.

Wer das Lahnthal heute nur im Fluge kennen lernen will, braucht kaum einen oder zwei Tage dafür zu

Ufer bei Niederlahnstein.

spendiren, bis Limburg, höchstens bis Wezlar zu gehen, im Coupé sitzend zur Rechten und Linken die grünen üppigen Thäler, die Felsen und Schlösser an sich vorüber ziehen zu lassen, um reich belohnt in Oberlahnstein wieder das Schiff zu besteigen und rheinabwärts weiter zu dampfen. Aber — ich komme mit der Prosa hintendrein — wer die Lahn in ihrem alten, natürlichen Bette sehen will, der spute sich, denn auch ihr droht eine Correction und der Regierungscommissar, der keine Romantik zu lieben scheint, hat erst kürzlich den Abgeordneten gesagt: ein Kulturstaat önne verwilderte Ströme nicht dulden.

So kann auch ich in meiner hauptsächlich dem Altvater Rhein gewidmeten Aufgabe nur einen flüchtigen Abstecher in dieses reichste und lieblichste seiner Nebenthäler machen, indeß wird es genügen, um mit seinen hervorragendsten Schönheiten fertig zu werden.

Vom Coupé aus werfen wir von der Lahnseite noch einen Blick rechts hinauf nach dem stolzen Lahneck, auf dessen Thurm so lustig die Flagge im blauen Aether flattert, und vertiefen uns dann in eine lange, launenhafte Schlucht, einen historisch reichen, altdenkwürdigen Boden, von welchem uns die ersten Ueberlieferungen aus dem Jahre 54 v. Chr. reden.

Es ist in grauen Zeiten recht bunt hier zugegangen. Die Ubier hielten zu Cäsars Zeit ihre Wohnsitze an der unteren Lahn, an der oberen die Katten; das Quellengebiet an den östlichen Abhängen des rauhen Westerwaldes (der Fluß entspringt dort wie die Dill den waldigen Kuppen des Ederkopfs) hatten vermuthlich die Sigamberer inne. Ein von Drusus erbauter Pfahlgraben zog sich durch das lange Thal. Die Ubier überließen den Mattiakern ihre Plätze. Um mehrere Jahrhunderte später ward das Lahnthal der Kampfplatz zwischen den Alemannen und den Franken und Katten, welche die ersteren 496 bei Zülpich schlugen. König Chlodwig übergab das Lahngebiet 511 seinem

Vier Thürme.
Wohnung des Kaiser Alexander.

König Wilhelms-Felsenquellen.
Ems.

K. Kurhaus.
Wohnung des Kaiser Wilhelm.

Sohn Theodorich. Das Christenthum ward erst durch den heiligen Bonifazius hier eingeführt, von Karl dem Großen eifrig gefördert und viel später von den Mainzer und Trierer Bischöfen nicht gerade uneigennützig gepflegt. Erst gegen Ende des achten Jahrhunderts hören wir von einer Eintheilung in Ober- und Niedergau. Im Mittelalter theilten sich Hessen und Nassau in den Besitz. Von 1806—13 ward das Lahngau großentheils zum Königreich Westphalen geschlagen; der Wiener Congreß veranstaltete eine abermalige Theilung; bis 1866 gehörte der uns hier interessirende Theil zu Nassau, von da ab zu Preußen.

Das Rheinufer mit seinen Burgen schließt sich hinter uns, sobald wir es verlassen. Der erste Vorposten des reichen Bergwerks- und Hüttenbetriebs begegnet uns: links das Hüttenwerk Hohenrhein. Hoch wölben sich die Bergwände zu unserer Rechten, bedeckt mit üppigen Wäldern. Das Dorf Frücht erscheint vor uns flüchtig auf der Höhe; steile Felsenhöhen, wild abfallend, bezeichnen die Mündung des schon erwähnten Schweizerthals. Auf einer Insel im Fluß liegt die Nieverner Hütte, deren Bedeutung uns die großen Bahnzüge, mit Erz beladen, klar machen. Dann erscheinen vor uns die Bäderlei, der Concordienthurm, Dorf Ems, und endlich öffnet sich uns der Blick auf die eine lang hingestreckte Häuserreihe des so viel und stets von der elegantesten Gesellschaft gesuchten

Ems. Englische Kirche.

Dausenau.

Badeorts, des sommerlichen Rendezvous gekrönter Häupter, in welchem die Ankunft des Kaisers Wilhelm von Deutschland oder des Czaren von Rußland für die höchsten und fashionabelsten Kreise das Signal zu sein pflegt, sich nach Ems aufzumachen. — Wer so glücklich gewesen wäre wie Johann von Katzenellenbogen, dem seine Stiefmutter, Frau Anna von Hadamar, den so reizend gelegenen Ort im Jahre 1403 für runde fünftausend Gulden verkaufte! Heute ist das Städtchen eine einzige Nobelgasse für die vornehmsten Staffeln der Gesellschaft, denen die Saison eine verlorene ist, wenn sie nicht wenigstens einige Wochen sich im Glanz all der Sterne bewegt, welche dieselbe zu vereinigen pflegt!

Wie neu, wie modern, wie elegant das Städtchen sich auf beiden Ufern der Lahn dahinzieht, es ist doch alt, sehr alt. Die Römer schon kannten seine natronhaltigen, alle möglichen Uebel lösenden Quellen, und ist auch gar kein Anhalt für die Sage vorhanden, daß Caligula hier geboren worden, so zeugen doch alle die römischen Waffen, Urnen, Münzen 2c., die man im Boden aufgefunden, von der Anwesenheit namentlich der schon wiederholt erwähnten zweiundzwanzigsten Legion, deren Ziffer sogar noch auf einzelnen Steinen eines alten römischen Walles gefunden ward. Auch von einem römischen Bade und einem Wachtthurm auf dem Winterberge wurden noch wenn auch nur spärliche Reste entdeckt.

Inzwischen hören wir erst aus dem zwölften Jahrhundert von Ometze, Eymbze und endlich Embs als einem Badeort reden, der, durch mancherlei Hände gehend, endlich an die ältere Nassauische Linie und 1866 an Preußen fiel. Wie sehr zerstückelt das Gebiet hier an lauter Kronen und Krönchen war, beweist der Umstand, daß hier früher acht Gebiete zusammenstießen. — Alles ist sauber, elegant, auf distinguirte Gäste berechnet in Ems, die Hôtels, wie die Privathäuser und Villen. Wenn sie kommen, athmet Ems auf, wenn sie gehen, bereitet es sich zum Winterschlaf.

Allerdings ist nur wenig Raum in dem engen Thal, das sich die Lahn hier durch die Schlucht gebrochen; die Promenade im Ort selbst beschränkt sich auf die durch Brücken verbundenen schmalen Ufer. Auch der Kurgarten ist deßhalb gegen die herrlichen Parks von Wiesbaden und Homburg räumlich sehr beeinträchtigt, ebenso der trotz alledem mit großer Eleganz ausgestattete neue Kursaal, in welchem das Theater mit einem Winkel des Salons fürlieb nehmen muß.

Einst waren auch diese Säle bekanntlich großentheils die Domäne des berüchtigten Gott Hazard. Wie in Wiesbaden und Homburg legte auch hier im Jahre 1866 der die Spitze der anrückenden Preußen kommandirende Lieutenant die Hand auf die Spielkasse; aber wie in jenen Orten erhielt auch in Ems die Bank noch ihre Galgenfrist. Die letztere war mit der von Wiesbaden vereinigt, und das hatte für beide sein Gutes, denn entwischte der einen Bank ein Spieler einmal mit hohem Gewinn, so ging er der andren in's Garn, wenn er nicht den Einfall hatte, die leicht erworbene Summe Herrn Blanc in Homburg anzuvertrauen.

Nassau. Stein's Wohnhaus.

Die Brunnen und Quellen von Ems theilen sich in die alten der Domäne gehörigen, Kränchen-, Kessel- und Fürstenbrunnen, und die erst in neuerer Zeit hinter dem Nassauerhof entdeckten, im Privatbesitz befindlichen König Wilhelms-Felsenquelle, von welch letzteren besonders die Viktoriaquelle von Bedeutung ist, die sich durch ihre niedrigere Temperatur und in Verbindung damit ihren Mehrgehalt an freier Kohlensäure, ein Hauptmoment für die Haltbarkeit beim Versandt, wesentlich vor dem alten Kränchen auszeichnet. Im Uebrigen enthalten alle Emser Quellen doppeltkohlensaures Natron, Chlornatrium, doppelkohlensauren Kalk, schwefelsaures Kali u. s. w. und sind chronische Katarrhe, Krankheiten der Schleimhäute, Unterleibsleiden und Rheumatismen ihre Haupt-Kurgäste. Ebenso versendet Ems das Jahr hindurch an die Hunderttausend Cartons seiner bekannten Pastillen. Eine der Quellen trug früher den etwas frivolen Namen „die Bubenquelle“. Wir können uns hier auf die böse Nachrede, der sie diese Bezeichnung verdankt, nicht weiter einlassen.

Unter den zahlreichen Gast- und Privathäusern seien hier das alte Kurhaus mit dem Brunnen und „die vier Thürme“ erwähnt, im alten Kurhaus die Fenster der Wohnung des Kaisers Wilhelm, von welchen aus der greise Held der Promenade zuzuschauen pflegt. Der Ort selbst, geschützt durch die hohen Felswände vor bösen Winden, theilt sich in Bad Ems, zu welchem die Kurpartie gehört, Dorf Ems, ebenfalls auf dem rechten, Spieß Ems auf dem linken Lahnufer.

Ems. Von R. Püttner.

Trümmer der Burg Stein. Stein's Denkmal. Burg Nassau.

Geschichtlich berühmt wurde Ems schon im vorigen Jahrhundert, als im Jahre 1786 die Bevollmächtigten der drei katholischen Kurfürsten von Mainz, Trier und Köln mit dem Erzbischof von Salzburg unter dem Schutz des Kaisers Joseph II. hier zusammentraten, um zur Wahrung der Freiheiten und Rechte der deutschen Kirche Beschlüsse zu fassen, die unter dem Namen der Emser Punktationen bekannt sind, aber ohne Erfolg blieben.

Daß sich in Ems die großartigen politischen Ereignisse der neuesten Zeit einleiteten, ist noch in frischer Erinnerung, und jeder Fremde läßt sich gerne die Stelle zeigen, an welcher Benedetti, der französische Gesandte, im Sommer 1870 im Auftrage Napoleons III. zum Kaiser Wilhelm trat, um in einer jede diplomatische Etiquette verletzenden Weise von ihm die bekannten Garantien gegen die Hohenzollern-Candidatur für den spanischen Thron zu verlangen, eine Impertinenz, die den französischen Abenteurer nach Kassel und die siegreichen deutschen Truppen nach Paris führte. — Der größte Reiz des Ortes liegt in seiner herrlichen Umgebung, seinen anmuthigen Promenaden: dem Henriettenweg bis zur gleichnamigen Säule, dem Marienweg, dem nach dem Schweizerhäuschen, dem Malbergskopf, dem Wintersberg mit den Resten des römischen Wachtthurms, der

Minister Stein.

Nassau.

Bäderlei und der Mooshütte, von denen die letzteren am besten auf Eselsrücken gemacht werden. Von besonderem Interesse ist das in der Nähe des Forsthauses gelegene schon genannte Dorf Frücht, in welchem sich die Gruft der Familie vom Stein befindet, darin auch das Grabmal des Mannes, dem Deutschland so unendlichen Dank schuldet. Ein Reliefbild von Schwanthaler und die Inschrift erzählen von „des gebeugten Vaterlandes ungebeugtem Sohn". So lautet die Grabschrift seines Vaters:

„Sein Nein war Nein gerechtig,
Sein Ja war Ja vollmächtig,
Seines Ja war er gedächtig,
Sein Grund, sein Mund einträchtig,
Sein Wort, das war ein Siegel."

Reizende Thäler durcheilend erreichen wir von Ems den Liebling der Künstler, das an der Mündung des Unter- und Oberbacherthals liegende mittelalterliche Dorf Dausenau, das seine Gründung den Römern zuschreibt und seinen Namen, mit Recht oder Unrecht, von Drusus ableiten will. Eine Ringmauer, noch gut erhalten, umgibt den Ort, dem Karl IV. einst die Rechte einer Stadt verliehen, an welchem im siebzehnten Jahrhundert ein hochnothpeinliches Hals- und Hexengericht gesessen. Interessant ist der schiefe Thurm, den man mit Unrecht den Römern zuschreibt, durch die Sage, daß in demselben Karls des Großen Geheimschreiber, Eginhard, von dem wir bei Ingelheim erzählt, mit des Kaisers schöner Tochter Emma gefangen gewesen; doch entbehrt auch das aller Wahrscheinlichkeit.

Dausenau verlassend, sehen wir alsbald das Städtchen Nassau vor uns, zur Rechten ein blühendes Thal mit den Schlössern Nassau und Stein, hoch aufragend bei letzterem der Pavillon mit der kolossalen Marmorstatue Steins, die im Jahre 1872 feierlich enthüllt ward. Der interessanteste Punkt des Städtchens selbst ist das Wohnhaus des großen Patrioten, in welches er sich ermüdet von aufreibender Thätigkeit zurückzog, um die letzten Tage seines Lebens den Wissenschaften zu widmen. „Ein feste Burg ist unser Gott" lautet über dem Portal die fromme Devise

Langenau.

des edlen Mannes, der hier geboren ward, den man des Rechtes Grundstein, der Bösen Eckstein, der Deutschen Edelstein nannte. Ein gothischer Thurm überragt das schloßartige Haus, und dieser enthält in zwei über einander liegenden Räumen das Schreibpult Steins, zwei Eisenschränke mit Scripturen von seiner Hand, an den Wänden Bildnisse deutscher Größen, Steins Oelbild, seine Büste und eine Bibliothek. Das oberste Gemach zeigt eine Platte mit der Inschrift „Vertrauen auf Gott, Einigkeit, Beharrlichkeit", vor derselben die Büsten Friedrich Wilhelms III., Alexanders I. und Franz II., ferner Erinnerungstafeln an die großen Ereignisse von 1812—14.

Zur Burg Stein geht's die Felsenhöhe hinauf, und hier steht das dem unvergeßlichen Minister gewidmete Denkmal, auf dem Stammsitz seines Hauses, der leider seit mehr als hundertfünfzig Jahren schon zerfallen. Von seiner Aeltermutter erzählt die Limburger Chronik diese Sage: „Sie hatte vier Töchter und zwei Söhne, und jede der Töchter hatte einen Ritter zum Manne. Nun trug es sich zu, daß die obgenannten vier Ritter bei ihrer Schwiegermutter in ihrem Hause waren und die zwei Ritter vom Stein, ihre Söhne, waren auch bei ihr und da sie zu Tische bei einander saßen, da hatte die Frau sechs Ritter beisammen über ihrer Tafel sitzen, davon waren vier ihre Eidame und zwei ihre Söhne, und ihr Mann war auch ein Ritter gewesen. Und als sie bei einander über einer Tafel saßen, da sagte die Frau: dieser Ehren zu viel. Darauf hatte Niemand keine Acht. Sehr kurz darauf stehet dieselbe Frau auf und gehet heimlich ihre Straße weg, daß nie kein Mensch davon die Wahrheit erfahren können, wohin sie kommen wäre."

Balduinstein.

Eine andre Stammburg ist die des Hauses Nassau, der ehemaligen Grafen von Nassau, aus deren Familie ein deutscher Kaiser, Adolf von Nassau, hervorging, der 1298 durch Verrath in dem Treffen von Göllheim fiel. Einer Mönchs-Tradition zufolge — so erzählt Simrock, dieser zuverlässigste Führer durch die Sagenwelt der Rheinlande — soll der Name Nassau sich von Nasua, dem Heerführer der Schwaben herleiten, „oder von zweien Brüdern, den Lepartiern, deren einen Cäsar zum Bewahrer der bei Coblenz geschlagenen Brücke, zum Präfekten der umliegenden Landschaft bestellt habe. Hier soll er selbst das nach seinem Geschlechtsnamen benannte Schloß Lippern, und seiner Nachkommen Einer Lauremburg, ein anderer Nassau, von der nassen Beschaffenheit der Gegend (madidum territorium) gegründet haben. Von Lauremburg schrieb sich denn auch in der That das Geschlecht ein Jahrhundert lang, ehe es Burg Nassau baute und dadurch mit Worms in Streit gerieth, das den schon im Jahr 915 erwähnten und Nassau genannten Bezirk mit der Kirche von Weilburg erworben hatte. Die Lauremburger, welche die Vogtei über die Kirche zu Weilburg hergebracht hatten, ließen sich nicht wieder vertreiben und der Streit wurde dadurch ausgeglichen, daß Worms sein Eigenthum tauschweise an Trier abtrat und dieß nun das nassauische Haus mit seiner Stammburg belehnte." Auch Burg Nassau ist zerfallen seit mehreren Jahrhunderten und nur Naturschwärmer besteigen ihre Höhe noch, um von dem wiederhergestellten Thurm einen Blick auf die umliegenden Thäler zu werfen.

Höchst malerisch liegt von waldigen Felsenwänden umgeben, mit vier Thürmen gekrönt, das Kloster Arnstein vor uns, darunter die Burg Langenau. Arnstein, einer der herrlichsten Lahnpunkte, ist ein Klosterschloß und war in der That der Sitz der Gaugrafen dieses Namens. Hundert Jahre nach seiner Erbauung, 1139, ward Arnstein, das ursprünglich Arnoldstein hieß, von dem letzten der Gaugrafen in eine Prämonstratenser-Abtei verwandelt. Man sagt, der fromme Graf Ludwig, ohne Aussicht auf Leibeserben, habe mit sechs seiner Ritter Schwert und Harnisch abgelegt und die Mönchskutte angethan; auch seine Gemahlin Guda habe in einer Zelle ihr Leben beschlossen. Graf Ludwig starb hier im Geruche der Heiligkeit. Vier Ritter sollen seine Leiche auf ihren Schultern bis zur Klosterkirche getragen haben. Seine Grafschaft erbten die Grafen von Isenburg, von welchen sie durch Kauf an die Grafen von Nassau und Katzenellenbogen überging. Als Kloster wußte sich Arnstein zu großen Reichthümern aufzuschwingen, und gehörte auch die unten am Berge liegende Ruine, die einer wohl bei weitem älteren Margarethenkirche, zu der Abtei.

Schaumburg.

Arnstein ist gut erhalten und jetzt von einem Geistlichen bewohnt.

Burg Langenau war der Stammsitz der Familie dieses Namens, die Anfangs des siebzehnten Jahrhunderts ausstarb. Gräfin Giech, Tochter des Ministers vom Stein, ließ die Burg 1851 als Kranken- und Rettungshaus für verwahrloste Kinder einrichten; heute ist sie, mit ihren Thürmen und Wällen auch äußerlich noch gut conservirt, im Innern wohnlich wieder hergestellt und nur noch landwirthschaftlichen Zwecken dienstbar.

Das Kloster Brunnenburg am linken Ufer der Lahn hinter uns lassend, interessirt uns nur flüchtig die Ruine Laurenburg, ehemals ebenfalls Stammburg der Nassauer, desto mehr aber die reizende, malerisch an der Bergsohle gelegene Ruine Balduinstein, genannt nach ihrem Erbauer, dem in den rheinischen Fehden hier oft erwähnten streitsüchtigen Erzbischof von Trier, der sich für den Ort vom Kaiser die Stadtrechte verschaffte. Noch zeugen die Reste von dem einstigen Umfang dieser Trutzburg, die der kriegerische Mann Gottes auf einem den Westerburgs in der Fehde

Parthie aus Diez.

abgenommenen Boden errichtete. — Endlich winkt uns die Zierde des Lahnthals, die Schaumburg, bis 1812 im Besitz des ausgestorbenen Hauses Anhalt-Bernburg-Schaumburg, von 1848—67 Residenz des Erzherzogs Stephan von Oesterreich, der sich hieher zurückzog und fast zwanzig Jahre, bis zu seinem Tode, ein Segenspender des ganzen Lahnthals, das ihn wie seine Vorsehung verehrte, unermüdlich für den Ausbau und die Verschönerung dieses Schlosses thätig war. Einst im grauen Alterthum hausten auf demselben die Herren von Isenburg, nach dem Tode des Erzherzogs fiel es durch Testament an den Herzog Georg Ludwig von Oldenburg.

Weit hinausblickend von dem Felsenrücken, auf dem die Burg erbaut ist, mit zierlichen schlanken Thürmen, ein Schmuck unter all den grämlichen Ruinen, sorgfältig gepflegt, von herrlichen Gartenanlagen umgeben, zeugt im Innern Alles von der sinnigen Pflege und dem Geschmack eines Fürsten, der, müde der politischen Sorgen und Wirren, die als Palatin von Ungarn seine Schultern gedrückt, den Rest seines Lebens ganz der ländlichen Zurückgezogenheit widmete und sein Genüge in der Uebung seiner persönlichen Neigungen, im Wohlthun und dem leutseligsten Verkehr mit der ihn umgebenden Bevölkerung fand, in deren Herzen noch heute sein Andenken lebt.

Lahnufer bei Diez.

Sehenswerth ist das Innere des Schlosses, zu welchem ein mittelalterliches Portal führt, mit seinem Palmenhaus, einer seltenen Mineralien-, Schabracken- und Waffensammlung, mit werthvollen Oelgemälden; dankbarer aber noch ist die Schau über den Lahngau, den Westerwald, den Taunus 2c. von dem über einem der Thürme angebrachten Ausguck. Selbst die Städte Diez und Limburg erzählen noch immer gern von dem Erzherzog und dem warmen Sinn des Fürsten für Alles, was er in seine Umgebung oder Nähe zog.

Seitwärts vom Wege nach der Stadt Diez liegt der Fachinger Brunnen in der Nähe der Lahn, ein dem Selterser ähnliches, von Vielen diesem sogar vorgezogenes Mineralwasser, das sich freilich in weiteren Kreisen nicht der Popularität des Selters-Brunnen erfreut.

Von Diez selbst ist neben den Marmorbrüchen nur das einstige Schloß der Familie Nassau-Diez zu erwähnen. Heute und zwar seit 1874 ist es ein Zuchthaus, dessen Sträflinge eben in Marmorarbeiten ihre Beschäftigung finden. Von Diez führt eine Lindenallee nach Schloß Oranienstein, das, romantisch auf einem Felsen gelegen, seit 1866 eine Cadettenschule beherbergt. Hübsch ist die Aussicht auf die Stadt von den sogenannten zwölf Säulen aus.

Von Diez aus ruft die Burg Ardeck unsre Aufmerksamkeit auf die Mündung des Ardethals. Die Bahn steigt allmälig die Felsenhöhe von Limburg hinan. Das Thal der Lahn liegt unter uns, frei schweift der Blick von hier über die Berggestalten, die Schlösser, auf die hier über Höhen und Schluchten, über Plateaux und Ebenen zum Knotenpunkt aus allen Himmelsrichtungen zusammenlaufenden Straßen und mit Ehrfurcht schaut das Auge zu dem alten, majestätisch auf seinem Felsen dastehenden alterthümlichen Dom hinauf.

Die Gelehrten sind nicht einig über den Ursprung dieses herrlichen Denkmals, doch trifft man vielleicht das Richtige, wenn man annimmt, daß der ganze Bau nicht, wie die älteren Forscher angeben, aus dem Jahre 910 datirt, sondern, wie er jetzt neben der Burg dasteht, der Periode von 1213—1240 entstammt. Wie dem sei, der Georgen-Dom von Limburg ist eine der schönsten Kirchenbauten Deutschlands, streng in romanischen Formen gehalten. Daß so zu sagen der Urbau älteren Datums, beweist die Inschrift über dem westlichen Portal: „Basilica Sancti Georgi 909“.

Eine Renovation geschah nach derselben Inschrift 1766, eine neuere im Jahr 1840, und jetzt eben ist man mit einer abermaligen Restauration auf Kosten des Staates beschäftigt. — Von mächtiger Wirkung ist das Innere der Kirche mit ihren eigenthümlich placirten Emporen, während der die beiden Seitenthürme beherrschende große Thurm durch die hohe Lage des Domes unendlich an Wirkung gewinnt.

Die Limburger Chronik gilt am Rhein immer als eine der zuverlässigsten Quellen, wo sonst dichter Nebel die Vergangenheit bedeckt. Jedenfalls ist als eigentlicher Gründer des Doms Kuno oder Konrad, genannt Kurzbold, jener Gaugraf des Lahnthals, ein Neffe des Kaisers Konrad, zu betrachten, der auch im Dom begraben liegt. Seiner kurzen und etwas verwachsenen Gestalt wegen lebt er noch heute in der Sage unter dem Namen Kurzbold fort, einst viel besungen nicht nur seines scharfen Geistes, sondern auch seiner Heldenthaten wegen, in deren Erzählung das Volk ihn gern als David feiert. Als solcher hat er gegen Riesen und wilde Thiere immer siegreich gekämpft, und als Giselbert von Lothringen und Eberhard von Franken sich einmal gegen den Kaiser empörten und mit ihren Leuten über den Rhein setzen wollten, überfiel sie Kurzbold. Er stieß seinen Speer mit solcher Kraft in das Boot der beiden Empörer, daß es versank und der Lothringer seinen Tod in den Wellen fand; den Franken-Herzog aber hieb Kurzbold am Strande nieder. „Zu einer andern Zeit,“ so erzählt Simrock weiter, „stand Kurzbold allein bei dem Kaiser Otto I., als ein Löwe aus einem Käfig brach. Der unbewaffnete Kaiser wollte dem Kuno das Schwert entreißen; aber jener sprang ihm zuvor auf den Löwen los und tödtete ihn. Einsmals forderte ein Slave, auf seine riesenhafte Gestalt pochend, des Königs Heer heraus. Da trat ihm Kurzbold entgegen, und erlegte ihn, wie ein anderer David, mit der Lanze statt des Steines. Aber eine Eigenheit hatte Konrad der Weise: er mochte die Aepfel und die Weiber nicht leiden. Auch starb er unvermählt, und die Kirche, welche er der Seelenruhe seines Vaters widmete, ist dem heiligen Georg geweiht, dem mannhaften Ritter, der den Drachen, die Schlange erschlug.“

Straße in Limburg.

Neben Kurzbolds Grabstein sind in dem Bischofsdom der Domschatz, die Insignien und Geräthe, der gothische Taufstein, das Tabernakel, ein Christusbild von 1599 und die Reihe der Chorstühle sehenswerth. Das Bild des heiligen Georg hat so Manchen zu dem Schluß geführt, daß hier herum einst Lindwürmer gehaust und die Kirche deßhalb dem Drachentödter gewidmet worden.

Dom zu Limburg. Von R. Püttner.

Der Verfasser der Limburger Chronik, Johann Gensbein, erzählt uns, daß die Stadt 1342 durch Brand, und später wiederholt durch die Pest heimgesucht worden. An Leiden hat's ihr auch später nicht gefehlt; die Schweden und die Franzosen, von deren Vandalismus hier fast auf jeder Seite die Rede, haben in Limburg arg gehaust. Seit 1802 kam es als Herrschaft Limburg an Nassau, 1827 ward es Sitz eines Bischofs und 1866 mit dem ganzen Lande dem preußischen Staate einverleibt.

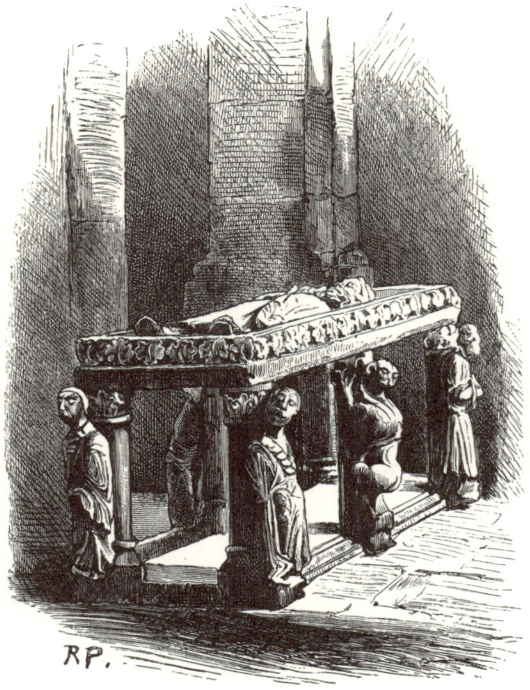

Konrad's Grabmal.

Koblenz von Pfaffendorf aus.

Koblenz.

Keine Stätte am ganzen Rhein wäre so wie das schöne Koblenz geeignet zu einer internationalen Beschaulichkeits- und Müßiggangs-Colonie, die ja der Reiche so gern sucht, hätten nicht seit denklichen Zeiten die Stämme und Völker gerade diesen Punkt der Vereinigung zweier bedeutender Ströme entweder als Stützpunkt für ihre Eroberungen, oder als Vertheidigungsposition für schon Erobertes ausersehen und dem Platze eine strategische Bedeutung verliehen, der heute seine ganze Romantik in Stein und Eisen erstarren gemacht und den Genuß, die Freude an Gottes herrlicher Natur unter die unerbittlichen Gesetze des Krieges gestellt.

Wie schön die Stadt am Ufer der beiden Flüsse daliegt, ein selten begünstigter Mittelpunkt des Rheinparadieses; wie stolz und majestätisch ihr gegenüber die waldbekränzten Ufer sich erheben — ein gewaltiges quos ego liegt vor ihr der Ehrenbreitstein, gepanzert von trotzigem Fels, gespickt mit verderbendrohenden Feuerschlünden, der stärkste aller Wächter am Rhein für Deutschlands stets von Westen bedrohte Unabhängigkeit, obgleich der zur That gestaltete, kriegerische Urgedanke, die ersten hier aufgeführten Bollwerke, die von Drusus 9 und 11 v. Chr. erbauten Kastelle gerade gegen die Freiheit unsrer eignen germanischen Vorfahren gerichtet waren.

Confluentes (Zusammenfluß) nannten die Römer diese Kastelle am rechten Ufer der Mosel, deren bedeutendstes einen Hügel der gegenwärtigen alten Stadt, etwa bei dem „alten Hof“ einnahm. Als die Franken 486

Koblenz. Moselbrücke.

das Castrum confluentes erbauten, machten sie einen Palast für ihre Könige daraus, den nachmals die deutschen Kaiser und endlich die Bischöfe von Trier bewohnten, und in welchem 1138 Konrad III. zum deutschen Kaiser gewählt wurde.

Den Chroniken zufolge lag die Stadt damals an der Mosel und streckte sich erst allmälig zum Rheinufer hin. Der alte Theil der Stadt mit dem Zwing-Koblenz und der 1280 erbauten Bischofsburg liegt deßhalb der Mosel zugekehrt, an der äußersten Ecke, am Zusammenfluß beider Ströme. Jene Zeit des dreizehnten Jahrhunderts, welche mit der Zwingburg auch der Stadt ihre festen Mauern gab, bezeichnet zugleich die Epoche der Streitigkeiten zwischen den Bürgern und den Bischöfen, die Kämpfe des rheinischen Städtebundes mit den Stegreifrittern der Burgen umher, die sich durch mehrere Jahrhunderte zogen. Aus jener Zeit datirt auch die Moselbrücke, von Balduin von Trier 1344 zur Verbindung der Stadt mit der zerstörten Vorstadt Lützel-Koblenz erbaut.

Die Geschichte von Koblenz bietet wenig hervorragende Momente, die uns hier fesseln könnten. Karls d. Gr. Söhne, die Könige Lothar, Ludwig und Karl verabredeten hier jenen als Vertrag von Verdun bekannten Theilungs-Pakt; die Kurfürsten von Mainz, Köln und Trier schlossen hier 1606 jene Liga gegen die Protestanten, in Folge deren später die französischen und spanischen Truppen in die Stadt rückten, bis die Kaiserlichen sie wieder hinausschlugen. Im Jahre 1688 beschoß Marschall Boufflers die Stadt nutzloser Weise und richtete große Zerstörungen an. Erst der letzte Kurfürst, Clemens Wenzeslaus, begann in der Stadt eine wirkliche Bauthätigkeit durch Herstellung des Theaters und eines ganzen Stadttheils, und bezog 1786 das neu errichtete Residenzschloß. Damit ist so ziemlich

Koblenz. Parthie aus der neuen Anlage.

die ältere Geschichte von Koblenz erschöpft. Die französische Revolution überfluthete Koblenz mit der „Emigration", einer liederlichen Gesellschaft — an ihrer Spitze die Grafen d'Artois und Provence, beide Neffen des Kurfürsten, mit ihrem ganzen leichtfertigen Anhang — und brachte die Sitten der Stadt aus Rand und Band.

Der „rheinische Antiquarius" erzählt uns aus jener unseligen Epoche: „Die Verschwendungen und Verheerungen des französischen Hofes zu Koblenz, diejenigen der Sultaninnen und der Minister überstiegen zuletzt alle Grenzen. Die Bureaux der Minister, der Polizei, der Proviantlieferungen für die Emigranten-Armee machten einen übermäßigen Aufwand. Der Schwarm von Spionen und Unterhändlern, den Calonne (die Seele des Ganzen, Ludwigs XVI. unversöhnlicher Feind, weil sein von ihm verjagter Minister) nach allen Gegenden unterhielt, erschöpfte vollends alle Geldquellen. Das Elend stieg zu einer fürchterlichen Höhe und dabei trieb der Hof der beiden Prinzen eine strafbare Verschwendung.

„Der Kurfürst lieferte den beiden Brüdern des Königs das Brod, den Wein und das Fleisch. Dessenungeachtet kostete der Ueberrest ihrer Tafel monatlich 50,000 Thaler. Dabei gingen neunzig silberne Bestecke und achthundert Servietten, die dem Kurfürsten gehörten, verloren.

„Die französische Polizei zu Koblenz (der Kurfürst hatte dieselbe den beiden Lumpen Prioreau und Rey übergeben) bestach einige brodlose Edelleute, um sie zu Spionen zu erniedrigen. Die Befehlshaber der Truppen folgten diesem Beispiel. Es entstand eine geheime Inquisition in Koblenz. Die geheimen Anklagen wurden eingeführt und häuften sich schnell. Die Polizei und die Befehlshaber bedienten sich ihrer zu willkürlichen Verhaftungen. Die Citadelle von Koblenz wurde zur zweiten Bastille, in welcher unter mangelhaftem Vorwand und in Zeit von acht Monaten schon zweihundert Edelleute eingekerkert lagen, ohne daß einer von ihnen sein Endurtheil hätte erlangen können."

Moselufer bei Koblenz.

Die französischen Revolutionstruppen rächten sich für die von hier aus damals betriebene Conspiration der Emigranten mit den deutschen Fürsten, als sie 1794 die Stadt nahmen, durch eine Brandschatzung von 4 Millionen Francs. Im Jahr 1798 ward Koblenz zur Hauptstadt des Rhein- und Mosel-Departements gemacht; als die Franzosen jedoch anno 1814 hinausgejagt wurden, kam die Stadt (1815) in Preußens Besitz, das im darauffolgenden Jahre an's Werk ging, aus der Stadt eine der stärksten und jetzt mit ihren riesigen Außenwerken uneinnehmbaren Festungen zu machen, und zu mächtigem Erblühen des Ortes beitrug. Koblenz, Sitz der höchsten Civil- und Militär-Behörden der Rheinprovinz, mit einer Besatzung von 6000 Mann, ist seit Jahren die Lieblings-Residenz der Königin Augusta von Preußen.

Die schönste Parthie der Stadt ist der Quai am Rhein, vom Schloß bis zum sogenannten „deutschen Eck", mit der Schiffbrücke nach Ehrenbreitstein. Hier liegt der Castorhof und unmittelbar an der Spitze des rechten Moselufers das deutsche Haus, im Jahre 1309 erbaut, gegenwärtig aber den praktischen Zwecken eines Proviant-Magazins dienend. St. Castor und die heilige Riza oder Ritza, die Tochter Ludwigs des Frommen, liegen im gleichnamigen Hof begraben, der erstere einst ein in wilder Höhle bei Carden lebender Einsiedler, dessen Gebeine der Bischof von Trier nach Koblenz bringen ließ, um über ihnen im Jahre 836 den gethürmten Klosterbau zu wölben, die andere, eine fromme Seele, die sicher nur durch die Macht ihres Glaubens die Wunder verrichten konnte, die man ihr nachsagt, denn sie ging alltäglich trockenen Fußes über den Rhein zum Gottesdienst. Das in der Chorwand befindliche Grabmal ist das des mannhaften und energischen Erzbischofs Kuno von Falkenstein; ihm gegenüber liegt das des Erzbischofs Werner von Königstein. Eine Gedenktafel von Kupfer erzählt auch von späteren Trierschen Bischöfen, die hier ihre Ruhe fanden. — Der dem Portal gegenüber liegende Castorbrunnen trägt die Inschrift: „An 1812, mémorable par la campagne contre les Russes“, vom letzten französischen Präfekten gesetzt. Als der russische General St. Priest 1814 nach Koblenz kam, gefiel ihm das und er setzte darunter: „vu et approuvé par le commandant russe“ ꝛc.

Hinter dem Castorhof liegt das General-Commando, in welchem die Grafen d'Artois und Provence und 1804 Napoleon I. residirten. Gegenwärtig ist es Dienstwohnung des commandirenden Generals des achten Armeecorps.

Interessant sind durch ihre Bauart das Kaufhaus, einst Schöffengerichtshaus, die Florins- und die Karmeliterkirche; am Moselthor die ehemalige erzbischöfliche Burg, 1276 erbaut, jetzt Fabrikgebäude, in der Nähe desselben die alte Moselbrücke und wieder nicht weit davon stromauf die Eisenbahnbrücke. Der Metternicher Hof ist die Geburtsstätte des berühmten Staatsmanns, erbaut 1622, vom Kurfürsten Lothar von Metternich.

Noch einen frommen Gang machen wir zum Kirchhof vor dem Löhnthor und dann zu den neuen Rheinanlagen. Dort liegt das Grab und hier unter zwei schönen Pappeln steht das Denkmal eines der edelsten Patrioten, des Dichters Max von Schenkendorf, ein schwarzer Marmorblock mit des Dichters Büste in Bronze, darunter Arndt's Worte:

„Er hat vom Rhein,
Er hat vom deutschen Land
Mächtig gesungen,
Daß Ehre aufstand
Wo es erklungen.“

Die Schiffbrücke über den Rhein führt uns hinüber nach Ehrenbreitstein, dem imposanten Felsen-Kastell, zuvor nach dem gleichnamigen Städtchen, gewöhnlich von den Koblenzern das „Thal“ genannt. Es ist der Geburtsort Clemens Brentano's und schließt ein Haus in sich, in welchem Goethe im Sommer 1774 verweilte, das Haus der Sophie von Laroche, von welchem er in „Wahrheit und Dichtung“ erzählt.

Aber was gilt hier in dem von den Kanonen beherrschten Städtchen die Poesie! Wie Tanger und Gibraltar liegen sich, freilich enger mit einander verbunden, Stadt und Fels hier gegenüber und deßhalb heißt's das deutsche Gibraltar, wenn auch in der ganzen Fortifikation nichts an die plumpen Gallerien jener englischen Feste erinnert. Soll auch schon zur Zeit der Römer ein Kastell hier gestanden haben, so lesen wir in den Chroniken doch nur als frühester Quelle von der durch den Grafen Erembert hier errichteten Burg, in deren Besitz die Trier'schen Erzbischöfe anno 1018 von Heinrich II. bestätigt wurden. Wieder zerfallen, wurden hier erst 1484 von Pasqualin, einem Italiener, im Auftrage des Kurfürsten von Baden regelrechte Befestigungen angelegt, auch Brunnen gegraben. Durch Verrath gerieth die Veste im Jahre 1632 an die Spanier, ebenso gerieth sie den Schweden und Franzosen in die Hände, den letzteren zum zweiten Male 1799, als die Revolutionstruppen die Garnison ausgehungert. Diese rasirten die Festung 1801, indeß mußte Frankreich in der Kriegskostenrechnung auch ihre Wiederherstellung bezahlen, die um das Jahr 1826 beendet wurde.

Demjenigen, der Sinn für die Besichtigung dieser riesigen Stein- und Felsmassen, der kolossalen Fortifikationen hat, erschließen sich dieselben gegen eine Karte; wer das reizende Rhein- und Moselthal von den Höhen des rechten Stromufers überschauen will, dem bietet sich auch von Vallendar aus ein wirklich bezauberndes Tableau.

Unvergeßlich wird mir der Abend sein, als ich drei Tage nach der Kriegserklärung im Juli 1870 im Kreise patriotischer Männer dort oben in dem eben zu eröffnenden Kasino stand. Tief unter uns trugen die Bahnzüge die fahnenpflichtige Jugend zusammen, die Tausende und Abertausende, welche die Gefahr des Vaterlandes von Weib und Kind gerissen. Hundertstimmig drangen von unten begeisterte Lieder zu uns herauf und immer von Neuem schleppten die Züge, als es dunkelte, die Massen dunkler Gestalten herbei, die so freudig einem noch viel dunkleren Schicksal entgegengeführt wurden. — Es war das zweite Mal, daß ich Rheinlands Söhne in die Bluttaufe für das eine Vaterland gehen sah — damals 1866 begleitete ich sie nach Böhmen, dießmal gegen die Nachkommen jener Gallier, die da hinauf

Am Moselufer in Koblenz. Von R. Püttner.

an den Moselrändern für die geträumte Ewigkeit des Besitzes unverwüstliche Denkmäler ihrer langen Herrschaft hinterließen. — Roms Dichter besangen schon die Mosel, deren unsere Vorväter nicht Herr werden konnten; die Mosel selbst ist in Neu-Gallien zu Hause und durchströmt Frankreichs fruchtbarste Triften; in neuerer Zeit wirkte langjährige französische Occupation auf den Geist dieser deutschen Gauen, noch heute wird nach napoleonischem Gesetzbuch Recht gesprochen — und so ist denn bei Manchen wohl noch ein gallisches Winkelchen im deutschen Herzen zurückgeblieben, das sich durch jene beiden Bluttaufen jetzt für alle Ewigkeit an das Vaterland gekettet. Rheinlands tapfere Söhne erstürmten mit den Brandenburgern gemeinsam die Höhen von Spicheren, sie fochten bei Wörth und Weißenburg bis vor Paris mit Begeisterung für den deutschen Herd, und was wir jetzt eben selbst noch in seinen Trümmern als glänzende, anspruchsvolle Hinterlassenschaft der Gallier durchlaufen werden, ist nur noch ein Friedhof einstiger weltbeherrschender Größe, die uns wieder aufzubürden Roma's Epigonen zweimal vergeblich angestrebt.

Koblenz. Castorkirche.

Ansicht von Trier.

Die Mosel.

Wir konnten die kleine Nahe und Lahn stromaufwärts gehen, die Mosel mit ihrer reichen Geschichte, ihren historischen Schätzen und ihren Uferschönheiten müssen wir, wenn auch nicht von ihrer an den westlichen Abhängen der Vogesen entspringenden Quelle, doch von da ab verfolgen, wo sie den deutschen Boden betritt, und der letzte glorreiche deutsche Volkskrieg hat ja dafür gesorgt, uns ein schönes Stück Uferland zurückzugeben, dessen an den romantischen Rebgeländen wachsenden dunklen Wein die Franzosen so lange als den ihrigen getrunken.

Es war unserer Generation gestattet, mit dem ganzen Bewußtsein deutscher Kraft und Größe, aber auch mit dem Gedanken an die Schmach, welche Lothringen und Elsaß uns entreißen ließ, ihre siegreichen Fahnen an den Ufern der Mosel von Pont à Mousson, unterhalb der Rebenhügel von Pagny, bis Metz in das reizende Flußthal zu tragen und vor Paris die neue Grenze zu diktiren, die uns ein gutes Theil des alten Moselgebietes zurückgab. Der deutsche Pflug also wird seine Furchen in diesen gesegneten Ebenen ziehen, das deutsche Element wird seine Rechte wieder geltend machen selbst bei den Brüdern, die es in langer wälscher Gewohnheit zu verleugnen im Stande waren.

Die Urbewohner der Moselländer sind unstreitig celtische Völkerschaften gewesen, celtische Gallier, den Germanen bei weitem an Kultur überlegen, wie uns die römischen Quellen berichten, aus dem Rhonebecken gegen die Mosel vorgedrungen und hier festen Fuß fassend, obgleich auch die germanischen Stämme vielfach ihre Weideplätze und Wohnsitze behaupteten. Niemand sagt uns, wie sie sich mit den Galliern vertrugen; wir wissen leider nur, daß auch in späteren Zeiten die neuen Gallier Lothringen, bald zu Frankreich, bald zu Deutschland gehörend, und zwar nach einer Epoche, in welcher man die Residenz der Herzöge nur unter dem deutschen Namen Nanzig kannte, per fas et

Blick auf Trier. Von R. Püttner.

Trier. Porta nigra.

nefas zurückdrängten und erst ein gewaltiger neuer Zusammenstoß beider Völker die Grenzen regulirte. — Wie verlockend ein tieferes Eingehen in die Geschichte der oberen Mosel auch wäre, es ist mir nicht gestattet; wir beginnen also unsre Excursion stromab unweit der früheren französischen Grenze in dem schönen Moselthal, das die älteste Stadt in Deutschland, die Augusta Trevirorum, das ehrwürdige Trier umschließt, von welchem eine Inschrift am rothen Hause, dem ehemaligen Rathhaus, behauptet, es sei schon dreizehnhundert Jahre vor Rom, mithin zweitausend Jahre vor Christo erbaut worden.

Begründet ist allerdings, daß die römischen Legionen, als sie von Gallien hier vordrangen, bereits eine von Celten und Germanen bewohnte Stätte fanden, die der Kaiser Augustus als „Stadt der TreviRer" zur römischen Kolonie gestaltete. Trier ward seiner günstigen Lage wegen die Hauptstadt von Ober-Belgien (Belgica prima), das Centrum der römischen Besitzungen, und der Kunstfleiß der Gallier errichtete hier Baudenkmäler, die uns noch heute mit Staunen erfüllen. Unter Constantin ward Trier die Kaiser-Residenz und blieb es auch unter seinen Nachfolgern, eine neue Roma, deren Pracht unter den Kaisern Maximian, Constantius, Valentinian u. s. w. der alten den Rang streitig zu machen suchte. Selbst der Dichter der „Mosella", Ausonius, nennt Trier das zweite Rom und seine Schilderung von dem Glanz, den Reichthümern, den an der Mosel errichteten Landhäusern der Großen und Reichen, den Gärten mit all' ihrem Luxus gibt uns eine Idee von der ehemaligen Herrlichkeit, die unter fünfmaliger Zerstörung durch Hunnen und Vandalen bis auf die einzelnen unverwüstlichen Trümmer zu Grunde gegangen.

Trier. Das rothe Haus.

Auch unter den Franken hatte Trier seine Bedeutung als zweite Hauptstadt von Austrasien; die Merovinger residirten hier oft, ebenso Theodorich, Theudobert und Siegbert. Das Christenthum fand zeitig in Trier seinen Platz und wurden ihm ebenso früh heilige Stätten erbaut. Die Ueberlieferungen erzählen von zahlreichen Märtyrern, die hier unter Maximian schon sich ihrem Glauben opferten. Der erste Bischof soll Eucharias, nach Andern der heilige Agritius gewesen sein. Ebenso früh wußten die Bischöfe ihre Macht bis an den Rhein auszudehnen, die sich später in eine wirklich entscheidende kurfürstliche Gewalt verwandelte, von der hier bereits oft genug die Rede gewesen. Der gefürchtetste unter ihnen war Balduin, der Luxemburger, der Löwe von Trier, dessen sich über Deutschland streckender Einfluß seinen Bruder Heinrich VII. zum deutschen Kaiser krönte. Der letzte der Kurfürsten, Clemens Wenzeslaus, verlegte bekanntlich seine Residenz nach Koblenz, wohin ihn seine weltlichen Interessen zogen, und wir sahen, wie kläglich mit ihm die einst so weit reichende kurfürstliche Gewalt zu Grunde ging. — Ziemlich reich ist auch Triers Geschichte im Mittelalter an Belagerungen, Heimsuchungen von Pest und Seuchen, Hexenprozessen, mit denen die aufstrebende Industrie zu kämpfen hatte. Die französische Mordbrennerei im Gefolge des dreißigjährigen Krieges und wiederum französische Besatzung der Revolutionstruppen, endlich die Herrschaft des ersten Kaiserreichs, das Trier zur Hauptstadt des Saar-Departements machte, brachten die Stadt um den Rest ihres Wohlstandes, bis sie endlich seit 1815 als preußische Provinzialstadt zu der stillen Existenz einer solchen hinabsank — für lange Zeiten noch von ihrer großen Vergangenheit zehrend, die sie zu einem der interessantesten Zielpunkte der Rhein- und Moselreisenden gemacht.

Freilich ist der Glanz, die Pracht der römischen und christlichen Kaiser verschwunden und nur der altersgraue Rumpf in Trümmer zerfallener Größe redet noch von ihnen; freilich fehlen die Villen der römischen Edlen an den Ufern der Mosel und ihrer Nebenflüsse, aber unverwischbar ist der Reiz des schönen Flußthals, die idyllische Ruhe desselben, die nur 1870 einmal vorübergehend wieder durch politische Wolken getrübt wurde, als es gegen Ende Juli hieß, die Franzosen seien schon bei Perl über die Grenze gegangen, eine Nachricht, die sich glücklicher Weise als Schreckschuß erwies, wenn auch die feindlichen Posten so hart an der Grenze standen, daß sie mit ihren Chassepots die von Trier nach Saarbrücken führende Eisenbahn beschossen.

Igeler Säule.

Wie verhältnißmäßig wenig an Denkmälern in Trier noch übrig geblieben, es ist als plane noch der Geist jener großen Tage über der ehrwürdigen Stadt und kaum eine ihrer Schwestern darf diesseits der Alpen sich dennoch gleicher römischer Bauschätze rühmen. Der Forschergeist der Neuzeit hat allerdings Manches schon auf andere Rechnung übertragen, was man als staunenswerthe Hinterlassenschaft der Römer betrachtete, indeß schmälert das nicht den Werth des Vorhandenen; so die Porta Nigra, heute das Simeonsthor genannt, einen Steinkoloß, wie er einzig in Deutschland dasteht. Wie fest die Ansicht herrschte, daß man einen Römerbau vor sich habe, bewiesen doch Kugler u. A., daß ihm die echt antike Konstruktion und Dekoration fehle und das Thor zur Zeit der Merovinger erbaut sein müsse. Die Porta Nigra war ehedem ein befestigtes Stadtthor, in kolossalsten Proportionen von röthlichem Sandstein aufgeführt, in seinen riesigen Quadern nicht durch Mörtel, sondern durch eiserne Klammern zusammengehalten. Nur der eine der beiden Thürme steht noch in seiner ganzen Höhe da, während dem andern das oberste Stockwerk fehlt. Zwei Thore führen in das Gebäude, die einzigen Oeffnungen des Erdgeschosses; in dem Säulenwerk ist keine bestimmte Ordnung festgehalten; das Ganze macht noch heute den Eindruck, als sei es in seiner Vollendung unterbrochen worden.

Thor und Straße tragen den Namen Simeon nach einem syrakuser Einsiedler, der im elften Jahrhundert in einem der Thürme wohnte. Der Erzbischof Poppo machte den Bau zu einer dem Heiligen gewidmeten Kirche, von der noch einige Spuren vorhanden sind. Im Innern findet sich eine Sammlung von Alterthümern, welche in der

Auf der hohen Eifel.

an solchen so reichen Umgebung der Stadt gefunden wurden. — Die römischen Bäder am südöstlichen Ende der Stadtmauer sind ohne Frage die Ueberreste eines römischen Kaiserpalastes, von dem eben nur diese Bäder übrig geblieben. Verschiedene Geschichtsepochen haben das Gemäuer bald zur Kirche, bald zum Kastell, bald zum Stadtthor gemacht, bis die Beschießung der Stadt im Jahre 1673 alles bis auf das Grundmauerwerk zerstörte, auf welchem man noch heute die Umrisse eines großen, von drei Rundnischen umgebenen Saales erkennt.

In den Felsen gehauen bei dem Dorfe Olewig im Thal liegt das Amphitheater, das etwa 50 n. Chr. erbaut, zur Römerzeit gegen dreißigtausend Menschen faßte, ein Bau, wie wir ihm auf dem heimischen Boden der Römer jenseits der Alpen häufig als Ruine begegnen. Noch heute erkennt man die dunklen Käfige der wilden Thiere, die Zimmer der Gladiatoren; die Rundmauer steht noch etwa sechs bis sieben Fuß hoch gut erhalten da. Der Sage

Ruine Gerolstein.

nach soll der Kaiser Constantin einst Tausende von fränkischen Kriegsgefangenen sammt ihren Häuptlingen hier den wilden Thieren als Beute geopfert haben. — Als ein Werk des letztgenannten Kaisers betrachtet man die Basilika, über deren ehemalige Bedeutung und Zweck man freilich im Unklaren ist. Man hat den Ziegelbau für einen Kaiserpalast gehalten, der es keineswegs gewesen; viel eher diente er als Tribunal, als Sitz der Belgischen Landtage. Zur Frankenzeit ward die Basilika eine königliche Pfalz, im Mittelalter Sitz der trier'schen Erzbischöfe, die dann in die daneben liegende Palastkaserne übersiedelten.

Auch der interessanteste der deutschen Kirchenbauten steht in Trier, der Dom, merkwürdig dadurch, daß er, in seiner Ursprungsidee ohne Frage den römischen Basiliken verwandt, trotzdem doch dem Christenthum sein Entstehen verdankt, während bis zum achtzehnten Jahrhundert hinein alle Bischöfe an ihm fortgearbeitet haben. Valentinian I. soll an dieser Stelle eine Tribunalhalle erbaut haben, in welcher zu Anfang des Christenthums der Gottesdienst gehalten wurde. Als das Gebäude im Innern durch einen Brand zerstört worden, ließ Bischof Nicetius dasselbe in byzantinischem Geschmack wiederherstellen. Von den riesenhaften vier Säulen im Innern stürzte eine im elften Jahrhundert zusammen; man ersetzte sie durch neue und diese tragen noch heute das in einfachem romanischem Stil gehaltene Gebäude, in welchem nur der östliche Chor durch glänzendere Formen hervorsticht. Ein abermaliger Brand im Jahre 1717 beschädigte den Dom sehr wesentlich.

Unter den zahlreichen Bildwerken, Denkmälern und Reliquien seien hier nur der hinter dem Hochaltar eingemauerte heilige Rock genannt, ein Nagel von Christi Kreuz und ein Stück der Dornenkrone, die beide im Domschatze bewahrt werden. Der erstere soll 326 n. Chr. vom heiligen Agritius aus dem Grabe in Jerusalem hieher gebracht worden und erst im Jahre 1121 in einem Altar vermauert wieder aufgefunden worden sein. Leute, die ihn 1844

Weinfelder Maar.

bei seiner von zahllosen Pilgerschaaren besuchten Ausstellung gesehen, schildern ihn als ohne Naht, in Farbe wahrscheinlich einst purpurn, jetzt gelblich braun. Das Alter des Rocks ist ohne Zweifel ein sehr hohes, wenigstens eines Theils desselben. Jene öffentliche Ausstellung der Reliquie und die Unfehlbarkeit des Papstes bezeichnen zwei Epochen in der neueren und neuesten Geschichte des Katholizismus, die nicht ohne bedenkliche Krisen vorüber gehen konnten.

Ist der Dom hervorragend aus allen Kirchenbauten durch seine Merkwürdigkeit, so sind die Mathias- und die Liebfrauenkirche wohl die ältesten unter allen deutschen. In ihrer Grundanlage romanisch, zeigt die letztere doch entschieden schon den gothischen Styl, der an ihr zum ersten Male seine systematische Anwendung fand, und dies namentlich gibt ihr eine so hohe Bedeutung in der Geschichte der Baukunst. Da sie von 1227—44 errichtet wurde, war sie also bereits fertig, als der Kölner Dom begonnen ward.

Reich ist Trier, wie schon erwähnt, an andern alterthümlichen Gebäuden, darunter das rothe Haus mit seinen vier Schutzpatronen der Stadt und den zwei Rittern in voller Rüstung und der schon genannten Inschrift: „ante Romam Treviris stetit annis mille trecentis“ 2c. Auf der Mitte des Platzes steht auf römischem Säulenschaft das Marktkreuz, dessen Legende besagt, daß es im Jahre 958 von Heinrich, Erzbischof von Trier, errichtet ward. Nicht weit davon der Petersbrunnen mit dem Eulenspiegel. Ferner auf dem Graben das Haus Wittlich, in welchem der Reformator Kasp. Olevianus geboren ward, und endlich das Haus zu den drei Königen in der Simeonstraße, das 1150—1220 erbaut, als das älteste der gegenwärtigen Wohnhäuser Triers gilt, und vor Allem noch ein Römerbaumal, das freilich, nachdem es durch die Franzosen zerstört, im achtzehnten Jahrhundert erneuert worden, aber in seinen ursprünglichen Grundvesten noch dasteht, die Römerbrücke über die Mosel, auf acht Bogen ruhend, von denen nur zwei von jüngerem Datum sind.

Es ist unmöglich, in dem lieblichen, die alte Stadt in ewiger Jugend umblühenden Moselthal alle die Punkte zu nennen, an welchen, von der Idylle umgeben, die Geschichte mit beredter Zunge bis in die grauesten Zeiten zurück

Pulver Maar.

erzählt, wie die sogenannte Igeler Säule, ein obelisk-artiges Grabdenkmal, das edle Römer den Todten ihrer Familie widmeten, was man aus der halb verwischten Inschrift herausgelesen; ein Werk von hohem künstlerischem Werth, das gewöhnlich von Conz aus besucht wird und als steinerne Apotheose aus der letzten römischen Kaiserzeit in Deutschland als Unicum betrachtet wird.

Den Fremden bietet Trier einen ebenso ruhigen, wie traulichen Aufenthalt. In den Gasthäusern werden ihm wohl die kleinen Zwergfläschchen auffallen, aus welchen die Stammgäste ihren Moselwein zu trinken pflegen. Es mag denn deßhalb auch hier die Sage von Christus Platz haben, der einmal, wie Simrock erzählt, mit Petrus an die Mosel kam und durstig in der Hitze nach einem Trunk verlangte.

„Sprach der Heiland, Scherz oder Ernst
Sankt Peter, weil du doch nichts lernst,
So lauf' einmal, hast lange Bein',
In's Dorf und hol' ein Schöppchen Wein."

Petrus ging mit einem hölzernen Becher in's Thal und holte Wein. Unterwegs aber auch vom Durst gequält, that er einige herzhafte Züge daraus, und damit Christus nichts merke, schnitt er jedesmal so viel von dem Rand ab, damit der Becher voll bleibe. Als er nun vor den Herrn trat, rief dieser, das winzige Gefäß erblickend: Behalte dein Miseräbelchen! Deßhalb:

„Noch heute werden im Moselland
Die Schöppchen Miseräbelchen genannt.
So klein sie sind, laßt sie uns leeren
Ihrem Erfinder St. Peter zu Ehren."

Ueber die Plateaux der Eifel führt die alte Römerstraße gen Koblenz; wir wählen den schiffbaren Wasserweg und fahren vom Landeplatz bei der alten Moselbrücke an dem jenseitigen Pallien vorüber nach Pfalzel, dem alten Palatiolum, wo Adela, König Dagoberts Tochter, 655 ein adliges Frauenkloster stiftete, in welchem es aber so leiderlich hergehen mochte, daß der Bischof von Trier die Damen hinausjagte und ein Mönchsstift daraus machte. Mit Unrecht verlegt man auch die Sage von der heiligen Genofeva hierher. Albrecht von Brandenburg und die Franzosen zerstörten die 1131 hier erbaute bischöfliche Burg.

Abend an der Mosel.

Bei dem Dorfe Ruwer mündet der gleichnamige Bach in die Mosel, der Erubrus des Ausonius; weiterhin ebenso die aus der Eifel kommende Kyll und die Quint, danach die Salm, Drohn und die Lieser. Enger treten die Berge zusammen bei Schweich und von hier ab windet sich der Fluß in starken und felsigen Schlangenwindungen nordöstlich dem Rheine zu, bei jeder Krümmung dem Auge neue Naturschönheiten, oft überaus grotesker und grandioser Art, enthüllend. Der fortwährende Wechsel, die Vielgestaltigkeit, die sich immer wieder verschiebende Scenerie, bald schroff mit wild überhängendem, von Strauch- und Rankenwerk überwachsenem Felsgezack und starrem wüstem Gestein, bald anmuthig mit weichen, grün bewachsenen Gehängen, üppigen Matten und zauberhaft beleuchteten Thalkesseln, darüber auf steiler Höhe oder tief zwischen sorgfältig gepflegten Gärten die zahlreichen Wohnungen der Menschen, dazwischen die Mündungen der Schachte — es ist unmöglich, diesem Wechsel beschreibend, schildernd zu folgen.

Auf der Marienburg.

Droben auf den unwirthlichen Bergebenen ist der Winter so grausig; mehr als durch die Hälfte des Jahres herrscht markerstarrend eine scharfe Luft auf dem Hunsrück und den unwirthlichen Höhen der innen das heimliche Feuer bergenden Eifel, deren vulkanisches Hochland sich zwischen den Ardennen und dem Hunsrück in vielgestaltigem

Wechsel, aber zumeist karg, ungastlich, melancholisch grotesk, als eine seltsame, aber eben deßhalb in Europa einzig vorhandene Offenbarung der Natur, ein wunderbares Resultat gewaltiger Convulsionen ausdehnt. Zackig streben die Felsenspitzen in wunderlichen Gestaltungen himmelan, obgleich die sogenannte hohe Eifel kaum fünfhundert Meter ü. d. M. erreicht; geheimnißvoll gähnen uns die trichterförmigen „Maare", die kleinen Gebirgsseen entgegen, die sich in den todten Kratern gesammelt; wie ein Hexenkessel erscheinen uns die engen Thäler und wie über einen Teufelsherd tritt der Fuß des Wanderers über die Schlacken und die verwitterte Lava.

Man kennt das sonderbare Land unter dem Namen die Hohe Eifel mit der Hohen Acht, dem Kellberg und der Nürburg, die Vorder-Eifel mit Gerolstein und Daun, und die Schnee-Eifel, schlechtweg Schneifel; doch genügt dem Touristen gewöhnlich die Vorder-Eifel, und die Eisenbahn hat ihm den Weg durch die Strecke Trier-Kall-Düren geöffnet und geebnet, so daß der Reisende, der sonst mit kundigem Führer zur Seite und reich mit Proviant versehen, die Eifel-Tour unternahm, um auf öden Plateaux, in armseligen Dörfern, deren Bevölkerung von dürftiger Nahrung lebt, zu rasten, jetzt durch das schöne Kyll-Thal über Brücken und Abgründe dahin dampft. Man ist so genügsam in der Romantik geworden, wenn sie nur mit Bequemlichkeit zu genießen ist.

Parthie aus Bernkastel.

Die ganze Eifel, geographisch präzise als der nordwestliche Theil des niederrheinischen Schiefergebirges zwischen der Mosel, dem Rhein und der belgischen Grenze bezeichnet, ist ein bis zur Monotonie groteskes, und doch in seinen Thälern reiche Abwechselung bietendes Gebirgsland vom eigenthümlichsten, kaum mit irgend einem andern vergleichbaren Charakter. Ueberall starren uns die gewaltigen rohen Massen an, wie sie Vulkan da aufgethürmt, bestehend aus Grauwacke mit Granit und Schiefer durchwachsen, und dem bekannten Eifelkalkstein; und selbst in diesen Formationen, in dem Charakter derselben sind die älteren und neueren Revolutionen der Erde zu unterscheiden, die letzteren namentlich in den Thälern.

Wilde, schauerliche Romantik da droben um die wunderlich geformten Felskegel, große Blöcke von Basalt, Bimssteintuffe, ganze Strecken und Felder von Lava, von dahingegossenem versteinerten Schlamm, ein grausiges Chaos vulkanischen Auswurfs — und wieder unten in den Thälern das lieblichste Idyll, grünende Triften, heimisch heraufblickende Dorfschaften und Flecken. Am ödesten sind die Schneeeifel mit ihrem schmalen bis gegen siebenhundert Meter über das Meer steigenden Felsrücken, und die sich gegen Westen ausbreitende Hohe Venn mit ihren weiten Heiden und Mooren. Das Ganze ist eine reiche Fundgrube für den Geologen, ein

Bild des höchsten eigenthümlichsten Interesses für den Touristen. — Karg gemessen wie der Raum auf diesen Blättern ist, namentlich für Seitensprünge, bleibt mir nur eine flüchtige Schau über das reizende Kyll-Thal, das sich wie eine Ader durch das oft schauerliche Geklüfte zieht, ein flüchtiger Blick gleichsam aus der Vogel-Perspektive auf die zur Schwermuth stimmenden stillen Maare, die sie umragenden Felsen und die kostbaren Perlen, welche wie Oasen unter die unwirthlichen Hochebenen gestreut sind. — Da liegt Kyllburg, ein schönes Gebirgs-Idyll, an die Felsen gelehnt, droben ein Ueberbleibsel jener von Erzbischof Theodorich II. erbauten Feste. Die Kirche datirt von 1276; sie selbst ward restaurirt, ihr einst schöner Kreuzgang blieb in Trümmern. In der Nähe Kyllburgs Schloß Malberg; die Zierde des ganzen Thals ist Gerolstein, hart zwischen Fels und Fluß gedrängt, über dem Ort auf dem Kalkgestein die Ruine der Burg Gerolstein, gegenüber die Papenkaul, ein öder Krater. Auf der Burg wohnte das Geschlecht von Blankenheim oder Gerardstein, das sie erbaute; nach seinem Aussterben kam sie an Dietrich III. von Manderscheid. Im Jahre 1691 ward sie von dem Besitzer beim Anrücken der Franzosen niedergebrannt; Gerolstein kam danach in französische Hände.

Interessant ist Alles um diese poetische Stätte herum, für den Gelehrten wie für den Romantiker, für den letzteren namentlich die Munterlei mit dem herrlichen Blick auf Gerolstein, die großartige Ruine der Kasselburg auf ihrem Basaltfelsen, einst im Besitz der obengenannten Geschlechter, und das Dorf Lissingen mit seinen beiden Burgruinen. —

Parthie aus Trarbach.

An der das Gebirge durchschneidenden Lieser liegt das Städtchen Daun, sich an den Bergrücken lehnend, auf der Spitze desselben das Stammschloß der Grafen von Daun, weniger interessant durch historische Ueberlieferungen, die nicht vorhanden, als in seiner Umgebung durch den Reichthum für geologische Forscher. — Gleichfalls an der Lieser liegt Manderscheid mit seinen Burgruinen auf hohem Felsen. Die eine, höher gelegene, war das Stammschloß der Grafen dieses Namens. Eine herrliche Aussicht bietet das Belvedere; interessanter noch ist der fünfgespaltene Krater Mosenberg, zwischen denen noch der Weg bemerkbar, den die ausströmende Lava zu Thal genommen.

Von überraschender, aber wie gesagt wehmüthig stimmender Wirkung sind in der Nähe von Daun die einsiedlerischen Maare, die schauerlichen Krater, in deren Kessel sich die düsteren Seen gebildet. Die bekanntesten sind namentlich das Weinfelder Maar, von Tuff und Sand umgeben, am Ufer ein einsam altes Kirchlein mit seinem Friedhof, sodann das Schalkenmehrener Maar, dem wenigstens das Dorf sich zugesellt, das Gemündener Maar und weiter noch Strotzbüsch zu das Pulver-Maar, von Wald umgrünt, das größte der Maare, eine Stunde im Um-

Beilstein.

fang und deutlicher als die andern seine vulkanische Entstehung durch das Schlackengestein verrathend, das seine Ufer umgürtet. — Das Seltsame an diesen Maaren ist ihre Umrahmung, der Charakter ihrer steilen, staffel- oder bruchstücksförmig gestalteten Ufer, welche die Entstehung dieser Trichter bekunden. Unheimlich befängt es oft den Fremden, wenn er plötzlich, ohne Ahnung vor einem dieser Abgründe steht und in die geheimnißvolle, stille Tiefe des blauen See's hinabschaut. Rufen die schroffen Felskegel, die Grauwacken-Gestalten, hier und da von Glimmer und Granit durchwachsen, die ganze gewaltige Thätigkeit jener Revolutionen in's Gedächtniß, die dieses Chaos durch einander geworfen, so begleitet den Reisenden überall eine gewisse Melancholie, die Wirkung einer oft vollendeten Abgestorbenheit der Natur.

Und wie der Charakter des Landes immer der seiner Bewohner, so ist auch in der Eifel, abgesehen von den grünenden Thälern, auf ihren Plateaux die Nahrungs- und Lebensweise, Gebrauch und Sitte der Dorfbewohner von einer Dürftigkeit, einer Unkenntniß von des Lebens allergeringsten Annehmlichkeiten, die von der ganzen Kargheit

Kapelle in den Weinbergen bei Beilstein.

ihrer großen Mutter, der Natur, erzählt, die ihnen nur Stein anstatt der Brodes reicht. Unwirthbar ist Alles da droben und auf den Felsplatten, die wir vom Rhein aus so goldig von der Sonne umglänzt sehen, ernährt sich oft eine kümmerliche Bevölkerung, mit welcher selbst der Vogesengeier, der sie überkreist, kaum zu theilen noch der Mühe werth findet.

Kehren wir zurück zu dem vor Stürmen geborgenen, warmen und in sonniger Laune sich windenden Moselthal, in dem sich Alles zusammendrängt, was da droben auf unwirthbarem Felsboden nach des Lebens Bedingungen sucht. Ueberall lebt deßhalb hier an den Flußrändern die emsigste Thätigkeit, in den Städtchen sowohl wie in den ländlichen Ansiedlungen, und selbst was auf den Abhängen wohnt, was die Berge durchwühlt, sucht nach dem Tagewerk am heimlichen Ufer Schutz und Behaglichkeit.

Nur flüchtig können auch wir dies trauliche Diorama an uns vorüber ziehen lassen, zumal fortwährend, was eben unser Auge erfaßt hat, vor demselben sich wieder verschiebt und verschwindet, während das Schiff dem Schlangenwege der Mosel folgt.

Rechts in's Thal hinein liegt Riol, das römische Rigodulum, von dessen Ringelsburg nur kaum merkbare Reste noch übrig. Die Geschichte berichtet uns, daß Cerialis hier die Trevirer unter Valentinus geschlagen und den letzteren gefangen genommen. Die Burg gehörte einst den Edlen von Riolsburg. „So lang wie Klüsserath," sagt das Sprichwort an der Mosel, und damit meint es den sich links am Ufer wie ein Faden unter den Weinbergen hinziehenden kleinen Ort.

Auf demselben Ufer erscheint uns die Geburtsstätte des gelehrten Abts von Sponheim, dessen schon Erwähnung gethan, Trittenheim nämlich, und am rechten Ufer das von Ausonius besungene Neumagen mit seiner Märtyrerkirche und den Ueberbleibseln eines römischen Baues.

Kaiser Constantin hatte hier seine Burg und die Bewohner des Ortes zeigen uns auf der Höhe gern die Stätte, wo sein Lager gestanden. Die Legende läßt den Kaiser hier das siegverkündende Kreuz am Himmel gewahren, das ihn gemahnte, das Christenthum anzunehmen. Dieselbe Sage wiederholt sich, wie wir hören

Kochem.

werden, auch am Ufer des Rhein. Im 17. Jahrhundert ward hier ein reicher historischer Fund gemacht, doch ist diese Ausbeute großentheils nach Trier gewandert.

Eigensinniger werden die Krümmungen des Flusses, der eben ein Hufeisen beschreibt, an demselben Pisport mit seinen vielgerühmten und ebenso vielgemißbrauchten Reben. Wir treten hier eben in die Weingegend der Mosel, deren edlere Crescenz der des Rheins wahrlich nichts nachgibt. Die Mosel muß es sich freilich gefallen lassen, daß alle die elenden Säuerlinge, die man namentlich in Norddeutschland unter ihrer Flagge fahren läßt, die auch am Niederrhein sogar aus Krügen getrunken werden, daß alle die obscuren Bauernweine rings umher, die in schattigen Lagen und auf schlechtem Boden gezogen werden, mit ihrem Namen figuriren. Die edleren Moselweine aber

Kochem.

stehen in nichts denen des Rheingau nach, haben sogar ihre Vorzüge gegen diesen in einer wunderbar anmuthenden Blume, in einer Milde und Süße, die wir an dem feurigen Temperament des Rheinweins vermissen. Sie sind lieblicher, den Sinnen schmeichelnder, im Bouquet von einer Zartheit, die mit dem keines anderen Weines vergleichbar, und selbst die Ernte von 1857 hatte nicht das hinterrücks Heimtückische, das am Rhein durch Apoplexien der Thätigkeit der edelsten Gaumen ein jähes Ende bereitete.

Freilich sind sie weniger besungen,

„Der Moselweine blonde Jünglingsschaar,
Welch hold Geschlecht, welch blüh'nder Jugendglanz
Geschaffen wie zur Liebe, wie zum Tanz!
So mild und schön, so frisch, so hell und klar,"

aber der Oligsberger, der Josephshöfer, der Grünhäuser, der Bernkastler Doktor sind deßhalb nicht minder edel, sogar von einer Lieblichkeit im „Bouquet", die den besten Rheingauer neidisch machen kann. Zudem lebt sich's mit ihnen friedlicher beisammen, was man dem hitzigen Rheingauer nicht immer nachsagen kann.

Kochem.

Auch die Saar-Weine, die Nachbarn der Mosel, gehen vielfach unter dem Namen der letzteren, selbst die besten der Saar, der Scharzberger und Scharzhofberger, sind allgemein als Moselweine bekannt.

Der Weinbau ist natürlich die Haupterwerbsquelle der ganzen Bewohnerschaft; man rechnet gegen dreiundzwanzigtausend Morgen Weinlandes zwischen Trier und Koblenz oder gegen siebenzig Millionen Rebstöcke. Wo die alle Platz haben? fragt der Reisende. Ein Blick auf die Ufer belehrt ihn. Mit peinlichster Berechnung, mit unerschrockener, dem scheinbar sterilen Boden vertrauender Sorgfalt sind die Schieferfelsen an allen Abhängen, allen Stufen, Spalten und Ecken mit Reben bepflanzt; jedes Fleckchen, das die Sonne bescheint, ist Weinberg und meist ist's grade die edelste Rebe, die sich da wohl befindet, wo selbst eine Gais kaum Platz für ihre vier Füße haben würde.

Von ganz anderem Charakter sind, wie erwähnt, die französischen Mosel-Weine, meist von rother Farbe; darunter der Pagny; sie haben mit dem deutschen Mosel also nichts gemein, werden jedoch seit der Rückkehr Elsaß-Lothringens zum Reich vielfach in den deutschen Handel gebracht.

Wir kommen hier gleich an Oligsberg und Neuberg, ein Rebenland vom süßesten Klang und Duft, gegenüber Brauneberg, populärer als jene, weil viel an dem Namen gesündigt wird. Im Veldenzthal bei Mühlheim wohnten auf der Burg, die jetzt Ruine, die Grafen von Veldenz; an der Mündung des Lieserbachs das gleichnamige Dorf, Geburtsort des Probstes Johannes Lesuranus; nicht weit davon Kues, die Wiege des Kardinals Nikolaus Cusanus, eines Fischers Sohn, 1401 geboren, Doktor der Rechte in Padua, dann Kardinal und Bischof von Brixen, seiner Zeit ein mächtiger Streiter gegen die gesunkene Kirchenzucht. Er liegt zu Rom begraben, sein Herz aber ward nach Kues in seine Heimath gebracht, wo noch heute sein Geburtshaus gezeigt wird. Das Hospital von Kues ward durch ihn gestiftet.

Bei dem rechts gegenüber liegenden Bernkastel erreichen wir die erste feste Moselbrücke. Die Stadt will römischen Ursprungs sein, doch hört man von ihr erst aus dem elften Jahrhundert. Die hier in Trümmern liegende Burg scheint von Anfang an den Bischöfen von Trier im Wege gestanden zu haben. Der erste Bau ward schon 1107 zerstört; 1201 verwüstete ein anderer Bischof den Wiederaufbau; bis 1277 noch ein anderer, Heinrich II., selbst eine Burg hier errichtete, deren Ruine noch sichtbar. Auch Bernkastel zieht guten Wein, dessen bester den gelehrten Namen „Doktor“ führt.

Den Wein von Zeltingen kennt Jedermann und somit auch den unter diesem Namen landläufigen von Graach, namentlich aber den edlen Josephshöfer und den von Trarbach, der alten Stadt, deren Gründerin die von der Sage gefeierte Gräfin Lauretta von Salm war, die Gattin Heinrichs von Sponheim-Starkenburg. Der Name Salm scheint das Volk zu der Meinung verleitet zu haben, sie sei eine Fischerstochter gewesen, die der stolze Bischof Balduin von Trier nicht als ebenbürtig habe erkennen wollen, weßhalb er den Plan gefaßt, ihr nach dem Tode des Gatten die Burg abzunehmen. Die Starkenburger Gräfin hörte davon; sie rief ihre Mannen herbei und ließ das Schloß verwahren. Als endlich Balduin ohne Reisige in seinem Schiff daher geschwommen kam, ließ sie den Ahnungslosen gefangen nehmen, führte ihm ihre Knaben vor, die er Bastarde genannt haben sollte, und imponirte dem kriegerischen Geistlichen so, daß er bereitwillig drei Tage der Gefangene der stolzen und schönen Gräfin blieb und gern als Gast zu ihr zurückkehrte. — Die Burgruine heißt noch heute die Gräfinburg. Trarbach traf im Jahre 1857 das Schicksal, fast gänzlich niederzubrennen.

Parthie aus Karden.

Der mittelalterlichen Stadt gegenüber liegen die rebenbewachsenen Abhänge von Traben. Auf dem Berg stand einst das von Ludwig XIV. nach Vauban's Plan angelegte Fort Montroyal. Gleich nach seiner Erbauung, nach dem Ryswiker Frieden, geschleift, ist wenig davon übrig geblieben. Der freie das Thal zu beiden Seiten beherrschende Blick von der Höhe rechtfertigte die Anlage einer befestigten Warte auf dem in den Fluß scharf hineinspringenden Felsen.

An Litzig, den kaum sichtbaren Resten der Starkenburg, den Flecken Enkirch und Reil geht's vorüber, geht's zur Strombiegung bei Pünderich. Der Uferkapelle St. Johann gegenüber liegen, das enggekrümmte Thal überragend,

Alken.

die Ruine Marienburg, der Wartthurm von Zell; hinter den Inseln an der Mündung des Baches der Flecken Alf mit seinem lebhaften Weinhandel. Der Reisende verläßt hier das Dampfboot, um die Marienburg zu suchen, einst ein starkes Schloß, dann Nonnenkloster, das durch Leo X. aufgehoben wurde, und danach abermals Burg. Gegenüber liegt König Alf mit seiner bezaubernden Aussicht auf das Moselthal und in dem Einschnitt des Alfthals das Bad Bertrich, seiner am Fuße des Palmbergs entspringenden warmen alkalischen Quelle wegen viel besucht von an Gicht und Rheuma Leidenden, schon als Heilquelle den Römern bekannt, aus deren Zeit noch an Vespasian und Constantin erinnernde Münzen hier gefunden werden. Die ganze Gegend hier herum ist an vulkanischen Formationen und Naturschönheiten gesegnet.

Bei Bremm liegen die Trümmer des einstigen Nonnenklosters Stuben. Auf beiden Ufern umgeben uns alte Burggemäuer an der Eller, auch das am linken liegende Edinger trägt noch seinen echt mittelalterlichen Charakter. Bei Senheim wiederum Ruine, umgeben von düstren Schieferwänden. Ebenso feudal muthet uns Beilstein an, über dem Städtchen die Ruine der gleichnamigen Metternich'schen Burg. Hinter Beilstein das Schöppenstädt der Mosel, Kochem mit den herrlichen Ruinen des Schlosses und Kapuzinerklosters. Hier wohnte die Pfalzgräfin Richenza im elften Jahrhundert, die nachmalige Königin von Polen. Auch die Kurfürsten von Trier residirten hier häufig; Marschall Boufflers eroberte das Schloß 1689. Von dem römischen Ursprung des Ortes zeugen noch heute die aufgefundenen Reste. In dem früheren Kapuzinerkloster lebte der Pater Kochem, berühmt und berüchtigt durch alle die

Burg Eltz.

Höllenqualen, die er der Welt in seinen Predigten verheißen. Die Bewohner von Kochem galten einmal als die Schildburger der Mosel; der Volkswitz hängt ihnen allerlei Krähwinkeleien auf, und wenn's wahr ist, was man ihnen nacherzählt, so ist bei ihnen im Kloster noch heute die Sonnenuhr unter dem Dach angebracht.

An der Ruine von Klotten und an Treis mit seiner alten Kirche vorüber kommen wir nach Karden, einem ehemaligen Römerlager. Die Stiftskirche des Orts ward über der Zelle errichtet, die der Einsiedler, der heilige Castor, im vierten Jahrhundert sich hier baute. In der Nähe bei Moselkern mündet die aus der Eifel oft sehr wild herabbrausende Eltz. In dem wenn auch schmalen, doch romantischen Thal steht auf einem Felsenvorsprung das gut erhaltene, echt feudale, mit Thürmen und Erkern gekrönte Stammschloß der Familie von Eltz, zu seinen Füßen fließt der Gebirgsbach, über den die Zugbrücke führt. Das Schloß, wie es dasteht, hat sich mit der Familie seiner Herren trotz allen Fährlichkeiten an Verwüstung so reicher Jahrhunderte erhalten. Schon das zehnte Jahrhundert redet von ihm, doch datiren die Bauten aus dem zwölften bis sechszehnten oder siebenzehnten und machen auf den Beschauer den Eindruck eines echten, unverfälschten Stückes Mittelalter, das selbst dem Alles niederwerfenden Balduin von Trier Schach geboten, der ihm gegenüber ein längst zerbröckeltes Trutz-Eltz errichten ließ und sich an dem Schloß umsonst versuchte. Ein kurzer Weg führt von Eltz nach der Schloßruine von Pyrmont, nach dem hochgelegenen Städtchen Münstermaifeld mit einer sehenswerthen alten Kirche, darin das Grabmal des 1529 gestorbenen Kuno von Eltz.

Vor uns liegt links der weithin hellschimmernde Thurm der Burgruine Bischofstein, die einst Heinrich von Bolanden gehörte, Hatzenport mit seinem schmalen hohen Thurm, rechts Brodenbach mit der Ehrenburg in der Bergschlucht, eine der schönsten Moselruinen, die nach Erlöschen der Familie Ehrenburg an die Stein's von Nassau kam. Bei Alken die Reste des Schlosses Thurant, das Pfalzgraf Heinrich 1197 erbaute, die Alkener Lei, ein steiler Fels, Gondorf mit der imposanten Uferburg, dem Stammschloß der Familie von der Leyen, 1560 erbaut, jetzt der Gemeinde gehörig, da der alte Glanz dieses Geschlechtes längst erloschen; Kobern mit der Altenburg über sich, in dieser die bekannte Mathias-Kapelle, ein sechseckiger Bau von gemischtem romanisch-germanischem Stil, auf sechs Pfeilern ruhend, ein ehemals stark besuchter Wallfahrtsort, der die herrlichste Aussicht gewährt.

Dieblich, das weinbauende Winningen und Lay passirend, treffen wir in Güls und Moselweis schon die Koblenzer auf ihren ländlichen Ausflügen und steuern zum deutschen Gibraltar zurück, dessen Felsenfeste uns schon von Weitem entgegenragt.

Gondorf.

Ehrenbreitstein.

Von Koblenz nach Rheineck.

Besteigen auch wir von dem am Ufer des Rheins liegenden Thal Ehrenbreitstein, die terrassenförmig aufstrebende riesige Felsenwehr, um das neue Rheinbecken zu überschauen, das bei Andernach seinen Durchbruch gefunden wie das vorige über die Stromschnellen von Bingen, und die Annahme bestätigt, daß auch hier einst ein Binnensee gewesen, der gewaltsam den Ausweg aus der Felsenschlucht gesucht. — Beängstigend, ja demüthigend ist beim Erklimmen der riesigen Festungswerke der Gedanke: so ungeheurer Apparate bedarf der Mensch in seinem hohen sittlichen Beruf, um seinen Herd gegen den Ehrgeiz, die Habsucht seines Nächsten zu schützen, um die Fluren vor Verwüstung zu sichern, in die er den Samen legt, um im Schweiße seines Antlitzes das Brod zu essen, das er nur unter dem Schirm so gewaltiger Schutzwehren zu ernten gewiß ist!

Zwei Jahrtausende mußten, konnten dahin gehen, seit hier die welterobernden Römer unseren in den Wäldern hausenden Vorfahren das erste steinerne Joch auferlegten; fast ebenso lange ist's, seit der Gottgesandte das Evangelium des Friedens, der Liebe predigte, und doch muß die Gemeinschaft einer Nation Millionen über Millionen zusammenscharren zu Schutz und Trutz für ihre Ehre, ihre Sicherheit!

Mittelrheinischer Obst- und Fischmarkt.

Dreierlei Charakter, dreierlei Gesicht zeigt uns Gottes schöne Erde von hier oben, wo das entzückte Auge eine der schönsten Stätten Deutschlands, ja der Welt überblickt. Zu unseren Füßen die Stadt mit ihren Zickzackwällen, umklammert von der silbernen Gabel der beiden Ströme, in die sich wie dunkle Einschnitte die vier Brücken über den Rhein und die Mosel legen; weit hinaus in mathematischen Formen erheben sich die großen Außenwerke der Festung. Ueber die Stadt hinweg ragen vor uns die Höhen des Maiengaus, des Maifelds, sich langsam hinabsenkend in fruchtbare Ebenen; mehr rechts auf dem jenseitigen Ufer die finsteren Höhen der Eifel, ein vom Vulkan aufgeworfenes Felsenchaos, über dem sich verdrießlich die Wolken ballen; und wieder auf dem rechten Ufer weithin stromab die gesegnetsten Fluren in dem Thal, das ohne Zweifel der Zusammenfluß der Ströme sich geebnet und in dem die Römerstadt Victoria gestanden haben soll; in üppigen Weinbergen aufsteigend, eine freundliche, der Sonne zugewendete Masse, hinter der sich der unwirthliche Westerwald verbirgt, dessen bald nackte, bald waldige Höhen hinter uns den Horizont säumen.

Ein dreifach Gesicht, die Mutter Erde, die hier unten dem Landmann ihren vollen Segen in den Schooß wirft und drüben seiner Mühe selbst den allerkärgsten Dank versagt! Dort jenseits der Stadt und zu ihrer Rechten hinabsinkend das Maifeld mit den fruchtreichsten Triften und seinen lebensfrohen Kindern, den drallen Mägden mit den goldnen und silbernen Spangen und Pfeilen im Haar; und über diese Fluren hinaus wiederum düster aufgethürmt des Feuers schlackengebärendes Werk, die Eifel! Und als sollten zu beiden Seiten des Stroms der Segen und der Mangel gleichmäßig vertheilt sein: auch diesseits des Stroms der fruchtbare, blühende Engersgau, die weit hinab reichende Ebene, neben ihr landein, sein Elend hinter der freundlichen Tapete der Weingelände verbergend, der trostlose Westerwald, dessen verdrossene Kinder, von elender Industrie sich nährend, die Stiefmütterlichkeit des Klima's und Bodens schon verlernen ließ, die dürren Waldungen wieder anzupflanzen, die sie vor den „Wöften", den rauhen Winden zu schützen vermöchten. In der Eifel also ein steriles, tief unten noch vom Feuer durchglühtes Felsenreich, im Westerwald unwirthsame, steinige Hochebenen und zwischen ihnen im Thale Segen über Segen, den das Füllhorn der Natur über die Bewohner ausgießt, während die reichste industrielle Thätigkeit das schöne Engersgau belebt.

Ein Blick noch vom hohen Ehrenbreitstein auf die beiden ihn flankirenden Höhen von Pfaffendorf und das mit Mosel-Steingut aus dem Kannebäcker-Ländchen so handelsthätige Vallendar. Dann wieder hinab zum Ufer, wo der Dampfer wartet, und vorüber steuern wir an der Insel Nieder-Werth, dem langgestreckten Eiland, auf dem ehedem das Nonnenkloster gleichen Namens stand. Rechts am Ufer liegt Bendorf mit seinen Anstalten für Geisteskranke; hinein in's Land die Burg Sayn, umqualmt von den dunklen beweglichen Säulen der aus selbstgewonnenem Metall erbauten Eisenhütte, die, von Clemens Wenzeslaus gegründet, jetzt in Krupps Besitz ist. Die Burg, auf einem Hügel gelegen, war der Stammsitz der Familie Sayn, im zehnten Jahrhundert erbaut, im dreißigjährigen Kriege zerstört; das am Fuße des Kegels gelegene Schloß ist im Jahre 1848 von dem Fürsten Sayn-Wittgenstein neu errichtet und enthält eine werthvolle Gemäldesammlung, namentlich französische und niederländische Meister; auch die Schloßkapelle ist reich ausgestattet. Das über dem Eisenwerk gelegene Pfarr- und Schulgebäude war einst eine Prämonstratenser-Abtei. Weiter hinauf im Thale liegen die Reste der Stammburg des alten Geschlechtes Isenburg.

Hier in diesem Thal, wo heute die Schlote ihren schwarzen Athem in die Lüfte wirbeln und die schwielige Hand des Arbeiters mit dem harten Eisen kämpft, war einst der Tummelplatz ebenso eiserner, übermüthiger Rittergeschlechter, namentlich der Wied und der „Sayne", von welch letzteren sich Zwei in der Geschichte dieser Gegend den übelsten Leumund erwarben. Das war namentlich Graf Heinrich III., den vor seinem Sterben noch das Gewissen trieb, an die Kirche zurückzugeben, was er den armen Kaufleuten geraubt, wofür die erstere ihm dankbar den Frieden im Grabe versprach. Auch von denen von Wied erzählt uns die Limburger Chronik, daß sie einmal den holländischen Kaufleuten, die nach Frankfurt zur Messe reisten, „für tausend Gulden Gewand" abnahmen, was damals bekanntlich schon eine enorme Summe repräsentirte. War der Arm des Städtebundes nicht so lang, um diese Wegelagerer hier zu erreichen, so scheint es, als habe auch Rudolf von Habsburg ihnen gegenüber zuweilen ein Auge zugedrückt, denn man hat nicht gehört, daß es den ritterlichen Buschkleppern hier an den Kragen gegangen sei, wie den andern. Dafür machte denn Erzbischof Kuno von Falkenstein nicht viel Federlesens mit ihnen; er nahm ihnen den Raub wieder ab und erbaute zum Schutz der Landstraßen die Burg Kunostein bei Engers.

Von der letzteren ist in diesem Orte wenig übrig geblieben; man erkennt die Reste noch bei dem von Erzbischof Philipp von Waldersdorf 1758 erbauten Schloß, das seit 1863 als Kriegsschule des siebenten und achten Armeekorps dient.

Von dem alten Platze Engers erzählt uns die Geschichte übrigens Interessanteres, nämlich daß Cäsar hier seine Legionen über den Rhein geführt und zum Schutz derselben für alle Fälle ein Kastell erbaute, mit welchem wahrscheinlich der Grund dieser Ansiedlung gelegt ward. Als die Legionen von den Deutschen total geschlagen waren, zerstörten die Letzteren auch das Kastell. Hier aufgefundene römische Gußstücke werden für die Rudera jener Brücke gehalten. Ein unter den Karolingern in Engers erbauter Königshof, der wahrscheinlich auf den Fundamenten des Römer-Kastells stand, gab dem Orte neue Bedeutung und daher wahrscheinlich als Name Engersgau, der südlich bis zur Lahn und nördlich bis über Linz reichte. Aller Wahrscheinlichkeit nach hat einst die vulkanische Thätigkeit des linken Rheinufers sich bis hieher erstreckt, oder der Fluß hat die lavaartigen Massen, den Bimsstein, hier angeschwemmt, den man unter dem Namen Engerser Sandstein als leichtes Baumaterial verwendet.

Weithin leuchtet uns das fürstlich Wied'sche Schloß Mon-Repos entgegen. Links von uns liegt Weißenthurm, nur bemerkenswerth durch das auf erhöhtem Platze stehende Denkmal an den französischen General Hoche, der hier

Wegführung eines Waarenzugs durch Raubritter.

1797 über den Rhein ging. Interessanter ist am rechten Ufer Neuwied, in jener Niederung belegen, die des Flusses einst so großes Bett freiwillig wieder zurückgegeben. Das Städtchen ist freundlich, sauber in seiner ganz modernen Anlage, bei der man weniger auf die Rücksichten für die Gesundheit als auf die geraden Linien der Straßen bedacht gewesen zu sein scheint, in denen denn auch der Westerwälder Wind, nicht minder berüchtigt als der des Wipperthals, sein Unwesen treibt. Wer Neuwied besucht, braucht für Schnupfen nicht zu sorgen.

Auch diese Stätte macht vielleicht mit demselben Recht wie Engers den Anspruch, daß Cäsar hier, von den Ubiern geführt, den Rhein überschritten. Vielleicht sind die bei Heddesdorf und Nieder-Biber bloßgelegten römischen Baureste die Ruinen einer Römerstadt, etwa des schon erwähnten, sagenhaften Victoria; die zahlreichen Ausgrabungen in dieser Gegend rechtfertigen wenigstens die Muthmaßung, daß hier eine befestigte römische Kolonie gestanden, welche dem Uebergang Cäsars als Stützpunkt diente. Die Sammlung derselben im fürstlichen Schlosse spricht von der Bedeutung jener Kolonie. Auch die innere Thätigkeit des Bodens muß hier lange vor den Römern, die uns wenigstens nichts von einer solchen erzählen, eine gewaltsame gewesen sein, denn auch hier befördert man die porösen Kalksteine, welche sich die Neuzeit für ihre Bauten zu Nutze zu machen wußte. Den Namen Biber mag das Dorf demselben aus dem Rhein verscheuchten Thier zu danken haben, das auch Biberich den seinigen gab. Andere leiten ihn von Hiberna ab.

Wie segensreich die Toleranz eines edlen, einsichtigen Fürsten in einer vom wüsten Parteigeist zerrütteten Zeit wirken konnte, wo religiöser Fanatismus und Glaubenshaß Hunderttausende durch die Brandfackel des dreißigjährigen Krieges um Hab und Gut beraubte, von Haus und Hof verjagte Familien in den Niederlanden eine ruhige Stätte zu suchen zwang, davon liefert Neuwied einen Beweis. Graf Friedrich III. sammelte die den Rhein hinabziehenden Flüchtlinge, um auf der Stätte des in demselben Kriege zerstörten Langendorf eine Stadt zu gründen, die Jedem freie und ungehinderte Uebung seines Glaubens garantiren sollte. Er schenkte den Flüchtigen, weß Bekenntnisses sie sein

Neuwied.

mochten, Ländereien, ließ ihnen Wohnstätten errichten, befreite Alle auf Jahre lang von Abgaben und verlangte nur von später Zuziehenden die Beobachtung seines Bauplanes. — Freilich machte der vorurtheilsfreie Herr manch trübe Erfahrung, denn unter den guten Elementen befand sich manch elendes Gesindel, und unter so mißlichen Kriegsumständen schritt sein Werk nur langsam vorwärts; indeß er verlor den Muth nicht und seine Gattin, die Gräfin Philippine Sabine, selbst verpfändete sogar ihr Silberzeug, um der kleinen Gemeinde ein Schulhaus und eine Kirche zu erbauen. Das Elend, das Ludwig XIV. über die deutschen Gauen brachte, griff auch lähmend ein; dennoch konnte der Nachfolger des edlen Gründers, Friedrich Wilhelm, im Jahre 1807 den Bau des neuen Schlosses beginnen. Nach seinem frühen Tode setzte Friedrich Alexander das Werk fort, unbeirrt durch mancherlei innere Zwistigkeiten, welche die verschiedenartigen Glaubensrichtungen verursachten. Im Jahre 1757 begann er den Bau des Landschlosses Mon-Repos und legte die reizenden Waldpartien an, welche mit dem Waldhaus der ganzen Umgebung ein so friedliches, idyllisches Gepräge geben. Ihm auch ist ein Theil der Fabriken zu danken, die noch heute in bestem Gange. Ueberschwemmung und Eisgang brachten um die Mitte des achtzehnten Jahrhunderts der Stadt große Schäden, mehr aber litt sie durch die französischen Revolutionstruppen, die sengend und plündernd über sie herfielen. Der Krieg zerstörte den ganzen so mühsam aufgebauten Wohlstand der Stadt, die Häuser waren in Brand geschossen, die ganze Umgegend verwüstet. Im Jahre 1806 kam Neuwied als Standesherrschaft unter herzoglich nassauische Oberhoheit, 1815 in gleicher Weise an Preußen. Aus dem Fürstenhause fiel der

Heimkehrende Kreuzfahrer. Von A. Baur.

Strand bei Andernach.

Prinz Victor 1812 als Held im Kriege, während Prinz Maximilian als gelehrter Forscher sich hochverdient machte durch seine auf weiten Reisen gesammelten Naturschätze, die das Schloß beherbergt.

Wunderliche Heilige! ruft wohl der Fremde, wenn er in Neuwied den Stadttheil betritt, den die Herrnhuter-Gemeinde bewohnt, die Nachkommen der Mährischen Brüder, die sich 1750 hier ansiedelten. Allerdings sind sie ein seltsames Völkchen, aber wahrlich das schlechteste nicht, und an Gemeinsinn könnten wir viel von ihnen lernen, denn Alle sind fleißig und bei ihnen verkörperte sich schon früh ein so häufig mißverstandenes Associationssystem, in welchem die Unverheiratheten, beisammen wohnend, für gemeinschaftliche Rechnung thätig sind. Die Erzeugnisse der Herrnhuter sind bekannt und gerühmt ihrer Solidität wegen; die Rechtschaffenheit dieser Leute ist eine sprichwörtliche; ihr Gottesdienst hat gewisse gesellschaftliche Formen, wie das Umherreichen des Thees ꝛc.; ihre Lebensweise basirt auf Einfachheit und Enthaltsamkeit. Auffallend sind die weißen Häubchen, deren blaue und rothe Bänder die Frauen und Jungfrauen unterscheiden. Die verschiedenen Kulte und Sekten, die hier jetzt friedlich bei einander wohnen, Katholiken, Protestanten, Lutheraner, Reformirte, Mennoniten, Quäker ꝛc. unterscheidet natürlich kein äußeres Zeichen.

Unterhalb Neuwied fällt die Nette links, bei Irlich rechts der in vielen Krümmungen vom Westerwald kommende Wiedbach in den Rhein, in dessen Thal sich noch die Ruine von Altwied erhalten hat. Durch einen Schienenstrang mit dem Strom verbunden, liegt das Rasselsteiner Eisenwerk am rechten Ufer, erwähnenswerth, weil es die Schienen zu der ersten deutschen Eisenbahn, der von Nürnberg nach Fürth, geliefert. Die Lebendigkeit der Industrie, umrahmt auf der einen Seite durch die Poesie von Wald und Höhen und den Fruchtreichthum der Niederungen, auf der andern durch die düstre Felsenkette der Eifel, bekleidet diese Gegend mit ganz besonderem Reiz.

Enger wird das Rheinthal hinter der Mündung der kleinen Wied. Hügel und Felsen drängen die kleinen, den Strom säumenden Ortschaften dicht an das Ufer, das Becken geht zu Ende; vor uns bis gegen Rheineck ziehen sich die Berge, welche der Strom forcirte. Wir stoßen hinter Irlich auf das unmittelbar am Strande stehende Teufelshaus, ein verödetes hohläugiges Gebäude, dessen Name eigentlich Friedrichstein, das der Aberglaube aber wie oben bezeichnet — Niemand weiß genau, warum. Die Einen sagen, weil es mit dem Schweiß des grausamsten Frohndienstes erbaut worden, Andre meinen, weil in demselben einst eine Salmiakfabrik betrieben, die einen Gestank verursacht, den nur der Teufel selbst verbreiten könne.

Vor uns erscheint Andernach, die Pforte des neuen Rheinjochs. Die alte Stadt ist der Hauptort und Hafen des gesegneten Maifelds; sie rühmt sich ihres römischen Ursprungs, wie so viele ihrer Rheinschwestern, und jedenfalls hat hier wohl ein Kastell gestanden als befestigtes Lager der 21. und 22. Legion. Die Bataver und später die Alemannen sollen den Römerbau wiederholt zerstört haben. Die merovingischen Könige erbauten ihre Residenz auf den alten Fundamenten, und auch der Frankenkönig Siegbert verweilte oft an dieser Stätte. Die Umgegend war der Kampfplatz zwischen den Söhnen Ludwigs des Deutschen und Karl dem Kahlen, und Heinrich V. verlor hier ein Treffen gegen Friedrich I. von Köln. Durch Philipp von Schwaben zerstört, dann wieder aufgebaut, trat es dem Städtebund bei. Die Schweden eroberten Andernach, gegen Turenne wehrte es sich indeß. Später wiederholt von den Franzosen besetzt, die von den Russen hinausgejagt wurden, kam auch Andernach 1815 an Preußen. Von dem im Mittelalter hier erbauten Palast sind noch Ruinen vorhanden.

Als ein Baudenkmal würdigen romanischen Styls steht in Andernach der Dom, die Pfarrkirche mit ihren vier Thürmen, ganz von Tuff erbaut. Der nördliche der letzteren ward zu Anfang des elften Jahrhunderts errichtet, die der westlichen und südlichen Seite sind um zwei Jahrhunderte jünger. Bemerkenswerth sind außer der Ruine des bischöflichen Palastes noch unter dem Rathhaus der aus dem Mittelalter stammende Kerker, der seltsamerweise das Judenbad genannt wird; ferner das ebenso alte Koblenzer Thor und der 1554 erbaute Krahn, durch welchen die Mühlsteine verladen werden, mit denen die Stadt so regen Handel treibt.

Drohender, düsterer hängen sich die Felsen über die schmale Schlucht, einem zerbrochenen Thor ähnlich. Der kleine Ort Leutersdorf folgt der Biegung des Stromes und vor uns taucht ein Bergriese auf, finster, drohend, als wolle er sich hinabstürzen und die kleine Ansiedlung unter sich begraben: auf kahler, unfruchtbarer Höhe, an schroffer Felswand, dem Rhein zugekehrt die Trümmer von Mauern und Thürmen, nicht minder unheimlich zwischen dem sie umgebenden Gestrüpp herauswachsend, jammervolle Reste jener ältesten, stolzesten und mächtigsten Burg am Rhein, des Hammersteins, jener Reichsfeste, die den Kaisern trotzte, in der Kaiser ihren Schutz suchten und hinter deren unbezwingbaren Mauern einst die Kleinodien des deutschen Reichs geborgen wurden. Grollend der höheren Macht der Zeit, der er zum Opfer fiel, schaut der Felsenhorst in die liebliche Westerholder Au hinab, ein mächtiger Thorflügel der Andernacher Schlucht, der Stolz des gewaltigsten Geschlechts, das seit lange, lange untergegangen, obgleich sein Name noch fortlebt.

Schon die erste Nachricht vom Hammerstein aus dem Jahre 1018 oder 19 ist von poetischem Interesse. Sie erzählt uns von Otto, dem Gaugrafen des Engersgaus, dem Letzten des lahngauer conradinischen Hauses, der seines Oheims schöne Tochter Irmengard liebte, sich gegen die Gesetze der Kirche heimlich mit ihr vermählte und sie, dem Zorn der letzteren trotzend, die dieses Bündniß um der nahen Blutsverwandtschaft verbot, auf seinem Schloß in Sicherheit brachte. Sein Todfeind, der Erzbischof Erkenbold von Mainz, trat in der Kirchenversammlung zu Neumagen als Kläger gegen ihn auf. Otto, den Angriff nicht erwartend, fiel mit seinen Reisigen in des Bischofs Land ein und drang bis Mainz vor; dann eilte er auf seine Burg, um sie vor der Rache des Geistlichen in Vertheidigungszustand zu setzen. Erkenbold seinerseits bot inzwischen Alles auf, um den Grafen bei dessen Beschützer, dem Kaiser Heinrich II., in Ungnade zu bringen, und Das gelang. Der Kaiser sandte erst Ermahnungen, dann als diese nicht fruchteten, zog er mit Heeresmacht vor Hammerstein. Lange wehrte sich Otto, bis er endlich, umzingelt und ausgehungert sich ergeben mußte. Seine Ehe mit Irmengard ward getrennt; nach schwerer Kirchenbuße und nach dem Tode Erkenbolds soll er jedoch auf Dispens von Rom mit seiner Gattin wiedervereinigt worden sein. Die Sage läßt indeß die beiden Gatten ein trauriges Ende finden. — Nach seinem Ableben erlosch das Gaugrafenrecht; die Burg ward zur Reichsfeste gemacht und von da ab ward das Grafengeschlecht von Hammerstein mit diesem belehnt, von dessen Ursprung nichts bekannt ist. Auf dieser Burg war es, wo Heinrich IV., von seinem Sohn verrathen, gefangen, der Krone beraubt, auf seiner Flucht aus Ingelheim ein Obdach bei dem ihm treu gebliebenen Grafen von Hammerstein fand und die Reichskleinodien verwahrte. Unklar ist die Sage, die den Pabst Pius VII., Heinrichs IV. erbittertsten Gegner, auf dieser Burg als Kind erzogen sein läßt, denselben Papst, der den Kaiser zu Canossa auf's Tiefste gedemüthigt. Weniger fesselnd sind die ferneren Schicksale der Burg. Karl IV. übergab sie 1374 dem mehr im Sattel als im Chorstuhl gerechten Erzbischof Kuno von Falkenstein und unterordnete sie dadurch dem Erzbischofthum Trier. Später, nachdem die Lothringer im Schlosse gehaust und die Schifffahrt und die Umgegend auf's Aergste gebrandschatzt, kam von Trier der Befehl, die Feste zu zerstören, und diese ward geschleift, um keinem anderen Raubvogel Gelegenheit zu geben, sich darin wieder einzunisten. Noch heute zeugt die Bauart der Häuser in den umliegenden Dörfern, wie weit sich einst der Burgfrieden von Hammerstein ausgedehnt.

Abwärts links an der Mündung des Brohlbachs liegt das Dorf Brohl, rechts Rheinbrohl. Weiterhin links erhebt sich das giebelgezierte, elegante Schloß Rheineck auf hohem waldbewachsenem Berge, hinausschauend über das romantische Brohlthal und den Laacher See. Die erste Urkunde der Burg, auf deren Resten das neue Schloß erbaut wurde, stammt aus dem elften Jahrhundert; sie nennt den Grafen Hermann von Salm als Besitzer, den unglücklichen Gegenkönig Heinrich's IV., der von seinen Leuten ermordet ward. Einer seiner Söhne nahm den Namen Graf von Rheineck an und gründete das Geschlecht. Schon 1151 belagerte Conrad III. die Burg und ließ sie schleifen. Das Erzstift Köln baute sie wieder auf. Die Sage berichtet von dem Burggrafen Johann von Rheineck, wie dieser bei einem von ihm dem Erzbischof Friedrich III. gegebenen Mahl mit dem Ritter Rollmann von Sinzig in Zank gerathen, den Dolch gegen ihn gezogen und ihn ermordet habe. Der Bischof ließ ihn zur Strafe für den Frevel gegen Gastrecht und Leben am nächsten Tage vor dem eigenen Burgthor enthaupten. — Die Burg ging im Laufe der Zeiten in verschiedene Hände über, bis sie 1689 von den Franzosen arg verwüstet und 1785 durch einen Brand ganz zerstört wurde. — Prachtvoll ist der Blick von dem neuerdings durch ihren Besitzer, Herrn von Bethmann-Hollweg, mehr im romanischen Styl wieder hergestellten graziösen Schloß auch auf Andernach, Neuwied und das Siebengebirge; eben so reich ist es im Innern dekorirt; Geschmack und Kunstsinn haben in den herrlichen Anlagen umher das Ihrige gethan, um das Schloß zu einer Zierde des Rheins zu machen.

Thurm in Andernach.

Schon in Brohl hätt' ich nach Gewohnheit aller von Koblenz oder von Köln kommenden Reisenden in ein's der originellsten, sehenswerthesten Thäler, in Vulkans scheinbar ausgebrannte Schmiede, in das Brohlthal einbiegen sollen, indeß mußte mir vor diesem Abstecher ein flüchtiger Blick auf Rheineck gestattet sein, ehe ich diese Fundgrube der Geognostiker sowohl wie der Bautechniker betrat, welche die Gotteshäuser und Wohnungen der ganzen Umgegend mit wohlfeilem und doch so werthvollem Material versorgt. — Die Vulkane des Rheines scheinen längst zur Ruhe gegangen, obgleich die heißen Quellen der Eifel beweisen, daß die Asche auf ihrem unterirdischen Herd noch nicht kalt geworden. Auf der Oberfläche ist das längst geschehen, denn die Römer schon benutzten die vulkanischen Tuffsteine und das Mittelalter hat uns wichtige Konstruktionen aus diesem Material hinterlassen, das wir auch in Neapel zu unverwüstlichen Bauten noch verwenden sehen. Herkulanum liegt noch heute, wo uns nur eine Treppe in den düstern Raum eines Amphitheaters führt, unter derselben Masse und das bloßgelegte Pompeji lag ebenfalls unter derselben Decke, auf welcher wir im Brohlthal umherwandern.

Tuff, durch Feuchtigkeit aus Bimsstaub zusammengekittet und verhärtet, ist das poröse Geblöcke, von zerbröckeltem Staub belagert, dem wir, hinter Brohl durch das Schieferfelsthor dem Bache folgend, zwischen den launenhaft geformten und geklüfteten, von Gestrüpp überwachsenen Gesteinen begegnen. Noch heute erkennt das fachgeübte Auge die einstigen Lavaströme, die Elevationen der Krater; was da oben aufliegt in Gebröckel und Staub, ist der „wilde Tuff", die festen Unterlagen aber bildet der gelbe, graue und blaue Tuffstein, von dessen Unverwüstbarkeit am Rhein die glänzendsten Baudenkmäler aller Jahrhunderte zeugen, während der erstere, der wilde, zu Traß gemischt, weithin als Mörtel versendet wird. Dabei ist diese vorzeitliche Revolutionsstätte reich mit Sauer-, Eisen- und Salzquellen gesegnet, deren Tugenden und Heilwirkung schon frühzeitig bekannt waren.

Wir marschiren durch ein enges, ganz freundliches Thal, in welchem wir zeitweise großen Tuffsteinbrüchen begegnen, zum Laacher See, der nur wenig mehr als zwei Stunden entfernt. An Staub und Sonne fehlt's freilich nicht, auch an Geräusch der Mühlwerke ist kein Mangel; inzwischen blicken uns die vielen Fenster der Schweppenburg von ihrem Felskegel entgegen, die weiter keine historische Bedeutung hat. Abseits geht's zum „Heilbrunnen" mit seinem dem Selterser ähnlichen Wasser und ist die Hitze nicht so groß, machen wir eine Partie auf den Fornicher Kopf, um von da oben das Rheinthal zu überschauen.

An neuen Steinbrüchen und Traßmühlen vorüber erreichen wir von der Schweppenburg in einer halben Stunde Tönnisstein, mit der Ruine des alten Karmeliter-Klosters, von dessen Namen Antoniusstein der Ort seine abgekürzte Bezeichnung herleitet. Wie klein, wie heimlich und abgeschieden dieses Bad daliegt, es ward schon von Clemens August, dem Kurfürsten, besucht, der viel für die Anlagen gethan; es hat seit 1861 sein Kurhaus und ist namentlich von Holländern, vielleicht weniger seiner Stahlquellen als der behaglichen Ruhe wegen, gern besucht.

Von Tönnisstein geht der Weg bergan zu einer Art von Hochebene, auf Wassenach, von da freilich durch ein Staubbad, das jeder Tritt aufwirbelt, zu dem Bergkegel hinan, einem Doppelkrater, durch eine Waldung, und entzückt schweift endlich der Blick westlich auf den reizenden, üppig umgrünten Thalkessel, auf das stille, wunderblaue Wasser des Laacher Sees. — Wie gebannt von Ueberraschung weilt der Fuß inmitten des Waldgrüns auf dem hinabführenden Wege. Eine unsagbare Ruhe zieht in das Herz beim Anblick und der Empfindung der heiligen Stille; es ist uns, als könne schon das Zirpen eines Vogels in den Zweigen den Zauber stören, der sich vor uns ausbreitet! Mit jedem Schritt entdeckt der Wanderer neue Reize; die hochstämmigen Buchen scheinen, einander mit den Zweigen umarmend, in den Anblick des Wunderbildes versunken, die blaue Tiefe wächst uns entgegen, immer klarer, immer durchsichtiger; Schilf, Alge und Wasserranunkel wiegen sich in dem blauen Schooß, silberne Blitze wirft der Fisch aus der Tiefe herauf. — Und drüben die Benediktinerabtei, die ihre Thürme

Ruine der erzbischöflichen Burg Andernach.

Abtei Laach. Von R. Püttner.

Burg Hammerstein bei Brohl.

im Wasser spiegelt, wie liegt sie friedlich, ein Dankgebet für Gottes schöne Schöpfung vor uns, ein frommes Gedicht, wenn die Glocken über das blaue flüssige Thal hinüber läuteten und einst die Mönche, längst begraben dort, durch die Vorhalle zu ihrer heiligen Verrichtung schritten!

Kein Wunder, wenn die Poesie an dieser Stätte sich heimisch fühlt, wenn es, während Tags der Engel des Friedens über dieser Abgeschiedenheit von den Straßen der Verkehrswelt schwebt und über dem Ganzen eine heilige Weihe liegt, des Nachts ohne Nixen- und Koboldsspuk in der Tiefe des Sees nicht abgehen kann. Fr. Schlegel schon sang von dem im See versunkenen Schloß, von den wundersamen Geisterklängen, die „bald klagend wie von weitem, bald schwellend himmelan“ aus dem Grund herauf dringen; Simrock erzählt uns:

„Da unten grün von Leib,
Da sitzt der Nix und lauscht,
Ob ihm ein sterblich Weib
Hier hoch vorüber rauscht —“

und neuerdings sang auch Wolfgang Müller von dem phantastischen „Schloß im See“, in welchem es von Lichtern im Saale glänzt, während die Diener hinauf und hinab stürmen und die Gäste beim üppigen Mahle sitzen. Neugierig rudert der Fischerknabe, dem die Großmutter die Mähr erzählt, Nachts auf dem See —

„Dem Knaben ist irr beim bunten Gewirr,
Im Grunde toset es wilder, —
O welch ein bacchantisch tolles Geschwirr
Verwilderter üppiger Bilder!
Da sieht er ein seliges Mädchengesicht,
Sie winkt ihm mit lachendem Munde.
Großmütterchen, ruft er, du logest nicht!
Ein Sprung — und er sinket zu Grunde.“

So ist man einig über den Teufelsspektakel dort unten, zu dem wohl die Sage Veranlassung gegeben, daß Pfalzgraf Heinrich II. eines Abends mit seiner Gattin Adelheid am Ufer den ganzen See hell erleuchtet gesehen und

Schloß Rheineck.

an dieser Stätte ein frommes Kloster gestiftet, um den Höllenspuk zu bannen. Sein Erbe, Pfalzgraf Siegfried, setzte das Werk fort, indeß ward die Abtei, eine der reichsten in Deutschland, erst durch Sorgfalt der Gräfin Hedwig von Are beendet.

Die Sage erblickt in diesem Siegfried gern den Gemahl der Genovefa und in der Höhle des benachbarten Berges Hochstein diejenige, in welcher die Prinzessin von Brabant ihre Zuflucht gefunden.

Des Pfalzgrafen Heinrich Gebeine ruhen in einem reich in gothischem Styl gemeißelten Sarkophag im Schooße der jetzt leider ganz ausgeräumten Kirche von romanischer Form, einem Geschmack, der zu der Umgebung in vollendeter Harmonie steht. Alle die kleinen Details der Vorhalle, dem 12. Jahrhundert angehörig, die zierliche Dekoration, von den Säulen bis zu den sechs Thürmen hinauf beleben die Einsamkeit, ohne die Ruhe aus derselben zu scheuchen. Freilich zog in jüngster Zeit ein Geist in die Hallen des Klosters, der mit dem der ersten, längst vermoderten Klosterbrüder nur das Kreuz gemein hatte und die stillen Zellen zum Vorbereitungsplatz für den Kampf nach außen umschuf. Ein reicher Mann erstand das Kloster für den Jesuitenorden, der in demselben ein Noviziat gründete. Nach kaum zehnjährigem Bestehen verjagte aber das Gesetz die Jesuiten auch von hier und das Kloster versank wieder in seine Stille zurück.

Die Poesie ist selten eine zuverlässige Quelle; was sie dem Laacher See auch andichten mag, es ist eben nur ein versunkener Krater, wie dies seine mit Schlacken und Lava reich gesegneten Ufer bestätigen, und vielleicht sogar einst der Hauptherd der vulkanischen Thätigkeit dieses Terrains gewesen.

Eine ganze Lavastadt erblicken wir in dem etwa eine Stunde entfernten Niedermendig, dessen Häuser in dunkelgraufarbiger Monotonie aus Basaltlava erbaut sind. Die ganze Umgebung des sehr betriebsamen Städtchens besteht aus diesem vulkanischen Gestein, aus dessen Schooß die Mühlsteine gebrochen, verarbeitet und weit und breit versendet werden.

Ueberall Basaltgruben, tiefe Brüche und Schachte, das Ganze vielfach mit einer dicken Schicht von Bims überlagert. Eisige Kälte herrscht in den mächtigen, von Säulen gestützten Hallen, in deren Räumen, wenn sie mit Fackeln beleuchtet, der Eintretende hinter all den spitzwinklichen Zacken und Ecken die Gesichter der schlafenden Gesellen Vulkans zu erblicken wähnt.

Hier in Niedermendig pflegt der Reisende, ermüdet vom Klettern und Schauen, die Staubkruste von sich zu schütteln und die Abfahrt des Omnibus begrüßend den Rückweg nach Andernach oder Neuwied einzuschlagen.

Am Laacher See.

Angriff auf ein Schiff durch Raubritter.

Durch's Felsenthor von Andernach.

Weiter trägt uns nach kurzer Unterbrechung der Dampfer, vorbei an Nieder-Breisig am linken Ufer, das uns die Ueberbleibsel eines Tempelhofes zeigt, über Hönningen am rechten, mit dem unterhalb eines waldigen Hügels reizend gelegenen, ganz neu wiederhergestellten Schloß Arenfels (Argenfels oder Arienfels), ursprünglich eine Isenburg'sche Feste, die zu langem Bruderstreit Veranlassung gab. Heinrich von Isenburg erbaute die Burg und nannte sie Arenfels zu Ehren seiner Gattin, der Gräfin Mechtild von Are. Nach dem Aussterben seiner Linie kam die Burg an die der Isenburg-Grenzau. — Auch die Isenburger konnten wie alle ihre Vettern am Rhein das Stibitzen nicht lassen; aber auch sie bekamen den Arm des streitbaren Erzbischofs Kuno von Falkenstein zu fühlen. Erzbischof Carl Caspar von Trier schenkte Arenfels an seine Familie von der Leyen, der es bis 1850 verblieb, wo diese, verarmt, den Besitz an den Grafen Westerhold verkaufte. Der letztere ließ das Schloß glänzend wiederherstellen und die Franzosen würden schwerlich in dem herrlichen Landsitz die von ihrer Schwefelbande hinterlassenen Ruinen wieder erkennen.

In kurzer Entfernung liegen Argendorf oder Arendorf und Leubsdorf. Ueber sie hinweg schaut der Wartthurm der Burgruine Dattenberg, von schönen modernen Anlagen umgeben, mit herrlichem Blick auf den jenseits des Stroms

Linz.

herüberragenden Basaltkegel der Landskrone; dann in kurzer Entfernung vom linken Ufer Sinzig, an dessen Seite die Ahr, abgekühlt von abenteuerlicher, wilder Gebirgsreise, sich in den Rhein ergießt. — Auch Sinzig hat die Ambition der Mehrzahl der Rheinorte und will bei den Römern den Namen Sentiacum getragen haben; den Beweis seiner Abkunft sucht es in verborgenen römischen Hinterlassenschaften. Der kleine Ort hat schwere Zeiten überstanden, namentlich jene, wo Philipp der Hohenstaufe von der Burg Landskrone seine Raubzüge in das Gebiet seines Feindes, des kölnischen Erzbischofs machte, bei denen Sinzig nicht selten die Zeche bezahlen mußte. Die Mauern, welche noch heute die Stadt umgeben, nennen kein Datum, doch stand hier schon 762 ein fränkischer Königshof, in welchem einst eine weiße Frau mit dem Schlüsselbund rasselnd umgegangen sein soll. Das auf den Fundamenten der Königsburg erbaute gothische Schlößchen ist Privateigenthum und das weiße Gespenst ist inzwischen mit dem übrigen mittelalterlichen Spuk zur Ruhe gegangen. Die Sage bezeichnet übrigens auch Sinzig als die Stätte, wo Konstantin das Strahlenkreuz am Himmel erblickt haben soll. Ein Kloster trägt hier den Namen der Kaiserin Helena, mit deren Zeitalter jedoch der Styl nicht übereinstimmt. Unter dem Namen der „heilige Vogt" bewahrt die Kapelle die Mumie eines Mönchs, den die Franzosen unter anderen Curiositäten mit fortgeschleppt hatten, der aber, zurückgefordert, jetzt wieder ruhig unter seinem Glasdeckel ruht. Sinzigs hohe Lage läßt die Stadt trotz ihrer Entfernung vom Ufer deutlich vom Strom aus erkennen.

Sanft vom Ufer ansteigend, unterhalb der Ruine Dattenberg, deren ritterliche Besitzer eine rühmliche Ausnahme von dem Stegreifsleben ihrer Sippe gemacht zu haben scheinen, zu Füßen auch des Kaiserbergs und seiner Wallfahrts-Kapelle liegt auf dem rechten Ufer die alte Stadt Linz, flankirt an beiden Enden durch zwei mittelalterliche Thürme, genannt in der Geschichte schon um das Jahr 874, aber wie manche andere der rheinischen Uferstädte aus ihrer einstigen Bedeutung längst herabgesunken. Manche Erinnerungen haben sich, unverwüstlich unter mannigfachen

Am Ufer bei Remagen.

Geschicken, in der Stadt noch erhalten, auch die krumme, winkelichte Bauart der Straßen, eine Zeitgenossin der alten Kirchen, Thürme und Mauern, zeugt von deutschem Ursprung, wie oft man sich Mühe gegeben haben mag, Linz in die Römerzeit mit hinein zu ziehen, ohne deren Verwandtschaft man sich am Rhein ungern behelfen will.

Linz war urkundlich im Jahre 930 eine königliche Villa, später erhielt es Städterecht, trat in den Rheinbund und ward im Kampfe der Gegenkaiser Philipp und Otto zerstört. Anno 1250 ging die Stadt aus dem Besitz der Gräfin Mechtild von Sayn an das Erzbisthum Köln über. Durch Auflehnung der Linzer gegen das Domkapitel sah sich Erzbischof Engelbert III. genöthigt, der Stadt eine feste Burg auf den Nacken zu setzen, die nach einer Belagerung durch Kaiser Friedrich III. theilweise zerstört, dann aber wieder hergestellt wurde. Der Thurm der ersten Burg ist noch erhalten, neben ihm befindet sich das Rheinthor mit den Ueberbleibseln des Fallgitters. Von den Baudenkmälern interessirt uns am meisten die aus dem dreizehnten Jahrhundert stammende Martinskirche in gothischem Styl der späteren Periode. Die Glasgemälde der Kirche und das originelle Bild aus 1463, auf Goldgrund gemalt, die sieben Freuden Mariä darstellend, sind sehenswerthe Gegenstände in der Kirche.

Den Naturfreund, der vielleicht nachgerade in der sich immer wiederholenden Promenade durch die Uferstädte ermüdet, fesselt mehr der herrliche Hintergrund der alten Stadt, der angenehme durch die Leidensstationen garnirte Weg zu der Wallfahrtskapelle den Kaisersberg hinauf, der uns ein prachtvolles Panorama über das Rheinthal zu unseren Füßen und über die Felsen und Ruinen des gegenüber liegenden Ahrthals gewährt. Uebrigens steht auch das rechtseitige Ufer hier in geognostischer Beziehung zu jenem so eigenthümlich romantischen Thal durch seine bedeutenden Basalt-Brüche, mit deren Ausbeute die Stadt nicht unbedeutenden Handel stromab und bis nach Holland treibt. Unter diesen Steinbrüchen ist namentlich der Dattenberger mit seinen imposanten Basalt-Säulen einen Besuch werth um der Aussicht willen, welche sich von hier aus über Eifel, Ahr und das Siebengebirge bietet.

Weiter stromabwärts von Linz erscheint uns die Ruine der Burg Ockenfels auf ihrer rebenumgrünten sanften Anhöhe, weithin sichtbar ihrer Lage wegen, die weit günstiger und freier als die Dattenbergs. Die Urkunden wissen von dieser Burg sehr wenig. Daß sie einst von größerem Umfang gewesen, zeigen die verschütteten, von Wein über-

Apollinariskirche.

wachsenen Grundmauern. Im Jahre 1239 war sie im Besitz der Familie von der Leyen, unter deren Namen auch die Burg damals genannt wurde. Anno 1609 gehörte sie einem Hoheneck; danach ward sie vom Erzbisthum der Familie von Gerold als Lehen übergeben.

Wir steuern auf Remagen zu, vorüber an dem von der Industrie stark ausgebeuteten, stark gegen den Rhein springenden düsteren Basaltfelsen, der Erpeler Lei. An die Lage von Stolzenfels, Lahneck und ähnliche, frei vom blauen Aether umgossen dastehende Baudenkmäler der schönen Rheinufer erinnernd, sehen wir wieder aufathmend nach dem Eindruck, den alle die hinter uns liegenden Felsenmassen auf uns gemacht, die Apollinariskirche und den Viktoria-Berg von Remagen vor uns, hinter ihnen im Nebelkleid die Höhen des Siebengebirges, die weit zurücktretend uns ein neues Rheinthal öffnen. — Dem Städtchen Remagen seinen römischen Ursprung zu bestreiten, darf Niemanden von all' Denen einfallen, welche dasselbe als Station für ihre Rheintour und Ausflugspunkt in das unvergleichliche Ahrthal wählen, wenn sich auch sehr über die Annahme streiten läßt, daß Julius Cäsar der Erbauer gewesen, worauf man sich hier gern etwas zu Gute thun möchte. Die zahlreichen vorgefundenen Alterthümer sind freilich leichtsinniger Weise in alle Welt zerstreut worden, doch ist Remagen einer der unbestrittensten Zeitmesser erhalten geblieben, ein römischer Meilenstein aus dem Jahre 162 n. Chr., bekundend, daß Kaiser Marc Aurelius und L. Verus die Heerstraße über Remagen nach Köln gebaut und die Entfernung Beider dreißigtausend Schritte betrage.

Hinsichts des Zeitpunkts der Einführung des Christenthums legt schon die wahrscheinlich auf den Trümmern eines Römerbaus errichtete, bereits 1003 erwähnte Pfarrkirche die Frage nahe, doch gibt's dafür keine genaue Auskunft. Die Kirche ward im Jahre 1246 durch einen im neueren Styl hergestellten Chor erweitert. Auch auf der Höhe des Felsens, welchen die Apollinariskirche, so weit beherrschend, einnimmt, hat schon um 1110 ein dem heiligen Martin geweihtes Gotteshaus gestanden, das im Jahre 1164 den Namen des Bischofs Apollinaris erhielt, weil das Schiff, das die Reliquien dieses Heiligen und der heiligen drei Könige den Rhein hinab nach Köln bringen sollte, hier an dieser Stätte nicht weiter wollte und die Gebeine des Heiligen also in der Martinskirche beigesetzt werden mußten, ein wundersamer Umstand, der die Kirche zu einem sehr besuchten Wallfahrtsort gemacht.

Erzbischof Reinald, so erzählt die Sage, pilgerte nach Rom und sprach dort dem heiligen Vater die Bitte aus, nach Köln einige Reliquien aus den Gräbern der Märtyrer in den Katakomben mitnehmen zu dürfen. Der Pabst gab ihm die Gebeine der heiligen drei Könige, die noch heut im Kölner Dom liegen, die des heiligen Apollinaris und einige andere. Der Erzbischof fuhr über Basel heim den Rhein hinab und das ging bei mancherlei Fährlichkeit Alles gut bis Remagen, wo die Schiffer vergebens ihre Ruder in's Wasser senkten. Das Schiff, obwohl auf keiner Bank festsitzend, wollte angesichts der Martinskirche nicht vorwärts. Der Erzbischof erkannte den Fingerzeig Gottes, als auch das Schiff den Schnabel der Kirche zuwandte. Er ließ den Schrein mit den Gebeinen Apollinaris unter großem Gepränge in die Kirche bringen und danach fuhr das Schiff willig und eilfertig seinen Weg hinab gen Köln. Manche Unruhe erlebte die Reliquie freilich im Laufe stürmischer Zeiten, doch überstand sie dieselben in Flucht und Wiederkehr, und alljährlich im Juli findet hier eine von Tausenden besuchte Feier statt. — Graf Fürstenberg-Stammheim war es, der, als die alte Kirche immer baufälliger ward, sich entschloß, der Reliquie ein ihrer würdiges Baudenkmal zu errichten. Der Dombaumeister Zwirner in Köln entwarf den Plan in gemischtem romanisch-gothischem Styl mit den Rosetten anstatt der hohen Kirchenfenster, den zierlichen Thürmen und der Statue des heiligen Apollinaris im Vordergiebel. Das Material zu dem 1853 vollendeten herrlichen Werk lieferte das Brohlthal in seinen Tuffsteinen. In der auf zwölf Säulen ruhenden Krypta der Kirche steht jetzt der alte Sarkophag des Heiligen. Nichts Schöneres, Herrlicheres aber gibt es, als das Heraustreten aus der Kirche, wenn das Herz noch erhoben ist von dem mächtigen, feierlichen Eindruck des inneren Gottesdoms und das Auge von der Felsenhöhe des Kirchenplateau über die malerische Gegend hinschweift, über den Strom mit seinen Ufern, seinen grünen Triften, den Burgen und Landhäusern, Alles überragt durch die Riesen des Siebengebirges, die den Frieden und Segen des wunderbaren Rheinthals umarmen. — Wetteifernd mit der Gunst der Lage, ein ebenso überraschend schönes Panorama bietend wie das Felsenplateau der Apollinariskirche, erhebt sich der Viktoriaberg über Remagen, der seine Zierde, die fünf Gesichtspunkte inmitten des Stadtwaldes, dem thätigen Schönheitssinn der Bewohner Remagens verdankt und seinen Namen nach der Kronprinzessin von Preußen führt. Herrlich ist namentlich die Aussicht von dem Viktoriatempel, der gern vor Sonnenuntergang gesucht wird und einen bezaubernden Blick über das vom Siebengebirge umschlossene Rheinthal mit seinen Burgen, Städten und Dörfern und südlich bis nach Rheineck und Hammerstein bietet. — Stunden lang hält es hier oben den Beschauer, trunken weilt das Auge auf dem Eden, das sich vor ihm ausbreitet; geheimnißvoll aber winken ihm die dunklen Kuppen der Ahr, und die Sage raunt ihm in's Ohr: nimm den Wanderstab und komm! Ich erzähle dir altersgraue Geschichten aus dem düstern Gau von damals, wo seine Grafen noch in den Burgen hausten, die du dort herüber schauen siehst! Du wirst mit mir zufrieden sein, denn wir setzen uns hernach zum St. Peter und der soll dir vom Besten kredenzen!

Auf dem Viktoriaberg.

Lohrsdorf.

Das Ahr-Gau.

Künstler und Gelehrte, Touristen au long cours, Ferien-Reisende und Vergnügungszügler vom Mittel- und Niederrhein — Alles zieht in Schaaren zur Sommerzeit in das Ahr-Thal, das ich unvergleichlich nenne, weil ich in der That der Eigenthümlichkeit seines Charakters kein anderes zur Seite zu stellen wüßte. — Schauerlich — so überkam es mich jedesmal, wenn ich im Zwergbewußtsein, überragt von den erdrückenden Offenbarungen der Naturgewalt, dem Lauf des Flüßchens folgte, das sich so harmlos dem Rhein vermählt — schauerlich muß es hier drinnen im Winter sein, wenn Schnee und Eis starr und unerbittlich wie diese dunklen Felsenmassen verderbendrohend die engen Thäler bedecken, wenn die Ahr Alles entwurzelnd, zerschmetternd, verschüttend und mit sich fortreißend von ihrer Höhe herabstürzt und der Menschen Werk, der Menschen Leben vernichtet! Eine grauenhafte Oede muß zwischen diesen todten Steinkolossen herrschen, wenn Alles im Winterschlaf erstarrt — und dennoch hängt das Herz selbst an dieser treulosen Sohle, denn was der Gebirgsfluß ihm auch an Unbill schon zugefügt, unverdrossen baut der Aermste wieder auf, was das unerbittliche Element ihm zertrümmert, und trotz all' den Gefahren bleibt die Heimath ihm lieb.

Auf den Höhen der Eifel bei Blankenheim entspringt das das Ahrgau durchziehende gleichnamige Flüßchen, welches, nachdem es im oberen Theil gespeist durch kleinere Zuflüsse, zwischen den Felsenmassen sich Bahn gebrochen, das

Thal bei Neuenahr durchzieht, wiederum gegen den Rhein hin in engere Bahn tritt und endlich in den Wassermassen des großen Stroms verschwindet, mit seinem Bette aber zugleich die Scheide zwischen den ober- und niederrheinischen Dialekten bildet, die sich wie Essig und Oel hier in schroffer Grenze theilen.

Nur allmählig entwickelt uns das Ahrthal seine Eigenthümlichkeiten. Der Weg führt uns zunächst nach Bodendorf, einem mit Reben gesegneten freundlichen Oertchen; von da über Lohrsdorf, um den dahinter sich erhebenden Felsen der Landskrone, nach Heimersheim, Heppingen mit seinen Mineralbrunnen, und hier ladet uns ein steiler Pfad zum Besteigen des Basalthügels, auf welchem sich noch einige Reste der alten Burg erhalten, dessen Gipfel aber die Mühe des Touristen durch eine herrliche Aussicht vergilt. — Philipp von Hohenstaufen erbaute die Burg hier im Jahre 1204 und nannte sie „des Landes Krone" eben des wundervollen Blickes wegen, den diese Höhe über die waldigen Berge, die Thäler, die grünen Rebgelände gewährt. Würdig dieser Lage soll einst die Pracht und der Umfang des Schlosses gewesen sein, das nach mancherlei Schicksalen, geplündert und verödet, im Jahre 1682 durch seinen eigenen Besitzer, Herzog Johann Wilhelm von Pfalz, zerstört wurde. Die Ruine gehört jetzt durch Erbschaft den Nachkommen des Ministers von Stein, die in der Rheingegend mit Burgresten gesegnet zu sein scheinen.

Ahrweiler. Walporzheimer Thor.

Besser als die Burg selbst, von der nur noch Bruchstücke der Ringmauer vorhanden, hat sich die am Felsgipfel gelegene Kapelle gehalten, in der noch heute ein regelmäßiger Gottesdienst gehalten werden soll. Originell ist die Grottenform der Sacristei, von der die Volkssage geht, es habe sich während einer Belagerung ein Burgfräulein in dieselbe gerettet; der Fels habe sich um sie geschlossen, sie durch einen Quell getränkt und eine Taube habe ihr Nahrung gebracht, bis sie durch ihren Vater befreit worden. Mehr als das Märchen interessirt uns indeß hier oben die ganze überwältigende Macht des um uns her und zu unsern Füßen ausgebreiteten Naturbildes, von dem wir uns nur ungern losreißen, um noch einmal von unten, vom Apollinarisbrunnen zur Höhe der Landskrone hinaufzuschauen und dann über Wadenheim, danach über die Ahrbrücken in die freundliche Ebene des am Fuße eines Basaltkegels gelegenen Bades Neuenahr zu pilgern. Einst hauste dort oben auf seinem Felsenhorst, der Burg Neuen-Are, Graf Otto von Are-Nürburg. Die Burg selbst ist bereits 1371 zerstört und nichts von ihr übrig, die Legende aber behauptet, in einen tiefen Brunnen sei hier ein goldener Pflug versenkt, den ein Riese bewache. So weit man hört, ist man jedoch bei Bloßlegung der Burg-Grundmauern und Erbauung des Thürmchens noch nicht auf den Pflug und seinen Wächter gestoßen. — Der mit dem Dorfe Beul verbundene Badeort ist in guter Aufnahme begriffen; seine Hauptquelle ist der sehr kohlensäurehaltige große Sprudel, der sich wie ein isländischer Geiser selbst aus dem Boden erhoben und zur Bade- und Trinkkur benutzt wird. Die Tugenden dieses Quells, der die Ergiebigkeit der übrigen natürlich sehr geschwächt, ebenso die überaus angenehme, geschützte Lage des Ortes am Fuße der Basalthöhen führen die an Katarrh, Stein ꝛc. Leidenden hieher und namentlich das weibliche Geschlecht sucht hier vielfach sein Heil.

Schon von Weitem sehen wir das Kloster Kalvarienberg vor uns auftauchen. Kehren wir indeß zunächst in dem freundlichen Kreisstädtchen Ahrweiler ein, einem Ort, der ehrwürdiger als er ausschaut, denn schon im Jahre 893 wird seiner erwähnt. Einst gehörte auch Ahrweiler den Grafen von Are, später denen von Hochstaden, dann dem Erzbisthum Köln. Die alten Thürme und Mauern, sowie die St. Laurentiuskirche sind Zeitgenossen aus dem dreizehnten und vierzehnten Jahrhundert. Die Franzosen ließen im Jahre 1689 hier kaum einen Stein auf dem andern und immer wieder drängt sich uns selbst in diesem abgeschiedenen Thale der Gedanke auf: welch' immense historische Schätze würde der Rhein mit seinen Seitenthälern aufzuweisen haben, wären ihm diese wüsten Gäste, die Schweden und Franzosen, erspart worden, von deren Zerstörungen wir immer wieder zu erzählen haben. Seine Blüthe verdankt das Städtchen dem Ahrbleichert, jenem kostbaren Saft, der auf den Weinbergen umher gedeiht, der Krone des Ahrthals, die mit ihm das benachbarte Walporzheim zu theilen würdig.

Ahrweiler. Gerichtshaus.

Kaum lohnt eine Promenade auf den Kalvarienberg, das einstige Franziskanerkloster, weil es jetzt ein Mädchenpensionat, in dem wir vielleicht unwillkommene Gäste. Seine Gründung soll das Kloster einem von Jerusalem zurückkehrenden Ritter verdanken, der hier den Oelberg anlegte. Von seinem Namen wissen wir nichts.

Fromme Pilger wallfahrten gern durch die Leidensstationen den Berg hinauf; wir unsrerseits sehnen uns nach Walporzheim, von dessen herrlichen Reben der Leser gehört, und setzen uns, wie verabredet, in den Garten vom St. Peter, der den echtesten Walporzheimer in seinem Keller hat und von dem A. Kaufmann sang:

„O heiliger St. Peter von Walporzheim,
Säß' ich am seligen Ort,
Mich brächte wahrlich mit Sang und Spiel
Mein eigener Schatz nicht fort."

Hinter den reizend gelegenen Rebgeländen von Walporzheim schließt sich das Thal zusammen und hier beginnt die eigentliche schauerliche Romantik des Gaues, das Mecca der Düsseldorfer Künstler. Der Fluß klimmt hier mühsam schon

Rech.

zwischen den Schieferfelsen hinab; zu seiner Rechten erhebt sich die bunte Kuh, danach die terrassenförmig aufsteigende Klosterlei, wild und schroff gestaltete, bald überhängende, bald zurücktretende Felsmassen, auf denen man jedes der Sonne zugewendete Fleckchen zum Anpflanzen der Reben benutzt, bis die Felsstufen unersteigbar und das künstliche Mauerwerk auf den Stufen nicht mehr haften will. Auch der Beatrixberg gehört zu diesen Felsriesen, dessen Schultern dem Weinbauer mit vorzüglichem Wachsthum danken.

Wir stecken hier mitten drinnen im Felsen-Chaos, dessen phantastische Gestaltungen, bald schroff und schreckend, bald mit lieblichen Bildern überraschend, die Feder zu schildern nicht im Stande; hundertfach aber begegnen wir dafür den Bildern, welche die Künstler namentlich der Düsseldorfer Schule von hier mit heimgetragen.

Bei Marienthal liegen die Ruinen eines Nonnenklosters. Die Reben des Trotzenbergs hier gehören noch zur Walporzheimer Crescenz oder haben denselben Werth. Wieder weitet sich das Thal, die Recher Auel, zwischen den idyllischen Dörfern Dernau und dem zu Füßen eines schroffen Felsens gelegenen Rech, das im Jahre 1804 durch Wasser fast vollständig verschüttet wurde.

Mayschoß liegt vor uns, eine reizende Stätte, gegenüber auf schroffem Felsen die Trümmer der Saffenburg, einst der Sitz des Grafen von Saffenberg, dann 1632 von den Schweden, später von den Franzosen genommen. Als die letzteren, so erzählt man sich, den Kommandanten aufforderten, die Burg zu übergeben, antwortete der Feigling, man möge nur erst drei Schüsse auf dieselbe thun, denn ohne einen Schuß habe noch nie eine Burg sich ergeben. So geschah es. Der Kurfürst von Köln aber verurtheilte den Schelm zum Tode und antwortete auf dessen Gnadengesuch:

Bei der bunten Kuh.

„Wohlan, so thut der Schüsse drei
Nur auf sein armes Leben!
Nie ward Verräthern ohne Treu
Noch ohne Schuß vergeben.“

Der Felsenweg geht durch die düstre Gucklei, in die man das Thor gesprengt, und hier stehen wir an einer Stelle, wo die Ahr ihre größten Verwüstungen angerichtet, wenn sie durch Wolkenbrüche so angeschwellt ward, daß sie ganze Dörfer mit sich fortriß, auf deren trostloser Stätte wie ein Ameisenvolk, dem sein Bau zertrümmert, der Mensch immer wieder von Neuem seine Hütte errichtete, gleichgültig gegen die Gefahren, mit welchen die überhängenden riesigen Felsblöcke, durch welche nur gewaltsam der Weg gebahnt wurde, ihm täglich Leben und Eigenthum bedrohen. An einem dieser durchstochenen Felsen hat sich kühn und unerschrocken auch die Lochmühle eingenistet, das Wasser auffangend, das ihr Getriebe in Bewegung hält. — Schreckenerregend düster und unheimlich thürmen sich um uns auf unserem engen Pfade die Felsenmassen; ein dunkler Tunnel, durch dieselben gehauen, empfängt uns. Licht

Altenahr.

wird es wieder vor unseren Augen und fast geblendet sehen wir vor uns das reizende Altenahr in seiner Thalschlucht, umflossen von seltsam geschichteten und gestalteten, grau und schwarz gefärbten, bald nackten, bald grün bewachsenen zackigen, zerklüfteten Schieferfelsen, an deren Abhängen sich zu beiden Seiten des Flusses kühne Pfade hinaufwinden, deren Anblick uns schwindeln macht und zu deren Ersteigung uns der Fuß einer Gemse nothwendig erscheint.

Und inmitten dieser grotesken Felsgestalten, sich anlehnend an die steile, von wildem Gestrüpp und Unterholz bewachsene Bergwand, die über ihr bis zur Spitze, dem Wetterdach eines früheren Wartthurms, aufsteigt, liegt, die Burg Altenahr, einst der Stammsitz der alten Ahr-Grafen, die das ganze Gau beherrschten. Längst zerbröckelt sind die einst so festen, trotzigen Mauern, deren Thor noch dem Fremden den Eintritt verschließt, wenn er vom Thal hier hinaufsteigt, um einen Blick über das wilde Felsen-Chaos zu werfen, das sich himmelstürmend um ihn ausbreitet.

Theodorich von Are, so ist die Ueberlieferung, erbaute dieses Felsennest um das Jahr 1100. Man weiß nur, daß auch diese Burg später an die Hochstadens von Köln gekommen und daß der Erzbischof Konrad dieses Namens sie bereits als Gefängniß für mißliebige Personen, namentlich des kölner Patrizierstandes, benutzte. Meister Hagen's Reimchronik erzählt uns von den Acht, die in Altenahr gefangen saßen und ihre Befreiung von Konrads Nachfolger Engelbert erwarteten, weil Der alles Gute und Schöne verheißen, wenn er gewählt werde. Engelbert warf aber die drei Edlen, die sich für die Gefangenen verwendeten, darunter Gottschalk Overstolz, noch zu den Andern, so daß ihrer eilf Gefangene saßen. Gottschalk zähmte sich nun eine Maus, durch die er eine in der Mauer versteckte Feile fand, auch einen Meißel, und mit diesen befreiten sie sich. Nachdem die Franzosen die Burg lange belagert und genommen, legte Köln eine Garnison in dieselbe, die aber die Gegend dermaßen brandschatzte, daß die Burg als Raubnest um 1714 geschleift werden mußte, um nicht andern Schnapphähnen ein Obdach zu geben.

Wundervoll ist, wie gesagt, der Blick von diesem Felsengipfel, namentlich von dem ehemaligen Wartthurm aus. Ein Meer von Felsen liegt rings umher, gewaltig in seiner Wirkung auf das Auge, erschreckend, wenn dasselbe sich in die Schluchten versenkt, den sieben Windungen des Flusses durch diese Felsenmassen folgt. Schwindelerregend ist der Abgrund auf der Thurmseite, an welchen die Sage die Erzählung knüpft, daß von hier der letzte Ahr-Graf nach langer Belagerung durch die Bischöfe, die ihn schon Weib und Kind gekostet, sich durch einen kühnen Sprung mit seinem Pferde vor seinen Feinden gerettet und sein Grab tief unten in der Schlucht gefunden.

Dem Burgfelsen gegenüber zeigt die Höhe des Schieferberges die Teufelskanzel, eine natürliche Aushöhlung, ein Loch, das der Volksglaube sich damit erklärt: der Teufel habe einmal seine Großmutter mit einem Prügel da hindurch getrieben. Auf dem von hier oben zu überschauenden Hochtürner liegt der Heidengarten, ein Basaltgebröckel, in welchem man einen ehemaligen Hünenring erkennen will; Andere nennen es römische Baureste, und sicher sind die Römer in dieser Gegend gewesen, die ihnen freilich für ihre Kulturzwecke nicht besonders zugesagt haben mag.

Mit Altenahr pflegt der Reisende seine Gebirgstour in diesem romantischen Thal zu beschließen. Wir werfen noch einen Blick weiter hinauf gegen den Ursprung der Ahr, auf Adenau, Virneburg und Nürburg und namentlich auf die hohe Acht, von deren beiden Felsenhöhen die Bergmassen bis zum Rhein zu beherrschen sind und von wo aus sogar der Kölner Dom bei klarem Wetter sichtbar wird; endlich auf die Trümmer des Schlosses Ahremberg, hoch gelegen auf seiner Basaltkuppe, und mit diesem, dem Stammsitz der in Belgien lebenden Herzoge von Ahremberg, die ihren Ursprung und Namen von hier ableiten, beschließen auch wir unsern Ausflug durch das Ahrgau, dessen wilde Schluchten wohl noch heute den aus den Ardennen herüberschweifenden Wölfen die sichersten Schlupfwinkel und den Liebhabern des Waidwerks lohnende Beute gewähren.

Blick auf Nonnenwerth.

Von Remagen nach Köln.

Schnell verwischt sind die oft düster überwältigenden Eindrücke, die wir aus dem Ahrthal mitgenommen, denn vor uns, die wir Remagen eben verlassen, liegt das in seiner Anmuth unbeschreiblich schöne Panorama, auf das wir von der Viktoriahöhe bereits einen Blick geworfen, ein Eden, abwechselnd in seinen Schönheiten mit Strom, Thal und Berg in den sanftesten, nirgendwo die Wirkung des wahrhaft Schönen unterbrechenden Wellenlinien, gekrönt durch die sieben Kuppen des Gebirges, auf deren Gipfeln wieder die Märchen-Erzählerin, die Sage, unser wartend aus den altersgrauen Steinthoren und den hohläugigen Fenstern herabschaut.

Weiter dehnen sich die Ufer des Stromes, sanfter in den üppigsten, gesegnetsten Triften verlaufend, gesäumt von den Wohnungen glücklicher Menschen, denen es beschieden, nach dem Sündenfall im Paradiese zu leben, bekränzt von Reben, durchschwärmt von freudigen Gemüthern, die von Fern herbei ziehen, um hier an dieser schönsten Stelle des Rheins einige Stunden ungestörter Wonne zu verträumen.

Ist's uns doch, nachdem wir zuletzt die dunklen Felsenmassen der Rheinufer und der Seitenthäler durchflogen, als weite sich plötzlich auch das Herz, als flögen unsere Wünsche den aus leichter, vom Sonnenstrahl durchwirkter Gaze uns entgegenschauenden Höhen entgegen, als sehnten wir uns, droben in dem Märchengemäuer zu sitzen und einen der schönsten Gärten der herrlichen Gotteserde mit Ruhe und Sammlung zu überblicken! Ist's uns doch, als müßten wir noch einmal das Durchlebte genießen, als sei der Moment des Scheidens von diesen Freuden gekommen und als gelte es, die ganze Wonne mit Seele und Auge noch einmal auszukosten, die uns der Himmel auf unsrer Rheinfahrt

Rolandseck und Nonnenwerth.

über den Weg gestreut! — Und auch der Strom selbst scheint Aehnliches zu empfinden! Das große Himmelsgedicht, bald Idyll, bald Epos, geht hier zu Ende. In echt dramatischer Weise faßt der große Dichter noch einmal seine ganze Schöpfungsgabe zusammen, um uns mit dem Herrlichsten zu überraschen. Kaum bleibt uns die Muße für einen Blick nach links auf die kleinen Punkte Schloß Marienfels, auf Herresberg, nach rechts auf Unkel mit seinen Basaltbrüchen, und Rheinbreitbach landeinwärts, denn vor uns erhebt sich Rolandseck, ihm gegenüber der Drachenfels, umgeben von seinen steinernen Brüdern, und zwischen beiden tief unten, lauschig und traulich, umarmt vom silbernen Strom, die Insel Nonnenwerth!

Das ist das Amen des Rheins, eines der hehrsten Verkündiger von Gottes Allmacht und Herrlichkeit, und wie ein Vater, der seinen Kindern Alles gegeben, was er besaß, zieht er arm und müde den Rest seiner Bahn dahin, um in den Fluthen der Unendlichkeit sich selbst zu vergessen.

Natur und Geschichte haben an dieser Stätte Alles gethan, um die Ausgangspforte des Rhein-Edens mit dem Höchsten auszustatten: die sieben Kuppen des Gebirges, die Ruinen der Schlösser auf ihrem Scheitel, die gothischen Klosterreste in ihren Thälern, das friedliche kleine Eiland, die lachenden Uferstädtchen mit ihrer Kette von Landhäusern, deren Schwelle, so möchte man glauben, kaum die Sorge zu überschreiten wagt, wie sie sich in der ganzen Ausdehnung des Siebengebirges am Fuße desselben von dem sonnigen Honnef bis Dollendorf hinziehen — es ist ein Himmel auf Erden, an den der Pilger mit Sehnen zurückdenkt, sobald sich die majestätisch schöne Pforte hinter ihm geschlossen.

Hier hallen ihm noch einmal des Dichters Worte im Herzen wieder, mit denen wir die Eingangspforte des Rheingartens überschrieben: „An den Rhein, an den Rhein, zieh' nicht an den Rhein," denn

Jetzt singst Du nur immer: am Rhein, am Rhein!
Und möchtest nicht wieder nach Haus.

Landen wir am linken Ufer bei dem Dorfe Rolandseck und ersteigen den bequemen Weg zum Rolandsbogen, dem Rest einer zwar kleinen aber dafür desto interessanteren Burg, und überblicken von hier durch den Rahmen dieses originellen Fensters das Ufer. Des Dichters Freiligrath Verdienst war es, daß derselbe bei der allgemeinen Sorglosigkeit um seine Erhaltung wieder aufgerichtet ward, als der Sturm ihn 1839 zusammenriß. Freiligrath rief um Hülfe für das morsche Gemäuer, das der ganzen Gegend eine so eigenthümliche Zierde, und so ward der Bogen in seiner alten Form wiederhergestellt.

Es ist mehr die Sage, welche die Burg mit erotischen Blumen umflicht, als die Geschichte, mit der wir es an dem alten Ruolechereck oder Rulcheseck zu thun haben, denn die erstere erzählt von dem Ritter Roland, dem tapfren Kämpen Karls des Großen, der die Burg gegründet habe; sie erzählt von seiner Liebe zu der schönen Nachbarin Hildegunde, der Tochter des Burggrafen von Drachenfels, wie ihn der Kampf von der Seite seiner Liebsten riß und er, zurückkehrend, die Burg Drachenfels von einem Nebenbuhler belagert und den alten Grafen mit seinen Mannen eben im blutigsten Kampf mit den Angreifern fand. Roland stürzte sich in diesen Kampf; die Feinde fielen unter seinen Streichen, aber in dem Dunkel der Nacht, von Rolands Schwert durchbohrt, fiel auch der alte Burggraf. Hildegunde nahm aus Schmerz den Schleier drunten in Nonnenwerth, bis sie in die kühle Erde gelegt ward, und Roland, der absichtslose Mörder ihres Vaters, saß droben trauernd im Fensterbogen seiner Burg, „blickte stundenlang, bis das Fenster klang".

Nach einer andern Version hätte Hildegunde den Schleier genommen, als ihr

„Von Spanien kam die Kunde, wie jener Held von Stahl
Roland gefället worden im Thal von Ronceswal."

Roland aber, als er dennoch heimkehrte und sie als Braut Gottes fand, erbaute sich auf hohem Felsen eine Klause, um von da auf das Kloster hinabzuschauen, „bis Minne ihm gebrochen das tapfere Heldenherz".

Man darf's mit der Ballade so genau nicht nehmen, denn auch Toggenburg hat nie an diesem Fenster gesessen. Lassen wir's also dabei. Eben so wenig Grund hat die Annahme, daß hier oben ein römisches Kastell oder eine Frankenburg gestanden. Die kleine Veste ward vom kölner Erzbischof Friedrich I. als Trutz gegen Heinrich V. erbaut, nach starker Beschädigung im Kampfe mit diesem vom Erzbischof Arnold renovirt und ward Sitz der erzbischöflichen Vögte. Abermals zerstört in den Zollhändeln mit dem Kaiser, ward sie 1328 wieder hergestellt; im Kampfe mit den Burgundern, die sich darin festgesetzt, wurden letztere hinausgejagt und die halb zerstörte Burg von Kaiserlichen besetzt. Danach schweigen die Urkunden. Aus dem Verfall der Burg blieb nur der eine Fensterbogen gerettet.

Auch die Insel zu Füßen des Felsens hieß einst Rolandswerth nach der Bezeichnung, die man den Eilanden im Niederrhein zu geben pflegte. Ursprünglich war sie ohne Zweifel eine dankbare Zollstätte, zur Absperrung des

Stromes den Erzbischöfen sehr günstig gelegen; aber die Kölner ließen sich das nicht lange gefallen und der Zoll mußte aufgehoben werden. Man bezeichnet die ersten Bauten auf der Insel als vom Erzbischof Friedrich I. 1122 errichtet; auf ihnen steht seit 1704 ein Frauenkloster, das, 1773 durch Brand verwüstet, wieder hergestellt ward, während der neue Flügel aus 1869 datirt. Der dreißigjährige Krieg ließ auch die Insel nicht verschont. Im Jahre 1802 ward das Kloster von den Franzosen aufgehoben, die Klosterfrauen wurden jedoch erst von Preußen 1822 von der Insel verbannt. Danach längere Zeit als Gasthaus benutzt, ist das Gebäude seit Jahren ein Damenpensionat unter der Leitung von Franziskanerinnen. — Dem rechten Ufer zu liegt noch die kleinere Insel Grafenwerth, die jedoch von keinem Interesse. Sein Nachbar, mehr landeinwärts, ist das schöne Honnef, auf das wir später zurückkommen.

Noch ein Blick auf das linksseitige Mehlem mit seinen schönen Landhäusern, der Villegiatur der Bonner und Kölner, auf die schöne Ruine von Godesberg; dann hinüber über den Strom geschaut, wo der stolze Drachenfels, hoch und majestätisch, den Riesenfuß im Flusse badend, sich erhebt, der Rheinwächter seiner sieben Brüder und der mit zur Familie gehörigen übrigen Felsen, die in ihre Zahl mit eingerechnet werden, weil das Auge, von wo es blicken mag, immer ihrer Sieben zählt.

Die „Bonner Alpen" überragend starren die Reste der Thürme und Mauern der einstigen Burg in die Luft, die ganze durch vulkanische Thätigkeit von Honnef bis Dollendorf in der Strecke von einer Stunde hier aufgeworfene Felsengruppe beherrschend, in deren Eingeweide von Basalten, Trachyten und Braunkohl-Formationen die industrielle Thätigkeit fortwährend umherwühlt, eine ununterbrochene Arbeit, von Hammerschlägen und Sprengschüssen begleitet, unterhaltend.

Von der Drachenfels-Kuppe überschaut der Blick das ganze, ein unregelmäßiges Viereck bildende Gebirge, den Petersberg, den großen Oelberg, die Löwenburg, und zu ihm gehörig die Wolkenburg, den Nonnenstromberg und den Lohrberg, den Breiberg und den Hemmerich. Mehr oder minder selbständig, durch grüne, trauliche Thäler getrennt, variirt in ihrer stufen- und terrassenförmigen Gestaltung, erheben sich die Berge in Pyramidenform und veranlaßten schon frühzeitig den Kaiser Valentinian, hier seine Befestigungen gegen die Franken aufzuwerfen, während die Poesie schon der ersten Jahrhunderte diese Felsen mit ihren schönsten Gebilden ausstattete und auch die skandinavische Wilkina-Sage hieher verlegte.

Die herrlichste und freiste Umschau gewährt der Drachenfels, hinüber auf die Stadt der Wissenschaften, auf Bonn, auf Godesberg, auf das alte Köln und wieder weit hinaus auf die düsteren Felsen der Eifel, auf des Rheines breite Fläche und seine lachenden Ufer und das fromme Thal von Heisterbach, von wo einst die Glöckchen zum Gebet riefen, während hier oben der Hölle grausigster Molch sein Unwesen trieb, bis auch ihn das Kreuz besiegte.

Auch Burg Drachenfels ward von Erzbischof Friedrich I. von Köln in den Jahren von 1100—1131 erbaut und zwar wie Rolandseck und die Wolkenburg als Schutz gegen Heinrich V. Nach Andern war es Erzbischof Arnold I., der sie von 1137—1151 anlegte. Sehr bald kam sie an das Bonner Cassius-Stift, das sie räuberischen Burgmannen übergab, die selbst dem Erzbisthum die Zähne zeigten, so daß dieses sich genöthigt sah, die Wegelagerer zu beseitigen, und die Burg einem Geschlecht übergab, das sich nach dem Drachenfels nannte, sich bald auf den Turnieren als Burggrafen etablirte und aus den Steinbrüchen so viel Material an das Erzstift verkaufte, daß es zu großem Reichthum gelangte.

Die Burg hatte später die Belagerung von Seiten Friedrichs von der Pfalz und Karls des Kühnen zu bestehen. Gegen Ende des fünfzehnten Jahrhunderts wurden blutige Excesse innerhalb der Familie die Veranlassung, daß das Erzstift den Grafen die Burg nahm und diese an sich behielt. Der letzte Drachenfels, dessen Grabstein in Rhöndorf liegt, starb im Jahre 1530. Als die Schweden heranrückten, spielten ihnen ihre Kanonen die Burg schnell in die Hände; ob die Spanier sie nur belagert oder ebenfalls genommen, scheint zweifelhaft; Kurfürst Ferdinand, der einsehen mochte, daß sie der neuen Waffe nicht mehr gewachsen, ließ sie schleifen, ohne sie trotzdem ganz zu zerstören, denn auch die Franzosen fanden noch einen guten Rest übrig, den sie in die Luft sprengten.

Trotz alledem ist noch ein Mittelthurm stehen geblieben und dieser, vielleicht sammt dem ganzen Drachenfels, wäre heute vielleicht nicht mehr, wenn die preußische Regierung, in deren Besitz die Burg überging, nicht das Brechen

Drachenfels.

der Steine untersagt hätte. Heute erkennt man noch die einstige Lage und den Umfang der Burg, auch die Reste der Geschosse sind noch erkennbar. Der Obelisk auf der Platte ward im Jahre 1857 dem Andenken einiger im Befreiungskriege gefallener Helden gesetzt oder vielmehr erneuert, nachdem das erste schon 1814 errichtete Denkmal verfallen war.

Das „Drachenblut", der rothe Wein, der an der sogenannten „Domkaul" wächst, ist freilich nicht dasselbe, in welches Held Siegfried seinen Leib tauchte, als ihm ein Vogel mit goldenem Gefieder sang:

„Junger Recke fein,
Willst du hörnern sein,
Tauch' deinen Leib in das Blut hinein."

Sage vom Drachenfels.

In jener vom Ufer aus erkennbaren Höhle über den Weinbergen hauste nämlich der Drache, von welchem der Felsen seinen Namen trägt. Die Volkssage aus heidnischer Zeit knüpft sich in den verschiedensten Lesarten an dieses Ungeheuer. Jungsiegfried, erzählt sie, zog thatendurstig den Rhein hinauf, kam zum Siebengebirge und trat im Gebirg bei einem Waffenschmied ein, dem er zumuthete, ihn als Gesellen zu nehmen. Der Schmied verlachte den jungen Wicht, Siegfried aber ergriff den schweren Hammer und zerschlug eine eiserne Stange auf dem Ambos, so daß der letztere sammt dem schweren Eichenklotz zersprang. Der Meister faßte Angst vor solcher Kraft; er nahm Siegfried in seine Schmiede; um ihn aber wieder los zu sein, schickte er ihn auf den Berg, wo der Drache hauste, er solle ihm dort Kohlen brennen. Ahnungslos kam Siegfried den Berg hinan. Alsbald aber schnob der Drache aus seiner Höhle heraus, daß Alles unter ihm krachte. Held Siegfried schreckte das nicht; er schwang seine Eisenstange über dem Ungeheuer und zerschmetterte ihm den Kopf, so daß ein Strom schwarzen Bluts aus seinem Rachen floß. Da kam das Vöglein, ihm zu rathen, er solle sich in dem Blute baden, damit er unverwundbar sei. Siegfried that das und nur eine Stelle seines Leibes blieb von dem Drachenblut unberührt, an der ihm später der grimme Hagen den Todesstoß gab.

Nach einer anderen Sage speiste das Heidenvolk im Gebirge auf den Rath seiner Priester den Drachen mit den Leibern seiner Gefangenen, und um ihn guter Laune zu erhalten, mußte man stets für Opfer sorgen. So schleppte man denn von einem Kriegszuge unter anderen Gefangenen auch eine wunderbar schöne christliche Jungfrau mit heim, in die sich die beiden Söhne des Häuptlings verliebten. Um den Bruderkampf zu vermeiden, beschlossen die Priester, auch das Mädchen dem Drachen zu opfern. Heimlich ward die Aermste in dunkler Nacht an den Platz geschleppt, wo der Lindwurm seine Opfer zu suchen gewohnt, und dort an einen Baumstamm gefesselt. Am Morgen kam der Molch, sein Frühstück zu suchen. Schon berührte die Jungfrau sein heißer, versengender Athem, da erhob sie die zum Himmel gefalteten Hände, dem Ungeheuer das Kreuz entgegenstreckend, das man ihr zum letzten Gange gelassen. Und das Ungethüm, das Kruzifix erblickend, that ein furchtbares Geheul, das den hinter dem Felsen versteckten Henkern das Mark in den Gliedern erschütterte. Sich hoch aufbäumend überschlug es sich, stürzte jählings hinab von Fels zu Fels und versank zerschmettert unten in den Fluthen des Rheins. — Die Wunderthätigkeit des Kreuzes bekehrte natürlich das rohe Heidenvolk, das sich anbetend vor der Jungfrau

Heisterbach.

niederstreckte. Diese sandte Botschaft nach Trier. Von dort kamen fromme Männer, welche den Heiden das Evangelium predigten und den Grund zum Kloster Heisterbach legten.

In grünem, heimlichem Waldesthal, dem sogenannten Heisterbacher Mantel, überragt vom Petersberg, Nonnenstromberg und Stenzelberg, liegt die Ruine einer der schönsten und eigenthümlichsten Abteien, der von Heisterbach, noch heute trotz ihrem gänzlichen Verfall und dem Raube an seinen Steinen von ihrer einstigen Herrlichkeit zeugend. Oben auf dem Berge wohnten die ersten Mönche, wo noch die Kapelle steht; aber es mochte ihnen droben zu kalt werden, sie zogen deßhalb hinab in dies wunderbar schöne, stille Thal und originell ist an der Sage von dem Entstehen der Abtei, daß ihre kostbare Lage ein — Esel gewählt, wie jene von Eberbach ein Wildschwein aussuchte. Die Mönche nämlich, als sie den Berg verließen, beluden das Saumthier mit ihren wenigen Habseligkeiten und beschlossen, das Kloster da zu errichten, wo sich der Esel zuerst ausruhen werde. Die Gründung dieser Abtei ist also mit richtigeren, natürlicheren Dingen zugegangen, als die jenes weinberühmten Rheingau-Klosters.

Dafür ist aber hier etwas viel Wunderbareres passirt. Einer der jungen Mönche nämlich, ein Grübler, saß den ganzen Tag, studirte die Vulgata und kam an die Stelle, allwo es heißt, „daß tausend Jahre dem Herrn wie eine Nachtwache seien". Sich den Kopf in Zweifeln zermarternd schritt er in den Wald, um über den Sinn dieser seltsamen Worte nachzudenken. Immer weiter vertiefte er sich zwischen den Felsen, bis er endlich die Klosterglocke hörte, die zur Vesper rief.

Er kommt zum Kloster zurück. Der fromme Bruder, der ihm öffnet, erkennt ihn nicht, alle die andern Mönche starren ihn befremdet an; keiner von ihnen kennt sein Gesicht, seinen Namen, und auch er kennt die Mönche nicht. Er schwört, daß er vor einer halben Stunde erst das Kloster verlassen; man hält ihn für geisteswirr und führt ihn zum Abt. Neues Staunen. Der Abt beschließt endlich, in dem Verzeichniß der Verstorbenen nachzuschlagen. Er sucht und sucht, schlägt zurück, ein Blatt nach dem andern. Da endlich findet er in dem Kloster-Nekrolog verzeichnet, daß vor dreihundert Jahren ein junger Mönch dieses Namens, im Walde sich ergehend, verschwunden sei. Und jetzt erkennen der junge Zweifler und die frommen Brüder, daß dem Herrn tausend Jahre wie ein Tag seien, und der Wiedergekehrte erlebte im Kloster ein hohes Alter.

Die Gründung der Abtei, eines Meisterwerks romanischer Baukunst, im tiefen Grunde des heute von Hammerschlägen und Sprengungen widerhallenden Gebirges, geschah um's Jahr 1202; die äußerliche Vollendung reicht bis 1233. Sechszehn Altäre sollen schon während des Baues geweiht worden sein; das gibt einen Begriff von ihrem früheren Umfang, den noch heute die Umrisse erkennen lassen, und in der That hat es nicht an reicher Unterstützung der vornehmsten edlen Familien gefehlt, die zu diesem Glanz beitrugen, um wahrscheinlich ob ihres Straßenraubs sich mit dem Himmel wieder zu versöhnen. Gleichen Schritt aber mit dem äußeren Prunk scheint auch der Fleiß und die Gelahrtheit der Mönche hier gehalten zu haben, unter denen namentlich Cäsar von Milendonk oder, wie er sich nannte, Cäsar von Heisterbach, hervorragte. — Jahrhunderte lang florirte die Abtei, bis 1588 während der Truchseßischen Händel ein Haufe Bewaffneter in das stille Thal eindrang, die Abtei plünderte und in Brand steckte. Allerdings ward sie leidlich wiederhergestellt; auch der dreißigjährige Krieg that ihr nicht viel an; leider aber mußte es unserem Jahrhundert beschieden sein, die noch wohl erhaltenen Baulichkeiten durch die bergische Regierung 1810 auf Abbruch verkaufen zu sehen, bei welcher Gelegenheit das schöne Trachyt-Material zum Kanal-, zum Kölner und Weseler Festungsbau weggeschleppt wurde. Die herrlichen Bilder und sonstige Kunstschätze, an denen die Abtei so reich gewesen, wurden nur durch den Kunstsinn einiger Privatleute vor dem Vandalismus der neuen Zeit gerettet und König Ludwig I. erstand davon eine Anzahl, der wir zu München in der Pinakothek begegnen.

Wolfgang Müller von Königswinter.

Imposant ist noch heute der auf Säulen stehende Chor, wie er umgeben von den Gräbern der Aebte und den dicht bewachsenen schattigen Baumgruppen dasteht; ergreifend ist die heilige Stille, die den Besucher hier im Thal umfängt, und der Heisterbacher Mantel ist immer eine der Lieblingspromenaden im Siebengebirge. Von den Gräbern erzählt man, es wandle noch heute einer der Aebte mit langem weißem Bart zur Nachtzeit zwischen denselben, die Gräber zählend, ohne das seinige zu finden, denn erst

„Wenn endlich ganz der Bau zerbricht,
Das ist des Treuen Grab."

Der Löwenburg sei hier noch erwähnt, die freilich als Ruine nur von geringer Bedeutung und von ihrer früheren Herrlichkeit, wie sie dasteht, wenig Kunde mehr gibt. Desto interessanter ist der schattige Waldweg des Basaltberges mit seinen grotesken Schichten von Trachytporphyr und Dolerit und namentlich die Aussicht von der

Königswinter.

Kuppe bis zum Westerwald hinaus, neben welchem sogar bei klarem Wetter der Feldberg des Taunus sichtbar wird. — Auch diese Burg errichtete Erzbischof Friedrich I. wie ihre Nachbarn, wohl zu gleichen Zwecken, um seine Grenze zu schützen, und hier sah er im Jahre 1131 auch sein Sterbestündlein kommen. Von der Familie Sayn kam die Burg an das Haus Sponheim und die von Loën, später an Nassau-Saarbrücken und Jülich-Berg. Man behauptet, Kurfürst Hermann V. von Köln habe hier Zusammenkünfte mit Melanchthon und Bucer gehabt.

Steigen wir, uns von schweißtriefender Gebirgsarbeit zu erholen, zu dem lachenden Strande hinab, der vor allen andern Stätten des Rheins den Dichtern lieb, denn dort links in Unkel weilte Freiligrath gern, in Menzenberg Simrock, drüben in Herresberg G. Pfarrius; das freundliche Königswinter ist die Heimath des kürzlich verstorbenen Wolfgang Müller und weiter hinab in Oberkassel stand Gottfried Kinkels Wiege.

Wir kommen durch das von stattlichen Bäumen beschattete Rhöndorfer Thal nach Rhöndorf, in dessen Villen der Reiche von seinen Sorgen um Verwendung seines Mammon auszuruhen pflegt und in dessen Kapelle ein Grabstein des letzten der gottlosen Drachenfelser steht. Drachen und Todtenkopf waren die Zeichen des edlen Herrn, unter welchen er der Umgegend ein Schrecken gewesen. Ein kurzer malerischer Weg führt uns nach Honnef, dem zweiten Nizza der Müßiggänger am Rhein, dem Buen-Retiro vornehmer oder wenigstens reicher Leute, die sich dort ihre Villen bauen, oder Derer, die dort, vor rauhen Nordostwinden geschützt, Schonung oder Kräftigung ihrer Lungen suchen, namentlich aber Sammelplatz für niederrheinische Familien und für die Touristen, die von hier aus das Siebengebirge durchstreifen und, in dem gastlichen Königswinter ausruhend, von hier aus ihre Rheintour gen Bonn fortsetzen.

Wie reich, wie segenschwer die niederen Gefilde, die uns von jetzt ab zu beiden Seiten anlachen, als wolle der Schooß der Erde hier doppelt geben, was das harte, unerbittliche Gestein versagte! Wehmuth beschleicht den Reisenden, je weiter nordwärts der Dampfer ihn trägt. Sehnsüchtig schaut er zurück, bis allmählig die Berge immer mehr zurücktreten, verdämmern und die Nebelferne sie mit undurchdringlichem Schleier umhüllt.

Kapelle auf Godesberg.

Ruine Godesberg.

Eingang zur Ruine Godesberg.

Die Ufer hier umher haben nicht mehr den Ehrgeiz, mit den Wundern wetteifern zu wollen, die jetzt hinter dem Ausgangsthor des Rhein-Paradieses verschlossen liegen; mit ruhigerem Auge überschaut der Reisende den weiten Plan, durch welchen selbst der Strom sich nur müde dahin zu wälzen scheint. Landeinwärts macht sich noch bemerkbar die Ruine der Burg Godesberg, über Rüngsdorf auf den Rhein hinabschauend, ein überaus malerisches altes Gemäuer, das Erzbischof Dietrich I. im Jahre 1210 von dem Gelde, das er einem gefangenen Juden als Lösegeld erpreßte, erbauen ließ. Saat und Ernte sind der einzige Wechsel, der uns auf beiden Ufern des Rheins noch umgibt, und die Stromgegend selbst schickt sich an, in den Charakter der niederländischen Ebene überzugehen, bis uns zwischen Hügeln und lieblichem Grün die Thürme des Münsters von Bonn entgegen schauen.

Wenn der Dampfer an den schönen Gartenanlagen am Ufer dieser Stadt vorüber rauscht, ahnt Niemand, daß er sich vor der alten Römerstadt Bonna, der Castra Bonnensia befindet, von der uns schon Tacitus spricht. Auch Bonn soll von Drusus begründet sein, doch ist das unerwiesen, wie die Ansicht, daß hier die Ara Urbiorum gestanden. Schon vor Ankunft der Römer befand sich hier eine celtische Niederlassung, neben welcher ursprünglich die fünf römischen Legionen ihren Standort errichteten. Wahrscheinlich gingen beide in einander auf. Ebenso wenig ist erwiesen, daß Drusus hier eine Brücke über den Rhein geschlagen, während man eher annehmen darf, daß Cäsar hier bei Wichelshof 55 v. Chr. den Rhein überschritten. Von der ersten römischen Zeit kennt man nur die Ziffern der Legionen, die hier gestanden, weiß man auch nur von dem siegreichen Treffen, welches Claudius Civilis, der Bataver, 70 n. Chr. den Römern lieferte. Durch die Alemannen zerstört, wurden die Befestigungen 357 unter Julian wieder hergestellt, doch später abermals durch Hunnen, Franken und Normannen wieder verwüstet. Daß die Mutter Konstantins, die am Rhein viel genannte

Kaiserin Helena, schon um 316 das Münster gegründet, ist nicht wahrscheinlich, doch soll unter Konstantin an seiner Stätte bereits eine Kirche gestanden haben, auf welcher wohl das Münster errichtet sein mag. — Jedenfalls war Bonn schon im dreizehnten Jahrhundert zu einer Blüthe gekommen, daß Erzbischof Konrad von Köln dem Orte Stadtrechte gab und ihn befestigte. Sein Nachfolger Engelbert sollte den Nutzen davon haben, als die Kölner ihn davonjagten und er hinter den Mauern Bonn's seinen Schutz suchen konnte. Der erzbischöfliche Hof, hieher verpflanzt, war für Bonn natürlich ein großer Segen; die Bürger, zum Städtebund gehörend, machten gute Geschäfte; am Hofe ging es oft lustig zu und Bonn stand sich gut dabei, wenn ihm die kriegerischen Wirren später auch wieder manchen Schaden brachten.

Unaufgeklärt ist dabei Eins geblieben, nämlich daß Bonn unter dem erwähnten, von Köln vertriebenen Erzbischof, wie dessen Grabmal besagt, nicht Bonn, sondern Verona hieß, wie auch das älteste Stadtsiegel besagt. Vielleicht indeß hieß nur die römische Festung Bonna und die eigentliche Stadt trug den Namen Verona, unter welchem sie auch in Meister Hagen's Reimchronik figurirt. Auch unter dem Namen Bern findet man zu jener Zeit die Stadt erwähnt und in der That hatte dieselbe den Löwen Dietrichs von Bern in ihrem Wappen.

Bonn. Beethoven's Denkmal.

Als Erzbischof Gerhard, Graf von Truchseß-Waldburg, zur evangelischen Religion überging und in Acht erklärt ward, blieb auch dies natürlich nicht ohne Bedeutung für Bonn. Von den Spaniern belagert, ward die Stadt diesen durch Verrath überliefert. Die Anhänglichkeit an den Bischof mußte sie schwer bezahlen; Gerhard's Feldherr Martin Schenk überrumpelte die Stadt, entriß sie dem neuen Erzbischof wieder und wehrte sich tapfer gegen die Belagerer, den Herzog von Croy und Verdugo, bis ihn Brand und Hunger zur Kapitulation nöthigten, und jetzt kühlte der neue Erzbischof seinen Zorn an der Bürgerschaft. Auch der dreißigjährige Krieg brachte neue Leiden und im Jahre 1689 belagerte wiederum Kurfürst Friedrich III. die Franzosen, die sich in Bonn festgesetzt und nach fast gänzlicher Zerstörung durch Bombardement und Stürmung die Stadt übergeben mußten. — Langsam erholte sich Bonn, um jedoch nur neuen Prüfungen unterworfen zu werden. Im spanischen Erbfolgekriege nämlich hatte Kurfürst Joseph Clemens von Baiern die Stadt den Franzosen eingeräumt und abermals wurden diese durch Marlborough und den holländischen General Coehorn oder Kuhorn zum Abzug gezwungen, dessen furchtbarer Artillerie die Wälle nicht zu widerstehen vermochten. Der Volkswitz heftete sich an dieses Städtezerstörers Thaten und erzählt: Jericho's Mauern seien durch Posaunen, die von Bonn aber durch ein Kuhhorn umgeblasen. Bonn blieb in den Händen der Holländer, bis kurfürstliche Truppen es wieder besetzten, die Wälle 1717 geschleift wurden und der luxuriöse Erzbischof Joseph Clemens von Köln den Grund zu dem Schloß legte, dessen Bau mit dem der Schlösser Poppelsdorf und Brühl sein Nachfolger Clemens August I. fortsetzte. Im Jahre 1777 ward sogar von Maximilian Friedrich schon eine Akademie gegründet, die 1784 zur Universität erhoben wurde. Da aber brachen von Frankreich die Mordbrennerhorden von Neuem über Deutschland herein; Bonn sank zurück, es ward französisch durch den Lüneviller Frieden und kam erst 1814 durch den Wiener Congreß an Preußen. — Das war der Moment, wo Bonn, einer neuen und sichereren Zukunft entgegen gehend, die erste Stufe betrat, die es zu seiner heutigen Bedeutung führen sollte. Friedrich Wilhelm III. gründete die Universität im Jahre 1818, die in den Räumen des Schlosses eröffnet wurde; die Stadt dehnte sich aus, der Baufleiß gab ihr ein verjüngtes Gepräge und aus allen Gauen zogen die Söhne Deutschlands herbei, um die Weisheit all' der Männer von zum Theil glänzenden Namen zu hören, welche als Lehrer hieher berufen wurden.

Bonn's Universität ward eine der ersten Pflanzstätten deutschen Wissens, das an ihr durch achtzig Professoren, Privatdocenten und Lehrer gepflegt wird; sie ward auf's Reichste dotirt und das Gebäude mit seinen Räumen für die Collegien, die Bibliothek, das physikalische Kabinet, die klinischen Anstalten, die Kunstsammlungen ist eins der schönsten unter allen. Bonn's Ruf führte auch in den Zöglingen die glänzendsten Namen junger Fürsten und der edelsten Familien herbei; unter den Lehrern strahlten die herrlichsten Namen wie Niebuhr, Schlegel, Arndt, Dahlmann, Johannes Müller, Ritschl, Simrock, Kinkel, welche hier die Lehrer regierender Häupter waren und als Gelehrte, Schriftsteller und Dichter sich Unsterblichkeit erwarben.

Der Wohlstand der Stadt wuchs von Jahr zu Jahr durch das mächtige Aufblühen der Universität, ihre herrliche Lage aber trug in jüngerer Zeit noch ein anderes Element herzu, das wesentlich zu diesem Flor mit beiträgt: Bonn wurde zur Colonie zahlreicher englischer Familien, denen die Rheinufer überhaupt zur zweiten Heimath geworden, es siedelten sich nicht nur aus Deutschland, aus allen Welttheilen wohlhabende oder reiche Leute hier an, deren Bedürfniß nach luxuriöser Häuslichkeit schon neue elegante Stadttheile schuf, und wer heute die Promenaden der schönen, modernen Stadt durchwandelt, ist weit entfernt zurückzudenken, daß hier einst die Baracken der Marketender der römischen Legionen und ihres ganzen kriegerischen Trosses gestanden.

Bonn. Arndt's Denkmal.

Auch uns ist eine Promenade durch die Stadt nothwendig, zunächst zum Münster, einem großartigen, aus Tuff im romanischen Uebergangsstyl errichteten Baudenkmal aus dem elften bis dreizehnten Jahrhundert, das wahrscheinlich auf der Stätte erbaut, an der schon unter Konstantin sich hier ein Gotteshaus erhob. Von der Geschichte des Münsters ist nicht viel Bestimmtes zu erzählen. Es wurden in demselben zwei Könige (Philipp der Schöne und Karl IV. von Böhmen) gekrönt, vier kölner Erzbischöfe begraben, darunter Engelbert II. und Ruprecht von der Pfalz.

Vor der Kirche erhebt sich das von Hähnel in Dresden modellirte, von D. Burgschmied in Nürnberg gegossene Bronzedenkmal Beethovens, dessen Wiege nicht, wie die Steintafel eines Hauses in der Rheinstraße besagt, in jener Nr. 7, sondern in der Bonngasse Nr. 20 stand, wo wir seit vier Jahren ebenfalls einer Gedenktafel begegnen. Ein anderes, nicht minder interessantes Denkmal erhebt sich auf dem „alten Zoll", einer ehemaligen Bastion am Rhein. Es ist dem alten Arndt gewidmet und 1865 errichtet. Eine Gedenktafel an einem kleinen Hause erinnert uns auch, daß P. J. Lenné im Jahre 1789 hier geboren ward.

Die säugende Mutter nicht nur der wissensdurstigen deutschen Jugend, sondern auch der Stadt selbst ist die Universität in dem ehemaligen kurfürstlichen Schloß, von so bedeutendem Umfang, daß das Gebäude fast die Südseite des Ortes einnimmt. Ihre Geschichte kennen wir bereits in großen Zügen. Von der Universität führt uns die

Bonn. Allee nach Poppelsdorf.

bekannte Allee nach dem Poppelsdorfer Schloß, ehemals Clemensruhe geheißen. Es ist dasselbe, von welchem schon die Rede gewesen; Joseph Clemens legte den Grundstein 1715 und Clemens August vollendete es im Jahre 1746. Friedrich Wilhelm III. überwies das Schloß der Universität für ihre naturhistorischen Sammlungen; der reiche botanische Garten hier ward erst 1820 angelegt. Noch neueren Datums ist die 1847 eröffnete landwirthschaftliche Akademie gegenüber.

In kurzer Entfernung von Poppelsdorf liegt der Kreuzberg, ein Wallfahrtsort, mit seiner im Jahre 1627 an Stelle der Waldkapelle errichteten Kirche und dem ehemaligen Kloster der Serviten; interessant durch das reiche Portal, das nichts andres als die Front des Palastes des römischen Landpflegers Pontius Pilatus vorstellt und uns die Leiden Christi verbildlicht. Gegen dreißig Stufen führen in dem Kirchen-Vorbau über die heilige Stiege, eine Marmor-Nachahmung der scala santa im Lateran, die von den Andächtigen nur knieend passirt werden darf. Ehedem zeigte man hier auch eine Sammlung wunderlicher Heiliger, nämlich die mumienartig conservirten Leichen verstorbener Serviten-Mönche, von denen die älteste über zweihundert Jahre alt sein sollte und jetzt wohl noch älter geworden ist. Die zahlreichen Klöster und übrigen Wallfahrtsorte der Umgegend von Bonn zu erwähnen würde hier kaum möglich sein, dahingegen sei noch die Jesuitenkirche um der Simrock'schen Sage willen erwähnt, die den Teufel einst in Gesellschaft des Windes hier vorübergehen ließ. Der Teufel bat bei dieser Gelegenheit seinen Begleiter, er möge einen Augenblick draußen warten, er habe in dem Hause etwas zu besorgen. Der Teufel aber soll noch heute wieder kommen und so wartet denn der Wind draußen noch immer auf ihn.

Charakteristisch an und in Bonn ist nicht nur das akademische Leben, das natürlich und wohl vielfach in Jugendmuth übersprudelnd hier obwaltet wie in jeder Universitätsstadt. John Bull mit seinen blonden Mißes hat hier ein befestigtes Lager aufgeschlagen, von welchem aus er seine oft etwas spleenigen Legionen rheinaufwärts sendet. Man sieht ihn überall, an den Gasthaustafeln, in den Hôtelgärten, die Beine auf den Stühlen, das Gesicht in der „Times" vergraben; an den Ufern des Stroms in unverwüstlicher Geduld die Angel in der Hand, auf schlanken Regatta-Böten, mitten zwischen den gefährlichsten Strudeln des Rheins und mit flatternden Bart-Coteletten unter dem Zeltdach der Dampfer. Er ist der unvermeidliche „Pilger des Rheins" und seine Winterstationen sind eben Wiesbaden und Bonn; aber vergebens sucht man an beiden seit lange das Ideal aller Oberkellner und Portiers, den „englischen

Bonn. Von R. Püttner.

Bonn. Kirche auf dem Kreuzberg.

Lord". Der Rhein ist so schön und die Hôtels sind so theuer geworden, daß ihre Preise selbst ihm imponiren würden, aber den „Lord" bringt Keiner uns wieder! — Es lebt sich so schön in Bonn, der heiteren Musenstadt, in der trotz all' der Summe von Gelehrsamkeit, die da beisammen ist, das wirkliche Studiren mit jedem Jahre wohl schwieriger werden mag, je mehr die modernen Phäaken des Spazier- und Müßiggangs die alte ehrwürdige Bonna mit ihren Villen umzingeln. Wir aber, lieber Leser, müssen weiter! Den Eindrücken hingegeben, welche das Wunderthal des Rheins auf uns gemacht, sitzen wir wieder unter dem Zeltdach des Dampfers. Glatt und ruhig ziehen an uns zu beiden Seiten die Ufer vorüber; kein Fernrohr des Nachbarn stört uns; keiner der Passagiere springt vor uns auf, um uns neugierig mit seiner Breitseite die Aussicht zu sperren. Der Sonnenschein liegt träge auf dem Strom und den üppigen Triften und immer weiter zurück tritt vor uns das sogenannte Vorgebirge.

Nur ein Punkt, der nach allen Richtungen hin das ganze Thal von Bonn beherrscht, weckt näher rückend unsere Aufmerksamkeit, jene Felsenhöhe auf dem rechten Ufer, welche einst die schöne Abtei Siegburg trug und unter der die geschäftigen Leute auf der Eisenbahn dahin brausen, ohne ihr wohl die nöthige Aufmerksamkeit zu widmen.

Auch dort oben, wo gegenwärtig der Staat die Unglücklichen beherbergt, die das Schicksal in geistige Nacht gebannt, auch dort in jener ehemaligen Vogtei hauste einst ein Ungeheuer und zwar in Menschengestalt, der Beherrscher des Mayfeld- und Auelgau, Pfalzgraf Heinrich der Wüthende.

Die Geschichte der Burg, die einst hier in der Nähe der aus ihren Bergen dem Rhein zueilenden Sieg gestanden, ist in Dunkel gehüllt; ihren Namen Sigiberg trug sie nach den Sigambern, auf deren Boden sie stand. Die ersten historischen Nachrichten aus dem elften Jahrhundert knüpfen sich an den eben genannten Unhold, der in Zank um Grund und Boden mit dem Erzbischof Anno oder Hanno II. von Köln in Fehde gerieth, in des Letzteren Land einfiel, Alles vor sich niedermetzelte, die Ortschaften in Brand steckte und die armen Bewohner flüchtig nach Köln jagte. — Der Erzbischof that den finstern, in seinem Blutdurst unersättlichen Pfalzgrafen in Bann. Heinrich, dem es in der

An der Sieg.

Acht doch bange werden mochte, that Abbitte, schenkte dem Bischof Siegburg als Sühnopfer und ging in's Kloster, erschien aber sehr bald wieder, sammelte ein neues Heer und überfiel abermals das Erzstift. Kaum aber stand er den Mannen des Erzbischofs bei Kochem an der Mosel gegenüber, als er mit seiner Gattin, die das ebenfalls abgelegte Klostergelübde nicht brechen wollte, in Zank gerieth, diese erschlug und dann mit lautem Gelächter zu seinen Kriegsleuten hinaus lief, um ihnen von seiner That zu erzählen. Sein Heer gerieth darob in Unordnung und Auflösung. Heinrich ward ergriffen und wiederum in's Kloster gesperrt, wo er unter strenger Ueberwachung sein düsteres Leben beschloß.

Erzbischof Anno, um die Stätte, wo Heinrich gehaust, von dem Fluch seiner Unthaten zu reinigen, machte aus der Siegburg ein Kloster, wie die Sage meldet, nachdem ihm ein Engel erschienen, der ihm gerathen, auf jenem Felsen sein Grab zu bereiten, da sein Ende nahe sei. Nach einer anderen Sage erschien zur Sühne über der Siegburg eines Tages ein großes goldenes Kreuz am Himmel, das der Bischof für eine Mahnung Gottes hielt. So ward denn der Bau der Kirche und der Abtei um 1064 begonnen und wenige Jahre später schon eingeweiht. — Kaum zehn Jahre danach ward Erzbischof Anno, der diese Stätte zu seinem bevorzugten Aufenthalt gemacht, im Kloster hier begraben. Die Urtheile der Zeitgenossen dieses Mannes sind widersprechend. In Köln hieß man ihn den „Augenausstecher", weil er wirklich mit grausamer Härte diese Strafe hatte anwenden lassen, dahingegen berichtet der Probst Zöllner von Siegburg etwa hundert Jahre nach Anno's Tode, dieser Mann sei so fromm und gottesgefällig gewesen, daß er vierhundertunddreißig notorische Wunder verrichtet, wozu von seiner und unserer Seite gewiß ein starker Glaube gehört.

Die Abtei ward inzwischen mächtig an Einfluß und Gütern, reich beschenkt vom Adel und dem Kaiser, so reich und mächtig, aber auch so habgierig, daß sie zu Händeln mit dem Erzstift Veranlassung gab, dem der mit reichsunmittelbaren Vorrechten begünstigte Abt von Siegburg schon längst zu übermüthig geworden. Nach mancherlei Hader und unter dem Druck der Kriege ging dann diese Reichsunmittelbarkeit im Jahre 1676 müde zu Ende und mit ihr waren auch die starken Festungsmauern, hinter denen die rauflustigen, in ihrer Zahl nach und nach bis auf zweihundert angewachsenen Mönche Allem Trotz zu bieten versucht, vor den neuen Kriegswaffen zusammengebrochen. Die Abtei kam an Jülich-Berg. Was noch von dem alten Stolz übrig geblieben, rasirten die französischen Revolutionstruppen. Friedrich Wilhelm III., der Stifter von Bonn's Universität, übergab die noch vorhandenen großen Baulichkeiten dem edlen humanen Zweck, dem sie noch heute als Irrenanstalt dienen.

Daß auch die Mönche von Siegburg nicht nur dem Herrn dienten, bewies der Umstand, daß bei Aufhebung der Abtei noch eine Wein-Schuld zu bezahlen war, um deren willen man die zu Siegburg gehörige Abtei Altenburg den Gläubigern abtreten mußte, und dabei pflanzten die Mönche noch selber Wein, der also ihrem Durst nicht genügen mußte! So kläglich ging die einstige Herrlichkeit zu Ende!

Zwei Sagen knüpfen sich vornehmlich an Siegburg und den in der Nähe liegenden Wolsberg, beide freilich nur Wiederholungen oder Nachahmungen. Der Volksmund liebt es ja, bestehende Sagen in ihm zunächst liegende Oertlichkeiten zu verlegen, wenn ihm diese geeignet erscheinen. — Auch der erste Abt von Siegburg, der heilige Erpho, soll wie jener junge Mönch in Heisterbach sich über die Stelle des Psalm: „Tausend Jahre sind dem Herrn wie eine Nachtwache," den Kopf zerbrochen haben, mit welchem Erfolg, ist unbekannt. Im Wolsberg hingegen sitzt in einer Felsenhöhle wie im Kyffhäuser schlafend auf einem Steinblock ein greiser König mit langem Bart, beide Hände auf den Griff seines gewaltigen Schwertes gestützt. Vor den Ausgängen der Höhle liegen geharnischte Ritter schlafend, neben ihnen stehen reich geschirrte Streitrosse, die ungeduldig den Boden stampfen. Diese Ausgänge des Felsens öffnen sich alljährlich zwischen zwölf und ein Uhr in der Walpurgisnacht, und wer will, kann dann eintreten. Wirklich soll ein Jägersmann hiezu den Muth gehabt haben. Als er vor den greisen König trat, erhob dieser schlaftrunken das Haupt und fragte: Fliegt die Elster noch um den Berg? — Der Jäger antwortete: ja! denn er hatte den Vogel fliegen gesehen. Da erhob sich der König, die schlafenden Ritter standen mit ihren Harnischen und Schwertern rasselnd auf, die Rosse stampften und wieherten — den Jäger aber ergriff ein Grauen; er floh entsetzt hinaus. Mit Donnern schlossen sich die Felsen hinter ihm zu, und von der benachbarten Kirche schlug es ein Uhr. — — —

Hier in Siegburg, vor der Schwelle des „heiligen Köln", schlägt auch mir eine Stunde, die mich gemahnt, daß meine Aufgabe zu Ende. Ich übergebe dich also, lieber Leser, der bewährten Führung meines verehrten Freundes und Kollegen F. W. Hackländer, sage dir Lebewohl, um heimwärts zu ziehen zum schönen Mittelrhein, und grüß unterwegs von dir alle die lieblichen Stätten, die wir zusammen durcheilt.

Abtei Siegburg.

Köln aus der Ferne.

Das heilige Köln.

Wappen von Köln.

Wir sind vorüber dem stattlichen Kreise der herrlichen sieben Berge, dem schönsten Punkte des Rheins mit seinen weitausblickenden Höhen, seinen heimlichen Thälern, und wenden uns nach Norden, wo der breite Strom nicht mehr eingeengt, zwischen flachen Ufern dahinzieht, die Sturm- und Drangperiode seiner Knaben- und Jünglingsjahre überwunden hat, um geschäftlich und hausväterlich nach dem Stande des Roggens und des Waizens umzuschauen, sich über die Vermehrung der hohen rauchenden Schornsteine, sowie der dahinbrausenden Bahnzüge zu freuen und wohlgefällig den Zuwachs an Schiffen vor den reichen und gewerbthätigen Handelsstädten zu bemerken.

In der Erinnerung an das felsige Stromthal, das wir gestern noch durchzogen, blicken wir erstaunt um uns her und finden die ganze Landschaft wie durch einen Zauberspruch plötzlich verwandelt. Eine unabsehbare Ebene dehnt sich vor uns aus, gegen Osten haben sich der Taunus, der Westerwald, das Sauerlandgebirge scheinbar zurückgezogen und gegen Westen bilden Hunsrück, Eifel, hohe Venn und Ardennen mit jenen einen gewaltigen Halbkreis, dessen Fuß einstens von den Wogen des Oceans bespült wurde, in den die wilden Bergwasser von allen Seiten hineinstürzten, im Laufe von Jahrtausenden Ablagerungen bildend, die sich nach und nach zu jener weiten und fruchtbaren Ebene verdichteten, durch die heute der Rhein fließt.

Eine gewaltige, von zwölfhundert bis über zweitausend Fuß breite und zehn bis fünfzig Fuß tiefe Wassermasse wälzt der Niederrhein auf der ganzen Strecke seines Laufes mit einer majestätischen Ruhe dahin, fällt dabei

Blick auf Köln vom jenseitigen Ufer. Von R. Püttner.

Deutz.

von nur hundertfünfzig Fuß über dem Meere zum holländischen Delta hinab, ganz allmählig ohne alle Absätze, ohne alle Katarakten und Stromschnellen, weil sein Flußbett hier auf dem angeschwemmten Boden nirgend mehr von Felsen durchsetzt wird. Während er auf seiner rechten Seite noch die bedeutenden Zuflüsse der Sieg, Wupper, Ruhr und Lippe in sich aufnimmt, empfängt er auf der linken Seite bis nach Holland hin mit einziger Ausnahme der etwas stärkeren Erft nur ganz kleine Bäche, wobei der herrliche Strom mit seiner gewaltigen Vergangenheit zum Schlusse noch das Unglück hat, beim Eintritt in das vom Meere gleichsam nur begnadigte oder von Menschen durch künstliche Umdammung dem Meere abgezwungene Holland — daher „das hohle Land" — seinen ehrlichen Namen zu verlieren und nur in einem traurigen Bächlein den Ocean zu erreichen, während sich fremde Flüsse in die gewaltigen Fluthen des deutschen Stromes theilen und auf diesem Raube stolze Schiffe dem Meere zuführen.

So geht denn der gewaltige urdeutsche Strom als solcher verloren, und des Rheines stolze Wassermassen gelangen nur jusqu'à la mer, wie es zum Schaden den Spott fügend in der Wiener Congreßacte von dem der freien Schifffahrt hier vorgeschobenen diplomatischen Riegel hieß, eine Beschränkung, die übrigens heute wenig oder gar nichts mehr zu bedeuten hat und uns wahrlich nicht das erhabene Gefühl verkümmern soll, das jedesmal unsere Brust schwellt, sobald die Berge des Mittelrheins hinter uns verblaßt sind und wir hinausschauen in jene unabsehbare Ebene des Niederrheins, die weiten Lande mit den goldenen Fruchtfeldern und den saftigen Wiesen, von denen uns kräftige braune Heerden entgegenbrüllen, wo reiche Bauernhöfe halbversteckt zwischen den mächtigen Stämmen der sie umgebenden Eichen und Buchen liegen, wo Dörfer und Städtchen in reizender Abwechslung mit Villen, Kirchen und Klöstern die Landschaft schmücken und wo neben neuen zierlichen Bauten auch die alten Zeiten in grauen Burgen, in verwitterten und gebrochenen Thürmen, in heute noch stattlichen Brücken ihre lebendig redenden Spuren hinterlassen haben.

So liegen die Länder des Niederrheines vor uns, ein gigantisches, reichillustrirtes Werk, dessen Zeichnungen uns Seite um Seite, zuerst die Schöpfungsgeschichte des Bodens selbst nachweisen, dann die noch unförmlichen Fuß-

Köln. „Am Thürmchen“.

stapfen seiner ersten Bewohner und Eroberer, bis sich die römische Kultur in Kastellen, Thürmen, Brücken und Wegen schon zierlicher einschrieb, genau die Punkte bezeichnend, wo aus jenen Vesten die heute noch blühenden volkreichen Städte entstanden. Dann sehen wir wieder andere Jahrhunderte ihre immer kostbarer werdenden Spuren hinterlassen, die fränkische und deutsche Kaiserzeit in starren, trotzigen Burgen, in jenen Schlössern und Pfalzen, deren gewaltige Trümmer wir anstaunen, und endlich in der Pracht christlicher Dome, Münster und Kirchen, wie sie uns heute noch als das Herrlichste erscheinen, was der menschliche Geist zu schaffen im Stande ist. Und weitere Blätter schlagen wir um, sehen, wie die alten Städte wachsen, sich mit festen Mauern umgeben, in deren Kreis die Bürger und Geschlechter auf einander losschlagen oder sich zusammen gegen ihren sogenannten Schirmherrn verbinden.

Von all' diesem wilden kriegerischen Städtelärm ebensowohl, als von jener Zeit der Raubritter und altadeligen Wegelagerer bemerken wir auch heute noch die deutlichsten Spuren, doch ihre Zeit ist um, heute ist hier Herr — der Dampf. Denn wohin wir schauen, sehen wir ihn in rastloser Thätigkeit, sehen wir ihn aus unzähligen Schloten und Röhren hastig athmend aufzischen, sehen, wie er hier Millionen Spindeln treibt, dort riesige Dampfhämmer, wie er hier Maschinen der verschiedensten Art in Bewegung setzt, dort auf dem Strome die Räder des schlanken Dampfers treibt und nebenher am Ufer die eilige Lokomotive bewegt. — Und der Reichthum dieses gesegneten Niederrheins liegt gerade darin, daß sich Alles so wunderbar vereinigt findet, daß die Erze in dem unerschöpflichen Boden brüderlich neben der Kohle ruhen, daß zwischen den großen, gewerbreichen Fabrikstädten meilenweite Fruchtfelder eine wahre Kornkammer bilden, daß auf unabsehbaren Triften die Schafheerden bereit stehen, um sich für einen guten Theil der Wollfabrikation geduldig scheren zu lassen, und daß mitten durch diese ganze Herrlichkeit die Verkehrsader des gewaltigen Stromes fließt, Boote und Segelschiffe, kleine und große Dampfer unabläßig von Ort zu Ort tragend.

Ob wir nun den Ufern des Rheines entlang zu Fuß wandeln wollen, oder einen der zahlreichen Dampfer besteigen oder mit der Eisenbahn fahren, die auf beiden Ufern dahinbraust, bleibt uns gänzlich überlassen und schlage

Köln. St. Gereonskirche.

ich dem geneigten Leser darin eine angenehme Abwechslung vor, die es uns bald erlaubt, weite Strecken auf den eisernen Schienen zu durchfliegen, bald interessantere Orte, Städtchen und Städte vom Flußufer aus zu betrachten.

Zunächst benützen wir den Schnellzug von Bonn nach Köln, um die unmalerische, einfache Gegend zwischen diesen beiden Städten zu durchfliegen. Eine Hügelkette, das sogenannte Vorgebirge, begrenzt die Aussicht nach Westen und verliert sich in stets kleiner werdenden Hügeln nach der Ebene hin; doch braust der Bahnzug in der Mitte der Strecke zwischen beiden Städten durch eine prachtvolle schattige Oase, Brühl, mit seinem großartigen Schlosse inmitten des herrlichen Parkes voll riesiger Bäume, weiter Rasenplätze und stiller Seen. Aber nicht allein das stille, unbewohnte Schloß fesselt unseren Blick, wir betrachten auch die reizenden Villen reicher kölner Bürger, die mit ihren hellen Gebäuden, umrankten Veranden, mit ihren Terrassen und Balkonen eilfertig an uns vorüberhuschen, ja es gelingt uns, eins dieser zierlichen Gebäude mit längerem Blicke festzuhalten, einen Gruß hinüberzuwerfen nach dem sonnbeglänzten Garten, wo wir einen ältern Herrn erblicken, der mit Behagen vor einem Marmorbilde steht. — Vorüber — schon ist Garten und Haus unserem Blick entschwunden, aber nicht unserer Erinnerung, denn während wir uns in die Ecke des Wagens zurücklehnen, erscheint vor unserem inneren Blicke eine heiße Sommernacht, wo wir dort auf der Terrasse bei ausgezeichneten Weinen und noch ausgezeichneteren lieben Freunden saßen. Dieser Traum führt uns auch in längst vergangene Zeiten zurück, wo wir zum erstenmale die Ufer des Rheines abwärts befuhren, nicht auf den eisernen Schienen, deren es damals noch keine gab, sondern auf dem Decke eines der weißgrünen Dampfer, wo wir jubelnd den Hut schwangen beim Anblick des alten heiligen Köln, das man von der Stromseite aus sehen muß, um die majestätische, wahrhaft erhebende Ansicht der alten Stadt recht zu würdigen und bewundernd anzustaunen. Scheint doch selbst der Vater Rhein wohlgefällig vorbeizufließen an der weiten Krümmung, welche hier das Ufer bildet und an dem sich die Stadt sanft ansteigend erhebt, Häusermassen über Häusermassen zeigend, langgestreckte Dachflächen und gezackte Firste, Haufen kleiner Gebäude, unterbrochen durch massige Bauwerke, überragt von Kuppeln und Hunderten

Köln. Rathhaus.

von Thürmen, die aber alle wieder einem einzigen Punkte zum Relief zu dienen scheinen, dem majestätischen Dome, der mit seinen Tausenden von Spitzen und Zacken, seinen mächtigen Strebpfeilern, seinen leuchtenden Fenstern, umspielt vom Sonnenlichte, wie ein riesiges Juwel erscheint, hoch erhoben über alles ihn Umgebende und so von weiter Ferne schon die bewundernden Blicke auf sich ziehend.

Wie eine drohende Schildwache empfängt uns am Anfange dieses gewaltigen Stadtbildes der um's Jahr Zwölfhundert im romanischen Styl erbaute viereckige zinnengekrönte Bayenthurm. Er bildet den Anfang der noch gut erhaltenen mittelalterlichen Ringmauer der Stadt, die mit tiefen breiten Gräben und ausgezeichnet schönen Thorthürmen,

Ansicht von Köln. Von L. Ritter.

Am Hafen in Köln.

worunter besonders das Severinsthor und Gereonsthor, Köln in einem Halbkreis umfassen, dessen gerade Sehne der Rhein bildet, auf dem nun unser Dampfer mit verminderter Kraft dem Hafen zufährt, wodurch wir Gelegenheit erhalten, das belebte Bild der Rheinseite langsam an uns vorübergleiten zu lassen.

Ueber den alten grauen Festungs- und Zollmauern, die auch hier am Rhein die Stadt von dem Strome sorgfältig absperren und den Verkehr nur durch einige düstere Thore, die meistens Nachts verschlossen werden, gestatten, erheben sich alte und neue Gebäude, mit hellen Fenstern neugierig herüberschauend, hie und da durch spärliches Grün geschmückt, rankende Pflanzen, kleine, mit Lorbeer, vielleicht auch mit einem schüchternen Orangenbaum besetzte Terrassen, meistens ein Wirthshaus oder eine der vielen Restaurationen anzeigend, die, hinter dem ehemaligen Wallgange gelegen, den Rhein auf und ab freie Blicke gestatten.

Zahlreiche Dampfer und andere Boote, die hier nicht weit vom Bayenthurm hinter grünen Bäumen versteckt am Ufer liegen, bezeichnen den Sicherheitshafen und insofern einen interessanten Punkt des Stromgebietes, als eine hier befindliche, in alten Zeiten breit ausgedehnte Insel, deren spärliche Reste wir vielleicht noch als Rheinau gekannt, wohl der erste Ansiedlungspunkt der Gründer Kölns, der alten Ubier, Uferer, war, die, damals schon ein handeltreibendes Volk, an diesem Punkte so viel Schiffe hatten, daß sie sich anbieten konnten, Cäsars ganzes Heer auf die rechte Rheinseite überzusetzen. Auch hatten die Ubier hier, aber auf der rechten Stromseite, ihr National-Heiligthum, ihr dem Teut gewidmetes Tuits — das jetzige Deutz — und zu unserer Linken ihre Ara Ubiorum, gewiß die Vorgängerin des späteren christlichen Doms.

Langsam an der Rheininsel vorübergleitend erscheinen uns jetzt wie mit der obengenannten Mauer verwachsen die großartigen kölner Hôtels, die früher, als der Rhein noch den Hauptfremdenverkehr vermittelte, fast allein tonangebend waren, während in neuerer Zeit großartige Concurrenten in anderen Theilen der Stadt, besonders in der Nähe des Bahnhofes, entstanden sind. Doch hat auf der beziehungsweise schmalen Straße zwischen diesen Rheinhôtels und dem Strome das höchst lebendige Leben und Treiben durchaus nicht abgenommen und glauben wir irrigerweise, es müsse gerade heute etwas Besonderes hier zu sehen sein, was den Strom der Beschäftigten und Spaziergänger gegen den Bayenthurm oder von diesem wieder zurückführt. Es ist ein beständiges Ab- und Zuwogen, das immer dichter wird, je mehr wir uns der Schiffbrücke nähern, wo die Dampfboote anlegen. Kaum begreifen wir, wie sich unser Dampfer durch die Masse von Schiffen durchzuschlängeln vermag, die meistens mit starken Tauen an den Kaien gebunden, oder dort mit schweren Ketten verankert, ein so lebendiges Bild des Handels- und Seemannslebens geben.

Erleichtert verlassen wir den belebten Kai, um einen Gang über die stillere Schiffbrücke zu thun, auf deren Mitte wir einen neuen, noch weiteren Ausblick auf das alte heilige Köln und zugleich auf das am rechten Ufer liegende freundliche Deutz haben. — Musikklänge, die von drüben erschallen, ziehen uns an, und anderen Spaziergängern folgend, befinden wir uns in Kurzem auf dem rechten Rheinufer, in Deutz, einem Vergnügungsorte Kölns, wo die großartigen Gasthöfe Marienbildchen und Prinz Karl mit ihren unmittelbar über dem Strome liegenden schattigen Gärten besonders in den Nachmittagsstunden sehr besucht sind. Militärische Musikbanden spielen abwechselnd, im Römer blinkt der Rheinwein, oder im grünen Kümpchen der Maitrank, und wenn wir vorn an der Mauerbrüstung einen Platz gefunden haben, so erblicken wir die schöne Stadt, sanft vom Ufer aufsteigend, mit ihren Hunderten von Thürmen und Thürmchen in einem gewaltigen Bogen vor uns liegen.

Dort zu unserer Rechten folgt auf der eisernen Gitterbrücke ein Bahnzug dem andern, holländische, düsseldorfer, ober- und mittelrheinische Dampfer legen vor uns am Freihafen an, neben ihnen jene großen Segelschiffe, die direkt vom Meere kommen und die mit ihren hohen Masten und Raaen, mit ihren sich durcheinanderkreuzenden Tauen und Stricken schon in der Jugend unser höchstes Interesse erregten.

Zur Zeit, als der Rhein hier noch in zwei Arme gespalten war, und dadurch eine kleine, ziemlich hohe Rheininsel bildete, bot diese einen so geschickten Uebergangspunkt über den Rhein, daß schon Cäsar, der von der Sambre und Maas herüber kam, im Stande war, hier ohne große Schwierigkeiten in zehn Tagen seine hölzerne Brücke zu schlagen, vielleicht auf demselben Punkte, wo später Konstantin der Große seine steinerne Prachtbrücke über den Rhein baute, indem er erst den kleinen Nebenarm mit einigen Jochen bis zur Insel überspannte und so die Schwierigkeiten des Brückenbaus über den größern Arm leichter besiegte. Auch später, nachdem Bischof Bruno die Konstantinische Brücke aus uns unbegreiflichen Gründen weggebrochen und durch Fährschiffe einer privilegirten Gilde ersetzt hatte, blieb hier doch zu allen Zeiten ein Hauptübergangspunkt über den Niederrhein. Ebenso wie Cäsar und Konstantin ging auch Karl der Große bei seinen Sachsenzügen hier häufig über den Strom, und wie die germanischen Franken, wenn sie in's römische Gallien einbrachen, ebenso umgekehrt die Franzosen bei ihren unzähligen Angriffen auf Deutschland. Für die Wichtigkeit dieses Ueberganges zeugt es auch wohl, daß hier am Niederrhein die erste stehende Eisenbahnbrücke entstand.

Wie uns oben der Bayenthurm als Anfang der Stadt erscheint, so dort unten die eiserne Brücke der rheinischen Bahn als das Ende derselben, aber nur scheinbar, denn unterhalb dieser schweren, unschönen Stromfessel, die sich wie ein plumper Balken über den Rhein legt, zieht sich die Stadt noch ziemlich weit am Flusse abwärts und schließt dann mit mächtigen Festungswerken und Bastionen, tiefen Gräben und schattigen Wallgängen, die eine anmuthige Promenade um die ganze Landseite bilden und „hier am Thürmchen“ zugleich der Uebergang nach den hauptsächlichen Vergnügungs- und Erholungsorten des heutigen Kölns sind.

Wenden wir, bei der Mündung des vortrefflichen alten Sicherheitshafens angelangt, die Blicke zurück und schauen stromaufwärts, so haben wir ein ähnliches malerisches Bild der Stadt und des breiten Stromes mit seinen

Kölner Carneval. Von G. Franz.

langsam ziehenden Segelschiffen und am Ufer geankerten Dampfern. Die hohe Festungsmauer mit ihren gewölbten Thoren bildet einen dunklen Vordergrund, über und neben dem aus zahlreichen Thürmen uns besonders der majestätische Bau der Kirche von Groß St. Martin in's Auge fällt, ein kühnes, gewaltiges und doch mit seinen vier hohen Eckthürmchen zierlich erscheinendes romanisches Bauwerk. Auch tritt die schwere Form der Eisenbahnbrücke hier in der Verkürzung, überragt von den Pfeilerthürmen und flankirt von den beiden bronzenen Reiterstandbildern König Friedrich Wilhelms IV. und Kaiser Wilhelms, etwas gemildert hervor.

Westlich zwischen dem Gereons- und Ehrenthor liegt der große Stadtgarten, mit Baumschulen, Trinkhalle für Mineralwässer und sehr besuchten Restaurationen. Er ist uns aber zu einem Abendspaziergang zu entlegen, weßhalb wir auf der Brücke über die Einfahrt zum alten Sicherheitshafen an schönen Gärten und Villen vorüber nach dem zoologischen Garten wandeln, einer geschmackvollen, vortrefflichen Anlage, deren Thiere in schönen, gesunden, ausgezeichneten Exemplaren, ihren Gewohnheiten und Bedürfnissen angepaßt, auf's Zweckmäßigste untergebracht sind.

Eine kleine Strecke weiter führt uns der Weg nach dem botanischen Garten der Gesellschaft Flora, einer der reizendsten und geschmackvollsten Anlagen ihrer Art, wo sich an schönen Abenden die vornehme Welt Kölns zu versammeln pflegt, wo bei den Klängen einer vortrefflichen Musik Damen in reichen, leuchtenden Toiletten die Wege durchziehen, sich an dem Dufte der ausgedehnten prachtvollen Blumenbeete erfreuen, träumerisch zu schlanken Palmen, Baumfarren, Drazänen und all' den wunderlich geformten Gewächsen und saftig grünen Blattpflanzen aufschauen, die malerisch gruppirt, hier im Norden die ganze prachtvolle Scenerie südlicher Landschaft entfalten und die uns oft ganz eigenthümlich berühren, besonders wenn von dem Garten, den wir soeben verlassen, dumpfes Löwengebrüll herüberschallt.

Leider ist es uns nicht vergönnt, hier lange zu bleiben, und wir begeben uns den schattigen Promenaden des Thürmchen- und Gereonswalls entlang, bei welch' letzteren wir sogar einen Nachtigallengraben berühren, zum Gereonsthor, um durch dies großartige, kastellähnliche, uralte, mit romanischen Anklängen und gothischer Ausschmückung verzierte stattliche Gebäude in die Stadt zu treten. Von dem Straßenleben derselben erhalten wir hier in dem Labyrinth von unter der Last zahlreicher Fuhrwerke hallenden Thorgewölben, gewundenen Wallgängen, dröhnenden Brücken schon einen kleinen Vorgeschmack und es ist namentlich zu gewissen Tageszeiten mühsam, durch diesen Strom von Menschen, Thieren aller Art, zwischen Reitern und Equipagen, zwischen schweren Lastwagen und jenen bekannten, hier am Niederrhein gebräuchlichen Gemüsekarren mit nur zwei hohen Rädern, den ungestörten Eingang zu gewinnen. Angenehmerweise finden wir hinter dem Gereonsthor auf unserem Wege nicht sogleich eine Fortsetzung dieses lärmenden Verkehrs, da wir uns nach dem beziehungsweise stillen, mit Bäumen bewachsenen Platz bei der Gereonskirche begeben, um diese originelle mittelalterliche Kirchenanlage zu betrachten, an deren ältestem Theile, einem Rundbau, sich unzweifelhafte Spuren römischen Ursprungs nachweisen lassen, während das zehneckige Schiff gothisch und der langgestreckte Chor romanisch ist. Jahrhunderte lang wurde daran gebaut, hier zugesetzt, dort weggerissen, dem Chor, sowie der Vorhalle Gewölbe eingefügt, die beiden viereckigen Thürme erbaut, und wenn deßhalb St. Gereon heute auch die verschiedenartigsten Baustyle zeigt, ist es doch immerhin eine der interessantesten Kirchen Kölns geblieben; dazu geschmückt mit Sagen aus der ältesten christlichen Zeit, denn zur Erinnerung an die Märtyrer der thebaischen Legion, die mit ihren Hauptleuten Gereon und Gregorius in der großen Christenverfolgung unter Diocletian im Jahre 286 hier für den Glauben starben, soll die Kaiserin Helena, Mutter Constantins des Großen, den ältesten Bau der Kirche haben aufführen lassen.

Was dergleichen Sagen, Legenden und Geschichten anbelangt, so ist wohl keine der alten Städte so damit gesegnet, wie Köln, und wohin wir die Blicke wenden, finden wir Zeugen und Belege dafür, seien es die Ueberreste einer Säule, ein alter Thurm, sei es ein seltsamer Kopf, der von irgend einem hohen Gebäude heruntergrinst, wie der Jabbeck am Rathhause, der bei jedem Glockenschlage das Maul aufsperrt, oder die beiden Pferdsköpfe, welche hoch oben aus dem Fenster eines stattlichen Hauses am Neumarkte heraussehen.

Köln. Apostelkirche.

Der Neumarkt, einer der größten öffentlichen Plätze Kölns, ringsumher mit Baumreihen bepflanzt, auf welchem Mittags die Wachtparade abgehalten wird und der alsdann unter den rauschenden Klängen der Militärmusik, angefüllt mit bunten, flimmernden Uniformen, einen glänzenden Anblick bietet, liegt heute Abend ziemlich menschenleer und still, auf den Laubmassen seiner Bäume spielt der letzte Strahl der Abendsonne, vergoldet die Kuppel der stattlichen Apostelkirche und zeigt uns das prächtige Bauwerk der dreischiffigen Pfeilerbasilika mit den schlanken Eckthürmen und dem viereckigen Hauptthurm im günstigsten Lichte; besonders malerisch erscheinen zwischen dem Grün der Bäume der Chor und die Flügel des östlichen Querschiffes mit ihren großen, runden Absiden, welche mit zwei Reihen Rundbogenblenden und einer darüber hinlaufenden Zwerggallerie verziert sind.

Wir benützen das scheidende Tageslicht, um der nahen Kirche von St. Peter noch einen kurzen Besuch zu machen, welche als Altarblatt eines der bedeutendsten Werke von Rubens, die Kreuzigung Petri, besitzt. Inzwischen ist der Abend hereingebrochen, und da wir keine Zeit für geeigneter halten als die der eingetretenen Dämmerung, um unsern Zauberstab zu schwingen und hier auf dem Neumarkte plötzlich ein anderes Bild erscheinen zu lassen, so bitten wir, diese Phantasie zu entschuldigen und uns gläubig zu folgen, wenn wir aus dem warmen, dunstigen Sommerabend plötzlich in einen heiteren, klaren Wintermorgen übergehen, die Bäume mit unbelaubten Aesten zeigen, leichten Schnee auf den Dächern rings umher und den weiten Platz mit dem malerischen Treiben des beginnenden Carnevals erfüllt, der hier auf dem neuen Markte am Rosenmontag des Faschings seinen Anfang nimmt.

Köln. Gürzenich.

An der östlichen Seite des Platzes sehen wir eine Tribüne aufgeschlagen, mit weiß und rothen Fahnen dekorirt, und mit den Farben aller der Städte geschmückt, die gesonnen sind, ihre Deputation zur Geckenversammlung zu entsenden. Hier thun die kölnischen Funken, die alte Stadtgarde, so benannt von ihren hochrothen Uniformen, die Ehrenwache und der Posten vor dem Gewehr, der vor der Tribüne steht, hat seine alte Muskete neben sich an das Geländer gelehnt und strickt an einem ungeheuren Strumpfe. Nicht weit davon sehen wir das Hauptquartier der Funken, ihre Wachtstube, ihr Arrestlokal, die Marketenderin mit ihrem Esel und den Kommandanten dieser alten, ehrwürdigen Schaar auf einer Trommel sitzend und ein kleines Frühstück zu sich nehmend.

Von allen Kirchthürmen hat es zehn Uhr geschlagen, die Stunde, wo sich sämmtliche Züge aus allen Theilen der Stadt zu ihrer Vereinigung nach dem Neumarkt in Bewegung setzen; nachdem die Aufmerksamkeit der jetzt hier schon versammelten Menschenmenge durch gellendes Hurrah oder den Ruf aus allzeit fertiger Kehle „Do kütt gett" schon häufig getäuscht wurde, erscheint endlich unter schmetternder Trompetermusik eine stattliche Reiterschaar, die Stadtwehr, in kölnischen Farben, Roth und Weiß. Sie begleitet den vierspännigen Wagen mit dem festordnenden Comité, das sogleich die Funkenwache inspizirt, alle Vorbereitungen in Augenschein nimmt und dann an allen vier Ecken des Platzes reitende Vedetten zum Empfang der verschiedenen Züge aufstellt, die pünktlich von allen Seiten eintreffen.

Jetzt ist der weite Platz gefüllt mit Fußgängern und Reitern, mit vier- und sechsspännigen Wagen, deren hochaufgebaute Gerüste in allen Farben drapirt und verhüllt mit den darauf befindlichen, reich und geschmackvoll kostümirten Personen irgend eine Schwäche der Zeit sinnreich geißeln oder zur allgemeinen Erheiterung ein Zeitereigniß komisch darstellen. Dazwischen bemerken wir sehr ernsthaft gehaltene Aufzüge, Reiterschaaren in getreuem Kostüm vergangener Zeiten, sowie Figuren des kölner Carnevalszuges, die stets dieselben bleiben und irgend eine historische Bedeutung haben, so dort zu Anfang des sich nun langsam ordnenden Zuges der Anführer des Ganzen, eine kleine, unbedeutende Gestalt in weiß und rothem Anzuge, in der Linken einen Schild, in der Rechten einen hölzernen Säbel schwingend, das altberühmte Gecken-Berndchen, eine geschichtlich gewordene Figur aus den frühesten Zeiten Kölns, wo sie bei gewissen Prozessionen vor dem Venerabile tanzte, vielleicht als Anspielung auf König David vor der Bundeslade. Auch heute noch schreitet das Gecken-Berndchen, sobald sich der Zug in Bewegung setzt, nicht gravitätisch oder stolz einher, sondern mit heitern Bewegungen und in tanzendem Schritte nach dem Takte von Trommeln und Querpfeifen, die ihm folgen, und der Musik einer ebenfalls bei jedem Carnevalszuge wieder erscheinenden Genossenschaft der heiligen Knechte und heiligen Mädchen in alterthümlich bürgerlichem Anzuge; die Mädchen mit großen weißen Hauben und weißen Schürzen, die Knechte mit breiten, dreieckigen Hüten, kurzen Hosen und schwarzen Strümpfen. Sie gehen paarweise und ahmen den Gang des Gecken-Berndchen nach, tanzend zu der Melodie des alten kölner Nationalmarsches.

Es wäre für uns nicht uninteressant, diesem Zuge zu folgen oder vorauseilend am Fenster einer befreundeten Familie oder auch auf dem Eckstein irgend einer Straßenkreuzung ihn nochmals an uns vorüberziehen zu lassen, ja in den Straßen Kölns selbst das Carnevalsleben zu verfolgen und mitzumachen von dem bekannten Warnrufe: „Geck los Geck elans" an bis zu einem harmlosen Hutantreiben bei Jemand, der zu ledern und trocken ist, einen Scherz zu verstehen. Doch haben wir andere Pflichten und sind leider nicht im Stande, den glänzenden Maskenball auf dem Kaufhaus oder Gürzenich mitzumachen, sondern dürfen uns kaum erlauben, einen Blick in den riesigen, glänzend beleuchteten und auf's Reichste dekorirten Saal zu werfen, der bei einem solchen Maskenfeste seine fünf- bis sechstausend Menschen faßt. Bald ist die lustige, glänzende Carnevalszeit wie ein schöner Traum beim Erwachen wieder davongeflattert und wir stehen vor dem kolossalen Gebäude, in welchem der Ball getobt, und lassen uns belehren, daß der Gürzenich, eines der großartigsten ältesten, nichtkirchlichen Gebäude Kölns, im fünfzehnten Jahrhundert gebaut wurde, rundum von Zinnen gekrönt und an sechs Stellen mit zierlichen, kleinen Wachtthürmen versehen ist. Seinen Namen hat er nach der Familie Gürzenich, die ihn aufführte, und wie auch heute noch diente der durch den ganzen oberen Stock gehende Saal zu Festlichkeiten aller Art, besonders bei Anwesenheit der deutschen Kaiser in der Stadt.

Vor Allem aber müssen wir hier des Rathhauses erwähnen, das wir vom Gürzenich mit wenigen Schritten erreichen, das in elegantem Renaissancestyle erbaut uns stets durch den stillen kleinen Straßenplatz zwischen düster alterthümlichen Häusern anzog, wo uns nichts in unsern Betrachtungen störte, wenn wir die elegante Vorhalle, zugleich den Eingang zum Rathhause, in unserer Phantasie mit den Gestalten jener Männer bevölkerten, die in schwarzem Tuch- oder Sammtkleide mit der weißen Halskrause und goldenen Ehrenkette hier aus- und eingingen und die Rechte ihrer Stadt wahrten.

Von den jahrelang dauernden Streitigkeiten der kölner Bürgerschaft mit den Erzbischöfen und Kurfürsten sehen wir auch hier an der Vorhalle des Rathhauses etwas dargestellt in der Heldengestalt des Bürgermeisters Gryn, der, ein streng rechtlicher Mann, wie die Legende erzählt, bei den Pfaffen verhaßt war und von zweien derselben, die

Inneres aus dem Kölner Dom. Von L. Ritter.

einen Löwen hielten, zu Gaste geladen wurde. Nach dem Mahle schlugen sie ihm vor, das wilde Thier zu betrachten, und als sie ihn dabei scheinbar ehrerbietig vorantreten ließen, benutzten sie diese Gelegenheit, ihn in den Zwinger zu der hungrigen Bestie hinabzustoßen, die gleich über den Eintretenden herfiel; doch der kühne Mann fuhr dem Löwen mit der Linken, um welche er rasch seinen Mantel wickelte, in das offene Maul und erstach ihn mit der Rechten, die das Schwert gezogen hatte. Das Volk aber befreite seinen Liebling und hing die Bösewichter an der Pforte auf, die seitdem die Pfaffenpforte heißt.

Diesen Kampf mit dem Löwen sehen wir heute noch in Stein gebildet über der Vorhalle, durch welche wir uns in das alte, ehrwürdige Gebäude begeben und über die breiten Steintreppen zu dem großen Hansasaal gelangen, der uns einen weiten Blick gestattet auf die tieferliegende Rheinseite Kölns, sowie auf das lebhafte Getreibe des alten Marktes, der mit seinen massenhaft aufgestapelten Obst- und Gemüsevorräthen, mit dem Treiben der Käufer, besonders aber der Verkäuferinnen in ihren dunklen Kattunmänteln und weißen Hauben, die durch große Zungenfertigkeit berühmt sind, ein gar lebendiges Bild gibt. Hoch und stattlich erhebt sich hier am Markte der Rathhausthurm, an dem, wie wir oben erwähnten, so oft die Stunde schlägt, der Kopf des Zabbecks sein Maul öffnet.

Zur Zeit der Kämpfe, welche die mächtige freie Reichsstadt mit ihren Erzbischöfen führte, mögen hier im Rathhaussaale wohl schon Verhandlungen stattgefunden haben mit jenem gewaltthätigen Erzbischof Konrad von Hochstaden, der sich die eigenmächtigsten Eingriffe in die Rechte der Stadt erlaubte, Münzen schlug, wozu er nicht berechtigt war, zu Neuß einen unerlaubten Zoll auf den Rhein legte, kölner Bürger, die bei ihm mißliebig geworden, einfach durch seine Reisigen aufgreifen ließ. Er hetzte die Gemeinde gegen die Patrizier, versuchte, nachdem man ihn aus der Stadt verjagt, mittelst griechischen Feuers die Schiffe am Ufer zu zerstören und entzündete so einen allgemeinen Kampf in der Stadt, in welchem nach den Ueberlieferungen der Chroniken und Lieder von den schlichten Bürgern bewunderns-würdige Heldenthaten geschahen und der endlich damit endigte, daß, nachdem sich die lange feindlich getrennten Parteien der Stadt vereinigt und drei Bischöfe den Kölnern unterlegen waren, ein Kompromiß zu Stande kam, nach welchem keiner der gewaltthätigen und herrschsüchtigen Prälaten eine Nacht ohne Erlaubniß des Magistrats in der Stadt bleiben durfte, wenn sie von Bonn, wohin der Sitz des Erzbisthums verlegt worden war, nach Köln kamen, um das Domkapitel zu besuchen.

Wenn man übrigens bedenkt, was Köln damals schon war, wie es in dem Liede heißt:

— ein Kroin
Bowen allen Steden schoin,

so ist es wahrlich nicht zu verwundern, daß seine mächtigen Handelsherren, unter denen ein Mathias Overstolz an Bürgertugend, Kraft, Muth und Adel der Gesinnung einem Lorenzo von Medici zu vergleichen ist, nicht gewillt waren, sich pfäffischem Uebermuth zu unterwerfen. War doch Köln damals schon der Mittelpunkt des Handels zwischen Griechenland, Ungarn, dem östlichen und südlichen Deutschland einerseits und Frankreich, England und Dänemark anderseits. In London besaßen die kölnischen Kaufherren einen bedeutenden Waarenhof, welcher als der Keim der Hansa betrachtet wird. Kölnische Städteverfassung und kölnisches Recht dienten den Gesetzgebungen vieler Städte zum Muster, und kölnische Münzen, Maße und Gewichte hatten die weiteste Geltung; auf allen Meeren fuhren Kölns Schiffe, und wenn man bedenkt, daß die Stadt schon damals achtzigtausend Webstühle im Gange hatte, so ist mit allem Dem ein richtiger Maßstab für ihre Macht und Größe gegeben, die einen gewaltigen Mann, wie Erzbischof Konrad von Hochstaden war, wohl veranlassen konnte, Versuche gegen ihre Freiheit zu machen.

Doch ist sein Name auch in würdiger und segensreicher Weise auf uns gekommen, ist er doch der Gründer des Domes, der im Jahre 1248 begonnen wurde. Er hat aber nur die Anfänge des großartigen Bauwerkes erlebt; denn erst vierundsiebenzig Jahre später konnte der Chor geweiht werden, die Mauern des anstoßenden Kirchenschiffs

Köln. St. Peterskirche.

wurden bis zur Krönung der mit herrlicher Glasmalerei versehenen Fenster geführt, der südliche Thurm erhob sich in seiner schweren Masse mit den bewunderungswürdigen architektonischen Einzelnheiten bis zur Höhe des Chors und zeigte den Domkrahnen, wie wir ihn noch gesehen und wie er seit Hunderten von Jahren dunkel über die Häusermassen emporragte, ein Wahrzeichen der Stadt. Das Ganze stellte sich sowohl aus der Ferne als aus der Nähe wie eine imposante Ruine dar, und der Chor, allerdings ausgebaut, stand nur in losem Zusammenhange mit dem niedrigen Kirchenschiffe, das unvollendet kaum gegen die Unbilden der Witterung geschützt war. Während das riesenhafte südliche Thurmstück schon zu verwittern anfing, Moose und Ranken zwischen den grauen Steinmassen wucherten und sich stattliche Bäume auf der Höhe zeigten, war der nördliche, kaum begonnene Thurm nichts weiter als ein wüster Steinhaufen, weßhalb es kein Wunder war, daß das in seinen Einzelnheiten immer noch großartige Bauwerk in den französischen Kriegen zu Ende des vergangenen Jahrhunderts als Futtermagazin dienen mußte. Erst nach der Be-

Der Dom zu Köln. Von L. Ritter.

Bürgermeister Gryn von Köln.

sitznahme der Rheinlande durch Preußen begannen die Restaurationsarbeiten. Doch galt es anfänglich nur, das Bestehende nothdürftig zu erhalten, bis an einem schönen Herbsttage des Jahres 1840, dessen wir uns noch genau erinnern, eine riesige Flagge mit dem Worte „Protectori" vom Domkrahnen wallte und Friedrich Wilhelm IV. unter einem von Weinlaub umrankten Pavillon am südlichen Portale des Kirchenschiffes mit drei Hammerschlägen den Fundamentstein legte und dabei das Versprechen gab, den Bau bis zur Vollendung nach besten Kräften fördern zu helfen. Denselben leitete damals der treffliche Zwirner, von wo er in die Hände des heutigen Dombaumeisters Voigtl überging, welche beide tüchtige Meister ihn so förderten, daß wir Hoffnung haben, in wenigen Jahren auf beiden Thurmspitzen die Kreuzblume zu erblicken. Jetzt schon können wir durch das Hauptportal eintreten und wenn wir nun bewundernd in der dämmerigen Riesenhalle stehen, heute, Jahrhunderte später, dem erschaffenden Künstler nachfühlen und die Bilder seiner Phantasie ahnen, indem wir in Ehrfurcht diesen Wunderbau durchwandern.

Die Pracht des himmelan sich wölbenden Kirchenschiffs und Chores ist von einer majestätischen Einfalt, die alle Vorstellung übertrifft; in ungeheurer Länge stehen die Gruppen schlanker Säulen da, wie die Bäume eines uralten Palmenwaldes, die an den höchsten Gipfeln durch ihre Krone von zierlich geschwungenen Wedeln sich mit den Nachbarn in spitz gewölbten Bogen verbinden und dem Auge, das ihnen folgen will, fast unerreichbar erscheinen. Läßt sich auch das Unermeßliche des Weltalls nicht in beschränktem Raume versinnlichen, so liegt gleichwohl in diesem kühnen Emporstreben der Pfeiler und Mauern etwas Unaufhaltsames, was die Einbildungskraft leicht in das Grenzenlose verlängert. — Und wie stimmungsreich zu einander passend ist Alles, was uns in diesem herrlichen Dome umgiebt: die feinen Maße der Kreuzwölbungen über den mächtigen Säulen; die Farbengluth der Fenster, die um so lebhafter wirkt, als wir sie aus dem immerhin etwas dämmerigen Raum der Kirche betrachten und deren leuchtendes Abbild ein Sonnenstrahl so freundlich ist, zu unsern Füßen auf den grauen Steinboden zu werfen; die geheimnißvolle Wölbung des durch seine schmalen, langgestreckten, mit kunstreicher Teppichmalerei ausgefüllten Fenster noch riesenhafter erscheinenden Chors, den wir staunend durchwandeln; die reichen Kapellen, die sich hier aneinanderreihen; die Gräber der Kurfürsten, Bischöfe und Ritter, die da in Stein oder Bronze ausgestreckt liegen; das Schatzgewölbe hinter dem Hauptaltar mit dem goldenen Sarge, in dem die Gebeine der heiligen drei Könige ruhen, zu dem uns die kunstvollen Eisengitter kaum einen Einblick gestatten und der uns trotzdem mit seinen Goldmassen und seinen funkelnden Edelsteinen wie eine Märchenphantasie aus Tausend und eine Nacht erscheint; das Grab des heiligen Engelbert mit seinen wundervollen,ziselirten Arbeiten in Gold und Silber! — Alles das berührt uns so mächtig und eigenthümlich, daß wir dem Orgelton, der nun mit einemmale durch die gewaltigen Hallen dröhnt, fast dankbar sind. Er erweckt uns wie aus einem Traume und giebt uns der Wirklichkeit zurück, die uns, indem wir dem Ausgange zuwandeln, allerdings etwas prosaisch in den Weg tritt in der Person eines der sogenannten Domschweizer, einer hohen Gestalt in langem rothem Rocke, ein paar Worte murmelnd, deren Sinn wir erst begreifen, wenn er unter einer feierlichen Geberde mit der einen Hand auf einen silbernen Teller klopft, den er in der andern trägt — ein Scherflein zum Dombau erbittend, das wir bereitwilligst geben.

Wenn dem geneigten Leser nach unserer raschen und leider etwas flüchtigen Wanderung durch Köln eine kleine Abwechslung genehm ist, so laden wir ihn jetzt ein, uns zum wenige Schritte vom Dome entfernten Centraleisenbahnhofe zu folgen, nicht allein, um dort zu sehen, wie durch bewunderungswürdige Einrichtungen und unerbittlich streng durchgeführte Ordnung ein unglaublicher Verkehr innerhalb eines beziehungsweise kleinen Raumes bewältigt wird, sondern auch, da gerade ein Zug nach der alten Kaiserstadt Aachen abgeht, diesen mit uns zu benützen.

Flora.

Nach Aachen.

Das Coupé, in welches wir steigen, ist geräumig und bequem, unsere Gesellschaft angenehm und lehrreich, und da wir schon nach kurzer Fahrt unsere Verwunderung über die massenhaft erscheinenden Dampfschornsteine, wohin wir immer die Blicke richten, nicht zu unterdrücken vermögen, so erfahren wir Manches von dem industriellen Leben der auch in dieser Richtung so reichen und mächtigen Rheinlande, was für uns des Aufzeichnens werth ist. Welche Schätze gibt der Boden, wo er nur angebohrt wird, und wie werden diese Schätze benutzt und verwerthet! Mit einem Durchmesser von über zehn Meilen erstreckt sich hier ein Kreis von Eupen bis nach Unna, der mit seinen Kohlenzechen und Hüttenwerken, mit seinen Glasfabriken, Baumwolle-, seiner Wolle- und Seidenindustrie, ja, mit der ganzen hier herrschenden großartigen, gewerblichen Thätigkeit zu einem der reichsten Bezirke der Erde gehört.

Wir passiren den langen Königsdorfer Tunnel sowie das gewerbreiche Düren mit seinen Tuch-, Teppich-, Flachs-, Papier- und Eisenfabriken, dampfen auf einer schönen Brücke über das kleine Flüßchen Roer und lassen uns auf ein Dörfchen als Geburtsort des berühmten kaiserlichen Feldherrn Johann von Werth aufmerksam machen. Auf die im schönsten Wiesengrün prangende Niederung der Erft ist eine Landschaft von ernsterem Charakter gefolgt, bewaldete Höhen zwischen Haide- und Sandboden, die bei Eschweiler und Stollberg durch den schwarzen Kohlenstaub des Bodens und die unzähligen, hochaufstrebenden qualmenden Schornsteine der Glasfabriken und Eisenwerke fast traurig erscheint, wogegen es auf uns wieder um so angenehmer wirkt, wenn wir bald darauf in das schöne, fruchtbare, von sanften Höhen umzogene Thal hinabdampfen, in welchem die alte Kaiserstadt Aachen liegt.

Fast ringsumher sind diese Höhen mit dichtem Wald bedeckt, Wiesen und Fruchtfelder bilden einen inneren Kreis um die Stadt, den wir durch alte Mauern, Thürme und Thore noch schärfer begrenzt finden; über den Häusern erheben sich zahlreiche Thürme und Kuppeln, unter den letzteren hoch emporragend die des Münsters, das Grabmal des gewaltigen Kaisers, dessen Bild, sowie das seiner Paladine, von Sagen und Legenden mit einem reichen poetischen Kranz geschmückt, uns heute noch überall entgegentritt. Hier liegt das alte Schloß, die Frankenburg, rings von stillem, unbewegtem Wasser umgeben, das den Kaiser durch einen Zauber gefesselt hielt; dort drüben in dichtem Walde die epheubewachsenen Ruinen der Emmaburg, wo nach der Sage Karl's des Großen Tochter Emma ihren Geliebten Eginhardt durch den Schnee getragen haben soll, damit dessen Fußstapfen nicht zu Verräthern ihrer Liebe würden.

Aachen. Hof des Kornhauses.

Zu unserer Rechten neben dem nördlichen Theil der Stadt erheben sich dicht hinter den Mauern ansteigend zwei Anhöhen, der Lousberg und neben ihm die Wallfahrtskirche von St. Salvator; und wie diese, so schauen von allen Seiten uralte Wachthürme, Abteien, Kirchen und Kapellen, Villen, Schlösser und große Fabrikgebäude in das Thal hinab, gegen Südwesten überragt durch die Ausläufer mächtiger Waldungen, die durch das hohe Venn mit den Ardennen in Verbindung stehen und die, allerdings nur noch spärlichen Ueberreste jener Jagdgründe sind, welche den großen Kaiser vielleicht vermocht, hier in der wald- und hügelreichen Umgebung bei den heißen Quellen des heilsamen Wassers eine Stadt zu gründen, deren Namen Aachen man von dem altdeutschen Wort Aha (Wasser) — mit aqua verwandt — ableiten möchte. Doch kannten auch schon die Römer die Kraft dieser warmen Bäder, hatten aber hier ebensowenig wie die Merovinger eine Burg oder größere Niederlassungen, obschon König Pippin 765 zu Aachen das Weihnachts- und Osterfest feierte.

Kaiser Karl aber baute hier, wie sein Geheimschreiber und Biograph Eginhardt meldet, ein Münster von gar großer Schönheit und schmückte es mit Gold und Silber, mit Fenstern, Gittern und Thüren von gediegenem Erz; daneben erhob sich etwas höher gelegen der kaiserliche Palast, durch einen Säulengang mit dem Dom verbunden. Hier saßen an der kaiserlichen Tafel, wie uns die Legende erzählt, die sagenreichen Paladine, der weise Erzbischof Turpin, der tapfere Roland, Wilhelm von Orense und so viele Andere, deren Heldenthaten uns das Volkslied aufbewahrt hat; von hier aus begannen die großen Kriegszüge, die der gewaltige Held bis nach Spanien gegen die Sarazenen, nach Osten gegen die Sachsen und nach Süden gegen die Baiern und Ungarn unternahm, und wenn auch in Wirklichkeit von allem Glanz der alten carolingischen Kaiserpfalz nichts mehr übrig geblieben ist, als vielleicht der Granusthurm am Rathhause, von dem ehemaligen Münster nur das Octogon unter der achteckigen Kuppel, und keine, auch nicht die geringsten Spuren mehr vorhanden sind von dem großen Kaiserbade, in welchem über hundert Menschen zugleich schwimmen konnten, so ist doch die Erinnerung an jene glanzvolle Zeit hier auf's Lebendigste erhalten geblieben. Und wenn wir des alten Kaisers zertrümmerte Burgen sehen, jenen stillen See, der ihn durch Zauberkraft so mächtig fesselte, wenn wir seine Bildnisse betrachten, gemalt, sowie in Erz und Stein, oder gar die Reliquien, die von ihm übrig geblieben sind: sein mächtiger Arm, sein Schädel, in Gold und Edelsteine gefaßt, sein Hüfthorn, eine prächtige orientalische Elfenbeinarbeit, wie sie uns unter den Heiligthümern des Doms gezeigt werden, wenn wir aufschauen zu den heute noch bewaldeten Höhen, wo er mit seinen Paladinen jagte, oder hinabblicken auf die heißen Quellen, die heute noch wie vor tausend Jahren dampfend und heilkräftig aus dem Boden dringen, so erscheint uns die alte, immer noch prächtige Kaiserstadt wie ein aufgeschlagenes, malerisch und reich illustrirtes Märchenbuch.

Nachdem der große Kaiser gestorben war, wurde seine Leiche aufrecht in kaiserlichem Ornate in ein Gewölbe gesenkt, wo sie auf einem marmornen Sessel saß, und war dies Grab mit seinen Erinnerungen an den mächtigen Herrscher Veranlassung, die Stadt zum Krönungsort der deutschen Kaiser zu wählen, wie denn auch von Ludwig dem Frommen bis auf Ferdinand I., von 813 bis 1531, siebenundachtzig Fürsten im alten Dome gesalbt wurden und das kaiserliche und königliche Scepter erhielten.

Bekannt ist, daß das Grab Karls des Großen zuerst von Otto III. im Jahre 1001 und dann auf's Neue durch Friedrich I. 1165 eröffnet wurde, der die Gebeine Karls erheben ließ, weil ihn der Gegenpapst Paschalis heilig gesprochen. Heute weiß man nicht einmal mehr, wo sich jene Gruft befand, doch bezeichnet man den marmornen Sessel auf der Emporkirche des Octogons im Hochmünster, der später bei den Krönungen diente, als jenen, auf dem die Leiche Karls des Großen gesessen.

Als Krönungsstadt behielt Aachen, wo siebenzehn Reichsversammlungen und elf Provinzialconzilien stattfanden, lange seine Macht und Größe, zählte damals über hunderttausend Einwohner, kam aber dann durch Verlegung der Krönungen nach Frankfurt, durch die Religionsstreitigkeiten des sechzehnten und siebenzehnten Jahrhunderts und eine große Feuersbrunst, die 1636 viertausend Häuser einäscherte, rasch in Verfall. Auch die französische Herrschaft war nicht segensreich für die Stadt und erst, als sie an Preußen kam, als ihre jetzt großartigen Tuch-, Nadel- und Maschinenfabriken anfingen, Bedeutung zu erlangen, als Aachen und das anstoßende Burtscheid seiner vorzüglichen Heilquellen wegen ein berühmter Badeort wurden, regte sich in allen Theilen eine gewaltige Baulust, und aus dem alten Aachen, das noch vor fünfzig Jahren still und verdrossen, nur brütend über alte, längst vergangene Herrlichkeit hinter seinen hohen Mauern, tiefen Gräben und hallenden Thoren saß, die allabendlich gesperrt wurden, hat sich rasch eine neue Stadt entwickelt, die mit geschmackvollen Häusern, breiten, freundlichen Straßen, reizenden Promenaden, glänzenden Kaufläden dem Fremden einen gar stattlichen Anblick gewährt.

Wie in so manchen Badestädten befand sich auch in Aachen eine Spielbank, die aber schon vor Jahren aufgehoben wurde, was dem soliden Fremdenverkehr hier übrigens wenig Abbruch that, und befinden sich in den Räumen, wo früher die Kugel des rouge et noir klapperte, und die Herren von der Bank bei trente et quarante ihre für Manchen so geheimnißvolle Kartenschlägerei trieben, jetzt Restaurations- und Lesezimmer, prachtvolle Ball- und Konzertsäle, welch' letztere namentlich auf die musikliebenden Aachener eine ganz besondere Anziehungskraft ausüben; ein hübscher, schattiger Garten verbindet das alte Kurhaus mit dem im maurischen Styl erbauten neuen Kursaal und finden wir hier nach langer Wanderung ermüdet in den Nachmittagsstunden angenehme Gesellschaft und einen vortrefflichen Kaffee bei guter Harmoniemusik.

Wie es uns häufig geschieht, daß, besonders an historischen, interessanten Orten die Klänge der Musik eigenthümliche Bilder vor unserem inneren Auge erscheinen lassen, so wird es uns hier im Garten hinter dem alten

Kurhaus nicht schwer, den Raum mit Gestalten zu bevölkern, von denen manche wahrscheinlich leibhaftig hier gewandelt. Wenn wir auch nicht wissen, ob nicht schon die Gesandten Ludwigs XIV. beim ersten Aachener Frieden in langen Perücken hier ihr Glas warmes Wasser schlürften, so wissen wir dagegen durch Augenzeugen ganz genau, daß 1818 beim Aachener Congreß, die Kaiser von Rußland und Oesterreich, der König von Preußen, sowie Hardenberg, Metternich, Nesselrode, Wellington, und andere Träger berühmter Namen hier gewandelt sind und sich drinnen im großen Ballsaale zu ganz ausgesuchten Festlichkeiten zusammenfanden.

Nun wenden wir unsere Schritte zum Dom und wie wir auf den Münsterplatz hinaustreten, vor die alte, ehrwürdige Kirche hin mit ihrer majestätischen Kuppel und dem hohen Thurme, so werden Jugenderinnerungen in uns lebendig und wir umgehen den alten Dom, wie wir als Kinder so oft gethan, um eine seiner Merkwürdigkeiten, wieder zu finden, welche uns damals ganz besonders interessirte, die westliche Hauptthür, an deren Seiten eine metallene Wölfin steht mit einem Loch in der Brust, augenscheinlich kläglich heulend, während gegenüber sich ihre Seele in Gestalt eines kolossalen Pinienapfels befindet. Ach, und wir fühlen heute noch jenen angenehmen Schauder wie damals, als uns die Sage von dem Wolfe hier erzählt wurde und wir keinen Augenblick an der Wahrheit des Erzählten zweifelten.

Wie bei vielen ähnlichen Bauten begann es auch hier am Gelde zu fehlen und zwar zu einer Zeit, wo die mächtigen Bronzethüren, die wir heute noch bewundern, allerdings gegossen waren, aber ihrer Schwere wegen nicht eingehängt werden konnten, weßhalb nichts natürlicher war, als sich in diesen beiden unangenehmen Fällen an den Teufel um Hülfe zu wenden. Dieser war auch alsbald bereit; da derselbe aber, wie bekannt, besonders bei Kirchenbauten und ähnlichen Veranlassungen nicht leicht etwas um Gottes willen thut, so stellte er auch hier eine allerdings höchst bescheidene Bedingung, nämlich die, daß ihm die erste Seele gehören solle, die den fertigen Dom betrete. Er wurde aber, wie ihm das so häufig geschehen, sehr schmählich angeführt, indem man statt eines Menschen die arme Wölfin zuerst in den Dom ließ, die denn auch der Teufel erfaßte und in verdoppeltem Grimme durch den einen Flügel der mächtigen Bronzethür hindurchwarf, wobei ihre Seele entflog.

Heute ist das Thor verschlossen und wenn wir in diesem Falle die Kirche umgehen, so sehen wir mit Vergnügen, daß bei der umfassenden Restauration sowohl die entstellenden Zuthaten aus der Zopfzeit, als auch andere An- und Einbauten, die uns damals so angenehm erschienen, verschwunden sind. Wir meinen jene kleinen Kramläden zwischen den Strebepfeilern des Octogons mit ihrem für uns Kinder so interessanten Inhalte an Spiel- und Eßwaaren, Wachskerzen in allen Größen und Dicken, Heiligenbildern und geweihten Blumen, blanken Medaillen, Kreuzchen und Rosenkränzen.

Mit allem Dem wurde hier ein lebhafter Handel getrieben, besonders alle sieben Jahre bei der sogenannten Heiligthumsfahrt, wo nicht nur auf dem Münsterplatz und den angrenzenden Straßen, sondern auch in den entlegenen, so weit die Loge des Domthurms sichtbar war, eine andächtige, dichtgedrängte, zu Tausenden und aber Tausenden zählende Menschenmenge sich verbeugte, bekreuzte und betend auf die Kniee niederfiel, wenn dort oben von der in großem Ornate erscheinenden Geistlichkeit die Heiligthümer gezeigt wurden, wie sie heute noch in der Karlskapelle des Münsters aufbewahrt werden, so ein Gewand der heiligen Jungfrau, die Windeln Christi, das blutgetränkte Leintuch, in welches der Leichnam Johannes des Täufers gewickelt wurde.

Diese Reliquien dürfen wir jetzt allerdings nicht betrachten, dafür aber andere und interessantere aus der Zeit des gewaltigen Kaisers und unmittelbar von seiner geheiligten Person selbst herrührend, wie wir schon früher angedeutet haben. Doch drängt es uns wieder einmal, das Innere des imposanten Kuppelbaues zu betrachten, seine mächtigen Pfeiler, die den oberen Rundbau tragen, das sogenannte Hochmünster, dessen Säulen, allerdings von ungleicher Länge, zur Zeit ihres kaiserlichen Erbauers aus Italien, hauptsächlich aus Rom und Ravenna, hiehergebracht wurden. Dort an der Balustrade der Empore steht der marmorne Stuhl, auf welchem die Leiche Karls des Großen über dreihundert Jahre geruht und der später zu den Kaiserkrönungen benutzt wurde, vor ihm, hoch von der Wölbung

Dom in Aachen vom Fischmarkt aus. Von Th. Weber.

Pontthor in Aachen.

herab, hängt an einer mächtigen Kette jener wohlbekannte, hochinteressante, romanische Kronleuchter von gewaltigem Umfange, dessen einzelne Glieder die Umfassungsmauern einer Stadt mit den dazwischen liegenden zinnengekrönten Thürmen und Thoren darstellen. Alles ist auf's Wunderbarste behandelt, auf's Reichste ciselirt, aus getriebenem und gravirtem Kupfer dargestellt und reich vergoldet. Schade, daß wir nicht annehmen dürfen, daß dieser herrliche Kronleuchter, der in seiner Form auf den gewaltigen Städtebegründer und Städtebezwinger hinweist, sowie die Marmorplatte tief unter ihm am Boden mit der einfachen Inschrift „Carolo Magno" stamme aus der Zeit der Erbauung des Octogons her und der hohe Kuppelbau selbst sei das wirkliche Grab und Grabmal des großen Kaisers Karl gewesen! — — —

Daß der historische Boden Aachens besonders günstig für die Entwicklung von Sagen und Legenden aller Art war, ist natürlich; schon um die Person des großen Kaisers hat sich ja ein reicher Sagenkreis gebildet, welcher allgemein gekannt ist. Eine weniger bekannte, obwohl von O. F. Gruppe dichterisch behandelte Sage wollen wir aber kurz noch erzählen, die vom Schmied von Aachen: Graf Wilhelm von Jülich suchte nach einem unglücklichen Ueberfall Aachens, verfolgt von den Aachener Bürgern, mit seinen Söhnen aus der Stadt zu entkommen. Unfern des Jakobsthors aber ersah ihn ein Grobschmied, der eben am Ambos mit seinen Gesellen Stangen und Klammern zum Schutze der Stadt schmiedete. Rasch entschlossen trat er dem ritterlichen Störenfried entgegen, schlug ihn sammt seinen Söhnen mit dem Schmiedhammer nieder und kehrte darauf ruhig zu seiner Arbeit zurück.

Die Straßen des alten Aachen laufen meistens in krummen Linien, wohl auch förmliche Kreise bildend. Von gut erhaltenen Gebäuden früherer Jahrhunderte ist wenig Bedeutendes vorhanden, und verdient hauptsächlich unsere Aufmerksamkeit das alte Rathhaus, in dessen Kaisersaal wir die herrlichen Fresken unseres lieben Freundes und Spielgefährten, des großen Meisters Alfred Rethel bewundern, dessen glänzend begonnene Laufbahn so unbarmherzig durch den Tod zerrissen wurde. An dem unweit des Münsters stehenden, halbverfallenen Kornhaus, auch Grashaus genannt, wo in den ältesten Zeiten die Reichsgerichte gehalten wurden und später die Pfalzgrafen öffentlich Recht sprachen,

Der Schmied von Aachen.

vorüber, wenden wir uns gegen das Nordende der Stadt und nähern uns dem im vierzehnten Jahrhundert erbauten Pontthore, einem massigen Bauwerke mit Zinnen und Thürmen in der mittelalterlichen Befestigungsmauer, deren ausgefüllten Gräben, zu hübschen Promenaden umgewandelt, wir um den östlichen Theil der Stadt herum folgen, wo wir zum Aachen-Mastrichter Bahnhof gelangen, nachdem wir vorher einen Blick auf das im Renaissancestyl aufgeführte großartige Gebäude des rheinisch-westphälischen Polytechnikums geworfen.

Auf eine sehr angenehme Art können wir unsern Spaziergang abkürzen, da gerade ein Zug in diesen Bahnhof einfährt, der uns, das Weichbild der Stadt in einer Schlangenlinie durchschneidend, nach dem rheinischen Bahnhof führt, zwischen Aachen und dem freundlich gelegenen, gewerbfleißigen Burtscheid. Dem letzteren müssen wir schon aus leicht begreiflicher Anhänglichkeit ein paar Worte widmen, denn dieses Burtscheid ist unser Geburtsort, und wenn uns der freundliche Leser vom ebenerwähnten Bahnhofe durch die Kasinostraße nach dem oberen Thore von Burtscheid folgen will, so wird er dort in der Hauptstraße, die zwischen den Häuserreihen so steil abfällt, daß es in unserer Jugend wie eine dunkle, unverbürgte Sage erzählt wurde, hier habe ein Offizier es einstens gewagt, mit einer leichten Equipage hinabzufahren, — neben der evangelischen Kirche das kleine, sehr unscheinbare Häuschen sehen, welches in späteren Jahren schon noch seine Marmortafel mit unserem Namen erhalten wird.

Weiter abwärts steigend gelangen wir in die untere Stadt mit ihren vortrefflichen Bädern, wo der Boden so reich an heißen Quellen ist, daß nicht nur beinahe jedes Haus die seinige hat, sondern auch der Ueberfluß einen nicht unbedeutenden heißen Bach liefert, sowie hier unten in der Straße den offenen Kochbrunnen mit seinem beständig aufsprudelnden Wasser, äußerst bequem, um Eier darin zu sieden.

Die schattige Promenade, an welcher gute Gasthöfe liegen und wo Sommers noch ein eigenthümliches Fest, ein Vogelschießen mit der mittelalterlichen Armbrust gefeiert wird, liegt heute einsam und still, am Trinkbrunnen kocht und brodelt das dampfende Wasser, und diese Seite der Erinnerung weihend wollen wir an jenem heißen Bache vorbei über den bewaldeten Hügel vor uns nach einem stillen Thale wandern, das schon in den Knabenjahren für uns von größtem Interesse war. Wie eng schrumpft Alles zusammen, was in unserem Gedächtnisse eine so weite Ausdehnung hatte — hier die Strecke von Burtscheid bis zur Frankenburg, die wir nach kurzer Wanderung in ihrem kleinen stillen See dort vor uns liegen sehen, das ehemalige Jagdschloß Karls des Großen, von dem noch ein mit Epheu bewachsener Thurm übrig geblieben ist, während die andern Gebäude in späterer Zeit erneuert und bewohnbar gemacht wurden.

Hier spielt die letzte Scene jener schönen Sage, die uns erzählt, daß Kaiser Karl nach dem Tode seiner innig geliebten Gemahlin Fastrada sich nicht von der Leiche zu trennen vermochte, sondern neben ihrem Lager sitzen blieb, sie küßte und mit ihr redete, als wenn sie noch lebendig wäre. — Es war dies das Werk eines Zaubers, den der weise Erzbischof Turbin nach langem Suchen in Gestalt eines Ringes fand, welchen Fastrada unter ihrer Zunge verborgen hatte und den er an sich nahm, worauf der Kaiser, in das Gemach zurückkehrend, wie plötzlich zum Bewußtsein erwachte, sich entsetzt von der Leiche abwandte und dagegen von nun an dem Erzbischof in auffallender Zuneigung und Liebe folgte, bis der weise Mann, in richtiger Erkenntniß, der Ring könne auch einstens in unrechte Hände fallen, denselben in einen See versenkte, wo alsdann Kaiser Karl, auf's Neue unwiderstehlich angezogen, eine Burg baute, häufig hier am Fenster saß, wobei er, auf den unbewegten Wasserspiegel niederblickend, der geliebten Frau trauernd gedachte.

Noch betrachten wir flüchtig das Städtchen mit seinen zahlreichen Dampfschornsteinen, die ringsumher liegenden Wiesen zwischen den großen Fabrik-Etablissements, wo wir an langen Linien dunkle und farbige Tücher zum Trocknen ausgespannt sehen, und thun das am besten von der Benediktinerabtei, einem uralten, majestätischen Bau, von Kaiser Heinrich II. um 1018 gestiftet, im vorigen Jahrhundert aber im Zopfstyle umgebaut, welcher mit seiner hohen Kuppel Burtscheid beherrscht und wie ein Wahrzeichen die Häuser überragt.

Wappen von Aachen.

Neuß.

Ueber Düsseldorf zur holländischen Grenze.

Nach einem stillen Gruß an so viel bekannte Orte, an Wege und Stege, die in uns freundliche Erinnerungen hervorrufen, sind wir zur Mastrichter Bahn zurückgekehrt, der wir aber, um über Gladbach nach Düsseldorf zu gelangen, nur bis zur ersten Station folgen, worauf wir bei der Station Kohlscheid mit den hohen Schornsteinen der Steinkohlenbergwerke wieder ein ebenso schwarz gefärbtes Terrain wie vorhin bei Eschweiler durchfahren. Dann zweigen wir in das waldbewachsene, belebte Wurmthal ab, erblicken bei der ehemaligen Abtei Klosterrath die Grenze des alten Herzogthums Limburg, und durchziehen die fruchtbaren, hügeligen, weitgestreckten Ackerfelder des reichen Jülicher Landes, sehen Erkelenz und Rheydt, das heißt, wie man diese Orte von den ziemlich fern gelegenen Bahnhöfen aus sehen kann, und sind nun hier zwischen Gladbach, Viersen und Crefeld, in jenem großartigen Fabrikbezirk, dessen Gewerbthätigkeit die halbe Welt mit einfachen und bunten Baumwollstoffen, mit glatten und farbigen Seidenzeugen, mit schwerem und leichtem Sammetband und unzähligen anderen Artikeln der Mode und des Luxus versieht. Die bedeutendste unter den ebengenannten Städten ist, was Reichthum und Einwohnerzahl anbelangt, das freundliche stille Crefeld, dessen Fabrikerzeugnisse, man sagt im Werth von gegen zwanzig Millionen Thaler jährlich, in Güte und Geschmack den französischen Fabrikaten kaum nachstehen und einen bedeutenden Markt in England und

Amerika haben. Von historischen Erinnerungen hat Crefeld nichts aufzuweisen, als aus jüngerer Vergangenheit eine Gedenksäule, dem größten Wohlthäter Crefelds, Cornelius de Greiff, gewidmet, sowie auf dem alten Gottesacker das schöne Denkmal für die auf dem Felde der Ehre Gefallenen aus den Kriegsjahren 1813 und 1814.

Von dem kleinen Abstecher hieher nach Gladbach zurückgekehrt, führt uns die Bahn durch flaches Acker-, Wiesen- und Weideland, das nur selten unterbrochen wird durch einzelne Hügel, mit Wald bewachsen, auch wohl von Schlössern und Ruinen gekrönt, nach Neuß, dem schon zur Römerzeit oft genannten, hochwichtigen Novesium, aus welcher Zeit sich unter anderen noch malerische Spuren am Oberthor in den Ruinen des Drususthurmes erhalten haben. Die im Mittelalter so bedeutende Stadt, schon früher zum Hansabunde gehörend, mit einem weiten Stadt- und Handelsgebiete, zeigt in ihrer heutigen äußeren Erscheinung noch etwas von jener mächtigen Vergangenheit in der bemerkenswerthen Silhouette, besonders ihren Thürmen und ihren Kirchen, die unsere Blicke vom Fenster des Eisenbahncoupés auf sich ziehen. Vor Allem ragt über der Häusermasse St. Quirinus mit seinem hohen Thurme empor, neben ihm die prächtige Kirche, theils im romanischen, theils im gothischen Styl, eine breitschiffige Basilika mit Thürmen über der Vierung. Ueber die neue Eisenbahnbrücke bei Hamm erreichen wir Düsseldorf.

Alter Gottesacker in Crefeld.
Denkmal für die Gefallenen von 1813 und 1814.

Wenn uns die Rheinstädte von der Flußseite fast immer eine malerische, meistens auch charakteristische Ansicht gewähren, so findet bei Düsseldorf der umgekehrte Fall statt, da uns die Gebäude am Stromufer, die alte, knarrende Schiffbrücke, das enge Rheinthor, die hohen, grauen Mauern, die sich unterhalb der Häuser dem Quai entlang bis zum ehemaligen kurfürstlichen Schlosse hinziehen, ja dieses selbst in seiner düstern braunen Farbe, ehe es durch den großen Brand 1872 nur noch als Ruine erscheint, eine alte Stadt wie Köln und Aachen versprechen, während das freundliche, heitere Düsseldorf die etwas verwitterte und unscheinbar gewordene Rheinseite nur wie eine Maske vorgebunden hat, hinter der wir es sogleich freundlich plaudern und lachen hören, sobald wir das eben erwähnte enge und nicht einmal malerische Rheinthor hinter uns haben, um nach Durchwandern einer kurzen, düstern Straße mit einem Male in das lustige Getreibe eines niederrheinischen Marktes zu fallen.

Wie lebhaft und malerisch erscheint uns die Staffage des Marktes, die Verkäuferinnen in ihren hellbunten Kattunkleidern, weißen Schürzen und Hauben, die Männer meistens in blauen Kitteln, besonders eigenthümlich aber die niedrigen Karren, zuweilen mit einem Esel bespannt, häufiger aber mit Hunden, die ermüdet mit blinzelnden Augen auf dem Pflaster liegen und nicht selten durch Knurren und Bellen den allgemeinen Lärmen vermehren,

Neuß. Oberthor mit Drususthurm.

den einige Hundert flinke niederrheinische Zungen beim Ein- und Verkauf, untermischt mit Lachen, Scherz-, auch wohl Schimpfworten, zuweilen fast betäubend entwickeln. Der Marktplatz, den wir betreten, ist so interessant, wie wir ihn nur wünschen können, und bietet uns sogleich Anklänge an verschiedene Zeitepochen, denn, wenn wir jetzt zu unserer Linken das stattliche, im Renaissancestyl erbaute Rathhaus sehen, die beiden hohen Giebel mit dem vortretenden eckigen Thurme, so haben wir gleich daneben das in gar keinem Style verfertigte kleine Theatergebäude, für uns aber in Erinnerung an Immermann's Wirken hier hochinteressant, und nachdem wir vor uns das zopfige, überlebensgroße Reiterstandbild des Kurfürsten Johann Wilhelm betrachtet, vielleicht dabei Heinrich Heine's gedacht, der bekanntlich hier in Düsseldorf, und zwar in einem kleinen Hause unfern des Marktplatzes geboren wurde, fallen unsere Blicke auf reichbesetzte Läden und Magazine mit Moden und andern Erzeugnissen der neuesten Zeit, die nicht nur eine ganze Seite des Marktplatzes einnehmen, sondern sich auch die hier mündende Volkerstraße entlang ziehen, in deren Nähe, der Kurzenstraße, eine Gedenktafel das Geburtshaus des Altmeisters der neueren deutschen Malerei, Peter von Cornelius, bezeichnet. Ihm, der 1822 zum Direktor der neu wiederhergestellten von Karl Theodor gegründeten Düsseldorfer Akademie ernannt wurde, und seinem Nachfolger Wilhelm Schadow, verdankt Düsseldorf hauptsächlich seinen Ruhm als Pflanzschule so vieler hervorragender Künstler. — Eine kurze Strecke weiter und wir befinden uns vor den geschwärzten Ruinen der vor drei Jahren verbrannten Kunstakademie, wobei

Marktplatz in Düsseldorf. Von Th. Weber.

Düsseldorf von der Rheinseite.

glücklicherweise die einst berühmte Gallerie älterer Meister mit immer noch bedeutenden Kunstschätzen verschont wurde. Wenn wir von hier, dem am Ufer des Rheins niedrig gelegenen und ältern Quartiere Düsseldorfs, eine der bevölkertsten und durch Geschäftsbetrieb aller Art lebhaften Straßen, zum Beispiel die Ritterstraße, aufwärts steigen, so gelangen wir an freundliche Parkanlagen, die den wenig benützten Hafen am nördlichen Ende der Stadt umschließen und uns von der Höhe eines Belvedere einen hübschen Blick gewähren auf das neue Düsseldorf mit seinen breiten Straßen und Alleen, seinen Gärten und Parkanlagen, seinen stattlichen, häufig palastähnlichen Gebäuden, wie es die ältere dunkle Rheinstadt in einem weiten grünen Kranze umfaßt. Die alte Stadt ist eine der wenigen unter den heute bedeutenden Städten des Niederrheins, die keine Vergangenheit aufzuweisen vermögen. Erst im vierzehnten und fünfzehnten Jahrhundert schwang es sich zu einer kleinen Stadt empor und wurde einigermaßen bedeutend, als die Herzoge von Berg zu Anfange des sechzehnten Jahrhunderts und später die Fürsten aus dem pfälzischen Hause hieher ihre Residenz verlegten, wobei es zu gleicher Zeit für die Stadt von Wichtigkeit war, daß sie für einen großen Theil der sich rasch bevölkernden, industriereichen Wuppergegend den Rheinhafen bildete, ja für das ganze Lippe- und Ruhrgebiet mit Wesel, Ruhrort und Duisburg.

Als Fabrik- und Handelsstadt ist Düsseldorf erst in neuerer Zeit bedeutend geworden; die zahlreich sich hier kreuzenden Eisenbahnen haben es zu einem Hauptverkehrspunkt gemacht, dem zugleich der Rhein mit seiner Schifffahrt dienstbar und förderlich ist, und man braucht sich nur kurze Zeit auf dem Belvedere aufzuhalten, um zu sehen, wie oft die Schiffbrücke genöthigt ist, eines ihrer Joche auszufahren, damit Dampfer und Segelschiffe, vor Allem aber die zahlreichen Schlepper aus der Ruhrgegend durchpassiren können.

Wir aber wollen an diesem schönen, klaren Tage gegen die Stadt zurückflaniren und zwar durch die hübschen, geschmackvollen Anlagen, um dann einer Hauptverkehrsader, der prächtigen Alleenstraße, bis zum Hofgarten folgend, in diesen reizenden Park einzutreten. An wohlgepflegten Anlagen, Blumengärten, Baumgruppen und dem kühlenden Wasser

Düsseldorf. Alter Jacobi'scher Garten.

der rauschenden Düssel vorbei, folgen wir einer geraden, mit vierfachen Reihen prächtiger Bäume besetzten Allee, um uns jenem malerisch schönen und poetisch stillen Garten zuzuwenden, der mit seinen hundertjährigen Baumriesen, seinem glücklicherweise noch gänzlich unversehrten schattenreichen Parke an jene Blüthezeit deutscher Literatur erinnert, an jene Zeit gemüthlichen Zusammenlebens geistverwandter Zeitgenossen, an jene Tage, die der Altmeister Goethe hier bei Jacobi, dem wackern Gründer dieser Anlagen, verbrachte. — Ehe die neue Stadt ihre Straßenfühler bis hier heraus erstreckte, noch zu Anfang der fünfziger Jahre, war der Jacobi'sche Garten bei Pempelfort ein fast ebenso einsam entlegener Grund, als damals, wo Goethe, welcher im Jahr 1792 nach der Campagne in Frankreich hier war, von ihm erzählte, er habe mit Jacobi von Pempelfort aus eine Fahrt nach dem nicht fernen Düsseldorf gemacht.

Gartenfest der Düsseldorfer Künstler. Von W. Simmler.

Elberfeld.

Dann aber richtete die unerbittliche Industrie ihr gieriges Auge auf diesen für ihre Zwecke herrlich gelegenen Platz, dessen uralte Bäume man eben so gut verwerthen konnte, als die strömenden Wasser der klaren Düssel, die unter ihnen hinfloß und hier, wo in stiller Einsamkeit die Erinnerung an eine große, schöne Zeit in den Zweigen der Bäume rauschte, und aus dem murmelnden Wasser erzählte für Solche, die Sinn für dergleichen haben, sollten Fabrikgebäude mit qualmenden Dampfschornsteinen entstehen, und sollte der grüne Sammt des Mooses und der Rasenplätze dürrem Boden und schwarzem Kohlenstaube Platz machen.

Da that sich ein Häuflein wackerer Künstler zusammen, allerdings Namen von gutem Klange, wir erinnern nur an die beiden Achenbach, an Leuze, welche nach langem Kampfe mit der Regierung endlich die Erlaubniß erhielten, durch eine Gemäldelotterie die Mittel zu beschaffen, um den Jacobi'schen Garten, heute eine Hauptzierde der rheinischen Musenstadt, zu erhalten. Und in welchem Umfange dies Unternehmen gelang, sieht man heute mit wahrem Entzücken, wenn man jetzt die Räume der Düsseldorfer Künstlergesellschaft Malkasten betritt.

Daß die altehrwürdigen Bäume auf's Sorgfältigste geschont wurden, versteht sich von selbst, und wenn man das zu üppig gewordene Unterholz kunstgerecht durchforstete, so geschah das, um die sanft geschlungenen Wege gangbar und lauschige Plätzchen, oft von historischer Bedeutung, wieder benutzbar zu machen, wobei alle Arbeiten von den wackern Künstlern selbst überwacht wurden und so dieses reizende Ganze entstand, wie es uns heute entgegentritt,

Ruine der Pfalz Kaiserswerth.

eine glückliche Wiederherstellung des Alten mit angenehmen und reizenden Zuthaten, bequemen Sitzgelegenheiten überall, Kegelbahn und Schaukel, versteckten Ruheplätzen, mit anmuthigen Statuen, die aus dem tiefen Grün hervorleuchten, oder wie die wunderbare Venus von Milos hier auf unserer Zeichnung im Mondenlichte fast belebt erscheinen. Das hübsch gelegene Mansarden-Wohnhaus, noch aus jener berühmten Jacobi'schen Zeit, wurde gleichfalls erhalten, ein weiteres stattliches Gebäude aufgeführt und die frühere Orangerie zu einem der angenehmsten Gesellschaftssäle umgewandelt, die man sich nur denken kann. So recht vom heiteren gemüthlichen Künstlergeist durchweht umfangen uns diese Räume mit ihrer dunklen Holzvertäferung, den herrlichen Gobelins, allerdings nur auf grobe Leinwand gemalt, den antiken Kronleuchtern auf's Traulichste; wir erfahren bald, daß die bauchigen Krüge und Gläser nicht nur zum Ansehen auf ihren Gestellen stehen, und wenn wir das Glück haben, einer jener theatralischen Vorstellungen, der Aufführung lebender Bilder, oder eines jener vortrefflich arrangirten Märchen beizuwohnen, so dürfen wir uns einen hochgenußreichen Abend versprechen.

Das erste größere Malkastenfest wurde hier beim Abgange C. F. Lessings nach Karlsruhe am 28. Juli 1858 gefeiert, und wenn wir uns nicht im Datum des hochwichtigen historischen Ereignisses täuschen, dabei zum ersten Male die mächtige Rheinweinbowle aus dem Nachlaß der Jacobi'schen Familie benutzt, jenes schöne Trinkgefäß, das räthlicher Ueberlieferung gemäß bei achtzig Flaschen zu fassen vermag.

Nach solchen Festen wird es uns etwas schwer, von dem anmuthigen Düsseldorf zu scheiden und den Rhein hinab zu ziehen, dessen flache Ufer weniger Anziehungskraft für uns haben, als die leichten Höhenzüge östlich der Stadt, die,

In einem Rheinischen Hammer- und Walzwerk. Von W. Simmler.

Stiftskirche in Kaiserswerth.

zur malerischen Wupper- und Ruhrgegend ansteigend, uns zu einem kleinen Ausflug nach Elberfeld und Barmen veranlassen, welche beiden Städte sich mehrere Stunden lang ununterbrochen längs dem Flusse an der Abdachung des Gebirges hinziehen. Angefüllt mit Geld und Frömmigkeit verdanken sie ihren raschen, erst von der zweiten Hälfte des vorigen Jahrhunderts datirenden Aufschwung hauptsächlich ihrer bedeutenden industriellen Thätigkeit und sind mit ihren Sammt- und Seide-, Garn-, Band-, Seifen- und chemischen Fabriken mit unter die gewerbreichsten Städte des Niederrheins zu zählen. — Was den kleinen Fluß, die Wupper, anbelangt, so ist dieses in seiner Jugend so lustig und schnell strömende Bergwasser hier ein bedauernswürdiger Geselle geworden, der, gezwungen, die Abflüsse aus den Blau-, Schwarz- und Rothfärbereien in sich aufzunehmen, die Farben wie ein Chamäleon wechselt, dabei häufig bemerkbar ausdünstend, und später bei Rheindorf, nicht weit von Benrath, in den Rhein schleicht.

Dieses Benrath, ein wenig bemerkenswerthes königliches Schloß, zwischen Köln und Düsseldorf, hätten wir ohne unseren Umweg über Aachen, Crefeld und Neuß vor letzterer Stadt gesehen, haben aber bei Vermeidung dieser Rheinfahrt durchaus nichts verloren, da die flachen Ufer wenig Bemerkenswerthes zeigen, ebensowenig die Gegend zu beiden Seiten des Stroms mit spärlichen Ortschaften, vereinzelten Schlössern, wie das ebenerwähnte Benrath, und anderen zwischen Bäumen gelegenen Landsitzen — eine Gegend, so flach, daß sogar die langen, einförmigen Linien der die Landstraße begrenzenden Pappelalleen hie und da eine angenehme Abwechslung bilden.

Auch abwärts von Düsseldorf, müssen wir versuchen, der einförmigen Gegend dadurch einen Reiz abzugewinnen, daß wir uns mit historischen Erinnerungen beschäftigen, wobei uns das alte Kaiserswerth mit den Ruinen seiner Königsburg, von denen allerdings nur noch die gebrochenen, freundlich mit Grün durchwirkten Außenmauern übrig sind, jene harte Zeit malerisch illustrirt, wo im Jahr 1062 der junge Heinrich IV. durch den Erzbischof Hanno II. nach Köln

Rheinbrücke bei Hochfeld.

entführt wurde, und der junge Prinz, der sich von seiner Mutter nicht trennen wollte, einen vergeblichen Fluchtversuch machte, indem er in den Rhein sprang. Wie bei so manchen Rheinstädten, gab auch hier eine Insel im Flusse Veranlassung zur ersten Ansiedlung. Es war um's Jahr 710, als der heilige Suibert hier zuerst das Evangelium verkündete und ein Kloster erbaute, worauf auch der alte Name Insula Sancti Suiberti hindeutet; heute noch werden die Gebeine des Heiligen in einem kostbaren silbernen Reliquienschrein in der alten Stiftskirche gezeigt, welche im zwölften Jahrhundert in romanischem Style erbaut, das alte Kaiserswerth überragt.

Eine kurze Fahrt führt uns nach Uerdingen, einem belebten Städtchen mit fleißigem Handel und einigen Fabriken dicht am Strome, der sich hier in auffallender Weise bis auf tausend Fuß verengt, und so als besonders günstiger Uebergangsort, zugleich an einer Flußkrümmung gelegen, wahrscheinlich gerade deßhalb schon die Römer veranlaßte, hier ein Lager, die Castra Hordeoni, anzulegen, von dem aber ebensowenig eine Spur mehr vorhanden ist, als von der Rheininsel, auf der es erbaut war. Nicht weit von Uerdingen, zwischen Rheinhausen und Hochfeld, vermindert unser Dampfer seinen Lauf, was uns Gelegenheit gibt, die prachtvolle eiserne Brücke zu betrachten, die mit ihren vier gewaltigen Bogen den Rhein überspannt und den Schienenweg nach den vielgenannten Eisenwerken von Essen und weiter führt.

Wir haben schon früher darauf hingewiesen, daß mit Ausnahme der Erft alle bedeutenden Flüsse auf dem rechten Rheinufer in den Fluß münden, so die Sieg in geringer Entfernung von Bonn, die Wupper bei Rheindorf

Markt in Duisburg. Von Th. Weber.

Berliner Thor in Wesel.

und endlich der bedeutendste dieser Flüsse, die Ruhr, dessen Mündung wir nach kurzer Fahrt erreichen und damit eines der interessantesten, malerischsten, gewerbfleißigsten Gebiete des Niederrheins, mit einem Boden, ebenso reich an Kohlen wie an Erz, an großen historischen Erinnerungen und an reichen und bedeutenden Städten, wie Arnsberg, Altena, Iserlohn, Hagen, die sich wie kostbare Perlen an den Faden des Flusses reihen.

Durch dieses Ruhrgebiet, aus Hügellandschaften und Gebirgen bestehend, ringsum von allen Seiten bis ganz nahe zur Mündung des Flusses herab mit Bergen und Höhen umgeben und so, nahe an der Grenze der niederländischen Ebene, die letzte Hochwarte deutschen Landes bildend, kommt der Fluß vom östlichsten Rande des rheinisch-westphälischen Plateau's, zeigt uns in seinem Lauf bald die hohen Schornsteine großer Hammer- und Walzwerke, Wartthürme aus der Römerzeit, Schlösser und Ruinen der Burgen altadeliger Geschlechter, deren Namen heute noch guten Klang haben, erlaubt uns Abstecher in das ernste Sauerland und auf die rothe Erde bei Dortmund, wo wir die Spuren der heiligen Vehme aufsuchen können, und gewährt uns in stets wechselnder Reihenfolge die interessantesten Landschaftsbilder, die sich bald anmuthig, bald ernst vor unserm Auge entrollen, wenn wir die Ufer vermittelst der Eisenbahn befahren oder den Fluß selbst auf den kleinen Dampfbooten.

Dort zur Rechten vor uns bei den vielen, dunklen, qualmenden Schornsteinen und der schwarzgefärbten Erde haben wir seine Mündung und zugleich zwei Städte, die sich, was ihre Vergangenheit und Gegenwart anbelangt, wie eine Wage zu einander verhalten, an der eine Schale steigt, wenn die andere, durch vermehrte Bedeutung erschwert, an Werth und Gewicht zunimmt, Ruhrort und Duisburg, letzteres schon im Anfange des Mittelalters ein berühmter

Willibrod's Kirche in Wesel.

Punkt, vielleicht der Platz, wo Dispargum oder Duispargum, das vielgesuchte Schloß des fränkischen Heerführers und Königes Clodio, eines Vorläufers Chlodwigs, gestanden und von wo die ersten Kriegszüge gegen Gallien ausgingen. Jedenfalls war hier längere Zeit eine Residenz fränkischer Fürsten, die von Karl dem Großen bei seinen Zügen gegen die Sachsen zur Deckung des Rheins befestigt wurde, wo mehrere deutsche Kaiser Reichstage und Concilien hielten und der freien Reichsstadt Privilegien aller Art verliehen; auch lag Duisburg damals dicht am Ufer des Stromes und war deßhalb auch schon als Rheinstadt von großer Bedeutung, denn, wie die Chronisten erzählen, bedeckten seine Schiffe den ganzen Rhein von Straßburg bis Holland.

Da veränderte fast zu gleicher Zeit mit den Leiden und Zerrüttungen des dreißigjährigen Krieges der Rhein seinen Lauf, zog sich von den Mauern der Stadt eine halbe Stunde weit nach Westen zurück und wie damit die große Bedeutung Duisburgs sank, erhob sich das benachbarte Ruhrort, ein bis dahin ganz unbedeutendes Städtchen, nur eine Hafen- und Schiffstation für die großen Handelsherren von Duisburg und Mülheim, nach und nach und sehr langsam zu einem der lebhaftesten Handelsorte am ganzen Rhein. Unmittelbar an der Mündung der Ruhr bemerken wir einen der besten, sichersten und größten Flußhäfen des deutschen Niederrheins, sehen die großartigsten

Lohengrin's Abschied. Von A. Baur.

Cleve. Schloßthor mit Schwanenthurm.

Docks, Hafen- und Kanalbauten, dabei Schiffswerften, das Ufer mit Fahrzeugen aller Art bedeckt, ein wahrer Mastenwald. — Duisburg erscheint uns daneben in vornehmer Zurückgezogenheit, dabei aber nicht allein vom Ruhm vergangener Tage zehrend, sondern auch heute noch in seinen Fabriken, Eisenwerken und Schiffswerften, letztere am Rhein-Ruhr-Kanal gelegen, bedeutend; die Kirche von St. Salvator ist eine der schönsten gothischen des fünfzehnten Jahrhunderts und wenn wir ihre kühn aufstrebenden hochgewölbten Hallen für einen Augenblick besuchen, so geschieht das nur, um als gewissenhafte Reiseführer am Grabe des großen Geographen Gerhard Mercator für etwaige kleine Schnitzer, die auch dem Besten passiren können, Vergebung zu erhalten.

Nach kurzer Fahrt nähern wir uns der Festung Wesel auf dem rechten Rheinufer mit dem linkseitig liegenden, hochberühmten Castra Vetera, dem heutigen Xanten, dem Hauptsammelplatz der römischen Heere und dem Ausgangspunkt ihrer Züge gegen die germanischen Völker im Nordosten. Drusus, Germanicus, Tiberius, Varus gingen hier über den Rheinstrom, dann die bei Wesel mündende schiffbare Lippe aufwärts zum Teutoburgerwald, in dessen Engpässen der letzte der ebengenannten römischen Heerführer in der Hermannsschlacht sein so klägliches Ende fand.

Wo im Teutoburgerwalde die Schlacht stattgefunden, darüber haben sich die Gelehrten bekanntermaßen noch nicht vollständig geeinigt, doch lassen wir uns recht gern den herrlichen Platz gefallen, wo des wackern Bildhauers Bandel

Schloß in Cleve.

riesiges Hermannsbild, die Eichengipfel überragend, hinausschaut weit über die deutschen Lande, nicht drohend gegen die Nachbarn, sondern ihnen ein gewaltiges Schwert zeigend, von kräftigem Arm geschwungen, stets bereit, auf Eindringlinge niederzuschmettern. — Ueberhaupt ist hier das gewaltige Erzbild des cheruskischen Fürsten als Erinnerungszeichen an zahllose Kämpfe, Schlachten und Verwüstungen vortrefflich an seinem Platze, denn im ganzen großen Deutschland hat wohl kein Fluß so zahlreiche und verschiedene Kriegerschaaren an seinen Ufern aufwärts ziehen sehen. — Heute ist an der Lippemündung schon seit lange und hoffentlich für immer der kriegerische Lärm verhallt, flache Boote gleiten den Fluß hinab, an seinen Ufern braust die Lokomotive und vom Verdeck unseres Dampfers, der bei der Schiffbrücke anlegt, sehen wir drüben die Büdericher Insel mit den Mauern des Forts Blücher, den Brückenkopf von Wesel,

Emmerich. Von Th. Weber.

Der alte Rhein bei Cleve.

sowie über uns am rechten Ufer die Wälle der starken Festung mit einer am Rande der Bastion stehenden Schildwache, die auf Kameraden hinabschaut, welche flatternde Wäsche an Seile befestigen, Bilder aus dem Soldatenleben im Frieden. —

Das ermahnt mich lebhaft an vergangene Zeiten, wo wir uns an militärischen Spielen betheiligten, die eine kleine Stunde Weges aufwärts von Wesel auf der Spellner Haide abgehalten wurden, wenn sich dort, wie auch heute noch, alljährlich Einmal sämmtliche Batterien der siebenten Artillerie-Brigade zu Schießübungen versammelten. Da hinaus durch das Berlinerthor zogen wir beim Grauen des Morgens und erinnern uns heute noch, mit welchem Interesse wir jenseits dem Glacis der Festung auf dem Exerzierplatze das mit Bäumen umgebene Denkmal der elf preußischen Offiziere vom Schill'schen Corps betrachteten, die hier 1809 von den Franzosen erschossen wurden; auch die Stadt Wesel war uns interessant mit ihren hübschen, häufig mit Bäumen bepflanzten Straßen, deren spätgothische Giebelhäuser mit hellen niederländischen Schiebfenstern auf uns einen angenehmen Eindruck machten, und erinnern wir uns gern des lebhaften und in manchen Dingen fremdartigen Marktverkehrs, auf den die uralte Willibrods-Kirche, eine großartige gothische Anlage aus dem zwölften Jahrhundert, herabschaut.

Bei der Biegung nach Westen, die der Rhein unterhalb Wesel macht, sehen wir Xanten gerade vor uns liegen, bemerken den leichten Höhenzug, der sich zum Ufer des Flusses herunterzieht, auf welchem, dem heutigen Fürstenberg, die Römer jenes berühmte Lager ihrer IV. und XXX. Legion hatten und wo sich das Prätorium des Quintilius Varus befand. Doch formen sich unwillkürlich die einfachen Linien der Landschaft für uns zu einem Hintergrunde, auf dem uns eine jüngere, leider sagenhaftere, aber poetisch schönere Zeit erscheint als die, welche das kriegerische Leben jener länderbezwingenden Heerschaaren sah; wir meinen jene Zeit, wo dort vor uns der erste Ton des gewaltigen Nibelungen-Lieds anklingt, wo Siegfried, der Drachentödter, geboren wurde, von wo er auszog, der Held des Wormser Rosengartens, der Gemahl Chriemhildens, den der grimme Hagen mordete und dem wir oben am Rhein bei Worms begegnet sind, als die Recken seine Leiche über den Strom führten. Ueberhaupt sind wir hier an der Grenze der Niederlande wieder in sagen- und märchenreiches Gebiet eingetreten, zu welchem Zwecke als passende Illustration sich die flache Rheingegend hier bei Cleve noch einmal zu stattlichen Höhenzügen erhoben hat, die mit reizenden Anlagen, Gärten und Villen, hübsche Spaziergänge bildend, die Stadt umgeben und sich bis zu dem alten, prächtigen Reichswalde hinziehen, dessen mächtige Bäume, riesige Eichen und Buchen nicht nur den Spaziergängern Schatten geben, sondern auch heute noch das Andenken an die anmuthige Sage von Otto dem Schütz bergen.

Doch unwillkürlich erhebt sich unser Blick zu jenem mächtigen Bauwerke, das die Stadt überragt, dem Schwanenthurm. Und in Gedanken lauschen wir dem Flüstern des Windes und dem Knarren des Schwanes, der ihm als Wetterfahne dient, um hier an der Grenze des deutschen Landes noch eine der schönsten von all den Sagen zu hören, die wie eine anmuthige Guirlande dem Laufe des Rheines folgen: die Sage des Ritters Lohengrin, wie sie uns Wolfgang Müller von Königswinter so einfach und schön erzählt.

Cleve ist eine hübsche, freundliche Stadt, die ihrer Ruhe und Wohlfeilheit wegen gerne von Solchen aufgesucht wird, die ein müh- und arbeitsvolles Leben hinter sich haben und sind es von Fremden, die Cleve besuchen, besonders Holländer, welche an den reizenden Hügeln um Cleve mit ihren schattigen Wäldern und hübschen Thälern, Schönheiten der Natur suchen und finden, die ihnen die Einförmigkeit ihres flachen Landes nicht zu bieten vermag.

Das Rheindelta breitet sich jetzt unabsehbar vor unsern Blicken aus, während wir bei Emmerich, der freundlichen Rheinstadt, wo sich der Einfluß holländischen Wesens schon ganz besonders geltend macht, vorüberdampfen. Die Fähre mit ihren durch Ketten verbundenen Kähnen fluthet in behaglicher Langsamkeit von einem Ufer zum andern und während wir am Ufer zahlreiche Schiffe sehen, deren Flaggen die holländischen Landesfarben zeigen, hören wir vom alten grauen Thurm der Münsterkirche lustiges Glockenspiel wie ein fröhliches Willkommen der Niederlande.

Doch wollen wir hier, an der äußersten Grenze des deutschen Vaterlandes, wo nur ein versumpftes Rheinstück — der halbvertrocknete Oude Rhyn, alter Rhein — schon einen Vorgeschmack gibt, wie mit dem Namen des schönsten deutschen Flusses verfahren wurde, noch einen Blick zurückwerfen auf die vor unsern Augen verschwindende Stadt des Schwanenritters, und wenn sie uns der Zeichner statt im Schmuck der Bäume in einer Schneelandschaft zeigt, so hat er vielleicht dabei die löbliche Absicht, uns durch dies ernste winterliche Bild den Abschied von den heimathlichen Rheinufern zu erleichtern.

Wahrschaukahn.

Landschaft an der Maas. Von L. Willroider.

Rotterdam. Von G. Schönleber.

Stromaufwärts.

Holland.

Wie schwer es auch dem guten Rhein geworden ist, die Länder seiner Heimath zu verlassen, könnten wir mit einiger Phantasie aus der unmuthigen Schwenkung ableiten wollen, welche der Strom, der von seinen Quellen bis hieher in anmuthigen Schlangenwindungen stets gegen Norden floß, nun auf einmal, als wolle er umkehren, scharf nach Westen macht, um hierauf, die Unmöglichkeit einer vollständigen Wendung einsehend, sich hoffnungslos in Flußfäden zu zerspalten und so sein Delta zu bilden, in welchem der eigentliche Rhein elend zu Grunde geht, seine lachenden Erben dagegen: Waal, Yssel und Leck, frisch und fröhlich in's Meer gelangen. Doch muß diese plötzliche Wendung nach Westen, die wir auch an den Parallelflüssen des Rheins, der Maas und der Schelde, gerade im Gebiet dieser Niederungen bemerken, durch eine eigenthümliche Gestaltung und Abdachung des Bodens im Urzustande dieser Länder hervorgebracht worden sein, vielleicht durch damals vorliegende Dünen oder höher angeschwemmtes Land, das jenen Strömen die so vollkommen veränderte Richtung anwies. Vielleicht haben schon die mühsamen Arbeiten in alten Zeiten, den Fluß zu dämmen und zu deichen und seinen fruchtbaren Schlamm in Poldern und Umzäunungen aufzufangen, mit darauf eingewirkt, seinen Lauf unsicher und veränderlich zu machen, so daß er, mannigfach gehindert und eingeengt, nicht nur hie und da kleine Arme aussandte, sondern auch für die Hauptmasse seines Wassers eine andere Rinne suchte und damit die frühere (in ähnlicher Art, wie wir weiter oben am Oude Rhyn gesehen) versiegen und austrocknen ließ. Doch ist dieser sogenannte alte Rhein, wie uns Kohl in einem seiner trefflichen Reisewerke erzählt, zu Anfang des vorigen Jahrhunderts dadurch entstanden, daß man unterhalb Emmerich, wo sich seit Jahrhunderten die erste Hauptspaltung des Rheins in zwei Arme, Waal und Rhein, befand, diese beiden Arme durch den Pannerden'schen Kanal verband, der sich, die große Wassermasse anziehend, bald zum Hauptarme ausbildete, dadurch den eigentlichen Rhein trocken legte und somit auch wohl die Ursache war, daß derselbe hier seinen schönen Namen verlor.

Wenn es aber auf diese Art auch nicht mehr der Rhein selbst ist, so sind es doch die Fluthen des deutschen Stromes, die eine Hauptquelle des Reichthums der Niederlande ausmachen. Ein reiches Netz von Strömen und Wasser-

Landschaft bei Arnheim.

fäden umgibt und durchzieht endlose grüne Flächen mit dem üppigsten Wiesenbau; Flüsse und Kanäle durchziehen das Land nach allen Richtungen, letztere oft so eingedämmt, daß Kähne und Boote vom Segel getrieben oder durch Pferde gezogen, scheinbar über Wiesen oder Sandstrecken dahinzugleiten scheinen. Die immer noch mächtigen Flußarme ziehen an den reichen handeltreibenden Städten vorüber, lassen dort Leben und Verkehr entstehen und zeigen uns jene interessanten Kanal- und Hafenbilder, belebte Märkte an den sauber bepflasterten Kais mit dem Gewühl der verschiedenartigsten Trachten, aus denen die Matrosen in rothen Jacken und bunten Mützen licht hervorstechen zwischen dem dunklen Grün der Bäume und den oft grauen alterthümlichen Häusern; Segel- und Ruderboote vermitteln die Verbindung zwischen den im Strome liegenden Seeschiffen und über alles das empor ragen schlanke Kirchthürme und massige Bauwerke mit dem alten Wappen der Republik. Aber alle diese Dinge, die wir auch anderwärts schon häufig gesehen, zeigen sich uns hier in den Niederlanden so eigenthümlich in Form, Gestalt und Bewegung, so ganz anders in Farbe und Zusammenstellung, in Mischung von Wasser und Land; wir erinnern nur an die für uns so sonderbar erscheinenden Kanalstraßen, besonders in Amsterdam und Rotterdam. Etwas, man möchte sagen Unbestimmtes, nirgendwo scharf Abgegrenztes, etwas Zusammenfließendes hat das ganze Holland, von dem schon ein älterer Schriftsteller sagte, es seien hier alle Elemente nur skizzenhaft vorhanden: das Wasser eine Skizze, sich verlierend, vermischend mit Sand und Moor, wie ein loses Gewebe ausgefasert, nicht in raschen Flüssen ausgesprochen und auch nicht in großen, ruhigen Seen gesammelt; das Land eine Skizze, kaum über das Niveau des Wassers sich erhebend, sogar unter dem Meeresspiegel stehend, künstlich gewonnen, trotzig behauptet, ängstlich geschützt; die Luft endlich eine Skizze, fast immer durch Nebel und Dünste verschleiert, deßhalb undurchsichtig und schwer.

Wie aber der Grundfels im Boden der Niederlande und damit der feste Zusammenhang des wasserreichen Gebietes zu fehlen scheint und es für die Erdbeschreibung schwer wird, sich in dieser Skizze zurechtzufinden, so ist es auch für die Geschichte nicht leichter, den Geist und die Geschicke des merkwürdigen Volkes zu fassen und darzustellen; ohne festen Zusammenhang, wie Land und Wasser, waren auch die seit Jahrhunderten in den verschiedenartigsten Interessen und eigenthümlichsten Gruppen getrennten und nur durch vielfache innere wie äußere Verwandtschaften zusammengehaltenen Städte- und Staatengebilde. Wie skizzenhaft erscheint uns die Geschichte der schlauen, zuweilen auch ein wenig hinterlistigen Batavier in ihren Beziehungen zu den Römern, denen sie bald Bundesgenossen, bald Feinde waren, wie ernst und streng, wie gewaltig, prächtig und glänzend, aber immerhin nicht mehr als eine bunte farbenprächtige Skizze erscheint uns nach dem ältesten deutschen Kaiserreiche in seinen Beziehungen zu Holland die Hennegauische, die Flander'sche, die Burgundische Zeit! — Erst mit Karl V. gewinnt die Geschichte festen Boden

Trachten von der Insel Marken, Zuidersee. Von R. Jordan.

und glorreich für alle Zeiten debütirt das niederländische Volk auf der Weltbühne mit seinem Freiheits- und Religionskriege, welcher ein ganzes Säculum klirrend und glänzend ausfüllt und das kleine Häuflein muthiger Meeressöhne bald an die Spitze aller öffentlichen Bewegung, aller großartigen Unternehmungen in Europa stellt.

Dieses Holland nun haben wir dicht hinter Emmerich betreten und wollen es, so weit das der Raum unserer zu Ende gehenden Blätter erlaubt, flüchtig durchfliegen, um gleich dem armen Strom jusqu'à la mer zu gelangen; wir gedenken bei dieser Bezeichnung der famosen Wiener Congreßakte des trefflichen Buches unseres geistvollen Freundes Dingelstedt unter gleichem Titel, das uns schon oft und auch hier wieder in manchen Beziehungen ein freundlicher Führer war. Wenn wir der Waal, als dem Hauptflußarme folgen, so berühren wir bei Nymwegen noch einmal die nördlichsten Ausläufer des westrheinischen Höhenzuges, eine sanfte Bodenerhebung, an der die Stadt um einen, für die Schifffahrt sicheren, Flußwinkel liegt, mit den alten Thürmen und Befestigungswerken gleichsam den einen Pfeiler des Thores bildend, durch welches der Rhein zu seinem fruchtbaren Deltalande einzieht, während wir als den andern Pfeiler das nicht weit entfernte, am Leck gelegene Arnheim bezeichnen dürfen, wo Drusus seinen berühmten Kanal zur Verbindung des Rheins mit der Yssel und dem Flevo graben ließ, der die Hauptmasse der Rheingewässer aufnahm und sich im Laufe der Zeiten mit dem untern Theile der Yssel zu jenem großen Flußarme ausbildete, der Schifffahrt und Verkehr nach Norden ermöglichte und so Arnheim zur Hauptstadt des Landes machte.

Während wir durch die frische niederländische Landschaft an Dörfern und alterthümlichen Städtebildern vorüber fahren, steigt endlich Rotterdam vor uns auf in großen Häusermassen, umgeben vom Grün seiner Gärten, seiner geradlinigen Alleen, durchfurcht von Kanälen und Wasserstraßen, die große reiche Handels- und Hafenstadt herrlich und gebietend, das lebensfrische Bild eines ächten Niederländers. Erstaunt betrachten wir die großartigen Admiralitätsgebäude am Ufer der Maas, die zahllosen Schiffe, die der Rhein, die Mosel, der Main und der Neckar herabgesandt haben, um hier die Produkte ferner Zonen einzuladen und zu holen, welche von den gewaltigen Ostindienfahrern drüben, den dunklen Zwei- und Dreimastern, hiehergebracht wurden; dazwischen ziehen rasche Dampfer, vermitteln die Verbindung zwischen den Häfen und Buchten dieses Mastenwaldes, befördern Waaren in die Lagerhäuser, schleppen Boote und größere Schiffe hin und her, lassen zischenden Dampf ausströmen, läuten mit ihren Glocken, lärmen mit ihren Pfeifen, Signale und Warnungsrufe für kleinere Fahrzeuge gebend: was alles zusammen mit hundert anderen Dingen, die wir nicht aufzuzählen vermögen, ein so lebhaftes, ja betäubendes Bild gibt, daß wir uns glücklich schätzen, endlich auf dem Kai angelangt, diesem allgemeinen Lärmen zu entrinnen. Suchen wir uns in dem großen Rotterdam eine jener von Kanälen durchzogenen Straßen aus, die uns so recht das ächte Bild der mächtigen handeltreibenden Nation gibt; Häuser aus rothen Ziegeln erbaut, die ihre hohen, malerischen Giebel hoch in die Luft strecken, sind hie und da versteckt zwischen Ulmen und Rüstern, deren Zweige sich über das dunkle Wasser ausbreiten, auf dem flache schwere Boote mit Waaren für die Lagerhäuser beladen so dicht an einander vorüberschleifen, daß es dem leichteren Kahn kaum möglich wird, zwischen ihnen durchzudringen und es für jene leichte Segelbarke dort fast zur Unmöglichkeit zu werden scheint, ihren Weg fortzusetzen.

Und wenn es unsere Zeit erlaubt, können wir den mächtigen Thurm der Grooten Kerke besteigen, von dem wir einen der interessantesten und gewaltigsten Rundblicke haben; dort, zuerst unsere entzückten Blicke anziehend, die weithinaus leuchtende See mit ihren weißen Dünen, zu unsern Füßen das Häusermeer der großen Stadt, auf drei Seiten umgeben von ausgedehnten grünen Triften, die von Kanälen durchzogen sind, weiter hinaus zahllose Dörfer von einem Kranze schattenspendender Bäume umgeben, Landstraßen, unabsehbare Alleen, Eisenbahnen mit rauchenden Lokomotiven, zahllose kleinere und größere Seen, die im Sonnenlichte wie Perlmutterflächen glänzen, und hier an der Südseite der Stadt der breite Strom mit Hunderten von Schiffen aller Größen und Nationen.

Und wenn wir mit geistigem Auge weiter blicken wollen, was uns bei der leider so kurzen Zeit, die uns für die Niederlande gestattet ist, wohl vergönnt sein dürfte, so erscheinen uns näher gerückt größere und kleinere

De groote Kerk in Arnheim.

Städte von großer, welthistorischer, im Handel und Verkehr hochwichtiger Bedeutung; dort drüben im Norden das reiche Amsterdam, Hollands Venedig, mit dem Dörfchen Zaardam, in dem man noch die Hütte zeigt, die Peter der Große bewohnte, als er Schiffe bauen lernte; nicht weit davon der in seiner lächerlichen Reinlichkeit beinahe fabelhaft gewordene Ort Brök, dann Harlem, die anmuthige Stadt, in deren Umgebung eine Menge reicher Holländer ihre Landsitze haben und bei dessen Namen wir unwillkürlich bunt leuchtende Blumenbeete vor uns sehen.

Näher haben wir das alte Utrecht, wo viele holländische Adelsfamilien ihre Villen haben, wo König Louis eine zeitlang hauste und da wir hier an dem kleinen Flüßchen sind, das in seiner Benennung als der Oude Rhyn allein noch den Namen unseres deutschen Stromes bewahrt hat, so wollen wir seinen Ufern folgen, um nach Leiden zu gelangen, in dessen Nähe bei Katwyk der Rhein in's Meer schleicht, das heißt, wenn es ihm die geöffneten Schleußen

Strandwache. Von R. Jordan.

De groote Kerk in Rotterdam.

hier gestatten; sonst erscheint er als ein gewöhnlicher holländischer Kanal mit meistens stillstehendem Wasser, das sich früher, ehe dieser Kanal gegraben war, wirklich in Sand und Sumpf verlief. Schade, daß wir für diese Küstenstädte, für Leiden sowie auch Harlem, keinen Raum mehr haben, um von dem bewundernswürdigen Heldenmuthe zu erzählen, mit dem einfache Bürger gegen die Spanier fochten und siegten; auch an Delft, wo Wilhelm von Oranien ermordet wurde, möchten wir nicht gerne vorübergehen ohne in die neue Kirche zu treten und das Grabmal des großen Schweigers zu betrachten. Dieses Delft ist das St. Denis der Niederländer und ihr Pantheon zugleich. Dort ruhen die Oranien, Grotius, Tromp, Peter Hein, Leeuwenhöck und andere Berühmtheiten der vereinigten Provinzen.

Doch schon umfächelt uns die weiche erfrischende Seeluft und in kürzester Zeit führt uns die Eisenbahn nach dem Gravenhaag, kurzweg dem Haag genannt, der königlichen Residenz, dem großen Dorfe, wie es lange geheißen, dem holländischen Versailles, das es lange war und auch gewissermaßen heute noch ist. Der Gravenhaag war früher in der That nur ein großes Dorf, das dem Hause Oranien zu verdanken hat, was es im Laufe der Zeit geworden ist:

Bauerndorf in der Gegend von Rotterdam.

eine reiche und schöne Stadt, die allerdings im Vergleich mit andern wenig bedeutende Handlungen und Geschäfte hat; auf seinen Straßen lärmt nicht der Weltverkehr, sondern das Hofgetriebe; dabei ist es aber ein höchst angenehmer Aufenthalt für die zahlreichen Fremden des benachbarten Scheveningen, denen es durch Verbindungsmittel aller Art so leicht gemacht ist, nach dem anstrengenden Seebade die Erholungen der reichen und schönen Residenz zu genießen.

Uns aber zieht es hinaus nach den hellen Dünen am Rande des ewigen Meeres und wählen wir unsern Weg durch ein reizendes Waldgebiet zwischen dem Haag und Scheveningen, durch den sogenannten Busch, der uns mit seinen mächtigen uralten Bäumen, seinen unabsehbaren Wegen und verschlungenen Pfaden an unsere deutsche Heimath erinnert.

Welch ein Contrast, nachdem wir die dämmerige Waldstille verlassen, und nun die hellen Dünen vor uns haben, um hier, schauernd vor Erwartung still zu stehen, von fern das Rauschen und Brausen des Meeres zu vernehmen! —

Und wie eigenthümlich bereitet uns die ganze Umgebung, der weiche Sand mit seinen Holzbrücken, umgekehrte Boote, zum Trocknen aufgehängte Fischernetze auf das Seeleben vor; wie tritt es uns hier in dem Fischerdorfe Scheveningen in einzelnen kleinen Strichen so charakteristisch entgegen beim Anblick der kleinen, hübschen, meist einstockigen nur drei bis fünf Fenster breiten Häuser! Eine unverhältnißmäßige Menge Bäckerladen, welche durch das mannigfaltigste, vortrefflichste Naschwerk die Kauflust reizen, machen sich neben ein paar Schenken und Logementen geringer Gattung bemerklich. Hie und da sieht man hinter kleinen Scheiben auch allerlei Muscheln, vielfach verarbeitetes Seegras, hölzerne Modelle von Schiffen und Windmühlen ausgeboten. Daß Thee- und Kaffeebuden nicht fehlen, beweist die ungemein häufige Inschrift: „Hier zeet men coffig en Tee.“ Gedörrte Fische, zum Gebrauch wie zum Verkauf, sind mehr in die ärmlicher auslaufenden Nebenstraßen verwiesen.

Treten wir in eine der obenerwähnten kleinen Privatwohnungen, so werden wir erstaunt sein, wie sehr uns das Ameublement des Zimmers, ja die ganze Einrichtung des Hauses, überall an das Schiffsleben erinnert: die Betten unsichtbar im Verschlage oder hinter Vorhängen, an Stuhl und Tisch nur das äußerst Nothwendige, eine wahre Hühnersteige, die vom Erdgeschoß unmittelbar in die Dachkammer führt, Gebälke kreuz und quer über die Stubendecke, schmale Thürchen, schwerfällige, auf Sturm und Wetter berechnete Fenster; nur im besten Zimmer einiger Comfort, wozu vor allen Dingen der Kamin und Kochherd gerechnet wird, dessen Rückwand aus weißen Porzellanfliesen besteht, vor denen an einer eisernen Stange der Wasserkessel zum Thee oder Kaffee hängt, vielleicht ein paar bequeme Stühle für die beiden Alten des Hauses, des zur Ruhe gesetzten Eigenthümers einer Pink, vielleicht auch

Strand bei Scheveningen. Von G. Schönleber.

Auf den Dünen.

einer Segelbarke, oder des Steuermanns eines größeren Schiffes, der die weiten Meere durchfuhr, und seiner Frau. — Gern würden auch wir uns hier zum Plaudern verweilen und uns von den erlebten Abenteuern des Alten ein Garn spinnen lassen, doch zieht es uns mächtig hinaus auf die Dünen, die von der salzigen Meerfluth bespült werden, und haben wir in diesem Augenblicke weder Sinn noch Ruhe für den freien Platz hinter Scheveningen, an dem die beiden Kirchen stehen, eine protestantische und eine katholische, noch für das höher gelegene große stattliche Badhaus mit seinen schönen Terrassen und den Colonnaden; denn vor uns rauscht und braust es mächtiger — ein Schritt noch, wir sind am Meere, in dessen gewaltige, weithinleuchtende Fluth wir auch heute wieder, in langem Schweigen verharrend, mit einem nicht zu beschreibendem Gefühle die Blicke versenken! — —

Links und rechts, unabsehbar, einförmig graugrün zieht die Düne hin, gleichsam ein versteinerter Wellenschlag in ihrer sandigen Hügelung. Nördlich dämmern die Thürme von Katwyk uns entgegen, die einzige Unterbrechung dieses ungeheuren Rahmens um ein ungeheures Bild. In der Ferne rollt das Meer langsam seine Wellen auf, läßt sie näher und näher heranwogen und wirft sie endlich zu unsern Füßen auf den Sand, immer näher zu uns heranfluthend, als wenn eine Welle die andere im muthwilligen Spiele überbieten wollte.

Weit hinaus zeigt ein scharfer Strich, eine Grenzscheide zwischen gelb und grün, wo die gefährlichen Sandbänke aufhören und das tiefe Fahrwasser beginnt; doch raucht hier selten ein Dampfboot vorüber oder zeigt uns ein größeres Schiff seine weißen Segel, denn nur im Winter, wenn die englischen Dampfer nicht ganz bis Rotterdam hinauf können, legen sie hier an und dann verirrt sich auch wohl einmal ein schottischer Häringsfänger hieher; sonst ist auf dieser gefährlichen Küste allein das Fischerboot heimisch.

Nur zuweilen nach wilden Sturmnächten oder bei lang andauernden scharfen, unwiderstehlichen Nordwestwinden tauchen dort wohl Segel auf, mit fliegender Eile herankommend, vom Sturm aus ihrem Fahrwasser gedrängt und der Küste näher und näher treibend, aufmerksam beobachtet von dem Manne der Strandwache, der auf unserer Zeichnung das Fernrohr in der Hand scharf auslugend am Fenster steht; noch weiß er nicht genau, ob die Brigg da draußen, die unter einem einzigen halbgerefften Sturmsegel rennt, so glücklich ist, die weitvorgestreckten Sandbänke der Küste zu vermeiden; die nächste Viertelstunde muß das entscheiden und so lange bleiben die übrigen Wächter noch in der classischen Ruhe, in der wir sie sehen: der junge Schiffer, für den sein Hund aufmerksam wacht, auf der Bank zusammengekauert schlafend, der Alte, der wahrscheinlich schon oft bei Sturm und Schiffbruch gewesen ist, gedankenvoll in die Gluth blickend, während sein unbesorgter Nachbar den Tabak in der langen Gaudapfeife entzündet. Dann aber vielleicht läßt der Mann am Fenster einen leichten Ausruf hören, macht auch wohl nur eine hastige Bewegung, um das Bild der Strandwache augenblicklich und gänzlich zu verändern; der Alte wirft seinen Tauring über die Schulter, der Raucher faßt den Enterhaken, der Junge springt von der Bank sogleich in die Holzschuhe hinein, ergreift das über ihm hängende Horn und während er unter der Thüre schon gewaltig anfängt zu blasen, rast sein Hund, vom Sturme stets seitwärts getrieben, zum Strande hinab, der schon nach wenigen Minuten jenes lebendige tröstliche Bild der aufopferndsten Menschenliebe zeigt, wo geschäftige Hände das Rettungsboot in See bringen und wo die muthige Bemannung desselben sich nach kurzem ergreifendem Abschied von Weib und Kind auf die wild empörte See hinaus wagt, um, oft ihr eigenes Leben einsetzend, denen da draußen Hilfe und Rettung zu bringen.

Heute aber haben wir dergleichen nicht zu besorgen, denn ein klarer, wolkenloser Himmel spannt sich über die weite See aus, die Fluth liegt scheinbar eben und ruhig, leuchtet dort draußen im grellsten Metallglanz und zeigt bis zum Ufer, an dem wir stehen, die so unendlich harmonische und doch an Gegensätzen so überreiche Stufenleiter aller Töne von tiefblau und blaugelb durch lichtgrün und lichtgelb bis zu jenem unbeschreiblichen Perlmutterschimmer dicht am Strande, wenn sich der durchsichtige Wasserschleier, mit einer zierlichen Schaumlinie eingefaßt, leise rauschend zu unsern Füßen hinschmiegt. Und wie schön, wie wunderbar schön ist das alles mit dem ewigen Spiel des Lichtes! Stundenlang kann man hinausschauen, um stets Neues, um stets Wunderbareres zu entdecken — Bilder, wohin das Auge greift und schweift, Poesie, volle, unbegrenzte, unerschöpfte! —

Aber so oft ich auch schon am Meere gestanden und in die ewig bewegte gewaltige Fluth hinausgeschaut, stets hat mich die See-Einsamkeit tief ergriffen, ja wehmüthig gestimmt und dies Gefühl kommt heute mit verdoppelter Gewalt über mich, da ich im Begriffe bin, mich hier von dem geneigten Leser, der mir freundlich hieher gefolgt, zu verabschieden, nicht ohne geheimen Zweifel, ob ich der übernommenen Führerrolle auch gerecht geworden?

An gutem Willen hat es mir wahrlich nicht gefehlt, und möchte ich mir erlauben, meine rege Sorgfalt auch dadurch zu beweisen, daß ich dem liebenswürdigen Leser, dem es kein Vergnügen macht — und in diesem Falle werden sich wohl die Meisten befinden — denselben Weg rheinaufwärts wieder zurückzulegen, die elegante schnellsegelnde Jacht am Schlusse dieser Zeilen anbiete. Sie hat die vortreffliche Eigenschaft, jedem ausgesprochenen Wunsche sogleich zu gehorchen und in ihrem Namen, „Die Hoffnung", liegen meine herzlichen Wünsche — für Sie glückliche Heimkehr, für mich — auf Wiedersehen!